天衣无縫

张勇◎著

人民日报出版社

图书在版编目（CIP）数据

天衣无缝 / 张勇著. -- 北京 : 人民日报出版社,
2019.1
ISBN 978-7-5115-5482-6

Ⅰ. ①天… Ⅱ. ①张… Ⅲ. ①长篇小说－中国－当代
Ⅳ. ① I247.5

中国版本图书馆 CIP 数据核字（2018）第 101075 号

书　　名：天衣无缝
作　　者：张　勇

出 版 人：董　伟
责任编辑：周海燕　马苏娜
特约编辑：默媛静
装帧设计：元泰书装

出版发行：人民日报出版社
社　　址：北京金台西路 2 号
邮政编码：100733
发行热线：（010）65369527　65369512　65369509　65369510
邮购热线：（010）65369530
编辑热线：（010）65369518　65369522
网　　址：www.peopledailypress.com
经　　销：新华书店
印　　刷：大厂回族自治县彩虹印刷有限公司

开　　本：710×1000mm　1/16
字　　数：796 千字
印　　张：51.75
印　　次：2019 年 1 月第 1 版　2019 年 1 月第 1 次印刷

书　　号：ISBN 978-7-5115-5482-6
定　　价：128.00 元（全两册）

目录

引 子

1935 年 12 月　天津

在法国驻天津领事馆庆祝巴黎和平大会圆满闭幕的酒会上，优雅的莫扎特《第四十交响曲》的音乐响起，花香鬓影，名流云集，贵翼高大挺拔的侧影在宴会人流中若隐若现。

贵翼端着酒杯和两三人寒暄。

贵宾甲（英文）:“贵军门好——介绍一下，中国国民政府交通部副总长陆军少将贵翼先生。——这位是德库拉男爵，德国大使馆的武官。”

贵翼（英文）:“您好，男爵。”

贵宾乙（英文）:“贵军门？——我很好奇这个称呼，是贵国的爵位吗？”

贵宾甲（英文）:“不，不。——因为贵先生曾经任职江浙军务督办，中国最年轻的督军，所以大家沿用了旧习，叫他贵军门。”

贵宾乙（蹩脚的中文）:“失敬失敬。”

贵翼（德文）:“幸会。”

宴会的门口处，林景轩穿着笔挺的军装站在原地，不时地侧目回望一眼贵翼。

谈话间，贵翼也不时朝着门口处望一眼，随即又继续和到场的贵宾们聊起来。

贵宾甲（英文）:“——内阁总理汪先生通权达变，善策方略，个人认为，汪先生提出的‘分党’比蒋先生提出的‘清党’手段更为高明。”

贵宾乙（英文）:“我向来不主张暴力革命——”

贵翼（英文）:“和平改良在战争的阴影下就是一句空谈。革命的根本问题就是要砸碎旧的军阀制度和腐朽没落的皇权机器——”

贵宾乙（英文）:“中国的暴力革命就能解决军阀割据，完成中央集权吗？”

贵翼（英文）:“中国的革命是全面改造社会，和平稳定国际形势。——而德国实施暴力的目的，是实现世界霸权，不是吗，男爵？”

贵宾乙（英文）:“德国的目标是摧垮英国海上垄断权，并不是世界霸权。而贵军门口口声声要全面改造社会，既然要砸碎旧的制度，为什么还要沿用封建的军门官衔？”

贵翼（英文）:“沿用的不是封建制度，而是中国的传统文化。——借用哈姆雷特的一句名言，这是一个礼崩乐坏的时代，倒霉的我却要负起重整乾坤的责任。”

贵宾甲（英文）:“说得好，好极了。”

此时，法国公使和美籍华人武官走了过来。

法国公使（法语）:“贵军门好。”

贵翼（法语）:“您好，大使先生。”

华人武官（中文）:“贵军门，别来无恙？”

贵翼（中文）:“——好久不见了，老同学。”他转对贵宾甲，“我在西点军校的同学建沧兄。”

贵宾甲转对华人武官（中文）:“幸会。”

几人举杯饮酒。

贵宾甲（英文）:“诸位对眼下的国际局势有何高见？”

华人武官（英文）:“欧洲国际关系危机四伏，各国都在酝酿着强大的力量对比。”

贵翼（英文）:“苏俄突破了帝国主义的封锁和孤立，正试图开创生存和发展的空间，而法西斯挑起的局部战争，很有可能染遍欧洲。——正如日本入侵我东三省，狼子野心，面目狰狞。我认为，于今之计，应该以国家利益为重，集中国家力量，打击侵略者——”

法国公使（英文）:“听说贵军门即将调任上海？”

贵翼（英文）："是的，贵某人即将调任军械司，去上海公干。"

华人武官（英文）："上海位于长江入海口，国内国际交通重要航线啊——"

贵宾甲（英文）："军械司可是国家的血脉——"

贵翼（英文）："大动脉。"

华人武官（英文）："新式武器在战争中的确拓展了战争空间，但是战争会变得更加残酷。"

贵翼（英文）："战争就是高消耗，拼时间，打军备——德国正在大量扩充陆军，西欧的局势也是一触即发，大战在即，必须有效控制国家权力，增强国力，团结对抗，才有可能重建国际新秩序——"

众人点头。

这时，一名服务生端着酒具从林景轩身边经过，朝着贵翼的方向走了过去。他看到服务生从托盘里拿起像信封似的东西，笔挺的身姿微微一侧。

服务生："军座，刚才有人送了封信给你。"

贵翼诧异。

他从服务生手上接过一封信，有礼貌地跟三位贵宾示意自己要离开一下。他走到一边，打开信封，里面只有一个粉红色的发卡。看到里面的东西，贵翼的脸上露出暖阳般的笑容，嘟囔道："小调皮。"他顺势把发卡的背面翻过来看，上面有一行红色小字母："SOS。"

触目惊心！

贵翼变色。

他立即行动，在人群中寻找服务生。

贵翼一把拽住那个服务生，克制住情绪，问："人呢？"

服务生用慌乱的眼神望着贵翼："什么，什么人？"

与此同时，发现贵翼神情有异的林景轩快步流星地走了过来。

贵翼质问服务生："送信的人。"

林景轩也有些急了："怎么了？怎么了？——你说话啊，军门问你话呢。"

房间里一下安静了，连音乐也都停止了，众人此时此刻的目光都聚焦在贵翼身上。

服务生慌张道："——我，我不知道，我，我是，有一位先生叫我把这封

信送给您。”

贵翼沉住气：“什么时候的事？”

“半，半个小时前。”

贵翼一下揪住那服务生的衣领：“那你为什么现在才给我？”

银装素裹的街道，一个青年的背影在雪地里疯狂地奔跑，气喘吁吁的声音在冰天雪地里回荡，接近虚脱的身体栽倒在雪地上，他爬起来，继续跑。

威灵顿道上，一辆装饰豪华的马车驶来——

一路街灯明亮，车轮嘎嘎吱吱碾轧着碎雪，车速减缓，顾晖驾驶的马车停驻在一所粉色玻璃花房前。

一扇门打开，风雪中，身披红色斗篷的女人从屋子里走了出来，皑皑的白色大地只有她那一抹红色，色彩鲜明。

路灯下，贵婉向马车走来。

风雪中，她下意识地回望了一下远方。

“砰”的一声枪响——

雪地里疯狂奔跑的青年听到了。

驾驶汽车，加速油门的贵翼听到了。

林景轩听到了。

雪白的地面上，一摊血红，贵婉躺在雪和血交融的地面上，一动不动。雪花落在她的身上，渐渐地红色上面蒙上了薄薄的一层雪白。

第一章　你好，我是资历平

这是一场不同寻常的“兄弟”见面。

他们并不相识，二十多年来，没有见过面，彼此生活在不同的城市、不同的环境，有着不同的家庭背景。

苏州，贵家。

贵母的房间里，贵婉的照片挂在墙上。

贵母不停地捻着一串佛珠，贵翼站立一侧，丫鬟端着一盏茶走进来，他接过茶杯示意丫鬟先出去。丫鬟会意，转身离开了房间，关上了门。

贵翼奉上茶：“娘，您喝点茶，歇歇吧。”

“——是我的错。”贵母哽咽着，伤心难过地说不下去了。

贵翼放下茶杯，上前握住母亲冰凉的手，慢慢蹲下来，眼眶里的泪花，全都洒在母亲的手背上。

“娘，不要太难过了。贵婉向来温顺纯孝。她要知道娘为了她这样折磨自己，妹妹在下面也不能心安——娘。”

“她走的时候，有没有——”

贵翼截住母亲的话：“没有！她走得没有一点痛苦。她是因为心脏病突发，她，走得很安静。医生说，她这是隐形的心脏病，实在是防不胜防——”

贵母喃喃自语：“这是老天在惩罚我。”

“娘？”

“去把贵婉给找回来吧。”

“娘！”

“我没疯，也没有病。我说的是另一个贵婉。”

“另一个？”

他用诧异的眼神看着母亲，顿了顿说：“您是说，叫我把二十几年前被父亲逐出家门的姨太太和她生下的那个孩子找回来？”

贵母站了起来，说：“二十多年了，彼此不通音信，也不知他们是否还——在？”

贵翼怀疑母亲的心理出了问题。

“娘——您没事吧？”

贵母一双眼睛直直地盯着贵翼，像是有些犹疑，迟疑片刻，终于重新提起勇气：“我是有要紧事跟你说！”

贵翼紧张地看着母亲。

“二十几年前，赶走你父亲的爱妾，是你祖父布的一个局——”

贵翼静静地听着。

“二十几年前，你父亲喜欢上一名色艺俱佳的坤角叫叶连生，你父亲执意将她纳为小妾，带回贵家。他的所作所为触犯了家规，为传统道德所摒弃。你祖父设局，摆了那女人一道，让你父亲与从前不良嗜好彻底决裂。而你父亲，也铁了心不要那女人肚子里爬出来的孩子，他甚至剥夺了那孩子的姓氏，对于过去种种经历，他深以为耻。”

贵母与贵翼对坐说话。

“你妹妹用的这个名字，当年是给那孩子取的。你父亲原意要那孩子温婉和顺，你小弟那种出身，在大家族里，如不能温顺本分，很难有立足之地。”

贵翼渐渐懂了母亲的心意。

“我过去伤害过一个女人和一个孩子，老天罚我，失去自己挚爱的孩子。——我想赎罪，我想还你父亲一个‘贵婉’。”

贵翼懂了，他紧紧握住母亲的手，说了一句话：“娘，你放心。”他的目光凝结在贵婉的遗像上。

贵翼走进花园，看到父亲正在侍弄花草，走了过去。听到脚步声，贵闻斑没有回头便问道："劝过你母亲了？"

"母亲让我去上海，寻找二十年前被、被祖父逐出家门的小弟。"

贵闻斑转过身，暗淡无光的脸色，失去爱女的伤痛挂在这张沧桑的脸上，语气寡淡："——其实，翼儿，你母亲用不着这样！——"

"妹妹过世，来得实在突然。母亲恋恋不舍，心结难解。——总想着为父亲做点什么——"

"白发人送黑发人。"贵闻斑的眼中不知何时已经挂上了泪花。

"父亲。"

贵闻斑一摆手："——你知道，有时候真的是天命难违。你母亲跟我提了你弟弟的事情。我没回答。因为时隔多年，那个孩子还在不在——纵然那孩子还在，他的情况和境遇，我们也是一无所知。——你去上海，慢慢地找一找，如果找到了，不要急着认他。凡事随缘随分吧。"

"——我会看着办的。至于认不认他，您说了算。"

贵闻斑直截了当地："我没这个资格。"

贵翼愣住。

贵闻斑示意儿子帮着自己搬花盆，两人把一盆兰草搬到花圃边上，贵闻斑突然说道："——别责备自己。"

贵翼身子一颤。

"你妹妹自己选的路，就算是穷途末路，也是她自己选的！"

贵翼脸色苍白："父亲。"

"我虽退职多年，总有几个老而不朽的幕僚做耳目。——你别太自责了，人都有自己的思想、自己的情感，你常年在外，多保重。"

这一句，贵翼听得实在难受："父亲。"

"我和你娘再也经不起了——"

"父亲，我一定把贵婉给您找回来。"

贵闻斑站在花园里，仰头望着阳光，说了句："别说话，贵婉听见了会不高兴的，小囡囡打小就爱吃醋。"

看着父亲的背影，贵翼的鼻子一酸，心中隐隐不安。

黄浦江畔，彩霞映照在江面上，波光潋滟，江船延绵。江景入画，阳光温暖，一片绿荫底的小路上，资历平步伐稳健地一路跑来。

隔江观景，栏杆边的椅子上，有人在吃早餐，有人在练拳，有人在看报纸，有人在垂钓。资历平跑过，突然几个壮汉一字排开拦住了去路。急停脚步，看到来人不妙，资历平掉转回头拔腿就跑。刚跑出没几步，一辆汽车猛地在资历平前面刹住了。

车门一开，几个壮汉"鹰拿燕雀"般把资历平给扔了进去，车门一关，风一样地开走了。不一会儿，车便停在了外滩上，资历平从车上走下来，远远地就看到文四益手里拿着报纸，背手站在外滩边上，望着波光粼粼的江面。

资历平款步朝着文四益走去。

看到资历平来了，阿黎上前在文四益耳边耳语了一句，文四益转过身望着资历平走来。外滩路上，文四益手里卷着报纸筒与资历平并肩走着，阿黎和壮汉们远远地跟在后面。

"晨跑坚持得不错啊。"

"您还天天读报啊。"

文四益拿着报纸在眼前摆了摆，说："读报好啊，长知识。"

"报纸上都写了什么？"

"基度山伯爵是否真有其人、哈姆雷特的精神世界、伍子胥一夜白发、赵氏孤儿到底姓不姓赵——"

资历平停下脚步："四爷您来意不善。"

"——我以为像你这样豁达的人，是绝不会落到流行小说里那种重生复仇的俗套里去的。"

"为什么不呢？小资我就是个俗人。"

"关键在于，你不甘心做个俗人。"

"那就做个套中人吧。"

文四益感兴趣地："哦，那你是个设套的，还是解套的？——这个很重要。"他随手把报纸递给资历平，"送给你。"

"谁？"

"你的套中人。"

资历平看到报纸上赫然印着“贵翼”的大幅军装照，一派威风，十足鹰派气息，他莞尔一笑。

文四益赞美地一甩头：“儒将啊。”

“我知道四爷您心里怎么想的——”

文四益抬头看他。

“犬儒之辈。”

这句话说到了文四益的心坎里，他掩饰不住眉宇间的得意：“小资啊小资，——我觉得你某些方面和我真的很相像。”

资历平俏皮地：“四爷抬举我。”

“是提拔，嗳。提拔。——跟我干吧，小资。”

“我很忙。”

“伪造字画能赚几个钱？”

“够用就行。——再说，像我这种没常性的人，跟着四爷能做什么？”

“我赌场还缺个发牌的。”

“嗯，上次你说，你赌场那个发牌的很能干。”

“能干是能干，可惜四爷我这么大的场子，抵不过他人的人心大。”

“人走了？”

“走了——革命去了。”江上汽笛长鸣，伴随着长鸣是文四益意味深长的感叹：“就在上海！”

两人沿着江边又走了一段，文四益望着江水，说：“有没有闻到江风里的味道？”

“火药味。”

“死人味。——这座城市里每个非法交易的巢穴和贩卖枪支的交易现场都在我工作的范围内，虽然我的工作不太合乎你的胃口，但是——我依然希望你能够过来帮我。”

“四爷，你什么工作啊？”

文四益大声笑起来。

“四爷是个实在人，我小资是个明白人。四爷您无非是想把小资变成四爷手上一把上了膛的枪——来对付这个人。”他一指报纸上贵翼的戎装照，“四爷，您坐的是上海滩军火商第一把金交椅，而贵翼，我同父异母的大哥是新上任的军械司副司长，掌管着全国的军火运营。您这个时候把我招入麾下，岂不是司马昭之心——不是小资不识抬举，泼您冷水，我觉得我真的帮不了您的忙。”

“明白，明白小资。你是一个自尊心很强的人，——以我对你的了解，你是绝不会去攀附权贵的。”

“我的自尊心很强吗？”

文四益笑指资历平：“敏感，太敏感了。”他搂住资历平的肩膀，“我说这话，纯粹是照顾你的感受。”

“我是资家的孩子。——没有资家，我什么都不是。”

“算了算了，——我才不想听你的伤心故事呢。你还是讲给想听的人去听吧——比如你亲大哥贵翼，看他愿不愿意跟你分享痛苦。”

资历平看着报纸上贵翼的照片，淡淡地说：“他已经分享了。”

“你看这大上海，到处飘着洋人的国旗。我中华泱泱大国啊——有时候我还真佩服慈禧那老娘们，说打就打，说开战就开战，八国联军啊。”

资历平有点蒙，不知道他要表达什么。

“——你说，慈禧当年要是把修园子的钱，都拿到我这来买军火——说不准大清就不会亡。”

资历平看着他，顿时发笑：“我想起来了，四爷您是正黄旗。——不仅仅是正黄旗，您瞧您的名字，文四益，一谦而四益，有才有谦，四海皆兄弟，四时气备人中龙凤也！”

“可不，大清不亡，我这正黄旗出身，益言益事益友的德行，那还不得封个王侯将相啊。你呀，你们这些人看见我就得跪下磕头。”

“得亏大清亡了。”

文四益不理会他的话，旁敲侧击地：“贵翼是军政要员，你跟他不见面就算了，见了面，就意味着你只能是一个服从者。”

“小资的字典里没有‘服从’这两个字。”

“你就吹吧。”

“对了，四爷，——我想找四爷借两个帮手。”

“好说。——不过，我很好奇，你到底想干吗啊？”

“看报纸啊，四爷。”

“头版吗？”

“头条。”说完，他仰首挺胸向前走去。

文四益眯着眼睛笑着。

阿黎走上前。

文四益对阿黎：“——你怎么看？”

“小资跟四爷反复强调资家的好，说不准已经在打‘贵家’的主意了。”

文四益点点头：“上海滩的大风暴就要来了。”

上海跑马厅附近8层高钟楼的钟声响起，郭玉打开楼下的信箱，取出一沓信件。她一封一封地翻看着，有几封广告信，几封银行的信。突然，她的目光停驻在一封信的封面上，上面写了一行字，“朱惠儿签收，落款，盐城茶庄”。郭玉打开信封，里面有一页纸，写了一句话，“七天内，老家有货到。”

路上行人熙熙攘攘，郭玉挎着小包，穿过街道，走到街心的报刊亭停下，左右看看，买了份报纸之后便匆匆离开。

人流中，露西踩着脚踏车，车后座坐着妞妞，妞妞的手上摇着玩具“小风车”，和郭玉“擦身而过”。

咖啡馆里稀稀落落，郭玉推门进来一眼就看到了坐在角落里的资历安看着报纸。

服务生迎上来：“您一个人吗？”

郭玉打了个手势。意思是有位置，直接走到资历安对面坐下。

服务生走过来问：“您喝点什么？”

“咖啡。”

服务生下去了。

“资科长。”

资历安放下报纸：“你迟到了。”

“最近风声鹤唳，草木皆兵的，谁还敢在这个时候出来捞钞票，保命要紧。”

资历安直截了当地："我们的狩猎计划已有重大突破。——稳住了。这个关键时刻绝不能自乱阵脚。"

"是。——资科长，有新消息了。有人在'朱惠儿的信箱'里联系'茶杯'，说老家有货到。"

资历安意味深长地："你是说他们的'老家'要来'贵客'了？"

郭玉点头。

"客人什么时候到？"

"不知道，只知道在这个星期内抵达上海。"

见服务员端着咖啡朝这边走过来，两人停止了对话，等服务生转身离开后，郭玉继续对资历安："你知道，'烟缸'认得'茶杯'，我只是一个'冒牌货'，万一她回来怎么办？"

资历安淡淡一笑："她回不来了。"

"回不来了，是什么意思？"

"三个月前，'蓝衣社'已经在天津把'烟缸'给'解决'了。所以，从现在开始，你就是'货真价实'的'茶杯'了。"

"真的'茶杯'呢？"

"我会尽快'解决'的。"

"我们杀了他们的人，他们会不知道吗？"

"听着，我坐在这里陪你喝咖啡的原因只有一个，你是一个邮差，我需要你接到'老家'的货，打入他们的核心，摸清楚他们的秘密运输线。——你要知道，任何事都不可能做到完全透明，我有充分的理由相信，他们不可能认识交通站每一个人。所以，追踪到他们只不过是时间问题。既然你已经干了这一行，就别装可怜了。"

资历安从怀里掏出一个厚信封来，递给郭玉。

郭玉边收起信封，边说："客人一有消息，我会及时通知你的。"

资历安点头："注意安全。"

"说到'安全'，叫你的人别再跟着我了。如果被人发现我被监视了，'茶杯'这条线就算彻底'死'了。"

"明白。"

“你们会让我们出货吗？”

“那要看‘货’的成色。”

“也就是说，一般的‘货’，我们不截货。”

“对。”

“为什么？”

“我喜欢以小博大。”

面对资历安锐利的眼神，郭玉的后脊一阵发凉，不寒而栗。

侦缉处的走廊里传来一阵不疾不徐的脚步声，停在了资历安的办公室门口。房门推开，只见房间里一个女人正在整理着办公桌，桌子上是一杯还冒着热气的咖啡，桌上的案卷被摆放得整整齐齐。

苏梅转身立正：“科长。”

“嗯。——说。”资历安径直走到自己的办公桌前坐下，端起咖啡喝了一口。

苏梅简明扼要地汇报：“南京国防部新闻处报道了一起航空署失火事件，在‘失火’事件的调查中，发现大量库存汽油被盗，军方怀疑是监守自盗，现已控制住嫌疑人。——上海警察局特情科的科长寇荣，三个月前在天津失踪了，特情科已经酌情处理寇荣为自动‘离职’。”

资历安喝着咖啡，面无表情。

苏梅继续：“——上海警察局警察在南市进行例行训练，回程途中与安南巡捕发生械斗，双方发生激烈冲突。”

“哪边赢了？”

“警察局。”

资历安脸上闪过一抹笑意：“这个刘玉斌。不过，这些印度巡捕经常在码头和车站殴打中国劳工，他们连我们警备司令部的人也不放在眼里，这次被警察局痛揍一顿，算是给他们一个教训。——我们中国人也不是那么好欺负的。”

苏梅继续汇报：“朱惠儿是共党的一名报务员，于三天前上午九时三刻，在法租界善钟路被捕，关押在嵩山路巡捕房，我们已经派员引渡了。”

“是我的线人提供的有力情报，犯人一转过来，立即秘密审讯。这个犯人

我亲自审。”

“最新消息，江浙督办贵翼近日将赴上海赴任军械司副司长一职。”

资历安一抬眼：“这个跟我的工作有关系吗？”

“间接关系。”

资历安浅笑。

“他是你家三弟资历平的亲大哥。”

“消息哪儿来的？”

“我是搞情报出身的。”

“你调查我？”

“工作而已。”

“调查有什么结果？”

“一无所获。”

资历安嘴角上扬。

“——听说你和你大哥从不相往来。”

资历安看着苏梅，一字一顿地说：“外面的话，不要听，都是谣言。”

“无风不起浪。”

“你想说什么？”

“我想我们结婚的时候，能收到你家里人的祝福。”

资历安的脸上渐渐露出一丝微笑：“会的，会有的。”他站起来，很难得的一个温存动作，他揽住苏梅的腰，说：“对于我的家庭，我暂时还不能透露太多，而你要做的是‘等’，安心等待，你不用进一步证明你有多爱我，抑或是多在乎我的家庭。你要改掉你事事好奇的坏习惯——”

他们脸贴着脸。

“事事好奇，只不过是我的工作习惯。”

“你的工作进展如何？”他的手有点不规矩，在她的身上不停地抚摩着。

苏梅轻轻挪开他的手，说：“共产党交通局又要开始新的行动了——”

“‘动’才好呢，盼着就是要他动。”

“轰隆隆”火车进站声——

方一凡提着皮箱，走出站台。

站台上，打包装箱的货物，一件件地被钉上长长的钉子，邮件成捆成捆地送上板车，一件件运送到仓库里。

方一凡走出车站，顺手拦了一辆黄包车，远远离去。

法租界边界，朱惠儿被两名法警押到边界上，对面是上海警备司令部侦缉处二科的特务们，朱惠儿被交到钟雪萍、古纯音手中。

朱惠儿被推搡着押向囚车，她的一条腿受了伤，走得很慢。

过边界的行人都朝朱惠儿的方向看过来，有的窃窃私语，有的指指点点。资历平混在人群里，他手上抱着一个五六岁的小女孩，脸上裹着灰色长围巾，小女孩的眼睛四处张望——资历平用手把小女孩头上戴的毛线小绒帽给拉下来，几乎遮住了小女孩的眼睛，小女孩举着小手抗议，嘴里嘟嘟囔囔的。

朱惠儿看见了小女孩，那“抗议”的小手，此刻正如与母亲“诀别”的再见！

法警呵斥着，把朱惠儿塞进了囚车里，一上囚车，就被戴上重镣铐。

囚车起步，资历平抱着妞妞也开始小跑起来。朱惠儿深情地凝视窗外，看着摆手召唤的妞妞，看着一路小跑挤过人墙的资历平。望着囚车行远，直至消失在视线里，资历平才停下了脚步。

回到家中，资历平一下拉开一层布帘，露出墙上一系列的有关“贵家”和资历群的新闻报道。

贵翼、贵婉、资历群、资历安的黑白模糊照片全都贴在墙上。

资历平一把、两把、三把把墙上自己做的所有标记符号、报纸简报一个一个拿下来，全部叠放整齐，放进一个准备好的小皮箱。他拿着一块蘸水的抹布，把整个房间前前后后能用手触到的所有物件擦拭得干干净净。

无人的大路上，一排排的汽车停在路边。两名士兵蹲在一辆汽车的旁边检修着后轮胎，林景轩站在一旁监督着检修的情况。在车的前方，贵翼大剌剌地靠在汽车前边，等着。

不一会儿，林景轩走过来：“好了。”

贵翼点了一下头，向车的内侧走去，林景轩打开车门，贵翼上车。随即，前呼后拥的车队有序驶过繁华街道。

贵翼望着窗外，神情凝重。军帽帽檐的暗影在他的额际，一路春阳忽明忽灭地映照在他的脸上，汽车开往上海。

汽车开进上海，浩瀚的车队缓缓地行驶在上海的街道上，引来路人惊异的目光，甚是扎眼。车队停在上海国际大饭店的门前，林景轩先从车上走下来，打开车后座的车门，贵翼军装笔挺，身姿挺拔地从车上走了下来。英气十足，贵气不凡，惹得饭店周围的行人都驻足不前，想要看看发生了什么事。

饭店大堂里，贵翼一行人长驱直入。

林景轩紧随贵翼步伐，一边走一边说："叶小姐，不是，姨太太离开贵家不久，就到上海挂牌唱戏，然后姨太太改嫁了资家，不是，叶小姐，叶小姐就嫁给了一个洋行买办资先生做姨太太。咱们家小少爷，不是，他们家小少爷，就是我们要找的人。"

贵翼停下脚步，问："住址？"

林景轩拿起一封信来看，念："西门蓬莱路十九——"

他还没念完，贵翼一把就拿过来了，问："信哪儿来的？"

"老爷给的。"

"老爷？"

"老爷托了几个商会的朋友，打听到的——"

贵翼回手把信还给林景轩。

"去把人给我请来。"

"是，军门。——军门，他要是不来呢？"

"说什么？"

林景轩笑笑。

"不来是吧？——绑过来！"

林景轩大声地："是。"

电梯门开了，贵翼等一行人走进电梯。

电梯上升中，贵翼仿佛看到一个熟悉的身影从面前经过，他有点察觉地回眸，但连那人的背影都没有看清楚，电梯已经缓缓上升了。

人来人往的巷子里，摊主们卖着各种物品，资历平侧身站在墙边，眼角的余光看着妞妞，跟一个贩卖书画的人说话。妞妞蹲在地上拿小米喂着鸡，鸡跟着她跑，妞妞高兴地直起脖子“咯咯”叫，鸡也跟着她叫。

“这是月结的钱。”贩画人把钱递到资历平的手上，“你真的不做了？——天津那边的画商很满意你的画，我还想着替你开拓欧洲市场呢。——要不，你再考虑考虑？”

资历平低头数着钱：“不做了。——你看看货。”

贩画人展开一幅临摹的《簪花仕女图》，赞叹道：“真是艺术品。话说回来，你仿周昉的画质是最像的一个，你不做了，真太可惜了。”对于资历平的决定，贩画人还是内心有些不舍，“——以后还想做这行，给我打电话。”

“谢谢。”

贩画人卷起画，叹了一口气：“以后再也看不到你的杰作了。”

资历平淡淡地：“会看到的。”

贩画人没听懂：“啊？——回来记得还找我。”他又捏捏手上的画，夸了一句，“这要搁别人，至少也得临摹个一年半载的。”

资历平悠悠地：“我没有那么多的时间了。”他走到妞妞身边，一把将妞妞抱紧了，转身就走。

妞妞舍不得小鸡，仰着头：“鸡咯咯，鸭咯咯——”地学叫着。

“——嗳，回头想明白了，还找我——我给你涨价——大家都是朋友，好说好商量——”

在妞妞学鸡叫的“咯咯”声中，资历平走远了。

贵翼坐在思南路的一家中式茶餐厅里，等待一场不同寻常的“兄弟”见面。他们并不相识，二十多年来，没有见过面，彼此生活在不同的城市、不同的环境，有着不同的家庭背景。他在想，这孩子进门来应该是怎样一副姿态？趾高气扬？抑或是悲悲切切？是诚心诚意打算“认亲”？还是“蜻蜓点水”般走走过场？贵翼觉得自己最好以第三者的面目出现，他打定了这个主意，所以显得气定神闲。

林景轩侧着身子跟贵翼低声说：“军门，我去了资家，他家小少爷不在家，我就把他家的保姆如意婶给‘请’来了。”

贵翼看着林景轩。

林景轩解释：“不是，我这不是‘急中生智’，围魏救赵，曲线找人嘛。”

贵翼没有说话，转过头朝着前方望去，如意婶就坐在自己的对面，气鼓鼓的样子能看得出来她有些不高兴。

陈萱玉嗔道：“——你们都是些什么人啊？啊。我们东家是正经人家，你说让三少爷过来，他就得过来啊。不讲道理啊——我还要买菜呢。”

“如意婶，我们只是想请你家三少爷过来坐坐，你看，我们像坏人吗？”

“电话已经给了你们啊。”

“不是他不在吗？”林景轩有些委屈，“你说他在繁星报馆当记者，我打电话过去，说他下午不上班；你又说他在风行钢琴社调钢琴，我专程派人去接，说他干完活就走了；你又说他下午有课，你家三少爷到底打几份工啊？”

“那，那这一大家子要养活，总得有人挣钱吧。”

“你家三少爷真是个劳碌命。”

贵翼抬了抬头。

“哟，长官，这话说的，劳碌命怎么了？怎么了？不偷不抢的，轮得到你来奚落。——你不也是个劳碌命吗？别人坐着，你站着。”

她撑起来要走，林景轩吼道：“坐下。”

陈萱玉吓得打了个激灵。

贵翼看了林景轩一眼。

林景轩也望了他一眼，意识到刚才的态度有问题：“——我说，如意婶。哎，你们那一大家子就都不能出去找事做啊，你家不是还有大少爷、二少爷吗？他们都干什么去了？你家三少爷底子好，能干，他要不能干，你们一大家子喝西北风去啊？”

“我家大少爷在漕河泾呢，你有本事，你把他给弄出来啊？”

林景轩一愣：“漕河泾？——监狱啊！”

听到这个消息，贵翼的脸色变得难看起来。

林景轩继续问：“你家大少爷在监狱里，那你家二少呢？”

“在医院里躺着呢。病得就快要死了。我家三少爷能干，那也是我们资家花钱教育出来的，与别人有什么相干？”

林景轩被揶揄得哑了。

“你们也不用急，再等等吧，他得从黑山路走过来。”

贵翼终于开口了：“没车吗？”

“坐车要五角钱呢。”她一说出来，又感觉不该说。

贵翼没说话了。

陈萱玉紧张地看看整个茶餐厅里的人，吭吭哧哧地动了动嘴唇。贵翼抬眼望她，很客气的表情，鼓励她说。

陈萱玉稍稍顿了顿，说：“我家三少爷胆子小，从小就有精神紧张的毛病，你们，你们千万不要吓着他。”她几乎是看着贵翼的眼睛把整句话说出来的。

贵翼：“大婶，您在他家帮佣有多少年了？”

陈萱玉眼珠转动：“我是跟太太一起陪嫁过来的。”

“三少爷是什么时候到你家的呢？”

“三少爷是跟……”她踌躇了一下，“三少爷是跟姨奶奶一起进门的。俗话说的‘拖油瓶’。拖油瓶侬晓得伐？”

林景轩大声咳了一声，如意婶的这番话着实不应该让贵翼听了去。

然而，贵翼倒是不在意，继续追问：“来的时候，他多大？”

陈萱玉随口就来：“一岁左右吧。”她想了想，算了算，又说：“会说话了。两岁？”她不确定了。

“太太跟姨太太关系好吗？”

“不好。”

这句话斩钉截铁，好像是如意婶到这里说得最干脆的话。

贵翼不作声了。

“来了，来了。”这时，不知道是谁站在门口说了一声，包间里所有人的目光都汇集到了门口，隔着玻璃，只见资历平抱着妞妞走进来。

走进茶餐厅，资历平以询问的目光扫了一下周围的人。

贵翼和资历平目光相对，贵翼愣住了。

林景轩张着嘴：“哇，像，像，太像了。”他发现贵翼瞪着自己，赶紧换话题，“资家三少爷是吧，这里，这里坐。”

“谢谢。”

资历平看见了陈萱玉。陈萱玉也看见了他，赶紧站起来，忙道：“三少爷，你可来了。我刚出门买菜，就被他们给弄来了。”她抱怨的同时不忘悄悄叮嘱他一句，“他们有枪。”

“见了太太，别说太多。”

“知道，知道。你自己小心。”

“今天代课的钱。”资历平从口袋里掏出几块钱来给陈萱玉。陈萱玉数了数，“怎么只有七块钱啊，一半都不到。”

“学校说，到年底给补。”

“每次都说年底给补，到了年底就把补的钱当过年钱发了。”她一边唠叨，一边从手里抽出一块钱塞给他，“也就是欺负你们读书人，老实。”又整了整衣襟，“我先走了。记得去医院给二少爷送饭。”

“知道。”他应声目送陈萱玉离开。转而把目光移向坐在椅子上的贵翼，大方地伸出修长的手，说：“您好，我叫资历平。小资的资，经历的历，平安的平。”

贵翼站起来，握住了他的手。

第二章　走马赴任显军威

绵绵细雨中，一把太师椅被端正地摆在一旁。贵翼一脚踢飞迎面跑来的水警，水警“扑”倒在地，林景轩紧跟在后，眼见着水警倒地。

贵翼一甩军披，端坐在了椅子上。

“坐。”贵翼客气地示意着。

“谢谢。”他把手中抱的女孩先放下，让她坐稳后自己才坐。

“你妹妹？”贵翼问。

“不是。”

“你结婚了？”

“啊。”资历平的一声“啊”，是模棱两可。

“你孩子？”

“我家里给我定的‘童养媳’。”

贵翼诧异地张开嘴：“什么？”

“我父亲给我定的亲，当时，定亲的时候，长辈们忘了问彼此孩子的年纪。”

贵翼和林景轩对视一眼。

“不能取消吗？”

“是要取消的，不过——”他压低声音，“她家里长辈突遭车祸去世了。我要不接她过来，很可能就——”

贵翼“哦”了一声，大意是明白了。

林景轩也懂了：“对，对，对。小资少爷好良心。”

妞妞鼓着大眼睛瞅他们，羞赧得也不说话。

“——不好意思，稍等一下。”他站起来，朝包间门口站的服务生喊了一句，“麻烦你，来一大碗鸡蛋面。放一点酱油，一点点蒜泥，十颗葱花，不要放味精。”

服务生应声：“好的，先生。”

林景轩和贵翼互相对望着。

“不好意思，让您久等了。”资历平重新坐下来，“听说先生从苏州来？”

“是的。”

“先生贵姓？”

贵翼稍作迟疑，说：“我姓贾。”

资历平嘴角挂起一抹难以捉摸的浅笑。

“贾先生。”他声音里藏着的一丝紧张和干涩消失了，取而代之的是一种标准社交礼仪，“简单自我介绍一下，我是工部局联办公学的代课老师资历平。家里人都叫我小资，外面的人都叫我资老师。”

“我年纪比你大，你要不介意的话，我叫你小资。”

资历平微笑，笑容很甜：“好啊，您要不介意的话，我叫您老贾。”

贵翼的笑容凝住：“我很显老吗？”

站在一边的林景轩有些替资历平着急，怕这个没头脑的酸腐秀才出言不逊，他突然插口道：“哎，我们点的鸡蛋面怎么还没来啊？服务生，鸡蛋面，上鸡蛋面。——怎么搞的，我们的鸡蛋面——别弄错了，是大份的。一点酱油，一点点蒜泥，十颗葱花——不要数错了——”

“来了，来了。”服务生应声而来，他端了一大碗热气腾腾的鸡蛋面过来，林景轩直接接过来，恭恭敬敬地放在资历平面前。

“大份的——鸡蛋面——”他回头看贵翼，随口一句，“你要吃吗？您不吃，——您不想吃点什么？”

贵翼的眼神告诉他，回头我就吃了你！

资历平一抬头，三个男的眼光对接，贵翼旋即一笑，说：“吃吧，吃吧。

趁热。”

资历平把鸡蛋面推到妞妞面前，给她搅拌了几下，又把长长的面条夹断成短短的。看着他这一系列的娴熟动作，贵翼和林景轩都开始怀疑眼前这个资家少爷是真是假。

安顿好妞妞，资历平和贵翼又闲聊起来，林景轩在旁边站着，用审视的目光看着资历平，时不时地还看一眼吃面的妞妞，这一幅画面让他好似做梦一般，完全不是自己想象中的情形。

突然，妞妞大哭起来。

原来是林景轩，他看到妞妞想吃餐盘里的蒸糕，可是蒸糕是他们之前点的，早有些凉了，妞妞以为他要拿走，不给吃，立即哭了起来。

贵翼拿眼瞪林景轩，资历平哄着妞妞。

林景轩跟贵翼解释：“——我就想给小妞把蒸糕热热，这天气，吃了冷的胃寒。胃寒——”

贵翼拿了点心给妞妞吃。

资历平拦住：“这蒸糕是肉馅的，冷了吃下去不消化。热热吧。”

贵翼脸上略有点挂不住。

林景轩赶紧就拿了蒸糕去热。

妞妞继续吵闹，资历平继续哄。

资历平哄好了妞妞，说：“不好意思，我时间紧，边吃边聊吧。”

妞妞拿着长长一双筷子津津有味地吃面，她的小眼睛时不时地看看对面的贵翼。

贵翼看着他：“你，成天都做这些事？”

“什么事？”

资历平望一望他，忽然就明白了他话里的含义，浅笑道：“担水砍柴，比事父事君容易多了。”

贵翼眉一抬，这孩子出口不凡，语带双关。

“你父亲让我过来看看你。”

资历平故意重复一句：“我父亲？”

贵翼很明确地：“你生父。”

“冒昧地问一句，您是我父亲的同僚？还是……”

“同僚。”贵翼答得很干脆，又迟慢了一下，说，“也是远房表亲。”

“他老人家身体怎么样？”他问得不咸不淡，没有任何感情色彩，很礼貌，礼貌得让人挑不出刺。

但是，贵翼听着很不入耳。

“还好。”

“他家里不是出了什么事吧？”

淡淡的一句，一针见血。

“是。你，父亲的女儿去世了。”

资历平恍若不经意地抬头，看了一眼贵翼，问：“他女儿多大？”

贵翼声音低沉地：“二十一岁。”

“这么年轻？——怎么死的？”

贵翼扎心地疼：“病死的。”

“她死的时候，你在她身边吗？”

“——在。”

“你一定很难熬吧？”

“小资哥哥。”妞妞吃得满嘴连汤带水。

资历平赶紧帮着她揩干嘴角的油沫，说：“慢慢吃，一会儿呛着了。”

看着眼前的景象，贵翼的心底很酸，很痛。自家亲妹子过世了，挡不了他眼前“童养媳”嘴角边的油沫。他就像听见街坊四邻里突然过世的乡邻一样，不，连乡邻都不如，犹如路人吧。贵翼感慨起来，你金尊玉贵，在别人眼中就像一粒沙子，微不足道，你身在贫贱，一样有人爱如珍宝。

林景轩把“蒸糕”端上来了：“热蒸糕来了！！”

妞妞伸手去抓，突然收住手，拿小眼睛瞅了瞅资历平。

资历平微笑着：“吃吧。”

妞妞迅即拿了一块粉红色蒸糕，塞到小嘴里。

“谢谢大哥哥啊。”他这句话仿佛是代妞妞说的。

妞妞听话地对着贵翼说：“谢谢大哥哥。”

贵翼笑了笑，转对资历平，不经意似的说：“听说你大哥在漕河泾监狱。”

“是。”

“你大哥犯了什么罪？”

“杀人。”

资历平几乎没有什么可避讳的姿态，反而让贵翼有些局促了。大约停顿了半分钟，贵翼问：“判了多少年？”

“杀头。”

资历平低下头，妞妞的小手紧紧地捏住筷子。

贵翼追了一句：“缓期？”

林景轩都觉得这一句追得让人窒息。

“下星期五执行。”

贵翼和林景轩不自觉地互相望了望，茶餐厅里一片寂静。性格乖巧的林景轩想着打破沉默，至少调节一下茶餐厅里严肃的气氛：“资老师，你二哥得了什么病啊？”

“心脏上有了一个大窟窿。”

“富贵病，要养啊。”

“他心脏坏得厉害，养也无济于事了。”

妞妞喝了面汤，打了一个饱嗝，把筷子放下来。资历平直接把碗端过去，当着贵翼的面把剩下的残汤剩面蛋白渣一口气全吃了。

林景轩看得那叫一个恶心。

贵翼不明原因地也烦躁起来，问：“你下午有空吗？”

“今天下午？”

“是的。——我想和你一起去一趟照相馆，拍张合影。”

“啊？可是，今天下午不行，真不行。我还有事，一大堆的事——”

“把你手头上的事放一放，就一两个钟头的事。”

“别的事能放，去工部局的医院给我二哥送饭可不能耽搁。”

“这好办。我派车送你去。”贵翼话说得淡淡的，但好似无可更改的口吻。资历平看着他，贵翼又补充了一句，“你父亲想看看你。”

“我以为他会想念我的母亲。”

你母亲？贵翼心中的鄙夷并没有完全掩饰住，那种高高在上俯视的优越

感，是与生俱来的。

贵翼问：“你母亲，还好吧？”

“还好。”

“当年的事情——毕竟是长辈的故事。”

资历平浅笑：“故事？流言罢了。”

茶餐厅里的气氛冷起来。

“我很好奇一件事。”

“你说。”贵翼显得很配合，毕竟自己是以第三者的身份来的。

“在我生父的家庭里，我叫什么名字？”

“你，叫贵婉。”贵翼很珍重地说出这个令自己心痛的名字。然而，他不知道，对面貌似不相干的人，此时此刻，心也是“痛”的。

“这是一个女孩的名字。”

“你父亲希望你，温顺和婉。”

资历平看着贵翼真诚的眼睛，终于放低了自己的目光。

“我可能会让他失望了。”

贵翼没有答话，静静地看着他。

资历平站起来，他给妞妞整了整衣服，对贵翼说：“走吧。抓紧时间。”他把妞妞抱起来，“妞妞，我们跟大哥哥拍照片去。”

“拍照片去。”

贵翼也站起来，他与林景轩交换了一下眼色，不得不佩服资历平的涵养。

林景轩向前小跑几步，去给他们扶门。

资历平抱着妞妞先走了出去。

林景轩低声问贵翼：“哥，您还满意吗？”

“什么满意不满意的？”

“我是说，您对您的亲弟弟，满意不满意？”

贵翼反问一句：“我跟他有共同点吗？”

林景轩干脆地：“没有！”

贵翼向前走，林景轩在后面嘟囔一句：“你们只是同一个爹……而已。”

贵翼停住脚步，林景轩却向前跑去，喊着：“小资少爷，那边，我们的车在那边——”

黑色的劳斯莱斯驶过平平坦坦的洋灰马路，尊贵霸气。资历平抱着妞妞与贵翼一起坐在汽车后座上，都没有说话，妞妞欢喜地趴在汽车玻璃边上看外边的行人，看见有卖小吃的，就用胖乎乎的小手敲着玻璃，嘟嘟囔囔，喃喃自语。其中让贵翼听得最清楚的一句，就是：“买，要买。”

坐在副驾驶上的林景轩，心疼那汽车玻璃，又不好开口，只好干咳了两声。资历平会意，把妞妞的身子抱端正了，让她够不着车窗玻璃。倒是这一动作让妞妞不乐意了，嚷嚷着要大哥哥抱，贵翼也没二话，直接从资历平手上接过来抱到自己怀里，妞妞的身子又靠拢另一侧的车窗玻璃，继续用小胖手招呼那光洁明亮的车窗，颤摇有声。

资历平终于出声制止了：“妞妞，不准敲。”

妞妞扭过头去看资历平，大眼睛闪了闪，抿了抿小嘴，有些小委屈。

“干什么啊，小孩子嘛。”贵翼边说边从口袋里拿出一块金表哄着。果然，这亮闪闪的带壳金表很快吸引了妞妞，她就猫在贵翼怀里笑嘻嘻地玩表。玩了一会儿，妞妞举着亮晶晶的金表，又贴到车窗玻璃上了。

“犯人已经押回来了。”苏梅报告道。

资历安“嗯”了一声，问：“她孩子呢？”

苏梅一怔：“她有孩子？——就她一个。”

资历安有些狐疑。

“犯人不肯跟我谈，说要见你。”

“还没有动刑，就想要合作了。”

“也许是想跟你做一笔交易。”

朱惠儿戴着重镣铐站在优待室里，苏梅、古纯音、钟雪萍站在一边，屋子里安静得令人感到窒息。

资历安走进优待室，径直地坐了下来，说：“听说，你要找我谈谈？”

朱惠儿瞥了他一眼，不急不慌地说：“是的，资科长，我是中共地下党员朱惠儿，在上海干了足足有三年，我是上个星期在法租界被逮捕的，罪名是私设秘密电台。”

资历安微笑："惠儿，我们开局不错啊。"

"不是每个人都愿意面对死亡，女人尤其如此。"

"你很镇定。"

"内心恐惧。"朱惠儿平静地说，"我不想撒谎，浪费彼此的时间。"

"很好。"资历安很满意她的态度，"你知道我是什么人吗？"

"杀人机器上的一个转动的齿轮。——你知道我是什么人吗？我是一张毫无生气的收货单。"

资历安笑了笑，说："来啊，给朱小姐把镣铐解了——"

"资科长就不怕我有什么不轨之心吗？"

"我刚刚说了，开局不错，我希望咱们彼此都拿出点诚意……朱小姐请坐，去给朱小姐倒杯茶来，找一个干净点的'茶杯'。"

一杯茶端上来。

朱惠儿和资历安面对面坐着。

朱惠儿看了一眼苏梅等人，说："我要跟您单独谈。"

资历安看了看苏梅，对朱惠儿说："不是每个人到了侦缉处二科，一开口，就能保命的。或是一开口，就想漫天要价。"

"资科长，想不想知道我们最近老家的'货源'？"

"说一个名字或者代号出来。"

"'烟缸'。"

资历安没表情："我想听一点我不知道的。"

"可以啊，我要单独和你谈。"

资历安没表态。

朱惠儿站起身："我身上什么都没有。"说着就脱掉了大衣，露出旗袍，开始解旗袍纽扣。

资历安一摆手："好，我跟你单独谈。苏组长，你们出去一下。"

苏梅等人出去，关上门。

资历安示意朱惠儿坐下。

"有人曾经跟我说，你善于看穿人心。我觉得他紧张了——"

资历安看着朱惠儿的眼睛，很和蔼地："他是谁？——我可以负责地告诉你，他说的是正确的。——朱惠儿，你已经被捕了，这是事实。这个世界上是没有后悔药吃的。你现在的处境很糟糕。要么，你彻底坦白，说出你们组织的秘密，我还你自由；要么，就在这楼下，结束你的一生。很快，我保证，如果你不能提供实质性的帮助，你将永远沉默。”

朱惠儿脸上挂着神秘的笑容：“其实，我对死亡已经习以为常。”

资历安警觉地向后靠：“是吗？”

“资科长，害怕了？”朱惠儿淡淡地一笑，“我只是想调剂一下气氛。”

“我一向没有幽默感。”

“我需要一支笔和一张纸。”

资历安从书桌上拿起一张空白信笺放到朱惠儿面前，然后又从抽屉里拿出一个笔盒，打开递到朱惠儿的面前，让她从钢笔和铅笔里挑选。

朱惠儿选了一支铅笔。

资历安很放心，也很满意。

朱惠儿拿起笔，资历安关注着她的笔尖，尖尖的笔尖写了一个字“死”。

突然，朱惠儿把铅笔掰成两截，朝资历安扑过去。“‘烟缸’叫我问候你！”她一只手死死掐住资历安的喉咙，一只手用铅笔断裂的木头尖死命戳向资历安的喉管。资历安完全没有防备，连人带椅栽了下去。

这是致命的袭击。

枪声响了。

资历安手里的枪崩出子弹，顶在朱惠儿的腰上，一枪、一枪、再一枪。

朱惠儿的腰被打穿了。

两截铅笔落地，朱惠儿仰面倒下，一身血污。

苏梅、钟雪萍、古纯音等人冲进来，看见这惨烈的一幕，目瞪口呆。

苏梅跑过去：“你怎么样？”

资历安狼狈地站起来，一身血迹，他的手指上还挂着手枪。

地板上，朱惠儿的尸体横陈，瞪着一双血红的眼睛，死不瞑目。

“这纯粹就是来自杀的。”苏梅看着地上的血水被冲洗干净，望着朱惠儿的尸体被包裹起来，准备抬出优待室。

资历安捂着伤口抑制不住内心的狂躁，冲上去，暴虐地猛踩尸体。苏梅

上前劝阻："科长，别激动，别激动，小心脖子上的伤。"

资历安甩开苏梅，难以自控狂躁的情绪，越踩越用力，直到自己也没了力气。

回到办公室，苏梅立刻叫来医生给资历安查看伤口，包扎好伤口，苏梅把医生送出了门。

"'茶杯'是带了口信来的。"资历安摸着脖颈说。

苏梅从衣架上拿下来外套："什么口信？"

资历安轻蔑地一笑："'烟缸'向我问好。"

苏梅走到他身后，把外套给他披上。

"我第一次感觉死亡的袭击这么近，这么猛。"

"我会守在你身边，你不会有事的。"苏梅双手搭在他的肩膀上。

"我能应付。"资历安有些感动，他拍了拍苏梅的手背，"千万别乱了阵脚，我们就快收网了。这个关键时刻，不能失误。"他看看手表，吩咐一声，"备车。"

"去哪儿？"

"漕河泾监狱。"资历安已经从椅子上站起来。

"我跟你一起去。"

"不用。"

"我还是跟你去吧——"苏梅露出了一些焦急之色，被资历安尽收眼底。

贵翼坐在一张楠木雕花椅上，妞妞窝在他的怀里，资历平站在贵翼身边。

照相师傅喊："小姐请抬头，看着我，小姐请坐好了，小姐请笑一笑。——好，先生们，预备！"

"啪"的一声，一股青烟，一张照片定格了。

老板给资历平开了张取相片的便签，随口问道："那当官的是你什么人？"

资历平抬头看着远处正在逗着妞妞玩的贵翼和林景轩，低下头认真地说："我大哥。"

拿上单据和老板道过谢后，资历平走出了照相馆。看到资历平出来，林景轩上前，两个人说起了话。早春的阳光照耀在贵翼和妞妞身上，贵翼逗着妞妞玩。目光时不时地扫视着二人，林景轩也时不时地偏着头冲他笑笑。

资历平和林景轩一起走过来。

“妞妞，把金表还给大哥哥，我们要走了。”资历平柔声细语地说。

妞妞一下把金表藏在了身后，干脆地说：“不给。”

资历平蹲下来：“金表是大哥哥的，是别人家的东西，我们不能要。听话。——听话，乖，来——”他的手伸到妞妞的身后，要从她的手里把金表拿出来。

可是，他越是要拿，妞妞就把金表攥得越紧：“——不，我要。”

“乖，听话。——别人家的东西——”

“——大哥哥不是别人家，大哥哥就是我们家的。”

贵翼心里一暖。

资历平嗔怪着：“妞妞。”

“拿着吧。”贵翼突然开了口。

林景轩有点着急，附耳道：“那可是，金表——，纯金 24K 的，军门——”

贵翼不理会林景轩，对资历平说道：“拿着吧，算是个见面礼。”

“太贵重了，怎么好意思呢？”资历平看着林景轩，林景轩有点不好意思了。

见大哥哥让自己留着，妞妞开心地摇着金表。

“小心，摔了。”见状，林景轩急道，赶紧帮着妞妞拿稳了金表。

贵翼看了林景轩一眼。

“谢谢大哥哥。”

“妞妞真乖。”

“那就谢谢贾大哥了。”

贵翼轻轻点了一下头，如果不稍加注意，根本看不出来他应了资历平的客气之举。

林景轩打开车门：“小资少爷，请上车，我们送您去医院。”

资历平婉拒道：“不了，我和妞妞要一辆黄包车去——”

“我们也是顺路。”贵翼插话。

“医院那边在修路，汽车不好走，又是小胡同，七拐八弯的，我们坐黄包车会方便点。”

贵翼点点头。

资历平抱着妞妞跟二人“再见”，便朝街口走去。

看着资历平和妞妞的背影，林景轩突发感慨：“小资少爷人挺不错的。可惜，同人不同命。”

贵翼侧目盯着他。

林景轩突觉自己说错了话，连忙改口：“我是说，您怎么想的，说自己姓贾。这也太假了点。我要是小资少爷闻也能闻出你身上的贵气。”

“我没有歧视他。”

“你换了种方式罢了。”

贵翼用手指指他。

“大哥！”远处，资历平一句很亮的声音，顿时打断贵翼和林景轩的谈话。二人互相看看，贵翼有点紧张，他看见资历平抱着妞妞又朝他们走过来。“贾先生，不好意思啊。”走到跟前，资历平礼貌性地跟贵翼点头后，径直走到林景轩面前，“大哥，能拜托你一件事吗？”

林景轩有点尴尬，看了看贵翼。

贵翼没有理他。

“小资少爷，您别客气，有事尽管吩咐。”

“我想跟你借一辆车。”

“借车？”

“是救护车。——大哥，您帮帮忙。我想要一辆救护车替我二哥转院。现在这家医院医疗设备和条件都很差。”

林景轩疑惑：“医院没车吗？”

“出一趟车要一块，来回就是两块。租一辆一天也要一块半。大哥，您要出面替我借一辆就太好了。”

资历平的话让贵翼心里听得很不舒服，这孩子逮谁管谁叫大哥。

林景轩也是听得芒刺在背，满头包，他一摆手：“得，得。小资少爷，您踏踏实实的，这件事，我来办，一定给您借辆车。”

“谢谢大哥，那我先去了。”资历平满心欢喜，“谢谢贾先生。”

妞妞冲贵翼甜甜地笑着，手里的金表光泽夺目。

“大哥哥再见。”

“妞妞再见。”

贵翼上了车，林景轩也欠身坐上副驾驶。

资历平目送劳斯莱斯离开。

此时的资历安站在监狱的走廊里，他没有见到想见的人，狱警把一封信交到他的手上。

“他不肯见我？”

狱警点头，随口一问：“犯人是你什么人啊？”

“我大哥。”资历安拆开信封，里面有一束纸叠成的玫瑰花。他愣了愣，把纸玫瑰拿起来，拿到窗前，一缕阳光照射在这束略带诡异的纸玫瑰上。

昏黄的天色，小雨淅淅沥沥，像是蒙了一层雾气。码头船工们正在热火朝天地卸货，陈晓律在一旁看着，水警前前后后地忙碌指挥着。

一辆警车沿着仓库的运输道开了过来，刘玉斌从车上走下来，身后跟着两名小警察。

见是刘玉斌，陈晓律一愣。

“陈督察。”刘玉斌说着话，已经走到了跟前。

“哟，刘科长，是哪阵风把您给吹来了？”陈晓律客气着。

“陈督察见天在水上漂，最了解这儿的风吹草动了。——还用我挑明了说吗？”他指了指货箱，“我们刑侦科收到天津警察局的协查通报，说有犯罪分子在天津港抢劫了一批军火，近期内会在吴淞口上岸。我们刑侦科当即就通知了水警署，并要求及时向我们通报这批军火的情况，可是——陈督察，您好像并没有通知我们这批货已经上岸了？”

陈晓律左右看看，拉着刘玉斌走到一边，说：“这批货是天津的军火商互相火拼倾轧起来后，送到这儿的。四爷的意思——”他顿了顿，笑笑，“就算了。”

“什么就算了？——这是我们警察局提供的情报，这批货应该归上海警察局处理。”

“刘科长，你可想好了，这是四爷扣下的货。”

“四爷什么意思？”

“四爷的意思，我怎么知道？——反正就是先扣下，然后送到四爷的1号‘地窖’去。”

“你们这可是知法犯法。不行，我们警察局必须有这批武器的执行权。”说完，刘玉斌转过身，大吼一声，“都停下，不准卸货。”

水警们一愣，劳工们也跟着停了下来。

陈晓律暗示两名水警，两名水警立即上前，跟刘玉斌点头哈腰地寒暄，递烟，递火。刘玉斌板着脸，不接受。见状，陈晓律拿起移动报话机的话筒：“我是水警督察陈晓律，请侦缉处二科的资科长接电话。”

刘玉斌和陈晓律互相看了一眼。

电话接通，陈晓律和资历安寒暄几句过后，把电话交给了刘玉斌。

“天津的货跟你们警察局有什么关系啊？”资历安不咸不淡的问话从话筒里缓缓流出。

“是我们警察局提供的情报，水警署只是配合我们行动，但是，他们私自就跟上海的军火商做非法交易——”刘玉斌的声音略显得大了些。

“我说我的刘大科长，你跟我瞎嚷嚷什么啊？你都做到刑侦科科长了，你不懂‘人分三六九等，事有轻重缓急’吗？——四爷的货就在四马路1号‘地窖’，你敢去抄吗？敢吗？”

资历安的质问让刘玉斌软了下来：“那，那我们的利益，就不用管了。兄弟们查处个大案要案，容易吗？”

“你不就想立功升迁吗？——你不白来，我送你一条消息。”

“——嗯，——航空署？大量库存汽油被盗？”刘玉斌认真地听着，“你怀疑什么？共产党交通局？——秘密运送物资？”

“你好好想想，南京机场署倒卖汽油，从事发到现在，一直没有这批货的影子，这说明什么？这批物资也许刚刚运过来。”

刘玉斌一下醒悟过来：“明白，找到物资就找到了人。——但是，你这什么时候的情报啊？准确吗？——这可是瞎猫去碰死耗子，大海捞针啊。”

“你不去捞，怎么知道捞起来的是鲨鱼，还是虾米。你要注重检查的侧重点，是共党的物资重要，还是四爷的货重要？做事用用脑子。”

话一说完，资历安就挂断了电话，刘玉斌嘴里暗自骂了一句。

“怎么样，刘科长？需要我配合，尽管讲话。”陈晓律走上前，客气道。

“有存放汽油的仓库吗？”

“汽油？”陈晓律疑惑地问。

其中一名水警慢答：“没有，那玩意儿可是易燃易爆，要是有，也会特别安置。”

刘玉斌追问：“怎么安置？”

水警答：“像11号仓库到15号仓库，都是沿江建的仓库栈房，上货卸货极为方便，如果一旦起火，也不会殃及池鱼。”

刘玉斌思忖：“11号到15号？”

陈晓律恍然：“我想起来了，11号仓库好像是明氏企业包下的，放的是香水。”

“香水？包一个仓库就为了放香水？”

“啊。”

刘玉斌对身边的小警察吩咐道：“你去警察局，调一个行动队来。”

“是。”

陈晓律笑说：“刘科长，我给你汽车上搁一个移动报话机，有什么事，你及时跟我们水警巡逻处联系，我们也有兵——”

“好。”刘玉斌点点头，没客气，直接叫人把一台移动电话机搁车上了。

陈晓律看着刘玉斌远去的背影，对水警说：“今天有点不对劲，——你在这守着，我去见四爷。”

陈晓律刚走没一会儿，一队精锐士兵就迅速占领仓库各交通运输道。士兵突然包围了仓库，荷枪实弹地对准水警和正在搬运的劳工们。

林景轩站上高台，喝道：“不准动，谁动就打死谁！”

“你们，你们是哪部分的？”水警也嚷嚷着，“——这是，这是警备司令部的——”

话音未落，林景轩上去就是一记耳光，打得水警龇牙咧嘴。

“老子也是警备司令部的，兵工署得到秘密线报，今天吴淞口码头有人从天津港走私过来一批军用武器！——老子在执行公务，——兄弟，你穿着这身皮，敢跟我叫板？统统抓——”

话还没说完，就听到一声枪响，只见一名水警手里拿着枪。林景轩真没预料到有不怕死的，打了一个激灵，回手就是两枪。见来人如此气势汹汹，仓库里的人吓得各自散去。

绵绵细雨中，一把太师椅被端正地摆在一旁。贵翼一脚踢飞迎面跑来的水警，水警“扑”倒在地，林景轩紧跟在后，眼见着水警倒地。

贵翼一甩军披，端坐在了椅子上。

摔倒的水警强忍着疼痛，微微抬头看着端坐在椅子上，气势逼人的贵翼，也不知是吓的还是疼的，一句话都说不出来。

仓库被军队控制住了。

贵翼居高临下地问道：“水警的责任是什么？”

水警一身泥水地：“是，是为了，为了保护水域安全，打击水上刑事犯罪。”

“走私军火，是不是刑事犯罪啊？”

“是，是，是——”

“袭击官兵是什么罪啊？”

“是，是——”

贵翼厉声：“说！”

“死罪。”

“行刑队！”贵翼高喊一声。

水警顿时害怕了：“冤枉啊，将军，冤枉啊，我。——这批货是，是走私的，可是，可是——可是被上海警察局刑侦科的刘玉斌科长正式扣押了。兄弟们，兄弟们只是只是——只是在执行刘科长的命令。”

“水警署抓到的走私船，为什么被警察局扣押？你们这儿谁管事儿？”

水警仿佛一下有了救命稻草，整个人恢复了正常，回答道：“将军，将军，您听我说，这件事我们水警署只是配合警察局刑侦科的工作，——这条走私武器船的线索是由警察局提供的，所以，我们水警署的陈晓律督察，让我们配合扣押物资，配合，只是配合。”

“刘科长，是吧？”

“是，是。”

“他人呢？”

“刚刚还在——”

贵翼喊：“行刑队！”

一片拉枪栓的声音。

“别开枪，别开枪！将军，将军，我说的都是实话，刘玉斌科长刚刚真的来过，他，他说这批货，由警察局扣押了——他，他去 11 号仓库了，对，对，他去 11 号仓库搜查共党物资了。”

贵翼略有所思：“共党物资？”

“不，不是，可疑，可疑物资。”

“空口无凭。”

“是真的，将军，哦，他有一个移动报话机，我，我可以替将军马上接通他的电话。”

贵翼的双眉往上一扬。

“哗啦”一声，昏暗的灯光下，方一凡展开一幅上海市区地图。李磊等人围看。灯光下，方一凡指着地图上行动小组所在的 13 号仓库的位置，说：“我们从第三个出口出去，把所有物资都转移到市区内 3 号地窖。沿途设置一些小障碍——如果有军警车辆跟踪，可以拖垮他们的时间，消耗他们的体力，保证我们运输的绝对安全。”

“还有什么要准备的？”

“准备战斗！”方一凡镇定的神情。

风雨中，李磊指挥着搬运，货物有条不紊地被一一抬上卡车。方一凡在暗中观察仓库外的动静。

沿江仓库栈房的运输道上，刘玉斌的车缓缓地行进着。刘玉斌调整移动报话机的频率：“行动队到位了没有？——快，要快，直接去 11 号仓库方向，一个一个地查。从 11 号到 15 号，对，我马上到。”

一阵凌乱的脚步声，让方一凡和李磊都紧张了起来。

方一凡对李磊轻声说道："一级戒备。"

李磊等人迅速拔枪，开始各自寻找掩体。

远处一队警察向东南方跑去，李磊疑惑道："警察局的人怎么会突然到仓库来？"

"东南方是几号仓库？"方一凡问。

"11 号。"

"事不宜迟，马上走。"

"——要是能搞到一辆警车开道就好了。"

方一凡意味深长地："有那么多的警察，还怕没警车？"

"啊？"李磊没明白她的意思，惊疑地看着她。

刘玉斌的车还在栈房的运输道上行进着，这时移动报话机响起，他接通电话："——喂。"随即声音立刻变得严肃起来，"是，是。贵军门，是我。——不是，那批货，您听我解释——"

贵翼拿着话筒说："——我给你十分钟时间，跑步过来见我。超过十分钟，你自己看着办。"

电话里，刘玉斌清楚地听到有人在哭喊着："刘科长，救命啊——"

还未等他答复，贵翼就挂断了电话。

"喂，贵军门——"刘玉斌骂了一句"浑蛋！"，猛地把报话机的话筒给砸了。警车突然一个"踉跄"，横冲直撞地甩出去。

刘玉斌急问："怎么了？"

车胎爆了。

刘玉斌和小警察下了车，发现不知是谁铺设的钉板，扎破了轮胎。

"你赶紧去 11 号仓库，叫兄弟们好好检查每一个货箱，不要漏掉一个，11 到 15，一个也不要放过。"刘玉斌气恼了，吩咐着。

"是。那您呢？"

"我，还有九分半钟。"话音一落，他迅猛地朝来的方向飞跑。

小警察也朝着和他相反的方向跑去。

刘玉斌刚走，两名地下党行动队员迅速走来，以最快的速度换好了轮胎。方一凡和李磊穿着一身警察的制服也出现在警车的旁边，二人上警车。李磊发动警车，驶离现场。

荷枪实弹的警察冲进 11 号仓库，船工们纷纷看着，管事的在人群中斡旋交涉着。看到有警察进来，还未上前开口询问，只听带头的警察一声喝令，一箱箱货箱就被通通打开查验，成箱的香水赫然于众人眼前。

2 号仓库外，天空依然飘着细雨，贵翼悠闲地看着手表，甫一抬手，水警立刻惨叫起来。

“——枪下留人。”话到人到，刘玉斌在贵翼面前猛地“刹住”了，一个立正，气喘吁吁，“报告贵军门，卑职刘玉斌奉命前来，请指示。”

贵翼抬眼看他，说：“不错，速度不错。”

刘玉斌昂着头：“谢军门褒扬。”

贵翼站起来：“刘科长在警察局干了几年了？”

“卑职在警察局整整效力十年了。”

“破获过多少刑事案件？”

“谋杀案 17 起，械斗案上千起。”

“成绩不错啊。”贵翼夸赞，“十年了，还是一个科长？”

“卑职等待长官提拔。”

贵翼莞尔一笑：“会讲话，刘科长。”

“卑职奉命前来，请贵军门指示。”

“军工署接到一封明码电报，说华界码头有一批从天津运来的走私武器正在卸货，贵某人职责所在，立马赶来截获这批军用物资。本来很简单的一件事，然而，水警署的警察和我们军工署的士兵意见不一致，擦枪走火，差点就自己人杀自己人了。水警署的人，说是这批武器已经由警察局扣押了。”

水警跪在地上，求饶道：“刘科长，救命，救命啊。”

刘玉斌和贵翼同时看水警一眼。

“——我特意请刘科长来，就是想把这件事的来龙去脉搞清楚。”

“报告贵军门，这件事的确是军工署误会水警署了。上个星期我们上海警察局刑侦科接到天津警察局刑侦科的协查通报，要求我们在华界码头搜查，寻找一批从天津港械斗后，发出的走私武器。——不瞒贵军门说，我们警察

局毕竟人手有限，不可能天天守在这，所以，卑职就委托了水警署帮助我协查这批走私货物，一经发现，马上查封。”

“可是，我们来的时候，并没有发现警察局的封条啊，反而是水警署持枪抗法，除非——”

“我向您保证，我们警察局刑侦科绝对不会参与水上走私，我已经调了一个警察行动队到码头执行扣押任务。请贵军门相信我！”

“我怎么想并不重要，重要的是人证、物证俱全。——交给你处理了。不为别的，我相信你是个好警察，不然你也不至于为了个不相干的水警署的下属，十分钟跑到现场。”

刘玉斌松了一口气：“谢军门。”

“等你的报告。”

刘玉斌立正，道：“是，军门。”

“把你的人都叫来吧。”

“叫过来？”

贵翼冷笑：“怎么，刘科长连做给我看都省了？——你的人不在这守着，难道让军工署的人替你守着？”

刘玉斌醒悟，立正：“是，军门。”

不一会儿，由两名警察带队便进入了2号仓库，准备执行扣押货物的任务。

贵翼对刘玉斌赞叹道：“刘科长办事效率高，速度快。——继续保持。”

“是。”

“吩咐下去，给警察兄弟们让个道，别耽误刘科长执行任务。”贵翼走到林景轩跟前，说道。

林景轩应声：“是。”

刘玉斌望着贵翼车队浩浩荡荡离去的背影，若有所思。终于保住性命的水警一个劲地给刘玉斌道谢。而他根本没有心思理会这些，询问道：“情况怎么样？”

带头搜查11号仓库的警察回道：“11号仓库真的囤积的是‘香水’。其他的根本还来不及检查，这不，您又把我们都调回来了。”

“科长，科长，咱们的车丢了。”负责开车的小警察跑上前。

“丢了？”刘玉斌想了一下，明白了，“看起来，今天真的没白来，真相有了，他们在这，共党交通局，他们真的在这。”

“可是，科长，他们一旦出了城，可就抓不住了。”

另一名警察看了一眼还惊魂未定的水警，说道：“今天真可惜，要不是为了水警署的人，我们也许真的会抓到他们。”

“我们手上没有尚方宝剑，也不是情报系统的执行人，没有人会在意我们的死活，算了，水警署的兄弟也是兄弟——”

“那我们下一步需不需要封锁出城的交通要道？”

“我有一个感觉，他们没走，他们进城了。”

刘玉斌的直觉是对的，方一凡等人通过设计精巧的“地窖”，直接把装有物资的卡车开进地下通道了。

第三章　杀四门

资历平铿锵有力地、掷地有声地、微笑地说了三个字：“杀四门！”说完，杀气腾腾地从贵翼身边走过。

上海的夜晚，灯火璀璨，五光十色的炫目街景，车如流水。上海国际大饭店门前，文四益在一片闪光灯中下车，面带微笑，谦和地对记者们招手，随后在阿黎与壮汉们的簇拥下走进酒店。

酒店房间里，贵翼换好礼服，戴上领带夹，对照着镜子，光彩熠熠。

“兵工署制造司为接待您，今晚特意在上海国际大饭店召开欢迎酒会。您就去应酬应酬。”林景轩站在一侧，牢骚着，“您的门生故旧、同僚好友都会来。——还有上海商界的大亨们，谁个不是心怀敬仰，踮着脚尖翘首仰望——”

贵翼看着镜中的自己，整理整理头发，颇有些自恋：“我又不是神仙。”

“您是财神爷。”

贵翼不屑地一笑，士兵递上刚擦好的皮鞋，伺候他穿上。

林景轩继续：“谁不想在军工的制造上分一杯羹呢？这些大老板们精着呢。就像那个警察局的刘玉斌——他还不是一样指着走私货，发一笔横财？”

“如果那批货不是他的呢？”

“不是他的？”

“听说过文四益这个人吗？”

“那当然，如雷贯耳，响当当的一颗铜豌豆。”

“铜豌豆？”

“煮不熟，捶不扁，炒不爆。”林景轩一字一顿，掰着手指数落着。

贵翼笑而不语。

士兵打开手表盒子，贵翼从中选了一块，刚要戴上就被林景轩喝止住：“军门，那块表上次表链断了，重新接的链子有点紧，换一个。”

贵翼试了试，果然有点紧，取下来重新选了一块。

装扮好一切，贵翼又转手走到了镜子前，镜子里的他英姿挺拔，风度翩翩，他颇为自恋地审视了一下自己。

此刻，电话铃声响了，林景轩过去接电话，静静地听了一会儿，只是回复了一句“知道了”便挂了电话。

贵翼走过来，问：“什么事？”

“小资少爷去陆军医院把救护车借走了，那边来核实一下。”

贵翼点点头：“够快的。”

“小资少爷跟我说，他二哥得的是很严重的心肌梗死，他打算把病人转到上海陆军医院去，那里有最好的心脏病大夫。”

贵翼想了想，说：“你看看还能帮他点什么，能帮就帮吧。”话音一顿，又说，“不过，还是保持一定的距离。”

林景轩点头：“明白。”

“我对这个人的感觉有点怪怪的。说不清是什么。”

“什么？”

“你不觉得他今天也似乎急着见我们吗？”

林景轩看着贵翼，笑起来：“不会吧——小资少爷可是我们千辛万苦找来的。”

贵翼思忖着，像是有心事的样子。

另一边，在上海大饭店的贵宾室里，陈晓律把军工署查办仓库的事正在对文四益做着汇报。“四爷，刚刚从水警署传来的消息，我们扣押的天津港走私船被军工署插手扣押了。”陈晓律说。

文四益问：“军工署？——货已经到军工署了？”

陈晓律回道：“那倒还没有，现在被警察局查封了。”

文四益漫不经心地：“警察局？谁呀？”

“警察局刑侦科的科长刘玉斌，不过，这件事他也是被军工署那个新上任的军械司副司长给逼的。”

“贵翼。”文四益脱口而出。

贵宾室里，除了文四益和陈晓律之外，还有上海银行的闵逸笂经理、吴成风营长、“包打听”刘焜、水警署陈晓律、军火市场负责人蔡鸿升，阿黎和两名壮汉站在文四益的身后。他们谁也不说话，都等着听文四益对这件事的看法。

“天津港那批货呢，说穿了，就是天津的军火商互相抢夺生意给闹腾的，做生意没有信用，又让警察局插了一杠子进来，简直就是一个‘烫手山芋’。我原来想的是，替天津码头把货存着，把关税也给免了，等他们分了胜负，有了新章程，新秩序，再给他们送回去，互惠互利嘛，保不准我们的货将来也从天津走呢？——可是，事情发展到现在这个样子，我想，无论是水警署，还是警察局，都做不了主了，这批货铁定会归军工署，再不济，也得是警备司令部的。”

“四爷，那我们，就算了？”陈晓律问。

“这批货原本就不是我们的，我们犯不上为了天津港的货逼自己弟兄们往火坑里跳。”文四益话锋一转，指着闵经理问，“银行怎么样？”

闵逸笂回道：“这个季度的收益稳定，我们的仓库需要扩大，正在跟上海两家最大的货仓老板谈合作条件。”

“不是要股权，就是要利润分成。”

“是的，四爷。”

“只要不过分，你做主吧，钱是赚不完的，重要的是大家都有的分。”

此话一出，大伙儿都跟着笑了起来。

“生意嘛，有利可图的才是生意。”说完，文四益转目看向蔡鸿升。

蔡鸿升领会，急忙答道：“今天晚上有 14 起军火交易，一切正常。”

文四益又一指“包打听”刘焜：“小刘，我要你帮我打听的，那个朱惠儿——”

不等他话问完，刘焜回答：“已经被执行枪决了。”

文四益一愣："枪决了？"他看看手表，"从引渡到执行死刑不超过12小时。这个资历安把我当成什么了，简直为所欲为。"

他抬头看吴成风。

吴成风马上接话："贵翼的资料背景我都调查清楚了。——他是民国15年考入的美国西点军校，三年后，以第九名的优异成绩毕业回国，供职于陆军部。1929年任航空局委员，1931年任交通部总长——"

文四益一摆手，打断吴成风的话："吴营长，这些话我不用你来告诉了，我直接看报纸就行了。"

吴成风呆住。

刘焜插话道："四爷，贵翼今天下午六点离开码头仓库，就回到这家酒店了。"

文四益略有深意地一回头，对阿黎说，"我说今天国际大饭店怎么人满为患了，原来都是来瞻仰军门风采的。"

阿黎笑笑不语。

文四益对吴成风继续说道："贵翼去仓库，你事先毫不知情。贵翼开宴会，接受同僚的祝贺，而你作为他的下属，却不在被邀名单里。你为什么不去问问到底是谁安排的这一切？而你却被拒之门外？"

吴成风露出不以为然的表情："我不稀罕。"

文四益干脆有力道："蠢货。这不是你稀罕不稀罕、拍不拍马屁的问题，而是这个贵翼，他的一举一动都与整个军火市场息息相关。——吴营长，你要搞清楚，我跟你合作，是因为你坐的这个位置，而不是你能干。"

这一番话着实让吴成风脸上有点挂不住。

"你听懂了我的意思吗？"文四益严肃道，"要想跟我继续合作，首先得保住你现在的位置。"

吴成风面色尴尬："是。"

文四益转对众人，朗声说："假如我是贵翼，我知道在上海有一个与我分庭抗礼的民间军火交易市场，我会怎么做？"

众人你看看我，我望望你，谁也不作答。

文四益对众人："世上的事，万变不离其宗，要么为钱，要么为权，我

想知道的是，对于那个姓贵的来讲，他到底是想要钱，还是要更大更多的权力？——抑或是，他是一个例外——”

吴成风疑惑：“例外？”

“为了国家？或许吧。”文四益顿了一声，“贵翼初来乍到，一出手就四两拨千斤。他一定会有一种胜券在握的错觉。这样也好，不管是敌人，还是朋友，开场还是要留点情面的。否则的话，贵翼何必把案子交给警察局处理？他自己就可以横扫四方了。”

陈晓律和吴成风点头称“是”。

闵逸笎也赞许着：“四爷言之有理，言之有理。”

“对待同行，——礼貌上，表面文章还是要做一做。”文四益对吴成风，“我们要把可以利用的人际关系都利用起来，只要对我们有利的，不管他是什么身份，什么背景。你要有思想准备，军械局短期内可能会大换血。”

吴成风自信道：“谅他不敢动四爷。”

文四益诧异地：“贵翼有什么理由要动我？”

吴成风蠢不可及地：“我的枪可是卖给四爷您的啊——”

“你确定？”

“我——”

文四益笑着拍拍他的肩膀：“做人做事，最重要的是搞清楚权责关系。权力归谁，责任在谁。”

吴成风有点吃瘪的感觉。

“我听说吴成风的生意做得很大，客户名单上也有外国人了。日本人！——希望你不要干出这种事。”他转对众人，“不要火中取栗。”

吴成风刚开口叫了一声“四爷——”，文四益便打了个“手势”要他闭嘴，语重心长道：“做人做事是要有底线的，枪，是决不能卖给日本人的。北方在打仗，我们的同胞分分秒秒战死在战壕，做‘胆小鬼’已经很可耻了，做‘卖国贼’尤为可耻。——吴营长，你应该知道，我文四益在上海滩这么多年，一不做鸦片生意，二不做日本人的买卖，我最后一次提醒你，守住自己的良心和底线。在我这里，你还有机会改正错误。”

吴成风脸色煞白。

“贵翼在军政界盘踞已久，军中颇有势力。”文四益对众人，“但是，势力不等于实力。你要想坐稳江山，就得扫清一切障碍。贼挡杀贼！佛挡杀佛！”

然而，文四益不知道，身在另一个房间的贵翼，此时此刻也说出了相同的这番话。

士兵收拾停当，关上门，离开了房间。

“我需要一份上海民间军火商的调查报告。”说完，贵翼又追了一句，“附名单的那种。”

“我来做。”林景轩主动领命。

“不，不，你不用做。叫军工署稽查队的人去做，他们比你要清楚得多。”

“可是，他们未必敢写。”

“不用署名，钱给够。”贵翼笑笑。

“军火市场都是高投入，大手笔，他们的幕后老板都是上海滩上能呼风唤雨的大人物。”

“军械局有足够的立场去解决这些所谓的大人物制造的各种军火问题。”

林景轩摇摇头：“活跃于民间的军火市场是不会因为军械局一纸禁令，或者一份调查报告就能摧毁的。”

贵翼严肃地：“对，毁掉的是国家利益。”

“文四益是上海滩上的军火霸主，不仅如此，他还开了赌场，跑狗场，舞厅，黄包车厂。”林景轩认为他不得不把那些军火商幕后大老板的背景跟贵翼讲清楚。

“跑狗场？”

“跑狗比跑马还要有利可图。”

贵翼嗤笑：“他倒是不挑食。”

“嗯，什么来钱快他就做什么，老谋深算。”

“是个人物。”

“军门，今天不费吹灰之力就缴了他的货，算是旗开得胜吧。”

“我没时间做表面文章，我要的是尽快了解军火市场的现状。不管是合法的还是非法的。”贵翼站起身。

“可是，文四益在上海很有势力。”

“但是，势力不等于实力。你要想坐稳江山，就得扫清一切障碍。贼挡杀贼！佛挡杀佛！”

化妆室的门被推开，资历平径直走了进来。舞女们在换衣服，狭小的化妆室，大约是已经习惯了男女同换演出服的方式，所以，没有人大惊小怪，大家安之若素。露西坐在化妆镜前正在化妆，看到镜子里的资历平，微笑着说道：“来了。”

资历平点点头。

露西站起来，扔给他一套黑色正装演出服。二话不说，资历平迅疾地开始脱衣服，换上了演出服。

“一切都安排好了。”

“非常好。”

“今天过得怎么样？”

“兴高采烈。”

露西会意地笑笑：“客人们都到了，海军部军械司的、兵工署制造司的、军械司的督办，还有外交部的人。——贵族、大盗、暴发户、交际花、世家子弟都到齐了，就等你粉墨登场了。”

“好戏要开场了。”资历平脸上露出笑容，可是眼神里却满是复杂愁绪。

“——要学那凤凰于飞，凤凰于飞在云霄。”酒会上，茜茜的歌声穿透而来，飘进化妆室。

露西和资历平各自打扮自己。

“你那有钱有势的亲大哥，真是一表人才，充满了男人的魅力——简直迷死人！可惜——你又不让我施展我的特殊才华——”

“他不适合你，——相信我。”

“这话从一个骗子嘴里说出来，毫无意义。”露西拿了一管口红，对照着镜子擦拭在薄唇上。

“毫无意义？”

“毫无分量。”

资历平点点头：“看起来，我的表演风格有待提高。”

“你的表演天赋仅限于此了。虽然骗不了我，骗你大哥这种金丝笼里长大的金丝雀还是绰绰有余的。”她对着镜子抹完口红，审视了一下。

“漂亮！”资历平莞尔一笑。

露西看着镜中的资历平，温柔地笑了，眼神里布满浓浓的爱意。

“——要学那凤凰于飞，凤凰于飞在云霄。”大舞台上，喧嚣的音乐中，一排舞女辣舞飞扬。茜茜舞姿火辣，闪光灯频闪。会场里，名流云集，灯光璀璨。一张张陌生的面孔，华丽的衣着，在贵翼眼前一一滑过。

资历平拿出一个信封给露西。露西看也不看，直接收了。

“今晚就走吗？”

“必须走。——出去避避风头。”

“——什么时候能回来？”

“时过境迁——”

“那是变好还是变坏？”

“你今天怎么了？”

“不知道，我，的确有点感觉不好。——我能听到自己的心跳声。”

资历平站起来安慰她：“我会心肺复苏术——”他的唇已经接近露西的唇了。

“——真不知道该不该上你的贼船。”

资历平吻了上去。

门“咣”的一声被推开，几个姑娘拖着舞裙跑过。

资历平和露西视若无睹地吻在一起，姑娘们边笑着边赶着换装补妆。

“注意安全。”资历平说。

“你也是。”

资历平见她恋恋不舍，盯着她问：“你还有什么话想跟我说吗？”

“我想，等我们下次见面，我把自己的故事说给你听。”

“——记着，给我写信。”

“你也是，记着回信。”

资历平转身离开，露西握着他的手，由紧慢慢变松，直到两只手彻底分开。

舞女们匆匆从他们身边掠过。

露西准备上场了，资历平回手又拉住她，说了句："你今晚真迷人。"

露西笑笑，回身吻了资历平的面颊，说了句："Goodbye kiss。"

资历平："Goodbye。"

前场响亮的"爵士乐"奏响——

走廊上，一名上校军官从酒会里走出来，迎面撞上向这边走来的文四益等人。

上校军官忙打着招呼："嗳，四爷，您来了，——怎么不进去啊？来来——"

文四益摇摇手："我啊，算了，像我这种老派的人，没有接到正式邀请，是绝不会，不请自来的。"

闻此一言，上校军官有点尴尬。

大幅陈萱玉"淑女"牌香烟的广告牌立在酒会自助糕点桌的旁边，广告牌上，陈萱玉秀着背，侧脸吸着香烟。

文四益和吴成风、闵逸梵、阿黎等人走过，又走回来。文四益盯着广告看，说："阿玉啊。好一阵子没出来了。"

吴成风跟道："陈萱玉，老牌明星了，可惜过气了。"

"人嘛，都会老的。"

闵逸梵说："四爷，你不觉得她的表演风格也有点过时了吗？"

"经典永不过时。"文四益看着陈萱玉拍的大幅广告画，很自得，很满意。

大家无话，文四益回顾众人，自说自话地："我那时正年轻。"众人面面相觑。文四益反应过来，"嘿，你们跟着我干吗，散了，散了。现在是自由娱乐时间——散了——阿黎，去看看茜茜的歌舞跳完了没有，逸梵，赶紧地，找个好的牌搭子，打牌去。"

舞台上热辣劲舞结束，露西在掌声中谢幕。

贵翼端着酒杯，跟朋友说着话。林景轩站在一个角落里，时不时地关注一下贵翼，也时不时地往嘴里塞东西吃着。

同僚对贵翼道："这位是上海名门荣氏企业的千金——"

他的话还未说完，荣华便大方地伸出手，微笑客气道："荣华。"

贵翼也伸出手，轻轻一握："幸会。"

“这位是上海矿业联盟的商务主席林先生。”

贵翼对林先生：“——军事委员会对兵工署向来是支持。制造业发达了，才能发展军事——上海明家的铁矿产量怎么样？”

同僚甲抢白道：“产量一直在提升，他家矿业基础好，资源也好——”

贵翼又对荣华：“荣小姐是在家族企业供职吗？”

“不，我在霞飞路开了一家书店。——贵军门要想买什么书，叫人开个书单来就行——”

“荣小姐的书店都是新文艺类的书籍吗？”

“明版、清版的都有。”

“哦，那倒是稀缺的版本了。”

荣华笑笑：“最稀缺的是宋版——”

“贵军门。”声音从几人身后传来，贵翼一回头，看见露西。

“介绍一下，这位是露西小姐，上海群星影视公司的红歌星。”同僚介绍道。

露西笑盈盈地走上前：“贵军门，您好。”

贵翼点头，算是应声。

“上海工商界、文艺界妇女联合会共同发起为教会的孤儿院捐款，这里是捐款倡议书，请督军大人详阅。”

有记者上前拍照，灯光闪烁，贵翼霎时成为全场的“焦点”。一群衣冠楚楚的绅士们行“注目”礼，贵翼莞尔一笑，接过“倡议书”。

“若蒙军门不弃，签上大名，作为捐款活动的推动者，您将获得工商、文艺妇女联合会和上海红十字会颁发的善心人士奖章一枚。”

贵翼把捐款倡议书打开，上面密密麻麻盖了许多市政府、工商局、明星会、商会的印章。他待要细看，忽然，一阵优美的琴声传来，贵翼心中一震。循声望去，他看到了一张熟悉的面孔，是资历平。他的同父异母的兄弟，此刻就坐在灯光璀璨的表演台上，演奏着钢琴。

贵翼愣住了。

林景轩也愣住了。

偏偏露西小姐和记者们都在等待贵翼的签名。

贵翼心绪混乱地在倡议书上签上自己的名字，把倡议书递给林景轩。林景轩在上面盖上公章，他的眼光却投向了资历平。

资历平修长的十指划过黑白琴键，一支《告别》飘逸而来。贵翼的错觉瞬间被吞噬，他仿佛看到了贵婉在弹奏钢琴，同样是这首曲子，资历平俨然如“贵婉”重现。

林景轩走到贵翼身边，轻声地提醒道：“军门，你没事吧。”一句话，把贵翼从“幻觉”中唤醒，他不自觉打了个寒战。

“他怎么会在这儿？！”贵翼问。

露西笑吟吟地举着酒杯，一边欣赏资历平的钢琴独奏，一边说道：“小资是一位非常有才华的艺术家。”她眼神里带着轻蔑，“可惜啊，艺术家要忍受贫穷，就连今天的礼服都是我给他买的呢。”

众人的嗤笑声让贵翼的心里很不舒服，被“伤”到了，脸色阴沉着说：“你好像很了解他。”

“您别想多了，我跟他可不是一个世界的人。”

“但都是有故事的人。”

露西低头一笑，朝资历平的演奏台走去，她把一杯红酒递到资历平的唇边，资历平一边弹奏，一边低头欲饮杯中酒，却被露西用一根食指轻巧地推偏了方向。

露西放肆地笑起来，仰头对贵翼说：“沙土里也许会埋着黄金，但是，地沟里会生出春芽吗？永远都不会。”她说完这句话，还回头看资历平，蔑视地问：“你说我说得对不对？伟大的平（贫）民艺术家？”随后把折叠好的“倡议书”巧妙地塞给了资历平。

资历平低声地：“一路顺风。”

露西低声地：“后会有期。”她直起腰来，送了贵宾们一个“飞吻”的标准舞台动作，飘然而去。

贵翼走到资历平身边。把盛满红酒的高脚杯放置在黑色的琴台上。

“真是太巧了。”

“你没听说过，无巧不成书吗？”

“你是存心来让我难堪的，是吧？”

“您哪位啊？”

“你忘性很大啊。”

“我只是来挣钱的。先生。”资历平的态度很谦逊，“绝不会对您的名誉有任何影响，请您放心，演奏完了我立即就走。”

“你是什么时候知道我真实身份的？”

“您误解了。我对您是贾是贵，根本没兴趣知道。”

“我知道，你心里委屈——”

资历平率性地弹奏着钢琴，琢磨着贵翼接下来的话。

“我不是一个好哥哥。”他的目光投向远处。

资历平低下头，眼眶湿润，喃喃低语：“我肯定你是的。”

贵翼很诧异，回眸：“别再弹这支曲子了，也别自作多情，刚才那句话不是对你说的。”

“别再见面了。对彼此都好。”

贵翼离开演奏台，他转身向露台走去。

资历平一双手再次按响琴键时，一小段活泼流畅，充满了勃勃生机的音符跳进了众人的耳中。

“旱天雷？”贵翼听出来了。

欢欣跳跃的音符，很快就让资历平陷入一种精神享受中。

整个乐池的情绪被疯狂地调动起来。

贵翼向门口走去，林景轩跟上，径直地走出酒会，来到酒店大厅。贵翼心里憋着一股不痛快：“他竟敢用这种方式来轻蔑我，羞辱我。不，他在用他的手段，羞辱我的家庭。”

林景轩忙劝道：“不至于，真不至于。——哥，您消消气。”

“他以为他是谁？”

“哥，您别这样想，也许只是巧合。”

贵翼冷冷地：“这世上没有巧合。”

酒会里，资历平潇洒的手势结束了“旱天雷”。掌声四起，他吹起响亮的口哨，潇洒谢幕。

明堂走进大厅，看到贵翼忙快步上前，大声地笑着：“哎呀，贵军门，你看，你看，我一早上得知你到上海，就急急忙忙从矿上赶过来了——还好，还好，不早不晚，逮住您了。”

“明先生别叫我发窘了，谁不知道你是军械司的能源库——将来贵某还要仰仗明兄的大力支持。”

“那是一定，一定的。不要说你我两家的交情，就单指我这铁矿还指望着贵军门大笔一挥，多下订单呢。”

两个人笑着。

此时，资历平从酒会走出来，贵翼像没看见他似的，跟明堂闲聊。

“你不再跳两场了？”明堂问。

“我一军人，还真不喜欢凑热闹。”

“这是大伙仰慕军门，讨巴结呢。”

林景轩看到了资历平，应酬着，含含糊糊地道：“您这就走了？”

资历平客气地：“准备下一场。”

明堂一回头，看见资历平，说：“小资，好久没看见你了。今儿贵军门的欢迎酒会，你不唱一出就走？”

资历平微笑：“明先生，我赶场呢。”

明堂转头跟贵翼介绍，说：“小资的戏不错，家传绝学。贵军门如果有兴趣，改天我做东，请堂会。叫小资跟您演一场。”

资历平抬起头，看贵翼。

贵翼的脸色铁青，林景轩看得有点害怕。

明堂追问：“你今晚上什么戏码？”

资历平铿锵有力地、掷地有声地、微笑地说了三个字：“杀四门！”说完，杀气腾腾地从贵翼身边走过。

宽长的露台，视野广阔，万国旗飘扬，万家灯火尽收眼底。贵翼心绪不佳地走上露台，想吹吹冷风，让自己冷却一下。

文四益一个人站在露台上。

两个人并肩站在露台上，仿佛登高望远。

文四益感叹：“这是我的家，上海，却成为英法美的公共租界。主人成了客人，强盗变成了主人。而我们这些主人却要为‘客人’们服务。”

贵翼也跟着感叹："繁华背后，满目疮痍。"

这句话同样触及了文四益心中的隐痛，他低下头。

"但愿这一切都能在不远的将来成为我们的过去。"

文四益转目看他："过去，也是历史。"

"是历史，是我们的历史，我们的国家。——好的坏的都是我们的。"

文四益对贵翼有点刮目相看了，两手一搭行了一个江湖礼，自我介绍道："敝人文四益。"

贵翼微微一愣，旋即有礼貌地："贵翼。"

"真是闻名不如见面，贵军门真是军姿挺拔，一表人才。"

"文先生这话，是褒扬，还是讽刺？"

"此话怎讲？"

"我是个军人，不在乎外表，在乎的是铁血。"

"——这世上没有人不想听好话的。不管你我的工作有什么相同，抑或是不同，概莫能外。"

"我的工作是在战场上。"

文四益话里有话："这个很难说。"

贵翼含蓄地："我是个军人，不管发营业执照。"

二人对视片刻，相视大笑起来。

冷风扑面，文四益望着上海滩的夜色："现在这个世道，没有一个行业是有保障的，说关门就关门。"

贵翼问："关门了吗？"

文四益笑笑："看天啊。——看老天爷肯不肯赏饭吃。"

"今天的天色可不大好。"

文四益望望天："是不大好，——估计有暴风雨。"

"下雨好啊，清洁城市，改善空气——空气里少点火药味，城市安全多一点保障。"

文四益笑笑："没新意，贵军门，太没新意了——陈词滥调。"

"你想离经叛道？"

"我觉得贵军门应该多需要一点时间来做判断。"

贵翼采纳：“好建议。”

“我始终相信，人是多面的。”

“关键在于，你跟我是否站在对立面。”

一阵寒风吹来，忽觉凉意袭人。阿黎跑上来，举着伞：“四爷，下雨了！”

贵翼和文四益同时回眸。

文四益说：“底下人总喜欢小题大做。——也许你是对的。”

“什么？”

“你的陈词滥调，来自是否有一个令你满意的分赃比例。”

“文先生真的是看错人了。”

文四益笑笑：“贵军门不喜欢听‘分赃’这两个字，为什么不去警备司令部高层问一问呢？——你明明可以直接去问源头，却偏偏只去分流，不太像你这样有头脑的人做的事啊。——贵军门今天查处走私船一事，细节近乎完美，而我一眼就能判断出此事有猫腻。”

贵翼笑笑：“文先生想暗示我什么呢？”

“到底是谁把这件事泄露出去的呢？贵军门滥用职权，效果也许正相反。”

贵翼放心了：“你我心中都清楚是怎么一回事，事关军工署的名誉。贵某人要是真的不计后果，也许就会向文先生申请，直接去参观参观文先生的各大‘地窖’了。”

“这算是挑衅？”

“还构不成挑衅。”

“我倒喜欢你这直来直去的性子。”

“彼此彼此。”

“再会贵军门。”

“再会。”

阿黎上前，文四益往前走，说：“吩咐下去，从今天开始，暂时停止军火交易。”

阿黎一愣：“啊？”

文四益遥望贵翼背影，贵翼在露台上，迎风站立。

“这可不像什么犬儒之辈——小资有对手了。”

“四爷？”

“记得明后天多买些报纸回来。”

“报纸？咱们不是有订的报吗？”

“我叫你多买几份，大报小报，新闻报，财经报——”

“干吗呀？四爷？”

“学文化呀！干吗！”

阿黎一头雾水：“学文化？”

贵翼在风雨中站得笔直，雨势变得越来越紧。

雨水滴洒在长街，风声激扬。风头如刀，雨点敲打着公寓楼梯间的窗户。有人敲门，假“青瓷”下楼来开门，顺便吸一支烟。顾晖左右看看，没见人影，心中略有狐疑。突然，他感觉脚下踩着了什么，低头一看，是一封信。一辆救护车驰骋着，从顾晖眼帘划过。他捡起信，拆开，神情一紧，回手关上门。

一行模糊的字迹，大致能看清上面写的什么：老家有货到。

急促的电话铃声伴随着窗外的雨声响起，刘薇接通电话。

“有货到——今夜十一点，第三电报局门口，老家指定‘烟缸’接货。我策应你——”顾晖的沉重的声音从电话里传了出来。

挂断电话，刘薇即刻换了衣服，带上武器，迅捷地跑下楼。

方一凡迎着风雨朝着“死信箱”处走去，她仿佛看见街边有人影晃动，在离“死信箱”只有一步之遥时，突然转身走向另一个街口。

露西一个人快步穿过长街，她警觉地发现有人跟踪自己，脚步越发迅捷，绕过一条小街后她开始奔跑。突然，街灯大开，一辆侦缉处的汽车就停在她面前，资历安站在车边，正面对着她。

露西想往回跑，背后却站着苏梅。

顺着车灯再望去，一队人马在风雨中显现出来。

资历安冷冷地：“‘瓶子’你到站了。”

露西面露绝望之色，惨笑：“未必。”

资历安等人迅捷举枪！

露西从包里拿出一颗手雷，微笑：“我有话跟你说——”话未说完，就拉

响手雷。

“别——”资历安根本就来不及阻止，“卧倒。”

“轰”的一声，露西在雨中化为一团火焰。

露西的衣袂化作碎片在风雨中飘舞。

方一凡隔着一条街听到了“爆炸”声，她没有回头，正巧电车开过来，迅速地上了电车。

第三电报局门口的街道上，路灯明亮，顾晖站在电话亭里向马路上张望。风声很紧，顾晖看见了刘薇。刘薇也看到了顾晖，沿着街道向电话亭方向走来。

远处，一辆救护车驶来。

刘薇走进电话亭：“有点不对劲。”

救护车驶来，车身正好挡住电话亭。

一声枪响，一颗子弹穿透二人身体，刘薇和顾晖同时扑倒。

救护车驶离现场，电话亭空空如也，一大片飞溅的血渍扑在电话亭的大玻璃上，血珠儿不停地滚落在烟尘里。

侦缉处的特务们穿着雨衣打扫着露西牺牲的现场。有人用裹尸袋在收敛露西的残肢，有人在风雨里搜捡露西的遗物，有人在拍摄现场照片。

不远处，特务为资历安撑着伞站立在一旁看着，忽然他愤怒难抑地冲上去，对着露西的遗体一阵乱踩乱踢。

在特务的劝阻下，资历安的疯狂行为终于停止，他看见苏梅瘦弱的身体扛着风雨在指挥手下，竟有点心疼，顺手拿了件军大衣，走过去给苏梅披上。

“你看，这些被炸飞的钞票，零零碎碎也能看出‘瓶子’身上带着一大笔钱，足够她逃命所需。”苏梅拿着碎片对资历安说。

资历安不置可否：“你认为她在逃命？”

“不是吗？”

“我认为她在准备下一次的行动。是啊，是一大笔钱，足以把一个人从上海送到苏区的路费。”

苏梅反驳：“事情并非事事如你所料。——你看今晚，鱼死网破。”

“是比预期差了点，不过，在我能接受的范围之内。”

“真没想到是她，这么年轻，死得如此壮烈。”

“你说她死得壮烈？——是啊，她是个有信仰的人，不像你我，这么贪生怕死。”

“——接下来怎么办？”

资历安沉沉道：“螳螂捕蝉黄雀在后。”

医院的走廊上，安静极了，一双红色的高跟鞋粘着泥水走来。一个“女人”的背影悄无声息地走来。“女人”顺着昏暗的走廊一直走下去，走到护士站。

郭玉心情烦躁地在吸烟，烟灰落下，她开始找烟缸。一只涂着猩红指甲的手递给她一只“烟缸”。

郭玉顺着手臂望上去，脱口而出：“贵婉。”她惊恐地要拔枪，那个烟缸已经重重地劈面砸来！由于“女人”先发制人的速度过快，郭玉还没有及时反应过来，头被砸破的瞬间就被牢牢地掐住咽喉要害。郭玉瞪着血红的眼珠，用喉音嘶哑地喊叫：“装神弄鬼！”她拼尽全力反抗，咬断“女人”的指甲，十甲尽落。她发现“女人”戴的假指甲，知道她不是索命的“鬼”，而是来“杀”她的人，顿时来了胆气，凶神恶煞般反扑过来。求生的欲望迫使她每一招都凌厉凶狠，扑近身前，有一股夺命的气势。

“女人”淡笑一声。“刮地风”以劈山倒海之势，攻击她的要害。郭玉满脸恐惧，发出最后一声呻吟。

猩红的血渗到高跟鞋的鞋面上。

昏暗的路灯下，一个斜长的人影走来。是一名医生，他眼光诧异地看着一个披头散发的奇怪女人。“女人”镇定地拎着一只黑色的皮箱从医生身边走过，皮箱上用粉笔画了一个拟人化的“茶杯”。

“女人”走到树荫下，打开救护车的车门，抬手把皮箱搁了进去，车里赫然有两个并列的皮箱。

三个排放整齐的皮箱上画着拟人化的“青花瓷盘”“开水瓶”“茶杯”。三个皮箱，三幅画，仿佛张着嘴笑的器皿，透着一股深深寒意。

这时，“女人”摘下了头套，露出了英俊的脸庞，是资历平。

车开动了。

“敬礼！”随着门口士兵的喊声，门打开了。贵翼和林景轩走了进来，贵翼脱了外套，递给林景轩。

“哗”的一声，贵翼拉开窗帘，窗户上满是雨滴拍打在上面的痕迹。贵翼隔着大玻璃窗看着外面的街景，有行人处皆有伞，有汽车处街沿皆有水花溅起。霓虹灯闪烁，一片笙歌燕舞。

贵翼转过身，林景轩给他倒了杯热茶，恰好递上。

一盏茶让贵翼醒了醒脑，刚才的烦躁也略微减少。

“我记得贵婉在上海愚园路买过一套房子，钱还是我付的。——我想去看看。”

“房子已经卖了。”林景轩回答得干脆。

贵翼一愣：“你说什么？”

“老爷的意思，说怕您睹物思人。”

贵翼听了着急：“你真给卖了？”

林景轩不理会贵翼的反应，自顾自地，学着话：“老爷说，你一路上好好替我劝劝他，我跟他讲，不如你们同辈的人讲起来他反而肯听。小姐已经过世了，他可是家里的擎天柱，垮不得。他有时固执起来，你们也很为难，能劝多少是多少，那个贵婉的房子，卖了吧。”说完，停顿片刻，继续道，“哥，这世上多少事情都是有因果的，随缘吧。”

贵翼没脾气地看着他，说：“你最近很喜欢当家做主啊。”

林景轩苦笑：“我想啊！问题是你把我一脚踢出去了怎么办？所以啊，房子已经拿出去‘卖’了，只不过，还没有卖掉。房契还在我身上。”

贵翼一伸手：“钥匙。”

“可别，小姐那房子好久没人住了，就算你要去住，也得派几个人先去打扫打扫。灰尘满室的，您连个下脚的地方都没有。”

贵翼的手一直伸着。

林景轩抿了抿干涸的嘴唇，说：“哥，咱能——”见他一直这样伸着手，无奈，只好掏出钥匙，“咱可说好了，您可别一去就难过。”

贵翼一把“抢”过钥匙，揣在口袋里，说：“我真不喜欢住饭店，一点不真实。”

“您的新住所，军械司已经派人安置好了，明天来车接我们过去——小姐的房子，可不能当作官邸。”

贵翼叹了口气：“我被困着，只有自己知道。”

一句没头没脑的伤感话，让林景轩也挺堵心的。

“哥。”

“我到现在都想不通，贵婉为什么走了这条不归路？我作为她的哥哥，连她在做什么，我都一无所知，我对你是几分，对她是几分，我分分都替她想，替她做，恨不能替她死！”

“哥！”

“可是为什么啊？你说说，她为什么啊？她才刚刚二十岁啊！”他说不下去，有泪有恨，都交织在喉咙管里，瞬间吞咽下去，“我就不明白——想不明白——你以为我真的想去她住过的地方吗？——我是想知道她到底在干什么！我不能让我亲妹妹就这样不明不白地死了！！”

“各人有各人的命运，哥，有些时候还真不是有权有势就有福泽的。”

贵翼冷冷地：“这些冠冕堂皇的话，我不听！”

林景轩抬眼看他。

“没错，我要让凶手偿命！！血债血偿！！”

“啪——”卧房里传来一声响动。

贵翼和林景轩都警觉地掏枪站起来，他们都没说话，互相递了个眼神，走到卧房门边，贵翼伸手打开房门，二人持枪入内。

只见，大床上被子里裹着一个人，贵翼、林景轩互相看了一眼。贵翼猛地一掀被子，就看到妞妞睡眼惺忪地打了个哈欠，又赶紧把被子给她盖好。

“今晚真是惊喜连连。”贵翼边收枪，边说。

林景轩张着嘴，看看贵翼，问：“妞妞，她怎么会在这？”

“你问我啊？”

挂钟敲响，已是深夜，“十二点”。

由于妞妞的出现，林景轩虽然安下了心，可是越想越紧张，随即教训起了门口站岗的士兵。“——说话啊，哑巴啦，怎么进来的！你站这是吃素的！——这么大个活人进来，你愣是没看见。”他来回在房间里转圈，四下里

看，士兵低着头，被训得七荤八素的。

士兵委屈：“我，我真没看见。”

“合着这人是从天上掉下来的！”他瞬间看到了窗户，暗自琢磨一下，“他飞进来的？——他属鸟啊！这么高的楼，他说飞进来就能飞进来啊？！”

卧室的门开了，贵翼站在门口，竟是难得的好声气，低声地：“你能不发火吗？”

林景轩立马跑到贵翼跟前：“不，我这不是着急嘛。你说——”

贵翼瞪着他，压着声音说：“你小点声，一会再吓着孩子。”

林景轩顺势看了看屋里，妞妞睡在大床上，一张红扑扑的小脸，特别的乖巧。他压低了声音：“我是说，这好歹进来的是一孩子，这要进来一个飞贼——啊，您再来一个不防备——是不是？那还不得出大事啊！”

“你真的以为进来的是一孩子？”

“您的意思？”林景轩恍然，“小资少爷？”

“猪脑子！”

林景轩一拍脑门，心里有数了：“他要干吗啊？”

“小资的路数有点怪异，我看他今天跟我们说的话，绝非句句可信。”

林景轩点点头，说：“至少有一部分是实话。”

“什么？”

“生活窘迫，日子不好过。”林景轩说，“哥，您也别担心了，天也不早了，您先休息吧。今儿晚上我来值夜，您放心，别说飞贼，连飞蛾它都飞不进来。”

贵翼想了想，看了一眼床：“问题是，我今晚睡哪儿？”

林景轩也看了一眼床，想是确实没法睡，说：“要不，叫酒店另给您开一个房间，您将就将就，反正明儿一早我们就去官邸了。”

贵翼看看手表：“这么晚了，你叫我把妞妞给扔这儿啊？”

“要不，我派人把妞妞小姐给送回资家去。”

“——这天气冷，外面又下着雨，妞妞睡得暖和，一进一出的，受了凉就不好了。算了，好歹就一夜，不睡了。”

林景轩张着嘴，“啊”了一声，说：“这哪儿成。”

两人相觑。

贵翼和林景轩两人分别坐在大床的两只床脚上，中间睡着妞妞，一幅安静又略带滑稽的画面。

“他到底存的什么心呢？”贵翼看着熟睡的妞妞，思忖着，“假设他说的是真心话，妞妞又怎么解释？”

“高级饭店，政府要员，保卫严谨，他怎么就把一孩子给无声无息地送进来了呢？”林景轩也不答他的话，自顾自地说着，“欸，哥，你说小资少爷是不是太穷了，养不起妞妞小姐，索性就抱给贵家养着？”

贵翼回眸看他。

“贵家人都这么聪明。”他又补一句，“我猜的，猜的。”

说话间，贵翼看到茶几上摆放的一大盘水果，问：“酒店什么时候送的水果？”

林景轩一愣，看到茶几上确实多了一大盘水果。

贵翼明白了，指指门，指指床，说：“我知道她怎么进来的了。”

第四章　三尸命案

血淋淋的尸体就被摆放在饭店的门口，而尸体不止一具。三口浸透血的皮箱张着狰狞的嘴，三具死状惨烈的尸体以三种怪异的姿势从皮箱底伸出手脚，非常引人注目。

资历平打扮成酒店服务生，推着一辆小推车走过来，推车上放着一大盘新鲜水果。妞妞跟着他，资历平蹲下来，说："妞妞，我们玩一个'捉迷藏'的游戏好不好？"

妞妞乐呵呵地点头。

资历平把推车下面的金属小柜门打开，妞妞一挤眼钻了进去，他小声地说道："妞妞，别出声啊，一出声音可就被大哥哥逮着了，被逮着就算输了。"

妞妞捂着嘴，一副可爱模样。

资历平轻轻关上小柜门，大大方方推着小推车穿过走廊，来到士兵站岗的贵宾房门口。他推车进入房间，畅通无阻。

贵翼的推断结束，林景轩点点头："——话说回来，小资少爷要有这种心机，这样的机智，那我们白天见到的小资少爷就不可能是晚上这个小资少爷了。"

"是有点蹊跷。"贵翼若有所思。

"小资少爷要是再也不跟我们见面了，那这孩子算是哪家的？总不至于让我们把妞妞小姐给抱回苏州去，跟老爷太太说，小少爷找不着了，找到一个小少奶奶，贵家好歹给养着，养着养着就上洋学堂了，——然后，咱还得隔三岔五地去接送——”

贵翼瞥了他一眼：“这些事我自己会操心。”

林景轩很干脆地：“同意。”

妞妞翻了个身，把被子掀翻了，小脚蹬出来。贵翼和林景轩都同时站起来，贵翼给林景轩打了个手势，林景轩不动了，贵翼自己轻手轻脚地给妞妞掖被子。

妞妞睡眼惺忪，似梦非梦中嗲声嗲气地喊了句：“大哥哥——”

贵翼笑着：“真可爱——”

林景轩低声地：“哥，明儿一大早，咱们就得把妞妞小姐送回去。你说，这孩子吃的、用的、穿的、戴的，麻烦事一大堆——咱养还是不养啊？”

贵翼干脆地：“养！”

“说得容易，怎么养啊？”

妞妞又睡沉了过去，贵翼一摆手：“细节容后再议。”

两个人又重新坐回两只床脚。

“我在想。”贵翼停顿了一下，“小资会不会在利用我们，他在暗地里捣鬼。”

“利用我们，就为了借辆破救护车？”林景轩不认同贵翼的推测，“要真想利用我们，他不会借辆军用摩托车，那多威风。”

贵翼沉吟着，说：“同意。”

漕河泾监狱外，资历平等待着。

卫兵喊了一声：“——来了。”

资历平循声望去，只见夜风中，狱医带着犯人朝这边正走过来。双方签字交接，过程很顺利。“犯人”戴着黑色的面罩，由狱医移交到了资历平的手里。

资历平在黑暗中交给狱医一个信封，两个人互递着非常默契的眼神，心照不宣地互祝“好运”。

资历平带着“犯人”上了车，车开到警戒区外，卫兵检查完毕放行。一出监狱，资历平踩着油门，加足马力，风驰电掣般驶去。救护车犹如脱缰烈马，飞速前进。“犯人”试图摘开面罩，但是仿佛没有力气，资历平边开车，单手制止了他。

救护车穿进了茫茫夜色中。

侦缉处的走廊里灯火通明，小特务们出出进进，脚步急促，房间里传来无线电波声——发报声——电话铃声——

“说什么？就为了一个水警，你连警车都丢了！——刘大科长、刘科长、刘玉斌，你说你，你是不是有毛病啊你！抓共党重要，还是一个破水警重要。共产党的物资一旦隐藏好了，这条可追踪的线索就彻底断了，我怎么会相信你，让你去办这么重要的事。——我怎么了，我抓共党交通员还要事先跟你刘大科长汇报啊，——路炸断了，是公路局的事，人炸飞了，是你警察局的事！——我不需要一个破刑事案的来告诉我什么该做，什么不该做。”资历安“砰”的一声挂断电话。

苏梅把一盏咖啡递到资历安手上，劝道：“胜败乃兵家常事。”

资历安看着她，说：“刘玉斌这个蠢材，居然让到手的鸭子给飞了。”

苏梅脸上没有表情。

“你不想知道他干了什么蠢事吗？”

“我没兴趣知道。警察局那一帮子人除了抓几个毛贼，还能干什么？指望他们破获共党机关吗？痴人说梦。”

资历安心里舒服了些，他喝了一口咖啡，暂时舒缓了一下眉头。

“我有一个不成熟的想法。”

“说。”

“共党交通局护送小组的案子，关键在于‘重建’，而不在于‘破坏’。大清洗后的大换血，才是重中之重。又何必纠结于是否抓到一个交通员呢？”

资历安点头。

“我打算自己去。”

资历安的眼珠子一下瞪起来。他有点气急败坏，说：“别这样，别这么做！我正在想尽一切办法弥补，我喜欢你！我想给你一个稳定的未来，而不是亲手把你推到杀戮的前线！”

“也许有那么一天，我也会像他们那样有坚定的信仰，也对死亡习以为常。”

资历安给了苏梅一耳光！他想起了露西拉响手雷时的情景，想到了朱惠儿临死前留下的遗言，“其实，我对死亡已经习以为常。”这句话深深刺激了资历安。

苏梅不防备，“啊”的一声捂住脸。

“记住了！不要用这种口气跟我讲话！也不要再提从前的话！！你只要记住，我喜欢你，你信任我，就够了。——足够了。”

苏梅低下头，眼里闪动感激的泪花。

“从前的事，忘了吧。忘掉你的过去——”资历安说，“——我已经在尽力想办法了，不要再逼我了。”

苏梅很难得地：“历安——”

“你知道我是爱你的，就够了。”

雨过天晴，蓝天白云。

一辆挂着军用牌照的“救护车”停在上海国际大饭店门口。

一缕朝霞从窗子外投射进屋里，贵翼和衣睡在大床脚边，妞妞已经醒了，她爬到贵翼身边，用小手去捏贵翼的鼻子。

贵翼一下撑起来，把妞妞抱在怀里，妞妞欢乐地笑着。

贵翼笑着：“逮住了，跑不了了。——往哪儿跑。”

妞妞笑得更加灿烂。

房门突然被撞开，力度过猛的林景轩冲进来差点没站稳，一个趔趄：“哥，不好了！出事了！！”他神色紧张。

看到林景轩的模样，贵翼愣住，妞妞也老实了。

酒店大厅，方一凡站在前台询问服务生道：“请问有没有人给3011号房的客人留信？”

“3011号？——对不起，没有。”

方一凡迟疑了一下："这样，我今天要出去一趟，如果有人问起 3011 号，你把我这封信给他。"她低头从钱夹里取出一封信，递上。

一名服务生脸色仓皇地跑过来，跑到前台，惊慌地说："可了不得了，前面出事了。"

方一凡的手停住了。

"什么事？"前台服务员问。

"前面有死人，哎呀吓死了吓死了，——皮箱里装了死人。"

"啊？真的？"

"还画着画呢。——热水瓶什么的。"

听到此话，方一凡的心跳加剧。

"立正！"这时，大厅里有士兵长长地喊了一声。紧接着，一队士兵簇拥贵翼走了出来。

方一凡没有回头，力图镇定地站在原地。

"小姐，您刚才说 30——多少来着？"

方一凡笑笑："3201，我刚想起来，不用留信了，我直接给他打电话就行。"

"那行，您要需要打长途，您提前跟前台说一声，我们这里可以直接打。"

"谢谢。"方一凡道谢。

贵翼等人从她身边匆匆走过。

一走出大厅，贵翼就看到了门口令人恶心作呕的一幕，血淋淋的尸体就被摆放在饭店的门口，而尸体不止一具。三口浸透血的皮箱张着狰狞的嘴，三具死状惨烈的尸体以三种怪异的姿势从皮箱底伸出手脚，非常引人注目。

林景轩站在贵翼身后，一脑门的汗："军门，今天一大早，酒店的保安就看见一辆救护车……挂着陆军总院的军车牌照。保安以为……车上有司机，就去叫司机把车开走，别挡着路，谁知车上根本就没人，就这三口箱子，上面写着转呈江浙督办、军械司司长、贵翼先生。"

贵翼转过身，看着林景轩。

"保安给我打电话，我就下来了。——我，我啊，我看着那皮箱邪门，一股味道，我也说不准是什么味道，而且……皮箱上用粉笔画着热水瓶啊、青瓷盘子什么的，很怪异。我怕有什么不妥，就叫士兵给打开了……于是，就这样了。军门，我跟您说清楚了吧？”

贵翼冷冷地说：“清楚。”

一股青烟冒起，“啪”的一声，有人在拍照片。

贵翼怒喝：“不准拍！！”他环顾左右，一群记者模样的人正在抓拍和记录。

林景轩也喝止：“听见没？不准拍！”

闪光灯在继续闪烁，很显然，上海的记者们是见惯大场面的，有胆大的记者甚至往前冲，一个娇小玲珑的女记者一下蹿到贵翼眼前。“请问贵军门，这三起凶杀案是否与您有关？——为什么凶手会把尸体送到您的手上？”女记者问。

“贵军门，贵军门——我是上海新闻报的记者，请问您这次到上海赴任的真实目的？”随即，另一名记者追问，“凶杀案是否与最近军械司内部机构调整有关？”

“——是否涉及军方权益？”又一名记者问。

“贵军门——贵军门，您的家庭里最近有无发生意外？——贵军门，请您回答。”

一片拥堵，一片混乱。

贵翼忍无可忍：“你们想干什么？制造混乱？散布谣言吗？！”他用手一指，指尖沿着拍照的新闻记者们画了一个圈，“全都给我扣下来！”

林景轩大声吼道：“是。”

军械局的士兵们荷枪实弹、气势汹汹地把整个国际饭店外围都给包围了。“咔嗒”两响，枪栓一拉，整个记者圈顿时鸦雀无声。

“都不准动！”

记者们下意识地围在一起，排成几排。

贵翼看着不是事，对林景轩：“马上缴他们的相机，留下胶卷再还他们。”

“是。”

此时，一个“胶卷”，从一个记者手上，传递到另一个记者手上，仿佛流动的传送带。林景轩带着士兵们缴相机，引起记者群的集体“躁动”，有抗议的，有喊的，有哭的，纷纷对军械司的这一举动表示不满。

贵翼走到救护车前，对尸体仔细地查看着。

记者们与士兵们发生肢体冲撞，有人灰头土脸地冲出包围圈，场面一片混乱。林景轩喊道：“别伤着人——都是老百姓——说你呢。”他转对记者们，“瞎起哄什么，不想活啦，激动什么，——谁敢跑打断谁的腿！”

“跑啊，老王爬都爬出去了。”

“他们不敢开枪——啰，老万，老万也跑了。”

有人开始叫嚷着，场面更加混乱起来，

“砰砰砰”，三声枪响。闻声望去，贵翼举着手枪，枪口对着天，背对记者们的包围圈站着。

混乱的场面被惊恐的叫声给控制住了。

“林副官！”喊道。

“到！”林景轩用手摁了摁军帽，转过身子，扭着头，一边跑一边喊，“把所有记者的记者证都扣留，——不准伤人啊——”

士兵们开始向记者们索要证件。

贵翼和林景轩走到救护车的一侧，蹲下。贵翼用手指了指画“瓶子”的皮箱，林景轩一见就傻眼了，这具尸体穿的衣服像极了贵婉的殓装。

林景轩顿时有点蒙了，蹲到贵翼身边，对着“女尸”说：“哥，这，这打扮太像小姐——”

贵翼面色凝重，点点头。

“一枪打穿颈动脉。”贵翼用赞许的口吻，“枪法了得。”

林景轩说：“三具尸体，其中有一具穿得像极了过世的小姐衣服——哥，这可不是闹着玩的，这事闹大了能惊动中央党部——”

“小资这孩子是不是出事了？”

林景轩张大嘴：“啊？”

贵翼起身对着眼前的救护车思忖着，他想到了从照相馆出来，资历平借车的事情。

看到贵翼对着救护车露出凝重的神色，林景轩说道：“这辆救护车是我昨天借给小资少爷那辆，我已经核查过车牌了，确认无误。——还有就是，哥，我今天早上接到一个很奇怪的电话，是漕河泾的监狱长打来的，说我们交代他的事情，他都办好了，叫我们放心。我想，我们刚到上海，哪里有事要找到他身上，要他莫名其妙地来巴结。后来一想，小资少爷的大哥在漕河泾。”

林景轩的这几句话，贵翼就全听明白了。他抬起头来，目光炯炯地审视着精于世故的下属。林景轩被他盯得有些难受，只好一低头，说：“我觉着是出事了。”

“他，应该不会乱来吧？”

“他大哥是死刑犯，按常规不能保释。他一个教书先生，不可能有那样大的神通。”贵翼没有反应，林景轩蹙了蹙眉头，“您觉得呢？”

贵翼的目光又回到皮箱上，说：“我昨儿见他，感觉他是个有胆色的人。——你是怎么回答监狱长的？”

“我含糊地应了一下。——我怕这里面有事，所以就先应下来。如果是个误会，也不用解释；如果是小资少爷真闯了大祸，咱们这里多少还有斡旋的余地。”

贵翼点点头：“看起来不是小资出事了，而是我们，有麻烦了。”

此时，资历平一副服务生打扮站在酒店“留言板”旁边，替前来询问的客人们服务着。“——209号房间对吧，没有留言。是的。——您是，214号房间，有，您的一位朋友夏先生给您留言，在这里，对。不客气，您走好。——对不起，先生您请让一让，我们要清理留言板了。”他表情轻松，和蔼，从容不迫。

另一侧，酒店大堂经理站在一旁，半狐疑地抬头看了看资历平正在清理留言板的背影，嘀咕了一句：“这么早就清扫留言板了？”

看到有客人，资历平又忙着替女客人拿了行李，引领着客人走上了电梯。

“救护车是以你的名义借的吗？”贵翼问。

“不是。”林景轩看了一眼救护车，干脆地答，“是我派司机小何到陆军医院去借的车，陆军医院总务部给我打过核实电话。小资少爷是在陆军医院门口，从小何手上接的车。今早上，我觉着事情不对劲，马上安排小何回苏州了。”他顿了顿，继续，“我倒不是怕小资少爷给我们惹事。只不过，是做事的一个习惯，能不被牵扯尽量不被牵扯。”

“好，做得好。”贵翼赞许的语气里透着谨慎，“小资的事情，除了我们俩——”

他话还没说完，林景轩接道："他的事，我一个字也不会说。不过，哥，我多一句嘴，这要真是……那干系就大了，这可不是单纯的挑衅，这是……谋杀。"

贵翼盯着林景轩看了一会儿："这样，你马上去一趟漕河泾——"他在林景轩耳边说了几句，也不知道都说了些什么，只见林景轩频频点头。

记者圈在士兵们武器的威胁下渐渐缩小，可是杂乱的声音犹在，贵翼和林景轩走过来，"立即叫警察局刑侦科的人过来。"贵翼看着骚动的记者圈，"封锁现场。"

林景轩："是。"

"还有……"贵翼声音压低了一点，对林景轩说，"问清楚记者的消息来源，他们来得太及时了。"

"是，属下明白。"

贵翼又抬眼看了看记者圈，说："千万别让他们借题发挥。"

话虽这样说，但贵翼还是晚了一步，此时的报社里，针对上海国际大饭店门前的抛尸案已经开始了新闻的起草和刊登、印刷工作。

电话铃声震动，油印机滚动，记者们争分夺秒在行动着。

"发稿吗？"

"发。"

"三具尸体，对，无名尸，身份还有待查证——"

"一定要写一个炫目的大标题！这样，三具裸体尸体横陈上海国际大饭店——等等，还不够炫，三具裸尸横陈贵军门签收！这个，用这个。"

"一定要快！要快！印号外，印号外。大标题，新任军械司副司长贵翼与三具尸体的桃色猜想！照片，我哪有照片，我的相机都差点被砸了。老王，老王是爬出去的——我是一个有气节的记者。"

"——千万不要写桃色新闻，那跟桃色小报有什么区别。"赵主编嘱咐，"要写出我们新闻报的大气魄来，对，往政治上写，江浙督办贵翼疑遭政敌寄尸体恐吓！"

"标题要有格调，不要牵涉政治，写悬疑，对，对对。鬼魂附体的悲剧——茶杯、青瓷、瓶子。"

“赶紧下印刷厂，照片啊？胶片被毁了——我不是跑得慢吗？我能跟老万比吗？老万差点被踩死。——补一个插画啊，画得狰狞点——要快啊。画什么？洗漱用品，杯子、瓶子、盘子、牙刷——不对，不是牙刷，是什么筒子之类的——要不你就画个箱子！就叫‘三箱亡魂’。”

地窖的夹墙打开，方一凡走了进去。暗道内空间宽阔，设计精巧，内里还设有仓库和房间。

“交通站出事了。”方一凡和李磊坐下来，“昨天晚上，茶杯、青瓷、瓶子全部遇难。”

“你怎么知道的？”李磊问。

“有人把三具尸体送到国际大饭店，装尸体的皮箱上画着他们的代号。”

“啊？”李磊不敢相信，一脸震惊，“真是，真是灾难。可，这，这是谁干的呢？这个人一定知道你住在国际大饭店才可能冒险预警。”

方一凡认同：“是啊，一定有自己人在里面。”

暗道房间里陷入沉寂。李磊打破短暂的沉寂，说道：“昨晚接到上级密电。”

“说。”

“‘203’号首长，今天抵达上海。‘203’在东征战役中受重伤，必须转到上海的大医院进行手术治疗。”

“要保证‘203’首长安全住进上海的大医院，只有上海交通站的同志能够做到，没有谁比他们更熟悉上海的路况和医疗资源，偏偏他们现在全组出事，敌友不明。”

“是啊，我们现在除了要运送大批物资去苏区，还要保证‘203’在上海做手术，时间不等人啊。”

方一凡思索：“是时候改变方略了。”

“你想怎么做？”

“我们必须冒险在最短的时间内找到‘烟缸’。”

“不是最应该先找到组长吗？”

“一个五人小组，死了三个，我不相信组长了，但我相信‘烟缸’。”

"为什么单单相信'烟缸'？"

"'烟缸'是红色交通线的第一批'铺路石'，'烟缸'手上掌握着数百条交通站地址，关系到上千名交通员的生命安全。'烟缸'如果叛变了，各省市交通站绝不会如此安静。"

李磊点点头："下一步怎么办？"

"登报找'烟缸'。"

"万一'烟缸'真的叛变了怎么办？"

方一凡的眼睛瞬间犀利如刀："——我们立即向上级请示，如果'烟缸'叛变，如何处置？"

李磊也犯了难。

电话铃声起，正在剪裁花枝的资历安接起电话，平静的语气变得难以置信："——什么？"接着很焦灼地，"有没有搞错？是不是那里——"他站在那里一动也不动了，"小顾呢？——也出事啦？——在哪儿？——我不是叫你们全天 24 小时'保护'他们吗？啊？"

电话里，外勤特务慌乱地说："昨天晚上，不是您都把我们叫回来，执行任务的吗？"

资历安的眼神一下就"空"了。

"警察局的人已经到现场了，刑侦科有个兄弟认识郭玉——"

资历安听不下去了，猛地挂断电话。他的额头上浸出冷汗。他从口袋里掏出一块手帕来擦汗，哆哆嗦嗦地坐下，眼眶里滚着几颗泪，洒在手帕绣着的一朵梅花萼上，梅花的枝干显得凄惨。资历安突然站起来，发狂一样把办公桌上所有的文件一扫而下——他暴戾地抓起刚刚很得意的插花作品，"笔筒花瓶"狠狠地摔在地上。瞬间办公室的门被撞开，几名特务拥进来。

古纯音看着满地的杂物："资科长，您没事吧？"

钟雪萍也叫道："资科长。"

资历安暴躁地："滚，滚，都给我滚出去！"

特务们纷纷赶紧退到门口，"哗"的一声，资历安暴怒地砸东西，落地的鲜花被他一通乱踩，满地狼藉。扑面而来的凶悍劲把所有特务都"轰"到门外去了。

苏梅站在门口，默默地替他关上门，示意周边的特务们离开。

“资科长。”苏梅上前，这称呼过于正式，资历安有一种隐隐的不安。

资历安看着她：“苏梅。”

“是，长官。”

资历安慢吞吞地说：“我们，一无所有了。仅仅一个晚上。”

“世事难料。您已经尽力了。”苏梅劝说后，又提道，“——现场，我就不去了。”

资历安拍了拍苏梅的肩膀，说：“不去也好。”

“你，还好吧？”

“死不了。”

话说完，资历安转身走了，苏梅看着他离去的背影，暗暗下了决心。

上海国际大饭店门口依旧围满了人，刘玉斌已经带着警察开始对现场进行勘查。贵翼走进房间，妞妞穿着簇新的锦缎小花袄，蹦蹦跳跳地扑腾过来，笑嘻嘻地喊着：“大哥哥，大哥哥——”

贵翼把妞妞一把抱起来，和颜悦色道：“妞妞，吃早饭了吗？”

“没有。妞妞要等大哥哥一起吃。”她用小手拍拍肚子，“妞妞饿了，要吃生煎包。”

“好。妞妞乖。稍微等一等，大哥哥马上陪你吃早餐。”

士兵们在房间里开始布置早餐。

贵翼把妞妞放在高高的椅子上，自己坐在她旁边，两个人开始吃早餐。妞妞手短，够不着餐桌上的甜品，她咿咿呀呀地发出抗议。贵翼替她拿到跟前来，妞妞吃得欢喜了，用小胖手去糊贵翼的脸颊。

贵翼笑着用餐巾擦了擦脸上的一抹奶油，问：“妞妞，你小资哥哥在干什么啊？”

妞妞边吃边答：“挣钱。”

“妞妞认识露西小姐吗？”

妞妞笑着：“明星。露西姐姐是明星，妞妞也要穿露西姐姐的裙子，小资哥哥给买——买好多。”

“妞妞昨天怎么到大哥哥这里来的？”

妞妞得意地：“小资哥哥跟妞妞玩‘捉迷藏’。”

贵翼点点头。

“小资哥哥说，他会很忙很忙，要妞妞在大哥哥这里住几年。”

贵翼正夹菜的筷子差点滑了：“几年？”

妞妞很肯定地点头。

贵翼笑笑：“住几天。”

妞妞纠正：“住几年！”

贵翼依旧在笑，只不过笑得勉强。

电话铃声响了，贵翼站起来接电话：“喂。”

“贵军门早。”是资历平。

听到电话里的声音，他变得警觉起来。忽而脸色陡变，左右看看，低声厉斥：“是你？！你在哪？昨天晚上你都干了什么？是不是你做的？——说话！”

而此时的资历平就在酒店的另一个房间里，他邪魅地浅笑着：“也不寒暄几句——”

“我只问你一句，是不是你做的？回答我！”

“放松点，放松，贵军门。”

“浑蛋。——听着，如果是你做的，去自首！”

“你这算是关心我吗？”

贵翼愣住。

妞妞用银餐具敲着甜品盘子。

资历平在话筒里听到妞妞的声音，鼻子一酸，说：“妞妞就拜托你了。——我相信，你会给她最好的生活，我谢谢你。——我就这点要求。”

“你从哪儿来的自信？”

“我的自信，来自你们的教养。”

贵翼被堵得一口气血直奔脑门：“你！！”

“拜托了。”资历平很中肯。

“你听着，我一定会找到你的。你必须为你做过的事付出代价！”

“——我已经尽了最大努力，以后靠你了。”

贵翼没听懂：“靠我什么？”

“伸张正义。”

“不要说我听不懂的话。”

资历平嘴角微微上扬，一个酷似贵翼的表情，一种傲娇的情绪和自负的德行：“事情才开了个头，贵军门就不耐烦了。”他端起红酒来喝。

“你信不信，我抓到你，会让你后悔一辈子？”

资历平喝着红酒，微微愁眉：“长官意识。”

“什么——”

“我说，期待。真期待你我下次的见面。对了，一定要看明天的报纸，一定很精彩。”

贵翼冷笑：“我对八卦新闻向来没有兴趣。”

“太遗憾了。——不过，八卦新闻，良莠不齐，军门不看也罢。贵军门此刻若肯移步窗前，一定会看到一个人，一个正在仰望军门的人——”

贵翼正准备放下电话，资历平的声音又传了出来：“记住他的脸！他就是真正的凶手！”

电话挂断了。

贵翼赶紧走到玻璃窗前，俯视着上海国际大饭店的楼下，看到一个戴着礼帽，穿着皮衣的男人，正在和刘玉斌说着话。

春阳炫目，男人心怀悲悯地摘下礼帽，仰头看着大饭店的高楼。

贵翼看清这个男子的面目，五官端正，一派官气，眼睛阴鸷。他认得这张脸，是自恋。他突然意识到了什么，“他在这儿。”仿佛一个弹跳往外冲，边喊道，“林副官！”

有士兵跟上汇报道：“林副官去漕河泾监狱了。”

贵翼回眸，看到妞妞拿着餐具自己在玩，便吩咐士兵们：“照顾好小姐，其余的跟我来——”说完，带着几名士兵就往楼下跑去。

跑到大堂，贵翼四处张望，一无所获。“——等等。”他转眼从大堂望去，外面都是警察局的警察和侦缉处的特务们。他冷静地想了想，自己先镇定一下，又向身边士兵们摆摆手，士兵们会意，都收敛了身形，不再是“心急火燎”的样子。

贵翼走到前台，服务生笑脸相迎。

服务生面带微笑：“长官好。”

“你帮我查一下，有没有一个叫资历平的人入住酒店。”

“好的——”她拿出一个很厚的记事本来翻阅。而贵翼此刻的眼睛盯着大堂外，他不再犹豫，伸手从服务生手上拿过记事本，“我看完还你。”他像一股旋风一样，拿了就走，士兵们相随而去。

留下服务生傻在那里，根本就没反应过来，贵翼等人又走向了电梯。

资历安和警察局的人走进大堂，电梯上升时刻，男人下意识地回眸，他与贵翼眼光交接。

“记住他的脸！他就是真正的凶手！”

资历平穿着酒店服务生的衣服从容地走来，他一边走，一边把一个垃圾袋扔进火炉里，两个女服务员从他身边走过，没有察觉任何异常。他潇洒地穿过厨房，嘴里哼着江南小调，顺手拿起一块点心，吃着点心悠闲地走出了酒店。在酒店的后门，他招手叫了辆黄包车，跳上车，说了声：“愚园路。”

黄包车跑离了上海国际大饭店。

刘玉斌走进来，资历安在大堂里环视一圈后，走过来问道：“——有初步结论吗？”

刘玉斌答：“一男一女枪击致命，第三个气管被踩断了，高跟鞋踩的。”

“高跟鞋？确定？”

“初步断定。一切都要等验尸报告出来。”

“这个案子，我们侦缉处接管了。”

“啊？——那，我在这干吗？”

“验尸报告还是你们出。”

“什么意思啊？”

“意思就是，你得做的这案子看上去像是警察局的案子。”

“你也太狠了吧，凭什么你们侦缉二科比我们刑侦科高半截？我就像个跟班的——”

“算你帮我个忙。——我们也算是老同事了，算我——”

资历安难得低姿态，刘玉斌一摆手：“好了好了。——不过，你得告诉我——”他压低声音，“——你们？是不是在策划什么‘逮捕’行动？”

“嗯，不瞒你说，三个月前我们对上海地下党交通站的侦破，有了重大‘突破’，原来想借鸡生蛋，——可惜了。”

刘玉斌在理解他的精神，说：“你的意思，这三个都是你的人。”

资历安的喉头噎住，心怀悲痛，点了点头：“他们都是捕杀共谍的人，个个都是好猎手，斩敌无数，竟被共谍所杀，实在是可恨。”

刘玉斌一脸悲愤：“太可恶了。——居然敢明目张胆地杀我们的人！——必须，必须破案，抓到凶手——严惩不贷。”

“我现在更加关心的是，谁是策划者？”

“你不关心受害者和凶徒吗？”

“昨天水警署的事，你不觉得蹊跷吗？——明明就快摸到共党的命门了。”

“半路杀出个程咬金，你叫我怎么办？——我要不跑快点，说不定还有人要人头落地。”

“我倒觉得你这话该反过来说，如果你昨天坚持到底，保不齐是谁的人头落地呢。”

“你指的是——”他伸手指了指上面。

资历安点点头。

刘玉斌不表态。

“车查了吗？”

“车？——嘿，在找呢，兄弟我真的走霉运，这丢了车比丢了枪更可怕。”

“你的车我负责帮你找。——而且你那辆车，谅地下党也不敢再用。”

刘玉斌反应过来：“你问那辆军用牌照的‘救护车’是吧？”

资历安点头。

“查了。是陆军总院的车。”他左右看看，“据说是贵军门手底下一个司机去借的车。”

资历安冷笑：“又是他。”

刘玉斌点点头。

“贵家的司机去借的车，尸体呈送给贵翼，凶手把一副烂牌直接打给了贵翼。”

刘玉斌有点糊涂：“为什么？凶手是在炫耀自己？还是挑衅军门？”

“也可能是邀功。”

“邀功？”

资历安肯定地：“这条线索值得追。”

“追是一定要追的。不过，贵军门位高权重——”言下之意，彼此都懂，“反正我是受够了。——或许你可以去试试。”

“我不打没有准备的仗。”

“什么意思？”

“拿到证据再说话。”

刘玉斌明白且认同。

“对了，尸体也是证据。千万不能让记者拍到脸，尸检后，立即销毁。”

“销毁证据？”

“是的。他们必须以共党之名去死，因为我们的猎谍行动还在继续。不容有失。”资历安看看酒店，喃喃自语，“凶手为什么要把尸体送到国际大饭店来——”这时，他发现一个大画板，上面贴有两三张纸条。他走过去，猛地一回头，冲到前台，吓得前台服务员一哆嗦。

“前几天贴在画板上的旅客留言和寄存纸条到哪儿去了？”

“前——前几天的，应该都在啊。”服务员被他吓得有些慌乱。

资历安一把抓住女服务生，轻而易举地把她给从前台拎出来。女服务生叫着“疼”，乖乖地顺从着。

刘玉斌看着，跟过去。

资历安把女服务生拎到画板前，说：“自己看！——这么大一个酒店，难道连一个招商小广告也没有？这么多来访的客人，没有一个给朋友留言的？啊！！”

服务生战战兢兢地：“我，我想起来了，今天早上有服务生打扫过了。画板上的无效广告和过期留言，都会定时清除。”

资历安二目圆瞪：“清除？！”他呵斥着，“是哪个服务生清扫的？把他给我叫过来。”

不一会儿，领班小姐被特务们喊来了，站在资历安背后。

“长官，今天早上负责大堂清扫的有三个人，两个下班休息了，还有一个是临时工。”领班小姐如实地向资历安做着汇报。

资历安冲身边特务一晃头，特务会意，押着领班去查清扫工。“把酒店的入住登记簿拿给我。”他转对女服务生。

女服务生哆里哆嗦地：“那个，回长官的话，那个登记簿，被另一名长官拿去了。”

资历安声音很轻地：“谁？”

“贵、贵长官。”

资历安眼睛冒出火星子，大吼一声：“大点声！”

女服务生带着哭腔说：“贵翼，贵军门。”

资历安的眼珠子突兀，瞪着她。

刘玉斌朝女服务生挥挥手，示意她可以离开，女服务生冲着刘玉斌一鞠躬，赶紧跑开了。“歇歇火，歇歇火。资科长——”他上前安抚资历安的情绪。

“凶手完全控制住了局面，明里暗里，他都顺利控场了。——我为了这个案子，精心布置，寻找合适的外勤，你知道这些外勤特务的身份是绝对保密的。他们每个月的外勤账单，雇佣费用，每个月支取的额度——曾经是我花费大量精力去争取的。我克扣自己的用度，克扣内勤下属，声名狼藉，怨声载道，我为什么？为什么？仅仅一个晚上——”他用手指戳了戳刘玉斌的肩章。

刘玉斌不说话了，他知道，此时资历安的情绪已经失控，言多只会必失，便言简意赅地：“我认为，证据并不重要，你有大把的理由可以去拜访他。”

资历安轻描淡写地：“我忘了，你们警察局是管户籍的。”

刘玉斌笑笑：“老同事，你真别往心里去。你未婚妻前段时间找过我——”

资历安眼眸一闪。

“人家也是一心爱护你，想多了解了解你的家庭。”

资历安口气生硬：“我不属于家庭。”

刘玉斌点点头，不想激惹他。

华界码头上，一排蜿蜒的到站人流正在排队接受警察和宪兵的检查。大伙儿都踮着脚尖，盼着前面的人能快一点。

警察一一检查旅客的身份证和船票，不远处，停着一辆囚车，不时有人被便衣警察拖出人群，殴打，上拷。

苏成刚和一名海员一起从船上走下来，身后是一名“仆人”推着一辆轮椅，轮椅上坐着一个病人，病人的身体被包裹得很严实。

通道口，警察突然走来，对着苏成刚说：“——这位先生，请出示一下你的证件。”

苏成刚一愣，他身边的海员已经走过来，他客气地从口袋里摸出证件来，说：“我们是水警署陈督察的亲戚，您看，我舅舅病了，这次来上海是专程来看病的。”

“是吗？”警察看着他的证件问，“怪不得走员工通道呢，有尚方宝剑啊。”

苏成刚赔着笑脸。

“兄弟我在警察局干得好好的，偏偏这个陈督察不知道搞什么鬼，让我们警察局的弟兄过来给他‘看货’。兄弟倒也无所谓，到哪儿不都是为党国效力嘛。但是，这风吹雨淋的，也没一点贴补。”

苏成刚赶紧做出掏钱的动作。

警察看出他要做什么，说：“嘿，我可不稀罕打发叫花子的钱。”

苏成刚的笑脸僵着。

警察回头看了看不远处站着的两名警察：“——现在呢，全上海都在搜捕共产党，凡有携带违禁品的，有带枪伤的，有红色书刊的，一律先行逮捕。——我看你们，也不像有什么违禁品——”

苏成刚连忙迭声地称“是”。

“所以就检查一下这个病人吧，看看他身上到底是什么病？身上有没有枪伤？”他盯着“病人”看，“包括‘旧枪伤’。”

“表哥，我来了——”方一凡赶来了。

众人回头看方一凡。

方一凡笑盈盈走来：“表哥，哎呀，我紧赶慢赶还是来迟一步。”

苏成刚喜出望外：“表妹，我们也是刚到。——遇见这位警察先生临时检查。”

方一凡对警察客气起来：“临检啊，先生，给我个薄面吧。”

警察笑笑：“你谁呀？——走开点小姐，我现在怀疑他——身上有枪伤——”

方一凡瞬间贴过去：“你说得不错，是枪伤！”

警察身体猛地一颤，几近痉挛，他目光所及之处，一把锋刃已经穿透他的身体。

方一凡对苏成刚：“走。”

警察的手指伸展开来，倒在方一凡身上。远处两个穿警察制服的人跑过来，一个是李磊，一个是行动队组员。苏成刚和“仆人”推着轮椅急速前行。方一凡和李磊留下来处理尸体。

苏成刚等人护着“病人”走出码头，前方布满了哨卡。有司机来接长官太太的，有旅游团队喊集合的，有买卖水产的在装箱，有普通百姓雇了黄包车来拉人的。就在苏成刚想办法如何通过哨卡还不引起警察的注意时，一辆警车突然冲上来，撞翻了一个哨卡。方一凡驾驶警车，扬长而去。被撞飞的警察，趴在地上，吹着“哨子”，一片乌烟瘴气。趁此机会，苏成刚趁乱掩护“病人”离开了码头。

船下，水底。刚刚盘问苏成刚等人的警察的“尸体”挂在船底的铁钩上，随着水波摇曳。

华界码头发生的一切，很快传到了刘玉斌的耳朵里。从码头回来的警察，将现场情况详细地向刘玉斌做了汇报，两人在酒店大堂的一旁耳语着，资历安从刘玉斌的表情上察觉到一丝端倪。

刘玉斌打发走回来报信的警察后走到资历安跟前，说：“那辆车出现了。”

“你说什么？说清楚。”

“我丢的那辆警车出现了。”

“在哪儿？”

“华界码头 2 号港。”

“现在呢？”

“我现在就去查。他只要一上道，我就能抓住他。”

两人同步往外走，所有的警察和特务虽然不知道发生什么事，都跟在后面走出大堂。

“你留在这，万一贵军门有什么要求，你都尽可能满足。还有，把那本住客簿子拿到手。”刘玉斌对其中一名警察吩咐道。

警察领命，走进大堂。

资历安对刘玉斌分析：“这绝不会是一个偶然，马上布控所有旅馆和火车站、码头。——刘科长，如果发现那辆车，切记，不要追。”

“明白，我会叫人死死地咬住他，跟他去目的地。”

资历安点头：“他们的节奏开始乱了。——我们得小心了。”

“你在担心什么？”

“他们有备而来。”

刘玉斌上了警车，资历安站在他车前：“第一次冒险，他们有可能是为了转移货物；第二次冒险，是为了掩护什么？”

“我抓住他，再问他。”

一辆军用吉普开来，急刹车停在酒店门口，林景轩从车上走下来。与此同时，一个骑自行车的特务飞快而来，他一下车，就把自行车扔给一个特务，快步前进。特务和林景轩碰撞，特务头也不回，继续向前跑，林景轩在后面很不爽地骂了一两句。

特务跑到资历安身边，侧身耳语，资历安神情一凛。刘玉斌问道：“又有事？”

“要紧事。”扔下这句话，资历安也朝自己的汽车方向走去。

刘玉斌喊道：“你去哪？”

资历安边走边说：“漕河泾。”一转身，迎面撞上林景轩。

林景轩又被撞得一个趔趄，有些恼了：“嘿，你不看路啊。”

资历安和特务头也不回地走了，林景轩站在原地还在喊着：“你给我站住！”而人早就没影了。他嘴里嘀嘀咕咕地：“这都什么人。——真是虎落平阳被犬欺。”话音未落，刘玉斌的警车风驰电掣般从他身边掠过。这次他是真吓得一激灵，连骂的反应都迟钝了。

第五章　天差地远，到底有多远？

“可是……咱们见到的小资少爷，您看，他还带着一孩子，还跟着一老妈子，小资少爷眉清目秀，一教书匠，一调琴师，一小报娱记……您要说他，杀人劫狱，真是差太远了。”

房门打开，一张贵婉的照片挂在墙上，笑容甜美，温婉可爱。

房间的留声机里转出评剧，“——想必是新婚渡鹊桥，吉日良辰当欢笑。为什么鲛珠化泪抛？此时却又明白了。”

资历平看着贵婉的遗照，眼泪落下来。

“世上何尝尽富豪，也有饥寒悲怀抱，也有失意痛哭号啕。轿中的人儿弹别调，定有隐情在心潮。”

资历平解开衣服扣子，脱下酒店服务生的制服，穿上事先准备好的一套豪华西装，戴上手套，礼帽。又从笔筒里选了一支派克金笔，插在胸口的衣兜里，戴上一副眼镜。

资历平对着镜子整理仪容。他走到贵婉的照片前，笑了笑，拎着一个皮箱，推门而去。

贵翼翻阅着酒店入住客人名单记事本。突然，他看到了一个名字“方一凡”，他脑海里灵光一闪，想起了在刚刚入住酒店时，自己仿佛看到一个熟悉的声音，看着名单上的标注，贵翼自言自语道：“今早退房。”

有时候，有些人有些事，不提并不代表忘记。看到方一凡的名字，贵翼的思绪回到了 1929 年，在美国的新泽西州那个恬静的午后。

阳光下，贵翼和方一凡散步在新泽西州的田野上，“你大老远地跑来，就为了陪我散步？”方一凡说。

“不，是重温校园时光。”

“你还那么文艺。我以为你从普林斯顿去了西点军校，会变得更加精明强悍，务实。”

“我来看你，就是务实。”

方一凡笑了笑。

“一凡。”贵翼捕捉到方一凡的目光，“听说你退学了？”

方一凡看着他，贵翼有点不好意思：“——你知道，我是听学校里的同学说的。”

方一凡淡淡地：“你打听我啊？”

“我关心你。——你哥哥回国的时候，叫我多关照你。”

“我要回国了。”

贵翼一愣，大约没有预料到这个答案，问：“你打算？”

“嫁人。”

贵翼脸上的笑容霎时凝固。

“你没有什么要对我说的吗？”

贵翼表现出少有的木讷：“我，我觉得好孤单。我每次看见你，都感觉得到——我的意思是，我从第一次看见你，我心里就特别宁静。如果，你就这么走了，我想，我想——我感觉现在自己已经变得很迟钝了。”他说不出心里的滋味，只能带着一丝苦涩的微笑。世家子弟，通常都很明白家族之间联姻的道理，婚姻并不是由爱情来决定的。

“我并不打算听从父母的安排，这次回去，不是‘嫁给’命定的婚姻，而是‘嫁给’我的理想和事业。”

贵翼顿时百般滋味在喉头涌动。

“我订了明天的船票。”

贵翼脱口而出："嫁给我！"

方一凡脸上的表情是惊诧而感动的。贵翼至今记得她嘴角嚅动，带着一丝"歉意"，他至今不明白这一丝"歉意"代表着什么。他只记得方一凡情绪激动，但是十分克制的一句话："我们——走的不是一条道。"

思绪万千，恍惚间仿佛与方一凡的见面就在昨天。回转心神，再看看名单上方一凡的名字，贵翼下意识地明白了点什么，他把有"方一凡"入住登记的整页纸给裁了下来，他要保护这个自己爱过的女子。他划了根火柴，把写有"方一凡"那页满是入住姓名的纸点燃了。看着那页纸烧得卷曲起来，把它扔进烟灰缸，顺手把一杯茶水倒进烟灰缸，看着那页纸"灰飞烟灭"。随后，贵翼又想了想，用裁纸刀故意又裁了几页纸，用剪刀剪成碎片，扔进了垃圾桶。

林景轩推门进来："军门，我回来了。"

贵翼站在窗前，回头看他。

林景轩走近贵翼，劈头一句："军门，出大事了。"

"别慌。慢慢说。"

"我去漕河泾监狱，见了监狱长，他拿了一张您写给他的条子，上面盖有您的印章。说是一名姓资的副官亲自送到他手上的，恳请他帮忙让一名犯人保外就医，说您和那名犯人有亲戚关系。监狱长就同意了，帮忙弄了一份保外就医的文件，他还说，谢谢您送他的——。"

"什么？"

"汽车。"

"汽车？我送他？"

"嗳。这还不清楚吗？小资少爷一定是打着您的旗号去行贿啊，一个大活人给弄出来，还不得一辆车啊。"林景轩直截了当地说出自己的推断，"小资少爷够聪明啊，他自己去送，别人绝对不敢收，他打着您的旗号去送，那人家还不得上赶着巴结。"

贵翼气得话都说不出来。

林景轩继续道："据狱警说，昨天晚上是一个女人拿着监狱长签发的文件，

接走的犯人。保释的囚犯叫‘佟阿大’。”

“佟阿大？”贵翼的嘴里念叨了一下这个陌生的囚犯名字，“我们不认识啊。”

“是啊，这个佟阿大我们不认识，但是，我们知道一个资历群。”

“小资的大哥？”

“对，那个死囚犯资历群，昨天晚上，人间蒸发了。”

“蒸发了？”贵翼恍然，“越狱了。”

房间里安静下来，贵翼想了想问：“知道这个‘佟阿大’是谁吗？”

林景轩摇摇头。

“也许，根本就没有什么‘佟阿大’，这个所谓的‘佟阿大’就是资历群。”根据现有的线索，贵翼明白了，“昨天晚上，人间蒸发的恐怕不止一个资历群吧。”

“对，漕河泾的狱医也消失了。”林景轩说着说着，又迟疑了一下，看了看贵翼，小心翼翼地说，“哥，您不会是……跟小资少爷……有约定？”

“你脑子烧坏了吧？”

林景轩不敢接话了，索性不说话。

“你昨天是怎么找到小资家的？”

“那不是老爷提供的地址吗？您忘了，西门蓬莱路十九号，我就是按图索骥找到资家、找到如意婶的。”

贵翼低声：“景轩。”

“是，哥，您说。”

“你不会是和老爷有什么约定吧？”贵翼摆出一副臭脸。

林景轩急了，一跺脚，嚷嚷着：“我的亲哥，咱俩就别瞎猜了。”

贵翼看他真急了，反而伸手去拍了拍林景轩的肩膀，算是安抚一下：“小资劫狱，是为了救他大哥，他杀人，送尸体，又是为什么呢？还有那些闻风而动的记者？”

“我问过那些记者了，他们都是一上班在报馆接到了一个爆料电话，说上海国际大饭店门口有重大新闻，所以他们来得很及时。我已经吩咐过了，今天的谋杀案，不准见报。”

这厢林景轩刚说完不会见报，而在上海的街头，报童们已经开始将报纸卖了出去。

“号外，号外——江浙督办贵翼疑遭政敌寄尸体恐吓！”

“今日特刊，‘三箱亡魂’。茶杯碎、青瓷缺、瓶子裂——”

“看报，看报。新任军械司副司长贵翼与三具尸体的桃色猜想！”

贵翼一步一步地整理着思绪，问：“小资到茶室见我们，向我们借救护车，伪造文件，救出他大哥，他给监狱长写条子的签名哪来的？印章哪来的？”

林景轩立即把那张字条拿了出来，呈给贵翼。

贵翼三下五除二拆开来看，看到上面的签名时，他也蒙了，叹道：“太像了。”

“我刚看到的时候，也吓了一跳，伪造得几乎乱真。”

贵翼思索：“他哪来的我的印章和签名？”话音刚落，脑海里一闪而过酒会上，露西交给自己的那张工商妇女联合会为教会的孤儿院赈灾的捐款倡议书，“他们认识，他们串通好了，联起手来唱了一出‘盗印’！”

“您是说，小资少爷和露西小姐？”

贵翼“啪”的一声，把伪造的字条拍在了书案上。他用力过猛，震得书案上的茶盏都跳跃起来。

“军门，息怒。就算是小资少爷救了他大哥，那也是他兄弟情深，谋杀的事不见得是他做的。军门，您别气坏了身子……”

贵翼一摆手，林景轩马上噤声，他眸色稍敛：“借车，劫狱，还车，谋杀。所有的事件从头至尾，都是预先设计好的，没有一分一厘的巧合。统统都是有预谋的、冷血的、冷静的、残酷的。——只是，所有的这些链子，少了一个实实在在的东西，那就是证据。”他确定地，“——小资精于算计，布局前，就想好了金蝉脱壳。”

“可能吗？”

“他还给我打过电话。”

林景轩实在是惊诧：“啊！——他，他真——敢打。”

贵翼下断语：“他隐藏了他真实的能力。”

“可是……咱们见到的小资少爷，您看，他还带着一孩子，还跟着一老妈子，小资少爷眉清目秀，一教书匠，一调琴师，一小报娱记……您要说他，杀人劫狱，真是差太远了。”

贵翼冷冷反问：“有多远？”

林景轩老老实实地答：“天差地远。”

“必须找到他！——找到他。马上，立刻。”

林景轩立正：“是，军门。”

“我要知道，天差地远，到底有多远。”

方一凡迅雷不及掩耳之势的计划让刘玉斌扑了个空。她开着警车撞翻哨卡，李磊通过外接电话机把电话打到警察局值班室，扮作是侦缉处的工作人员，打了资历安和刘玉斌一个措手不及。

刘玉斌的车和资历安的车会合，资历安略有深意：“第二回合。”

“又被你说中了。”

“嗯。”

“有备而来。”

“目前为止，他们的所作所为一直在升级。——劫车，谋杀，闯关卡。没有任何一个事件是孤立的。”

“他们还会冒险吗？”

“你很期待吧？”

“我很好奇，他们下一步会干什么？”

“你问我啊？我又不是‘先知’。”

“你为什么不肯与我分享情报呢？”

“你不翼而飞的车回来了，这还不是重要情报？——去查查你派在2号港华界码头的兄弟有没有‘不翼而飞’的？”

刘玉斌一下醒悟过来，吩咐道：“马上去华界码头，看看有没有失踪的兄弟，马上，走。”

刘玉斌迅速上车，警车开走了。

看着远去的警车，资历安喃喃地：“分享情报？——燕雀安知鸿鹄之志。”

回到侦缉处，资历安推门而入，一脸沮丧。

苏梅正在煮咖啡，背对着他，没有回头听动作就知道是资历安回来了，说：“你回来了。”

资历安“嗯”了一声，疲倦地走到办公桌前。他坐着，苏梅站着，资历安仰视着苏梅，说：“刘玉斌的警车找回来了。”

“抓到窃车贼了吗？”

“你说呢？”

“如果他们不仅仅是窃车贼，那刘科长一定无功而返。”

“我对警察局向来不寄予任何希望。”

“但是，他们可以做你的棋子。”

资历安笑笑，说：“我去了一趟漕河泾监狱。有一名重要犯人昨天晚上越狱了。”

苏梅看着他。

资历安继续道：“外勤小组，全军覆灭。——我还没有找到任何有用的证据。警察局那边呢，我拜托了刘科长，尸检后及时销毁尸体——共产党交通局活动猖獗——”

苏梅截住他的话：“你没有过错。”

资历安垂下头：“他们一定有重要的物资要‘返航’。这批货肯定已经抵达上海，目的地一定是苏区。不然，他们不会这么丧心病狂——”

“不要再折磨自己了。我说过，你尽力了。余下的事情，让我来吧。”苏梅缓缓摘下帽子，露出新发型。

资历安抬起头，脸色很难看：“事情总有解决的办法。”

“让我去，一劳永逸。”

资历安终于明白了，他内心其实是希望她这样做的。

资历安沉默了，沉默代表他不再坚持：“抱歉，那天，我打了你。”他为那天出手打了苏梅表示歉意。

苏梅看着他：“你终于决定了。”

“这也许是最糟糕的决定。”资历安站起来，“听着，我没有办法回到从前，如果能够回到从前，我会收回我对你做过的所有的事。我会从逮捕你第一天起，就直接枪毙你！这样，你做鬼都是我的人。而不是像现在这样，受尽了

折磨，为了我，去出生入死。”

“如果这是一个骗局，我横尸街头，我认命了。毕竟我是一个叛徒。一个叛徒有什么资格跟人谈忠诚。我只希望你能替我收尸，或者，承认我是你的妻子。”

资历安抱紧苏梅，口中徐徐吐出一句话：“这是我起码能做到的，你放心。”

苏梅开始向资历安详细地说出了自己的计划。

资历安沉吟着看着苏梅，问：“这是一个极其危险的计划，你会回到原来的位置。可是，你怎么让他们相信你？”

“他们并不知道‘烟缸’的真实身份，你说她是一个名门闺秀，他们信，你说她是一名家庭教师，他们信，你说她是一名共产党，他们信，因为，我就是一个共产党——的叛徒。”苏梅很有信心，“他们会信。”

“可你不是‘烟缸’。”

“代号的关键并不在于你是‘真实’的那个人，而在于你的‘作用’。如果你的行动达到了他们预期的‘代号’的作用，所有的人都会相信你是‘真实’的。包括你的敌人。”话音未落，苏梅拔枪对准了资历安，资历安一个本能的反应，闪身躲避枪口。他把枪口一转，枪在她手上打了一个圈，“这就是我要的。”

“——你真的想好了吗？”资历安问。

“只要他们找到我，我就能成功钓到大鱼。”苏梅说，“我真的希望你能因此而晋升，大家都知道，在这个侦缉处里，你是最拼命、最有能力的。而那帮不干事的官僚老爷们，总是对你指指点点，打压你，讥讽你。压抑你的并不是共产党交通局，而是国民党侦缉处。”

“——如果不是我了解你，这段话，简直就是在策反。”

“我做这件事，并不完全为了你。是我自己厌倦了躲躲藏藏的生活。我想，这件事成了以后，过自己的生活。”

“听上去像一笔终身交易。”

苏梅笑笑。

“你会不会就此消逝了？”

苏梅的笑容收敛："很好。就这样，对我保持警惕。"

"不，我不是这个意思。"

"我是这个意思，保持客观立场，危急时刻，你可以救我的命。"

苏梅的态度坦白而直接，资历安有脾气也变得没脾气，他索性改变话题，说："——你还是替我分析分析这件棘手的案子吧，不要遗漏了什么关键信息。"

"你制订了一个周密的'猎谍'计划，却被人破坏了。现在你有两个选择，一个是放弃，一个是继续完成这个计划。放弃，意味着你必须着手重新制订第二个计划。而继续干，则要以假当真，一错再错，以最大的忍耐力去弥补所有的漏洞，等待时机。"

"第二个计划？"资历安犹豫，"老实说，我还没想过。"

"你必须考量每一个计划的可实施性，做出必要的选择。——所谓第二个计划，就是一个空壳子，这会让共党交通局忽视你之前的计划，从而对你的第一个计划放松警惕。"

"你的意思是，第二个计划就是一个圈套。"

"完美的圈套。"苏梅越说越自信，"你必须给共党交通局制造出一个假象，给他们一个相对宽松的环境，假想的'胜利'，引蛇出洞——然后，你第一个计划照旧执行，我始终相信，你手上一定还有一张王牌。"

资历安微笑："我的王牌就是你。"

"我做王后就行了。"

资历安的笑容凝固了："你有多大胜算？"

"没有。没有胜算。"

资历安想了想，问："你的意思，就是用你做诱饵，制订第二个计划，让共产党交通局不再深究我们的第一个计划。"

"对。"

"一旦制订第二个计划，那么第一个计划就回到了原点。"

"不只我们，所有的事情都回到了原点。"

"具体实施方略呢？"

"登报找组织。"

“报纸怎么登？是寻人还是广告？”

“登广告。”

资历安拿笔出来写。

“登一个旅行社春游古镇的广告。加一个副标题，南朝四百八十寺，多少楼台烟雨中。”

一行漂亮的楷书写就副标题。

“他们会来吗？”资历安问。

“不知道。”苏梅也不敢保证，“这是一个相当于明码的求助暗号，通常情况下都是弃用的。我也是赌一把。”

“怎么个赌法？可以说得更清楚点吗？”

“共产党的地下党都是单线联系，通常情况下不会发生横向联系，哪怕彼此都知道了秘密身份，也决不允许横向发展。——所以，每当有人被捕，有人叛变，有人牺牲，就会造成上下级失联。一旦失联，就如风筝断线，你没有办法再继续为组织工作。这个时候，有的特工就会铤而走险。在报纸上，发出一封类似明码的广告，寻找组织。”

“这种明码广告，共党会看，我们也会看呀。”

“对，有很多断线的风筝，在发出多次广告后，有的等到了党组织的回复，重新跟组织接上了头。有的被我们破译了，被逮捕，被枪决。所以，这一着是险中求胜的险棋，不到万不得已，绝不会轻易去用。”

“登报用的联系暗号还能用吗？”

“是个过期暗号，被弃用很久了。”

“那不成了自己唱独角戏了？”

“我也说了，毫无胜算，试一试，赌一赌而已。你不赌，怎么知道下一场是‘独角戏’还是‘二人台’呢？”

“说得好，现在的局面，对于敌我双方，都是紧急状况。病急乱投医。”

“那，你是愿意选择跟我一起冒险了？”

资历安站起来，他把那个插花的笔筒擦干净了，从皮包里突然取出一支红玫瑰，插到笔筒里，说：“这算是回答吗？”

苏梅微笑接过玫瑰花：“当然。”

军械司的车停在上海国际大饭店楼下。士兵们在收拾房间了，贵翼给妞妞换上衣服。“大哥哥，我们去哪儿？”妞妞问。

“去大哥哥住的地方。”

“是回家吗？”

贵翼微怔，旋即笑着说：“妞妞真聪明，咱们回家去。”

“回家能见着妈妈吗？”

贵翼彻底愣住了，给妞妞戴金锁的手悬在半空。林景轩拿了盘刚切的水果进来，正巧瞥见了贵翼的反应，咳嗽一声。贵翼反应过来，给妞妞戴好金锁。

妞妞自言自语：“小资哥哥说，妈妈去了好远好远的地方，我还小，够不着。”

贵翼正咀嚼妞妞话里的含义，不自觉地生出一种寒意来。一名士兵推门进来报告：“报告军门，军械局派的车到了，接您去官邸。”

贵翼点点头，说：“好的。”

林景轩对士兵：“叫他们等着，我们大概一刻钟后下去。”

“是。”士兵退了出去。

贵翼一边开始继续翻阅那本酒店入住登记簿，一边拿了水果盘里切好的橘子吃着，他“咴”的一声，牙都快酸倒了，说：“真难吃。”

林景轩正准备喂妞妞吃橘子，一下停住手：“难吃？”

“酸倒牙了。”

“还好你先吃了。”林景轩把橘子放了回去，“妞妞，我们就不吃了。”

妞妞闹着：“要吃。”

“这么一大盘，你叫我一个人吃啊？”

林景轩把妞妞抱起来，对贵翼说：“你要么吃，要么扔。”

贵翼“白”他一眼：“扔？水果不是粮食啊？扔。”他一转目，发现了一个名字“佟阿大”，贵翼精神一凛，“你说，漕河泾监狱那个犯人的名字叫什么？”

“资历群。”

“不是，是那个保外就医的。”

“佟阿大。”

贵翼把登记簿拿给他看了一眼，林景轩惊讶地："佟阿大？"

贵翼把有"佟阿大"姓名的入住登记页给撕下来了。

酒店大堂，贵翼抱着妞妞和林景轩等人走出来，有人高声喊道："立正！"只见，守在门口的士兵们全都立正，敬礼。

贵翼和妞妞上车。

林景轩关上车门，他一转身，一名警察站在他身后，立正，说道："卑职奉命在此等候林副官。"

林景轩诧异："等我？"

"我们刘科长想借那本酒店入住登记簿看看。"警察说，"前台的服务生说，贵军门一早拿去了。"

林景轩很客气地："入住登记簿是吧？"

"是。"

林景轩从一名士兵手上拿过登记簿，递上："请转告刘科长，这本登记簿被人为破坏了，内页破损，登记名单不全。请他费心查漏补缺，您把名单补齐全了，再送到军门官邸吧。辛苦了。"

警察拿着登记簿："这——"

"嗯？"

警察立正："是。"

林景轩转身上车。

两三辆汽车鱼贯相随驶离酒店。

大门开启，站在门口的士兵敬礼，两辆汽车缓缓驶进。

这是一个二层洋楼，楼下是大客厅，小厨房，书房。餐桌，沙发，油画，地毯，西洋灯罩一应俱全。

贵翼把妞妞放下来，妞妞沿着大沙发嘻嘻笑着跑着。

林景轩指挥着几名士兵把各种家用的物件安置好。

贵翼推门走进书房，门口临时堆放的书籍成捆地斜落下来，差点砸在他的皮鞋上，嘴里不禁含糊地"骂"了一句。甫一抬头，又看见书柜里零零散散搁着一些书。

林景轩毫不在意地径直从他身后走过，手上还抱着一个大纸盒子，顺脚把落下来的书籍给“归纳”了一下。

贵翼反感地：“那是我的书。放尊重点。”他赶紧蹲下“心疼”地把散落在地的书给捧起来。

“书籍要分类，中文的，法文的，英文的，德文的——建筑的，机械的，枪械的，造船的。”林景轩一边说，一边往书柜里摆放书籍。

贵翼走到他身后：“手下人不能做吗？”

林景轩一指书桌上搁放的纸箱，说：“包括书信吗？”

贵翼伸手把大纸箱搁到书桌脚下，他一站起来，一回头，不小心又碰到书柜角，“哼”了一声。

林景轩不等他发脾气，先说话了：“你就不能小心点。”

贵翼简直没处说理去。

林景轩看了看书柜和书桌的间距，自言自语：“是近了点。”他走到书柜一侧，用力挪了一下，“哥，来，搭个手。”

贵翼上前，两个人合力把书柜抬起来。

“你到底使劲了没有？”

“废话，书柜里的书都倒在我这边。”

“这房子原来的主人是谁？”

林景轩继续收拾着书柜：“原来上海轮船公司的刘董事长住的。他们现在在霞飞路买了更大的花园洋楼，全家都搬到市中心去住了。这儿就腾给警备司令部的潘司令住，潘司令原本要搬过来，后来，司令太太也嫌这有点远，卖给军工署了。——这不，咱们来了，他们也就顺水推舟做人情了。”

“这么复杂？”

“哥，你放心，这房子的底细，我查了好几遍了，干干净净。”

“好，做得好。”

话音刚落，就听到从楼下传来妞妞的哭声。贵翼和林景轩赶紧跑出来，只见妞妞抱着一挺德国伯格曼冲锋枪，摔了一跤，正坐在地上哭。

贵翼吓了一身冷汗，呵道：“搞什么！——这能玩吗？”

“你们搞什么啊，枪能随便放吗？回头跟你们说。”林景轩和贵翼的话同步而出，对士兵也是一通呵斥。

贵翼哄妞妞："妞妞，快，别碰枪了，这是武器，危险。"

林景轩对贵翼："军门，手下人放错了。——我马上解决。"

贵翼把妞妞抱起来："妞妞，这可不是玩具，听话。"说完，问林景轩，"那冲锋枪是怎么回事啊？"

"冲锋枪？"林景轩反应了一下，"哦，那冲锋枪不是我们的。"

"废话。我知道是江参谋长的。怎么能让孩子碰到枪呢？多危险啊。"

林景轩把冲锋枪拿起来，往后楼道走。

"你等等，江参谋长的北伐战利品怎么搁到咱们这来了？"

"不是搬家吗？我们搬，江参谋长也得搬到新住处，他跟我说，他的房子有点漏水，要重新装修一下，别的东西他也就将就搁在旧房子里了，这挺伯格曼冲锋枪是他私人藏品，他怕受潮，先搁在咱们家里存几天。"

"他怎么不把钱箱搬来啊？"看到林景轩提着枪欲走，贵翼问，"你打算搁哪儿啊？"

"储藏室。"

"嗳嗳。"贵翼叫住他，"得，得了。这枪得保养，先放我书房吧。江参谋长那脾气，要是知道我们把他的冲锋枪搁在储藏室，还不得天天跟我唠叨。"

"我要玩枪，要玩，要玩。"妞妞抽泣着，也不忘玩枪的事。

"听话啊，听话。"贵翼哄劝着。

妞妞坚持："要玩！"

文四益翻看着面前的一堆报纸，阿黎还从外面拿报纸进来。

文四益抬头看阿黎，说："这个标题也太低级趣味了。"他把报纸放在桌子上，阿黎看到了报纸上醒目的标题："三具裸尸横陈贵军门签收。"

"这个高尚点。"阿黎推荐了另一张报纸。

"杀人报道还有高尚的？"文四益接过来，看了一眼标题，"三箱亡魂人格的魅力。"

阿黎等着。

文四益说："他想干什么啊？——真有两下子——看上去这次不是像'捞金'啊，或许目标更远大？"

“谁啊？”

文四益自言自语地：“不该找他发牌，该让他去洗牌。”

“四爷，门口来了好多记者，请四爷代表法租界巡捕房就上海国际大饭店门口突发的‘三尸’案发表讲话。”

“侦缉处都接手了，我才不蹚这浑水呢——”文四益把报纸放在桌子上。

“他们说您是为法租界服务的。”

“我是为上海市民服务的。”

火车的汽笛声响起，一列火车进站了。

一双雪亮的皮鞋，一个公文包，一副金丝眼镜，一身华丽西服，招摇而炫目的资历平以一种娴雅文明的方式出现在上海火车站门口。

两三名学生和教师模样的人举着“贵教授”的牌子在春日的寒流里哆嗦着。资历平走出车站，问：“是沪江大学的吗？”

一名女学生仰慕地看着他，说：“您是巴黎大学的贵教授吗？”

“是的。我刚下火车。”资历平说，“我从苏州过来的。”

一名教师上前握手：“哎呀，久仰，久仰。这次我们学校能请到贵教授来做演讲，真是三生有幸。”

“贵教授好。”

“贵教授，您辛苦了。”

学生们纷纷问好。

资历平一一回应，礼貌性地微笑，从容不迫地说：“我是接到清华同学梁先生的邀请函，一定让我过来讲一讲文物的品鉴，我跟沪江原是没有什么渊源，此次冒昧前来，全系朋友所托，一片诚心，当为沪江效力。”

“先生真是谦逊，教授风骨，一见如故，真是如沐春风。”

女学生在风中打了一个“喷嚏”。

“你看，这春风也会撩人啊。”资历平开起了玩笑。

大家也跟着笑起来。

女学生有些不好意思了。

“贵教授，我们的车在那边——请。”

“请。”

一行人来到汽车前。

“——我想在报纸上打一个广告。”资历平说。

“当然，当然。”教授很热情，“您来沪江做讲座，是我们沪江的荣誉。我们不仅在报纸上要大幅刊载，校刊、校报都在第一时间内印发了。”

“贵教授，您的演讲题目——”女学生递上笔记本，“您看看。”

资历平接过，点着头：“文物的精神与文化。很好。不用改了，我想在报纸上加一个副标题。”

女学生和男学生马上掏出笔来记录。

“南朝四百八十寺，多少楼台烟雨中。”

“好的，贵教授。”女学生说。

“这副标题真有内涵。”随行的男学生赞许道。

教师替资历平打开车门：“贵教授请。”

资历平道谢，坐进汽车里。

三人上车，汽车驶离火车站。

夜已深，吃过晚饭，贵翼在书房看报纸，妞妞在一旁自顾地玩着。林景轩刚进门，就看到贵翼把报纸扔在桌子上，问道：“怎么了？”

“断章取义！”贵翼愤懑地。

林景轩拿起报纸，看到标题“江浙督办贵翼疑遭政敌寄尸体恐吓！”后竟“扑哧”一声笑出来。

“不是跟你说了不准登报的吗？”

“新闻自由啊！”

“说断章取义都抬举他们了，纯粹胡说八道。”

“完全可以理解，记者要吸引读者的眼球，总要写点惊悚标题，投其所好。”

“谎言。”

“谎言说了十遍便是真理。”

贵翼看着他。

林景轩莞尔一笑："我可以向你保证，我跟你说的都是实话。"

"勉强算实话。"

林景轩不乐意了："什么意思？"

"很好奇小资接下来会做什么？"贵翼答非所问，"你记着去照相馆把那张合影取回来。不行，你现在就去——"

"现在？"林景轩看了一眼窗外，"已经深夜了，哥。照相馆已经关门了。"

贵翼颔首，仿佛预感到什么。

无人街道，一个黑影敲开了照相馆的门锁，走了进去。

"照片很重要吗？"林景轩问。

"找不到就很重要。"

妞妞自言自语："找不到——能找到——找不到——"

贵翼心底一震，想起这几日和资历平见面后发生的事情，忽有所得，问道："他为什么要用'佟阿大'这个名字入住呢？"这句话是在问林景轩，更是在问自己。

林景轩抬起头。

"'杀人'是重点？还是'救人'是重点？"

"重点是你得先找着小资少爷。"林景轩点明关键。

"对。"

妞妞说："找不着。家里也没有妈妈，妈妈去哪儿了？"

贵翼和林景轩互相看看，说："你明天——"

话还没说出口，林景轩打断道："我先去他工作的地方打听打听，再去一趟资家，跑得了和尚跑不了庙。"

贵翼首肯，又沉吟："佟阿大——找到佟阿大，就找到了资历平。"

江山渔火，一艘渔船在江面上漂移着，船老大撩开门帘走进来，说道："先生，您醒了。"

资历群四肢有些酸痛，坐起来问道："这，这是哪儿啊？"

"这啊，在船上。"

资历群惊觉不已："我睡了多久？"

“一整天吧。”

资历群穿上鞋子，说：“我怎么来的？你怎么不叫醒我？我们现在在哪里？离市区远不远？”

对于他连珠炮似的问话，船老大高大叔也反应不过来，只说一句：“你弟弟送你来的，说是逃债，叫我们把你有多远送多远。”

资历群脑袋“嗡”的一下：“我弟弟？我哪个弟弟？”

“哪个？我不知道，您有几个弟弟啊？”

“我弟弟，他什么长相？”

“他长得，好看，文气。”

资历群迅捷地站起来，跑出舱外。

“你这人怎么心急火燎的，你不是有病吗？身体能受得了江风吗？”

资历群站在船头，江心明月，渔家灯火，风光无限。船在江心上漂着，一圈圈的江水泛着涟漪，一艘艘小舟排列有序，一片星火燎原。

看到自己被困在江心，资历群傻了，这是他千算万算，没有算到的局面。按捺不住内心的愤慨，他大吼一声：“啊！！！”声如野兽，撕裂星空。他像着了魔一样，大吼大叫，震得小船都漂摇起来。

资历群回身抓住高大叔，怒睁双目：“送我回去！送我回去！快！！要快！！”他不等高大叔反应，立即朝船上走，吼着，“艄公，艄公，艄公呢？”

两个身材高大的壮汉，抱着手，站在了高大叔身后。

“船工都听我的。”

资历群又“扑”回来：“送我回去！！我真的有非常重要的事！”

“别激动，资先生。”壮汉劝阻着。

资历群一愣。

高大叔平静地：“前面起风了！”

话音未落，一阵江风扑过来，资历群差点没站稳，一下栽倒在高大叔怀里。两个壮汉一前一后赶紧扶住资历群。

船上的船工们井然有序地忙碌起来。

风大浪大，小船颠簸着。资历群不死心，失态地大声喊着：“你们必须马上把我送回去！送回上海市区，必须！！”

两名壮汉半搀扶半挟持地“护”着，资历群突然用力，居然瞬间挣脱了两名壮汉，一气跑到船舷。

“先生，快避一避风浪，保命要紧。”

资历群用手扑了一把飞溅在脸上的浪花，说：“我有比命更重要的事要做。——你，答不答应，答不答应我？啊？——不答应是吧？我，我自己游回去！”

高大叔惊讶地怪叫：“你要干什么？别犯傻啊。”

资历群心一横，一头扎进江水里。

江水滔滔，白浪滚滚。

高大叔歇斯底里喊着：“救人！！”

两个壮汉先后跃入水中。

二十多艘小船上，有船家一个个“扑通”“扑通”往下跳的声音。

七八名身强力壮的船工游向资历群，把他团团围住，托举起来——夜色里，资历群的举动显得有点个人主义的悲壮，至少，他自己是这样认为的，他也尽力了。

资历群平躺在船上，一身湿漉漉的，头发乱糟糟，嘴里吐着水。

几个船工围着他，有人喊：“姜汤来了，姜汤来了——”

高大叔端过姜汤，说：“先生，先生，没事了，没事了，喝点热姜汤，暖暖。”

资历群拿眼瞅着他们，咳嗽起来。

一个壮汉拿毯子把他给裹起来，另一个壮汉拿了一条麻绳，一端拴在他脚腕上，一端拴在自己的脚腕上。

资历群见状，急问：“你们——你们这是——”

高大叔说：“他们也是为你好，怕你想不开又往江里跳。”

“大叔——”

“我们这二十多条船全都是你弟弟包的，专门护送先生出港。”

“大叔，我，我真的要回上海。”

“先生，真不瞒你，你已经离开上海一整天了，就算要回去，我们也要先靠岸，到前面小镇上补充点水和食物。我们一来一往不止你一桩生意，我们

已经出来好几天了，必须得上岸一趟。”

“这船要什么时候才能靠岸？”

“明天中午。”

资历群沉思了一会儿，又问：“镇上有船家吗？”

高大叔笑起来：“我们都是胡桥镇上的。小镇上所有的船都在这里。——先生，你也别打其他算盘了，你身上没有钱，就算镇上有船，你也走不了。你呀，也别那么着急，既来之则安之。”

高大叔文绉绉地转了一句文，资历群苦笑了，自言自语：“我低估你了。”

高大叔以为他说自己，乐呵呵地一摆手：“得，先生，您也别跟我们置气了，您瞧着江上渔火，水上风光，不是你们文人常常喜欢看的嘛——”

“还真是——喜闻乐见。”资历群对黑暗中的点点渔火投去一瞥。

渔家晚唱的声音飘进船舱里，飘进资历群的耳朵里。

第六章　贵婉日记

荣华继续："贵婉跟我说，如果她遭遇不测，请将这本日记本转交给她的大哥。"说到这里，她肃然起立，从怀中取出一本日记本。

贵婉的手迹扑面而来，一种亲切感油然而生。

资历平和几名学委会的学生在一起侃侃而谈，有学生正在挂广告牌，"文物的精神与文化讲座"。

资历平说："做学问第一要紧事是要'安静'，安静的心态，安静的环境，安静的空气。"

"那么做文物的课题呢？"其中一名女学生问。

"做文物，是跟一千年的物件打交道，一千年，五千年，你是在聆听死人的声音，那就更需要安静了——安静下来，还原历史。"

学生们纷纷点头。

资历平问："嗳，我后天是从休息室直接到演讲厅吗？"

"是的，贵教授，要不要先去看一看？"女学生答。

资历平正中下怀："对，一定要去看一看，休息室的舒适度是演讲是否能超水平发挥的关键。"

"贵教授，这边请——"男学生说。

"其实，休息室就在演讲大厅的左侧，方便您直接上讲台。"刚才的女学生做着介绍。

资历平别有深意地朝四周一瞥，演讲厅环境布置，一目了然。从休息室走出来，几人走下楼梯，女学生继续道：“下了楼梯，靠左边是教授楼，靠右边是花园。”

资历平走到拐角处，正好有一个窗户，他看了看，视角往下延伸直到离花园最近的一块空草坪。“这下面可以临时搭一个阅读棚，学生们在听演讲前，可以翻阅一下有关文物书籍的介绍。”他提议道。

男学生拿本子出来记录，说：“好的，贵教授。我们明天一早就办。”

“贵教授还有什么需要我们学生委员会做的吗？”女学生问。

资历平微笑：“你们做得足够好了，接下来是我应当竭力做好了。”

学生们很兴奋，围着资历平继续向前走。“贵教授，您刚才说做学问要安静。除了安静，还有什么您认为更重要的呢？”另一名女学生问道。

资历平一边走一边答：“保持独立不群的品格——安静中有所追求，无欲中成就经典。”

回到房间，资历平拿出了纸笔，写道：“父亲大人尊前，如晤。今日由父亲大人所予前姨娘书信地址找到小弟，其随前姨娘改嫁资家，为资家第三子，取名资历平——吾弟性格孤僻，备尝艰苦，为其母所累，亦被资家驱逐，革除家谱之名，一直流落，衷心痛创，言及生父，痛泪交涕，愿与父亲大人一见。但若要认下吾弟，作为父母大人内心之亏欠的补偿，犹恐造成二次伤害，毕竟吾弟流落江湖日久，终不免堕入下流。恐父母大人清誉有玷，儿陈情利弊，终究要请父亲大人前来上海一晤，方便定夺。儿，贵翼。”他模仿贵翼的笔迹，给贵闻斑写了一封家书，这种看似“无目的”的“目的”，是他在未知家庭中对于亲情的某种试探。“娘，您到底去了哪里？儿子，真的好想您。”他搁下笔，长叹一声，瞬间眼眶蓄了泪。

窗外风雨来袭，贵翼熟睡着，睡梦中小小的贵婉梳着小辫子，穿着小洋装，笑嘻嘻地穿梭在一片花海中。虽在梦中，但是潜意识里他知道，贵婉已经没了，所以他轻手轻脚地怕惊动了她。小贵婉在花丛里自顾自地玩耍着，他不敢走近妹妹，然而妹妹却笑着向他跑过来，笑得纯真可爱，笑得没心没肺，直笑到跟前来。忽然，小贵婉一跤跌倒，当她再爬起来时满脸布满了血。

贵翼大叫一声，惊醒。他倏地坐起来，隐隐约约听到孩子低低的抽泣声。贵翼轻轻推开门，妞妞把自己蒙在被子里，特别小声地哭着。“妞妞怎么了？怎么哭了？”他轻声地，走到床边坐下来掀开被子一看，发现妞妞紧紧抱着小熊泪流满面，“怎么了？怎么了？妞妞？”

妞妞哭泣着：“妞妞想妈妈，妈妈去哪儿了啊——大哥哥，妈妈没有了，小资哥哥也没有了……”

贵翼把她抱起来，她蜷着小身子，贴着贵翼的身体。她怕大哥哥跑了，所以小手拽得紧紧的，眼泪吧嗒吧嗒滴在贵翼的肩膀上。

“不怕，啊，不怕，妞妞还有大哥哥啊，这里就是妞妞的家，有大哥哥守着妞妞呢。”他轻轻地拍着，妞妞因为太疲倦的缘故，小手搭在贵翼肩上，脸上还带着泪呼呼就睡了。

“对不起，我们报社真没有叫资历平的人。”赵主编对林景轩说。

“不可能！”林景轩不相信，“我们昨儿，昨天中午打电话过来问的，就是打的你们繁星报社编辑部的电话。你们的记者同事告诉我们，说资历平下午不上班，要去风行钢琴社调琴……”他的头很沉重地点着，手指很用力地点着社长桌上的电话机，“就是你们这里的人告诉我说，资历平他就在这里上班。”

赵主编不温不火地：“那么，请问，那个接电话的记者，叫什么名字？”

“叫？”林景轩陷入僵局，“我要知道他名字，我还问你干吗，我直接就去问他了。对不，主编大人？”

“那，那我真的是无能为力了。”

“什么叫无能为力，啊？你做主编的是吃干饭的？你要不老老实实配合我的工作，你信不信我把你报馆给封了。啊！”

“真是，真是冤枉——我们啊，我们这个繁星编辑部是和明星杂志社合租的一套房子，来来往往、上上下下什么人都有，来发广告的，经纪人买明星版面的，结婚、离婚来登报的，哦，还有，家里走丢了老人、孩子来登寻人启事的，事多人杂，长官你说说，啊，你说，我到哪里去给你找这个接电话的人？你说的那个，资历，资历什么来着？”

“资历平。”

“对，管他资历深资历浅，说不准他用的是笔名呢？”

“笔名？”林景轩好像看到一线曙光了，“那您这里是不是有一个年轻、俊朗、修长的年轻男记者呢？”

“长官，你朝外瞅瞅。——外面跑娱记的好多都是你说的，年轻、俊朗，长不长的我不清楚，都是喜欢泡女明星、写花边新闻的。”

林景轩朝外一看，忙忙碌碌的男娱记们，果然个个都很精神、帅气，一个个西装革履，打扮时尚，比起资历平来，多了份浮华，少了份清雅。

“我劝你啊，还是去风行钢琴社问问吧。说不准，他在这里用的笔名，在钢琴社用的真名。”

“你怎么知道我没去呢？”林景轩没好气地堵了主编一句。主编也没怎么明白，推了推眼镜，很无辜地看着他。

“长官，您打算一直在报社等着吗？”

“我等着，我等得到吗？”林景轩气哼哼地摔门走了出去。

“长官，长官。”林景轩刚走出办公室，赵主编又追了出来。

林景轩在走道上站住了。

赵主编走上前，说：“还有一个法子，你有那个资历深、浅的照片吗？”

林景轩一愣：“照片？”

“对啊，有照片，不就一目了然了吗？”

“对啊。”林景轩想到贵翼和小资的那张合影，忙道，“谢谢，谢谢主编，我有了照片，再来麻烦您。”

赵主编微笑：“您慢走，您慢走。走好——啊。”

林景轩带着他的两名手下，匆匆离去。

离开繁星报馆，林景轩又匆匆来到了风行琴社继续打听资历平的下落，可是凡是问及之人，个个都摇头，一问三不知。

汽车上，林景轩郁闷至极，汽车缓缓驶进了“工部局联办公学”。和莫校长一番询问，当听到校长说出“有，有这个人”的时候，林景轩的心终于落地了。

林景轩两眼放着光，双手紧紧地握住校长的手，一个劲地说：“谢谢，谢谢校长，太谢谢了。”

“坐，请坐。”

“莫校长，您跟我说说这个资历平。”

“资历平老师，年轻，有活力，活泼，爱笑，浑身上下充满了朝气。多才多艺，能歌善舞，学生们都非常喜欢她。”

“资历平今天有没有返回过学校？”

莫校长叹了口气，说：“资历平老师，去年就去世了。死于产褥热。”

林景轩傻眼了，问：“产褥热？生孩子？”

“是啊。”

林景轩怪叫一声：“女的啊？”

莫校长不解地盯着他看：“你以为呢？”

“我说的资历平是男的。”林景轩声音略大。

“男的？”

“对。”

“叫资历平？”

“对。”

“没有，从来没有过。”

“我能看一下资历平老师的照片吗？”林景轩不死心。

“没有。”

“没有教师档案吗？”

“有。但是，资历平老师去世后，档案就自动作废了。”

“作废了？”

“对，销毁了。”

林景轩彻底被打败。

莫校长看他一脸失望，问道：“您找资历平老师，有什么未尽之事吗？”

林景轩苦笑着，说：“我啊，跟那个男的资历平有未尽之事——那女的，我不认识。”

莫校长不解的模样：“不认识？不认识您找她干吗？”

林景轩不知道该怎么说，心里那叫一个“气”。

离开工部局联办中学，林景轩朝着资家老宅，那是他最后的希望了。

汽车停在了西门蓬莱路十九号，林景轩就感觉到了异样，极其的安静让他心里有些不安。

“我就不信邪，跑得了和尚跑不了庙。”林景轩下了车，径直走了进去。

“嘎吱”一声，门甫一打开，林景轩彻底傻了。

一片荒凉，阴森森的一片荒凉。

林景轩情不自禁地“嗷”了一声，他自己也纳闷怎么发出这么怪异的一声。“这——这怎么一回事。”他回看跟在后面的两名士兵，两名士兵也有点惊恐，“活见鬼了。昨天不还高门华府的，今天怎么就变成荒凉山庄了？”

正说着，前面来了几个人，副导演指手画脚地带着美工、场工、导演助理一边走，一边说话。副导演喊着：“嘿，那谁啊？谁在那儿？”

林景轩四处看看。

“就是你，说你呢。”

林景轩很诧异地指了指自己，再看看士兵，三人都很蒙。

副导演指着林景轩的军装，说：“服装，服装怎么回事啊？都说是军阀混战，穿奉系的，怎么服装做成这个样子？”

林景轩纳闷。

导演助理立刻说道：“我马上跟服装师联系，导演您放心啊。一定给解决。”

“我早就说过，一个会计能做裁缝吗？你们就不听。还有，这几个群众演员——不够啊。”

林景轩彻底明白了：“你们这就是一个戏班子吧。”

导演助理说：“我们是电影公司的。”

“草台班子吧。”

副导演一下冲过来：“说谁草台班子，谁是草台班子，你这是在污蔑艺术！我们拍的是严谨的艺术片，纯粹的艺术片！这个人，就他啊，不准用！！”

林景轩一摆手，大吼一声：“好了！我，服了！服了——小资少爷，您是耍猴出身吧您。”

场面顿时安静下来了。

“谁在喊小资少爷？”一个声音传过来，林景轩赶紧回眸，只见一个穿花褂子的老女人站在他面前。

林景轩很聪明，知道这女人一定跟老宅有关，赶紧举手：“我！是我，大妈。是我在找资历平。”

资桂花冲副导演笑笑：“导演，这个人是找我们家小资少爷的。”

林景轩一迭声地：“对对对。小资少爷，是的，是的。对不起，导演，您继续您的艺术。——我，那什么，找人。找个人。您艺术——您艺术。”

副导演等人也明白过来了，这是闹误会了，带着一帮人继续看景去了。

见副导演等人走远了，林景轩对资桂花：“您是？”

“我是给老资家看园子的。”资桂花答。

“哦，老妈妈贵姓？”

“我还没嫁人呢。”资桂花一下就扭捏起来。

林景轩是多聪慧伶俐的人，立即改口：“老姐姐贵姓？”

“我叫桂花。——跟主人姓，资桂花。”

“您是负责看园子的，那资家的人呢？”

“这是资家的老宅。资家的人三年前就都搬走了。——一个大园子，荒废也就荒废了，有些个电影公司，常来租用一下园子，拍个什么‘鬼’片，都不用添景，上来就拍。我也就赚个几块钱，补贴补贴。”

林景轩点头：“废物利用嘛，很好，很好。那您——昨天在哪里？”

“我半个月前去乡下看大太太了。今天下午才回来。”

“大太太在乡下？”

“是的。”

“那么说，这宅子有半个月没人住了……”

“园子租给电影公司了，摄制组有人住里面。”

“那你家三少爷，回来住过吗？”

“三少爷已经两三年没有回过老宅了。”

“如意婶呢？如意婶该住在园子里吧？”

资桂花惊诧了，张大了嘴，说：“如意婶？”

“对，大太太的陪房。”林景轩故意这样说，显得自己对资家知根知底。

“她，她……”

“她怎么了？”

“她死了有三年了。”

林景轩晕眩了：“谁？谁死了三年了？”

“如意婶啊。”

林景轩看了看眼前的桂花，再看看自己的两个手下，感觉匪夷所思。“那昨天……我——我真是，蠢——”他顿时醒转过来自己上了当。“你家大太太身体怎么样？”他又接着问。

资桂花叹气：“不好。”

“姨太太呢？”

“姨太太三年前就失踪了。”

“失踪了？”林景轩心里“咯噔”一下，“你家三少爷，也是三年前走的？”

资桂花点头。

“为什么呢？三年前发生了什么事吗？”

“三年前老爷去世了，姨太太大约是不肯守寡，老爷死的第二天，姨太太就不见了。也有人说，是老爷喜欢姨太太，舍不得姨太太，勾了姨太太的魂魄，两个人做鬼夫妻去了。”

林景轩无语，“那三少爷？”但终究还得再问问。

“三少爷偷了大太太的金条，被二少爷给打了一顿撵了出去，从此，就再也没回来。”

“你家二少爷？他身体怎么样？他好像有很严重的心脏病，对吧？”

资桂花一愣：“没有，没有。我家二少爷身体好着呢，要不是大太太拦着，二少爷差点当了运动员。我家二少爷可风光了，在上海警备司令部里做大官。”

林景轩听了这话，眼睛又瞪圆了。“做官啊！”林景轩心想资历平昨天到底说了多少谎话？他说谎连眼睛都不眨一下。他接着问：“你家大少爷呢？”

“大少爷……”资桂花有些作难，但还是说了，“在漕河泾监狱。”

“你知道你家大少爷犯的什么事吗？”

“听说是误杀了人。不是故意的。”资桂花把“不是故意”这几个字说得很有力，“长官是我家三少爷的朋友吗？”

“是，算是吧。”林景轩敷衍地笑笑。

“三少爷还好吗？”

“还，算好吧。”林景轩不想就“三少爷”的话题深谈，他看了看荒凉的院子说，“可惜了好园子。”

“唉，老爷死了，姨太太失踪了，还有丫鬟莫名其妙地上吊了，到了半夜，总有人听见鬼哭，好多仆人都辞职不干了，主人们也觉得不吉利，就搬出去了。原想把这个宅子分成几份租出去，但是，总有人捣乱说这里是凶宅，也没人敢来住，就荒了。——好在还有不怕死的摄制组。”

“你家老爷怎么死的？”

“病死的。”

“老宅里有没有三少爷的照片呢？”

“三少爷的照片？”资桂花想想，摇摇头，“三少爷的没有，好像有一张全家福，镶在大相框里。”

“全家福。”林景轩终于有了一丝惊喜了。

“不过，资家的全家福里，没有小资少爷，也没有大少爷。”

林景轩怪叫一声：“为，为什么？”

“拍全家福那天，小资少爷和大少爷都在国外呢。”

“哦，家里人又不整齐，拍什么全家福呢？”

“我们做下人的哪里管得了这些。”

“你一个人住在这里，不怕吗？”

“我不怕，我住在最后面的小杂院，开了一个后门，对面就是三鑫百货公司，热闹着呢。我也就是得了闲过来散散步。”

“您真胆大。”林景轩由衷地夸了桂花一句，“您，看园子看了这么久，有没有听到什么声音呢？”

资桂花笑起来，笑得很俗气：“我不怕，我又没做亏心事。”

“好，老姐姐一定是个大好人，有底气。”

“长官，要不您到我住的小院去坐坐？”

林景轩客气道：“不了，我还要去趟照相馆取照片，怕去晚了关门。谢谢啊，谢谢您了。”

资历安一直在等电话，他熬红了双眼，两只眼睛直勾勾地盯着电话。神经过度紧张的他，把隔壁房间的电话铃声当作是自己房间的，下意识地伸出手去，于半途中收回。资历安站起来，把玩着手上的笔筒花瓶。然后，开始在房间里踱步。他站在门前，听见走道上有声音，他驻足，但是，他并不刻意去听。

“我给你带来了新户籍，新的身份证。”走廊上，刘玉斌拦下苏梅，递上证件。

“谢谢。”

苏梅伸手去拿，却被刘玉斌一挡：“拿旧身份证、旧户籍交换。”

苏梅笑笑，从口袋里拿出一张身份证，说：“身份证有，户籍搁家里了。下次给你。”她从刘玉斌手中交换下身份证和新户籍。

“说实话，我并不看好你的这次冒险行动。”

“这件事对资科长的打击很大。你不也挺难过的吗？”

“我并不替他感到难过，我替那些为他卖命，死了都要当成‘证据’销毁的外勤小组难过。”

“你这算什么意思？”

“你要嫁一个自私自利、令人厌恶的伪君子，你一点也不难过吗？”刘玉斌说着，朝资历安办公室看看。

这时，办公室的门开了，资历安从办公室里走了出来。

“你原来也会替我难过，挺好的。”

“抱歉，二位，打断你们的谈话。”资历安对苏梅，“你的行动只对我一人负责，我希望你谨言慎行。”

“是，资科长。”

“资科长，我觉得你对你未婚妻的态度严苛了一点。”刘玉斌开着玩笑。

“严苛？”

刘玉斌换了个词：“不太友好。”

资历安自负地：“什么样才叫‘友好’？”

刘玉斌一把拖住苏梅的手，说：“我可以言传身教。”

苏梅不好意思地推开他。

资历安看着二人，笑了起来。

刘玉斌关上房门，坐在了资历安的对面，把一份档案扔给他。“你要的尸检报告，案发现场分析报告，还有，这三个都用的是假身份。我说明一点，我没有告诉手下死的是你的人。”刘玉斌说。

“谢谢。”

刘玉斌突如其来的一句：“你睡多久？”

“啊，你呢？”

“每天五小时。”

“我羡慕你。”

“这可不行。老兄，睡眠不足，影响大脑。”

“又拐弯抹角地骂我‘白痴’。”资历安不在意，转而问道，“你昨天去华界码头有没有什么新发现？”

“说来真是‘活见鬼’了，你猜得一点没错，我有个兄弟失踪了。”刘玉斌一声叹息，“生不见人死不见尸。”

“你知道这代表什么吗？——共党交通局在华界码头强行闯关，他们昨天有重要人物抵达上海。你的那个兄弟，多半是遇上他们了。”

“据你推测，人呢？”

“他们已经隐藏在租界的某个角落里了，大海捞针了。”

“我问的是我那个手下，人呢？”

资历安有点不屑：“大海捞针。”

“啊？”

“你等几天吧，等江海涨潮，你的人会漂上来的。”

刘玉斌很难过的样子。

“你出于工作目的，杀的人可不在少数。别人不清楚，我还能不清楚？别猫哭耗子假慈悲了。”

“我那是对刑事犯，还有共产党。——我对兄弟是讲义气的。”

“义气？义气能救命吗？我还明告诉你，对下属狠点，关键时刻能救命。”

刘玉斌不服气：“他们的命？还是你的命？”

“你这个人，说话、办事永远都不知道轻重。你也不想想，我是跟你出道的，现在我的官阶比你高一级。你在刑侦科混了这么久，一个科长做到底，天天被上面欺负，被中层排挤，给底下人做牛马——”

“不说了。”

“不说就不说。不说了，说了也白说。”

资历安开始看档案。

过了一会儿，刘玉斌说道：“这份档案可供参考的不多，都是明料。被枪杀的一男一女，一个是股票经纪，一个是不明身份的旅行者，估计他们遇害在同一地点，因为，其中有一颗子弹是同时射穿两人身体的。——昨天早上有电报局的职员报案，据称他们的清洁工在电话亭清扫的时候，发现大量血迹。经我们刑侦科勘查，确定为人的血迹。”他拿出一张电话亭玻璃上沾满血渍的照片给资历安看。

资历安看着照片，问：“你认为这是第一案发现场？”

“基本可以确定。——第三个护士小姐，死亡原因是气管被高跟鞋的鞋跟踩断了，而且，凶手涂过红色的指甲油，她指甲上的漆落在死者的脸颊上。”

“所以，你判定凶手是女人？”

刘玉斌没有急于回答：“——我们找到了一个目击证人。”

资历安的精神一下集中了。

“是当晚在医院值班的医生。”刘玉斌说，“据目击者说，他亲眼看到了一个披头散发的女人拎着一个皮箱从走廊上经过。——他恍恍惚惚看到皮箱上画了一个怪异的‘茶杯’。”

“他能认出那个女人吗？”

刘玉斌摇头，说：“灯光昏暗，他根本无法看清女人的面貌。还有一点就是，医生当时也很害怕——”

“害怕？”

“不是每个人在夜里看见披头散发的女人都能镇定自若的。”

二人默契地一笑，心领神会。

资历安拿了一盒烟出来，两个人各自抽取一支，点上。“女人？”资历安自言自语地，若有所思了一阵，又问道，“有没有可能是男扮女装？”

刘玉斌"哧"地一笑，说："你文明戏看多了吧。"

"你再想想，要踩断一个女人的气管，光凭女人的力气是不够的。还有，我托你查的那辆军用救护车——"

"陆军医院的车的确是贵军门的司机去借的，尸体也是呈送给军门的，没什么可查的了。要按普通惯例，借车的是他，收尸的是他，他怎么也脱不了同谋的干系。只不过，人家是高高在上的军门，咱们离人家的军衔还有个十万八千里呢。老同事，自古刑不上大夫！"

"司机人呢？"

"说是告假回祖籍了。"

"真够快的。"

"我就纳闷一件事，那尸体为什么要送给他？憋屈不憋屈啊？一大早起来收尸。除非——除非，这些个都是他的仇人。——可这些个都是你的人啊！你的人是抓共谍的，他是为党国效力的。你俩是站一边的啊。你们资家和他们贵家，啊，还连着同一个兄弟。你们要论交情，应该算是兄弟吧。"

"这话说远了。"资历安说，"我们肯巴结，别人还不搭理呢。何况——"

刘玉斌看着他。

"不说了，不说了。家丑不可外扬。"

"你应该去贵公馆投石问路。他家的司机肯定是个替罪羊，贵翼是绝对知道真相的。至少，他知道谁是真正的借车人。"

"明白。"

"你家小弟还没跟他碰过面吧？"

"应该还没有。"

"应该啊。"

资历安想着心事，他眼睛盯着电话。

刘玉斌发觉，敏感地："你在等谁的电话？"

资历安看着他，遮掩地笑笑："我要说'情人'的电话，你信不信？"

"我信，知情人。"

"你说话真有内涵。"

刘玉斌针锋相对地："你听话很有潜质。"

“你到底想说什么？”

“漕河泾监狱那个突然消失的犯人是怎么回事？他会是下一个受害人吗？”

一语双关。

资历安皮笑肉不笑地：“下一个猎捕目标。”

刘玉斌站起来，说：“不说算了，走了。”

苏梅此刻进来了：“留下来吃中饭吧。”

“不了。你们二科的饭，难吃。”刘玉斌一甩手，走到门口，又补充了一句，“祝你们捕猎愉快。”

刘玉斌走了，苏梅看了看资历安，说：“我叫人去把今天发行的各种报纸都买了一份，报纸马上送过来，我们今天的工作量会很大。”

“我想去拜访一下贵军门。”

苏梅一愣。

“我想去探探口风，毕竟都是党国的军人。我相信，在对剿共的立场上，我们应当是一致的。”资历安说。

“其实，有一件事我始终没想通——”

“我知道你要问什么，你们都想问一个问题，凶手为什么会把三具外勤特务的尸体送给贵翼。——答案是，尸体里有一个代号，是他的妹妹——贵婉。”

苏梅真的被震住了，本能地意识到了什么：“你不要去。”

资历安看着她：“不入虎穴焉得虎子。”

“您好，我是荣华，前天晚上跟贵军门见过面。”荣华穿着一件薄荷绿为底色的绣花旗袍，散发着浓浓的清新气质，以优雅得体的仪态出现在贵翼的书房里。

“对，我记得你，荣氏企业的千金。”

“我跟令妹贵婉是同学。——同时也是非常好的朋友。”

贵翼愣了一下，有些诧异：“——你们认识多久了？”

“一年多了。”

“你们是在哪里认识的？”

“我们是在布鲁塞尔皇家美术学院的一个绘画班里认识的。”

“哦，我记起来了，小婉去年去过一趟欧洲。”贵翼客气道，“坐，坐。不必拘礼。——荣小姐是学油画的？”

“学了一点皮毛而已，我大哥在油画上颇有造诣，不过，家母还是喜欢让我多研习书法和水墨画。”

士兵上茶。

贵翼点点头，说：“大多数长辈都更愿意让儿女继承传统文化。荣小姐的专长是绘画吗？”

“只是爱好，谈不上专长。诗、书、画、印，都会一点点。”

“不错，不错。现在的年轻人都喜欢赶时髦，动不动就谈哲学、经济、新文化，爱的是电影明星，喜欢空谈自由平等，口味也就那样。”

荣华含蓄地笑笑。

“荣小姐专程来访，是为了贵婉吗？”

“是。”荣华低下头，说，“我知道了贵婉的事，我很难过。”

贵翼没有说话，他只是默默观察着荣华。

“两个月前贵婉找到了我，她说，她遇到了一件很棘手的事，需要亲自处理。离开上海前，贵婉在我这里寄存了一本她的日记本。”

贵翼的眼光聚焦在这个从容淡雅的青年女子身上。

荣华继续：“贵婉跟我说，如果她遭遇不测，请将这本日记本转交给她的大哥。”说到这里，她肃然起立，从怀中取出一本日记本。

她双手将日记本递给贵翼，贵翼郑重地接过日记本。日记的封面，装帧很别致，泥土色的封面上画着几株疏淡的兰草，素雅大方。书脊的底色也是泥土色，写着“贵婉日记”四个字。

一目了然。

贵婉的手迹扑面而来，一种亲切感油然而生，瞬间温暖了贵翼的身心。

“贵军门，贵婉是我的好友，对于她的不幸罹难，我深感痛心。也盼贵军门节哀顺变，——荣华告辞了。”荣华起身。

“等等。”贵翼忙叫住，“荣小姐，小婉有没有告诉你，她到底遇到了怎样的棘手事？导致她会——失去生命？”

“很抱歉，贵军门。——令妹并没有告诉我有关她遭遇的棘手事件。我很尊重贵婉，她不说自有她的道理。我也不会追问。我相信她的选择，同时，我也十分钦佩令妹的果敢和智慧。”

“你拿了她这本日记本，一点也不好奇吗？”

很显然，这句话有点伤到了荣华。

“这本日记本是贵婉用生命写就的，所以我用性命担保，除了贵婉和你之外，再没有人翻阅过这本日记本。”荣华眼神坚定，“我保证。”

看着荣华的神情，贵翼也意识到了自己的鲁莽：“我向你道歉。”

“我接受。”

“我想请荣小姐留下来一起吃午餐。”

“谢谢贵军门，我马上要赶去机场，军门的盛情，荣华心领了。改日有机会，再来叨扰。”

“荣小姐要远行？”

“是的。我要出国去旅行一段时间。”

“那好吧，我送你——”贵翼站起来要亲自送荣华出门。

“军门留步。”

“你要不见外的话，叫我贵大哥也行。”

荣华浅笑，点点头：“贵大哥。”

“希望我们还能再见。”

“一定会的。”荣华始终保持着优雅的微笑，“再见。”

送走荣华，贵翼翻开了那本贵婉日记。

我给自己挖了一个坑，不止一个。

——一九三三年的最后一日。

扉页上的这一行文字，不由得贵翼心底不惊疑。自己给自己挖了一个坑，而且，不止一个，这个“坑”代表什么？难道是“爱情”？再翻开日记的第二页，一只透明的玻璃烟缸，贵翼愕然。上海国际大饭店门口的三尸命案历历在目，“……烟缸？——谋杀？”他自言自语。

贵翼脑海里一片混乱，困顿，他继续翻阅日记本，第三页上写了一句话：

我是战士，直到战死！

看到这句话，贵翼惊骇了。

在贵翼心目中，贵婉只不过是一个有修养、懂生活、爱游历的贵族女孩。什么样的人会自称“战士”！参加正义战争和维护国家主权和平的军人，才当得起“战士”这个称谓。贵翼心情很沉重，原来自己什么都不了解，包括自己的亲妹妹，贵婉。他自以为是生命中最熟悉的亲人，却对她一无所知。

“——大哥哥，没有红色的笔了。”妞妞停住手里的画笔，转身说。

贵翼被妞妞的话拉回来，上前询问：“妞妞在画什么？”

“玫瑰花。”

贵翼看着画纸上的画，夸赞道：“画得不错。”他注视了一会儿妞妞的画板，突然意识到什么。这片玫瑰园他很眼熟，一幅稚嫩的图画，和贵翼脑海里贵婉在画“玫瑰园”的画重叠了。

贵翼贴着妞妞，问：“妞妞，这幅画是你自己画的，还是有人教你画的？”

妞妞甜甜地笑：“小资哥哥教我画的，妞妞画得好不好？”

贵翼自言自语一句：“好极了。”他站起来，下意识地伸手摸出了一把钥匙，习惯地喊道：“林副官。”

士兵进来，立正：“报告军门，林副官出去了还没有回来。军门有事，请吩咐。”

贵翼想了想，把钥匙揣回去，问：“给妞妞小姐找到保姆了吗？”

“林副官已经在找了——说是给妞妞小姐找个家庭教师。”

“家庭教师？——她那么小，还是得找个保姆。去军械局问问，有没有熟人介绍的，可靠的保姆，要是没有合适的，去苏州老家请个老妈妈来。”

士兵立正：“是。”

妞妞扭过头喊：“没有红色的笔了。”

“去买两盒画油画用的笔。多买几支红色的。”

“是。”

“报告，上海警备司令部侦缉处二科科长资历安求见军门。”另一名士兵进来报告道。

“资历安？”贵翼在心里琢磨着这个名字，问道，“有拜帖吗？”

“有。”士兵递上名片。

贵翼接过名片看了看，有点狐疑：“他二哥不是病得快死了吗？”

两名士兵面面相觑。

“有请！”

妞妞头也没抬地也重复地喊一句：“有请！！”

资历安走进来，贵翼注视着他，一刹那，电光火石般地在脑海里擦出无数火花，之前从资历平那里听到的有关资历安的信息和在上海国际大饭店与资历安的初次见面再次浮现在脑海里。

资历安彬彬有礼地自我介绍：“卑职是上海警备司令部侦缉处二科的科长资历安，冒昧前来——”话音未落，贵翼身后传来妞妞尖利的叫声。

“坏蛋！大坏蛋！！打死他！！！”

贵翼意识到了什么，他指着士兵吼了一句：“都傻站着干什么，把小姐抱到楼上去——”

妞妞还在骂，士兵一个箭步冲上来，抱着妞妞离开大客厅，直奔楼上。妞妞喊着，除了“坏蛋”还是“大坏蛋”，资历安颇感有趣地看着这幅“意外”的画面。

“资科长，请坐——”贵翼客气。

资历安回应地微笑：“谢军门。”

“来人，给资科长上茶。”

有士兵上来，换上新茶。

“刚才那位小姐是？”资历安问。

“我家小妹。”贵翼回答得干脆。

资历安微怔。

“资科长，我们军械局和你们侦缉处好像并无什么工作瓜葛。资科长此来是公事呢？还是——”

“公私兼有。”资历安答得也干脆。

贵翼一笑。

“资某是特地为昨天上海国际大饭店的‘惨案’而来。我想军门也应该知道资某的来意——”

贵翼不咸不淡地：“调查刑事案件，不应该是警察局的事吗？”

“是。程序上是的。——只不过，这次的事件与上海地下党有关，属于‘共谍’案，警察局的刘科长把案件转交给侦缉处了。”

“死的都是些什么人？”

“护士、股票经纪、自由旅行者。”

“听起来并无公害。”

资历安口气渐硬：“贵军门！他们都是老百姓，无辜的市民。”

“我怎么觉得这三个无辜的市民都与资科长有着千丝万缕的联系呢？”

资历安语气加重：“军门的意思，与资某有联系，就不是无辜？”

贵翼淡淡地：“资科长。——我之所以认为你我的对话很无聊，是因为你一进门就开始撒谎。”

资历安怔着。

“我昨天见过你。你是第一时间到案发现场的。我有理由相信，这个案子并不是警察局主动移交给你的，这个所谓的‘共谍’案一开始就是你的。警察局模棱两可地打了一个擦边球，你就顺理成章地把案子拿回去了。”

“贵军门臆断了。”

贵翼轻描淡写地：“是吗？”

“资某承认，这个案子与侦缉处休戚相关。但是，资某并非有意撒谎，而是出于对案件的保密。实不相瞒，对于共党的谍报站，我们正在不遗余力地打击！对此，侦缉处二科付出了高昂的代价。——如果，我们任由信息外泄，那么死了的人就白死了。”

贵翼渐渐明了，说：“你来的实际目的——就是向贵某索取一个答案，是吗？”

“军门明鉴。”

“你想问，是谁借走了那辆救护车？”

“对。”

“我想请问资科长一句，这辆车和凶杀案有直接关联吗？”见资历安不说话，贵翼继续，“我说的是假设，假设我遇到了‘敲诈’，遇到了不能解决的麻烦。假设我与三个死者有所仇恨。我坐这个位置，军火商都要看我的脸色，我犯得上自己派司机出面去借一辆破车，来坐实自己与杀人凶手有某种关联吗？”

“凶手也许在向军门邀功。”

“邀功？”贵翼脸上生出一种冰凉的寒意，“除非，侦缉处杀了我的亲人，凶手杀了你的人，来向我邀功！——这才说得通！资科长？”

资历安意识到自己说漏嘴了。

“你杀了谁？！说啊！”

资历安没坐稳，差点摔下来。他站起来，拿出一张“梅花”手帕擦汗：“贵军门，你误会了，误会了。资某此来，一是昨日之事，令军门受惊，资某不安，特来问候。二来，二来——啊，资家和贵家也算有些渊源——我家——不，不，小资的事情，我还没向军门告禀——”他已经有点慌乱，口不择言。

贵翼原就是为了摆脱“借车”嫌疑，来一个“声东击西”，资历安既然败阵，他就存了“穷寇莫追，见好就收”之心：“资科长也是为了党国的利益，操劳过度，贵某可以谅解。”他那意思是你不追，我不打，各退一步。

资历安连连点头：“是，是。”

“你，刚才提到小资——”

资历安又有些懊悔，不该莫名其妙地给自己找麻烦。但话已出口，索性就直言相告了：“想必军门也知道资历平。原是我家三弟，后来，被革除户籍——”

贵翼一怔：“为什么？”

资历安叹了一口气：“家门不幸，说来话长。”

贵翼前一刻的心情恨不得立即把这个资历安踢出去，后一刻觉得他说半句、留半句，弄得自己心里不踏实。他诱导地：“——他，有什么事吗？”

资历安的嘴角泛起一丝轻蔑来，眼睛里透出讥诮之色。表面上还是彬彬有礼，不过，口气有点酸：“说实话，我不大愿意在外人面前提起这个孩子，尤其是在军门面前。我是一个重感情的人，不愿意去揭别人的短处，更别说小资也曾是我们资家的孩子，做人，总要留点余地。”

贵翼淡笑：“资科长话中有话啊。——不过，贵某素来不喜欢跟人打哑谜，你还是直说了吧。”

资历安踌躇了一下。

贵翼看他似乎有难言之隐，为了让资历安放松心态，贵翼主动地替他开场：“俗话说，家家有本难念的经。资科长不说，贵某人心底也是明白一二的。”

资历安笑笑。

“说到底，小资是我们贵家的‘弃儿’，我从不希图资家会把他当成‘宠儿’。但是，他既已进了资家的门，就理所当然的是你们资家的孩子。资家为何要先养后弃？”

“贵军门在质疑我资家的教养门风？”

“不敢。”贵翼这句“不敢”，其实是承认自己没有“资格”问责而已。

“贵军门认为我们资家放弃了一个家庭应尽的起码责任？”

“我只是想说，以他这种身世……以他的身份在一个大家族里，地位尴尬，想必家庭环境的等级约束会制约一个孩子的自由天性。”

资历安笑笑：“贵军门的话真是一针见血。不过，这一次，贵军门对我资家的种种猜测，都会错意了。”

“愿闻其详。”

“家父性情豁达。家母信佛，生性散淡，宽厚体恤，家中事并不是十分拘谨。小资的母亲嫁进资家，也是做得‘两头大’。家母和姨娘不怎么见面，姨娘喜好奢华，喜欢办一些文化沙龙，夜夜笙歌。因为家父在世时，是一名洋行的买办，场面上的事是少不了姨娘帮衬的——”

贵翼敏感地预知了些什么。

资历安继续：“家父与姨娘与其说是夫妇，倒不如说是事业上的帮手，相互扶持，两相益彰。而且不瞒军门，家父爱屋及乌，对小资十分溺爱。家庭里最好的教育资源都优先给了小资，预科也好，留学也罢，小资总是站在第一位的。小资并没有在资家受到过一丝一毫的委屈，正相反，资家对他优厚的待遇，让他毫无拘束，为所欲为。他酗酒，赌博，通宵欢宴，肆意挥霍钱财。谎话连篇，金玉其表，败絮其中。喜欢不劳而获。跟他那贪婪的母亲极

其相似。”

贵翼半信半疑，大约是没有料到这一层的情势反转，他略微迟疑了一下，说：“再怎么说，资家也是书香门第，怎么能对小资如此忽略，任其发展，竟无管束？”

“军门这话说得中肯。我知道贵军门心里是怎么想的。资家对小资放任自流，就是任他自生自灭！”

此言诛心！

贵翼竟无言以对。

“军门您又错了。——我们资家到底是世代书香，小资纵有些神通，却也是施展不开的。在门第这块砧板上，可以有桀骜不驯，可以有愤世嫉俗，但最终，都会被砧板上的刀剁得温顺、谦和、守礼。”

“砧板上的刀又是谁？”

“是家兄资历群。”

“哦？”贵翼在想，资历安用了“家兄”两个字，可见资历群纵为死刑犯，也动摇不了他在资家的长兄地位。

“家兄的性格敦厚，也有凌厉浮躁之处。我的修为不及家兄十分之一，也没有家兄的手段。”

贵翼笑笑：“听起来，小资也是吃过些苦头的。”

“可惜，江山易改本性难移。贼终究是贼。”

贵翼的脸一下就挂不住了，一字一顿：“留点口德。”

“贵军门有所不知，小资不仅是一个高明的诈骗犯，他还是一个作案手法高超的贼。他在法租界巡捕房是挂了号的头号骗子。他仿制古画，偷窃，敲诈，无所不为。他进监狱只是时间问题。”

贵翼看着资历安。

“——他现在对您而言，是一个很大的麻烦。”

“你指谁？”

“令弟。”

“是令弟吧？”

资历安笑了：“贵军门这是竭力撇清与小资的家族关系，这很好。”

“不，你误会了，我是为资家考虑。毕竟资家养育了他这么多年。当然，资家如果不介意的话——”

资历安爽快地：“不介意。不过，我想您会介意的。您和他的兄弟关系——”

贵翼截住他的话：“登在报纸头版头条吗？我不介意。”

资历安顿时愣住，良久从嘴里吐出一句话：“那他真是遇到‘贵人’了。”

贵翼嘴角边泛起一丝反讽且自负的笑意：“资科长此言差矣，你我都是为国效力，何分贵贱？”话里有刀，而层层叠叠的关系，让两人都感觉空气窒息，“我还有一个问题，请教资科长。”

“军门请讲。”

“令兄资历群是共产党吗？”

资历安的嘴唇泛白，不知如何作答。

第七章　合影照片现端倪

贵翼恍然回过神来，小心翼翼把那张夹在手指间的照片，翻转过去让林景轩看。林景轩瞬间张大了嘴巴，鼓起眼睛，简直，简直不可思议。

主仆二人，除了震惊，还是震惊！

“——你大哥是共产党吗？”

资历安稳住心神：“他，不是。他只是一个杀人犯。”

贵翼点点头，说：“你们资家还真是人才济济。”

“贵军门。”

贵翼知道这话伤到了“资家”，让资历安心里有些不舒服，转移了话题：“你告诉我的也许都是事实。”

“是事实。”

“你作为资家一分子，你大哥是杀人犯，你弟弟，哦，不，你挂名的弟弟是个贼。我很好奇，你如何处理好家庭关系？——你就从来没有想过去挽救你的弟弟，或者给你大哥请个好律师？”

“我个人能力有限。——而且，我从不顾忌别人怎么想。”

“够坦白。”

“还有一件事，昨天晚上犯人资历群越狱了，警察局正在着手调查。如果，我说如果资历平找到军门，请军门转达他一句话，不要插手管闲事，特别是资家的家事。”

“你怀疑是资历平劫了狱？”

“兄弟情深，保不齐这件事与他有关。”

贵翼笑了笑：“好一个兄弟情深。”

资历安顺手推了推茶几上几份报纸，别有居心地：“豪门的丑闻，往往是新闻界的狂欢。”

贵翼不置可否，说：“一天没有真相大白，一天新闻都不会消停。”

资历安皮笑肉不笑地动了动嘴，说：“有关昨天发生的惨案，我不会让凶手逍遥法外的。”

“在这一点上，我和你观点一致。我绝不会放过杀人凶手！”

资历安一语不发，贵翼神色严峻。

一排排的日本料理端上桌。

吴成风和“包打听”刘焜边吃边聊着。“——四爷说，最近贵翼刚上任，新官上任三把火，暂时得把生意放一放。”刘焜传达着文四益的话。

“放什么放，放一放，四爷放一放，那是毫发无伤，四爷有多少生意，数都数不过来，赌场一个晚上的流水都万八千的。我们放一放，我喝西北风去啊。”而吴成风显然并不同意，“我前儿刚新娶了一房姨太太，花钱跟水似的，全家老小抻着脖子跟我要饭吃呢，放一放，放个屁放！”

“你想怎么干啊？”

吴成风一抹嘴：“——我啊，我想趁四爷暂停了所有的军火交易，卖价高涨，随随便便放两箱子弹、几支枪出去，都能赚一笔大的。”

“你不怕你顶头上司贵翼找你麻烦？”

“贵翼，贵翼算老几？”吴成风毫不在乎，“上海滩什么时候轮到他说话！我呸！也就四爷怕他，四爷老了，老了你知道吗？——过气啦。”

就在隔壁包厢，文四益边品尝着料理，紧紧地听着吴成风的话。

“这老婆啊老了，老了咱再娶新人啊；车子老了，那就是废铜烂铁，就得开回修理所去，回炉再造；上司老板，更不用说，没胆气就别扛大旗，一边凉快去。我坐这个位子，靠的是实力。不是靠我叔叔吴次长！靠我自己！！我，自，己！”他越说越激动，“你啊，跟着我，好好干，最好能抓几个新主顾，

拓展拓展业务空间，别总盯着那些散兵游勇，侦缉处，行动队，凡有枪支损耗的，都能卖。跟着我，啊，总之，前程一片大好。”

离开日料店，文四益和阿黎走在街上，突然文四益笑出声，一副乐不可支的样子。

见状，阿黎嗔道：“四爷，您看您，您还笑——人家都要把你回炉再造了。”

“阿黎，这个人啊，最重要的是想得开，吃得开，看得开——老话说得好，谁人面前不说人，谁人背后无人说。对吧，哎，正常——”

阿黎懵懂地跟上他的步伐。

文四益自得地唱着：“将身儿来自在大街口——”

送走资历安后不久，查访资历平踪迹的林景轩回来了，他忐忑不安地站在书房里。贵翼手里拿着一本“贵婉日记”，黑着一张脸，问：“——说完了？”

“可不，就完了。——我到处都跑了，那资家，纯粹是个‘鬼’屋，那小资少爷是个神出鬼没的小魔头。”

“照片呢？”

林景轩装傻：“啊？什么啊？”

“那天我跟他拍的合影。照片呢？”

“人家今天不营业。”

贵翼恨不得拿脚踹他：“不营业你紧张什么，从一进门就捏着衣兜，你那口袋里有金元宝啊。拿出来。”

林景轩硬着头皮：“哥，我跟您说是这么一回事，照片我是拿到了，啊，只不过，不全，不全面。——我跟您说，哥，真是太诡异了。照相馆昨夜遭遇飞贼袭击，把您的这张合影给变了变——”他一边嘀咕，一边拿照片。

贵翼从他手上把照片“扯”过来，冷着脸，看了看手中半张残照。照片上贵翼抱着胖乎乎的妞妞，笑得很敦厚，很温情，妞妞也笑得很可爱，一脸阳光。唯独缺了资历平的影像。贵翼把照片翻转了一面，白色的照片纸上，有一行漂亮俊逸的小楷：贵婉已经死了，不是吗？

贵翼倏地站起来，手已经握成拳，半张照片被他攥在手心底惨遭蹂躏。林景轩不自觉朝后退了一步，彼此的脸色都很难看。

紧接着，贵翼没有动静了，一片沉默。

“他杀人不用刀！”贵翼慢慢地说了这一句，“他想告诉我，他绝不会做贵婉的替代品，他错了，在我心里，他连赝品都不配。”

“小资少爷是有目的来见咱们的，而且他做事也挺决绝的，一点蛛丝马迹都没有留下。”

贵翼沉吟了一下，重新把那半张照片抚平，再看看那行逼自己发怒的留言，哑然失笑道：“小资还真是个高明的骗子。他有目的地来，有计划地行事，胸有丘壑。他的‘越狱’计划很完美，事事藏着他精妙的算计。——好啊，小资，你干得好，干得漂亮！你干了这样干净漂亮的一票，就妄想带着你的死囚大哥舒舒服服地远扬。世上哪有那么便宜的事情？”他把那张照片用力地摔在书桌上。

林景轩吓得瞬间站得笔直。

“资历平当真就是一块铜墙铁壁？——我就不信……”贵翼说到这句的时候，突然停住了。他看到翻开的“贵婉日记”中，有一张五寸的黑白照片闯入贵翼的眼帘。

贵翼惊呆了！

林景轩偷窥了一下贵翼的表情，喊了一句：“哥，您没事吧？”

贵翼恍然回过神来，小心翼翼把那张夹在手指间的照片，翻转过去让林景轩看。林景轩瞬间张大了嘴巴，鼓起眼睛，简直，简直不可思议。照片上，有两个人，一男一女，女的端坐于椅，一袭旗袍，庄娴雅丽，男的站立于侧，一套西装，清雅俊逸。照片左上角写了一行优美的法文：

民国二十三年，立春。香榭丽舍田园大道照相馆。

主仆二人，除了震惊，还是震惊！

林景轩对贵翼脱口而出：“哪儿来的？”

贵翼一抬手上的日记本，意味深长地：“有人专程送上门来的。”

看着日记本，贵翼和林景轩明确了一个事实。

“小姐和小资少爷很久以前就认识了。”林景轩说。

贵翼接道："而且，他还去过巴黎。"

林景轩探着头，看看日记本："小姐不吸烟，她画烟缸干什么？"

贵翼和林景轩四目相对。

林景轩紧张兮兮地："小姐难道是共——"他突然一顿，停住口，"——小姐还画了什么？"

贵翼翻阅"贵婉日记"。

一顶礼帽，一条丝巾；一辆急速行驶的汽车；一双高跟鞋；一把伞，一个皮箱，三只手；两件一模一样的西装；一只漏斗；一棵树；一栋温馨的小木头房子；一只木匠的手拿着一把锋利的锯子；擦得雪亮的皮鞋，和一管口红……

贵翼看得一头雾水。

林景轩看得莫名其妙："——这都画的什么啊？——要是能找到小资少爷就好了。"他怎么看也看不明白画上的这些东西表达着什么。

贵翼抬眼看了看林景轩，口气凉凉地说："你认为小资见到我们后，就会老老实实、原原本本地把这些前因后果都说出来吗？"

"我……"林景轩突然感到一丝怯意，"哥，我认为小资少爷是……故意为之。这一天一夜的工夫，小资少爷把一个泼天大案做得干净利落。以他的才情胆略，他完全可以不惊动我们，他既惊动了我们，无非就是把我们引入他设下的'迷魂阵'里来搅局。"

贵翼不说话。

"哥，你有听我讲吗？"

"有。"

"小资少爷蓄谋已久。难道仅仅是为了要我们？"林景轩略停顿了一下，说，"我觉着他是为贵婉小姐出头，申冤来着。"

"一张合影，说明不了什么，也许就是单纯地认识了。"贵翼说这话，自己都觉得勉强。

"我们家贵婉小姐是什么人？冰雪聪明。资历平是什么人？这两日看下来，简直就是人精。他们彼此容貌如此相似，而且，贵家、资家的公案，外人不知，他们却是心知肚明。一对失散已久的兄妹，在异国他乡巧遇，能不亲近吗？小姐是什么心气？她要厌恶的人，她肯穿得这样正式去跟他拍一张合影？”

贵翼点头：“继续说。”

“小资少爷与小姐既然早就认识，小姐之死，他若不知内情，见到我们，就该表露悲伤之情，追思之意。他若知情，一定会设法将真相告诉我们，要我们替小姐申冤。小资少爷却选择了对此事件‘无动于衷’，他有目的地把我们引入他的‘复仇’阵营……哥，说到底，小资少爷还是咱贵家的孩子。”

“你小子越发长进了。”贵翼不咸不淡地夸了林景轩一句，“他既有心引我们去盘根究底，我们也不要辜负他的好意，索性就一查到底，走。”

贵翼站起来，合上日记本：“他以为自己做得天衣无缝，其实破绽早就有了。——走。”他整装要走。

林景轩问：“哥，您，您去哪儿？”

“你原先去哪里，我们这会儿还去哪里。”

“哥？这都下午四点左右了——”

“抓紧时间，去开车。”

“啊？——真去啊？”

“风行钢琴社、工部局联办公学、繁星报社，这些都是留有小资足迹的地方，原先你一无所获，是因为你两手空空。如今有了一张照片……我倒要看看资历平能藏多久？”

士兵把车停在门前，贵翼一上车，林景轩问道：“第一站去哪儿？”

“愚园路。”

林景轩有点蒙：“愚园路？——不是去工部局联办公学吗？去小姐的房子干吗，都还没打扫呢——您？”

“现在就去！”

“是。”

司机发动汽车，驶离出官邸。

劳斯莱斯停在愚园路，贵翼和林景轩从车上下来，径直走进了公寓。走

进房间，贵翼环视着房间，屋子收拾得很干净，像是常有人住的样子。贵翼和林景轩默契地对视一眼，拔枪，开始搜查房间里是否有人。

“楼上安全。”林景轩说。

“房间安全。”贵翼也从厨房里出来。

林景轩下楼来。

二人收枪。

林景轩打开衣柜翻了翻，里面有几件贵婉的衣服喊了句：“哥。”

贵翼回眸。

林景轩从衣柜里拎出一套酒店服务生的制服来。

贵翼走过来看了看，下意识地对比了一下身高，确定道：“是他。”

林景轩真是一头雾水：“他跟小姐到底什么关系？”

贵翼被他这句话问得心惊胆战。

林景轩话一出口，就知道“不妙”，暗暗咽了一口口水，轻悄悄地把那套制服又挂回了原处。

贵翼注意到了靠墙边的一台唱机。

“哥。我看，不管是不是小资少爷来过，小姐的屋子肯定有人打扫过。既然清理过了，那也没什么线索可找的。您瞧，找来找去，都是小姐用过的物件，除了那套制服，还真没什么可疑之处。”

贵翼摆弄着那架唱机，“吱吱呀呀”的京胡声音徐徐而来，一段缠绵悱恻的唱腔灌注到耳膜里，直达胸腔。

“春秋亭外风雨暴，何处悲声破寂寥。隔帘只见一花轿，想必是新婚渡鹊桥。吉日良辰当欢笑，为什么鲛珠化泪抛？”

“我就想找个清静地方好好想一想，静一静。”

“就这动静——您还能静一静啊。”

“没准能听出一曲高山流水来。”

林景轩摇头，嘀咕一声：“不可理喻。”

“你说什么？”

“不可思议。”

贵翼回头一望。

林景轩手上拿着一双女士高跟鞋，鞋子很大。

贵翼喃喃地："的确——不可思议。"他伸手拿过那双鞋子，"这不是贵婉的鞋，贵婉的鞋没有这么大，而且，这么大的鞋码，应该是定制的。"他发现鞋沿边上有黑点，"这是什么？——看起来，定制鞋穿上也不是那么舒适。"

林景轩附前："是什么？"

"血渍。有人穿鞋勒破了脚背。"

"谁？"

"还用问吗？"

离开愚园路，贵翼一行人就直奔工部局联办中学而去。坐在校长办公室里，贵翼和林景轩关注着莫校长脸上的表情。

莫校长很仔细地眯起眼睛去看照片，他很肯定地叫出名字来："这是资历平老师。对，一点不错。"

贵翼和林景轩交换了一下眼色。

林景轩忽然想起了什么，说："莫校长，你不是说，你们学校里没有一个男教师叫资历平的，只有一个女的……"

"没错，是女的。"莫校长打断他，指着照片上的贵婉，"这个照片上的姑娘就是资历平啊。"

林景轩惊讶地怪叫："啊？！"

贵翼"噌"地差点站起来，按捺着性子问："莫校长，您没有看错吧？"

"一点不错，就是资历平老师。"莫校长的口气很坚决，不容置疑，"你要是不相信，随便叫一个老师来问问。"

正好有一个女教师拿着一个开水瓶进来，给莫校长和贵翼沏茶。

"刘老师，你来看看，这是谁？"

女教师应声过来，低头一看，说："这不是资历平嘛。"

"对啊。"莫校长很高兴有人附和和肯定。

贵翼和林景轩此刻真是落在雾里云中。

"这真是太离奇了。"贵翼脸上的表情从惊奇到迷惑。

贵婉居然用的是资历平的名字。

“资历平老师，年轻，有活力，活泼，爱笑，浑身上下充满了朝气……唉，可惜了……”莫校长叹息一声。

贵翼忙问：“怎么了？”

“生孩子的时候，得了产褥热，去世了。”

女教师也跟着叹了口气，说：“唉，资老师真可怜。”

贵翼的嘴张了张，又紧紧闭住。他看了看林景轩，林景轩做了个无可奈何的表情。“你回来的时候，可没跟我说这事。”他刻意压低声音。

林景轩委屈地说：“我要空口无凭地跟您说这事，您还不得一脚踹死我。”

贵婉居然未婚先孕，这未免太荒谬了。贵翼一双寒光流溢的双眸直逼着莫校长，说：“莫校长，据我所知，您所说的这个资历平老师，还没有结过婚。”

“贵军门大概不知道，资历平老师结婚都快两年了。”

“她丈夫是谁？在哪里？”

“她丈夫是一个医生，原来在国立医院工作。叫什么，我真不记得了。资老师去世后，他也就辞职不做了，据说是去了国外。”

女教师的目光依旧看着那张照片，欲言又止的样子。

“有什么发现吗？”贵翼主动问她。

女教师说：“照片上这位先生来参加过我们学校的新年音乐会。”

“哦？”贵翼转头看了看莫校长。

莫校长赶紧又拿起相片来，端详了一下，恍然大悟道：“我想起来了，这个男的和资历平老师在去年的音乐会上一起合奏了‘告别’。”

“这男的不……不会是……是她先生吧？”林景轩有点口吃地把贵翼最怕问的一句话给问了。

贵翼脸色铁青，还有些紧张地看着女教师，生怕她说出什么“可怕”的话来。

“不是，这男孩是她弟弟。”女教师轻轻一句话，把贵翼紧绷的神经瞬间放松了。贵翼在心底长出了一口气，林景轩直接“嗳”了一声，表示跟贵翼感同身受，却被贵翼狠狠地瞪了一眼。

突如其来的新状况彻底把贵翼搞蒙了，“你怎么知道这男的是她弟弟？”他追问了一句。

女教师笑笑:“你瞧他俩长得是不是很像?”

贵翼看了她一眼，问:“你猜的?”

女教师说:“不是，我亲耳听资老师叫他‘弟弟’，他也应着声，很是听话、乖巧的。资老师的弟弟来过几回，每次都替资老师做事。”

“譬如呢?”贵翼问。

“烧水啊，做饭，腌菜，晒书，对了，还给她做了一个书柜。”

“他还会干木匠活?”贵翼略带嘲讽地说了一句，“你知道她弟弟叫什么吗?”

女教师摇头说:“不知道，资老师就叫他‘弟弟’。他弟弟也不大讲话，在学校里低眉顺眼的，来去匆匆。”

贵翼略点点头，客气地说:“谢谢二位。麻烦你们了。——今天的会谈，我想请二位保密。”

莫校长和女教师一起应声。

“没问题。”

“请放心。”

林景轩紧跟着贵翼走出教学楼，“我实在是被这俩人给搞糊涂了。”林景轩疑惑不解，“小资按年龄算，明明比小姐大几个月啊。他俩再糊涂，也不会连彼此年龄都搞错吧。——除非，他俩故意的。”

贵翼停下脚步，反问道:“有必要吗?”

“没必要。”

贵翼继续向前走，林景轩跟上:“那你说他们为啥要搞错?”

贵翼又停下脚步:“想知道是吧?”

林景轩点头。

“继续查啊!”扔下一句话，贵翼又大跨步走了。

林景轩站在原地迟疑了一下，一路小跑着跟了上去。

赵主编还是一副慢条斯理的样子，只不过，从坐姿到站姿，毕竟贵军门亲自造访，不敢怠慢。“我们报社根本就没有资历平这个人……”他话音未落，眼光就落在林景轩递上的照片上，“咦……这，这不是贵婉吗?”

贵翼很惊异："你认识贵婉？"

"贵婉是我们小报的一个名编，很有才情，也很有明星缘。"赵主编兴致勃勃地侃八卦，说，"人长得帅气，文章写得精妙，钢琴也弹得好，好多女明星还倒贴他，风月场上的老手了。"

贵翼的脸色越来越难看。

听着这些话，林景轩也忍无可忍了："住口！"

"怎……怎么？我，我说的实话。"

林景轩不乐意地说："有，有说人家姑娘是风月场上的老手的吗？"

"谁说姑娘啦！"赵主编的脸也黑下来，指着照片上的资历平，"我说的是贵婉！这个，男的！"

林景轩惊诧："男的？——男的叫贵婉？"

"这个贵婉，在报社工作有多长时间了？"贵翼缓和下来，对赵主编客气地问道。

赵主编略微思忖了一下，说："有一年多了。他也不坐班，有新闻就跑跑，最近比较懒散，好几天没来上班了。没准被哪个小明星给绊住了。"

"那您认识这姑娘吗？"贵翼指着相片上的贵婉，很耐心地询问。

赵主编仔细看了看，摇摇头，说："不认识，没见过。"

"谢谢您。如果这个贵婉来上班了，请您立即告诉我们。"贵翼客气，"林副官，给主编留个电话。"

"是。"林景轩从口袋里拿出一个帖子，双手递给赵主编。

赵主编接过帖子："我能问一下，——贵婉是不是得罪了长官？——还是他犯了什么事。"

贵翼微笑："没有，没有。我们是老朋友了，找他叙旧，叙旧。"

林景轩和几名士兵跟着贵翼从主编室一走出来，就引来过道上很多记者张望，还有胆大的，"啪"地就给贵翼的"背影"来了一张。

林景轩听见动静，指着记者说："不准拍！"

一股青烟冒起，相机给林景轩"凶恶"的嘴脸来了一个大特写。

走出报社，士兵立即把披风一抖，给贵翼披上。有人拉开了汽车的车门，林景轩跑过来，问："军门，咱还去风行钢琴社吗？"

“去！”贵翼说完，抬脚就上了车。

林景轩赶紧一猫腰，自己蹿进副驾，等贵翼坐稳，就叫司机开车，直奔“风行钢琴社”而去。

贵翼站在房间里看墙上挂着的学生“奖状”和教师简介，耳边传来悠扬的钢琴声，是学生弹奏的《月光奏鸣曲》，教师站在一旁倾听着。

林景轩径直走向教师。

“你们找谁？”教师问。

林景轩说：“我们找一个调琴师，叫资历平。”

教师端详了林景轩一会儿，忽然道：“——你，你不是早上来过了吗？”

学生弹走音了，教师说了声：“别分神，继续——好——”他转过脸来，说，“不是跟你说过了吗——”

不等他说完，林景轩把照片递给教师。

教师看了看，说：“不认识。”

贵翼侧目，走过来：“你仔细看看，两个人都不认识吗？”

教师又看了看，摇头说：“没有见过。”

“你们的调琴师，每星期都来吗？”贵翼问。

“不清楚。我只负责给学生上课，不过，调琴师通常一个月来一次。”

“你听说过资历平吗？”

教师摇头。

“那么贵婉呢？”

教师一脸茫然：“没有。”

见教师一问三不知，林景轩有些着急地：“您再想想——”

“贵婉？”教师想了想，“这个名字听起来挺文艺的。要是我听到过，一准不会忘。”

贵翼默默点头，觉得教师说得有道理。那么，资历平为什么要把自己引到“风行钢琴社”呢？

林景轩问贵翼：“哥，要不咱们去教务处再找找。——我寻思着，小资少爷引我们过来，一定有他的道理。”

贵翼认同道："好。"

走廊上是一排玻璃窗，透过玻璃窗可以看到街对面。伴随着琴音，贵翼穿过走廊朝着教务处走去。倏地，贵翼感觉到了些什么，他忽然一转目，看到窗外霓虹灯闪烁，他箭步走到窗前，目光投向对面长街上的"兰心大戏院"。

一幅大型广告牌：话剧"西施"映入眼帘。广告上印着一组演员造型的头像，西施、吴王、越王、越后、郑旦。

"林副官。"林景轩走近他，贵翼指了指对面广告牌。

林景轩定睛一看，叫出声来："如意婶！——她，她是演员？"他再仔细看广告牌，不禁读道："陈萱玉饰演郑旦。如意婶真正的名字叫陈萱玉。"

"现在几点？"

"不到七点。"

"去化妆间，看看死人是怎么活过来的。"

二人步履匆匆，径直经过教务处，走出了走廊，而在两人身后依然是绵绵不断的琴音。

兰心大戏院化妆间里的混乱也属于有条不紊的混乱，大家各行其道，各化各的装，一些演宫女、太监的小演员蹲在地上吃面条。

陈萱玉已经化好了郑旦的装，坐在化妆镜前，一边吸烟，一边跟"越王勾践"说着话："您要说京剧，那帝王将相，有一股霸悍之气，唯我独尊！再看咱们话剧演帝王将相，那就是一群地主老财开大会，——那不是上早朝，那是逛早市呢。你看那西施，嘿，嘿，有那模样的西施吗？喔唷，拿腔拿调的，有点感情好不好啊。这戏啊，得分什么人演——"

"是得分什么人演。"陈萱玉的话音刚落，贵翼倒是人未到声先到了。

陈萱玉从镜子里"蓦地"看见了贵翼，她"倏地"就站起来，一转身，手里依旧捻着香烟，腰肢慢捻，一脸惊叹："哟，长官真是包龙图在世，在世海青天啊，这么快就来了。"

林景轩走过来："哟，如意婶，你可年轻了十多岁啊。"

化妆间的演员个个不约而同地站起来，悄悄散开。

陈萱玉笑着："演员嘛，装龙要像龙，装虎要像虎。"

贵翼直接扯把椅子来坐下："如意婶。"

“贾先生。”

贵翼“呵呵”一笑，说：“真是强将手下无弱兵。”

“谬赞了。”陈萱玉从容地，“我啊，就是照着剧本，念念词，演演戏，依计而行。长官勿怪。”

“依计而行？依谁的计？”

“谁给钱，就演给谁看啰。”

林景轩“嗤之以鼻”：“哟，您也真舍得演，人家如意婶都死了三年了。你说你青天白日演一死人，你心里不堵得慌啊。”

陈萱玉反唇相讥：“演死人怎么了？西施娘娘死了一千多年了，一万个演员哭着喊着要演呢。人们还不是追着看。大光明电影院放《白蛇传》，盛况空前，那白蛇妖精还不得几千年了。”她吐出一个漂亮的“烟圈”，林景轩不提防被烟圈“呛”到，一边拿手挥挥烟雾，一边咳嗽。

贵翼单刀直入：“资历平在哪儿？”

“他可不好找。”

贵翼不温不火地：“你帮我们找！”

一句话出口，化妆间门口几名士兵站了进来。

“长官，我们在江湖上混口饭吃，不容易啊。”陈萱玉转身掐灭了香烟，从镜子里看贵翼的表情。

贵翼面无表情，喜怒无形。

陈萱玉也在考虑着，她继续去香烟盒里准备拿烟抽。这时，舞台监督不知从哪里一下蹿进来，喊道：“再有三分钟就登台了，嘿，第一幕有郑旦啊，准备好了吗？”他说着说着，发现哪里有点不对劲，傻傻地“杵”在原地。

陈萱玉放弃拿烟了，一个漂亮的转身：“——准备好了。”

贵翼站起来：“准备好了？”

“长官喜欢古玩玉器吗？”

贵翼不解：“什么意思？”

陈萱玉从古装袍袖里拿出一份报纸来：“我能帮你的，就这么多了。”

贵翼打开报纸，一大篇有关“贵婉”教授将在沪江大学举办演讲的广告出现在报纸上，很醒目。他明白了：“你真的是准备好了。”

"不是我，是他。神机妙算。"陈萱玉托着古装的长裙，向台口走去，语音悠扬地："臣妾郑旦恭迎大王——"

舞台监督反应过来了，喊着："候场了，候场了。"

片刻，前台传来一片掌声！

沪江大学的门口，学生们三三两两，进进出出。一辆劳斯莱斯停在校园门口，学生注目，悄悄咬耳朵，女孩的嬉笑声掠过。贵翼坐在汽车上，他的手捂着额头，额头一阵阵刺痛。林景轩和司机陪着他，都不说话。

过了一会儿，贵翼长喘了一口气："——想不通。"他摇晃了一下刺痛的脑袋。

"军门，咱们要不要进去？"林景轩问。

"他能算到这一步，我们进去也无济于事。他肯定不在校园里住。我们如果冒昧地去打扰校长——沪江大学可不是工部局的中学，没有任何说法，要大学取消一场讲座吗？而且，最重要的是他为什么要这么招摇？一个罪犯，不应该隐蔽行藏吗？除非——他有什么非得这么做的理由。"贵翼脑海里闪过无数画面，沉吟着，"他这么做一定是有原因的，方一凡、资历平、贵婉、资历群、佟阿大，他们之间到底是什么关系呢？具体原因是什么呢？箭在弦上，我却无从知晓真相。这一切都是怎么发生的呢？"

"军门？"

贵翼一抬头，一个字："走。"

"走？往里走？还是回家？"

"回家。——妞妞该饿了。回家吃饭。"

林景轩一怔。

司机不等林景轩的反应，已经发动了汽车。

林景轩回头问贵翼："我们不去找小资少爷了？"

"他摆了这么大一个迷魂阵，就是等我们明天过来给他捧场的，不要拂了他的好意，坏了他的事。"

林景轩似懂非懂。

汽车快速飞驰而去。

一份“贵婉”教授将在沪江大学举办演讲的广告展开，报纸上居然印有资历平的一张儒雅斯文的学者照片。

“这个贵婉，就是你的小弟资历平吧。他为什么要用‘贵婉’这个名字呢？”苏梅看着报纸上资历平的照片。

“为了报复。”资历安的声音从背后传来，“‘贵婉’这个名字，原来是他的。他不被贵家所承认，他和他的母亲被扫地出门。贵家做得更绝的是剥夺了小资姓氏的权利。把这个名字给了家庭里的一个女孩。——那个被蓝衣社特务在天津处死的共党交通局间谍贵婉。”他走到书桌前，“小资每次要犯案，就冠以‘贵婉’之名去招摇撞骗。”

听着资历安的话，苏梅沉思道：“去大学演讲能赚多少钱？值得他冒被捕的危险吗？要知道，他可是个有名的骗子。行事如此高调，你不觉得反常吗？”

“一个大学教授，一个月可以有一百五十块钱的工资，一个留洋教授，说着一口流利的法文、英文，讲一些半生不熟的中西文化，一堂课可以拿走一千块，甚至三千块——这就是教育的现状。小资知道贵翼抵达上海，他出来装装神弄弄鬼，巴不得警察局来公开逮捕他，再让报纸新闻好好登一登，让贵家颜面扫地。”

“他真是这样想的？”苏梅想不通。

“就让小资继续他的劣质表演，看看他下一步有什么具体行动。”

“可是，资历平为什么会登这样一个广告？这个副标题可是接头暗语啊。我不相信这里会有巧合。——他与我们外勤特务的死有没有必然联系？他是贵翼同父异母的兄弟，他会不会利用这层关系，来达到他某种不可告人的目的。还有最关键的一个问题，资历平会不会是共产党？”

“你放心。小资绝对不是共产党。他顶多是一个搅局的跳梁小丑。但愿他这次搅局能帮到我们。”

“帮到我们？”

“我现在唯一不知道的，就是‘影子’是否也参与其中。”

“‘影子’是谁？”

针对苏梅提出的这个问题，资历安没有回答。

“你以前可从来不问你不需要知道的事情。”资历安转移了话题。

“以前我躲在你的身后，不用出任务，明天——我要上战场。知己知彼，百战不殆。”

资历安点点头，表示理解：“我可以告诉你，‘影子’是一个至关重要的外勤特务。”

“外勤特务？”

“我不跟你说的原因很简单，他是一个共党的变节者。我没必要把这几个字挂在嘴边，你不爱听。”

苏梅沉吟：“变节者？——我一直在你身边工作，每一件案子，我都有跟过，为什么我不知道这个人？——他是一直就在你掌握中，还是警察局寇荣那边提供的情报？”

“寇荣已经死了。”

“你怎么知道他一定是死了而不是失踪？——难道是你的人杀了他？”

资历安转移了话题，反问：“你为什么突然提起寇荣？”

“寇荣是警察局特情科的科长，他去天津执行抓捕‘烟缸’的任务，一去不回头，这件事足以撼动警察局和侦缉处，可是，事实恰恰相反，各部门都不做深究，草草敷衍，以失踪结案，而你的口气里，仿佛知道他已经死在天津了。我对此非常好奇。”

“苏梅。”

“嗯。”

“‘烟缸’基本确定死于寇荣之手，寇荣杀了军械司副司长贵翼的亲妹妹，他能不消失吗？”

“——但是，贵翼对此并不知情啊。”

“这世上哪有不透风的墙？——这件事，你就别再琢磨了，你应该好好考虑考虑，你能给我带来点什么。”

苏梅聪明地：“我，——我能带给你别人给不了的，看你敢不敢要？——我是说真的。”

资历安笑了：“我懂。”

苏梅浅笑，笑意深远。

“还是回到我们最初的话题吧。”

“‘影子’。”

“对，关键问题是，‘影子’是否是小资幕后操纵者。”

“这个，我就不懂了。”

资历安轻描淡写地：“不懂是好事。”

苏梅咀嚼着他的话，感觉意味深长。

刘玉斌掀开布帘，陈晓律跟在他后面走进包厢。见到刘玉斌进来，文四益客客气气地：“来了——来，坐，坐。”

刘玉斌哈腰躬身地算是给文四益行了个礼：“四爷好。”

陈晓律一把拉住他，坐下。客气道：“坐，坐，玉斌兄，都不是外人。我说了，今天就是见见面，大家认识认识。”

“四爷，您那批货的清单还没有出来，需要花时间——”刘玉斌开门见山。

文四益一摆手：“茜茜，开瓶酒过来，给刘科长斟上一杯。——小孩子在这里，我们不谈工作。”

茜茜应声给刘玉斌斟酒。

“刘科长是警察局的中流砥柱，也是咱们上海滩混浊江水中的一股清流。早就听陈督察提起过你，只是彼此都太忙，无缘一见。天津港的货呢，有来处自有去处，我是相信刘科长的，清流嘛。”文四益淡淡笑着，举杯。

刘玉斌赶紧举杯，站起来：“我先干为敬。”

“坐，坐。刘科长不必拘礼。”文四益忙道，“我们法租界巡捕房与警察局分属同行。——说真的，上次你痛打法租界的阿三，那真叫一个痛快。啊？”

刘玉斌唯诺道：“上次的事，谢谢四爷包容，海涵。”

阿黎站在门口，打断两人的对话：“四爷，刘焜送了‘生日蛋糕’来。说是给茜茜小姐过生日。我没让他进来。蛋糕留下了。”

文四益故作诧异地：“怎么今天是茜茜生日吗？”

茜茜点头：“是啊，四爷。——不过，他不提，我也忘了呢。”

“刘焜有心啊。——蛋糕拿进来吧，见者有份。”文四益转对刘玉斌，“你看，底下人总是有心，记着谁跟老板走得近，谁的名字，谁的生日。说实话，我就没这爱好。”

刘玉斌心里一惊。

“我从不想知道别人家里人的名字。”

刘玉斌脊背发凉：“是，是的，四爷。玉斌明白。谢四爷。”他举杯一饮而尽。

吹完蜡烛，茜茜给大家分切蛋糕。

“四爷，这个案子，不，这个事呢，我一定处理好。武器的，货，货的清单我亲自做，做好后亲自呈送给陈督察。”刘玉斌竟口吃起来。

文四益笑意盈盈：“不，送给贵军门。——那才是你职责范围内该做的事。”

“四爷？”

“陈督察那里，喝个茶就行了。”

刘玉斌松了口气：“玉斌明白，谢四爷。”

文四益转对陈晓律：“最近汽车的价格上涨得厉害，你得了空，请潘司令的太太过来看看车型。”

陈晓律答应：“是，四爷。”

文四益对刘玉斌继续道：“我不像你们，你们每个月有薪水拿的，我不行，我那点薪水连我自己都养不起，何况我还要养一帮职员。商务公司开销大，你在法租界租个铺面都得五六百块。没办法，要想丰衣足食，就得另辟蹊径。”

刘玉斌连连点头。

“茜茜小姐是我们大上海舞厅最红的舞小姐，刘科长要是有雅兴过来跳舞，舞票算我的。”

“谢四爷。”关于这顿饭，刘玉斌一直摸不透文四益的意图，只是连连应声，不敢多话。

文四益与陈晓律对视一眼。

茜茜清唱《凤凰于飞》的声音传入在座的每个人耳中。

一番酒杯换盏后，刘玉斌就醉了，阿黎扶刘玉斌站起来，陈晓律对文四益忙道：“我去送送。”

文四益点头，待阿黎送出刘玉斌，他对茜茜关心道：“天不早了，你也回去休息吧。叫辆黄包车，住得远吗？住得远叫他们送一下，安全第一。”

“四爷放心，我警惕性很高的。”

文四益笑笑："你啊，还是太小了。去吧。"

茜茜走后，包厢里只剩下了文四益一人，不一会儿陈晓律掀了帘子进来。"刘科长醉得不成样子，我叫司机送他回家了。"陈晓律简单说了。

"别惹他了。"

"啊？"

"这个人，水太深。"文四益一口喝下了酒杯里的酒。

陈晓律还是不明白："四爷，您什么意思啊？这个刘玉斌有什么三头六臂的让四爷忌惮？"

"我调查过他的背景，一人独居，父母双亡，几乎没有亲戚朋友，可信吗？不可信。——我敲打他一句，让他意识到家人的安全，他就吓得俯首称臣。可是，他并无家人啊？——他怕什么？结论就是，他谁都不怕。不怕，却装成害怕，为什么？心机太深，深不可测。"

"那，四爷的意思，不交往了？"

"最好不要往来了。保持距离。"

"那，资历安呢？"

"常来常往。"文四益说，"资历安是小人，小人嘛，随时可弃。"

"刘玉斌到底是什么人？"

"能屈能伸大丈夫。"

"那，咱们的货，不要了？"

"随他怎么做吧。"

"贵翼呢？"

"贵翼那里倒不用急，慢慢再看——"

不知何时，天空飘起了小雨，刘玉斌大醉酩酊地在后座摇晃着。转了几条街，汽车停在一个公寓门口。

司机下车，撑开伞，刘玉斌脚步飘浮地从车上下来。

"长官，您能行吗？"

刘玉斌接过伞，向司机挥挥手，非常清醒："去吧，没事，我到家了。"

司机躬身，目送他走进公寓大门后上车，驶离了公寓。

刘玉斌侧身站在公寓楼下。

过了一会，他脚步稳健地走出来，很快消失在风雨中。

华灯初上，贵翼和妞妞坐在一起吃晚餐。他边吃着饭，边看着那份印有资历平照片的广告报纸，百思不得其解。

妞妞的手刚刚碰到一筒奶油，就被林景轩一把拿走了，妞妞直叫，没有回应。林景轩拿了杯倒好的牛奶放到妞妞面前："牛奶、鸡蛋羹、青菜、牛肉有营养。"

妞妞回头看贵翼，可怜巴巴的样子像是在求救："大哥哥，我要吃奶油。"

贵翼放下手中的报纸，对妞妞说："这个得听他的。"

妞妞嘟着嘴："那要听到什么时候？"

"他退役。"

妞妞不懂。

"就是，他老了，退休了。"

"那他什么时候退休啊？"

林景轩抢白道："想得美。退休，等你出嫁了，我还没退休呢。"

妞妞立即放下手中的银匙，悄悄趴到贵翼耳朵边，说："你可以辞退他。"

贵翼摇头："不，不行。"

"为什么不行？"

贵翼很认真地："问得好，为什么要辞退他呢？"

"他不让妞妞吃奶油。"

"这是他的工作。奶油吃多了不消化。他是为我们的健康着想。所以，不能辞退他，还要尊重他。"

妞妞不情愿地："哦。"

"吃饭的时候，尽量不出声。"林景轩嗔道。

妞妞抗议："为什么？"

贵翼说："为了让你成为一个大方、懂事、有教养的女孩子。"

妞妞立即坐好，很稚嫩又模仿军人的姿势吃饭，十分可爱，看着她这样乖巧的样子，贵翼忍俊不禁地笑了笑。

窗外的雨越下越紧，雨滴拍打着窗户，士兵跑上跑下急忙关紧窗户。林景轩拿了一沓单据放在了贵翼面前，说："军械司派人送过来的武器零部件生产表和前期军费投入核算表，您都看过了吧？"

贵翼看了一眼，说："看了。账目不清晰，零部件厂家鱼龙混杂，账本不好做。"

"很多政府官员的账目都有人专门打理，为的就是做好两笔账。军械司也不例外。——官员们多多少少都会拿点。"

贵翼叹了口气："中饱私囊。"

"接受现实吧。——水至清则无鱼。"

"你想得开。"

"多种树，少树敌。"

"我说，武器的零部件需要分门别类地筛选一下。你别打总账，下面不好拆账。"

"单据呢？一起做，还是分类做？"

贵翼正要说话，被妞妞截住："大哥哥，你为什么一直说话，吃饭的时候不准说话！"

贵翼点点头，张着嘴对着林景轩做口型，无声地："分开做单。"

林景轩点点头，说："明白。"他又笑起来，"这世上有句话说得好，恶人自有恶人磨。"

贵翼拿起刀叉做"投掷"状，妞妞乐呵呵一副看热闹的表情，停在半空的刀叉最终落在一片切好的牛肉上。

第八章　识时务者为俊杰

资历平目光转向贵翼，微笑地走下讲台，走到贵翼面前，忽而发难："鸟贵有翼，人贵有志。贵军门，尔有何贵？尔有何志？要叫贵翼？"

方一凡剪了一个学生头，一身女学生的装束，回头看了苏成刚一眼，苏成刚赞了一句："真不错，改头换面。——203 号睡了。"

方一凡递上一瓶药："阿司匹林。"

苏成刚接过，说："谢谢。我们下一步怎么办？"

"以'烟缸'之名引出'烟缸'，无论真假，无论是敌是友。"

"弃用的联络方式很可能引来敌人。"

"无论迎接我的是战友的拥抱，还是敌人的子弹。我只有一条路可走，拿命去探路，确保百辆军用物资的绝对安全。如果我回不来，你必须接着干，如果你也回不来，记着，最后一颗子弹留给自己。"方一凡说，"我仔细筛选过了有可能是'接头'的广告，我认为只有两处最像我们的交通站临时联络员留下的暗号。一是法国公园，二是霞飞路莫奈西餐厅。至于沪江大学的演讲厅，似是而非，是备选。"她走到小方桌前，展开报纸，"我决定，明天赴约。"

"我去法国公园。"

"我去，我会控制好时间。你得留在这。我们不能全都'暴露'。"

"除了留守，还有什么我能做的？"

“随时准备转移。如果我超过 24 小时还没有回来，你带着 203 号马上转移。”苏成刚刚要说话，被方一凡一个停止的手势截住，“——别，别告诉我你会去哪儿，这样保险系数会更高。”

“让我去吧。”

“不行，203 号需要医生。”

“——可是，护送行动更需要你。”

方一凡坚决：“服从命令。”

“是。”苏成刚忧心忡忡地看着方一凡。

方一凡微笑着：“你放心，军用物资和医疗物资都由李磊的行动组严密保护起来，你只要照顾好‘203’就行。”

苏成刚还是不放心：“你明天有多少生还的机会？”

“有十分之一的机会活着回来，不过，我三分之一的机会能‘接头’成功。”

“太冒险了。”

“我们别无选择。”

苏成刚沉默了下来。

窗外的雨淅淅沥沥下着，钟雪萍拿了食盒走进资历安的办公室，搁下后离开。

资历安对苏梅：“吃点东西吧。”

两人走到桌前，相对而坐，边吃边聊起来。“你把接头地点定在‘莫奈西餐厅’是否有其他深意？”资历安问。

“有。”苏梅说，“你跟我说过，郭玉临死前是接到了‘老家’来信的。——这证明，共党交通局一直试图跟上海交通站接头。郭玉死了，线索断了，星期三下午，不见得是时间，有可能是口号，或者暗语，‘莫奈西餐厅’是唯一可以让地下党抱有一丝希望的接头地址。我就是孤注一掷，让他们半信半疑，一旦有了一丝一毫的相信，我就赢了。”

“星期三下午，霞飞路‘莫奈西餐厅’，‘老家’人约见面。”资历安回想着郭玉的话，“是啊，一旦他们怀疑了，我们也不会有什么损失。”

“沪江大学那边，你不打算派人去吗？”苏梅问。

资历安摇头。

苏梅诧异："为什么？万一，我说万一资历平是共产党，他发出这个求助信号，恰好，送货人又相信了，去找他了。我们怎么办？难道袖手旁观？"

资历安："现在这个求助信号，筛选下来有三个，一个是兰心大戏院的广告，给他们下一部新剧做预热；另一个是资历平打的演讲广告；还有一个是我们的旅游广告。按照共产党活动的惯例，广告地点是不会和接头地点重合的。譬如我们，我们广告的地点是苏州小镇，接头地点是霞飞路莫奈西餐厅。兰心大戏院的广告地点在迈尔西爱路，给出了新剧的拍摄地点在上海法国公园。而资历平的广告地点只有一个，也就是说，他根本不具备任何地下工作的经验。我们要去的地方，只有一个——莫奈西餐厅！"

"为什么要放弃其他两个有可能是共产党接头的地点，而孤注一掷？"

"因为绝不能打草惊蛇。"

窗外，一抹闪电划过。

"——你想想，我们用的都是被'弃用'的暗语，也就是说送货人可能根本就不会赴约。送货人一旦决定赴约，通常有两种情况，一是风筝断线，非见不可；二是抱必死的决心，来杀叛徒。如果送货人有选择性地赴约，他一定会选这三处地点。供货人也许是一个人，也许是两三个人，也许是一个行动组。我们必须确保不惊动他们其中任何一个人。我们要让每一个送货人都'安静'赴会，并确认赴会地点安全。如果，我们的人跟踪第一地点、第二地点，惊动了他们，送货人就会直接放弃下一个联络点的接头，我们的计划就落空了。"

"放弃这两个地点的跟踪，就是放弃了两次抓捕共党的机会。"

"我不信他们会选前两个。"

"为什么？"

资历安很果断地："直觉。"

"我个人认为，你太自负了。"

资历安眉毛一挑，看了她一眼："你紧张了？"

"紧张不是没有道理。"

"你在怀疑我的判断力。"资历安的脸上露出些许不悦。

"我不是怀疑你的能力，我是——觉得你有话没有说完。"

“——被你发现了。”

“一样的暗语，一样的线索，我不相信你会轻易放弃任何一个，任何一个都是千载难逢的机会。何况，我们还死了三个外勤。”

“你让我感到不自在了。”

三个外勤的死，是资历安的一个死穴，他讨厌任何人提起他的挫败。

“你要觉得你自己去不太方便，就叫警察局的刘科长替你跑一趟。”

“——跑去以诈骗罪逮捕我的小弟吗？”

苏梅不提防他此刻又介怀资历平的身份了，其实，他提防的是资历平幕后的那个人。

资历安冷静了一下，说：“警察进大学会引起不必要的骚动。共党交通局的人要是真去了演讲厅，看到警察，就会认为这是一个陷阱。惊弓之鸟，一定就地隐藏了。我们要再想去找他们出来就是大海捞针了。分一组行动人员过去，穿上学生装，混在演讲厅里，监视资历平，跟踪和他单独接触的人，秘密逮捕，秘密审讯。——虽然，有可能是白忙活。”

苏梅还在分析他话中的含义，有点出神。

资历安看到她愣神，关切道：“吃饭吧，菜都凉了。”

前台传来掌声，后台有人在收拾道具。陈萱玉戴着花冠，捧着鲜花，跟几名主演走来，他们嬉笑着。很显然，演员们还沉浸在“谢幕”的幸福中。

资历平一下闪身出来，喊了声：“如意婶。”

几个演员一愣，陈萱玉惊喜地大叫起来。大伙儿以为是陈萱玉的戏迷来了，各自散去。

资历平上前对陈萱玉夸赞道：“演得太棒了！”

这是一语双关。

陈萱玉继续惊喜地叫着。

“戏中戏，戏外戏，全是满分。”

“谢谢，谢谢。”

“送你的，婶子。”资历平变魔术似的拿出一个大纸袋来，递给陈萱玉。

陈萱玉接过：“什么？”

资历平挤挤眼："行头。"

陈萱玉打开纸袋一看，是一套漂亮的时装。

"好时髦，美死了，美死了。"

"我到外面等你，一起去喝一杯。"

"好啊好啊，前面有家法国酒馆，通宵营业的，老板跟我很熟，等着我啊。我去换衣服。"

资历平点点头："不急，有的是时间。"

细雨绵绵，资历平打着伞，站在"后台"出口的小街上。陈萱玉换了一套洋装出来，年过三十七岁的她，风韵犹存，颇有上海女人的海味。

资历平附上雨伞，笑道："婶子，走吧。"

"婶子，婶子，叫得我好像嫁过人一样。——我跟你娘那是舞台姐妹，我一唱老生的，我让你叫声'叔'，你就偏叫我婶。我告诉你啊，我到现在还名花无主，全都是你这个小东西胡喊乱叫造成的。"陈萱玉用手指戳小资的头，"你要负责的啊。"

资历平委屈地："——您可是我妈妈辈的。"

"——别老提醒女人的年龄，会伤感情的。"

资历平浅笑。

"走吧。"

夜色中，一把伞盖住二人身影，渐行渐远。

"这一票干了，有什么具体打算？"

"安分做人。"资历平答。

一辆车驶过大街，车上坐着资历安和苏梅，朝着苏梅家的方向驶去。汽车停在楼下，资历安和苏梅下车。苏梅撑起一把伞，说道："谢谢你送我回来。"

"顺路嘛。"

"不上楼去坐坐？"

"不了。明天还有大仗要打，你今天早点休息，养精蓄锐。"

苏梅微笑："去我那里，也可以养精蓄锐。"

资历安对于女人露骨的"挑逗"，始终有点抗拒，他不露声色地笑笑："你不用这样刻意讨好我。——如果明天能一举擒获共党交通局的送货人，对于你来讲，会有至关重要的改变。”

苏梅表现得很期待。

“还有，我不喜欢我的女人主动。”说完，资历安转身上车了。

苏梅对着车窗：“明天见。”

“明天见。”

资历安开车走了，望着资历安的车消失在雨夜里，苏梅在背对着灯光的暗巷里心事重重。

回到家，苏梅刚开门进来，灯一亮，刘玉斌从暗门里闪出来：“——我以为你会请他上来坐坐。”

苏梅不说话，开始脱外套，一脸疲惫。

刘玉斌看看手表，说：“都十二点了。”

苏梅淡淡地：“你不清楚我的工作环境吗？我上司还没下班呢。”

“我又没有抱怨。”

苏梅去酒柜里拿了酒出来，倒了一杯酒。

“酒能释放压力吗？”

“你试试。我觉得不错。”苏梅朝刘玉斌走过去，直接坐在他腿上，刘玉斌趁势把她揽入怀抱，“全世界都以为我是共党叛徒，只有你知道，我是谁。”

“谁让你出师未捷先被捕呢？——中央党部花了高昂的代价培养了几个能成功打入共党谍报机关的特勤，你干了不到半年，居然就落入了自己人的‘法网’。你说，当时我们能怎么办？承认你是中统的人，会牵连到其他跟你一起潜伏到共区的同事；承认你是共产党，不叛变就得枪毙，就算陈先生也保不了你。何况军统、中统素有嫌隙，你的身份又是绝密。你是一个根本不存在的党国精英。”刘玉斌接过了苏梅手上的酒杯，一饮而尽。

苏梅站起来，说：“你来了，我就有安全感。”

“资历安呢？”

“他是那种有贼心没贼胆的懦夫！”苏梅叹了口气，“真想不干了。”

“想不干很容易，一是死，二是叛。但是活着最重要！”

苏梅笑起来。

“不知道是不是我的错觉，我觉得你有点爱上他了。”

“在爱情上我不值得任何人信任。”

“生活上值得就行了。”

“你身上味道好重。”

“酒味。”

“脂粉味。”

“男人味。”刘玉斌一下抱起苏梅，把她扔到了床上。

一阵云翻雾雨过后，刘玉斌坐在床头，点燃香烟：“资历平有可能是一个突破口。”

苏梅躺在床上，抬眼看他。

“共党交通局能不能把他们的红色交通线在短时间内恢复起来，就看明天这一场仗了。生死攸关，他们和我们都是危局，一着不慎，满盘皆输。”

“其实，我们并没有他们必来的把握。”

“必来！这一点，我相信资历安的嗅觉。”

“我不清楚‘影子’是谁。总觉得，资历安有什么把柄握在‘影子’手上。”

“为什么这么说？”

苏梅坐起来：“直觉。他纵容资历平行骗。他完全可以制止的。他为什么不制止？而且，他根本没打算去沪江大学布控。——是我一再要求，他才勉强同意的。”

“女人的直觉多半是对的。”

“你有什么打算？”

“全面布控沪江大学，确保你在莫奈西餐厅顺利‘接头’，打入他们内部，彻底摸清他们的护送渠道。”

苏梅懂了：“你是说，资历平很可能被某人操纵，变成一个靶子。你全面布控沪江大学，共产党的送货人就会主动放弃跟资历平接触，而选择去跟我‘接头’。”

“我不喜欢你的多情，但是爱死你在工作上的才华。”

“我需要一个人的资料，你可以帮我设法弄到吗？”

“那要看是什么人了。”

“我怀疑当年是那个人出卖了我！”

刘玉斌回眸，苏梅眼神犀利如刀。

窗外的雨渐渐停了。

“到时间了，小姐该去睡觉了。”林景轩走到妞妞跟前。

妞妞正玩得高兴，摇摇头，抱着“狗熊”玩具说：“它生病了，我要给它看病。”

“小狗熊也要睡了，听话啊。”

贵翼坐在沙发上，手边搁着“贵婉日记”，看着“报纸”若有所思。

妞妞跑到贵翼跟前，说：“大哥哥。”

贵翼从报纸中抬起头：“嗯？”

妞妞直接攀附到贵翼膝盖上，好容易够着了贵翼的脸，亲了他一下。

贵翼惊疑：“什么意思？”

“妞妞不要睡觉，把睡觉时间往后再推推。”

贵翼搁下报纸，说：“你这算是变相贿赂吗？”

“我还要玩。”

贵翼摇头，说：“天晚了，早睡早起身体好。听话。”

妞妞看见报纸上资历平的照片，她一把抓住了：“小资哥哥，小资哥哥。”

“嗳，小心报纸——”

妞妞一扭头，嘟着嘴，跑开了。

林景轩正接着她，一把抱在怀里，说：“走了，跟大哥哥说晚安。”

妞妞生气地：“大哥哥不安，就不安。”

贵翼看着妞妞。

“看什么看啊，行贿失败后遗症。”林景轩抱着妞妞。

“——保姆什么时候能到啊？”

“明天晚上。我请的是家庭教师，不是保姆。这机灵孩子，普通保姆带不了，得给她找个能治得住她的才行。”

林景轩抱着妞妞出去了，他随手关上了门。

书房里一下安静下来了。

贵翼的目光又回到报纸上来，喃喃自语道："南朝四百八十寺，多少楼台烟雨中？"

安顿妞妞睡下，林景轩又走回了书房，带上门。

见他进来，贵翼收起"贵婉日记"，问道："妞妞睡了？"

"睡了。"

"坐。"

林景轩坐下，陪贵翼喝茶。

"看出点什么没有？"

贵翼摇头。

"明天你打算怎么做？"

"看他啰。"

"看他？小资少爷？"

"他的所作所为，无非是引我去闹场。但是，他的目的是什么？这是一个问题。"

"那就请他回家喝杯茶，聊聊天，问问他到底想干吗。"

贵翼有些不舒服，甚至不自在："'回家'？这才几天啊，你都已经把他当成家里人了？"

"我就那么一说，您别太在意了。"

"我在意他？笑话。"

林景轩摇摇头："好吧，你继续自欺欺人吧。"

贵翼心绪不佳，感觉头痛。

"这种事偶有发生——"林景轩边养壶边发表着个人的看法。

"什么事？"

"兄弟阋墙。"

贵翼苦笑："说话不要这么尖酸。"

"需要军械局派宪兵负责协调关系吗？"

"还没到那一步。"

"需要联系老爷吗？"

"还没到时候。"

“需要通知警察局吗？”

“还嫌不够乱吗？”

“需要——”

“闭嘴。”贵翼不想再听他的各种问题，打断道，“你要没有什么建设性的话，就闭嘴。”

林景轩伸手给贵翼沏茶。

贵翼突然明白林景轩话里的含义，也许，不止自己一人关注资历平。警察局、侦缉处，可能还有法国巡捕房。想到这些，他的头更疼了，一语双关地：“头疼！”

“需要吃药吗？”

贵翼抬手作势要打他，林景轩把脖子往后一缩，他一点脾气也没有了，气极反笑。

林景轩倒是做一脸无辜相。

早晨，刘玉斌穿戴好了站在窗前，看着楼下，看着苏梅上了资历安的汽车。方一凡戴着时髦的帽子，一副女学生打扮从法国公园走出来，朝阳的光影投射在她的帽檐上，光影在她脸上变暗。一辆汽车里，古纯音不停地拍着照，凡是从法国公园门口出来的男男女女，无一例外地被摄入镜头里，方一凡也被定格在了画面中。

贵翼全副武装出门，林景轩和士兵们跟在后面，车缓缓离开贵公馆。

沪江大学的讲堂里，学生们纷纷而来，不一会儿就坐满了人。

资历平以轻松的姿态站在讲台上，他手边搁着一份报纸。

学生们济济一堂。

“原谅我有点自恋，我把这张报纸带来了。”资历平向学生们展示那张印有他头像广告的报纸。

台下的同学们笑了。

方一凡就坐在学生们中间，她没有笑。她的手上攥着同样的报纸，这是见面的暗号。

“有的人认为，老师太爱慕虚荣了。说得对，人人都有虚荣心，老师也不

例外。恰当的虚荣心可以促使人上进，过分的虚荣心足以摧毁人的自尊。我拿这份报纸来的用意就是——不要任意相信你所看到的，譬如这广告上的宣传词，把我吹得神乎其神，其实呢，我就是一个教书匠而已。我跟大家说一句题外话——”

方一凡默默地把报纸折叠起来，放回书包。这一动作，被资历平尽收眼底。

“——你们在座的每一个人都很优秀。每个人都不可替代，或者没有人不可替代。”

同学们面面相觑。

“我讲的是人与‘文物’的关系，人有魂魄，‘文物’也是有魂魄的。一个宋代的茶杯，一个明代的青花瓷盘，它们都有可能被赝品所替代，唯一不可替代的是，他的魂魄，他的精神，他的信仰，这些是永恒不死的。”

句句入耳，字字存心，方一凡的目光与资历平对接。

校园里，警察局的车开了进来，校园里的护工和教师出来阻拦。

刘玉斌从车上走下来，教师迎上去：“警察先生，警察先生，怎么回事？你们不能进去——这里是学校。”

刘玉斌环视着校园，说：“我们接到报案，说沪江大学出现了一个江湖骗子，正在行骗，我们在为你们学校清除祸害。”

此时，一辆劳斯莱斯也开了进来，两辆军用吉普车跟着。

贵翼下了车，林景轩和士兵们簇拥着。

刘玉斌非常意外：“贵军门。”

贵翼回头看了他一眼，说：“你们守在这儿。”

刘玉斌一愣神，眼睁睁看着贵翼等人长驱直入，心里有点窝火。

守在校园的特务看到这番情景后，发现事态有些严重，古纯音说：“给资科长打电话，警察局和军械局都派人到沪江大学了，请指示。”

钟雪萍走下车，朝着电话亭走去。

唱片转盘转着，悠扬舒缓的轻音乐从这里转出来。

苏梅坐在西餐厅里，喝着咖啡。她的桌上搁着一张报纸，这是接头“暗号”。西餐厅里客人不多，分散四座，有一两座全是侦缉处的“特务”。

资历安接到一个电话后脸色变得阴郁。

苏梅远远地看着吧台边的资历安。

资历安走过来，说：“我还以为今天的沪江大学会很平静。我又错了。”

“他们把嫌疑犯给弄丢了？”

“弄丢的不止一个。——因为警察局和军械局的人都去了，结果会是什么？他们找不到谁是嫌疑犯了。”资历安意味深长地看着苏梅，“你把事情给搞砸了。”

演讲厅里，全然不知外面情况的学生们还在认真地听着资历平的讲座。

“在西欧国家，学艺术史的多半会去博物馆工作，而在中国，历史系和考古系的同学会首选博物馆。其实，我们忽略了一点，文物也是艺术研究中一项顶重要的工作……”资历平感觉有异，果然，他看见贵翼等人长驱直入“冲”进大学讲堂。

贵翼大剌剌地坐在了台下第一排正中间，手下人四面散开，纪律严明，几乎没有什么声音。学生们不明就里，窃窃私语。

对此，资历平没有受到任何影响，他瞥了一眼贵翼，继续声情并茂地演讲。

“——我们与‘文物’的相遇，其实是与历史的相遇。我打一个比喻。我们走在大街上，忽见一面貌与自己相似之人，我们会不自觉地停下脚步，在人群中回眸一瞥。也会偶然遇到一个十分投缘的朋友，彼此相见恨晚。你误以为你与前世尘缘邂逅了，其实呢，你是与久违的亲情邂逅相逢了。”

贵翼的心有所触动。

资历平目光转向贵翼，微笑地走下讲台，走到贵翼面前，忽而发难：“鸟贵有翼，人贵有志。贵军门，尔有何贵？尔有何志？要叫贵翼？”

贵翼一愣，此时此刻，整个大讲堂的目光都不约而同地汇集到他身上。

演讲厅里安静了一阵，贵翼脸上的官方笑容一闪而逝，他十分严肃地往前靠了靠，对资历平说：“你听着，‘贵’乃中一联合，是为中坚，贝字为钱，

人向往之。何为贵？价高情重，是为‘贵’也。翼乃从羽，振鳞奋翼，高飞也。为国守土，疆场翼翼；为民勤勉，小心翼翼。是为贵翼。”

资历平双目有神，饱含深意地一瞥贵翼，说：“贵军门总是这样妄自尊大。”

“贵教授难道不是故弄玄虚？温顺为婉，品质为贵，你桀骜不驯，目无尊长，有何品质，忝称贵婉？”

“叫贵婉就一定要温良恭俭让吗？贵军门难道不知‘物以稀为贵’？”资历平潇洒地站回讲台。

“贵教授，文物跟亲情有关联吗？”一名学生举手问。

“听不懂。”另一名学生说。

资历平看着贵翼说：“贵军门应该听懂了。”

“装得挺像那么一回事。”

“军门海量，知人见道。”

“你为什么戴眼镜？”

“学术点，艺术点，斯文点——”

贵翼略有调侃地：“我以为你眼睛出了毛病。”

资历平浅笑：“我俩谁的眼神不好，不是已有定论了吗？”

“现在下结论为时过早。”

“是吗？那就来分一个高下吧。”话音未落，资历平一脚踢翻了讲台。讲台的倾斜度正好可以砸到贵翼。贵翼完全没有料到，这个斯斯文文的秀才毫无预警地翻脸。他以军人的速度，闪身，卧倒，护住头颈。

资历平此刻以最快速度进入休息室，反锁住门。

林景轩等人大叫着冲上来保护贵翼。

学生们惊叫着，大伙儿作鸟兽散。

贵翼从地上爬起来，十分狼狈地吼了句：“去追！”

林景轩等人冲向休息室，休息室的门却被反锁了。

“走楼梯。”贵翼喊着，“截住他。”

刘玉斌站在校园里，看见教学楼方向一群学生纷纷往外跑，他感觉出事了，带着几名警察向教学楼跑去。

隐藏在暗处的侦缉处二科的几名特务也开始跟着警察们跑，但是因为不明就里，跑得也是稀里糊涂的。

混乱中，方一凡混在女学生的人群中，很快跑出教学楼。几名女学生，包括方一凡的身影一起从刘玉斌眼前掠过，刘玉斌下意识地回眸，很快，他被另一群下来的男学生们来回碰撞。刘玉斌回过神来，拉住一个学生问："出什么事了？"

"打起来了。"

"谁跟谁打？"

"不知道，——好像是当兵的。军队的，军队的长官跟贵教授打起来了。"

刘玉斌拿出一份报纸，指着资历平的照片，吩咐警察："守住教学楼大门，看见这个人，马上逮捕。"

资历平以最快的速度跑到楼梯拐角处，听到楼下传来脚步声，他顺着楼梯往下看，贵翼一马当先已经上来了，他身后跟着两个士兵。

资历平回头看身后，林景轩带人已经冲破休息室的"防线"，向自己逼近。

"你以为你会逃出我的手心吗？"

资历平刚要有所动作，贵翼拔枪，吼道："站着别动！"

资历平不动了："别紧张，贵军门。"

"是你紧张吧。"

林景轩等人已经从后面封住了资历平的路。

"把手举起来！"

资历平高举双手，表示投降。

"跪下！"

"男儿膝下——"

话音未落，贵翼一枪射穿楼板，资历平与枪声同速地跪下。

贵翼慢步逼近："刚才有人说——"

资历平俏皮地："识时务者为俊杰。"

资历平跪在楼梯口，贵翼从楼下往上走，一边走，一边稳住资历平的心神，跟他对话："为什么选择上文物课？"

"因为历史悠久，影响深远。——我给你留个深刻的印象不好吗？"

“你觉得两天前的早晨，你给我留下的印象还不够深刻吗？”

资历平笑盈盈地：“小打小闹，大餐前送给军门的开胃菜。”

贵翼收起了枪，正要有所动作，资历平一个标准的“鲤鱼打挺”，飞起来，双脚踢向贵翼前胸，贵翼没有想到他瞬间反扑，被他踢翻，滚下楼梯。

林景轩一声惊叫的同时，资历平破窗而出。

资历平的动作是连贯性的，从踢翻贵翼，到侧空翻窗，纯粹的戏曲舞台动作，姿态流畅，一气呵成。

林景轩惊叫着，也顾不及去看贵翼，冲到窗前，去看资历平。

资历平飞身落在临时搭建的“读书棚”硕大顶棚上，顶棚受外力撞击，顿时倾覆，落在散落书籍上的资历平，有惊无险，平安着陆。

林景轩这口气才松下，贵翼撑着受伤的腰，已经奋不顾身地冲上来了，问：“他怎么样了？”

林景轩用眼神示意贵翼自己看。

贵翼灰头土脸地站在窗前，往下看。

资历平站在楼下，冲贵翼一笑，一边挥手道别，一边转身就跑，他向校园的花园方向一路狂奔。

贵翼怒不可遏：“追！”

“是。”林景轩带着一队人马，稀里哗啦地往下跑。

资历平飞奔入林荫深处，他一边跑一边脱外套，衣服、裤子全都脱了，抱在手上。原来，他里面穿了一套学生装，跑到一个大的花坛边，伸手拿起藏在那里的学生帽和红围脖，把手上的衣物塞进花坛的花丛里，鲜花被他给野蛮地折损了。

资历平忙而不乱地给“花草”致歉，继续跑。

阳光树影下，贵翼、林景轩等人从后楼梯跑下来。

贵翼看了看前面的花园，说：“去学校大门，他绕来绕去，还得从大门出去。”

“是。”林景轩领命。

资历平假扮成一名普通大学生从容不迫地走来，一群学生正好经过，资历平不紧不慢混进人群。方一凡也夹杂在人群中，资历平眼尖，迅捷地向方一凡靠拢。

资历平对方一凡低声地："你不要出去，至少现在不要走出校园，门口一定会有人监视。"

"我不认识你。"

资历平不在乎她的态度，他要把话讲完："丢掉你皮包里的报纸和武器，如果你有的话。"

方一凡停住脚步，低声地："我不信任你，你不是我们的人。"

"现在是了。"

方一凡心头一震。

"千万别去莫奈西餐厅，是叛徒设的陷阱。"

"我必须去。"

"去送死吗？"

"我要去把叛徒找出来——"

"我替你去！"

方一凡的眼光落回到他身上，满腹狐疑地："你到底是什么人？为什么要帮我？"

"你要找的'烟缸'，就是我。"

方一凡检视资历平的双眼，怀疑加剧，但还是选择了相信，扭头走了："怎么联系？"

"到军械司贵翼官邸来找我。"

二人朝相反方向走开。

贵翼、林景轩等人向方一凡的方向跑来，方一凡低下头，迅疾向人堆里扎进去。

资历平向几辆汽车走去，他绕过前面两辆吉普车，来到劳斯莱斯豪车前。有士兵发现他，正准备过来询问，就看见资历平一把把司机扔了出去，发动汽车，冲出校园。士兵大声喊着："拦住他！！"

远处，贵翼和林景轩等人都看见了这一幕，贵翼喊道："上车！"

贵翼、林景轩等人跑到停车处，上了吉普车，贵翼亲自开车去追。

刘玉斌发现贵翼等人追车而去，他并没有盲目跟随，吩咐手下道："检查所有学生的书包，有违禁品的一律逮捕。”

“啊？违禁品？”

刘玉斌没好气地：“红色书刊，——今天的报纸，还有，手枪。”

“黄色书籍算违禁品吗？”

刘玉斌瞪着：“滚！”

警察惶惑地跑开。

刘玉斌骂道：“一群废物。”

方一凡走到林荫深处，她用手帕擦掉手枪上的指纹，报纸包裹好手枪，再迅速把报纸的边缘擦干净，把东西藏进一个树洞里。

一辆劳斯莱斯开出沪江大学，守在门口的侦缉处的特务隐藏在汽车里，拍下从校园里出来的每一个人、每一辆车。

莫奈西餐厅，资历安盯着苏梅。

“你怀疑我吃里爬外，把情报出卖给了警察局？”

“不是吗？”

“军械局又怎么解释？”

资历安无语。

“我欣赏你这一点，虽然你太过敏感，多疑。”

“他们还会来吗？”

话音刚落，咖啡馆的门被推开了，陈萱玉走了进来，她手上拿着一份报纸，要了一杯咖啡，坐了下来。

苏梅不紧不慢地：“——我会替你把弄丢的‘烟缸’给找回来。”

资历安不动声色地站起来，慢慢离开苏梅的桌子，他从陈萱玉那一座走过，沿着过道，走到僻静处，两名化装成服务生的特务走过来。

资历安说：“盯紧了。”

一盘甜点送上来，陈萱玉从烟盒里取出一支香烟，喊了句：“烟缸！”

这一句“震”得资历安和苏梅心里一颤，假扮服务生的特务也傻愣着。

陈萱玉“白”了服务生一眼，用香烟戳戳桌面，示意：“你傻啊，我要一个烟灰缸。”

“服务生”慌忙地看看左右，一点头，说：“您稍等。”

苏梅此时此刻站起来，她拿了一个烟缸走向陈萱玉：“烟缸我有。”说着，在陈萱玉对面坐下。

陈萱玉看着她，不屑地：“你谁呀？”

苏梅拿出一份报纸来：“你是不是在等一个人？”

“是。”

“——等谁？”

坐在阴暗处的资历安，心已经悬起来了，他感觉等待已久的时刻就要到了。

此时，“砰”的一声，西餐厅的门被撞开了。只见舞台监督头上冒火一样地闯进来，一眼就看见陈萱玉在喝咖啡，他几步就直愣愣地冲过来，急道：“我的姑奶奶，小姑奶奶，亲姑奶奶，你有话好说，你把导演都给撂到台边上去了，您什么意思啊？这戏还排不排啦？”

半路杀出个程咬金，整个西餐厅的特务们都安静了。

苏梅完全没反应过来，陈萱玉一拍桌子，咖啡杯都跳起来了，拿着一张报纸，发火道：“这戏还怎么排啊？啊？你不看看这报纸，这广告，这郑旦都排到哪儿去了？我一个女二号，排到男四号下面去了。这我以后还怎么混啊？没有规矩，不成方圆！凭什么糟践我啊！！我为了这戏，还推了明星电影公司的‘三笑’，就为了排个最尾啊？”她看看苏梅，“这位小姐，你来评评这个理？有这么欺负人的吗？太想上位了，男三男四给了你多少好处啊？”

苏梅站起来了。

舞台监督不乐意了：“你能不能讲点道理？”

他这么一说，陈萱玉更不乐意了：“我不讲理？我还不讲理了！——我，我他妈看见这报纸，我，我哭，我都哭了一天了！到底谁不讲理啊，做人要不要讲良心啊。”

舞台监督一把将苏梅拉开，他自己坐到陈萱玉对面去：“阿玉啊。”

陈萱玉一下就哭了，哭得伤心欲绝。

西餐厅的“客人们”都看着这两个人。

舞台监督说：“你的戏，是好，是真好。但是，你过气了。你要认命。”

苏梅彻底失望了。

资历安也看出来了，挥挥手叫一个特务走过去："保持安静，继续等。——叫苏梅沉住气，还有，这两个人还是要派人跟。"

特务点点头，离开。

苏梅坐回原位，接过"服务员"端上来的咖啡。

特务低声地："科长叫你沉住气，继续等。"

苏梅点头表示明白，安安静静地喝咖啡。

舞台监督低声劝着陈萱玉，絮絮叨叨，几句入耳，无非是"消消气，消消气"。"大家都等你排戏呢。""你就委曲求全——你要再罢演，今后谁还敢用你。""再则说，那明星公司的'三笑'，你连个石榴都演不上，当真去演个春香？那不更委屈。"

"对不起，我不该闹情绪，拖累你了。"

"没什么对不起的，这个演艺圈啊，就是这么势利。过气了咱就认命，咱好好演戏，成不？——那什么，服务生，结账。——咱还排戏去啊。"

在舞台监督的哄劝下，和陈萱玉一起走出了西餐厅。

看着走出去的两人，苏梅渐渐陷入绝望中。

资历平开着豪车，招摇过市，对着街上漂亮女孩打招呼，俨然一个春风得意的小开。

车停在莫奈西餐厅门口，资历平一身学生装束，朝气蓬勃地从车上走下来，走进西餐厅。

坐在阴暗角落里的资历安一眼就认出了资历平，他刻意把礼帽压低了帽檐，好在他坐得很远，以至于资历平的目光基本上探测不到他的存在。

苏梅喝着咖啡，桌子上放着一张报纸。

资历平选了一个靠窗的位置坐下来，这个位置，既可以看到苏梅的侧面，又可以跟她保持一定距离，他要了一壶英式红茶。

劳斯莱斯傲慢地横在街上，两辆吉普车停了下来，贵翼、林景轩等人走下车。贵翼从莫奈西餐厅的玻璃窗上看到资历平的侧面。他下意识地四周看看，街上潜藏着一股精干的力量，他闻到了一股火药味。

“你昨晚说需要军械局派宪兵负责协调关系是吧？”贵翼问林景轩。

林景轩不知所措地应一声：“是。”

贵翼说：“照你说的办。”说完，他昂首挺胸、气势汹汹地带人走了。

林景轩突然反应过来，朝着街边的电话亭跑了过去。

门“砰”的一声被撞开，西餐厅的“服务生”和“客人们”都被震得一愣。贵翼等人长驱直入，他站在门口看了一圈，直接走到资历平的面前。服务生想近前，被两名带枪的士兵给挡在后面。

贵翼盯着资历平脸上的表情，他很平静、温和，有一股“优雅”的痞子味道。这个表情让贵翼心火难抑，想着自己被他设计、被他利用，甚至被当作了一个提线木偶，在不知不觉中替他扫清了障碍，还不得一个“谢”字。现在，他就坐在自己对面，规矩且文雅。

“你怎么不跑了？跑啊，继续跑啊。”贵翼坐了下来。

“我就借你的车兜兜风——”资历平话音未落，贵翼端起桌上的一杯柠檬水，向资历平泼过去。

贵翼动作很迅捷，眼神极为阴郁，嘴角边绽开一丝冷笑。

资历平的面颊上挂满了晶莹剔透的水珠：“反应好大。”

“你是不是把我当作你舞台上的一个活道具？”贵翼一字一顿地，“不，不仅是一个道具，而且是被你催了眠的道具。而你，连后台化装都省了。”

林景轩此刻跑进门，径直走近贵翼身边。

“贵军门息怒。”资历平说，“我为我鲁莽的行为，向尊贵的先生道歉。您要的是这个吗？我可以更谦卑的，先生。”

贵翼冷笑：“现在交心，你不觉得晚了点吗？”

“我没打算跟你交心，我只是在跟你谈心。你我之间彼此互有隐瞒，互有长短。”

“长是什么？”贵翼问。

“长是诚意。”

“短呢？”

“贵军门的短处是太过骄傲，而我的短处是不够虚心。”

“所以你来取长补短。”

“是取大舍小。”

“谁是大？”贵翼又问。

“贵军门是大。”

“谁是小？”

“小弟是小。”

“你还有脸说，你利用了我的同情心。”

“不是。”资历平信誓旦旦，“我利用了你自以为是的掌控心。”

“说得倒是头头是道。”

“谢军门明察秋毫。”

“你除了激怒我，还有什么特别要说的话？再接再厉！”

“不敢。——冒昧地说一句，小资身上的这些特质，不是让您特别‘赞赏’吗？”

贵翼不避讳：“确实如此。”

“那好，请军门把我从这里带出去吧。”

“你说什么？”贵翼以为自己听错了，“我不知道你设了什么圈套，耍了什么花招。我的耐心已经被你给耗尽了。我不是你招之即来挥之即去的傀儡。”

资历平恳求地：“你把我先从这里带出去，我告诉你——”他站起来，附在贵翼耳边说，“谁杀了贵婉。”

“你！！”贵翼一下就明白了，自己现在仍然是资历平手上的一颗棋子，他的直觉一直很准，“看来，你的仇家不止一个。——你不是很会算计吗？干吗不算算今天你会不会分身术？会不会有牢狱之灾？”

“你应该知道，我并非无所不能。”

贵翼“哈”了一声。

“人在身处绝境的时候，最想得到的就是亲人的帮助。”

贵翼听他刻意用了“亲人”两字，嘴角边挂起一抹反讽的微笑。“可是我不想帮你！”他很决绝，“你就该受点教训。”

“当然，你也可以选择不帮。”资历平又坐下了，口气凉薄地说，“——你会眼睁睁地看着我死在你面前。你无意中错过了一次，你还可以再错一次！”

贵翼突然发飙了，他两目圆睁，伸手一把揪住资历平的衣领，把他给拽起来："你！！！"

资历平一双眼睛里竟然蓄起了泪花。

贵翼像被荆棘刺伤的野兽，低吼道："我警告你，不准再提贵婉的事。"

"这个你说了不算。"

林景轩一看苗头不对，上来说："军门，咱们有什么，回家去说。回家慢慢说。"

贵翼把资历平扔回原位："我不会轻饶你的。"他直直的眼，看向左右，对林景轩道，"带走。"

话音未落，整个茶室里突然冒出无数个持枪的人，所有的枪口都对准了资历平，当然，也包括贵翼，贵翼的士兵们也把枪口对准了这些人。贵翼一掌拍在茶几上，茶几上的灯具和杯碟丁零当啷一阵乱颤，脸色铁青，喝道："想造反啊！"

第九章　兄弟对峙诈真相

“为什么不问问‘烟缸’是谁？”

又是一阵安静。

“你少画了一只‘烟缸’，一定是有原因的。”

“放下枪！放下！小心擦枪走火。”林景轩嚷嚷着。

“贵军门息怒。”持枪的人群中，资历安站了出来，“兄弟公务在身，得罪军门了。”

看到资历安，贵翼来了兴致：“好极了！好啊。今儿资科长唱的是哪一出啊。养弟亲兄都来了，‘连环套’开场，‘恶虎村’起霸，齐活了。就差了一个——投名状。”他的眼中闪烁着极度亢奋，“贵某人算不算你资科长的投名状？”

“兄弟就算要拿投名状，拿的也是共产党。”

贵翼冷呛一声：“谁是你兄弟？”

“卑职职责所在——”

“谁是共产党？”

“我们侦缉处正在全力调查共党交通局一案。今天的莫奈西餐厅就是共党接头地点——”

资历安话没说完，贵翼就打断了：“资科长的意思，今天有谁踏进这个门，谁就是共产党？”

资历安纠正道：“谁就有可能是共产党！”

贵翼故意拿腔拿调地重复一遍："是有可能啊！——你不确定吗？"

资历安无语。

"你不确定，你拿枪对准我？！！"

资历安示意手下道："放下枪！"

特务们面面相觑地纷纷放下枪。

资历安诚恳道："抱歉，贵军门，我们不是针对您的，我们是在抓捕诈骗犯资历平。"他看着资历平，"——您面前这个小贼，是个诈骗惯犯——"

资历平对贵翼辩解道："别听他的，我只是有案底。"

"你敢说三年前上海博物馆的失窃案不是你做的？"资历安问。

"你有原告吗？警察局有立案吗？法院开了传票吗？"资历平转头对贵翼："陈年旧事了，我早就金盆洗手了。"

"你有原告吗？"贵翼对资历安说道，"——没有原告，就没有被告。"

资历安无语。

"我一直很受业内爱戴，不像资科长，听说侦缉处的同事个个都想弄死你。"

资历平话音刚落，林景轩拉了他一下："你安静点。"正准备带资历平走，又听到资历安阻拦。

"贵军门，你不能带他走！他是共产党！！"

贵翼对资历安："你说话小心点，资历安！！"

"贵军门！你再官高权重，也是党国的军人！一切当以党国利益为重！！"

"资历安！你哪儿来的自信？你资历安就代表党国了？——哈，你自信得都快把我给弄紧张了。"

"资历平有重大的共党嫌疑。"

"证据呢？空口无凭！拿证据给我看！"

"他今天来就是打算跟共党间谍接头的。"资历安说，"我们之所以没有直接证据，原因就在于，他不在我们跟的这条线上。"

"我觉得你直接演示给我看，比较容易懂。"

"不用演。"资历平一指苏梅，"共产党在那儿。"

见状，苏梅脸色煞白。

“你！”资历安没想到他会把矛头指向苏梅，呵止道。

资历平肯定地：“就是她，她就是共产党！”

贵翼看也不看，朝苏梅方向，抬手就是一枪，子弹向苏梅飞了过去！

“苏梅。”资历安大喊。

苏梅本能闪身避过，子弹射穿她坐的椅背。贵翼猛回眸，举枪要再打，只听资历安声音嘶哑地：“别开枪！——要活口。”

贵翼厉声：“总裁训令，宁可错杀一千，也不放过一个。”

他欲抬手，资历安忙喊道：“自己人。——贵军门，她是自己人。”

“她是共产党！”贵翼语气坚决。

资历安解释道：“她是转变者！”

贵翼心中清楚了，却像军阀一样，蛮横道：“变什么变！我只问她是不是，是就打死她！”

“她不是，军门。她不是——”贵翼的镇吓果然有效，资历安有些慌了。

“我没问你，我问她！”

苏梅避无可避：“我——我原来是地下党，后来我选择了弃暗投明。卑职，卑职现在是侦缉处二科的内勤特务苏梅。”她对着贵翼站了一个标准军姿，立正，敬礼。

资历平杀气腾腾地喊道：“叛徒！”林景轩一把拖住他，“叛徒！你要下十八层地狱！贪生怕死胆小鬼，你可千万别走夜路，夜路走多了遇到鬼！”

资历安怒不可遏，扬手给了资历平一记耳光。

林景轩生气地推搡资历安：“你干吗打人！”

“你打给谁看！”贵翼厉声喊着。

“苏梅是我的未婚妻，就是他的二嫂。他当面辱骂我未婚妻，还不该打！”

“二哥，你真情深意长。”

“你安静点。”林景轩扯了扯他。

“二哥，你要好好保护身体，心脏已经坏透了，又娶个恶鬼做老婆，还怕不死。”

“贵军门，你也听见了，他叫我二哥。我们资家的孩子，自有我们资家的人来管教。我要把他带回去——”

林景轩一马当先拦在前面：“带什么带，往哪儿带！我们军门不发话，谁敢向前一步‘死’。”

话一落，士兵们又拉上了枪栓。

贵翼转头：“你叫什么名字？”

资历平稳稳妥妥地答道：“贵婉。”

贵翼“唰”地冷下脸，说：“大声点！”

“贵婉！”声音几乎与贵翼的音频拉平了。

“资科长，您听清楚了吧。他叫贵婉，我叫贵翼。他是我们贵家的孩子，我要带走我家里的孩子，不过分吧。”

“您这是跟我为难。”

“不是为难，是为敌！”

“理由呢？”

贵翼笑起来，笑得很阴沉，笑得让人头皮发麻。“你还真把自己当一回事啊。”他贴近资历安的人，盯着他的眼睛，说，“我要你死，不需要理由。”

“那你让我死啊？！”

“你还没到死的时候！”

西餐厅窗外，一辆军用卡车停了下来，一队宪兵全副武装地从卡车上跳了下来，军靴攒动，武器精良。

贵翼透过玻璃窗看见了街上的情形，转头问林景轩：“你叫了多少人？”

“一个加强排。”

贵翼审视着，调侃地：“你当副官屈才了。”

资历安也看到了窗外的阵势，隐隐约约感到有些不妥。

一队宪兵破门而入，直接包围整个西餐厅。

资历安色变：“贵军门？您这是要干什么？”

贵翼不慌不忙地：“军械库最近发生失窃案，我们接到线报，说有黑市军火商在莫奈西餐厅做黑市交易。资科长，你也知道，贵某也是职责所在，要对党国负责，你抓你的共产党，我杀我的军火贩子，我们井水不犯河水。——来呀，搜查整个茶餐厅，检查所有人携带的枪械。凡有不在所属部队、单位

编号的枪支一律收缴，抓人。”

宪兵们开始搜查行动，命令所有的特务缴械检查。侦缉处的特务们对宪兵队历来没有反抗力，乖乖服从命令。

“柯尔特 1911A1 型——好，没问题。侦缉处二科专用枪。——这是什么？勃朗宁手枪，没有编号，没有烙印。黑市手枪，抓人！”

“毛瑟手枪，有编号——不是你们二科的编号。抓人。”

嘁里咔嚓，有条不紊地查枪、抓人，搞得侦缉处的特务们叫苦不迭。

林景轩指挥着：“好好检查侦缉处二科的枪支序列号，不该是他们处里有的，一律先没收武器。工作量虽然大点，但是要对党国负责。”

资历安完全没有想到会有如此困境，决定向贵翼服软：“贵军门，真有必要这样做吗？兄弟们也是为党国效力。”

贵翼很诚恳地：“我真不喜欢这种处理方式，简单，粗暴，毫无道理可言。可是，规矩就是规矩。违规就得抓！犯法就得杀！——当然，我也不排除看了资科长对于今天西餐厅抓捕共谍案的报告后，再修改处理方式。——抱歉，贵某公务在身，我就不奉陪了，宪兵队会跟你好好谈的。”

“贵军门——军门——”

林景轩上前：“资科长，配合军械局搜查被窃枪支也是你分内之事，是每一个党国军人的义务，你身上要有私藏黑枪，趁早交出来，我看在你和小资少爷也曾为兄弟的分上，乐意为你保密。”

“你——”

“恕不奉陪。”

资历平对林景轩赞道：“干得漂亮。”

“把他铐起来。”贵翼对林景轩使了一个眼色，“带他走！”

林景轩会意，一推资历平把他背铐起来。

“我看出来了，贵军门是个喜怒无常的主。”资历平受用着，“我真担心你在他身边待久了，得抑郁症。”

“担心你自己吧。”

资历安看着资历平：“你终于成了贵家的人，如愿以偿了。”

“这实在不是什么值得庆祝的事——”资历平一副得意的样子。

贵翼对资历平："闭嘴，不然我马上把你扔给他。"

"贵军门毁了我的案子，就为了一个'贵婉'。"

这一句扎了贵翼的心。

资历平看着资历安："我二哥有欣赏别人痛苦的嗜好，你千万别让他得逞。"

贵翼对资历安："我告诉你，千万别让我查出来你跟贵婉的死有什么瓜葛，否则我会让你死无葬身之地。"

资历平喝彩："好！说得好！"

贵翼一把揪住资历平衣领，拎着他往前走。

资历安还想有所动作，被一名宪兵拦下来："对不起，长官，请出示您的证件、配枪。"

另一处，苏梅也遭到全面检查。"解释一下，为什么身上有武器？"宪兵对苏梅进行着讯问。

"我是警备司令部侦缉处二科的内勤干事。"

"内勤也需要配枪吗？出示你的证件，配枪号码，持枪日期。"

苏梅把枪掏出来放在桌上，接受检查。她远远地看了一眼资历安，她知道，这一仗，打得一败涂地。

贵翼、资历平、林景轩等人走出西餐厅，士兵替贵翼打开车门，资历平探身要坐，被贵翼一把拎到车尾去。

"走。"

"军门，军门你反应过度了。"

"我没反应——"贵翼打开汽车后备厢，"我在过渡。"说着就把资历平扔了进去。

此情此景，林景轩替资历平捏把汗。

贵翼正要关上车后盖，资历平很诚恳道："贵军门，我们把这一页翻过去吧。"

贵翼似笑非笑地看着小资的脸："你说翻过去就能翻过去了？"他"砰"地一挥手，关紧汽车后盖。

"哥——你说小资少爷这身子骨——后备厢空气又不好——您再把他给折

腾病了——他原本就是老爷的一块心病，您不看僧面看佛面。您——”

贵翼在气头上，板着一张脸：“上车。”

“得，您说了算。”

二人上车，豪车驶离长街。

车队驶进贵公馆，林景轩从车上下来径直走到车尾，把后车盖打开，一束阳光射进后车厢。看到后车厢里的情景，他几乎愣在那儿。

贵翼问：“怎么了？”

“没——没怎么。”

贵翼走过来，看见一幅很安静的“画”，资历平睡着了。

资历平背铐在一个黑暗狭窄的空间里居然酣睡了。阳光照在他清秀的眉目上，一种暖洋洋、依赖温暖的情绪笼罩着他全身。

贵翼淡淡地：“到家了。”他感觉资历平已经把这个后备厢当作最安全的“家”了，顿时心里百味杂陈。

他转身就走，听到身后林景轩叫道：“嘿，小资少爷，别睡了，别睡了。这都什么时候了，你还睡上了。快醒醒。”

资历平慵懒地：“我都两天两夜没睡了。——你让我再睡会儿。”

“嘿，这能睡吗？——你个小祖宗，快下来。到家了。”

一句“到家了”，让资历平来了精神：“到家了？”

林景轩点头：“到家了。”

资历平一下就坐起来了，伸出背铐着的双手：“大哥，你帮我把手铐打开吧。”

林景轩摇摇头。

“我不跑，我真不跑。——要不，你铐在前面也行啊。”

林景轩一边帮他下车，一边跟他说：“我说大哥，你啊，什么都别跟我说，说了也白说，你去跟你的大哥说，好吧，小资大哥，走吧。”

“我家妞妞最近怎么样？听话吗？胃口好吗？睡得好吗？”

“妞妞好着呢。”

“妞妞喜欢画画，给她请个家庭教师吧。”

“在请了。”

“家里有钢琴吗？”

“没有。”

“买一台吧。——你们又不缺钱。”

“你哪来那么多要求？”

资历平下了车，望着贵翼官邸，由衷地来了一句：“多少民脂民膏——眼看他起高楼，眼看他宴宾客，眼看他楼塌了。”

“这楼塌不塌的就不劳您老操心了，你先关心关心你自己吧。”林景轩甩了一句话，拉着他走了进去。

妞妞正在客厅里画画，贵翼一进门就喊道：“把小姐抱到楼上去。快。”

还没等妞妞回过神来，就被一名士兵抱起来，往楼上走。她大声叫着，小眼睛四处看，看到资历平和林景轩走进来，喊道：“小资哥哥，小资哥哥——大哥哥，我要跟小资哥哥玩。我要玩——”

资历平笑着打招呼：“妞妞，你别闹啊，一会哥哥带你玩。妞妞，听话啊。”

“小资哥哥——小资——”

妞妞叫喊着被抱走了。

大厅里静下来，贵翼与资历平面对面站着，待谁都没反应过来，贵翼回手就是一拳打在资历平脸上。资历平被打倒在地，因双手背铐，无力回击，疼得蜷缩在地。

“这一拳是还你那一脚的！”贵翼严厉道，“居然敢跟我动手！”

“明明是你动手，我就动了动脚。”

贵翼干脆地：“扯平了。——我们谈谈吧。”

“最近很多人都想跟我谈谈。”资历平一脸春风和煦，绝无半点被困的窘态。

“是吗？”贵翼坐下来，“我，是最有资格的一个。”

资历平慢慢恢复自己的状态：“你是最没选择的一个。”

“对。”

“——不过就是借了你一辆车。你是打算要租车费吗？开个价啊，贵军门。”

贵翼严厉地："三条人命，什么价码？"他的威严做派顿时压倒资历平的清高不逊，"说话啊，你不是能说会道，擅长把死人说活吗？"

"我可以站起来吗？"

贵翼点点头。

资历平瞬间跃起，笔直地站在贵翼面前。对他敏捷的身手，贵翼一点也不意外，他连眉头都没皱一下，眼睛也没闪，端坐如"佛"。倒是站在一边的林景轩，不由自主地闪了一下腰。

资历平笑赞一句："军门好修为。"

贵翼不为所动。

"能把手铐给我解开吗？"

"不能。"

"贵军门，你这算不算是非法拘禁呢？"

"刚才是谁'求'我把你带走的？"

"我可没求你。"

"做贼的那么喜欢出尔反尔吗？"

"出尔反尔不是你们做长官的特权吗？"

林景轩实在看不下去，终于出声了："你俩能不较劲了吗？"

贵翼、资历平同时回眸看了他一眼，林景轩不再说话。

贵翼审视着资历平，扔出一份文件，他打开文件，里面夹着一张字条。"解释一下。"他拿起字条，"你给监狱长的字条，上面有我的签名和印章，要求监狱长释放佟阿大。你是怎么做到的？伪造得天衣无缝，你功力非凡啊。"

资历平看看那份伪造的字条，他依然静雅，如同在自己家里闲看风景一般，竟无拘束，这让贵翼恨得牙痒痒。

"冒充签名嘛，最重要的是心理素质要好。"

贵翼讽刺地："你还底气十足。"

"军门过誉。"

"我欣赏你。欣赏你，不等于你就可以为所欲为。你不能挑战我的权威。"

"我向您道歉。"

"这不管用。——道歉管用还需要法律来做什么？光凭你伪造我签名一事，我就可以把你送进监狱。”

“您可别吓唬我——”

“何况还有，蓄意谋杀，滥用尸体——”

“我没滥用，我只是借‘用’而已。”

“那你就是承认‘劫狱’‘杀人’‘移尸’了？”

“贵军门说的话，我可一个字都听不懂！”

“那就说说你大哥——你费尽九牛二虎之力从死牢里救出的那个‘杀人犯’。”

资历平一副很欠揍的模样，仰着头，瞟着贵翼，说：“你想知道什么？”

“他长什么样？”

资历平笑着：“大哥样。”

林景轩忍住嘴角边一抹笑意，却被贵翼冷冷地“刺”了一眼。

“——我知道你为什么对我的家庭感兴趣。”资历平说。

贵翼针锋相对地：“坦白地说，我没兴趣。谋杀案不归我管辖。——如果不是你盗用了我的签名，如果不是你处心积虑地留下蛛丝马迹来诱导我抓捕你——”

“说这话不觉得可笑吗？我很乐意被你抓吗？”

贵翼“倏地”从口袋里拿出一张被裁掉一半的照片：“这张照片是你和我，还有妞妞的合影，被你故意裁掉了你自己的影像。你做得很完美，看上去就像一个犯案高手，想把自己的真面目给隐藏起来。——可是，不完美的是，你又托人千辛万苦地送来另一张合影！”他猛地拿出另一张照片，“不错，是你和贵婉的合影——”

“你想让这张照片告诉我！你的过去！你的过去与贵家是密不可分的！你想告诉我，你知道我妹妹的一切，她的工作、学习、生活，她的死！你全知道！你敢说这本日记和这张照片不是你让人送来的！你敢说你不是处心积虑，你精心策划了这一切，你在装尸体的箱子上，画上‘茶杯’‘水瓶’‘青瓷瓶’跟‘贵婉日记’上某些拟人画不谋而合！！你还敢在我面前装疯卖傻，振振有词！！”

“我承认计划有变，有可能把你逼紧了一点，我知道你是聪明人，我想建

立彼此信任！但是，你认识我吗？你了解我吗？你根本就不知道我是谁！贵婉是谁！你真的相信你能轻而易举抓到我？你连罪行本质所发生的根源都不知道！你一无所知！！”

两人同时住口，安静充斥着整个房子。

“为什么少画了一只烟缸？”贵翼开口又问了。

“为什么不问问‘烟缸’是谁？”

又是一阵安静。

“你少画了一只‘烟缸’，一定是有原因的。”贵翼说。

资历平安静地站着。

“直说吧，如果不是你杀了人，还要送给我参观——你是好是坏，真的跟我没关系。”

资历平脸上闪过一丝不甘心和落寞，很快他又调整好情绪，话里有话地：“身边的人或许能改变你的生活，但是不会改变你的意志和天性。”

“对，你大哥是杀人犯，也许他也刻意把你培养成了一名杀手。”

“你讲话真直率。”

“我想让我们双方都坦诚一点，一切从实际出发，别再编造谎言了。我的忍耐是有限度的。”

“是吗？”

“虽然我不清楚你的杀人动机到底是什么，不过，我确定我们没有时间慢慢来。”

“我以为军门会给我一个缓期执行。”

“听着，我只给你半个小时，你只有半个小时的时间跟我说清楚这件事的来龙去脉。等我听完了你的解释，我会考虑是把你暂时留在身边羁押，还是把你还给侦缉处。”

“你把我还给侦缉处，就是想看我怎么死了？”

贵翼往沙发上一靠，摩挲了一下头发：“那不是我的问题。”

资历平不服输地看着他。

“——你还有二十九分钟，自己决定。”

“你威胁我？”

“错。是你一直在利用我！”

“现在是谁在威逼谁？”

“现在是我给你机会向我认错！”

“我不是故意的——”

“你是蓄意的！”

“我在帮你——”

“别得寸进尺！”

二人就这样对峙着。

“你没有证据！”

贵翼严厉地审视着他：“你以为自己做得天衣无缝，其实破绽早就有了！你现在就是强弩之末！”

“——这些全是你凭空猜测出来的，没有人会迎合你的推理。因为你的想象力缺少了实际的依托——毫无价值。”

贵翼从资历平身上看到了贵婉的影子，坚韧不拔，机智聪明。他喜欢资历平的顽强，但更想打垮他的抵抗。

贵翼反守为攻：“你怎么知道我没有证据？”

“证据呢？”

“林副官。”

“到。”

“把那双高跟鞋拿过来。”贵翼话说得很轻巧，资历平心中一紧，他没有料到贵翼有如此心机，“你不承认你犯过案，也不要紧。当天凶徒是穿了一双女人的高跟鞋去杀人的，偏偏我在贵婉的旧居里发现了一双还没有来得及销毁的‘罪证’！”

一双高跟鞋搁在了资历平的脚下。

贵翼漫不经心地：“凶徒特意穿了一双定制的女鞋去杀人。只不过，凶徒的脚与这双新鞋并不是十分匹配，新鞋磨脚，凶徒的脚背上一定留有两路瘀血的痕迹。你没做过，你穿给我看。这是你自证清白的最好时机。”

看着地上的高跟鞋，资历平感觉自己落在刀口上了。

资历平看着那鞋子，没有动。

贵翼继续："我家小婉最喜欢穿这种款式的鞋子，我上次从她的住所里拿回来的，当然，拿回来的还不只这双鞋——还有你的踪迹。"

资历平沉默着，很长的沉默。

"不敢穿啊？"贵翼淡淡地笑起来，笑容里带有一抹自负，"你做了贼，就不该请我去分赃？"他的眼光凌厉起来，"既分了赃，就得把账目一笔一笔地算清楚了。"

"你想证明什么？"

贵翼猛地冷喝了一声："穿！"

林景轩被他冷不防一吼，打了个冷战。

资历平知道，这一次"在劫难逃"了。

"敢作不敢当啊！"贵翼盯着他，胸有成竹的模样。

资历平愣在原地，还是一动不动。

"愣着干什么！穿啊。——让我们看看你的庐山真面目。"

资历平气势明显受挫。

"你连穿双鞋子的力气都没有了吗？"贵翼盯着资历平的脸，不给他喘息的机会，"林副官，帮他穿！"

林景轩上前一步。

资历平下意识地退后一步。

贵翼厉声地："说！"

资历平妥协了："是我做的。"

"三个都是？"

"是。三个都是我杀的！"

贵翼和林景轩交换了一下眼色，毕竟"杀人犯"就在眼前，容不得半点疏漏。林景轩拔枪在手，按住资历平的肩膀，说："跪下。"

资历平跪了下来，跪在贵翼面前。

林景轩的枪口对准资历平。

资历平说："没有黑暗就没有光明。"

"光明不是你杀戮的借口。——就算是复仇也不能超越法律。"

"贵军门跟我不是同一个世界里的人。"

“——说点通俗易懂的。”

“我杀了那三个人——我杀了那三个冒牌货。”

贵翼第一次听到“冒牌货”三个字，他很讶然：“他们听上去都不像是坏人。”

“他们都是侦缉处的特务！他们手上都沾满了鲜血！他们都是有罪的！”贵翼不说话，等他下一句。果然，他听到了自己预料到的话，“他们都是杀害贵婉的同谋！”

贵翼双眼犀利如刀！

经过一番折腾，资历安和苏梅心头都窝着一团火。苏梅怒喊着：“你为什么要这样做？——你当众喊出我的名字，当众揭穿我是共产党的叛徒。——我今天差点就死了！——贵翼差点打死我！你就这么急着要解决我！”

资历安回看她：“你疯了！”

“我忘了，你一直就有消除‘证据’的习惯。”

“对。——但是，你是一个例外。”

“因为还有利用价值。”

资历安吼：“因为我在乎你！满意了吗？浑蛋。”他一敲方向盘，“一个个都想逼死我，连你也不例外。”他继续开着车，转过一个弯，“资历平怎么会认识你？直指你是共产党？”

苏梅怨怼地回答道：“我跟资历平没有任何关系。”

二人沉默。

苏梅冷不防地：“你是不是向‘影子’透露过我的身份？”

资历安不置可否：“你觉得呢？”

“你要是真告诉他了，就是意图谋杀我。”

资历安的车速一下快了一倍。

“我怀疑是‘影子’在幕后操纵了这一切，破坏了我们辛辛苦苦建立起来的‘假交通站’。他杀了所有的替身，下一个目标就是杀我。”

资历安突然一个急刹车。

苏梅被震荡得一个反弹。

资历安坐在车上，喘息。

“你必须告诉我真相。”苏梅继续着，“这案子没有想象中的简单。”

“——你暴露了。以后行事要低调点，出入也要小心。在下一步行动前，我希望你还活着。”

“你只是想到下一次的行动，你从来就没有顾及我的安全。你难道没有察觉到资历平他想干什么吗？他想当场干掉我！”

“我知道。”

“我跟你是一条船上的，你不能这样对我，风大浪大，你第一个就想把我像扔垃圾一样扔出去——你良心上过得去吗？”

“过不去。”

“那你告诉我，‘影子’是谁？”

资历安很坚决地：“不行。”

“为什么不行？”

“我们杀了共党交通局联络站三个人，失踪了一个人。但是，我们也赔上了侦缉处外勤特务三条命，再要继续死人，共党就要赚利息了。——这不是我想要看到的结果。我必须保证我的内线绝对安全，‘影子’安全了，你才有可能保全。”

“刚才我脑海里突然冒出一个特别可怕的想法，实在是太可怕了。我怀疑‘影子’根本就不存在，或者说，你就是那个‘影子’。”

资历安此刻反而镇定了，说：“你怀疑我精神分裂吗？”

“你要没疯，我就疯了。”

资历安重新发动汽车：“别担心。一切都会慢慢回到轨道上来。有一点你说对了，这案子不简单。”

“我有一个问题想问你。”

“你说，只要不是‘影子’——”

“你可以为我做什么？”

资历安开着车，也不看她：“赴汤蹈火。”

苏梅听了这话，不管真假，终究是得到一丝安慰：“我相信你。”

“你要相信自己的选择。”资历安继续开车向前。

回到侦缉处，资历安径直走进办公室，苏梅跟在后面，随手关上了门。

资历安坐在椅子上："刚刚接到军械局宪兵队的通知，我们二科有三名兄弟因为使用黑枪被暂时扣押了。那边要我们写一份使用不合法枪械的检查报告。司令部的参谋总长也打电话来问询此事了。还有，兵站的吴营长，他希望我们妥善处理，哼，吃黑钱的也会翻脸无情。——贵翼身份特殊，身兼数职，门生故旧犬牙交错，上面叫我们谨言慎行。"

"我一直在想这事。"

"嗯？"

"贵翼一旦卷进来，我们的行动就更艰难了。"

"你当时都不给他点商榷余地，他又怎么会给你留脸面？"

"得理不饶人。"

"不过，据我今天对他的观察。贵翼应该事先不知道我们在设局引共党交通局的供货人上钩。我感觉他像是一个受了孩子欺骗的大家长。你不觉得他一进门的时候显得很愤怒吗？"

"你觉得贵翼是一个轻易就能上当受骗的人吗？"

"有可能他一时冲动，他被一个孩子的血缘亲情所蒙蔽了，失去了正确的判断力。"

"资历平可不是孩子。正如你先前所说的那样，他想杀了你！"

"他知道的一定比我们掌握的多。"

资历安突然意识到了什么："贵翼和资历平。"

"怎么了？"

"他们见面比我早了一步。怪不得——"资历安回想着在西餐厅和贵翼对峙时的每一个画面，"如果他们早就认识，如果那辆救护车是资历平向贵翼去借的，那么，资历平杀人邀功，就说得通了。"

"可是，你曾经斩钉截铁地告诉我，资历平不是共产党。"

资历安一下陷入自己设置的迷宫中："按道理，不应该啊。难道我们的调查方向错了？"

苏梅若有所思。

"调查的唯一方法，就是放一个眼线进去。"

苏梅诧异地："去贵家？"

资历安点头，从抽屉里拿出一份报纸，说："他家在找家庭教师。"

"可惜我已经暴露身份了。"

资历安也叹了口气。

"我们二科里要是找不出合适的人选，要不要向警察局去借调一个新人呢？新面孔才容易被贵家接受。"

资历安抬眼看着她："警察局？"

刘玉斌走进监狱长办公室，和监狱长寒暄一阵后，直接开口道："我想查查犯人'佟阿大'的资料。"

"佟阿大？保外就医的那个犯人？"

"对。"

"对不起，刘科长，这个犯人的资料是保密的。"监狱长压低声音，"侦缉处二科的资科长特意打过招呼，这个案子禁止任何人重启调查。"

刘玉斌点头："明白，明白。监狱长您误会了，我们警察局并不想插手这起刑事案，——只不过，这个犯人跟我最近调查的一起'凶杀案'有关，麻烦您，帮帮忙。"

"刘科长说的这个'凶杀案'，是不是最近在报纸上闹得很凶的'三箱冤魂'案？"

"对。大案要案。"刘玉斌也压低声音，"我跟资科长原先是同事，他是警官学校毕业的，刚毕业那会儿，他在警察局跟我一起待了三个月，他是我带出道的。——当然，他混得比我好，人家啊，那叫一个心狠手辣，我们这些老实办案的没法子比——"

监狱长心领神会。

刘玉斌给监狱长递过一支烟，替他点燃香烟："茂仁兄，您看啊。我们警察局负责接案子，负责处理了尸体，他们侦缉处也不能一手遮天对吧？机构间缺乏互相沟通、互相信任，案子还怎么破？这个是兄弟孝敬茂仁兄的一点茶水费，您给个面子。我只需要看一看'佟阿大'的档案就成。"他拿出一个信封给监狱长。

监狱长摇手："这像什么话。"

"约定俗成的话。茂仁兄就当给兄弟一个升迁的机会。"

监狱长笑起来。

刘玉斌赔着笑。

"我想起来了。你们警察局特情科的寇荣失踪很久了，特情科科长的职位可是虚位以待啊。"

"我还真不是为了特情科科长的位子，我就是不服他们侦缉处，凭什么咱们警察就比他们矮半截啊？不都是扛枪吃粮吗？抓共党间谍就比咱们破刑事案的有优越感了？"

"老弟，不说了，我支持你。你稍等，——我去拿给你。"监狱长站起来。

刘玉斌赶紧把信封塞进监狱长口袋，二人客客气气地"呵呵"笑着。

不一会儿，监狱长交给刘玉斌一份秘密档案。

刘玉斌打开档案袋，取出"佟阿大"的文件来看。翻看着档案上的内容，他表情惊愕："不对啊，茂仁兄。——这——"他拿出一份报纸，上面有"佟阿大"参与械斗、打伤村民的照片。

"刘科长，你果然是做足了功课来的。"

"这份报纸我是从一名新闻记者那里拿到的，他手上还有更清晰的照片，这个人根本就不是'佟阿大'。——那么，他是谁？"

监狱长附耳低语。

刘玉斌喃喃自语："我的天。茂仁兄，你这可是——"

"天知地知，你知我知。"

刘玉斌和监狱长对视着，难以相信。

黄浦江畔，春色盎然，高大叔的船队靠岸了，资历群回来了。他回望滔滔江水，然后，逆风而行。每次遭遇到打击，或者困境，都能激发出他内心潜在的能量，他活得更加神采奕奕。

"——想必是新婚渡鹊桥，吉日良辰当欢笑。为什么鲛珠化泪抛？此时却又明白了。"留声机里流转出靡靡之音，资历群站在房间里，思绪纷飞，他回想起在这栋房子里和贵婉度过的每一个瞬间，他的目光中流淌出对贵婉抑制已久的情感，情伤未愈，事业遭受重创，他从镜子里看着自己的面目，突然觉得镜中人如此陌生。凝视着镜子里的自己，他仿佛看到了贵婉，她从背后抱住了他。

资历群浑身一颤，惊醒过来，回归现实的他已经是泪流满面。

资历群把留声机和唱片放进一个旅行包里。他的手小心翼翼摘下墙上挂的贵婉照片，喃喃地："小婉，跟我回家。"

一块黑纱裹住贵婉明媚的笑靥。

走出公寓，资历群脚步从容，他手里拎着一个旅行包，怀里抱着一个用黑纱裹起来的相片框。他和"相片"在街道上行走，道路在他脚下蜿蜒开来。

繁华路段上，陈萱玉拍着户外"女士帽"广告，几个拍摄广告的工作人员围着陈萱玉忙得团团转。

摄影师边拍边夸赞着："好，好，看我，——看天空，自然点，好——自由发挥，好极了，好——"

陈萱玉各种姿态戴帽子的表情，手拾帽檐，甩帽，抛帽子，飞扬形态，夸张的，自然的，美的，惬意的，纷纷定格成黑白照片。

"——我要换个巴黎的羽毛帽——我拍了一个钟头的簪花帽子了。"她正说着，一顶时髦的巴黎羽毛帽呈现在面前。陈萱玉眼睛一亮，"哇，哇！"兴奋地叫起来。

文四益笑意盈盈地："巴黎最新款，路易 · 威登高端奢侈品店最新上市——"

阿黎也喜洋洋地站在文四益后面。

陈萱玉戴着羽毛帽子在阳光下旋转。

文四益走向摄影师："拍摄主题是什么？"

"都市传奇。"

"就拍帽子？"文四益问。

"对，就拍帽子。"摄影师拿起照相机对准阳光下飞旋的陈萱玉一阵狂拍。

文四益觉得"炫"，感到头昏，对阿黎叹道："我真上了年纪了，真受不了这个，犯晕。"

阿黎笑着："我觉得好，真好。——不是一般的好。"

街道的对面，两个跟踪陈萱玉的小特务也在欣赏着资深美人的姿态。古纯音说："搞了半天，陈萱玉是四爷的女人——"

钟雪萍回眸看看他，两人异口同声："四爷的女人可不能跟。要出人命。"

陈萱玉一边摆着姿态，一边朝两个小特务飞吻："八卦小报，爱死你们了！"

古纯音嗤之以鼻："这娘们想上报都想疯了。"

一组广告海报拍摄结束，文四益和陈萱玉走到休息区，"原来你叫我来，是替你撵狗的。"文四益很有兴致地说。

"侦缉处的狗腿子都跟了我一天了。以为我是瞎子呢。不过，看在这顶帽子的分上，真是意外收获。——喜出望外，太值得了。"陈萱玉口气里充满了不满。

"我没说要送你。"

"别那么小气嘛。"

"我借你拍广告的。"

"我买！我买了！！"

"有钱了？"

"没有。我拍戏挣钱给你。"

"阿玉啊，不如你嫁给我吧。"

"别做梦了。"

"——看在钱的分上。"

"要为了钱，早嫁你了。"陈萱玉一伸手从文四益的头上摘下他的绅士帽，戴在自己头上。新一轮的拍摄又开始了，她对摄影师喊道："在这儿呢。"

陈萱玉戴着绅士帽，点烟，吸烟，秀背，秀腰，秀腿，秀帽子，一派风流。

文四益欣赏的表情，感叹道："都市传奇。"

摄影师的镜头前，一片风光旖旎，美人如画，黑白照片定格，再定格。最后一张照片，把文四益也拍进了画面，文四益和陈萱玉隔街凝视着。

"一个绝佳的机会——变成这个样子。"资历安和苏梅还在讨论着这次的

失败行动。

苏梅问：“怎么了？”

“我感觉绕来绕去，又回到了原点。”

“有这个可能。”

“这其中肯定有什么已经发生的事，而我们一无所知。”

“譬如呢？”

“‘影子’到底是不是幕后操纵者？如果是，他到底想干什么？如果不是，那他去哪儿了？失踪了？藏起来了？还是——遭遇不测了？”资历安不敢再想下去，一时间，千头万绪，涌上心头。

“‘影子’会永远消失吗？”

一语击中要害。

资历安强作镇定：“我们暂时还不需要做最坏的打算。”

敲门声响起，一名特务走了进来：“资科长，今天在监视点拍摄的所有照片都洗出来了，挂在会议室，您要去看看吗？”

资历安站起来：“走。”

苏梅紧跟他的步伐，两人先后走出办公室。

宽阔的黑板上挂满了黑白照片，法国公园门口的，沪江大学门口的，莫奈西餐厅门口的，所有特务们拍摄的照片，尽收眼底。

资历安一一浏览：“有什么发现？”

古纯音回道：“暂时还没有重大发现。”

“找找感觉，动动脑子，仔细找。凡是有一人的面孔出现在两地，他就是重大嫌疑人。”

“是。”

这时，苏梅的眼光注意到一张照片上。那是一张方一凡穿着女学生装束，戴着帽子在法国公园门口的照片。“学生装，可以直接进入下一场。”她看着照片，分析着。

经她这么一说，资历安也注意到了：“——沪江大学。”

苏梅点点头。

“马上查找沪江大学的照片，看看这个女人有没有出现在沪江大学，如果有，把这个女人给我找出来！”

“是！”全体行动了起来。

返回的途中，方一凡坐在黄包车上，回想着前前后后发生的所有事件。上海国际大饭店门前的抛尸案，刚才沪江大学和资历平的相遇。

“我不信任你，你不是我们的人。”

“现在是了。”

“千万别去莫奈西餐厅，是叛徒设的陷阱。”

“你到底是什么人？为什么要帮我？”

“你要找的‘烟缸’，就是我。”

“记得到军械司贵翼官邸来找我。”

方一凡喃喃自语：“贵翼。”

第十章　我要一个真相

“真相就是——精卫衔木石以填沧海，明知‘徒劳’，却也悲壮。”

“就凭你？”

“我说的是贵婉。”

资历平眼中流露出淡淡的忧伤。

“贵婉的身上到底发生了什么事？你一五一十地告诉我，把你所知道的她所有的一切，原原本本说清楚。”贵翼最后一字一顿地说出口。

“一言难尽。事情并不简单。”

“好。你来告诉我它的复杂性。”

“我跟贵婉——”资历平抬眼看贵翼，想要说什么又犹豫了。

“你跟贵婉是什么关系？”

“我想问军门，从哪论？”

贵翼抬眼注视他。

“我是说，从贵家论，还是资家论？”

贵翼淡淡地：“你还想从贵家来论？——你配吗？”

资历平颔首，表面很顺从，却从嘴里“蹦”出一句话来，一句令贵翼当场瞠目结舌的话来。很简洁，很清晰。他说：“贵婉是我大嫂，我是她的小叔子。”

“谁？”贵翼蒙了，几乎是晴天里一个霹雳，“你说谁？”

“贵婉是我大嫂，我是她小叔子。”资历平近乎机械地复述了一遍。

“贵婉结婚了？”贵翼摇着头，眼睛模糊得不能再模糊，“我妹妹居然瞒着家里人结婚了。我不信。”他喃喃自语，目光更加迷离，突然坚定地抬起头，严厉地瞪着资历平，厉喝了一句，“你撒谎！”

“我没撒谎！我说的都是事实。”

“——你敢说你说的句句都是事实。”

“我为什么要骗你？”

贵翼刻薄地：“你原本就是个‘骗子’。”他话一出口，心里就有点自悔。

资历平却笑了：“看来我名声在外。”

“原来名不虚传。”

“贵军门是想要教导小资啊？我为什么会成为一个‘骗子’？——有人一生下来就抢走了别人所有的东西。”

贵翼语意深长地：“你这是在‘怪’贵婉啊。”

资历平错愕：“你是这样看我的吗？——贵婉也是我的手足，不只你一人痛失手足，我也是。你口口声声说贵婉是你的妹妹，你如何如何在意她，关心她。你了解她吗？你明白她吗？你甚至‘不认识’她！”

贵翼被激怒了：“你有什么资格来评判我？妄断我？”

资历平昂起头：“那你有什么资格来嘲讽我？轻蔑我？”

“我有吗？”

“没有吗？”

贵翼哑然，“我只是不想伤害别人的感情。——避免彼此的尴尬。”他淡淡地说出这么一句。

“伤害谁的感情？谁？——你不是说我是‘骗子’吗？那我拜托你，别在‘骗子’面前说谎，你会输得很惨，败得体无完肤！”

“你故意曲解我的意思！”

“我曲解你？——你为什么一到上海就急于见我？为什么？为了你那自私自利的父亲！不是吗？”

“你误会了——”

“误会你什么？误会你假冒贾先生以社交方式来跟我做一个不痛不痒的见

面？误会你贵家在失去一个孩子后，忽然想起一个还没有出生就被抛弃被侮辱的弃儿？误会你们道貌岸然，实际上只想清除掉负罪感？——贵婉死的时候，你在，我也在。你去的时候，子弹还在她的身体里，她还是热的！！”

“你闭嘴！！”

“你天天都在撒谎！不是吗？你有没有对你的父亲和母亲说出贵婉中枪的真相！”

“资历平！你够了。——你觉得撕开我爹娘和我的伤口，你就快意恩仇了吗？”

“我说得太多了。”

“你要知道，我有特权——”

“杀人的特权。”

“对。——但是，你好像知道所有的事。”

“那就留着我一口气，慢慢杀。”

“我迟早会把一切事情都挖出来。”

资历平冷静地：“是吗？——包括当年你父母费尽心机，栽赃陷害一个无辜女子的故事吗？——我从来没觉得自己做错了什么，可是，我一生下来就错了，一错到底。我为什么要接受贵家给我的羞辱？——你别高高在上地俯视我，任何人都有权利跟我讲道理，偏偏你贵家的人，没有这个资格。”

贵翼迟疑了半晌，终于说了句：“——对不起。”

资历平一下愣住了。

灯光下，贵翼显得心情沮丧：“对于贵家二十年前对你的蓄意遗弃——”

资历平截住他的话：“我在资家过得很好，好到你想象不到。血缘对于我来说，并不重要。所以，你没必要对不起。”

“是吗？好到你去为所欲为吗？”

资历平听出他话里的机锋，回顶一句：“敢作敢为！”

“你说血缘对于你来说并不重要，那我问你，什么是最重要的？”

“尊严。”

“你认为你在资家得到了。”

“不是吗？”

“当然不是。你得到的无非是溺爱罢了。”

资历平神色一僵，脸涨得通红，有点挫败，不服气地笑笑：“溺爱也罢，厚爱也罢，总之不关你贵军门的事。”

贵翼语气很重，反讽地：“那是。”

资历平很在意地把头往斜处一转。

贵翼目光炯炯地投射在资历平的脸上，他直性率真，有恃无恐。他给了林景轩一个“暗示”，林景轩收回了手枪。

“资家的事，的确不关我的事。我，只想知道，你和贵婉，过去种种的经历。我没有别的意思，正如你所说，也许，我并不真正地了解我妹妹，我想通过你，再一次地‘认识’我至亲至爱的手足。你能告诉我，贵婉到底是什么人吗？”

“共产党！”

林景轩面如土色，他用眼角的余光窥视了一下贵翼。贵翼很清楚林景轩这一瞥的含意，他犯了一个很可怕的错误，以自己的身份是绝不能介入“共谍”案的。

贵翼故作模糊：“你说什么？”

资历平一字一顿地：“贵婉是共产党！”

贵翼“气急败坏”地怒喝一声：“住口！！”他“凶恶”的目光，死死锁住资历平，“你知道我是什么人吗？我是国民政府军械司的副司长。你指控我妹妹是共产党，我现在就可以秘密处决你！！”

“那还等什么？”

“我要一个真相。”

“真相就是——精卫衔木石以填沧海，明知‘徒劳’，却也悲壮。”

“就凭你？”

“我说的是贵婉。”

贵婉的旧相框“咣当”一声落地，资历群蹲下身子，一只手战栗着捧起贵婉的旧照相框，颤颤地伸出另一只手去试图抚摩贵婉的脸颊，相框上的玻璃已经跌碎了，贵婉脸上的笑容被碎玻璃割裂开，资历群的指尖一触到贵婉

的脸，就像被蛇咬了一口一样，脸忽地抽搐起来。

他小心翼翼地捧起贵婉的相框，思绪飞扬。一缕斜阳透过纱窗映照在照片上，照在贵婉四分五裂的笑靥上。

火车轰鸣声起，一列开往哈尔滨的火车上，贵婉穿着一身欧式洋装，站在车厢走廊上，望着窗外一望无际的田野。

1933年冬天，大地都被白雪覆盖。有乘客从她身边走过，贵婉敏锐地从车窗玻璃的反光上观察身边走过的乘客们。一名太太从包厢里走出来，跟贵婉打了一个招呼。

资历群与贵婉擦肩而过。

餐车里，坐着六七桌旅客，贵婉和一名同包厢的任太太坐在一起，点了餐要了两碗面条，一盘鱼。

资历群在不远处的座位坐下来，暗中观察着贵婉的一举一动。

贵婉也发现对面有人在窥视自己，对任太太说："我去趟洗手间。"

贵婉离座，故意在资历群的餐桌前经过，特意看了他一眼。一个文弱书生，低头在看一份日文报纸。贵婉离开餐车后，资历群开始吃面前的玉米面馒头和一盘青菜。

车厢走道上，寇荣带着几名特务耀武扬威地走来，餐车门突然被撞开，寇荣领着特务们走进餐车。

一名餐车服务员上前："先生——"

小特务推开服务员："警察临检。"

资历群低头吃饭。

餐车里的人都在低头吃饭。

寇荣走到任太太面前，坐下，和蔼地问她："哪儿人啊？"

任太太有点紧张："……南、南京人。"

寇荣点点头，又问："哪儿人啊？"

任太太有点诧异，说："中国人。"

"抓人！！"寇荣一声暴喝！抓起餐桌上的一碗面条使劲地扣在那名太太的脸上！

五六个便衣警察上来就抓人，任太太嘴里鼻孔里全是挂面和酱汤，她吓得浑身发抖，高声叫“冤”，餐车里一片寂静。

餐车中一对日本夫妇回过头来饶有兴致地观看着。

资历群始终低着头继续吃饭。

“你知不知道，中国人吃白面是犯法的！在满洲帝国，只有日本人才能吃大米、白面。简直不知天高地厚！抓起来，吃几顿牢饭，就本分了。”寇荣脸上因激动而泛红，他在标榜自己有多么卖力地在替新政府做事。

魂飞魄散的任太太被鹰拿小鸡般给“拎”走了，而一旁看热闹的日本夫妇笑脸盈盈地朝寇荣表示“哟西哟西”。

见状，寇荣摘下帽子，点头哈腰道：“打扰二位用餐了，鄙人为大日本皇军服务，荣幸之至，荣幸之至。”

此刻，餐车的门被推开了。

贵婉站在门口看着餐车内的人们，餐车内所有人的目光同时也投向贵婉。

贵婉感觉到了火药味，她眼光从自己坐过的那张桌子扫过，一片狼藉。往后退，肯定来不及了。

寇荣眼睛直勾勾地看着贵婉，再回头看看那张酱汤满布的餐桌上，搁着的另一碗面，再回眸眯着一对小眼睛看贵婉。

资历群若有所思很有节奏地在餐桌布上敲了敲，他给贵婉打了一个“摩斯密码”的暗号：我不能去探望姑妈了。

贵婉看见了这个旁桌的男人给自己的“暗号”，接头暗号是对的，但是不在接头地点。但是，这个时候，考量的不是接头规定，而是随机应变，她默不作声地走到资历群的餐桌前，坐下。

资历群分了半个玉米面的馒头递给她，贵婉一口咬下去，资历群对她笑了笑。

寇荣走到那对日本夫妇面前，弓腰询问着什么，那对日本夫妇恰恰坐在背对贵婉的位置，频频摇头，表示没有看见。

寇荣直起腰的时候，餐车里所有中国人都噤若寒蝉。

资历群从口袋里掏出一个烟盒，从里面取出一支烟来。贵婉很自然地从提包里取出一个火柴盒，擦亮火柴，要替他点烟。

地下党的交通员都很清楚，他们传输的情报通常都以两寸长一寸宽贴在火柴盒里。如果遇到紧急情况，只需用力擦亮火柴，故意点燃火柴盒，情报就及时销毁了。

火柴盒的底面烧黑了。

“怎么这么不小心啊。”寇荣一副很感兴趣的样子，把身子凑过去，“餐车上空气不太流通，最好不要吸烟。”

资历群笑着：“好的，好的。”他要收回香烟，却被寇荣一把“拿”住烟盒：“我替你收着吧，免得你忍不住烟瘾。”

资历群依旧笑着。他的笑意里潜藏着一种不屑和优越感。

“哪儿人啊？”寇荣问。

“满洲人。”

“我没问你。”寇荣嬉皮笑脸地盯着贵婉，“我在问这位——”

“她是我太太。”几乎没有给贵婉考虑的时间，资历群做出了决定。

贵婉的嘴在咀嚼馒头，恰如其分地掩饰住她张着嘴的惊讶，“您有什么事吗？”她从容不迫地抬起头。

“哪儿人啊？太太。”

“满洲人。”

“先生贵姓？”

资历群抢答：“敝人姓刘。——刘品超。我太太，刘乔氏，单名一个敏慧的‘慧’。”他很配合地拿出两个身份证。

贵婉沉寂着。

寇荣认真地看着两个人，对照着身份证和照片，并无疑义。

“刘先生是中东铁路局设计室的？”

“是的。”

“中东铁路局设计室有一位松下一郎，不知刘先生——”

“松下一郎是设计室的元老，我是他的助手。他的儿子松下良佐是我的同学。您跟他认识？”

“不，不是很熟，不是很熟。认识的，认识的。松下先生是我们滨江省警察厅单局长的朋友。”寇荣变得谦和起来。

“哦，失敬，失敬。”资历群依旧是一张不卑不亢的笑脸。

这种居高临下的交流，当场见效。

“刘先生、刘太太，郎才女貌，又登对，又摩登——嘿嘿，刘先生好福气——”

贵婉的面孔微微红晕，资历群笑着：“谢谢。”

寇荣站起来，一哈腰：“打扰了。刘先生慢用，刘太太您慢用。”他礼貌地告退了。

餐车里的中国人看见一群鹰犬走了，赶紧离席跑回自己的车厢，免生意外。餐车里只剩一对日本夫妇与资历群和贵婉这对中国“夫妇”。

餐车里很安静。

火车进入隧道，车厢内骤然一片漆黑。穿过黑暗，又见光明，资历群带着贵婉走向自己的包厢。

贵婉落后一点，总有一点防备。

包厢门口，站着一名年轻的乘警，他很主动地跟资历群打招呼：“刘先生好。”

资历群微微点头，打开包厢门，先让贵婉进去后，资历群和乘警交换了一下眼神，走进了包厢。他关上包厢门，一回头，一把水果刀顶住了他的下巴！资历群下意识地往后退：“镇定点。”

“照片哪儿来的？”

“什么照片？”

“身份证上的照片。”

资历群冷静地：“半个月前党小组提供的。我是你的新上线。”

“接头地点！”

“这个时候问，是不是晚了点？”

“接头地点！”

“霁虹桥。”

“时间？”

“明天中午十二点。”

“身份证给我。”

资历群从口袋里拿出身份证，给贵婉。贵婉翻看着两本身份证。

“门口站着的是什么人？”

“哈尔滨铁路局的乘警，我的掩护身份有权让铁路局的乘警保护我的安全。”

“为什么提前接头？”

“因为你的上线在撤离上海时，突然失踪了。上级唯恐你整个小组有激变，让我提前进入。”

“你这照片，与真人不太像。”

“你也不太像。”资历群打了个放下“武器”的手势。

贵婉微微一笑，把水果刀收了：“对不起，组长。”

资历群此刻却收起了在外面惯用的招牌笑脸，他一脸严肃地盯着贵婉：“你怎么可以轻易地毁掉一份绝密文件？”

贵婉一怔，恍然道：“文件是我誊抄加密的，我能背诵。”

资历群看着她。

资历群表情严肃地：“在哈尔滨，中国人不能吃大米和白面，你不知道吗？”

“我以为——”

“你以为？”资历群冷冷地扔给她一句钻心戳髓的话，“今天要不是我，你有可能已经变成一具尸体了。”

“你别危言耸听。”贵婉有点抗拒情绪。

车厢外，过道传来骚动声。

贵婉忽然想起什么：“我的行李在——”

“你的行李在这。”资历群不动声色地从行李架上取下一个皮箱，“我知道，你行李里不会有什么机密文件，但是，为了以防万一，我在你离开车厢的第一时间就替你调换了皮箱。”

车厢过道上哭声、骂声、殴打声，骚动逐渐加剧了。

资历群推开车厢门，向乘警问道：“出了什么事？”

“一个反满抗日的经济犯，被警察打死了。”

“啊？”

乘警解释："有个女人在餐车里吃了碗白面。"

听到这个消息，贵婉一下子坐在包厢的椅子上。

资历群回头看了一下贵婉，继续问："一口面条而已？"

"没办法，这里是哈尔滨。日本人说了算。"

资历群沉默。

乘警悲天悯人地："这样也好，免得送到警察局活受罪。现在死了，还有个人样。"

资历群关上包厢门，在贵婉身边坐下，叹了口气："九一八，东北之殇，民族之痛。"

过了良久，贵婉才慢慢说出一句："谢谢你。"

资历群没说话，他把目光投向车窗外，茫茫原野，说："你真的把秘密文件全都背诵下来了？"

"是。"

"你记忆力不错。"

"不是不错，是超强。"

资历群终于露出一丝笑模样，伸出手去拍了拍贵婉的手背，以示安抚。

火车靠站，月台上乘客们熙熙攘攘，欧洲人、亚洲人过往穿梭，英文、德文、日语、俄语不停地广播报站。

贵婉从一节车厢的门口探出头来，看了看，从车上走下来。资历群拎着行李下车。"夫妻"二人同行。

寇荣从最后一节车厢跳下来，几名特务跟着他，他远远地看着贵婉的背影，手指头一勾，两名特务上前。

"科长。"

"跟着他们。"

一名特务向前瞅瞅，看到资历群："那，那人不是中东铁路局的吗？"

"我又没叫你抓他，我叫你跟上去，看他们在哪里落脚？蠢材。"

"是，是。"

话毕，两名特务混入人群，跟了上去。

贵婉和资历群进入站台出口通道，人流汇聚。贵婉发现异常："身后有狗。"

资历群很娴熟的一个动作，把贵婉让到自己前面，二人很迅捷地钻入人流。

眼见两人要丢，两名特务尾随得更紧了。

行至偏僻小巷，贵婉和资历群走来。尾随的特务东张西望地从后面跑来，只剩下一个，另一个显然是跟丢了。

贵婉对资历群："行李给我。"

"啊？"

"给我。"

资历群意识到了什么，把皮箱递给贵婉。

一名特务发现了二人，假模假样地往前走，渐渐靠近资历群。

贵婉喊了句："低头。"

资历群瞬间低头，贵婉手中的皮箱甩过资历群的头，正好砸在跟踪特务的头上。小特务一声惨叫，伸手掏枪！

"弯腰。"

资历群一弯腰，贵婉一脚踢飞特务手上的枪。小特务摔出老远，贵婉捡起枪："走。"

资历群拉住她的手，迅捷地穿过小巷。

街道上，一名特务跟寇荣说着什么。

另一名特务捂着血红血红的脸低头站着。

寇荣对着手下一通骂："饭桶，一群废物。——连女人都打不过，枪都丢了，还有脸回来，——蠢货。"

街面繁华，俨然大都市风光。资历群从一辆黑头出租车上下来，他替贵婉打开车门，贵婉下车，司机替他们把车上的行李拿下来。

"夫妻"二人挽手同行，行走在街面上。阳光树影下，二人过街。

资历群问："你功夫不错，哪儿学的？"

"家传的。"

资历群点点头："我大概知道你是谁了。"

贵婉一愣："我不信。"

资历群笑笑："不过，实战的时候，不需要展示花样，会减少拳脚的破坏力。"他在讥笑她花拳绣腿。

贵婉很大度地："我会有临场反应。"

"这世上可没什么武林高手，只有身体的抗打能力。"

"有人可不这么想。"

"你不这么想。"

"你是借机教训我，执行任务的时候，行动不要太高调。"

"聪明。"

"以后有话直说。"

"哦，我喜欢你这性子。"

贵婉莞尔一笑，如春风破绿。

二人走上楼梯，脚步很轻，很警惕地观察着，贵婉上前敲门。门开了，接头人站在门口，审视着贵婉和资历群。

"你们找谁？"接头人问。

"我们是来送'花茶'的。"

"什么品种？"

"玫瑰茄。"

"我们订货单上要的是'茉莉'花。"

"茉莉花减产了，玫瑰茄正好。"贵婉说完这句，直接朝屋内走去，资历群紧跟她的步伐，接头人习惯性看看四周，关紧了门。

走进房间，资历群放下行李。

接头人说："你们来得太及时了。——中东铁路局下个星期就要把于先生送到日本东京去。我们必须抢在日本人前面动手，把于先生送到莫斯科。"

"于先生暴露了吗？"资历群问。

"具体情况还不清楚，只知道于先生的家已经被警察局的秘密警察严密监视。——也许是保护性的监视。"

"——也许是警察局想放长线钓大鱼。"贵婉分析。

资历群点点头，认同她的观点。

接头人拿出一张手绘的地图，说：“于先生的寓所结构图。山街一百零二号，靠近老巴夺烟厂。”

资历群展开图纸：“就他们夫妇吗？”

“还有一个孩子，刚满三岁。”

“男孩？女孩？”

“女孩。”

“有他们的照片吗？”

“有。”

“给我。”

资历群伸手拿了照片，有合照，也有单人照。

“通行证呢？”资历群又问。

“没有，最快也还要等三天。”

“不行，等不了那么久。”

“什么？”

“得快点。——必须快。”

“多快？”

“两小时之内。”

“这不可能。”

“——我自己想办法。”

接头人愕然。

资历群对贵婉：“你去买五张前往德国柏林的火车票。”

“时间？”

“今晚十点左右。”

贵婉惊讶地看着他，眼睛里有钦佩的神情。

“你认为我在说大话吗？”

贵婉摇头：“不。我觉得是神话。”

“我就当恭维话来听了。”说完，资历群又对接头人说，“走，陪我去趟山街。”

“需要我做什么？”接头人追问。

“准备两支柯尔特。”

他们边说边走。

“山街附近有卖印章的吗？”

“有的。”

“于先生跟她太太关系如何？”

“很好。”

“于先生被监视后，于太太还能出门买菜吗？”

“能。”

“有人监视于太太吗？”

“——不知道。”

“山街离哈尔滨火车站有多远——”

“需要我帮——”贵婉一抬眼，资历群和接头人已经迅捷地离开房间了，她低头打开行李箱，喃喃自语，“看来不需要。”她自嘲地笑笑，从行李箱里拿出一套中年妇女穿的款式大衣，开始换装，对着穿衣镜戴上一副黑框眼镜。

贵婉化装成一个中年妇女在窗口购票：“德国柏林，五张票，头等包厢。”

车站流布着各种各样的密探、特务和流窜犯。

贵婉匆匆走过中央大街，在寓所的楼下，她身后开来一辆汽车，背后传来喇叭声。一回头，看见资历群坐在汽车里，朝自己招手。

贵婉回眸一笑。

资历群下车。

贵婉看着眼前的汽车：“你真神通广大。”

“我这人，最不乐意随遇而安。”资历群一个漂亮的推手，关上了车门。

二人相挽着走进寓所。

资历群递给她三本通行证，贵婉打开一看，伪造的通行证做得严丝合缝。

“你居然还有这手艺？”

资历群笑笑：“我也家传。”

贵婉抿嘴，忍着笑。

“而且临场反应特别好。”

贵婉实在忍不住，大声笑起来。

资历群看着她，也大笑起来，说：“还记得火车上那个特务吗？”

“嗯？”

“我觉得吧，他有一句话说得特别对。”

贵婉掏出钥匙来开门：“哪句？”

“我俩很登对。”

“啊？”

资历群推门而入。

贵婉扶住了差点滑下鼻梁的大黑框眼镜。

资历群铺开图纸：“说正事。”

贵婉摘下眼镜，走过来：“你打算怎么做？”

“直接去他家里，接他们出门。”

“嗯，——不入虎穴焉得虎子。”

“哈尔滨天气寒冷，秘密警察不可能在户外长期监视，特务们一定是住到了于先生家里，一天24小时，特务会跟这一对夫妇同吃同住。一来借饵钓鱼，抓捕前去救援的地下党；二来确保于先生绝对安全，好把他们一家完好无损地送到日本去，为日本人工作。”

“于先生干什么的？”

“破密码的。”

“数学家？为什么会在中东铁路局？”

“他还是个优秀的铁路、桥梁设计师。”

贵婉点点头：“难怪——”

“人才啊。”

“如果户外也有特务呢？”

“当然不排除这个可能性，户外嘛，特务一般都待在汽车里。而这辆车会离住宅很近，二百米左右，人也不会多，至多两个。——最重要的是，留守的特务，时间一长就会麻痹，思想一旦放松了，行动就会大打折扣，他们是守株待兔，而我们是出其不意，一击即中。”

“小卒子一旦进入敌方营区，就可以长驱直入，所向披靡。”

“聪明。”

“分工。”

“我负责营救，你负责掩护。记着，如果遭遇敌人反包围，给我时间换弹夹，掩护我。如果我中弹了，你就开枪打死我。”

贵婉心里一震。

“千万别手软，我不想落到日本人手上。死在战场上，永远都是英雄。”

“是，组长。”

“行动代号‘焰火’。”资历群转过身去，推开窗子，窗外云层渐低，“我要以彼之道还彼之身。”

夕阳西下。

资历群穿着便衣警察的皮衣皮裤走来。冷风吹过，他皮衣的腰间有意无意地散开，里面别着把柯尔特手枪。山街一百零二号的对面屋顶上，贵婉居高临下，子弹上膛，严阵以待。

资历群走到山街一百零二号停下，按响了门铃。

门打开了。

一名特务站在门口：“你是？”

资历群微笑着开枪了。

无声手枪的枪管冒出一缕青烟，声音很闷，男人栽倒在地。资历群一脚把尸体踢进门，大踏步走进去，随手关上门。

贵婉从一根管道上滑下。

房间里，一家三口正在吃晚饭，突然看见一个穿皮衣的男人拖了一具血淋淋的尸体进来，惊骇不已，于夫人赶紧用手挡住孩子的眼睛。

“你是谁？”于先生也有些惊慌，问道。

资历群扔下尸体，对于先生说道：“我是你姑妈的亲戚，你姑妈生病了，请你回去一趟。”

于先生的脸上立即兴奋起来：“是，是你们来了。”

“还有一条狗在哪儿？”

“他，他出去买酒了，马上就回来。”

“去拿行李，马上走。”

于太太说：“可是，可是他们在外面还有人。”

资历群看看她，说：“汽车里的两个已经回老家了。——咱别当着孩子说这些。快，拿行李。”

一家人手忙脚乱地开始行动。

资历群端着一把枪，大剌剌地坐在楼梯上，眼睛直愣愣地瞪着外面，耳朵一跳一跳的，听着外面的动静。

一阵脚步声传来。

一名特务乙推门进来，眼睛瞪得很大，问：“你是谁？”

坐在楼梯上的资历群微笑着抬手一枪，特务扑地倒在楼梯口。资历群身后的楼梯上，横躺着另一个男子的尸体。

房间里显得阴气沉沉。

“饶命啊，饶命。”特务痛苦地呻吟着。

于先生一家三口已经拿好行李了。

此时，门外也传来按喇叭的声音。

资历群对于先生：“你们先出去，车在门口等着呢。”

于先生一家匆忙离去。

资历群在那名痛苦不堪的特务面前蹲下，问：“哪国人？”

“满洲……”

资历群拉开保险。

“不，不，中国，中国人。”

“中国人是吧？”

“是，是，是的。”

“为什么给日本人做事？”

“为了，为了一口饭吃。”

资历群点点头，说：“下辈子记住了，人啊，不能有奶就是娘。”

“别，别——”

资历群抬手一枪，子弹穿过特务的胸膛，殷红的血浸透在楼梯口上，血迹渗透到地板上。

资历群回手一枪打掉了房间里挂的照片框，随后划了根火柴，点燃几张照片，然后肆无忌惮地踩在血迹上，一步一步离开现场。

一辆汽车在公路上奔驰，四周旷野茫茫，汽车忽而一个拐弯，进入一条小路，驶向田野。

贵婉坐在副驾上，回眸看资历群。

资历群很冷静地："计划有变。"

于先生、于太太顿时愣住。

汽车刹住了。

资历群对贵婉："你看着孩子，保护好于先生。"他下车，走到车后座门前，打开车门，"于太太，麻烦你出来走两步。"

于先生和于太太面面相觑，于太太下意识地抱紧孩子。

贵婉忍不住，下车："组长，你要干吗？我们时间有限——"

"时间再有限也得先保证于先生和家人的绝对安全！"资历群转向于太太，"于太太，你说我说得对不对？"他一伸手，把于太太给拎出来了。

于先生一把没拉住："到底什么事？"说着，也跟下车了，"到底什么事？"

资历群看着于太太，回看车上小女孩，小女孩的嘴唇咬得死死的，一脸慌张。

"于太太，我们借一步说话。"资历群强拉着于太太往小树林里走。

于太太的身体很僵硬。

贵婉下意识地明白了什么。

于先生说："不行！有什么话当着我的面说！"

贵婉一把拉住于先生，非常配合资历群的行动："于先生，于先生，你——你听我说——"

冰雪皑皑，小树林里寒风瑟瑟，一片萧条。

于太太被资历群猛地推倒在雪地里，她不知哪儿来的勇气，突然吼起来："我是日本人！我承认！！可是我爱我的丈夫！爱我的孩子！！我没有出卖我的家庭！！"

资历群蔑笑："那就是出卖自己的祖国了？！"

于太太傻了，不知道怎么接话。

资历群很诚恳地："我们时间有限，如果于太太真的很爱自己的丈夫，很爱很爱自己的孩子，我想，你应该知道怎么做。"

于太太愣愣地看着资历群："我是被逼无奈——我们是大学同学——我们是真心相爱的。"她在寒风里哆嗦，"我的确背叛了，我是背叛了。我背叛了自己的帝国，但是我没有背叛我的爱情。"

"我不相信！"资历群蹲了下来，看着于太太的眼睛说，"——这是我在户外监视特务身上拿到的一份监视报告，上面有你的汇报。于先生几点几分出门，几点几分回家，穿什么衣服，见什么人——"

"妈妈！"

"美子！"

于先生和小女孩儿的叫声从身后传来。

资历群站起来，显得很生气，转头训贵婉，严厉地："你听不懂什么是命令吗？！"他面前站着贵婉、于先生和小女孩。

于先生很愤怒地推搡资历群："你在干什么？你敢伤害我太太，你试试!!"

资历群对于先生："我是在帮你解决麻烦。"

"你混账！"于先生气急败坏地。

"我可以消失！"于太太倒是一副释然的样子。

这句话说得很猛、很快！众人反应各异，场面一下安静了，除了雪风的声音。

于太太抬眼深情地望着自己的丈夫，似水柔情挂在脸上，喉头滚动着苦涩的咸酸味："——我可以马上消失，但是，我是清白的，我爱我的家庭。我是个日本女人，我跟我丈夫相爱的时候，我是一个没有半点渣滓的日本女孩，我爱他胜过一切。——我承认，日本军部找到过我，要我配合警察局监视我的丈夫，要把我们一家送到日本去——我没有屈服，没有！！没有屈服军部的压力，我隐瞒了我丈夫的一切——正像你们说的那样，我，背叛了祖国！！我应该消失！！"

于先生向雪地里的妻子扑过去："——美子，你不能死，想想我们的孩子，想想你死了，我怎么活？我怎么活得下去？"他满脸的泪花，孩子喊着"妈妈"奔跑过去，一家三口在雪地里抽泣。

于先生突然想起了什么，抬头对资历群，说："我向你保证，我太太说的都是真话，日本军部找到她的时候，她就向我坦承了一切，是我，是我向组织上隐瞒了我太太的身份，我不能失去她，我甚至，帮助她完成她的'监视'报告，我们一直在等你们，等你们救我们全家！！——要救，就救我们一家！！"

资历群听懂他话里的"潜台词"。

风雪中，资历群踌躇着，贵婉感动着，一家人绝望着。

"看来我多事了。"资历群说。

贵婉感动着："是啊，除非'以真作假'。"

资历群对于家一家人，说："我不能不说这是一个特别的隐瞒。"他撕毁了"证据"，"——这个特殊的允许，是为了孩子。"

于先生怔住，他恍然明白过来，夫妻俩都懂了，一家人抱头痛哭起来。

资历群转身走去。

贵婉迎上："你为什么不说，这是为了爱情。"

资历群嘴角挂着淡淡的微笑："我不相信爱情。爱情对于我来说是'奢侈品'——你也别信。在这个残酷又动乱的时代，身边人出卖你是分分秒秒的事。"

贵婉笑笑："听上去，你好像是有故事。"

资历群点点头："是'事故'，不是故事。"他向前走去。

贵婉追上："嗳，你没回答我问题。"

资历群头也不回地："回答了，'奢侈品'别轻易碰。"

一个星期后，在德国某教堂里，资历群、贵婉将于先生一家转交给来自莫斯科"护送小组"的同志。贵婉和于太太互道辞别，彼此都只能说一句"多保重"。

站台上，一辆列车呼啸而来，贵婉和资历群通过列车车窗，看见于先生一家人亲昵的笑容。

贵婉感叹："爱情多美好。"

"谁说爱情不美好？"

贵婉温婉地一笑："我想去喝一杯。"

资历群点头："好主意。我批准了。"

二人缓缓向站台走去。

夜凉如水，站台上很清冷。

"我们下一步干吗？"贵婉问。

"你呀？"

贵婉点头。

资历群笑着："按部就班站好岗。"

贵婉莞尔一笑。

资历群自言自语："很庆幸，他们有回头路可走。"

贵婉不笑了。

资历群回眸，看她，说："我们就没有那么幸运了。"

"从我入党的那一刻起，我就把自己的生命献给了党。哪怕我随时随地都处于极度危险之中，哪怕前路是刀丛剑林，万劫不复，我也视死如归。"

"你说，如果我们任务失败了，就在这样的夜里默默地死去，有谁会记得我们，数十年后，一百年后，我们就像尘埃一样，无人问及，无人关心，更没有人为我们落泪——"

"有人会为我们致敬的。"

"谁？"

"祖国！"贵婉脸上绽放出一种光芒。

资历群心中一惊："贵婉！"贵婉的脸在资历群面前"分裂"开来，四分五裂，"不要啊！！贵婉！！"

资历群猛然从梦中惊醒！

原来他在露台的椅子上睡着了，他手上抱着贵婉那个四分五裂的玻璃相框，喃喃自语："你是我的人，永远都是！"

贵翼审视着资历平："你大哥资历群是共产党吗？"

资历平不回答。

"你是不知道，还是不想回答？"

“不知道。”

“你会不知道？”

“你知道，何必让我答？”

“你可以坦诚地告诉我，贵婉是共产党，为什么到了资历群这里，你就得了健忘症了？”

“贵婉已经牺牲。”

贵翼的心“疼”得厉害，目光深邃地盯着资历平，说：“你是不是共产党？”

“我心向往之。”

“林副官。”

林景轩上前：“到。”

“把这个‘心向往之’的共党嫌疑犯给我拖出去毙了。”

林景轩条件反射地：“是。”突然反应过来，“啊？”他以为听错了。

贵翼冷冷地：“需要我重复一遍吗？”

“不是——你？”林景轩左右看看，想往贵翼耳边贴，贵翼不给他机会，怒视一眼，正要发作。

“大哥哥——妞妞肚肚饿。”声音到，人也到，妞妞不知什么时候躲过了士兵，从楼梯上“扑通扑通”滚下来了，三个男人回头一看，吓个半死！

楼梯高而宽阔，妞妞是滚成个熊猫，贵翼想也没想，一个箭步冲上去，抱住孩子，妞妞的头已经触得一个大包，贵翼抱起妞妞，妞妞“吭吭吭”哭不出来，吓得贵翼直抚孩子的颈背。

资历平淡定地：“按下人中穴，别急，别急。”

贵翼按着妞妞的人中穴，妞妞“哇”地大哭起来。

三个男人同时松了口气。

楼上的士兵吓得面如土色，跑下来，站在楼梯口，不知所措。

林景轩趁机发作，对着楼上的士兵吼道：“你们干什么吃的！！几个大活人看不住一个孩子！！搞什么名堂。”

士兵弯腰解释：“妞妞小姐说要一个人玩，我们，我们就——”

“她那么小，能一个人待着吗？——我告诉你们啊，有一个算一个，妞妞

小姐要有个三长两短——”

贵翼和资历平一心都在看“妞妞”的伤，贵翼对林景轩：“你瞎叫什么！弄点菜籽油来。”

林景轩对士兵：“赶紧的，拿菜籽油来。”

妞妞眯缝着泪眼叫“疼”，资历平的手铐着，被她给瞧见了，妞妞聪明地又“哇哇”哭起来。

贵翼忙哄着：“怎么了？又怎么了？”

妞妞指着资历平，哭叫着：“有坏人要抓小资哥哥，抓小资哥哥的都是坏人。”

“妞妞，不准胡说，这里都是好人啊。”

林景轩此刻“献殷勤”地一推小资，说：“我把人拖出去——”

妞妞“抻”起来哭。

贵翼哄着妞妞，对林景轩道：“拖哪儿去啊？——给他把手铐打开——”

话音未落，资历平“咔”的一声解开了手铐。贵翼看着他，资历平很规矩地把手铐递给“目瞪口呆”的林景轩。

“带他去换件衣服，准备吃饭。”贵翼把妞妞抱起来，妞妞的额头上肿起了一个大大的青头包，“你看你，妞妞你走路要看楼梯啊，楼梯那么高——”他心疼地说。

资历平对着妞妞一眨眼，一个微笑。

妞妞伏在贵翼肩膀上看见了，她“破涕为笑”。贵翼感觉到了，他明知资历平并无利用妞妞之意，但是，此刻小资和妞妞的无间配合，让他心里很不舒服。

贵翼一回眸，林景轩带着资历平从他肩膀边滑过。

如果说贵翼对资历平的容忍是本能对亲情的让步，那么他对妞妞的爱已经超越了本能的亲情，寄予了更多“贵婉”重生的希望，而他本人是不知情的。

第十一章　贵家生，资家养

赌场员工的换衣间里，露西正在换衣服。

走廊上，资历平站在门口，伸手递进去一张名片。

看到名片，露西捡了起来，看都没看直接扔进垃圾桶。

资历安和苏梅在研究手上的资料，钟雪萍匆匆而入，报告道："科长，有眉目了。"

资历安立即站起来，苏梅也注目倾听着。

"我们洗出了全部的胶卷，对比了一百多张照片，发现了这个女人。"钟雪萍递上照片。

照片中，方一凡在沪江大学门口，上了一辆黄包车。照片不够清晰，有点花，可是，方一凡的面貌依稀可辨。

钟雪萍拿出另一张照片，方一凡穿着女学生装束，戴着帽子出现在法国公园门口。

资历安确认无误道："就是她！找到她！！"

特务们集体立正："是。"

"全城搜捕这个女人。"

"——可是，科长，我们手上还没有足够的证据证明她是共产党，如果此人有背景，有来头，很可能会给我们制造更大的麻烦。"苏梅迟疑了。

"你想怎么做？"资历安问。

苏梅说："先确定她的年龄，她的明显特征，找警察局的刘科长帮忙，在全上海的户籍里查找这个女人。"

"也有可能，她不是本市人。"

"至少能排除这个可能。——我们就能去确定她从哪儿来，到哪儿去。"

资历安思考着。

"我们一旦确定了方向，就把所有搜捕力量放到各大酒店、旅馆和小客栈，进行地毯式搜索。而且，我相信，她绝对不会是一个人，而是一个小组。"

"——不，不。我这次放弃放长线的做法，一旦发现她，立即逮捕！我想，她会告诉我们她的小组在哪里。"

"可能会。"

资历安转头望了她一眼。

苏梅改口道："可能会告诉我们更多的组织秘密。"

"你在我面前不用小心翼翼，粉饰太平。——像你这样的'例子'很有限。"

"当然，他们比我更出色，更加不畏死。"

"你在行动中是一个天才，我绝对相信你在工作中的出色能力。"资历安转而对特务们说，"大家都很辛苦，我也明白，希望大家都能忍耐、团结，尽快抓到这个女人。共党交通局'烟缸'一案自开启以来，就从未安静过。我们损兵折将会让他们误以为胜券在握，这对我方来说，是好事。抓到这个女人，我不敢说就一定能收个大网，但至少，她是一个突破口！大家，行动吧。"

特务们立正："是。"

此时，电话铃声响。苏梅接起电话："喂——资科长，您有一个外线电话。"

"外线电话？接到我办公室去。"

"是。——直接接到资科长办公室。"

资历安转身离开，苏梅搁下电话，紧张地跟了上去。

电话铃声一直响着。

资历安推开门快步走到电话前，背对着苏梅拿起电话，接听道："喂。——是你？——你——"他压低声音，"嗯，好——"渐渐没有声音。

很长的沉默。

苏梅看不到资历安脸上的表情。

资历安慢慢放下手中的电话：“……真是一个意外的惊喜。”他慢慢转过身，看着苏梅，一字一顿地，“找到‘影子’了。”

苏梅急切：“他怎么说？”

“他说，事情的发展非他所料，他现在正在想办法恢复工作。”

“科长，我有一句话，一直想说。”

“说。”

“‘影子’会不会是假叛变，他在利用你，达到他不可告人的目的，所有的这些事会不会都是这个‘影子’精心策划的？”

听到苏梅的话，资历安一震。他半晌才缓过神来，注意到苏梅迷惑的目光。他努力保持平静，很难得地从口袋里拿出一盒烟来。拿出来的居然是一盒雪茄烟，他又把烟盒搁在抽屉里了。

苏梅观察着他异常的举动。

“——你说的有一定的道理，我们，知道的还很少。”

答非所问。

苏梅沉吟。

电话铃声震响，资历安迅捷地接听电话：“喂，我是。——知道了。”简单一句话后，他挂断了电话。

苏梅看着他，问道：“他又来电话了？”

“不是他，是行动组的人。——今天在‘莫奈西餐厅’出现的那个演员，叫陈萱玉，是文四益的女人。”

“不会吧，文四益？——法国巡捕房那个文四爷？——那可是个叱咤风云的大人物。”

“跟踪的人也是猜测，不过这种事真的很难说。——情人眼里出西施嘛。”

苏梅淡淡一笑。

资历安看看手表，已经晚上八点了。“你饿了吗？我们出去吃点东西，顺便我陪你去散散步。”资历安说。

“好。”苏梅看着他，表情略显机械。

“今天还是值得庆祝的。我们有了一张模糊的女共产党照片，总比什么都没有强。”

二人准备出门，苏梅突然灵光一闪，说道："科长，我在想这个女共党有可能认识'烟缸'，认识资历平，认识我，也有可能认识'影子'——不是吗？我们可以提供照片给'影子'——"

资历安由此想到了另一件事，淡淡道："她也有可能认识贵翼！"

二人终于"心有灵犀"了。

"马上安排人24小时监控贵翼官邸！"资历安突然兴奋起来，"'守株待兔'远比'大海捞针'更省时省力。苏梅，你立功了。"

"贵翼是军政要员，对他采取监视行动，一定要得到司令部长官的批准。"

"贵翼，不就是个破落军阀嘛。——有什么了不起，这种货色，只不过是因为家里有几个钱，送去国外军校镀镀金，一枪也没放过，就封侯拜将。——司令部那帮人，成事不足败事有余，我们去提交监视申请，保不准，我们的望远镜还没有打开，贵翼的枪口先开了。"资历安说，"——听着，不必声张，我们行动隐秘些就行。"

"可是——"

"没有可是。马上安排，立即行动。"

"是。"

贵宾室的桌子上放着香槟美酒、鲜花和西式大餐。墙上是一大幅新贴上去的陈萱玉香烟广告画。

文四益亲自帮陈萱玉脱了外套，拿到手上，再交给阿黎。

陈萱玉审视着房间，欣赏着自己的照片，说道："这可不像是赶巧了一起喝一杯。"

"还真是赶巧了。"文四益笑着说，"你别不信。我原来打算在酒店三楼给上海舞女协会花魁决赛做评委的——"

陈萱玉转过身，看着他："就你？"

"就我。"

"就你这眼光，能分出好歹来吗？"

文四益自得地笑着，他上前揽住陈萱玉的腰，色眯眯地，答非所问地："——你看，夜色如此美丽。"

陈萱玉和文四益一起吃西餐，阿黎从旁给他们倒酒、布菜。

“——阿玉，我替你想好了，拍广告。——就拍广告。拍得家喻户晓，从英大马路一直到北四川路，全包圆。所有的大商场，先施、永安、新新、大新、惠罗、丽华这些大百货公司，所有的香烟广告一举拿下。怎么样？”

陈萱玉吃西餐，头也不抬。

“这个香水广告也不错，可以拍个旗袍系列，这可是你大展身手的机会——明年，明年评个广告皇后。”

“四爷要拍军火广告吗？”

文四益一愣，旋即一笑：“枪可不是女人玩的。——军火、赌场、烟酒，这些都是吸金赚钱的机器。有了钱，可以做很多自己想做的事。”

“四爷想做什么呢？”

“公共工程。——公共工程才是真正的慈善工程。譬如建医院、办教育。医院治病救人，教育读书育人。但是，没有钱，一切都是空谈。”

“教育？我实在想不出来，‘教育’这两个字从一个靠‘炒金子’‘做套头’起家的人嘴里说出来是什么味道。”

文四益正色地：“知道什么是教育吗？”

“学好文武艺，货与帝王家。”

文四益摇头，问阿黎：“阿黎，你知道吗？”

“教育就是，就是慈善工程。”

文四益颇为满意：“虽然也不全面。——我告诉你们什么是教育，教育就是当一个人把在学校所学全部忘光之后剩下的东西。”

陈萱玉眼睛一亮：“精辟，四爷这句话说得真有文化。”

文四益笑到一半，收敛住：“这话不是我说的。”

“谁说的？”

“爱因斯坦。——你不看报吗？”

“报上还登这些个？——我以为报纸都登花边新闻的。”

“现在的办报精神缺乏了责任心，一味讨好市民。如果，报纸能够少一点娱乐，多一点知识，市民也会少一点八卦，多一点素质。”

“看八卦多好，又不用动脑筋。我就是小市民，现在生活压力多大啊，还

不让人娱乐娱乐，看个报纸还要受教育——有什么啊，我不受教了，嗳——我告诉你，你把教育说得天花乱坠也没用，我一点也不怀念上学这部分。”

“——你，成绩不好，成绩不好，你一定是偷懒了。”文四益哈哈地笑了起来，阿黎也笑了。

和乐的气氛中，天花板上浸下一滴血，正好落在陈萱玉的握餐刀的手背上。

陈萱玉对文四益：“我可以肯定这不是四爷事先安排的。”

血珠儿从天花板上继续渗透下来两滴，三滴。

文四益脸色变了：“有人不请自来。”他大喊一声，“阿黎！”

阿黎帅气地双手从腰间取出双枪，与此同时，“咣当”一声，门被撞开，紧跟着就是一阵枪火。

文四益赶紧抱着陈萱玉，在房间里找了个“掩体”，阿黎奋勇当先，枪枪致敌，痛击袭击者。贵宾室里，子弹横飞，餐盘乱滚，打得风卷残云，不到半分钟，就结束了战斗。

枪火中，阿黎神采奕奕地站在桌子上。

满地狼藉。

文四益镇定自若地护着陈萱玉从“掩体”中出来。

“四爷，您的慈善工程里刚刚多了三具尸体。”看到文四益，阿黎打趣道。

三具横陈的刺客尸体，一片枪火留下的痕迹。陈萱玉心有余悸，但是仍是大场面见惯不惊的模样，对文四益说道：“靠看报纸能救命吗？关键时刻还得靠阿黎。”

酒店经理和服务生们走进来，看到贵宾室里的景象一个个吓得面如土色。

文四益一边开支票，一边安慰酒店经理道：“没事啦，没事，年轻有为的小弟想上位而已——不，不用报警，报什么警，我就是警察。——没事啦，放心，没事。真没事，我会叫人来处理的，放心啊，放心。——钱拿着，拿着。该赔多少是多少——打开门做生意嘛。大家都是明白人。”

“四爷，刺客是军营的。”阿黎走过来。

文四益一愣，大概是没料到。

“枪是军用的，配有消音器。”

“楼上人做了替死鬼。”文四益沉吟了一下，“军队？贵翼？”

“不可能。”陈萱玉喊道。

文四益转目看向陈萱玉。

“贵翼现在应该被小资弄得焦头烂额的，他还有这闲工夫——”

“那要不是贵翼，就只剩下一个‘吴’了。”

“谁啊？”

“要出事。”文四益恍然，陈萱玉和阿黎都紧张地看着他，继续道，“要出大事。——就这两天。”

资历平洗漱了一番，穿上一套欧式西服，衣服显然不合身，但是，并不影响他的风采。看着贵翼琳琅满目的书柜、表盒，他眼底放出光彩来，伸手打开贵翼的表盒，里面收藏着各国名表、古董表。资历平忍不住搓搓手，想拿一块出来试试。手刚在表盒上悬着，正准备下手，就听到贵翼抱着妞妞走进来的声音，立即收手，迅速关上表盒。

这一动作，恰好被刚进门的贵翼看到，“想拿什么？”贵翼抱着妞妞走到他面前，看了一眼表盒，又看看他。

资历平笑笑：“想想又不犯王法。”

贵翼板着脸：“犯家法。”

资历平嘟囔了一句：“我又不姓贵。”

“有话大声说，见不得人吗？”

资历平不敢回嘴，扯了扯袖子，又嘟囔了一句：“这衣服不合身。”

“那就别穿。”

“你显然对我有偏见。”

“你有意见？”

妞妞紧张地鼓着小嘴巴，左看右看。

这时，林景轩在门口喊了句：“吃饭了。”

妞妞窝在贵翼怀里，双手一撑贵翼的肩膀，童音响亮地重复了一句：“吃饭了。”

饭桌上，资历平边吃饭，边暗中观察着贵翼。

资历平很主动地："我反省了一下。"

"哦，太阳打西边出来了。"

"我没有全面地考虑到这件事把你牵涉进来的后果。对不起，我——"

贵翼审视着他，问道："你想大事化小？"

"至少表示诚意。"

"诚意我是一点也没看到，你在我眼底，显得很虚伪。"贵翼看了看妞妞。

资历平不乐意了："我没利用孩子。"

"你敢！"他把筷子重重一放。

资历平跟着放下筷子，见状，妞妞也不吃了。

贵翼心底纵然有气，看看小资还是懂规矩的，"——别小事化大。"他又慢慢拿起筷子来，给妞妞夹了菜。对妞妞说，"妞妞，你乖。"

妞妞有样学样地给资历平夹菜，说："小资哥哥，你乖。"

资历平笑起来，贵翼也笑起来。

林景轩端了盘水果上来。

贵翼对资历平："吃完晚饭带妞妞上楼去玩，你也早点休息，别耍花样啊。"

"今晚不谈了吗？"

"你两天两夜没睡了。"

贵翼的态度不急不躁，拿捏适度，这让资历平不敢接腔。

一家人安静吃饭。

妞妞看看贵翼，看看小资，特别欢快，大口大口地吃饭，吃得特别香。

已是深夜，贵翼还没有睡，他打开一个精致的小盒子，里面放着一枚粉红色的发卡。他小心翼翼地抚摩着发卡，仿佛上面还留有亲人的温度。

听到敲门声，贵翼喊了一声："进。"

房门打开，林景轩领着资历平出现在门口。

林景轩说："小资少爷说，他想跟您谈谈。"

贵翼面沉似水地喝道："出去！"

林景轩同情地看看俩兄弟，关上门。

贵翼坐下，头很沉，胸口很闷。手上握着粉红色的发卡，沙发上搁着那本“贵婉日记”，他翻阅开那本日记。

书房的挂钟“嘀嗒”作响。

资历平站在贵翼书房门口，林景轩低声地劝慰道：“你这样，你啊，先到客厅里沙发上去睡。我呢，替你看着，他要想跟你谈了，我再叫你。”

资历平说：“没事，我等等他。”

“你不两天没睡了吗？”

“我今晚不跟他谈谈，他也两晚睡不了了。”

林景轩想想，说：“你说，你俩是不是有病啊？一会儿他找你，一会儿你找他。他要跟你谈，你不老老实实地谈。你要跟他谈，他让你吃闭门羹。”

“林大哥，你去歇着吧。”

林景轩默许了。“我可跟你说，没人罚你站啊。”他提醒资历平。

“总要拿点诚意出来。”

“好吧，你俩就耗着吧，我去沙发上先躺会儿。”

贵翼想去妞妞的房间看一眼，打开房门时，看到资历平还站在门口，没有理会，径直上了楼。

书房的挂钟指针走向凌晨一点钟，挂钟敲响，资历平站在贵翼的书房门口，一动不动。林景轩在沙发上打了一个盹，醒来后翻身坐起时恰好看到贵翼从楼上下来。他坐在沙发上看着贵翼，看到资历平依旧在书房门口站着。

贵翼从资历平的身边走过，打开书房门走了进去，紧跟着房门“砰”的一声又关上了。坐在沙发上，他继续翻阅那本“贵婉日记”，想从日记中再多了解一下亲人。

不知过了多久，书房挂钟又敲响了。

资历平还在书房门口站着，林景轩没精打采地坐在沙发上打着哈欠。

书房门突然打开，贵翼站在门口，他看上去依旧精神不减，锐眼似箭。

林景轩赶紧站起来，小跑到书房门口。

“军门。”

贵翼对资历平：“进来。”

资历平低头走进门，林景轩要跟进去，贵翼反手把门关上了。

“坐。”

兄弟二人坐下。

贵翼拿出那枚粉色发卡，放到茶几上，很直接，也很清晰有力地：“贵婉是怎么死的？！凶手是谁？告诉我！”

资历平怆然泪下，缓缓道：“贵婉遇害的那天，我在现场。”

贵翼倏地眼光锁住他的脸。

“凶手应该是贵婉生前见到的最后一个人。——可惜，我，我没有看到凶手。我只听到了枪声。”

“你觉得凶手是谁？”

资历平摇头：“我不知道。”

这句话答得很干脆。

“你心底有怀疑的人吗？”

“——我，不知道。”

“你处心积虑地把我拉进你设计的局里，很诚恳地愿意跟我谈。不会是连个正确答案都没有吧？”

资历平的眼睛盯着茶几上的粉色发卡，他在掩饰自己内心的难过和悲哀。

贵翼很细心地观察他的表情，又问：“案发当日，预警的是你吧？”

资历平盯着发卡，说：“是。”

“你怎么知道贵婉有危险？”

“那天，在克雷孟梭广场上，我们在马车上见了一面，最后一面。”

“她有反常表现吗？”

“她说，她想留住春天。”

“那时候，是冬天。”

“对，她说，也许等不到春天了。”资历平的眼泪滑落下来，“那天，天气很冷。她痴痴地看着马车窗外漫天飘雪世界，对生命充满了留恋。我说，你真悲观。难道这是你看到的最后的雪花？”

贵翼怔住，问：“她说什么？”

“她说，今生而已。”

贵翼低下头，控制着自己的情绪。

“我当时真心有点受不了她的‘疯话’。她一直沉浸在自己的各种严重猜测中。”

“我很想知道，你和贵婉过去种种的经历。你能告诉我吗？毫无保留地告诉我。”

资历平点点头。“我是贵家所生，资家所养——我的两个哥哥也是同父异母。我大哥资历群的母亲原是我爸爸的结发妻子，因难产去世，留下嗷嗷待哺的婴儿。”他缓缓地说着，“阿爸为了我大哥能有个好的继母照顾，续弦娶了他妻子的嫡亲妹妹，我妈妈和她的姐姐感情极深，对大哥百般爱护，以至于对自己亲生的孩子，我二哥资历安都疏于照顾。

“阿爸对于爱情还是很执着的，他曾一度把我的妈妈当作他死去妻子的‘影子’来‘敬’着，直到阿爸遇到我的姆妈，就是我亲娘，他们相爱了，中年人的爱情爆发起来，一样轰轰烈烈。阿爸爱屋及乌，对我非常溺爱。

“——作为资家姨娘的儿子，反而我事事都有优先权。读书也好，住处也好，甚至丫鬟帮佣，都是我先挑选。纵有什么事做错了，阿爸也会护着我。有时候，连我姆妈都看不过去——”

贵翼微微抬眉。

资历平继续道：“我性格冲动，喜好繁华，吃喝玩乐，无一不精，无一不晓，无一不来——”

贵翼很直接地截断他：“你跟露西是什么关系？”

资历平抬头看他，“她是我的搭档。”他略微顿一顿，“工作搭档。——您要知道，对于一个魔术师来说，有一个合拍的搭档至关重要。”

贵翼悠悠地问：“你还会变魔术？”

资历平笑笑：“技不压身。”

贵翼淡淡地：“露西仅仅是你的搭档吗？——哪个魔术师的助手会甘冒坐牢的危险去盗取权贵的印章，帮助你伪造官方文件，好协助一个杀人犯逃脱法网——你不要命了，她也愿意陪你身败名裂？——你告诉我，这样舍己为人的助手哪里还找得到？”

资历平的嘴角竟是有了一抹笑意，他想到了“舍己为人”这几个字。

“军门真是通透，一语中的。”

“什么？”

“舍己为人啊。”

1932 年，上海。

赌场里豪华，热闹，赌桌气派。露西在赌桌前发牌，她顾盼生辉，双手洗牌，洗得人眼花缭乱，动作娴熟流畅。

舞女茜茜也在赌桌前押宝。

轮盘转在旋转，客人们在狂欢。

资历平高调地从赌场中心通道走过，目光和露西的目光交汇。露西淡淡地眼眸扫过，一点也没有惊奇色。

资历平有点小失落。

赌桌前，资历平一把“梭哈”后，露西把所有筹码推给资历平，资历平望着露西微笑。露西依然淡淡地掠过他的眼眸。仿佛她司空见惯了。

赌场员工的换衣间里，露西正在换衣服。

走廊上，资历平站在门口，伸手递进去一张名片。

看到名片，露西捡了起来，看都没看直接扔进垃圾桶。

资历平并不知道，他跟露西隔着门讲话：“露西，有没有兴趣在大上海歌舞世界一起演一场啊？”

“——演什么？”

“魔术啊。——你做我的助手。”资历平推开门，露西刚换上一件礼服，他摇摇头，暗示礼服太次。

露西下意识地：“不好看吗？”

资历平点头。

露西回手关上门，在服装架上重新挑了一件，边说：“我做你助手，就是当着所有观众的面，被你大卸八块，还要面带微笑？”

资历平的背抵着门，说：“还不止，我想把你‘灰飞烟灭’后——再——”

门被顶开，露西站在门口，她换了件旗袍，定睛地看着资历平，问：“怎么样？”

资历平的脸色显得很尴尬，一副勉为其难地点头，又摇头。

“为什么？”

“老气横秋——”

门“砰”地又关上。

资历平窃笑。

露西在房间里换了一套洋装。

“好好考虑考虑。”

“——为什么选我？”

“你长得很特别。”

“我以为你选我是因为我手快。”

“再快也没有我快。”资历平一回眸，露西拉开了门。

露西问：“怎么样？”

资历平愣着：“快——快要遮不住了——”

露西意识到了低胸洋装，她猛地往上一提，退回房间，对着穿衣镜开始脱洋装，突然她意识到了什么。

资历平就站在她身后。

露西恶狠狠地：“你就是想让我脱了穿，穿了脱，脱了再穿——”她把洋装外套朝资历平脸上扔过去。

“这下真的看到了——”

“你！”

资历平赶紧把外套递给露西，笑说着：“赶紧披上——为了安全起见。”

露西穿好洋装走向站在门口的资历平。

“考虑好了没有？”资历平说，“机不可失，时不再来——”

“我讨厌别人控制我。”她从资历平身边走过。

资历平自言自语：“我也是。”

两人从不同方向离开。

刚走出换衣间，露西就被茜茜拉了出去。

赌场的后巷只有露西和茜茜两个人。茜茜哭泣着，露西着急地跟她讲话：“都叫你不要赌，不要赌了——你不听，现在怎么办？”

茜茜“呜呜咽咽”地：“露西姐，你不知道，今年我老家发大水，房子和地都被淹了。家里来信要钱，我也是没办法。——我在舞厅里的薪水连自己的饭钱、房钱都不够，我每天只吃一顿饭，饿得昏头昏脑。我原想在赌场赌赌运气，能翻个本，可是——运气越来越坏。——小刘说，明天要是还不能还钱，就把我的房子给掀了。”

“可你没房——”露西顿住，“你骗他你有房子？”

茜茜悲伤地点头。

“要死。”

茜茜大哭起来：“露西姐，帮帮我，帮帮我，我欠的可是赌场的钱，你做荷官你知道，就算四爷仁义肯放过我，我也会被舞厅解雇的，露西姐姐——我要丢了工作，我，我乡下一大家子可怎么办啊——我，我无路可走了，露西姐——我死的心都有了。”

“茜茜——”

“露西姐，帮帮我。我以后再也不赌了，再赌，我就把手指给剁了！”

“多少啊？”

“一千块。”

露西也快哭了：“——我也没——”

“利滚利啊，露西姐，救命啊露西姐——”

这时，资历平潇潇洒洒地从后门出来，看了一眼她俩，转身就走。

“——哎，哎。”露西叫住他。

资历平往前走，不理会。

“变魔术的。——等等。”

资历平忍不住笑意，回头道：“我没名字吗？——我记得我给了你名片。”

“我——”露西想到刚才把名片看都没看就扔进了垃圾桶，不知道该说些什么。

“我可以等。”资历平欲走。

露西恍然大悟，这小浑蛋要她把名片捡回来，转对茜茜道：“看着他，别让他跑了。”

茜茜泪眼婆娑：“啊？”

“想活命吗？——想活命就看住他。”说完，露西转身向赌场后门跑去。

露西拎着裙摆，气喘吁吁地跑进换衣间，在垃圾桶里一阵翻，找到那张名片——资历平。“资历平。”她呢喃着。

转身又跑出了换衣间。

来到后巷，露西气喘吁吁地跑回来对资历平说：“资老板，大人有大量。”她当着资历平的面，把那张名片放进贴身衣兜。

资历平看看露西和茜茜，说：“想好了，——万众瞩目下的身首分离？”

茜茜吓得捂住自己的嘴。

露西问：“一场多少钱？”

“搞艺术啊，上来就说钱。”

“一场多少钱？”她又问了一遍。

“二百块。”

“六百块。”

“三场，一千块。”

“现在就给钱。”

“这么急？”

“一条人命，急不急？”

茜茜配合地哭起来：“谢谢露西姐，谢谢资老板，谢谢露西姐——”

资历平双眉一展：“舍己为人啊。”说着，掏出皮夹子，麻利地抽出一沓钞票。

“哗”的一声，大幕拉开，资历平与露西在上海大舞台表演魔术“大变活人”。露西被资历平红绸一裹，越裹越紧，越裹越细，最后化为一股青烟。

观众们大声惊呼。

资历平指向台下——

露西从观众席上神采奕奕地跑上台。

观众们掌声如雷。

演出一结束，化妆间里就挤满了人。

一堆女学生围着资历平要签名，记者在拍照。

“资老板的戏真是棒极了。”

“资先生，给我签个名吧——”

“资先生什么时候能在上海大舞台演一场文明戏啊？”

“啪”的一声，有人给正在卸妆的露西拍了一张照片。

露西伸手一遮脸。

几个小开围着她转。

“露西小姐，今天晚上务必赏脸，去西洋餐厅吃个夜宵好吧？”

“露西小姐，你不演文明戏简直可惜了——”

“露西小姐，我们虹梅电影公司经过审慎考虑，决定请您来演下一部戏的女主角。”

资历平站起来，笑盈盈地说道：“麻烦诸位，到门外去等——请给演员一点私人空间，好吧，谢谢诸位。”

马车上，资历平和露西并肩坐着。

“——我们连演了两场了，一直也没好好排练过，是吧？——每次都是台上见，对观众多不负责啊。”资历平说。

“你想说什么？”

“为了艺术的完美，我俩应该多练习，多排戏。——万一哪天舞台上出现突发状况，我们也能应对自如。”

“你想怎么排练啊？”

“咱们找个安静的地方。”

“然后呢？”

“单练——”

露西微笑着狠狠掐了一下他的腿，资历平龇牙咧嘴叫“疼”，委屈道：“人都说单练了，自己练，你也掐，你是人不是人啊？”

“我们只是一起工作而已，而且，演过三场，就结束合作关系，清楚了吗？小资少爷？”

“不，”资历平看见露西的微笑，立马改口，“清楚，清清楚楚。”他眼珠一转，“那么，今天的下午场是最后一场，也就是你我永诀之日——”

马车向前——

他们身后是两排整齐的梧桐树，迤逦成行。

光辉璀璨的舞台上，资历平和露西挽手向观众致敬。

台下坐着文四益、陈萱玉，“包打听”刘焜和阿黎。

资历平先是表演一些小魔术，各式“扑克牌”魔术表演。然后，一个大型的玻璃鱼缸被推了上来，里面还有几条锦鲤在跳跃。

露西的手上戴着金色镣铐，跃入水中。

资历平盖上鱼缸的盖子，拉下巨型红布，灯光下，资历平掏出“魔术”手枪，对准鱼缸就是一枪，没有动静。

观众哗然。

资历平“很着急”地瞬间冲向鱼缸，此时的舞台灯光突然全都灭了。

观众傻了。

灯光再次亮起，突然，红布落下，资历平全身被手铐脚镣绑住，困在鱼缸里，鲜活的锦鲤在他身边围绕。

观众们大惊失色。

陈萱玉吓得跳起来：“小资——”

文四益拉住她：“魔术，魔术。”

露西一身是水出现在观众席，她拼命地朝舞台上跑去。

冲上舞台，露西焦急地拍打鱼缸，她几乎带着哭音：“不是，不是这样的——”

观众兴奋的浪潮掩盖了露西的哭泣。

资历平在鱼缸里“暗示”露西，“魔术”出错了，他的脸贴在玻璃上，要露西亲吻他。

露西悲伤地捶打着“鱼缸”，大喊：“救人啊！！”她试图爬到鱼缸上端去揭开盖子，可是鱼缸是圆润的，玻璃是滑的，她几度攀爬都失败了。

观众更兴奋了，大声地叫“好”。

陈萱玉复杂的眼神看着舞台上，搞不清楚是真是假。

资历平在鱼缸里绝望地望着露西，他用手指写着“永诀”二字，他的唇贴在鱼缸玻璃上——

露西泪流满面，把红唇贴在鱼缸上。

二人隔着鱼缸“吻”上了。

这一吻上，露西就像贴在了资历平的唇上，二人隔着鱼缸玻璃往上爬，突然，资历平被“吻”出鱼缸外，他一下从玻璃盖子中一跃而出，一伸手拉

住了舞台间放下的“悬杆”，而露西就像粘在他身上一样，被他紧紧抱住，悬杆往上拉升，资历平和露西亲吻着悬在了舞台上空。

台下，观众顿时沸腾了，掌声如潮。

看到资历平没事，陈萱玉眼泪都下来了，激动地大声喊“好”。

照相机青烟频起，黑白报纸大幅印刷着资历平与露西的舞台双飞照片。

资历平在通道里接受记者采访，一个众星捧月的豪华场面。

“请问资老板还会继续研发新型魔术吗？”

“当然，不过，也要看我的心情——”

众人被资历平的话惹笑了。

“今天真是大开眼界，请问您真的是无师自通吗？——有没有高人指点？”

资历平风趣地：“保密。”

“您还有更大的魔术项目吗？”

“今天玩得还不够大吗？”

“可以跟您的搭档露西小姐再拍几张合影吗？”

资历平引领众人推开化妆间的门，里面空空如也。

化妆镜上贴着资历平的名片，上面用钢笔写了一行字：“这是我的人生，不是你的魔术。露西”。

资历平微微一愣。

记者们蜂拥上前，一阵狂拍。

资历平被记者们抛在了身后，他笑笑，朝天吹了声口哨，自言自语：“我真是越来越喜欢你了。”他掏出一支笔在卡片的背面也写上一行字，贴在了门上，上面写着：“这是我的浪漫，不是你的梦想。资历平。”

他打开门走了。

又一阵照相机“青烟”蹿起声。

资历平微笑着离开。

赌场里繁华、喧嚣，“包打听”刘焜看着场子，露西发着牌，景象依旧。

资历平在赌桌前“逍遥”快活着，他和露西四目相望，两人之间心照不宣。

一阵哄闹声，资历平又“赢”钱了。

1932 年的上海，虽然年初刚刚经历了“一·二八”淞沪抗战的战争洗礼，但是，丝毫没有影响到上海各租界和华界的歌舞升平。十里洋场，刀光剑影，工会抱团，商会盛行，报业发达，政党林立。你不知道，今天跟你握手言欢的人，明天有可能取你的性命。你也不知道，真实的生活到底是什么模样。哪怕是你身边最熟悉的亲人，你也未必能了解他们的思想、他们的工作、他们的身份。

资历平继续在上海大舞台表演魔术，有节奏的音乐，漫天飞舞的扑克牌像刀片一样散开，又齐刷刷地聚拢到资历平手中，灯光璀璨，掌声如雷。

“看似魔幻的舞台，演绎的却是最真实的自我，那是我最开心的日子，最平凡又充满乐趣的生活。”

资历平谢幕。

“有的时候就是这样，你想崭露锋芒，就忘了隐藏真相。你想和风细雨，他就偏偏要短兵相接。”

第十二章　纸醉金迷的生活

他把油画摘下来，小心翼翼地卷起来塞进画筒里，然后背着画筒从博物馆的后门出来，走进了后巷。

一管黑洞洞的枪口对准他。

小黑屋里，资历安坐在一个长方桌前，一名长官坐在他对面问话。

长官说道："——你是'蓝衣社'这期学生里最优秀的毕业生。把你放在警察局实习三个月，是为了给你涂上一层保护色，毕竟简历里，你是警官学校毕业的。"

资历安神情坚定："明白。"

"你会永远坚持自己的信仰，效忠领袖吗？"

资历安站起来："学生誓死效忠领袖。"

"坐下说吧。"

"是。"

"你是孝子吗？"

"是。"

"你跟你家里的兄弟姐妹相处得好不好？"

"啊？"资历安旋即反应过来，"一般。"

"好，还是不好？"

"好。"资历安回答。

"最后一个问题，如果你的家庭里有人是共谍，你会大义灭亲吗？"

“——我会亲手处决他。”

“——好。”长官说，“从现在开始，你就是警备司令部侦缉处二科的科长了。”

资历安倏地站起，双腿一碰，感激地：“谢长官栽培。”

“你也不要盲目地沾沾自喜，你的前任曾通榆科长于三天前死于共谍的谋杀。所以，你现在是踩在刀尖上升职的。——希望你在这个岗位上发挥自己的才华，不要辜负了党国对你的信任。”

“学生披肝沥血，报效领袖。”说完，资历安严肃地敬了一个军礼。

房间内，资历群向上级做着汇报：“——‘一·二八’淞沪抗战的时候，我们上海党小组发动了日本工厂里的工人大罢工，声援十九路军抗战到底。5月5日，国民党政府代表与日本签订了《淞沪停战协定》，承认上海为非武装区。——中国在上海至苏州、昆山地区无驻兵权。23日，国民党政府军委会下令调第十九路军到福建‘剿共’。”

“国民党‘攘外必先安内’的政策，给中国人民的抗日战争造成了极其恶劣的影响。”

“我军战场形势如何？”

“红一军团和红五军团组成的东路军攻占漳州，俘敌一千六百余人，缴枪两千多支，飞机两架，还有大量军用物资。——这些军用物资，都需要沿途交通站运往苏区。交通局的工作是重中之重。——所以——上级要把你调到交通局的最前线。”

“保证完成任务。”资历群很有信心。

资历安走进侦缉处，在走廊上遇到顾晖和刘薇正在说话。“——听说了吗？杀曾科长的共谍是个船员。——说是在码头上，就这么‘喊里咔嚓’地给——”顾晖说。

“你说曾科长一个人去码头干什么？”

“干什么，跟竺元贞一起赚外快啊——”顾晖看到了资历安，问道，“你新来的？我好像认识你啊，你跟刘科长的，对不对？”

资历安点头。

顾晖问："调这儿来了？"

资历安点点头。

"——警察局多好啊，跑这来干什么。你们警察局管着交通运输，那可是坐地分赃的福气，哪像我们风吹雨淋的，还落不了好。"

资历安淡淡一笑。

刘薇对顾晖："新任科长什么时候到啊？"

"——我打听过了，新任科长叫资历安，空降的。他上面肯定有人。嗳。——家里是个土财主，有钱。你想想，这种人能好到哪儿去啊，脑满肠肥——"

刘薇"扑哧"笑着。

顾晖对资历安："兄弟，怎么称呼啊？"

"新任警备司令部侦缉处二科科长资历安。"

顾晖的脸色瞬间"惨白"，顾晖、刘薇立正，敬礼。

"我的办公室在哪儿？"

刘薇忙说："我带您去。"

资历安点点头，刘薇领着他刚往前走了两步，他回头对顾晖说："我家里不是土财主，是普通老百姓。"

顾晖双腿一碰："是。资科长。"

资历安轻描淡写地："背后议论长官该当何罪啊？"

刘薇回答："妄议长官，军法处置。"

资历安对刘薇："我没问你。"

顾晖重复道："妄议长官，该当军法。"

"那就站在这儿吧，我什么时候叫你走，你再走。"此时此刻，楼道里也站了很多特务。

"是，资科长。"

"你也别委屈。"资历安说，"我今天罚你，不是为了我自己，而是为了你刚刚殉职的长官。——大家都听着，我们不是风吹雨淋还不落好的特务，我们的职业是与这个国家最危险的敌人交锋，尊重自己的职业，才会做好这份工作。”

特务们齐声：“是。”

资历安向前走去。

一路，特务们夹道行礼：“立正，敬礼。”

去往码头的路上，竺元贞遇到了文四益，拍打着文四益的肩膀，肆意大笑着。

文四益也随着他呵呵笑着。

“听说你大舞台的唐经理新娶了第三房太太。——喜事啊，喜事。”

“你想说什么？”

“我送礼啊，送大礼。”

“你这算是‘打招呼’了？”

竺元贞笑着：“我做事，有礼有节，讲信用。——要不，你就把大舞台的经营权让出来——”

文四益问：“我为什么要让给你？”

“你看啊，我叫竺元贞，你叫文四益，我排第一，你排第四，我们谁大谁小？”竺元贞哈哈大笑。

文四益静静地看着他，没有接话。

竺元贞笑着又拍了拍他的肩膀，走了，人是走远了，但那笑声仿佛还停留在耳边。

华界2号码头上，刘焜被一脚踢飞。竺元贞披着大衣，叼着雪茄，看着一群小弟在揍刘焜。

刘焜被打得头破血流。

竺元贞走上前，用脚踩着刘焜的头，说：“从现在开始，立刻滚出上海。你要再敢出现在苏州河，我就把你扔进河里喂鱼！”他把雪茄烟戳进刘焜的嘴里。

文四益和阿黎走进大世界的后台，陈萱玉迎上来，说道：“四爷，我正说

去找你呢——”

“——阿玉，我现在有事——”他示意阿黎先进去。

“我先去找唐经理。”阿黎领悟，她向前走了。

“阿玉——”文四益话还没说出口，就被打断了。

陈萱玉说：“四爷，你也该管管小资了。”

“听我说，最近姓竺的在跟我抢上海大世界的舞台——”

“连生托我来跟四爷说一声——可不能让小资这么混下去。”

文四益感觉陈萱玉跟自己不在一个频率里，迎合着：“——那个，小资，是吧？小资？他好像在跟露西谈恋爱。”

“说实话，我最不担心的就是小资换女朋友，我担心的是他在四爷的赌场胡来，这人啊，要是赌惯了，根本没办法收手。——四爷，你得管管他——”她突然看见一只黑洞洞的枪口，大喊，“刺客！”她一把抱住文四益，替他挡子弹，文四益的腰间挂着枪，摸到枪套，手一伸进去，就开枪，子弹从枪套中射出。

一枪、两枪、三枪，子弹隔着厚厚的枪套，猛力发射。枪火之下，两个刺客应声倒地。

枪声就是信号，阿黎全速扑倒，开枪射击。

另一个刺客被击毙。

“四爷。”阿黎上前。

“阿玉。”

陈萱玉的脸色煞白，半躺在文四益怀里。

“我没事——小事——”

鲜血顺着她的手臂往下滴。

阿黎说：“四爷，唐经理死了。”

“走。”文四益扶着陈萱玉离开了后台。

下班时间到了，顾晖还站在原地。

资历安走出办公室。

刘玉斌跑来，连声道：“资科长，哎呀，哎呀，老弟，恭喜恭喜，恭喜高升。”

资历安应和着：“哪里哪里，您看您，打个电话来就行了，您还专门跑一趟。”

“那肯定是要当面道贺的啊！这么大的事。资科长，真人不露相啊。将来，咱们警察局和侦缉处那就是紧密合作的关系啦。——今晚上，我请客，祝贺资科长高升，您一定赏脸——”

资历安看看手表：“今晚上，还真不行。”

“不会吧，老弟，这刚起步就不认兄弟了？”

“误会误会，刘科长，我今晚上，家里有事。我大哥在银行升职了，叫哥仨一起聚一聚——改天，改天，我做东，请刘科长吃饭。”

两人边走边说。

刘薇拿着饭盒走来，看见资历安，立即立正。

资历安对刘薇说：“不准给他吃饭，不准喝水，不准他睡。——你既然这么关心他，你就在这值班吧。”

“是，资科长。”

“资科长。”顾晖求饶道，“——我错了，资科长。”

资历安对顾晖：“知道错了，很好。——坚持两天。两天后恢复你的正常工作。”

“是，资科长。”

资历安转对刘玉斌和颜悦色地：“我大哥平常太忙，也顾不上跟我们说闲话，今天真是难得他开了口，我们做兄弟的还不得赶紧去——”

刘玉斌的目光斜扫了一下刘薇和顾晖，赔笑道：“更难得的是，资科长今天新官上任啊——”他一语双关了。

资历安得意扬扬地笑起来。

资历群一身洋装，精神抖擞地走在繁华大街上。资历安一身皮衣，双手插在裤袋里，意气昂扬地走出侦缉处。资历平一身休闲装，叼着烟，戴着时尚的墨镜也朝着三兄弟约定好的地点而去。

大街上，资历安和资历群碰头了，两个人肩膀一靠，走在一起。

资历平跟在后面。

资历群对资历安："最近怎么样啊？"

资历安颇为自豪地："在市政府里，有了一间自己的办公室了。"

"那就是升职了，不错啊。——恭喜啊。"资历群感慨道，"哎呀，小资要有你一半的自律，就好了。"

"小资最近闹得有点不像话，成天在四爷的赌场鬼混，大哥你也不管管他。"

"小资可是咱爸的掌上明珠——"

"你现在要不管他，将来他可有苦头吃。"

资历平在后面踢石子。

"小家伙跟着呢。"资历群斜睨了一眼，说道。

"别理他。"

资历平一下就斜冲上来，硬生生撞在资历安怀里。

资历安"酷酷"的形象一下就毁于一旦，"你个小浑蛋。还有没有规矩？"资历安呵斥。

资历平从他身上顺了皮夹子，跳到一个台阶上，皮夹子拿在手里摇晃着："今天大哥升职，我请客，二哥出钱——"

资历群笑："我看行。"

"大哥。——那是我的——我的钱包——你个混世魔王。你等着。看我抓到你，好好收拾你。"资历安去抓资历平，资历平顺着街道开跑，资历安奋身去追。

看着追打嬉闹的两个弟弟，资历群哈哈大笑。

三兄弟坐在外滩观景台的阶梯上，喝啤酒，聊天。

资历平说："我要买艘船。"

资历群看着他："你想要我破产，是吧？"

"大哥，买了船，我天天出海去捕鱼，你不喜欢吃鱼吗？我让你天天有鱼吃。"

资历安发话了："吵什么，一边去。"

资历群对资历安："你最近没有休息好吗？眼圈都是黑的。"

“昨天晚上，失眠了。”资历安说。

“二哥你做什么坏事了睡不着觉？”

“你给我过来。”说着，资历安伸手把资历平揪到自己跟前，喝了一句，“给我站好了。”

“二弟——小资就是开开玩笑。”

“大哥你别管。——我今天非教训教训他不可。”资历安转对资历平，“你给我站直了！站过来，你怕什么——你不是天不怕地不怕吗？”

资历平一副耍赖的样子：“——我怕你咬我。”

资历群忍了笑。

“我，咬你？我！”资历安反应过来，直接动手了。

资历平看他真的怒了，没敢躲，也没还手。

“——亲有尊卑，位有上下。你读书都白读了。不是买车，就是买船，你以为资家是土财主啊！钱都尽着你一人花。”资历安边打边教训道。

资历平挨了两下打，喊着：“大哥。”

资历群不帮忙，坐在台阶上喝啤酒。

资历平回身“嘭”地撞了下资历安，一下“蹿”到资历群后面“躲”着。

“你敢打我！出来，小贼。”资历安指着他。

资历群发话了：“谁是贼？——你骂谁呢？”

资历安自觉失言。

资历群对资历平：“你也是，跟你二哥讲话要有尊卑上下，以后说话注意点，别没轻没重的。遭人嫌弃。”

资历安对资历群：“大哥，你就惯着他。我嫌弃他什么了？我是恨铁不成钢。——娇生惯养有什么好？一点没忧患感。你看看小资，没信仰，没目标，没事业，没追求——”

“这么说，你都有了。”

“我说多了。”

资历平笑嘻嘻地：“别啊，二哥，听上去一时半会说不完。”

资历安拿汽水瓶欲砸资历平：“我揍你，你信不信。”

“小资哪，是放纵了一点，但是说到‘玩’，他也算玩得比较专业。人生

就像是‘旅行’，人永远都在旅途上——有人愿意守着固定‘规则’行走，有人总是破坏规矩，插队跳级。——生活远不是我们想象得那么简单。”资历群语重心长。

资历安说：“是啊，不到终点，谁都不知道会发生什么事。”

“那就走到终点啊，看看谁输谁赢。”资历平还是一副没大没小的样子。

“四爷，警备司令部那边的人居然告诉我，从现在开始，在军火买卖上，竺元贞有绝对的优先权。”贵宾室里，陈晓律对文四益汇报着。

蔡鸿升从旁附和道：“有没有搞错？”

“码头上呢？”文四益问。

蔡鸿升说：“刘焜被打了。——姓竺的说，不让四爷的人过苏州河，过来一个打一个。”

“还有什么事？”

“2 号华界码头，竺元贞说应该归他管辖。”陈晓律答。

文四益皱着眉头。

见状，陈晓律叫了一声：“四爷？”

蔡鸿升忙问：“你感冒了？”

文四益摇头：“不，我牙疼。”

“赶紧去看看牙医吧。”蔡鸿升关心道。

“不急，再急也没有这件事棘手。晓律，码头那边，你的水警署要用起来，首先保护好我们的工人——”

陈晓律面露难色地说：“可是我得听命于警备司令部。”

“那是你的问题。”

“竺元贞曾经帮助军方血洗过码头工人，‘四一二’的时候，他杀过很多共产党，此人大有来头。”

“你是说他有背景，对吧？”

陈晓律点头。

“他没背景。——他现在就是一具尸体。——他成为尸体，也就在这两三天了。当然，他也是这样看我的。”

“四爷？”

“四爷。”

陈晓律和蔡鸿升同时开口叫着。

“唐经理死了，唐太太打电话，请我过去喝茶——叫人把消息散出去。”

蔡鸿升疑惑：“唐太太？他可有三个太太——”

陈晓律说：“四爷，您把这个消息散出去的目的是——”

“商会现在是多事之秋，警察局会重视的。与其我们自己人跟着，不如让警察帮我们看着。——还有，马上着手调查竺元贞的手下——”

陈晓律应道：“明白。”

“老五，配合晓律搞定这件事。”

“嗯。——四爷，明天我跟您去。”蔡鸿升答。

文四益忽然想到了什么，又改口说：“不，你们做好你们的事。”

码头上，水警署的人与竺元贞的手下对抗。

上海大世界，竺元贞的人在文四益的舞厅纷纷找碴儿、捣乱。

文四益走进和唐太太约定好的酒店，站在房间里向外望去，窗外对面是上海市博物馆。

唐太太一袭黑衣，坐在房间里。

“唐太太，节哀顺变。”

“我这两天过得很艰难。——家里一团乱麻，外面风声鹤唳。四爷，知道我为什么住在酒店里，也不愿意回家吗？”

“我知道你很不容易。——我能帮你什么？”

唐太太亲手递了一支雪茄给文四益，文四益看着她，没有接烟。

“我以为四爷喜欢抽雪茄。”

“你知道我为什么从不抽别人递来的雪茄吗？——我对雪茄了如指掌。”

“四爷在暗示我，这支雪茄被人加了料吗？”

“至少不是原装货。”

唐太太的脸色很难看。

有人敲门。

文四益问道："谁？"

"酒店送餐——"

文四益对唐太太："你点餐了？"

唐太太点点头。

"你点了什么？"

"晚餐。——两份。"

文四益看着她的眼睛，他走到门口，拔枪在手，隔着门问："送的什么？"

"一瓶威士忌——"

话还没说完，枪声响了。文四益隔着门打了一枪，门外传来服务生扑倒在地的声音。他回手对着唐太太也是一枪，唐太太中枪，她的手中滑出一把手枪。

文四益把她的手枪拿住了，问她："为什么？——为什么要杀我？"

唐太太很虚弱地："我的孩子，——我的孩子在他们手上。——我只要把你骗过来，他们就会放了我的孩子。"

"他们杀了你丈夫！"

"谁知道呢？——我有三年没有见到过他了。"

文四益摸了摸唐太太的鼻息，说："坚持住，子弹没有打到要害，我马上替你叫救护车。"

他起身拨电话。

唐太太气息越来越弱："——为什么，为什么还要救我？四爷。"

"为了你死去的丈夫。——你的孩子，我替你救。"

唐太太用内疚的眼神看着打电话的文四益。

放下电话，文四益又回到唐太太身边："——救护车很快就到，坚持住。"他随手扔了一条毯子裹住她。又持枪走出房门，一脚踢飞"服务生"的尸体，喊道："阿黎，阿黎——"

在一个拐角的死角处，文四益发现了被打昏的阿黎。他扛起阿黎，把她塞进洗衣车，用衣服盖住她的身体，迅速把洗衣车推进洗衣房。

藏好阿黎，文四益跑下楼梯，子弹飞来，边打边跑，动如脱兔。

"在这，这有枪手，别跑——"有警察追上来喊着。

楼梯上一片凌乱的脚步声。

文四益拼命跑出酒店后门，杀手和警察都在后面紧追着。

另一个方向，又出现两个杀手。

子弹频飞。

行人尖叫，躲避。

文四益开枪打伤一名杀手，转瞬消失在街口。

另两名杀手也追了过来。

看到有警察跑过来，杀手开枪，设法阻击警察。

资历平潜入上海博物馆，在一幅油画前停了下来，他欣赏了一会儿，随即开工了。

他把油画摘下来，小心翼翼地卷起来塞进画筒里，然后背着画筒从博物馆的后门出来，走进了后巷。

一管黑洞洞的枪口对准他。

“哇，中头彩了。”资历平叫道。

文四益下意识地用枪逼退他。

资历平不停地往后退，摇着头，口里一个劲地：“No、No——四爷，四爷，现在几点了，你们巡捕房不下班吗？——四爷，四爷。”

“你怎么会在这？”

“我，我观摩，观摩一幅画。”

“你又偷画！”

一颗子弹迅猛地飞来。

文四益掉转枪口开枪射击。

资历平一下明白过来，拉着文四益又向博物馆里面跑去。

“四爷，是不是——有人要杀您？”

“我完全支持你的假设。”

资历平一副欲哭无泪状，说道：“我真走运。”

三名杀手跟着进入博物馆走廊，互相警戒着。

文四益对资历平：“我正好要找你谈点事。”

“感谢惠顾。——你其实可以打个电话，先预约。”

一名杀手突然出现。

防不胜防。

资历平一个漂亮的鹞子翻身，将杀手的手枪踢飞，杀手整个人摔翻在地。

文四益对准杀手开枪，但是枪没响，原来枪里早就没了子弹。他看到杀手的枪掉在地上，动作敏捷，刚把枪捡起来，另一名杀手就冲了过来，他毫不犹豫地开枪，却没打中。此时，第三名杀手也冲了上来，一脚将手枪踢还给第一名杀手。

资历平眼疾手快，扯着文四益跃进一间密室，关闭密室门。

“这里还真是个‘避难所’。”文四益环视着房间说道。

门外，凶手们设法开锁。

文四益神情紧张地听着外面的动静。

“我有个救命的法子，四爷。”资历平抬头看着墙上的通风口。

“嗯？”

“我想你不介意留个案底吧？”

文四益还没来得及反应，资历平就拉响了“警报”。

“警报声”轰鸣！

三个凶手停下开锁的工作，正准备往外跑，所有的门都关闭了。

博物馆的值班人员听到警报声，立刻报了警。

听到警报声，三个凶手彻底傻了。准备逃走时，与值班人员相撞，随即双方发生枪战。

密室里，资历平攀缘在墙面上，动手拆除一个通风口。

文四益仰头看着他：“你的工作可真‘精致’。”

“没你的工作‘火爆’。”

“为什么干这行？”

“找点刺激。”

“明白，就是吃饱了撑的。”

“今天要不是我在这，吃饱了没事干，您也许就——啊，什么都不用吃了。”

文四益笑笑：“那，现在这样能出去吗？”

“可以啊，最起码，我可以替四爷解决交通问题。”

“真的假的？”

“四爷，您钻过狗洞吗？”

“什么？”

“那个，啊——就是，您会爬——”资历平调皮地做了一个爬行动作。

“滚！”

“说得好，就是连滚带爬。”

“绝不！”

文四益满头大汗地在前面爬着，资历平在后面跟着，很快就转过弯道。在前方的出口处，文四益被堵住了，怎么也过不去。

“四爷，您就不能少吃点吗？——四爷，衣服，你把衣服脱了，给我，就能过来了。”

文四益鼻子都气歪了。

“四爷，没事，就咱爷俩，您就当下了一回澡堂子。我嘴严，眼盲，没心机——”

话还没说完，一件衣服扑地飞到资历平鼻子上。

刘玉斌带着几名警察冲进博物馆的后走廊，地上躺着受伤的凶手和受伤的博物馆值班警员。

刘玉斌嚷道：“封锁各个出口，检查每个房间。——把人犯都铐起来。”

几名警察雷厉风行地奔跑着、喊着，踢门声、脚步声混杂在一起。

博物馆门口，警车、救护车齐聚，警察、交通警、文物管理人员聚在一起。

警察往外押着人犯。

资历平领着衣冠不整的文四益从墙根处跑了出来。

“四爷，你在这，等等我。”

文四益警觉地观察四周。

一辆警车开来。

文四益注意一看，资历平穿了警察的制服，向文四益招手。车门大开，文四益跳进警车，警车飞驰而去。

“四爷，我说过，我可以替您解决交通问题。——不吹牛吧。”资历平开

着车，非常得意。

“谢谢你，救了我。”

“我不擅长救人，我擅长把人大卸八块。”

文四益大笑。

警车一路向前。

日本料理店的包间里，气氛压抑。文四益和竺元贞面对面在吃“日本料理”。

文四益一个人。

竺元贞背后倒是站着四名壮汉，一个个雄赳赳气昂昂的样子。

“文老板，单刀赴会啊。”

“阿黎住院了。医生说，她的头部被人用钝器袭击过。”

“哦，太不小心了。——文老板是特意过来跟我借医疗费的吗？”

“我是来秉公执法的。”

“好，秉公执法。——我正好要揭发一件谋杀案。”

竺元贞拿了几张照片出来。文四益看了看——照片上是唐太太正和一个男人亲吻，男人只拍到了一个背影。

“看见照片没？——你跟自己兄弟的老婆上床，利用完后，就把她给杀了，这种轰动性新闻，可以得到所有媒体的关注。——想想都开心，做梦都笑出声。”

“照片上的男人没有露脸啊，这能说明什么呢？——你以为这个可以成为呈堂证供吗？”

竺元贞兴高采烈地：“读者会相信啊。——舆论让你死，还不是分分秒秒的事。”

“你把事情弄得太复杂了。”文四益吃完了盘中餐，用餐巾擦擦嘴。

“我力求细节完美。”

“我向来不讲究过程。”文四益倏地站起来，枪指竺元贞的头。

竺元贞大笑起来：“你疯了吧！信不信我手下在你身上开上七八个大窟窿啊！”

“是吗？——我不信。”

竺元贞一转头。

四个壮汉的枪口一致对准竺元贞。

竺元贞脸色惨白，枪口下转过头来：“我——”

文四益堵住他的脏话：“你的这几个手下，并不是我想收编的最佳人选，但是，他们价廉物美。”

“你。”

文四益大声地：“我是法租界探长文四益，前来逮捕杀害唐经理的嫌疑犯，该犯拒捕，袭警——”话没说完，枪声响了。

竺元贞被文四益一枪毙命。

“我做事，是不打招呼的。”

文四益走向柜台，对老板说道：“结账。”

老板哆哆嗦嗦地趴在柜台上，收了钱。

文四益刚走出门，柜台里伸出七八条枪来，枪口吐出烈焰，四个壮汉完全没反应，全部被杀。

蔡鸿升、缠着绷带的唐太太和一个小孩子站在月光下。

文四益从料理店走出来后，走了过去说道：“什么样的人会落到尸首异处，众叛亲离的下场？——不给人活路的人。”

唐太太哽咽着。

文四益对唐太太：“今后，你无论嫁给谁，过上什么样的生活，请善待孩子。——这孩子的生活费和学费，由我来承担。算是给唐经理一个交代。”

唐太太痛哭起来，孩子跪下给文四益磕了一个头。

阳光和煦，温和的光线照进咖啡厅。文四益坐在阳光照射充足的位置，抽着雪茄，看着报纸，喝着咖啡。

资历平一走进咖啡厅就径直朝他走来，坐在了他的对面。“四爷。”他精神矍铄。

文四益看了他一眼，放下报纸说：“精神不错啊，有什么新故事了？”

“普普通通吧，不像四爷，短短两天添了那么多光辉事迹。”

文四益得意地笑笑：“有个事问你。”

“嗯？”

“你是不是喜欢露西啊？”

“露西？喜欢啊，谁不喜欢美女啊。我没福分，——不过，她是真好。”

“是你没有定力吧。”

“——我就是定力太好了。”

“那就是暂时没戏啰。”

“不会吧，四爷，你想做媒啊？”

“那是你三姑六婆八大姨喜欢做的事。”

资历平一笑：“我就知道——我婶啊，就是喜欢管我。”

“陈萱玉和你娘是舞台姐妹，你为什么不管她叫姨，而叫她婶呢？”

“她原来不是唱老生的吗？——她总让我喊她叔叔，我别扭，干吗呢？我就不叫她叔，我管她叫婶。”

文四益笑笑。

“对了，您把我叫来，就为了说这个？”

“不，不是。那什么——你婶啊，托我一件事——”

资历平看着他。

“别赌了。”

“说什么？”

“算了。”

“啊？”

“下次去赌场，筹码算我的。”

“——那还赌个什么劲啊。”

“没错，就是让你没劲。”

“四爷——”

文四益站起来：“就这事。再赌就是存心讹我的钱，你看着办。”

“四爷，恩将仇报啊。”

“什么恩将仇报，这叫——道高一尺魔高一丈。”

之后，资历平没有再进赌场，而是和茜茜在仙乐斯跳舞，穿梭于灯红酒绿之所，和露西夜月游湖，格外浪漫。他仿制古画，精致的线条如金丝直线奔涌——

在上海的十里洋场，随处可见资历平的身影，甚至有时还会经常看到他在警察局进进出出。而上海的各大报纸上，也总是看到关于他的新闻，什么“高仿书画诈骗犯——混世小魔王”“利用魔术获利，侥幸逃脱法网”“欢场挥霍无度，疑似欺诈赌王”“天才诈骗犯”“一掷千金的豪宴”，源源不断。

“四爷不让我继续赌博了，我就在私人馆藏和博物馆、各个舞厅、酒楼出没。我姆妈嫌我太‘野’，四爷的威慑既然没有奏效，就转托我大哥管教我。——我大哥博学，严谨，通情达理；二哥很苛刻，性格阴郁。而我是一个桀骜不驯的人，不管我，我还能自控，但凡有人要拘束我，我就一定要折腾个天翻地覆给他看——这种带着强烈挑衅意味的……恶作剧，使我声名远扬，成了一个有‘前科’的人。”资历平对贵翼说，“我曾经是新闻小报的宠儿。如果你喜欢看新闻报的话——”

贵翼很直接地：“我是学军事的，不太关心刑事案件。”

资历平被“呛”住。

“我在贵军门眼里是一个刑事犯的嘴脸吗？”

“我无意冒犯。”

资历平笑笑。

“如果我没有猜错，你大哥一定用了什么方法，迫使你臣服于家族的压力，洗心革面。”

“是啊，好像命中注定一样，几乎没有什么选择余地，一开始，我就步入了我大哥精心设计的陷阱——我大哥当时正好在巴黎一家证券事务所上班，他设法从我的喜好下手，将我诓到巴黎。在异国他乡，我经历了一场‘再教育’。”

1933 年春，巴黎。

汽笛声声响，列车靠站，资历平满怀喜悦地伏在车窗上向外看，他对窗外的一切事物都充满了美好的憧憬。

资历平站在火车站门口，脚边搁着一个皮箱，站在风头上，有点哆嗦，他已经等得很不耐烦了。终于，看见了姗姗来迟的资历群。

资历平乍见大哥，还是兴奋地，他挥动着手臂，喊着："大哥。"

资历群面无表情地走来，说了句："回家。"

资历平怔着。

资历群已经向前走去，他甚至都不回头看他一眼，资历平拎着箱子赶紧跟上。

云层低垂，仿佛气压很低，资历群和资历平坐在马车上向宽阔的街道驶去，资历平好奇地四处张望，又有点失望，仿佛没有他想象中的"好"。

马车在石子路上颠簸着，完全没有回家的感觉。

资历平一脸茫然。

低矮的空间，潮湿的楼板，狭窄的楼道，还有横七竖八的晾衣竿，合租的公寓给资历平的第一感觉就是拥挤、杂乱。这里来来往往的都是中国人，有苏州话、潮州话、上海话、广东话、杂七杂八的法文和英语混杂着。

迎面走过来一个住客，笑眯眯道："来了，你二弟啊？"

"是小弟。"

房东喊道："资先生，你的煤气费要缴了。"

"好的，好的。"

"——房东，我的水管好像坏了。"住客向房东说道。

"一会我叫人过来看。——柳小姐，你的房钱还没有付。"

柳小姐说："我失业了，准备回国，我家里马上就把路费给汇来，等一等吧。喔唷，李先生，你的西裤落到楼下去了。"

"——现在经济萧条——哎呀，我就这条西裤了。"李先生赶忙往楼下跑，急促的脚步声，冲得太快，险些撞到资历平。

回到房间，资历平气鼓鼓地把行李放到房内："我不要住在这里，我要住酒店。"

"休息一下，洗手，准备吃饭。"资历群不理会他。

“你没有听见吗？我要住酒店。——就算不住酒店，我也要单租一个公寓。”

资历群给他一个信封，说道：“省着点花。”

资历平打开信封看了看，马上又不高兴了，嚷嚷道：“才五千法郎。”

“留学生做一天的工才十个法郎，做足一个月才三百法郎，通常他们一个月只能做半个月的工。——我的工资也不高。”

“家里寄的钱呢？”

“租房子不要钱吗？——你又不肯住学校的宿舍，巴黎的房子很贵。”资历群一边说，一边去厨房点煤油炉子。

“这间屋子小是小了点，有单独的厨房和卫生间，还有小凉台，我们晾晒衣服都很方便。这里是电业公司的寓所，晚上不会停电——”

厨房和房间是相连的，资历平靠在厨房门口，看见哥哥在忙碌，也不好再犟，忍了一口气，跟哥哥商量。

“不住酒店也行，那，巴黎的时装总要买几套是吧？书也要买的，歌剧院总是要去的吧，出门总要坐车，钢琴课总要上的——你不给我请个法文老师吗？我法文又不好，英文还行，对了，这里还有德国人开的酒吧，德文课总归也要报的，还有油画——是吧，哥哥？”他口气里分明有了讨好的意味。

厨房里，葱香蒜味扑鼻而来。资历群炒着菜，问道：“你不是学工笔的吗？”

“我就想多学一门手艺。”

资历群不咸不淡地：“绘画是艺术。”

“艺术也是商品。”

资历群把炒好的菜盛在盘子里，说：“你这样门门会，样样瘟，成不了大器。倒不如踏踏实实地好好选一门课，学精，学透，学有所成。”他关了煤油炉子，端了菜，到房间里来。

资历平跟着他，坐了下来。

“现在法币贬值得厉害，这个城市里好多商人都破产了。”

“你也说通货膨胀，那，这点钱够做什么？”

资历群白他一眼：“那么多勤工俭学的，不止你一人缺钱花，你又不是废物。”

资历平“腾”地火气上来了：“说谁废物？”

资历群端起碗，静静地吃饭。

资历平气哼哼地：“你认为我是废物？”

资历群不紧不慢地：“你刚来，我不想和你吵。吃饭吧。”

“吃什么吃。我大老远地来了，你就让我吃这个？”资历平看了一眼桌上的“蒜泥青菜”和“番茄鸡蛋”，气得鼻子和嘴都是“歪”的。

“你不吃饭？要做神仙啊。——你不吃算了，你不吃，我不怄气，你要吃，我还怕不够呢。”资历群自己自得其乐地吃，边吃还边哼哼小曲儿。

资历平真的光火了，他倏地站起来，一伸手“哗”地把那盘“蒜泥青菜”拿起来，直接给倒在一个扔废稿纸的“废纸篓”里。

资历群吼了声：“你疯啦。”

资历平不停手，把“番茄鸡蛋”也倒“废纸篓”了，“资少爷不吃垃圾。”他手里捏着那个信封，气冲冲出门去了。

背后是资历群的声音：“哪儿去？”

资历平豪气地：“吃大餐去。”

资历群听见他的脚步“噔噔噔”下楼去了。

资历平一气冲下楼梯，忽又想起自己的行李还在楼上，又折回去拿行李。

资历平推开门，顿时傻眼了。

资历群蹲在地上，细心地把“废纸篓”里的“菜”全都捡起来。他这一去一回，资历群也没在意，兄弟俩互相看着。

资历群直起身，把捡起的“剩菜”给摆好了，自己坐下，一口饭一口菜，接着吃。看得资历平这叫一个“恶心”，“吐”的心都有了，他拿起行李，头也不回地走了。

资历群津津有味的咀嚼声与资历平“汹汹”的脚步声混杂在一起。

巴黎教堂的钟声敲响，资历平拎着行李，跳上一辆马车走了——

“我当时特别想呼吸自由的空气，我认为那间合租的公寓简直就像扼杀自由的鸽子笼，我想逃离——那不是我要的世界——”资历平说。

贵翼和资历平对坐着。

贵翼几乎可以猜到当年这个纨绔子弟的下场了，他淡淡地一笑，刻意轻描淡写地说：“如果我猜得不错的话，你很快就花光了身上所有的钱。”

资历平自嘲道：“还用猜吗？”

贵翼端起茶杯来，啜了一口茶。

“巴黎是一个不夜城，音乐、美人、鲜花、美酒、雕塑、绘画、迷醉的空气、泛滥的香水。我完全沉浸在纸醉金迷的世界里，当然，也有我酷爱的艺术。”资历平特别申明了一下，“各类艺术。”

资历平弹奏钢琴曲、在美术馆流连忘返、与巴黎美女共游塞纳河，他打开酒店的窗户，视野宽阔，整个夜巴黎灯火璀璨，华丽绚烂。

“终于有一天，囊中羞涩，弹尽粮绝了。”资历平继续说。

贵翼看着资历平，贵翼：“该回家了。”

“是啊，我当时也这样想，大不了回家，跟大哥赔个礼，道个歉，再拿笔钱出来花。我真是天真极了。”

资历平推开房门，房间里人去屋空。他一脸茫然地站在屋里，房东跟在后面吵吵着要房钱。

“我大哥突然间失踪了，临走还欠了房东 70 法郎的债。我顿时就不知所措了。——我替他找了很多借口，生意不景气，丢了工作；投资失败，欠了很多钱——或者，恋爱失败了，他很伤心，需要一个人安静——他，总之，肯定有各种各样的特别原因不能照顾到我，我甚至在想，哥哥是不是出了车祸？得了急病？被人绑架？——我去了警察局报案，真的，我像个四五岁的孩子，恐惧、迷茫、慌张。”资历平说到这里，笑了笑，苦笑中流露着真情，“我每天都等待着他的消息，期待事情有好转。”

“为什么不打个电话，回家问问呢？”

“我打了电话，是我阿爸接的，他告诉我，他早在一个星期前汇了一大笔款子给我大哥，做我的生活费，还问我，过得好不好？”

贵翼明白了。

“我当时就明白了，是我大哥在耍我！他拿走了所有的钱，撇下我走了，我不敢跟阿爸说，怕他担心，而且阿爸也没有什么多余的钱了，我就马马虎虎地在电话里跟阿爸敷衍过去了。”

“那你凭什么过日子呢？”

“什么都没有，我饥寒交迫。——饥饿对于任何人来说，都起着同样的作用，有教养的，没教养的，有道德的，没道德的，饿死前总得做点什么——”

“于是你——”贵翼刚想说“作奸犯科”，又吞回去了，厚道点说，“重操旧业。”

“可惜，巴黎的‘生意’不好做——”资历平说，“——倒卖赃物也好，街头行骗也好，马戏团装小丑也好，总是被警察追着跑，好像我的人生变成一场追逐战——我总是不停地跑，直到有一天我实在不想跑了，我精疲力竭，被警察扔进监狱。”

资历平被法警扔进潮湿的牢房。

“我记得我当时被法警拘留在一间很阴暗很脏的水泥房间里，我已经忘了犯了什么事了。我大哥终于出现了，据他说，他花了相当大的一笔钱，从拘留室里带走了我。他跟我说，每个人都要为自己做的事付出相应的代价，而偿还的代价必须是翻倍的。”

第十三章　无巧不成书

资历平唱：“——想必是新婚渡鹊桥，吉日良辰当欢笑。为什么鲛珠化泪抛？此时却又明白了。”

贵婉站起来，同时资桂花也站了起来。

“我不能看着你就这样把自己给糟践了，我也不会允许你为所欲为，坐享其成。”资历群对资历平说。

资历平针锋相对道：“我没有坐享其成，是你，拿走了阿爸汇给我的钱！你才是个不折不扣的骗子。——我从来不会轻易地相信别人，我只轻信了家人。”

资历群微笑：“你的钱？这些钱哪一分哪一厘是你的？”他走近资历平耳边，冷声地，“是资家的！”

资历平心底一颤，表面稳住了，冷笑回应：“原来如此。说到底，是为了家产。”

“随你怎么想。”

“我明告诉你，资家那点破钱，我小资一点也不稀罕！”话音未落，资历平第一次，第一次被人劈面一掌，打得眼冒金星。他一步没站稳，踉跄了两步，站直了，无比光火地吼，“你打我！！”

资历群指着资历平的鼻尖，说：“我替父亲教训你，资家那点破钱的确不算什么，但是，资家的钱养大了你！不是资家这点破钱，你和你娘还在喝西北风呢！！说不准早成了路殍野鬼——”

“你敢打我！！”资历平压根就一句话都听不进去，他就记着平生第一次被人给打了。他向资历群扑过去，犹如小老虎出笼，狂野咆哮，张牙舞爪。

资历群挺身说：“你敢跟我动手吗？”

资历平脸涨得通红，因为愤怒，要撕咬他；因为家教，逼着他硬“刹住”车。一瞬间，他记起了母亲叶连生对自己说的话：“你在国外，凡事都要多想想，不要由着性子。如果哥哥打你，切记不要还手。你大哥是文弱书生，你是个练家子。你要还手了，说出去，就是你的不对。”

“哥哥从来没有打过我。”资历平说。

此刻，仿佛母亲的预言灵验了。资历平冷冷地镇定地恨着资历群。良久，突然说了一句：“我没钱还你。”

“这事没商量。”

“我有钱也不还！”

“等有了，再说吧。”

“你还怕我弄不到钱？”

“得是干净的，脏钱我不要。”

“钱都是一样的，法币、银圆、金条，你告诉我哪样是干净的？哪样是脏的？”

“你错了。不是我来告诉你，而是你来告诉我。你用实际行动告诉我，你挣的钱，每一分每一厘都是干净的。”

资历平气急败坏地：“你别做梦了，资少爷我不是省油的灯。”

“你又错了，我教你的是柔能克刚，胡搅蛮缠、谩骂不管用。”

“哦，我一直以为是‘人在屋檐下’。”

资历群“嗤之以鼻”，说：“你真高看自己，你是逆来顺受的人吗？”他轻轻一抖衣袖，径直向前走去。

资历平跟着资历群又回到合租公寓，看见的还是那些人，听到的还是那些话。

住客客气着：“哟，来了。”

资历群客气答应着：“来了，来了。”

“你二弟吧？”

“是小弟。”

“资先生，你买的自行车送来了。”房东走出来，对资历群说。

“好的，好的。”

“——房东，屋顶漏水了。”住客又喊道。

“一会我叫人过来看。——李先生，洋行有人过来找过你了。”

回到家，房间如故，只是多了一些摆设，譬如挂钟、棋盘、书柜、新窗帘、新桌布、新碗碟。桌上午餐是做好的，资历平肯定都是凉菜。果然，资历群打开盖子，一盘是凉拌鸡丝，一盘是凉拌牛肉，很奢侈的感觉。

资历平转目看看棋盘上的一局残局。

资历群瞥了他一眼：“——看看就行，别乱动，那是我费尽心思研究的一局残局。”说完，他去厨房热饭。

资历平置气地一抬手给掀翻了。

资历群淡淡地：“你干什么乱发脾气？”

“资少爷我不高兴了。”

资历群没说话，在厨房忙碌了一会儿，把热好的饭给端出来，坐在桌前，极度自负地：“把残局恢复了。”

资历平极度傲慢地：“恢复了又怎样？恢复不了又怎样？”

资历群笑：“恢复了，证明你是个过目不忘的天才，你可以在家里跟我一起吃中饭。恢复不了，那就是你资少爷吹牛吹破了天，是个十足的蠢材，不用吃饭了，因为你已经满肚子草包了。”

资历平蔑笑，两手一抻，棋子如飞。

棋盘恢复了。

“看见了？”

资历群看了一眼，点头道：“天才。”

“天才不高兴了。”资历平又把棋盘给抽翻了，满屋子棋子乱滚。

资历群根本无视他，自顾自地吃饭。

资历平生气地坐下。

资历群：“我给你找了份工作，在报馆。”

资历平冷笑：“我才不稀罕当什么记者呢，起早贪黑的——”

“你想得美，当记者，——你去送报纸，每天凌晨5点拉丁区大街3号《每日新闻》报馆。”

资历平以为听错了：“说什么？”

“你去送报纸，别迟到了。”

“你，你是我大哥吗？啊？我去挨家挨户给人送报纸，你做大哥的脸上有光彩吗？”

“当然有光彩！起码自食其力。你早就该改改你的生活方式了，不思进取，放浪形骸，自暴自弃。”

“就，就因为你不喜欢我的生活方式。啊？你就挖空心思把我骗到异国他乡？你，你是不是神经有病？你居然想‘绑架’我的生活方式？跟我谈理想是吗？洗脑啊？大哥？”

“理想？你连思想都没有，谈何理想？”

“你说什么？”

“我说你在思想观念上有缺陷。”

资历平气急：“你说我有缺陷？”

“重大缺陷。”

资历平气得手都有些抖了。

“——当然，这不怪你。这是后天造成的，不是先天的。”

资历平重重地点头：“我谢谢你！谢谢你没把我定性成先天不足，后天难补。谢谢，还有什么废话？啊？一起说，别浪费了。”

资历群郑重其事地：“好好工作，挣钱，还钱。什么时候把债还清了，什么时候我让你走。——最重要的一点，钱的来源必须是干净的！”

“如果你不是我大哥，我一定揍你。”

资历群吃完了饭，一抹嘴：“说得好，我也希望你不是我小弟，我懒得管你。”他站起来，说，“吃完饭，把碗洗了。当然，资少爷也可以不吃饭，做神仙。”正抬脚准备走，又停住脚往后退了一步，和资历平并肩站着，脸朝向门，“我给你买了辆自行车，我先去骑两圈，试试车。”

资历平等资历群出了门，就立即坐下来，盛饭，吃饭，大口大口地吞咽着，就听资历群在楼间喊：“慢点吃，别噎着。锅里还有你爱吃的红烧狮子头。”

资历平差点噎住，呛了一声。他想也不想，走到锅台上，掀开盖子，果然里面有一碗热气腾腾的“红烧狮子头”。资历平撇撇嘴，心里欢喜地把菜碗端出来，一个人坐着大快朵颐。

资历平骑着自行车，在街道上穿梭，把一份份报纸投递到沿街的住所邮筒里，他动作敏捷，脸冻得红扑扑的，给人一种健康积极的振奋感。

小鸟落在枝头上，欢腾地扑扇翅膀。

“看起来，你是他一手栽培起来的。”贵翼淡淡地说。

“对，他曾经说，我是他塑造的最好的作品。”

“他对贵婉的态度也是这样吗？”

资历平抬眼看了一眼贵翼，说：“——他很疼贵婉的。”

答非所问。

“看来，你并不完全了解他。”

“我只是想跟着大哥好好读书，好好工作，好好相处。”

“后来呢？相处得好吗？”

资历平自嘲地笑笑：“不好。刚开始的时候，我答应他要悔过自新，要努力做个好学生，好孩子。但是，你知道的，有些事积习难改，没过多久，我就故态复萌了。”

资历平又开始在赌场流连，舞场秀技，甚至开始吸烟，酗酒。

“我以为他会把我一脚踢回国，我就得偿所愿了。可是，这一次，我错了。他开始行使他长兄兼债主的权力，严厉地惩罚我。我就跟他打！我是姆妈亲传的‘心意拳’，功夫是从小练的。舞台上的‘闪转腾挪’干净利落。我很自信，我打一个文弱书生绰绰有余——”资历平说，“结果是，我输了。原来他一直深藏不露。他的拳法很怪异，拳风凌厉，招招致命。我一败涂地。”

资历群拳风凌厉，打得狠毒凶残。

资历平困兽犹斗，被打得惨不忍睹。

“我告诉你，小资，我早就看不惯你了，忍你很久了！你败坏资家的名誉，挥霍资家的资产，反反复复，浑浑噩噩，没上没下，我受够了。我跟你说，小资，我带你出来看世界，不是带你来浪费生命的，而是让你彻底清醒！人，必须为自己活一次。明白吗？你可以没有信仰，但是你必须心存敬畏，懂得珍惜生活！”

资历平心里听进去了，嘴上死犟：“你有本事，你打死我！你打死我，看你回去怎么跟阿爸交代！！——我小资真有个三长两短，阿爸和贵家的人都不会放过你！！”

资历群气急反笑：“你啊，你呀。——小资，你想多了。你以为你是谁？贵家？你在贵家根本不存在。资家，你在资家就是一个败家子。贵家视你为空气，资家视你为草包，无论资家还是贵家，你都是一个微不足道的人。——小资，无论你怎么表演，都不会有人多看你一眼。”

资历平被他一番言语“践踏”得自尊全无，毕竟人在少年，眼泪蓄满眼眶。“你怎么这么毒？”话音刚落，又挨了一记耳光，“——我，说错话了。”

“不，你没说错！”

资历平紧张地看着他。

“是真话，我不爱听。——小资，你要是继续这样反复无常，自甘堕落，我就让你——无声无息客死异乡，免为家族祸害，让亲族蒙羞。你要是肯听哥哥一句话，回头是岸，我自会体恤手足，尽力栽培，送你一个锦绣前程。”

“——送你一个锦绣前程。”贵翼下意识地心底一“震”。

“我大哥曲喻心胸，恩威并施。使我从颓弛悖愦中挣扎出来。从此后，我收了骄狂的羽翼，回到温婉和善中来。”

贵翼思考着。

“大哥常说，人的自尊自爱，来自人的自立自强。不依附家庭的财富，不做寄生虫，只是一个男子应有的见识和本分。他说，你现在改邪归正，将来见了贵家的人，就不会丢资家的脸了。——我努力地读书，读书闲暇开始写文章，在报社打工的同时，我还参加社团的话剧演出，赚取廉价的演出费，等我赚足了一笔钱，打算还给大哥的时候，他才松口，说，钱不用还了。他说原来他去警察局赎我的那笔钱，是我阿爸和姆妈寄给我的生活费。我打也打不赢他，玩也玩不过他。他一番蓄意策励，让我成才，也使我终身受益。”

“后来呢？——我想这并不是你对他的终极评价。你说了他这么多‘好’话，一定藏着什么有关他的秘密，你跟他在巴黎待了那么久，如你这样聪明的孩子，迟早都会寻到他的蛛丝马迹——我没有说错吧？”

“是啊，事情总是不尽如人意。”

贵翼纠正道：“你错了。应该是，事情并非表面那样，或是你想象中那样。”

1933 年，法国巴黎。

资历平一身侍应生装扮，端着葡萄酒出入于酒会中。

贵妇、名媛、政要、商人们云集一处，资历平穿梭在他们当中，突然，他看到了资历群。

资历群一身洋装，雍容气派地在跟人聊天。

资历平举着托盘走过去，兄弟二人面对面小声地说话。

“大哥，你不是答应我，就进来逛逛，不进贵宾区的吗？”

资历群笑笑：“来都来了，哥哥也开开眼界。你不老说哥哥土吗？我来开开洋荤。”

“让老板知道，我麻烦就大了。”

资历群不答话，检视了他一眼，说：“你别说，你穿这身挺合适的。第一次看你穿得这么谦虚节俭。”

资历平哭笑不得。

“最近怎么样？”

“我在娱乐周刊上写电影评论了，每星期一次。”

“稿费够吃一顿饭吗？”

“看你吃什么了。”

“面包？”

“管够。”

资历群笑起来：“嗳，有人说，写文艺评论，就是把别人吃过的东西，吐出来的残渣食物，再吃一遍。”

资历平心头一阵恶心："你能不恶心人吗？喝完酒，赶紧走啊。"

资历群一边品酒，一边继续跟人打招呼。就在他离开资历平的一瞬间，在资历平耳边说了一个字："撤。"

资历平压根就没反应过来。

资历群满面笑容地走向一对中国夫妇，微笑道："哈喽，密斯白——"

那对中国夫妇回眸，脸色苍白，女人手中酒杯落地。不知什么时候，资历群手里已经多了一把枪，娴熟地开枪，一枪、两枪、三枪，夫妻俩当场倒在血泊里，贵宾们疯狂乱叫乱跑。

资历平吓得面如土色，托盘落地。

资历群冷静冷酷地补完枪后，迅速收枪，朝着资历平喊了一声："跑。"

资历平反应过来，手忙脚乱，仓皇跑开了。

他失魂落魄地走在大街上，一辆汽车停下来。

资历群说道："上车。"

资历平犹豫了一下，开门上了车。

资历群开着车，资历平坐在副驾上，深呼吸。

"怕吗？"

"你故意安排我到那里打工的？是吗？"

"你反正要做兼职——"

资历平吐了，全都吐在车里。

资历群面无表情，疾速前行。

这是资历平第一次看到大哥杀人，心狠手辣，感觉他浑身上下都阴森森的，他怕极了。

资历群收拾行李，资历平手里拿了一份法文报纸，站在门边。

"我知道这对你来说很难接受。"资历群边收拾，边说。

资历平不自觉地往后退。

"这次算你帮助了我们。"

"——我们？"

"你想要什么？跟大哥说。"

"——我想买双鞋。"

资历群一愣："嗯？"他看见资历平的一只鞋上有鲜血的痕迹，明白过来，"好，好的。把鞋脱了，一会大哥替你擦干净。"

"我自己擦好了。"

"快点，我们得搬家了。"

"大哥。"

"嗯？"

"你为什么要远涉重洋，孤身犯险？"他把报纸的一整版拿给资历群看。

报纸上，"一对转变者夫妇，在时装晚宴上被处决"的新闻标题赫然于眼前。

资历群停顿了一下，说："因为，我有信仰。"

"你是——特务吗？"

"小资，你要知道，这个世界上总有一群人，可以为了做一件事，隐姓埋名许多年，但那不是你要做的，说实话，你做哪行都是暴殄天物。可惜啊。不过，哥哥就喜欢你这样，过自己喜欢的生活。大哥羡慕你。"资历群没有回答资历平的问话，而是用自己擅长的方式回答了，他拍拍资历平的肩头，说："走。"

"我，不想走。"

"恐怕不行。"

"我什么都没做。"

"你已经做了。"

"我可以不承认。"

"恐怕回不了头。——走吧，为了安全起见。相信哥哥，不会害你的。你放心，不会有下一次了。"

原地，资历平沉默。

"真讽刺，是吧？"贵翼想说，你大哥心狠手辣，话到口边，又咽了回去，"你大哥——真是深谋远虑。"

"——可是，谁都没有想到，我们刚刚离开，住所就遇到了袭击，差一点我们就回不来了。"

两辆汽车撞在一起，撞得车头龇牙咧嘴，火星四溅，面目全非。五名枪手对资历群和资历平展开围剿，一片枪火中，资历群枪法“狠准稳”，而资历平则在枪火中“流窜”。

资历群一枪两枪三枪，接连命中“袭击者”，他刚一转头，另一名“袭击者”从他背后开枪——

资历平手疾眼快，斜插出来，扑倒资历群，自己身体中弹。

资历群还击，枪火不绝。他打光手中子弹，剩下的唯一一名杀手，冲到资历群面前，正面开枪。“砰”的一声，杀手一脸惊愕地倒下。

资历群抬头看见资历平满身是血地站在杀手背后，紧接着，“扑通”一声，资历平重重摔在路面上，溅起一丝血花。

资历群紧绷着脸跑过去，先从资历平手上拿过枪，对准“袭击者”一一补枪。资历平恍惚的意识里，看到资历群冷酷血腥的面孔。

血色夕阳中，资历群在血泊中抱起资历平，向前狂奔。

资历平的手指上滴着鲜血，血路蜿蜒。

“小资！挺住！！是男子汉就给我活下去！！！”资历群奋力地叫嚷着。

资历平眼前一片眩晕的光芒，那一股活下去的拧劲让他感觉到道路在眼前飞掠而过——

摇动的马车上，一盏摇晃的马灯下，资历群冷静地撕开资历平的衣服，给他取子弹。剧烈的疼痛让资历平“清醒”过来，“车夫”驾驶着马车，在风雨中前进。

一只手从马车帘内伸出来，资历群的声音传出来：“劳驾，递一下火把。”

“车夫”把火把递进去。

风雨声中，马车内传来一声惨叫。

马灯下，资历平一张惨白的脸。

“车夫”驾驶着马车，询问：“怎么样了？”

资历群把火把递出去，没有说话。

“车夫”试探地：“先去哪儿？”

“行程不变！”

马灯下，资历群抱着资历平，喃喃自语："小资，坚持住！别逼大哥掉眼泪——听着，是男人就给我重新站起来！——小资，是哥哥对不起你，小资——别逼我，真的，别逼我——"他的眼泪落下来，竟如狂风骤雨。

"后来，我才知道，我在马车上昏迷了一天一夜，终于醒了。可能是我年轻吧，身体底子好，再加上我大哥当时处置得当，伤口也没有感染，终于化险为夷。——我醒来的时候，我和我大哥已经顺利离开巴黎，到了布鲁塞尔。"

1933年，比利时，布鲁塞尔。

资历平在简陋的房间里绘画，长木桌上搁着很多绘画作品。资历群端了热气腾腾的鸡汤上桌，他生怕弄脏资历平的画，把鸡汤放得离画远远的。

"没事。——这些画都是我不要的——"资历平伸手来抓，却没有资历群的手快。

资历群一把把那些画都拽在手里，说："——你不要给我，撕了可惜了。"他帮忙收拾了一下桌面，"吃饭了。"

资历平和资历群一起吃饭。

资历群把盛好的一碗鸡汤端到资历平面前："多喝点鸡汤，对身体好。"

"——天天灌鸡汤，我都快喝吐了。"

"伤口怎么样？刮风下雨还疼吗？"

"我好了，——真的，好得差不多了。"

资历群给他碗里又夹了菜："我知道，你经历了很多，——不是任何人经历过生死后，都能坦然面对的。你，是条汉子。"

"一直都是。"

资历群笑笑。

"我只是不敢相信，像大哥这样以儒雅自居的人会——"资历平顿住了，低头喝鸡汤，"好烫——"

"你慢点，慢点，没人跟你抢。"资历群说，"小资，有什么大哥可以帮你的？你说。"

"我想回巴黎——"

资历群脸色一沉："免谈。"

"你怕有人用我做'饵'啊？"

资历群意味深长地："钓小鱼才会用'饵'。"

资历平故意傻呵呵地："原来你是条大鱼啊！"

兄弟二人笑起来。

"我要去考比利时的皇家美术学院。"

听到他要考美术学院，资历群犯了愁，轻轻地叹气道："——这学费，得一大笔钱啊。"

"也许考不上。"

"你别安慰我，你还有考不上的。"

"我能——"

资历群干脆地："不能。"

"我还没说呢。"

"最好别说，——你那点糊涂小心思，我还不明白。从今以后都不准你再胡作非为。"

"你能说得好听点吗？"

"不能再惹是生非。"

资历平"哦"了一声，算勉强接受。

"钱呢，你不用管，我会想办法解决的。你只管好好读书，好好画画。——听说西洋画画好了，也值钱。"资历群嘱咐道，"——吃吧，多吃点鸡肉。"

兄弟俩大快朵颐。

"我报考了比利时皇家美术学院。我在那里学习绘画。——我大哥常在巴黎与上海两大城市中往来。他也曾无缘无故失踪半年，杳无音信。他总也不让我打听他的去处，我也不敢问他的行踪。后来，我姆妈来信说，阿爸身体不太好，我就匆匆回国了。半年后的一天，大哥突然给我打电话，说他秘密结婚了，告诉了我一个地址，让我抽空去见见他们……"

1934 年，初夏，上海。

车如流水马如龙。

一片繁华景象。

资历平站在电车车站上一边等车，一边看报纸。

“说来也很奇怪，我当时很少看上海的小报，偏偏那一天准备去给我大哥大嫂买新婚礼物的时候，我在街道上等汽车，买了一张小报看娱乐新闻。看到一条令我感兴趣的消息，苏州名门小姐贵婉抵达上海，参加江南会馆的慈善雅集活动。

新闻配发了一张模糊的黑白照片。那一张与我近似的脸庞，让我一下心潮涌动。不知道为什么，所谓江南名门，贵氏家族，注定要定格在我的想象中。”

一辆电车到站，有人上车，有人下车。

“就像是有的人注定要活在人们的回忆里，而有的人注定要在回忆中度过一段人生中最黑暗最艰难的时刻。”

资历平拿着报纸，上了电车。

“就在那一霎，我与贵婉相逢了。我是刻意的，她是无意的。我开始走近了她的世界。我并不知道这是一次征服与光明的旅途——”

江南会馆里，三三两两上流社会的夫妻和各界名流、几位外国朋友在江南会馆举行“雅集”。

茶座上高朋云集。

明堂笑盈盈地招呼着商界的朋友。

资历平在台上清唱着《锁麟囊》，他穿着燕尾服，清俊优雅，态度温煦，一派戏曲名家风尚。

资历平唱：“春秋亭外风雨暴，何处悲声破寂寥。隔帘只见一花轿——”

资桂花贵妇打扮坐在茶座中，仔细聆听名曲。

这时，贵婉带着一位男士走进会馆。

贵婉和那名男士一起坐下听曲，服务生上前给他们泡茶。

贵婉看看台上表演的资历平，再看看台下的客人们。她的目光与资桂花的目光对接。

资历平唱："——想必是新婚渡鹊桥，吉日良辰当欢笑。为什么鲛珠化泪抛？此时却又明白了。"

贵婉站起来，同时资桂花也站了起来。

资历平站在台上，摆着戏角的姿态，继续唱着，同时用眼角的余光看着贵婉。而贵婉并没有察觉到台上有人在行"注目礼"。

贵婉故意做出恰好碰见熟人的样子，叫道："李太太，想不到在上海碰见您。"

"我回来度假，明天回天津。"资桂花回应着，转而低声地说，"货存在3号柜。"

贵婉微笑，低声地："送27号去天津。"

"明白。"

台上，资历平继续唱着："世上何尝尽富豪，也有饥寒悲怀抱，也有失意痛哭号啕。轿中的人儿弹别调，定有隐情在心潮。"

一曲唱罢，掌声四起。

贵婉和资桂花一边鼓掌，一边坐下，两人很自然地交换了座位。

资桂花鼓掌，侧脸对身边的男士微笑了一下，男士回应了笑脸。

资桂花对男士："我真是上了年纪了，忘了今天多少号了？"

男士微笑："27号。"

"你现在的身份是我侄儿，回天津是为了看望你的姑父——具体细节路上说。"

"是，姑妈。"

资历平微笑谢幕。

掌声再起。

明堂大声叫："好！"

茶座中，人们痴迷地听曲。

贵婉看看手表，悄悄离席。

资桂花和“男士”继续窃窃私语。

贵婉来到储物柜，用钥匙打开3号柜，取出一个皮箱和一把伞。

资历平从走廊另一侧走来，和一名侍应生从贵婉身后走过，对侍应生说道：“——你看，我还要赶去下一场。”

“您别急，我马上替您叫辆黄包车。”

“好的，好的，麻烦你了。”

贵婉丝毫没有对来人产生怀疑，锁好柜子，离开了。

人流涌动，贵婉提着箱子沿着路边走着。突然，巷口冲出一辆黄包车，横冲直撞地对着贵婉冲过来，贵婉闪身去让，一个踉跄，她感觉自己的腰被人扶住了，心一慌，手上的箱子一晃，伞落地了。一只男人的手瞬间替她拿稳了箱子，捉住了伞柄。是资历平，他就站在贵婉身边。

“小姐，你没事吧？”资历平关心道。

贵婉边整理着衣服，边说：“没，没事。”

“有没有受伤啊？”

贵婉扶了扶腰，说：“没有，谢谢啊。”

“我替您叫辆车吧。”

“不用，谢谢。”

“您别客气，我刚刚叫了一辆车——您瞧，挺方便的。”他一招手，果然一辆车过来了，“我帮您。”

他要接过贵婉手中的皮箱，被贵婉拒绝了：“我自己来。”资历平很绅士地伸手扶了贵婉一把，贵婉这次没有拒绝，说道：“谢谢。”

资历平帮她把皮箱放好，问道：“您去哪儿？”

“上海国际大饭店。”

资历平始终保持着微笑，点了点头，又嘱咐车夫慢些，车夫应声拉着贵婉走了。车夫一路奔跑着，贵婉突然发觉伞没了，喊了一声：“糟糕。”她一回头，街头人头攒动，熙熙攘攘，刚才帮忙的那个男子已经不见了踪影。

紧接着，贵婉发现皮箱也被掉了包，脸色陡变，急喊道：“停车！

停下！！”

车夫一脸懵懂。

贵婉的心跳加剧，喘息起来。

“小姐？你，你怎么了？生病了？——要不要我送你去医院？”

贵婉喘着气，渐渐镇定下来，再看看手中的皮箱，自言自语：“他怎么做到的？”

其实，黄包车冲过的一瞬间，箱子已经换了。贵婉的箱子落在那辆黄包车上了。资历平拿稳的是“假”皮箱。

一辆黄包车走过。

资历平下车，他给了车夫一笔钱，车夫乐呵呵地拉着空车走了。

“啪”的一声，资历平打了一个响指，阳光下，他撑开了一把伞。春阳暖暖，伞底的资历平，手上提着一个皮箱，他得意扬扬地微笑着戴上一副墨镜，轻轻地吹了一声口哨，潇洒地回眸，他朝贵婉离去的方向做了一个“再见”的手势。

皮箱开着，箱子里面几乎没有什么特别的东西，几份老掉牙的报纸，几个用棉花包裹起来的电子管，一些换洗的衣服，一双高跟鞋。

资历平大失所望地吹了声口哨。

“妹妹，你也太省吃俭用了。”他摇摇头，“你好歹也是个督军的妹子——一定是你大哥太吝啬了，要不就是你阿爸太穷酸，虚有其名，徒有其表——这是什么？情书吗？”他拿起一封信来，里面落下一串钥匙。

他拿出一封信，信是法文写的，资历平读了一段法文，嘴里嘟囔起来：“不要在房间使用煤油灯？什么意思？？另有贵重物品存放在老地方，贵重物品——南京路花园宾馆？南京路花园宾馆？”

他回想起刚才贵婉说的明明是上海国际大饭店，自言自语道：“妹妹，你在干吗呢？——我也叫贵婉，你也叫贵婉。为了你这个贵婉，我就不能做贵婉。这不公平，对吧？妹妹？”

转念一想，资历平有主意了，微笑着：“——妹妹，我想你一定不介意，我的冒昧拜访。”

按照信上的地址，资历平来到了宾馆。刚一开门，一把枪就顶在了头上，他口齿不清地："妹，妹，妹……妹，妹。"贵婉一管乌黑的枪口对准他的眉心，他口中的"妹"，被贵婉听成"没"了。

贵婉嗔道："没什么没？"

"我，我，我，我是来还你伞的。"

"是吗？"

"当，当然，伞——伞是你的——不是我的。"

"不是你的，你为什么拿？"

"拿错了。"

"伞拿错了？"

"是，是。"

"箱子呢？"

"也拿错了。"

"房间也进错了？"

资历平微笑："你真善解人意。"

"这么巧？"

"无巧不成书啊。"

贵婉的枪口用力一抵资历平的额头。吓得资历平"扑通"一下跪倒在地。

"下次想个更好的借口。"

"别，别开枪，妹妹。还你伞，这是我想到的最好创意了。"

"胆够大的——"

"伞是撑出来的，胆是练出来的。"

"哦，原来你是个练家子。"

"承让了，妹妹。"

"谁是你妹妹？"

"妹妹，小心枪走火。——你要谋杀你亲哥哥吗？妹妹。"

贵婉咬字清晰地，一字一顿地说："我只有一个哥哥，叫贵翼。"

"对，我拿错了你的箱子，是因为你用了我的名字。"

贵婉用眼睛盯住他，半晌，明白过来了："我倒是听老辈人提过你。"

"一定不是什么好话。"

“你长得还真有点像我。”

“我在前，你在后。应该是你长得还真有点像我。”资历平慢慢站起来，贵婉冷着一张脸，打开保险，吓得资历平猛地又跪下去，“妹妹，妹妹，妹妹有话好说，枪下留人。”

“伞给我。”

资历平有几分纳罕，她干吗惦着把遮阳伞？他灵机一动，伸手还伞，贵婉伸手来接，资历平起手如闪电，借伞推肩，以肩推肘，以肘推手，手法流畅，逼得贵婉变守为退，手枪脱腕，枪飞尘埃。

二人当面，各退一步。

“看不出来啊，心意拳打得不错啊。”

“你也不错啊。欺根拔节，寸土不让。——不过，好像底子弱，没练几年功。”

“太极十年不出门，心意一年打死人啊，哥哥。”

一句“哥哥”，喊得资历平笑意盈盈，道：“妹妹你刚柔相济。”

“哥哥你内外兼修。”

“互相吹嘘就不必了。”他轻轻舒展了一下长腿。

“我还以为是彼此标榜。”她活动了一下膝关节。

“还打吗？”

话音未落，贵婉左腿飞起一脚，直袭资历平面颊，资历平双手护头，贵婉右箭步跟上，一片刮地风起，一招“狸猫上树”。资历平见她来势汹汹，驾住头面，沉身之力贯注右臂，猛力后撞贵婉胸肋，贵婉一声惊叫，唬得资历平半空中收势，唯恐真的伤了贵婉，反被贵婉一脚踢飞在地。

资历平再要起身时，又被贵婉再次拿枪抵住头。

“要么开枪，要么把枪收起来，黑洞洞的枪口甩来甩去，唬我玩啊。”

贵婉忍住了笑意。

窗外传来卖花女的叫卖声：“玫瑰花，买两朵吧——买两朵吧——”

卖花女阿秀拦住两个警察，大声道：“——老总，买两朵吧，买两朵送给太太——很漂亮的，太太看见，欢喜滴。”

“走，走，走开。”

贵婉侧身站在窗帘边，朝外面看了看，见到两名警察正在交头接耳，转对资历平道："我能相信你吗？"

"当然。"

"给我一个相信你的理由。"

"我不会害自己的家人。"

"你千万别让我后悔。"她一边说，一边收了手枪，说，"我们有麻烦了，必须马上撤离。"

资历平朝下看看："两个警察而已。"

"他们不是警察，是被巡捕房买通的'猎人'。你看他们的警服，连扣子都扣不上。"

"是吗？他们来干吗？"

"演戏。"

"演戏？"

"杀四门，你看吗？"

"杀四门？——我的天，杨七郎乱箭穿身。"他一下就紧张了，"你到底干吗的？"

贵婉不搭话，拿起那把洋伞，拧开伞柄，里面落下几颗明亮的粉钻，她检查了一下，重新放回去。资历平看她娴熟而干练的动作，说："你走私啊？"

"会用枪吗？"贵婉拿出一支手枪，准备递给资历平。

"我不会。"眼见贵婉的手要收回去，一把抓住手枪，说，"留着防身也好。"

"你先稳住他们。"

"为什么是我？"

"你不是很想做贵婉吗？"

"这是两回事。"

"我看是一回事。"

宾馆走廊里，两名"警察"一前一后，鬼鬼祟祟走来。来到房间门前，其中一名警察敲了敲门。

资历平打开门，两个"警察"愣了一下，"有什么事吗？警察先生。"他问。

"我们接到报警，说这里有人非法走私军火，所以过来看看，请出示你的

证件，先生。”

资历平很有礼貌地出示自己的证件，其中一个“警察”猛地冲进房间，资历平双腿蜷曲，一下变成“矮步”，躲过了另一个“警察”的突袭。

贵婉一脚踹到冲进房间的那名“警察”背上，他“噗”地栽倒在地。

枪声响了。

子弹的穿透声，刺激得资历平打了一个寒战。

贵婉反手一枪，击中外面的“警察”。

双方开火，打得资历平抱头鼠窜。

一片硝烟中，两名“警察”拖着一身血，在房间里号叫，滚爬着。

贵婉拉着资历平冲出门外，慌乱中，资历平看见贵婉也不忘拿了那把遮阳伞和那只不值钱的皮箱，反是自己，一心一意要逃出魔掌，哪里顾得其他。

一辆电车到站。

贵婉和资历平走下车，挽手同行，他们穿过街道，走到僻静处。

“你帮我个忙。”贵婉说，“我在上海大饭店贵重物品寄存处存了个皮箱，你进去帮我取一下。”

资历平看看贵婉，说：“小姐，我们刚刚才脱离危险——”

“你放心，没事的。”

资历平望望天：“我真是太放心了。”

“是我的嫁妆，纯粹私人物品。”

资历平锐利的眼光刺了贵婉一眼：“你多大？就要嫁人了？”

“要你管。”

资历平“哼”了一声，问：“箱子搁哪儿啦？”

“在前台寄存着，你拿这张房卡去取箱子。”她递给资历平一张房卡，资历平一伸手，刚接住房卡，就听贵婉说，“听说你前科不少。”

“我不介意你对我有偏见。——要不，你自己去拿。这伞啊箱子啊，交给我看着，一准丢不了。”

贵婉笑笑。

资历平昂首挺胸地走了。

一辆豪华汽车飞驰而来，资历平换了一身风衣，潇洒地一手拿着雪茄，一手握着方向盘，看见贵婉，向她眨眨眼睛。他把雪茄叼到嘴上，一只手举起皮箱给贵婉看看。

贵婉又好气又好笑。

“谢谢你的见面礼。”

“你能不能有点哥哥的样子？”

“我不走传统路线。再见了，妹子。”

汽车风驰电掣而去。

贵婉无语，眼睁睁地看着他开着车走远了。

青灰色的天空。

小街干净，小贩挑着担子经过，孩童们嬉闹着。

资历平西装革履，特意打了领带，抹了发油，拎着一箱子的“嫁妆”，穿过小街，走进一座石库门。

资历平站在门前，看看门牌号码，整整衣领，摁了一下门铃。

门打开了。

资历平把手中的皮箱往上一提，兴高采烈地：“新婚快乐。”话音刚落，满脸阳光的他倏地笑容凝固了，一脸惊愕。

门口站着的不是别人，正是资历群。

资历平手一松，皮箱往下落，贵婉手疾眼快接住皮箱。他转身就跑，资历群正面截住他，顿时一副“太倒霉”的委屈样。

贵婉在他背后喊着：“跑啊，哥哥。”

资历平回眸，“求”她别说话。却被资历群一把拿住了，往屋里去，一边走一边跟资历群“讨饶”：“大哥，大哥你听我说，我真的不是故意的，我就，我就跟她开个玩笑。对吧？妹妹？——不是，嫂子，救命，嫂子，你可不能见死不救——哥，哥。我纯粹是拾金不昧，我这不是物归原主了嘛。哥——我错了，我错了。我以后再也不敢了——哥哥——”

资历平被资历群“拿”进了屋。

贵婉忍着笑意关上门。

顿时，门里传来资历平被“修理”的声音，门上贴着一对“红双喜”。

第十四章　我们的世界不一样

“其实，我对大哥大嫂的住处猜测，只源于对他们特殊身份的好奇，他们跟我迥然不同的生活形态，使我觉得神秘和刺激。除此，并无其他。但是，生活总是充满了奇遇——”

一桌子的佳肴，三人坐在桌前，贵婉还围着一个炒菜用的围裙，她坐下来的时候，仿佛脸上还沾着幸福的烟火。

资历平站起来举杯：“大哥，大嫂，新婚快乐！我敬你们。”一仰头把整杯酒干了。

资历群微笑着，看着妻子和兄弟，这两个他疼爱的人，同时，他也知道，他是他们心目中所敬爱的人。

三人对饮。

资历群对资历平：“你现在工作怎么样啊？”

资历平很得意地：“我啊，在上海跟几个朋友一起合伙开了个画廊。生意还不错，打算年底去趟巴黎，参加欧洲的艺术家年展活动。”

“小资原来是位艺术家。”贵婉看着他说。

“我是你哥——”说完，一抬头，看见资历群的目光，忙改口，“那什么，你非要嫁给我大哥，我就认栽了。”

资历群嗔道：“什么话？”

贵婉微笑。

“实话啊，大哥。”

贵婉笑出声来：“小资，听你大哥说，你在艺术品的加工上有出色的能力。”

“我从不加工，艺术。艺术加工可是一门高超的技术活。嫂嫂，你要愿意出笔大价钱，我能把全欧洲最值钱的画，‘加工’给你。”

“是吗？”

“你可以挂你们家墙上。”

“挂个赝品。”

“艺术品。”

“你的信用额度不够。”

“你也是。一毁无余。”

“你指信用？”

“你的淑女形象。”

“我从来不认为自己是淑女。”

“嗯，这点随我。人贵有自知之明。”资历平大声地笑起来。

资历群吃着饭，聆听两人的对话，不语。

“妹妹——”资历平脱口叫道。

贵婉纠正：“我是你大嫂。”

资历平刻意恭敬地：“嫂嫂。”

“叔叔，有什么高论？”

“你真的在走私珠宝吗？”

贵婉的手停在盘中餐上。

资历群望着资历平呵呵笑着，笑容可掬。

资历平紧张起来，他很怕看到资历群这种具有标志性的笑容，在心底打了个寒噤，一下就正襟危坐了。

“小资，”资历群冷不防射一箭，“你近来的所作所为，算不算重操旧业？”

资历平心虚胆怯，依旧笑着说：“我好奇而已。”

资历群说：“把自己的好奇心束之高阁，才是明智之举。”他不紧不慢地吃着饭，“诸葛不善用兵，却名垂宇宙。公瑾用兵如神，民间只流传他妒贤嫉能。

有时候，看到的，听到的，都不是真相。”

资历平低头称“是”。

“该你问的，不该你问的，你要心中有数。——人啊，脑子里一旦形成某个执念，就想千方百计去证明它。”

贵婉抬头看着饭桌前的两兄弟，这绝对不是闲话家常的神情与语气。资历群的话总是有点震慑力，哪怕他笑语盈盈。

贵婉想缓和一下气氛：“小资，你——很怕你大哥吗？”

资历平点头：“是。”

“他人很和蔼啊。”

资历平毫不避讳地：“我怕他，是因为大哥太了解我了。”

“我真羡慕你们，我跟你正相反。”

“你不怕你大哥？”他看着资历群的表情问贵婉。

“怕啊。——我的怕，是因为我大哥一点也不了解我。”

“一点也不了解吗？还是有那么一点点？”

“不，他一点点都不了解我。”

“为什么呢？”

“各有事业吧。”

资历群对资历平：“你现在住在哪儿？”

“静安寺附近的里弄房。”

“你买的？”

“我租的。”资历平抬头叫起来，“我哪儿买得起——”

资历群笑起来。

资历平狡黠地：“我这可是跟你学的，狡兔三窟。嘿嘿，据我的猜测，你们不止这一处住址吧——”

资历群和贵婉交换眼色。

见状，资历平赶紧低头吃饭。

三人无话，只有筷子和碗碟的声音。

“其实，我对大哥大嫂的住处猜测，只源于对他们特殊身份的好奇，他们跟我迥然不同的生活形态，使我觉得神秘和刺激。除此，并无其他。但是，生活总是充满了奇遇——”

资历平抱着妞妞旋转着：“飞了——飞了——好不好玩？好不好玩？”

妞妞甜美地笑得咯咯声：“好玩！再飞高一点——”

“哇！还要高啊！哥哥的手都举酸了。”

朱惠儿领着一个戴礼帽的小姐走来：“喔唷，妞妞下来，下来啦，你贵哥哥累死了。”

妞妞不情愿道：“不！不下来！要飞——”

“飞——咱们飞——”资历平一下看到了贵婉，猛地一愣，手在半空中停下，然后把妞妞抱到怀里，下意识地给贵婉让开路。

朱惠儿对资历平：“我的新麻友，过来打麻将的。”她转对贵婉，“我房客。”

贵婉朝资历平的方向看过去，她脸上露出一丝诧异来：“咦？你怎么在这里？”她这样大大方方地承认着彼此认识，反让资历平愕然。

“我——我住隔壁。”

“哦——对啊，静安寺里弄房？”

资历平张着嘴，说：“啊。你——跟房东太太熟啊？”

朱惠儿笑笑：“哎呀，世界真是小，原来你们见过的呀？——这是隔壁《繁星报馆》的娱记贵婉先生。——来来，我来介绍一下啊，这是工部局学校的老师资历平。”

贵婉微笑颔首。

资历平哭笑不得。

“我们是亲戚。”

朱惠儿惊讶：“是吗？喔唷，那真是太巧了。”

资历平、贵婉互望一眼。

“秦太太，你也不要一口一个贵先生叫他，他是我弟弟，你以后叫他小资就好了。”

“那怎么好意思。”朱惠儿似乎看出点端倪，问，“怎么贵婉先生又姓资了？”

贵婉微笑："这就是他的故事了。"

资历平忙道："贵婉是我在报社用的笔名，我的确是姓资。——嗯，资历平老师，是我堂姐。"

"喔唷，难怪，难怪，堂姐弟长得蛮相像的。"她跟妞妞说，"以后要叫小资哥哥。"

妞妞乖巧道："小资哥哥，飞，要飞。"

"好的，好的妞妞，我们去飞啰——"他抱着妞妞，跟两位女士说，"我带妞妞去做游戏。"

"哎呀，真不好意思，贵先生，哦，小资先生，谢谢侬啊，谢谢侬。"

说着，资历平抱着妞妞一溜小跑地下楼了。

朱惠儿推开房门，贵婉走了进去。

朱惠儿关紧门，对贵婉说道："有什么新任务？"

贵婉取出一个火柴盒，递给朱惠儿，取下蕾丝礼帽，说："最新拿到的日军军力部署情报，尽快交给'瓶子'，发给上级。——资料加密，即刻生效。"

朱惠儿点头："我今晚就过去。"

"哈尔滨警察局的特务头子寇荣最近从伪政府里叛逃了，现在是上海警察局特情科的科长。此人奸诈狡猾，我们要小心防范。——告诉我们的人，风声紧，少见面。"

"好。"

楼下传来妞妞和资历平的欢笑声。

贵婉走到窗前，往下看了看。朱惠儿走到窗前，和贵婉并肩站着，说道："你弟弟人不错，有涵养，有耐心，性格蛮好。"

贵婉笑笑："是吗？"

"他是自己人吗？"

"不是。"贵婉说，"现在不是。"

楼下，资历平和妞妞在玩皮球。

一个卖菜的老伯经过，喊道："——小青菜，香又糯，小白菜哦，甜甜味——"

资历平在陪妞妞玩耍中，有意无意地抬头看了看楼上。资历平是细心的，他是故意给贵婉和房东太太一个安静的空间。

“还有个好消息要告诉你。——‘茶海’同志从香港出发，历经两个多月的行程，终于将一批医疗物资顺利送到了苏区。党组织考虑到你们夫妻长期两地分居，准备调‘茶海’同志回上海工作。”贵婉说，“你们夫妻就可以团圆了。”

朱惠儿有些激动：“什么时候？”

“明年春天。”

“真是太好了。”

“你们多久没见了？”

“两年了。——妞妞一定欢喜得不得了。”

贵婉打趣道：“只是妞妞欢喜吗？”

朱惠儿笑着推搡贵婉：“讨厌。”

二人笑着。

楼下传来妞妞欢快的带有童趣的笑声。

三鑫百货公司里，一张电影明星陈萱玉做的牙膏广告牌摆在商场的门口招揽生意，百代唱片机里放着软绵绵的江南小曲，顾客们在浏览和购买商品。

资历平在柜台上选唱片，一回眸就看见贵婉匆匆进来，他走上前准备打招呼，刚张开嘴话还没说出口，被贵婉警告道：“别往后看。——跟我走。”

资历平很听话，顺着贵婉走路的方向不着痕迹地贴上去，他的余光有意无意向侧面扫视。

贵婉发现了，再低声说了一句：“千万别回头。”

“为什么？”他问。

“后面有狗。”

“啊？”

“我被跟踪了。”

资历平是难以理解的神态：“为什么？”

“抓到就没命了。”

资历平一下刹住“脚”：“真的假的？”

“你怕死吗？”

“不怕！——可是，为什么啊？”

“为四万万同胞。”

“砰”的一声，枪声响了！

有人扑倒在地，殷红的血四溅开来，尖叫声四起。资历平听得很清楚，枪声是从楼上发出的。他不知道扑倒在地的人是谁，是什么身份，他只知道，在枪声响起的瞬间，贵婉拉着他的手，飞快地跑进了混乱不堪的人群里。

百货公司楼上，朱惠儿把枪塞进一个橱窗模特的西服口袋里，她从供货部的后楼梯撤离。楼下，在百货公司购货的客人们都惊惧和恐慌地向外跑。

四五个便衣特务冲进来，一边照顾受伤的同伴，一边询问怎么回事？受伤的一名特务捂着伤口，痛苦地指着楼上。

几个人朝楼上狂奔。

资历平几乎是冲进衣帽间的，他随手拿了一套衣服递给身后的贵婉。

贵婉脱掉外套开始换衣服。

两个人之间没有一句话，非常默契地配合。

资历平直接从柜台上拿了一把剪刀，剪掉模特的长发，连同贵婉换下的衣服扔在衣帽间里。

乔装改扮后的贵婉挽着资历平从里面“惶惶不安”地“跑”出来。资历平的身躯挡在贵婉面前，一边跑，一边喊：“那边，女装部，有人拿着枪。”

楼梯上的特务们，分了两拨，一拨继续上楼，一拨往楼下女装部跑，资历平携着贵婉走到门口，可门口有人守着，很多客人都被挡了回来。

“单身女客，短发的留下。”一名特务从里面跑出来喊了一嗓子。

外面站着的男客们像得了“特赦令”，潮水般涌出去，门口一个小特务根本拦不住。

资历平保护着贵婉，顺利“冲”出百货公司，迅捷地穿过马路，身后是一片刺耳的警笛声。

上海生活弄堂里，有人在楼上晾衣服，有人坐在门口看报纸，有人在卖凉糕，有邮电局的工作人员骑车经过，楼上敞亮的窗口，传来麻将声，还有断断续续的评弹声——资历平和贵婉从黄包车上下来，“——我不懂你的世界，但是，我不希望下次再有流血事件发生。这对我不公平。”资历平说。

贵婉平静地：“你可以不懂我的世界，但是，我希望你有一天看懂我心里的世界。谢谢你，再一次‘被动’地帮助了我。”

贵婉背转过身，向前走去。

“你是一个信心坚定的人，你有富足的生活，你有值得骄傲的家庭，为什么要选择这种‘刀口舔血’的生活？”

贵婉没有答。

“我大哥也是——是不是？”

贵婉依旧没有答。

“你们，是不是报纸上常说的赤色分子？”

贵婉站住了。

她没有回头，说了句：“我不能告诉你。”

资历平被她的镇定所“震”住，他忽然觉得贵婉和大哥都处在一个极端危险的“世界”，他快步跑上前去，抓住贵婉的手，说：“等等。”

贵婉站定脚跟，看着他。

资历平抿了一下略微干燥的嘴唇，说：“报纸上经常都有赤色、赤色分子被枪决的报道，我们报社的政治新闻组时常有各种可怕的传闻，说，‘攘外必先安内’，我，我可不想在某一天某一刻，在政治新闻版面上看到，看到‘自己’的名字。”

贵婉笑笑。

资历平从她的笑意里看到了一种大无畏的精神。

“这可一点也不好笑。”

“我不会连累你的。”

“我不是这个意思。”

“如果，——我说如果，将来有一天，你在什么什么版面看到我的名字，或者我的照片，请你相信我，我死得其所。当我站在千古不灭的受难高岗上的时候——”

资历平截断她的话：“我不唱挽歌。”

贵婉微笑：“那就唱赞歌吧。”

资历平心有所感。

“——我们的世界是不一样的。”

贵婉向前走去，走得云淡风轻。

资历平一脑子的混乱，一辆黄包车迎面而来，黄包车车夫嘴里喊着：“看路，看路——”紧紧地逼着路过，他摇晃了一下身子，让过了车子。等再回眸看贵婉的时候，一缕阳光正好照耀在远去的贵婉背影上，朦胧仿佛如梦幻。

资历平回头继续昏蒙蒙向弄堂外走去。

繁星报社，记者们各忙各的，各说各的，一片繁忙景象。

“注意拼版啊，——你，你这写的什么啊，平庸，要有深度，写深写透。”

“平安路发生火灾，——赶紧派人去，赶紧啊。”

“政治部的稿件一定要审读——”

“——给发行部打电话。”

“今天法庭二审‘谋财杀夫’案，一定要追，掌握第一手资料，想办法谈啊。”

资历平忙着校对稿件和选择明星剧照，无暇顾及别人都在说些什么。

电话铃响了。

有人喊：“贵婉，电话。”

资历平接电话：“喂——”他的神色一下骤变，手里的话筒落下，一根电话线牵引着摇摆的话筒，所有的声音都安静了。

话筒里隐隐约约是女人的抽泣声，资历平恍恍惚惚向前走，所有的人都变成模糊的影像，他的脚步是飘浮的，身子是轻的。满脸的泪，满心的痛，脸上没有了血色。

资历平走到门口，“扑通”一下，栽倒在地。

所有的报社人员都惊呆了，所有人都向资历平靠拢过来。

1934 年秋，资父病逝了。

街道上满地梧桐叶飘落，一片萧条秋色。

资家老宅的门口高挂白色的纸糊灯笼，天上下着小雨，一辆四人马车停在路边。资历群、贵婉和资历平都是一身黑色的丧服，三人对坐在马车上。

资历群准备下车，贵婉伸手一下拉住他，说："历群——我——"

资历群口气温和地："我知道你在想什么，我替你给父亲磕头。放心。"说完，他转身下了车。

贵婉直直地望着资历群下车的背影，突然有点委屈，止不住掉眼泪。坐在她对面的资历平突然感觉到心疼，他伸出手去握住贵婉的手，同情地说："我也替你磕。"贵婉的泪落到他手背上，资历平眼圈也红了。

车下，资历群催促："小资，磨蹭什么呢？"

"来了。"资历平走下车。

贵婉抹了抹眼泪，从车里的帘帷处，偷窥着丈夫和小叔子的背影，她的目光一直送到他们走进资家。

两扇门紧紧关上，没有任何人陪伴的贵婉，低垂着头，悄悄叹了口气。

雨声淅沥。

资家全家人都在，两位太太坐着，资历群坐了主位，两个弟弟垂手侍立在灵堂内。

仆人们站在灵堂外。

资历群说："——我在外面做事，的确顾不到家里，能力有限，时间也有限。这个家将来还是要两位母亲尽力扶持，好在弟弟们都大了，也肯努力做事。就是小弟，也与从前不同了——"他一边说，一边看着屋檐下滴落的雨水，想着贵婉在门外的凄冷，隐隐地感到胸口灼痛，"——父亲去得急，也没留下什么话。老话说，长兄为父，我呢，就做主，把资家的家产给分了——"

屋子里很安静，连一声咳嗽都很牵引神经。

资历群的态度很慎重，声音很持重地："这个宅子呢，是父亲努力打拼挣下的第一份家业，我想好了，二弟素来做事勤勉，也肯吃苦，现在呢，也在政府里做事，二弟是继承这个宅子的最佳人选。房契呢，我就给母亲收着，户主呢，就更名为资历安。"

资历安有点小激动，感激地看了看资历群。

资历群继续道："——但是，我也有一个条件，这个宅子，不准出售，给我们资家的子孙留个念想。也方便二位母亲在此居住，颐养天年。"

两位太太都点头。

“家里的股票和现金一分为三，两位母亲各拿一份，剩下的一份我们三兄弟均分。金银细软，由两位母亲均分。我呢，单留一个父亲常戴的翡翠扳指，以作留念。——还有，那本家庭相片簿，也归我保管，如无异议——明天就请律师把契约都签了——父亲的碑文呢——大家商量着来——”

两位太太互相看了一眼。

叶连生道：“姐姐说吧。”

资母说：“我没什么好说的，历群是留过洋的，说话做事，样样通情达理。我只有话吩咐安儿和小资。——你们的父亲去了，你们也会开枝散叶，不管走到哪里，必须记着家在这里。要尊敬你们的大哥，俗话说，长兄为父，只要有你们大哥在，资家依然是资家。”

资历安、资历平同道：“是。”

叶连生也附和道：“姐姐说得在理。——我们也老了，只盼着你们兄弟和睦，平平安安地过日子。得闲得空，常回家来坐坐，我们也就满足了。”

资历群站起来。站在两个弟弟的前面：“儿子们自当勤勉努力，和睦家庭，孝顺母亲。也请二位母亲珍重身体，不要过分悲伤。二位母亲若得平安健康，是儿子们的福分。——二位母亲费尽辛苦，培育儿子们成人成事，儿子们铭记在心。儿子们谢过父母恩养，牢记母亲的叮咛。”

说完，三兄弟齐齐跪下，叩谢母亲。

厅外，雨“哗啦啦”地下着，站在屋檐下的仆人们都点头“赞”着。

马车上，和着雨声，贵婉也伤心落泪。

“就在我父亲出殡的那天夜里，我的姆妈却出事了，她不明不白地失踪了。”

夜雾沉沉，有人在花园深处奔跑，狗在狂吠，女人的喘息声和男人杂乱的脚步声交融在一起。

“咕咚”一声很沉闷的声音。

铁门关闭。

阳光照在花园里，花枝摇曳。

第二天，仆人们开始闲聊起来。

“昨天晚上姨太太跑了——”

“是吗？”

“一个人跑的？”

“不清楚。”

“昨天晚上，狗叫了一夜。狗也死了。”

“风声瘆瘆的，也不知道是不是老爷显灵了。”

“说不定是老爷舍不得姨太太，把她的‘魂’给勾走了。”

“听姨太太房里的丫鬟说，她去苏州了。”

“苏州？”

“而且，她把所有的钱都带走了，一分钱也没留给小资少爷。”

“啧啧啧——”

所有闲杂的声音汇拢到一处，资历平脸色苍白地站在一群仆人的背后。他一下冲到用人们面前，气息不稳，怒气冲天。

见状，用人们全都低下头。

资历平声音嘶哑地：“我姆妈，不是那种人！！”

用人们低着头赶紧走了。

资历平孤独地站在花园里，眼睛里充盈着泪花，喃喃自语：“我姆妈，不是那种人，不是。姆妈——”

佛堂里，资母手里转着佛珠，嘴里念念有词，资历群陪着资历平一起坐着。

资母对资历平：“——我刚刚替你娘念了‘平安符’，小资，你不要太难过，俗话说得好，吉人自有天相。孩子，别太为难自己了。”

“二弟去苏州出差，我特意叫他去贵家打听一下姨太太的下落，昨儿来电话说，姨太太的确去了一趟贵家，只耽搁了三五日，就离去了。我们还在找，我也劝过小弟，只是他心里头苦——”资历群叹了口气。

资母看着资历平：“小资，你要想去苏州找贵家——”

资历平猛抬头：“我不去！”

“——去苏州找姆妈，妈妈替你出路费。”

资历平喃喃地：“钱，我有。”

“小资，我知道你娘走的时候，把金银细——”

资历群重重咳嗽了一声，资母马上转换了话题：“——你缺什么，只管跟妈妈说，你父亲在世的时候，最疼你、最——”她难过地说不下去，“小资，你要好好地吃饭，不要想不开。别犯傻。”

资历平傻傻地：“——我姆妈不是那种人，不是。”

资母心疼地：“妈妈知道你姆妈是好人，——这姻缘啊，是缘分，缘分尽了，就该散了。——总不能是个妇人就叫人守节。不厚道。对吧？”

资历平心里不是滋味，知道资母是为自己好，资母是老实人，嘴上笨，却是真心劝他，资历平实在受不了，索性在资母面前“呜呜”地大哭了一场。

资历群神态凝重，他的目光从佛堂里探伸到佛堂外，门外隐隐是资家花园缥缈的路径，这目光伴随着的是资历平的哭声。

妞妞在走廊上玩小皮球。

露西洗完衣服，端了盆热水走进屋，资历平躺在床上。她用热毛巾给资历平擦了把脸。“这样烧着可不行，去医院吧。”她担心地说。

“我没病，就是心头堵着一口闷气。——我娘根本就没有离开上海。我托了多少朋友去找，天天到巡捕房找四爷帮忙，要是我娘真离开上海了，总会有线索留下——我不相信，可是，家里的人不信我——”他真心委屈，“不信我娘。”

“你要相信你娘没走，你就振作一点。——你这个样子，别人瞧见就像是你做错了什么事，关在房间里悔罪一样。”

资历平一愣：“有吗？”

“怎么没有。——你要觉得家里人误会了你和你娘，你就站直了去找你娘。——天下这么大，一个上海就真能困住叶连生了？要真那样，还有你？贵家遗弃她的时候，她还光明正大地在上海挂牌唱戏呢。”

资历平觉得有道理，自己坐起来，虽然身体发虚，心里竟真踏实了不少，问道：“有吃的吗？”

“煮了粥，——房东太太拿了点霉干菜来。”

资历平没头没脑地：“我明天就去上班。”

“烧还没退呢。”

“你来我就不烧了。”

露西在给他舀粥，说：“我又不是医生。”

“你是救心丸。”

露西拿了一碗粥给他喝：“慢点，有点烫——”

资历平喝着粥，突然想起什么来：“你怎么知道我住在这儿？”

“鼻子底下一张嘴，不会问嘛。”

资历平老实地“哦”了一声。

“你去巴黎那么久，也没给我写过信。——让人一直盼着，悬着——”露西说到此处，突然顿住了。

资历平望着她：“原来你一直惦记着我啊。”

“你会不会讲话啊？”

“我，我一直惦记着你！——说真的，我当时真想给你写封信的——实在是开不了口——”

“你想跟我说什么？”

“借钱。”

露西把资历平打回到床上，资历平大声喊着：“粥，粥，泼了——”粥没有泼，露西和资历平却“扑腾”到一起。

资历平的手还端着一碗热粥。

“你不吃吗？”

“秀色可餐。”资历平把碗放置到伸手可及的凳子上，他的手攀缘在露西的面颊。

“我想跟你——促膝谈心。”

“你想了解我？”

“详尽地了解。”

“我不会告诉你的。”

“我会想办法，让你从实招来——”

二人缠绵起来——

门“砰”的一声开了，一个小皮球飞到床上，资历平一只手抓住小皮球。露西瞬间闪开了，站在床边。

资历平看到妞妞，叫道：“妞妞——”

妞妞站在门口。

“小资哥哥，你不是在发烧吗？”

露西和资历平互望一眼，都笑了起来。

爵士乐音乐起，舞娘们欢乐歌舞。

一股青烟冒起，“啪”的一声照片定格。

资历平给红舞女茜茜小姐拍照，夸赞道：“——好的，茜茜小姐，我们再来一张——妩媚点，好，你真光彩照人。”

“啪”的一股青烟再起。

“资老板——你什么时候再去大舞台变魔术啊，我一定去捧场的。”

资历平递上名片：“茜茜小姐，我现在改名了，换了个笔名，叫贵婉。你以后叫我贵先生好了——”

“哎哟，好端端的改什么名啊——什么鬼先生，贵先生，哪有小资先生好听呀。是吧？”

资历平：“算命的跟我说，我今年犯太岁，流年不顺，搞不好会有血光之灾，改个名字换换运气。”

“哦，这样啊，那倒是改一改的好。我昨天还跟露西姐说起你呢——”

资历平浅笑。

有小舞女送上茶水给茜茜，资历平和助手一起收拾照相器材。

“哎呀，侦缉处的特务来了——”又进来一个舞女，神色紧张，匆匆忙忙的。

舞女们开始打堆，窃窃私语。

“怎么没完没了啊。”

“是啊，这不耽误生意嘛。”

“人不是已经被打死了吗？”

资历平抬眼望望门口，果不其然，几名特务正在给几名来舞厅跳舞的客人做笔录。

资历平问茜茜："怎么回事？"

茜茜看了一眼门外，说："昨天晚上，有个女共党在舞厅门口跟侦缉处的特务打起来了，喔唷，那个枪响了好久，吓死我们了——"

资历平愣愣地听着。

"那个女的，很年轻呢，穿得也很时髦、洋派，胆子大的嘞，吓死个人。"

"后来呢？"

"被打死了。"

资历平的头昏涨昏涨的，后面的话几乎听不见了。

"——怎么看都是一个美人胚子，一个人啊，杀了好几个侦缉处的人，难怪那些特务把那个女人恨死了——咦，资老板，资先生——哦，不，贵先生，贵先生，怎么走了，再多聊一会嘛，人家还有好多新闻故事呢。"

"好好的日子不过，闹什么革命啊——"

资历平步履如飞，早就没影了。走在街上，他一脸仓皇，急匆匆地走在大街上，一脑门子的昏涨感，心头犹似小鹿猛撞，满耳都是"那个女的，很年轻呢，穿得也很时髦、洋派——被打死了——被打死了！"

在他身后都是飘浮的街景，飘浮的人影。一辆汽车在他面前猛地刹住车，资历平才意识到自己站在了街心。司机伸出头来，骂着——周围都是人力车、汽车、板车。待回过神来，资历平赶紧跟大伙儿抱歉，低头穿过大街。

"今天的报纸。每样一份。"资历平掏钱，买报纸。

老板诧异地："全要啊？"

"是，全要。"

老板一张一份地拿给他，用眼睛瞄了他一眼，见是常客，也就不问了，照办。

资历平就站在报刊亭边上，一张一张地翻阅，心里实在慌得不行。突然，他的手停住了，有了。

"昨夜仙乐斯门口击毙一名女共谍。"标题显赫，一张黑白照片拍得一塌糊涂，也没有给一个正脸，一看就是记者隔着隔离线拍的远景，看那被击毙

女人的身形也是个身材修长的年轻姑娘。

资历平合上手中的一沓报纸，急匆匆离去。

报刊亭的老板急忙戴上金丝眼镜，一张一张地看报纸，也看看有什么重大新闻。

当资历平赶到资历群的家时，家门紧闭，他想办法打开门进去，却见四壁空空，连墙上挂的结婚照也没有了。他又赶紧上楼，楼上的房间里，只剩下孤零零一张床。资历平火速地检查床底，只有一个修理箱。

这时，门外传来摩托车的声音，资历平吓得赶紧跑到阳台上去看，是个过路的警察，他心里火急火燎，越急越乱。

资历平坐在青石板阶梯上直喘，汗流浃背地想事情。一个妇人在青石阶梯边上淘米，择菜。想到在朱惠儿家见到贵婉的情形，想到朱惠儿介绍贵婉说是工部局联办中学的教师，他一下反应过来，忙站起来，往前走，走到巷口，伸手叫了辆黄包车。

资历平上车："工部局的中学。"

"好咧，先生。"

操场的篮球架下两侧站着贵婉和资历平，两人互相看着。贵婉眉头微蹙，她齐眉短发，穿着蓝阴丹士林旗袍，直腰松身的款，鲜亮平整，与平日里穿的窄身修腰、花团锦簇相差甚大。足下是一双布鞋，脸上不施脂粉，干净清纯，一派天然。

她瞪着资历平，有点生气。资历平瞪着她，大步流星地走过去，用力地把手中一沓报纸砸在她手上，然后一句话不说，转身就走。

贵婉用眼睛瞟了下报纸的小标题，"昨夜仙乐斯门口击毙一名女共谍"。一下明白过来，赶紧走上去，拉住资历平。

资历平不给她"拉"的机会，甩开来，径直走。贵婉又上去，再拉一回，资历平仍旧不给面子，只是，这次站在原地不动了。

"一起吃顿饭吧。"

资历平绷着脸，说："我不是来吃饭的。"

"你不就是来看我还能不能吃饭的吗？"她说得很含蓄，资历平听得很难过。

兄妹俩就这么面对面看着。

临街小吃摊的蒸笼里冒着烟，热气腾腾的两笼灌汤包端上小饭桌，资历平和贵婉一起吃汤包。

“我们学校就这家小铺子生意特别好，老师、学生都爱吃，味道独特，主要是新鲜。”贵婉给资历平夹包子，“你多吃点，难得来。”

“能给我几本书看吗？资老师。”

贵婉看着他，说：“什么颜色的书呢？”

资历平直言不讳地：“红色的。”

“我这里只有灰色的。”

“我是真心想读一读。”

“你们政治新闻版，不是也经常登一些查抄红色禁书的消息吗？他们那里应该有。”

“有吗？”

“没有吗？”贵婉狡黠地笑，这笑容像极了资历群。

资历平领会了。

贵婉说：“你什么时候有空，替我做个书柜。”

“书不肯借我，倒要我出力做书柜。”

“你不是说自己擅长做艺术品吗？”

“书柜是艺术品吗？”

贵婉俏皮地：“不是吗？”

“我收费的。”

贵婉眯着眼睛斜睨着笑。

“为什么你现在笑起来，跟我大哥那么相似？”

“这叫夫妻相。”贵婉颇为自得。

“哇，这么直白。女孩子讲话要含蓄点。”

“嗯呢，”贵婉笑眯眯地说，“言贵简，言贵婉，——二哥，你为什么不叫贵简，反而跟我抢贵婉？”

资历平不服气：“现在谁叫资历平？”

此时此刻，一位女老师走来，跟贵婉打招呼："资老师好。咦，这位是？"

贵婉应道："我弟弟，小资。"

"你弟弟好帅啊。"

贵婉笑着应声，回头笑看资历平，资历平也还以俏皮的微笑，说："贵婉也好，资历平也好，姓名乃是爹娘所赐，一家人互相置换，小资不敢专美。"

兄妹二人互相调侃，别有风趣。

有小贩推车经过，嘴里吆喝着："卖纸钱、河灯啰——卖纸钱、河灯啰。"

"——中元节快到了。"

贵婉以安慰的眼神望着他。

"放河灯，上新坟——焚纸锭，祭祖先——"

资历群和资历安一身黑西装站在老宅门口，一辆四人马车开着篷停在路边。资历安不耐烦地看着手表，晃眼看看资历群，不耐烦道："小资怎么回事啊，有没有时间观念。"

资历群倒很耐心，也很安静。

"——他要不愿意给爹上坟，直说好了，摆什么谱。"

资历群嗔怪："胡说什么。"

资历安心里有气，又不敢反驳。

一会儿，一辆黄包车飞奔而来，资历平一身黑西装从黄包车上下来。

资历群看到了，说："来了。"

资历平上前叫道："大哥，二哥。"

资历安对资历平："以为你不来了。"

"——昨天晚上'土耳其浴室'发生抢劫案，我在报社忙了一夜。"

"你不是跑娱乐新闻的吗？"

"被抢的是个法国人，我们报社没有法语翻译。"

资历安冷冷地："就你能耐大。"他登上马车。

资历群对资历平："累不累？以后这种熬夜的活能推就推了，对身体不好。"

资历平点头应着。

资历群看了一眼已经上了马车的资历安："别跟你二哥计较，他最不耐烦等人。"说完，二人上了马车。

马车上，三兄弟对面坐着，车夫驱车向前。

一路都市风光。

资历平在资历安面前总显得局促，不像跟资历群在一起的时候活泛。

资历安上下打量着资历平，看到他手腕上戴着的东西，问道："手腕上戴的什么？"

资历平回答："玉石手链。"

"摘了。"

资历平看看资历群，资历群不吭声，于是资力平把手链摘下来，放进了口袋。

资历安开始训斥："——你看看你，一个好好的大男人什么不好戴，戴这些个玩意，你不去当演员真可惜了。父亲和大哥这样栽培你，又是预科，又是留学，指望你学业有成，留在国外工作，再不济，回国当个副教授也行啊。——不过，这对你来说也太难了，成天花天酒地，泡在明星堆里写花边新闻。——你说你除了虚度光阴，还会什么？"

资历平低声地："我会挣钱。"

资历群的嘴角上忍了一抹笑意。

资历安气愤地："大哥，你听听。他这话，就是说我不会挣钱了。——我再不会挣钱，我的钱也是干净的。哪怕我吃资家的老本呢！——何况我还做着政府的文员，什么时候轮到你来教训我？一家人上个坟都能上出铜臭味来！"

资历平别开头，眼眸只朝着街面上看，两侧梧桐，一片金黄色，令人赏心悦目。

资历安犹自喋喋不休："——要说起挥霍家产，你出国留学，花了家里多少钱？光是古董、字画都数不过来，读大学非得去国外吗？清华、燕京哪点不比外国那些花里胡哨的三流大学好——"

资历群淡淡地："好了二弟，别激动，小资没那个意思——"他回眸资历平，"以后别在家里动不动提'钱'，你很能挣吗？——你一直觉得你二哥嫌弃你，他那是在替你着急，盼着你上进、争气。你要不是他小弟，他才懒得教训你呢。”

资历平低下头。

听到资历群开声了，资历安的心气也顺了点。

这一瞬间，让资历群感到他们和其他家的兄弟并无不同之处，鸡毛蒜皮、争长论短的事情，突然变得家庭味十足。

马车继续向前。

坟茔前，青烟袅袅，纸蝶纷飞。三兄弟肃立资父的坟前，同时跪下，三磕头。

河畔边，资家三兄弟蹲在河畔一起放河灯，他们小心翼翼，态度虔诚，仿佛是把一片哀思都寄托到了河灯上。没有人说话，安静地能听到河水声和桨声。河畔还有很多人在为亡魂放河灯，河面上一片光明。河灯漂浮在河面上，点点光芒，摇曳在夜色中。

马车篷落下，三兄弟对坐着。资历平在摇晃的马车上睡着了，靠在资历群的肩头，睡得很沉。

夜月如水，夜风寒冷。

睡梦中的资历平打着冷战，资历群想脱外套，却见资历安主动脱了外套，盖在了资历平的身上。

资历安说：“他一夜没睡了。”

资历群拍拍资历安的肩膀，感到欣慰。

一轮明月映照在马车上，车轮滚滚向前。

第十五章　过一世平安岁月

“这世上有狼有羊，有猫有鼠，有猎人，也有猎物。你没必要选！你就是你，一个纯粹的简单的，过着庸常日子的人。你知道‘庸常’二字代表什么吗？”资历群说，“平安。”

1935 年，初春，上海。

星空灿烂，月光柔美。

学校食堂布置成“新春音乐会”的演出场地，学生们三三两两兴奋地朝食堂方向走。

音乐绵绵不断地传来——

贵婉化好装，站在人圈外张望。资历平穿着演出服，一路小跑而来。贵婉看见了他，向他招手：“以为你不来了。”

资历平气喘吁吁：“——报社加班，路上叫不到车，一路跑来的。”

“衣领上都是汗渍。”

资历平一愣：“我坐你后面，舞台上的灯照不到我衣领。”

贵婉莞尔一笑：“对，你临场演出的经验丰富。”

“这话听着怎么像在讽刺我。”

“走吧，哥哥。”

简易的舞台上，资历平和贵婉四手联弹《告别》，美妙的旋律响彻会场。两人的动作优美、和谐，仪态高雅，音乐从他们的指尖流动开来，化成温馨

的快乐海洋。

掌声如潮。

第二日的繁星报社内，资历平的书桌上堆着一沓书，《中国工会问题》《中国宪法问题》《二十世纪初叶的苏联问题》。

资历平站在桌前看书，旁边有小编走过。

“咦？贵婉，你想转做政治部新闻了吗？”赵主编看了一眼他正在看的书，问道。

资历平很客气道：“——赵先生好，我啊，我就先看看，研究研究，看看有没有必要转部门。”

“我劝你啊，写写风花雪月的挺好，政治新闻很难写的——他们政治部，经常开天窗。”

“嗳，我记得上次政治新闻版的记者去警察局采访过‘禁红色书籍’的题目，有几本拿来拍照的书。”资历平问，“还在不在？”

赵主编摇了摇头：“不知道，通常这种书也不会专门还回去，你去资料室里找找看。”

资历平站起来就走。

赵主编看着他，脸上满是诧异。

资料室里，四个长书架上放的全是书，第一层上有一层青灰，资历平掸掸灰，开始找书，他仔细翻捡着书目，终于发现一本德文版的《共产党宣言》。

他蹲下，翻开书的第一页，呢喃读道：“一个幽灵，共产主义的幽灵，在欧洲游荡……”资历平席地而坐，手里捧着《共产党宣言》。在他背后、眼前都是高高的书架，仿佛一个夹角，一缕阳光投射到书本上。他读着：“作为一种崭新的社会制度，共产主义在实现过程中必然要触犯资产阶级的利益，资产阶级也必然不会坦然接受这一事实。他们必须要千方百计地阻挠破坏甚至动用暴力工具去镇压。要实现共产主义，和平谈判没有出路，议会斗争不能胜利，必须要通过暴力手段才能实现这一过程。历史上，在新社会制度取代旧社会制度时，从来没有不流血牺牲的。”

日落下，朱惠儿牵着妞妞的手走来。她独自坐在椅子上，看着妞妞在树荫下跟两个小朋友一起玩耍。她敏锐地观察着四周，只要有戴礼帽的男子走过，她都会凝神关注着。妞妞玩了一会儿，跑过来爬到母亲的膝上，躺在母亲的怀里，渐渐地睡着了。

回到家，刚照顾妞妞睡下，敲门声就响起，她赶紧去开门。看到贵婉和资历群站在门口。

门关上了。

资历群站在门外。

贵婉站在门里。

朱惠儿瞬间预感到了什么，她摇着头，往后退。贵婉迎上她，谁都不说话。贵婉张开双臂，展开怀抱，朱惠儿眼眶里蓄满了泪，扑地栽在贵婉肩头。

贵婉紧紧地搂着她，没有一句话。

“不会的——”朱惠儿带着哽咽的声色。

贵婉不说话。

朱惠儿的喉头发出呜咽声。

贵婉紧紧地抱住她。

朱惠儿的泪落在贵婉肩头，一片泪渍。她不能大哭，只能用头猛烈地撞在贵婉肩上。贵婉承受着一切，死死地抱紧她，让她发泄心中的痛苦。

走廊上，资历平看到资历群站在门口，诧异地叫了一声：“大哥？”

“这么晚？”

“我今天赶了一个稿。——大哥你？”

资历平听到门内传来轻微的抽泣声。

资历群沉着一张脸：“回自己房间去。”

资历平点了点头：“是。”

“回来。”资历平刚走出两步，又被资历群叫回来，“找个地方搬家吧。”

“啊？搬家？”资历平很意外，“我住这儿挺好的啊——”

房间内，贵婉对朱惠儿说道：“‘茶海’同志是在杭州遇害的，具体原因正在调查中。目前，知道‘茶海’同志牺牲消息的人，只有五个人，包括你。”

“我要去接他回来——”

“现在不行。”

“现在不行？什么时候行？将来吗？——我不能让他一个人孤零零地躺在刑场上，我要接他回来——”

“不行。”

“我要去——”

“朱惠儿同志！”贵婉饱含热泪，“不行！”

朱惠儿把头仰起来，泪水从高处飞溅：“老林——老林——”她整个人瘫倒在贵婉身上，这一次，贵婉没抱住，朱惠儿倒在地板上。

“历群——”

房门打开，资历群见状赶紧走进来。

资历平悄悄站在门口看着。

夫妻二人，赶紧将朱惠儿扶到椅子上。

资历群转头把资历平推出门：“回屋睡觉。”

“房东太太怎么了？”资历平问。

资历群瞪着他，资历平有点畏惧，赶紧往后退了，关上了门。

资历平狐疑地上楼，回到自己的房间。他从皮包里拿出那本德文版《共产党宣言》，放到书桌上。

“我不知道房东太太身上到底发生了什么事，但是，我知道，大哥、大嫂和房东太太都是‘赤色分子’，他们从事着世界上最危险的革命工作。他们每天都在白色恐怖中战斗，就像《共产党宣言》中所写的一样，他们为了创造一个新世界，不惜流血牺牲——后来，我猜想是房东太太的丈夫过世了。——因为，我看见她吃饭的时候，总是在桌子上多放一副碗筷，她总是静静地坐在桌子对面，望着那副碗筷。她没有戴孝，没有办丧事，她甚至都没有对任何人提起。她出门的时候，总是笑着。

“我被她的坚强给感染了，是什么样的力量可以让人做到出生入死、视死如归，——是信仰。——是主义。——是《共产党宣言》。一群为真理为信仰奋斗的人，从未停止过他们的战斗，就在这座城市里，他们抛头颅，洒热血，用血肉之躯筑起一座座钢铁长城。”

“接着。”资历群伸手接过贵婉递上来的风衣，潇洒地穿上。

“走。”资历群整装完毕，说道。

夫妻二人出门。

一辆汽车驶来，停靠在路边，朱惠儿上车。

贵婉和资历群坐在驾驶座和副驾上，朱惠儿汇报道：“我们的‘人’有麻烦了。”

资历群说：“具体点。”

“今天中午十二点三刻，警察局的寇荣带人到我们‘临时联络点’附近逛了几圈。一点半左右，我监视到寇荣带‘人’出去，是不是我们的‘人’，我的视野监视不到。一点三刻，所有警察局的人和车都走了，街上干净得能看见鸟粪。”朱惠儿说，“情况就是这样。”

资历群问：“没人发现你吧？”

“没有。我是三天前就入住这家旅馆了，早出晚归，没人注意我。”

“昨天晚上安静吗？”

“安静。”

“昨晚上你房间开了灯吗？”

“开了。不开灯，别人会怀疑。”

资历群点点头：“去休息吧。”

朱惠儿点头，欲下车，又被资历群叫住：“这个‘临时联络点’弃用了。你马上退房离开。”

朱惠儿一怔：“现在？”

“现在。”资历群肯定。

“——是。”

“这段时间，暂时待在家里，不要露面。”

朱惠儿下了车，她用力裹了一下身上的披肩，迅捷离去。

贵婉转眼看看资历群。

资历群说：“我们要护送的老李同志可能出事了。”

“——任务失败了？”

资历群偏着头，点燃一支雪茄。

贵婉开始分析情况："寇荣不会无缘无故出现在我们的'临时联络点'，他一定是从某方面得到了情报，他有可能'带'走了我们的人。他把街面'打扫'得这么干净，一定是在等'我们'自投罗网。"

"'陷阱'是肯定的。——不过，我们可以搏一搏。"

"即兴发挥，我最擅长了。"

"寇荣是中午十二点左右到的，证明他的情报员是在今天早上才提供的确切情报。一点三刻带人走的目的，是想钓大鱼。"资历群说，"房间里有两种可能性：一、等待你的是特务，但是，抓一个接头人对寇荣价值不大；二、等待你的是假'老李'，他们想通过一个假李鬼来摸清我们的交通站接送路线。——不管是特务也好，假李鬼也好，我们必须通过他们找到我们要找的'人'。寇荣不会马上带老李回警察局，那样做会暴露他的情报员。所以，我们还有反败为胜的机会。——'死地求生'第一步，'抉择'。"

贵婉走进旅馆客房门口，敲响房门后，稍待片刻，房门打开，一个中年男人出现在贵婉面前。

中年男端详着贵婉，问道："你找谁？"

贵婉微笑："我找秦太太。"

"她刚走。我是她先生，秦吉祥，你有什么事吗？"

"秦太太在我这存了点'天麻'，我给她带来了。"

"请进。"

贵婉进门，中年男子关上门。她迅速扫视了一下房间，声音正色道："这里不安全，我们马上走。"

"现在吗？"

"是的。——有'贵重'东西吗？"

"没有。"

"好，走吧。"

中年男子拎起早已准备好的箱子，问："我们这就出发吗？"

"不，我们得先换一个安全的地方。"

中年男子点点头，跟着贵婉出门。

贵婉挽着中年男子走出旅馆，上了辆黄包车。在他们身后，另有辆黄包车跟着。贵婉他们乘坐的黄包车穿过街口，七拐八弯，穿梭在街面上。另一辆黄包车紧跟着，突然，一辆汽车蹿出来，将两个黄包车隔开来。等黄包车再掉头跑回街心的时候，已人去车空。

一辆电车开来，汽车和电车并肩而过，正好掩护贵婉和中年男子上了电车。贵婉与中年男子走进小型商会会馆，中年男子特意盯了一眼会馆门口的门牌号码，跟着她走进了房间。

贵婉对中年男子说："——私人会馆，很安全，有独立的卫生间，还很隔音，窗外是私家花园。"

中年男子显然有点心不在焉。

"对了，还有电话机。我们可以保持联络。"

"是吗？"中年人的眼睛闪烁不定，"我为什么要来这里？"

"因为我们的内部出了点问题。"

"什么问题？"

"我们担心您的行程已经被泄露了，警察局针对你的大搜捕即将开始，我们不能冒险，必须保证您的绝对安全！请您相信我！"

突然，电话铃声响了。

两个人都是一震。

贵婉接电话："喂——"她的脸色变了，放下电话拔枪在手，对中年男子说，"马上撤离！"

"出了什么事？"

"侦缉处的特务来了。快，快跟我一起离开这里。"

贵婉拉着中年男子就要跑，此时房间门突然被"轰"开。资历群一副侦缉处特务打扮，持枪闯入，举枪就打。

中年男子吓得胆落魂飞。

贵婉斜冲上来，一个扫堂腿。

资历群伸手一下锁住贵婉的咽喉，一把拎起来，猛地把她扔到墙上去，"砰"的一声响，速度和力度都似满弓，贵婉被他当场摔"昏"，滚到书桌脚下。

资历群上去，一枪，两枪，三枪。中年男子的视角里，看见贵婉的两只

腿蜷曲，一摊血污从书桌底漫延开来——速度太快了，几乎没有任何回旋余地，资历群的枪口对准了中年男子。

中年男子求饶道："别，别，别开枪。"他试图逃跑，又被资历群一脚踩得死死的。清晰的拉机柄退弹的声音，子弹再次上膛。

中年男子抱头大喊："自己人！！自己人！！！我是警察局特情科寇荣的手下，我是自己人！！！"

资历群的枪口顶在他脑门上："住口！浑蛋！！我们侦缉科盯这个女共党很久了，你是中共的一名情报员，死到临头了，还敢胡说八道！！"

"你把我交给侦缉处！！交给侦缉处！！"

"我管你是谁！！我现在毙了你，就是立功！我把你交给侦缉处，你一招供，功劳都归当官的了。我不做赔本买卖，我拿你和女共党的尸体去交差！——上路吧。"

中年男子歇斯底里地："不要啊！！我真的是特情科的外勤特务！！——中共情报员今天下午被捕的，我，我是来诱捕女共党和她的同伙的。"

"我凭什么相信你？"

"真正的中共地下党被羁押在大同旅社，寇科长为了保护自己的情报员，还没有把他带回警察局。——你相信我，我，我可以带你去。"

"好，我信你了。"资历群伸手一把把中年男子给拎起来，对贵婉，"嘿，起来了。"

贵婉从书桌后爬起来，冲上来质问："为什么把我往墙上扔？"

"下次你扔我。"

"我的裤子弄脏了，幸好还有件风衣遮着。"

"下次你扔我。"

"说好让我打一拳的，——不遵守游戏规则。"

资历群第三次重复道："下次你扔我。"

中年男子完全蒙了，被夫妻二人带走。

"第二步，'诱供'。"第一步计划已经完成了，开始进行第二步。

一辆汽车停在街边，两排梧桐树延伸开来，街对面是大同旅社。贵婉坐在驾驶座上，资历群和中年男子坐在后座上。

资历群问："几楼？"

中年男子气息不均地："2 楼。"

"多少号？"

"18 号。"

"人数？"

"4 个。"

资历群对贵婉："我上去，两分钟不下来，你就开枪毙了他！！"

贵婉子弹上膛。

中年男子的脸色铁青："别——"

资历群一拳一拳打在他脸上，低吼："说实话！！"

"2 楼，2 楼 3 号，6 个人，1 个楼下，——5 个楼上。"

资历群扭断了他的脖子，毫不留情。

两人检查枪械。

资历群对贵婉："几点了？"

贵婉看了一眼手表，说："5 点零 3 分。"

"2 对 6，两分钟内结束战斗。"

贵婉抬头看天光："今天天气不错。"她的意思是光线好。

"嗯，半个小时后，回去做晚饭。"

"你做还是我做？"

"我做饭，你洗碗。"说着，两人都下了车。

"第三步，'反击'。"夫妻二人，风衣领高竖，衣袂飘扬，长枪裹挟在风衣里，微笑登场。

一片枪火，两人长枪在手，枪枪制敌。楼上、楼下的特务们被击毙。枪火中，资历群、贵婉背靠背，互相支援，打得潇洒，弹壳飞溅，金属刺耳的嚣音，杀出一条血路。有特务号叫着，拿枪对准老李的头，见状两人打了一个漂亮的配合，一个迷惑对手，转移视线，一个一枪命中特务的胸口，救走老李。

一辆汽车驶入繁华长街，车如流水马如龙。

马路上，一片警笛的喧嚣，警车长鸣。寇荣带着一队警察冲进旅社后，怒火中烧。楼梯上，横七竖八倒着几具便衣警察的尸体。

寇荣咬牙切齿道：“我一定会亲手抓住他，我一定让他后悔为人。”

夫妻二人来到家门口，贵婉问道：“——我一直在想，敌人为什么会有我们的接头暗号？”

“你担心老李的安全？”资历群反问。

“我现在可不只是担心老李的安全问题——”

“我明白。——放心吧，上级一定会派人对老李进行身份甄别的，我们的任务只是单纯地护送和接待。”

“听上去一点也不难，可是为什么先扔我？”

“女士优先。”

“优先挨揍？”

资历群左右看看：“你现在可以报仇雪恨。”

“是吗？”

资历群举起双手，缴械模样。

贵婉抿嘴笑：“我可是公私分明的。”

“是吗？”

贵婉伸手拉住资历群的领带，往前一带，资历群整个人都贴过来，两人近距离，渐入佳境——贵婉另一只手打开房门。

二人热吻进门。

资历平两只手里都端着菜，站在房间中间。

资历群和贵婉像突然“触电”一样，立即分开，面色都略有尴尬。

资历平立即背过身，他更尴尬道：“——那，什么，——我什么都没看见。”

资历群走过来，伸手打在他的头上，说：“你迷路了？你——”

“——我怎么知道你们这会有‘事’。”资历平说。

资历群再敲他一下。

资历平委屈地：“大哥，这才几点啊？——我好辛苦地刚刚给你们做完晚饭。”

贵婉站在一旁只顾笑看着两兄弟。

“当然，当然——你辛苦，你想想，我们啊——然后看到你——真是太‘感动’了。”

资历平说：“——我，对不起，我碍你们事了。”

“我们有什么事？”资历群笑着，“你辛苦。”

资历平用疑惑的眼神看了他们两个一眼，确认似的问：“没事？”

资历群肯定：“没事。”

“我以为——”

“你想多了。”

“我想歪了。”

资历群作势揍他。

“别，别恼羞成怒。”

贵婉看看盘中餐，赶紧去厨房洗手。

资历平对贵婉，自嘲地：“咱们的中文，比任何国家的文字都玄妙。”

贵婉反问：“那你还选修德文？”

“那是为了去德国人的酒吧点菜用的。”

贵婉从厨房里出来，资历群进厨房，夫妻二人挨着肩，贴着挤过厨房门。

贵婉说：“你就为了吃啊。”

资历平自作聪明地用德语说：“一个幽灵，共产主义的幽灵，在欧洲游荡。”

厨房里“叮当”传来脆响，好像玻璃瓶子滑落在柜子底的摩擦声。资历平一下闭住口，下意识地咬了咬嘴唇。聪明的贵婉不吭声，她伸手就从菜盘里拎了一块排骨吃。资历平回过神来，伸手打在贵婉的手背上：“——我真怀疑你是不是大家闺秀。”

贵婉嘴里嚼着肉，嘟囔着：“去伪存真。”

“馋就是馋。”

仿佛什么也没发生。

资历群在厨房选酒，大声问：“喝什么。红的，还是白的？”

贵婉回应：“红的。”

资历群说：“白的。”

贵婉重复道：“我要红的。”

资历群笑嘻嘻地拿了两瓶酒出来：“——那咱就喝杂的。”

资历平瞟了一眼资历群。

资历群对弟弟：“你不来点？”

资历平一副瞧不上眼的模样：“我喝鸡尾酒。”

资历群乐呵呵地看着他。

饭桌前，三人总有一个坐在窗口边上盯着，一边吃，一边聊，一边换着位置。

资历群对资历平：“小资，你多久没谈恋爱了？”

“啊？——有好长一段时间了。”资历平忽然间神采飞扬起来，“遥想公瑾当年，小乔初嫁了，雄姿英发——”

“得得得——就你那巴黎夜游的荒唐故事，也拿来说事。”

贵婉瞟了他一眼，说：“小资看来是有故事的。”

“不是故事，是好多事。”资历平自得地笑起来。

“要不，让小资去相亲吧——”贵婉提议。

资历群说：“相亲。”

资历平怪叫一声：“相亲啊？好啊！我去——”

贵婉说：“我们学校有个刘老师，哎呀，真心不错哎。会写诗，会弹琴，会朗诵，会烹饪，会画画，会——”

资历平一脸失望的表情：“——会变脸吗？”

“什么？”

资历群大声笑起来。

贵婉对资历平：“以后有事别求我。”

资历平笑而不语。

资历群对资历平：“——最近怎么样啊？还在报社工作吗？”

“——我最近跟几个朋友合作，开了一家画廊。我准备去趟苏州办画展。”

贵婉来了兴趣：“你要去苏州啊？”

“啊。”

贵婉乖巧地对资历平："要不，我陪你回——"资历群用胳膊肘碰了一下妻子。

"我不会去贵家的！"

"——我话还没有说完呢，我说，我陪你回苏州开画展。"

资历群点头，表示赞同。

资历平瞅瞅贵婉："说，打什么小算盘？"

贵婉情绪热烈地："我也有几幅画，帮我一起卖啊。"

"我的画落款都是贵婉。你搁一块儿参展，不得弄混了。"

"好极了，以后你卖的画都要分我钱。"

资历平撇撇嘴："真敢想。"

资历群笑看二人，举杯喝酒，一饮而尽。

"砰""砰""砰"，三声枪声响过，有人报靶，文四益打中靶心。资历平站在他身边，举枪，发射——数枪响过，小资打掉一排移动靶。

文四益赞赏道："嗯，不错。不错。"

资历平谦虚地说："业余选手。"

"专业水准。"文四益问，"怎么突然练起枪法来了，不打你的玩具魔术枪了？"

"技不压身嘛。"

文四益举枪瞄准："嗯？——你想干吗？改行做'清洁工'？穷疯了，还是玩疯了？"

"四爷，我想问您一个问题。"

"说。"

"您杀过人吗？"

文四益开枪稳稳地击中靶心，心理素质一流。

资历平鼓掌："好。"

文四益把枪回扔给手下。"小资，枪，有两种。一种是握在自己手上，保护自己；一种是别人手中的枪，替他人卖命。不管是哪一种，枪在好人手中是伸张正义，枪在恶人手中就是杀人武器。"文四益语重心长道。

“所以，枪是信仰和安全的力量。”

“对。”

“四爷的信仰是什么？”

“保护妇女儿童。”

资历平笑起来。

文四益正色地：“有什么好笑。妇女儿童的安定，事关千家万户的幸福。——我杀过人贩子。”

资历平收敛了笑容，他下意识地吞咽了口水。

“别怕。”

“没——”

文四益示意小资继续装子弹，边说：“小资，我知道你为什么来，别再往我这跑了。——我真的没有消息给你，你娘就像人间蒸发了一样。——说实话，我也不怕你不爱听——”

资历平往枪膛里装子弹。

“——你娘这种情况，不是遭遇突然袭击，就是自己故意藏起来了。”

资历平的手停顿下来，说：“不会的，没道理的。——四爷，您再帮我费费心——我娘失踪的那天晚上，还叮嘱我们兄弟常回家——”

“——你娘还有一个家，贵家。”

资历平的脸色变了：“四爷！你什么意思？我父亲尸骨未寒——”

“好了，好了，我明白，明白。我就确认一下有没有这种可能。我相信你，相信你娘。啊，我，——我其实也是想帮你早点找到你娘。”

资历平继续往枪膛里上子弹。

“——你有没有想过，她被人非法拘禁了？或者真的就是遭遇不幸了？”

资历平呆了一下。

“——你也别急，总之，你娘的事，我放在心里，负责到底。”

“谢谢四爷。”

“你也可以找找你二哥帮忙——”

“我二哥？”

“我在工部局一个饭局上，见过他。”

资历平傻愣着："我二哥在市政府办公厅做文员——"

文四益推弹上膛："他告诉你的？"

"啊。"

资历平举枪打靶——

"那他一定是负责'屠宰工厂'的文员。"

资历平打靶，听到文四益的话，第一次脱靶了："我二哥不是做文员的？他是干什么的？"

"你应该去问他。"文四益开枪，帮他打掉了移动靶。

繁星报社内，记者们忙忙碌碌地工作着，资历平专注地写着稿子。

电话铃声频频响起。

"米价又涨了——"

"这一期，三版，主要内容是保护野生动物。"

"——哪里？发生抢案。——有线索了吗？要跟啊，赶紧跟。"

赵主编隔着一道门喊："贵婉，你的那篇《舞后茜茜，舞动太极》写完了没有？——四爷买的专版，你快点。"

资历平瞬间站起来，拿着稿子往发稿部跑。

赵主编又在喊："政治新闻部的，最新的那起'共谍'案有没有跟进啊？"

有人回道："目前为止，没有进展。"

资历平又往回跑："主编，我可以跟的，政治新闻部，真的，我可以跟进，您让我去吧。——您喝咖啡吗？我帮您去买，我动作快，您放心。"

赵主编看着他，一字一顿地："舞动太极！去！"

资历平赶紧往发稿部跑去。

忙了一天，资历平一身倦态地走上楼梯。一推开门，吓了一跳。房间的灯亮着。资历群坐在房间里。

"大哥？"资历平关上门，往前走两步，"你怎么来了？"

资历群把一本书扔到桌上，严肃道："解释。"

资历平看了一眼，是那本德文版《共产党宣言》，他低下头，对于资历群的行为埋怨道："大哥，你没权力这么做，这是我的屋子，你不能背着我，翻我的东西，抄我的家——”

“是等侦缉处，或者警察局来翻你的东西，抄你的家吗？——到那个时候，你还能完完整整地站在这跟我犟嘴，跟我辩论吗？”资历群生气地盯着他，“我在巴黎的时候跟你说过什么话，你当耳边风了吗？”

“我，我没干什么啊。”

“你二哥现在政府办公厅工作，你知道这意味着什么吗？——你别告诉我，这本书是你在无意中看到的，——你不会无缘无故地去做一件事，包括读书。——我跟你说过，不管你处在何种位置，不准碰政治，不准问政局，——永远保持中立。知道我为什么费尽苦心地这么要求你吗？——我不想看着你死。”

“大哥——”

“听着，从现在开始，看到的，听到的，都不要从深处去想。——也不要再试图去了解我们，找到新房子，立刻搬家。——我不想节外生枝。”说完，资历群站起来要走。

“大哥。”

资历群站住。

“有件事，我想告诉你。”资历平停顿了一下，“二哥，二哥的身份，并不是他说的那样。”

资历群真的“震”了一下：“谁告诉你的？”

“一个朋友。”

资历群返回身来，重新坐下，问道：“你还知道什么？”

资历平紧张的表情：“我——我也不是很清楚二哥的事，我只是，觉得这件事肯定不简单。我担心大哥和大嫂的安全——”

资历群凝视着他，态度变得温和起来：“过来，过来小资，——过来坐。”

资历平坐下。

资历群推心置腹地：“小资，你很聪明。也很关心大哥，大哥心里都明白，也很感动。——但是小资，大哥最不愿意的就是把你卷进来，你根本无法想象——我的生活，一个人从事着这世上最危险的秘密工作，过着狡兔三窟、躲躲藏藏的生活，藏久了，心会累，人会厌倦，他就会想回到原来正常生活的轨迹中去，可是，他又回不去，因为，这一行，没有回头路可走。——大哥为什么会担心你，害怕你跟大哥一样，——正如你所说的，你二哥不是仅仅隐藏了一个工作身份那么简单，也许他就站在我的对立面。你知道这意味着什么吗？意味着我们资家兄弟势不两立，你死我活。”

“大哥。”

“你也想变成这样吗？——假如你因为特殊原因，手上沾了亲人的血，哪怕是你被逼无奈，那种负罪感也是永远无法抹去，无法消逝的。——又假如有朝一日，我资家兄弟刀兵相见，你，站在哪一边？你的刀会落在谁的头上？是我，还是你二哥？”

资历平完全蒙了：“我，我谁都——谁都不选——”

资历群听了这个答案，心里很满意，但还是又问：“——如果你别无选择呢？”

“——我，我不会做出伤害资家的事。”

“我信你。——哥哥相信你。——这世上有狼有羊，有猫有鼠，有猎人，也有猎物。你没必要选！你就是你，一个纯粹的简单的，过着庸常日子的人。你知道‘庸常’二字代表什么吗？”资历群说，“平安。”

面对谆谆教导，资历平心中感动。

“我们三兄弟，总要有一个平平安安的，资家的血脉才会代代相传。这也是父亲的意愿。懂吗？小资？”

“我错了，大哥，我以后再也不问你们的事了，我安安心心地过平凡日子，我答应你，大哥，我以后都不会再犯这种错了。——我会去找新的住处，一找到合适的房子，我就搬家。”

资历群点点头：“跪下。”

资历平一愣。

“我叫你跪下。”

资历平照做了。

“小资你心性摇摆，从无拘束，以前是冥顽不灵，现在是逾矩过界，尤为甚之。我要你在我面前，以父亲的名义起誓，永远做个普通百姓，永远远离危险，为资家开枝散叶，过一世平安岁月。决无更改。”

资历平举手起誓："小资——以父亲的名义起誓，永远做个普通百姓，远离危险，将来为资家开枝散叶，过一世平安岁月。决无更改。——家国有难时除外。"

最后一句，资历群听了，点点头："当然，家国有难，是男儿当战死沙场。"他伸出手去，扶起小资，"起来。"

兄弟二人，面对面站着。

"你不要怪我。"

"大哥一直为我好——"

资历群看了看那本《共产党宣言》。

"——我明天拿去还给报社。"

"那倒不必。——就放在你这儿，大哥相信你，言出必行。——走。"

资历平以为自己没听清楚："走？"

"出去陪大哥喝一杯。"

资历平乖巧地："嗳。"

"叫上你嫂子。"资历群仿佛很有兴致，"咱们一家人出去，喝酒去。"

资历群和资历平两兄弟走出公寓，走在街上，二人一边走一边说话。

资历群突如其来地说："你什么时候也认认真真谈个恋爱啊？"

资历平得意地笑笑。

"有吗？看你这一脸得意的样子，是不是已经有了合适的女朋友了？"

"合适的一直都有，我想要的是永恒的。"

"这可不大好——"

"什么？"资历平问。

"对于爱情，没有永恒。"

"罗密欧与朱丽叶，梁山伯与祝英台。"

"我话还没有说完。"资历群说，"——除了死人。为爱殉葬，始得永恒。但是，并不值得去效仿。"

"我觉得很浪漫。如果为了心中所爱的女人去殉情——"

"你放心，在你做出为某个女人去殉情的前一分钟，我会先把你打残的。"

"为什么？"

“为了养育你的父母。人生是有责任的，不要活得太自私。”

两个人原本并排走着，资历群说完这话后，走到前面去了，资历平想想，跑到前面去，截住资历群。他脸上洋溢着青春美好的笑容，说：“大哥，我想问您一个问题，你对贵婉的爱，是合适，还是永恒？”

资历群看看他，回答了两个字：“当下。”

资历平有点蒙。

资历群笑笑：“爱在当下。”他向前走去，资历平站在原地回味着他的话。

资历平自言自语：“爱在当下，露西。”再一抬头，看见资历群的背影已远去，赶紧去追。

远处，兄弟二人并肩热络地走着。

酒馆里热热闹闹，很多人在饮酒欢笑，其中有资历群、资历平和贵婉。老板站在柜台里，挑选唱片，开启留声机。

资历平在柜台上打了一个电话，走回到餐桌前，继续和资历群、贵婉喝酒。

露西放下资历平的电话后，立刻换了衣服，也出门了。她隔着酒馆的大玻璃窗，看见了资历群和资历平，顿时踌躇了一下，闪到街边，资历群一双眼睛投射到对面街道上。露西想了想，掉头抄手走了。

资历平看着手表，有点狐疑，酒馆门开开合合，他下意识地总会朝门口看。

酒过三巡，三人都已微醺，各有心事。

留声机里放起了舞曲，资历平和贵婉跳起踢踏舞。

酒客们也跟着跳了起来。

资历平和贵婉翩翩起舞，幽默、诙谐、自由的舞蹈，欢快的节奏，很快调动起资历群的情绪。

资历群站起来，加入舞蹈的行列中。

三个人热烈地舞蹈，资历群忘情地欢笑。

贵婉笑靥如花，舞步飘逸。

贵婉赤足下床，踩着踢踏舞的节奏，拉开窗帘，阳光灿烂，鸟语花香。

1935 年，苏州。

一曲钢琴曲《告别》从琴键间流淌出来，贵翼、贵婉四手联弹，兄妹俩一起演奏出优雅的曲目。

吃过早茶，林景轩拿了几份文件给贵翼过目。

贵婉说：“哥，我跟你说一事。”

贵翼看着文件，回应道：“嗯。”

“我有一个朋友在苏州开画展，我想让你跟我一起去捧个场——”

贵翼仿佛是心不在焉地：“什么朋友啊？”

“啊？”

“男朋友啊。”

贵婉一怔。

“你恋爱了？”他猛抬头，一双眼睛炯炯有神地盯着贵婉。

贵婉赶紧低头：“你来不来？”

贵翼鼻子里“哼”了一口冷气：“避重就轻。”

贵婉撒娇地：“来嘛，哥哥。来嘛——”

贵翼笑笑：“你看我忙成这样，文山会海的——”

“你来不来？不来，不来，我生气了。”

贵翼不理她，继续喝茶，看文件。

林景轩对贵婉：“用点狠手段。”

贵婉点头。

林景轩对贵婉：“我支持你！”

贵翼全当听不见。

贵婉笑嘻嘻地蹲在贵翼膝下，说：“大哥，你看，你一直在外面东奔西跑的，我呢，又经常出门旅行，我们好久都没陪妈妈去戏园子看戏了。”

贵翼眼睛一下鼓起来，心想这小妮子，聪明呢。

贵婉用温柔的语气“奉承”道：“大哥是出了名的孝子，一定比我想得周到。”她站起来，学贵翼说话的腔调，学他走路的姿势，她粗着喉咙对林景轩说，“景轩，去开明大戏院订个包厢，今晚上看程老板的《锁麟囊》。”

林景轩特别配合地立正：“是，军门。”

贵翼一下合上文件。

贵婉转头对贵翼，一副调皮相：“时间不长，三个半小时。”

贵翼刚要开口就被贵婉抢话道：“二选一，去画展，还是去听戏？”

林景轩一脸坏笑。

贵翼看看两个人，低头看文件，板着脸说：“去听戏。”

林景轩一瞥头。

贵婉脸上立即晴转阴，真撒娇了：“别啊，哥哥——”她跺着脚过来，拉扯贵翼的手，“很快的，不会耽误贵军门很久的。就像，就像侦探与线人接头。”

贵翼很注意她这一句。

贵婉意识到了什么：“电影里有的啊，就这么一闪，一闪就成。”

“画展里有你的画吗？”

“有，有啊。”

“居然有画廊肯卖你的画。”

“当然，——这叫什么话。”

“你把我弄去，有没有作弊的嫌疑？”

贵婉举手发誓：“绝对没有的事！”

贵翼站起来：“林副官。”

“是，军门。”

“开明大戏院订一个包厢。”

“是。”

贵婉真急了：“大哥！”

“画展要去，戏也要陪娘听！”贵翼和颜悦色地刮了贵婉的鼻头。

贵婉亲昵地：“大哥——真好，大哥。”

苏州评弹音乐《庵堂认母》宛如小桥流水流淌而来：“世间哪个没娘亲，可怜我，却是个伶仃孤苦人。若不是，一首血诗我亲眼见，竟将养母当亲生——”

长街曲巷，黛瓦粉墙。

资历平穿梭在青石板路上不停地向过往行人打听着母亲的消息。他比比画画，拿照片给人看；他敲门过户，询问老住户，老街坊。得到的都是“摇头”和“不认识”。他在失望中继续寻找希望。

“——十六年做了梦中人。”

一叶小舟穿过万缕垂杨，驶过石桥，漂荡在烟波上。

“不见娘亲面。”

资历平来到贵府。

“——痛彻孩儿心，须知无娘苦——”

资历平站在贵家花园墙根下，他与贵翼、贵婉仅一墙之隔。遥望贵家大门，威严肃穆，他痴呆呆竟不知进退，突然泪汪汪，自惭形秽。

“难割骨肉亲——”资历平眉目间竟有一种委屈和无言的悲情。“步匆匆直往庵堂去——”他低头在贵家高墙下走过。

“见绿杨飘拂碧波清——跨过板桥到庵门。”

资历平走过石桥。

贵府后花园，贵闻珽修剪花枝，贵婉悄悄地走到父亲身后。他早看到阳光下映照在花枝上的光影。贵婉刚要“恶作剧”，就听父亲不紧不慢地说：“背打直了。”

贵婉轻轻一顿足：“哎呀，好无趣，人家正想给您老人家一个小惊喜。”

贵闻珽笑：“惊喜还是惊吓？”他转过身看自己的宝贝女儿，“叫你背打直，没叫你抻脖子。”

“抻脖子显得我又高又直。”

贵闻珽笑笑，放下剪刀，跟贵婉闲话：“你一回来啊，家里就像添了只喜鹊热闹起来。——跟你大哥聊得挺好？”

贵婉点头。

“上次聊的什么？我记得上次谈过你的终身大事后，你就跑到巴黎去了——你娘老冲我唠叨，说我把你宠坏了。”

贵婉笑着。

“——其实，你爹我也急啊，还得在你娘面前表现得若无其事。”

“有什么好急的，要急也先急大哥啊，对不对？”

“别拿你大哥做挡箭牌，一件事归一件事，他是他的事，你是你的事。”

“阿爹，——其实呢，我很想问问阿爹的事。”

“阿爹的事？阿爹向来无事——”

贵婉眨眨眼：“是故事啊。”

贵闻珽领会了：“小妮子，又跑到哪个婆子丫鬟那里去闲磕牙了。”

“那，人家难得回来嘛，总要到林妈妈、王妈妈、刘妈妈屋子里去坐坐啊——我知道了阿爹的秘密。”

“阿爹的秘密二十年前就登在报纸上，供大众茶余饭后点评激赏了。”

“阿爹你一点也不在意吗？”

“在意。”

贵婉进一步地试探：“阿爹，你在意那——孩子——”

贵闻珽没听清，问：“什么？”

贵婉把“孩子”两个字给吞回肚子里去：“——孩——还有，大哥知道吗？”

“你大哥的心思不在这些上面。——他没你八卦。”

贵婉笑：“阿爹，我想再问您一个问题。——您跟我娘吵过架吗？”

贵闻珽很干脆地：“没有。”

“阿爹娶姨娘回家的时候，娘都不吭一声吗？”

“你娘很传统。——她守着传统过了一辈子。”

“阿爹，你，有没有觉得亏欠过我娘呢？我说的是感情——”

贵闻珽听她问得迂回委婉，倒不似平素里的清简平直了，他知道女儿在维护父亲的尊严，说：“你也不用问得如此委婉，——我被骂过更难听的。”

父女俩相视一笑。

“这人世间的夫妻啊，有的一世和美，有的互相折磨——”

“您跟我娘是哪一种呢？”

贵闻珽想了想，说：“云淡风轻吧。——没有什么欢喜，也没有什么悲伤。”

“那，您对——她也是这种感觉吗？”

“叶连生。”

贵婉是第一次听到这名字，心里怔着。

“她是一个活得很精彩的女人。”贵闻珽的眉宇间透出一脉温情，“那种感觉是可遇而不可求的。”

“那您当年——”

“我那时年轻，冲动——愚蠢。”

“啊。”

“你是不是恋爱了？”

“啊？”

“你今天有点奇怪啊，你这么翻来覆去地问感情的事——你老实交代，是不是爱上谁了？”

“糟了，引火烧身——”

“男方是哪家的子弟啊？什么时候上门提亲啊？我见过吗？不会是在国外认识的吧？”

“我害怕了。”贵婉招架不住，赶紧跑了。

“我不会给你们压力的，别跑啊——”

贵翼正好过来，迎上贵婉，问道：“跑什么啊？”

“你来得正好。阿爹，——大哥说他有心上人了。又漂亮又懂事，背打得直，不抻脖子也高高的，会几国鸟语——”

贵翼作势要打她，她一闪身又跑到贵闻珽身后去了。

“阿爹，大哥要打人了！阿爹——你信我啊。”

“你自己卷到麻烦里去了，拉我下水——”

贵闻珽对贵翼：“我听说你原来跟方家的孩子走得很近，你们还有来往吗？”

“您听谁说的？”贵翼诧异。

“不是我说的！”贵婉忙撇清自己的嫌疑。

贵翼指着她。

贵婉一副虔诚状：“真不是我说的。”

“你俩到底谁恋爱了？”

兄妹二人互指：“他（她）。”

此时，贵母和老妈子从花径中走过来。阳光下，看到父子三人闹得正欢，贵母不禁莞尔一笑。

贵闻斑看见贵母，赶紧走过去。

贵母问：“什么事啊，两个孩子这么开心？”

贵闻斑说：“——斑衣戏彩呢。”

花枝下，兄妹二人依旧嬉笑打趣着。

“你有没有跟婉儿提金陵夏家来提亲的事啊？”

“有，有。”

“怎么样啊？”

贵闻斑扶着贵母朝前走去：“——云淡风轻。”

贵母被搞糊涂了：“啊，什么意思啊？”

贵闻斑笑笑说：“意思就是天气晴好——”

贵家一家人共享天伦之乐的声音从高墙内传出来，墙根下站着孑然一身的资历平，站立片刻后默默地离开了。

第十六章　三十功名尘与土

“贵某人若是卑躬屈权，罔顾军纪，贪赃求荣，在军械司里攒人脉，望前程，用战场上千千万万的将士生命做赌本，与禽兽何异？与卖国贼何异？？——做了这种天地不容的交易，将来有何面目去见江东父老？”

一片闪光灯，青烟直蹿。

一辆劳斯莱斯停驻在画廊门口，贵翼和贵婉照顾着贵闻斑和贵母下车，身后林景轩随着。采访的记者们所有的镜头都给了这一家人，贵家的人仿佛头顶光环，贵闻斑文质彬彬，贵翼神采奕奕，他们像一束光投射到画廊。

画廊长长的走廊上，资历平感受到了一种无形的、难以名状的自惭和不舒服。所有的乡绅都尾随着贵家父子，摇头摆尾，滔滔不绝。

“贵婉小姐真不愧是苏州才女，给我们苏州人争面子啊，贵老，您真是好福气啊。”

“令爱得其西洋技法神髓，力透纸背，神乎其技，令老朽叹为观止，叹为观止。”

“用其西洋手法，描绘本土风物，这就是以夷制夷之道啊——”

贵闻斑微笑客气道：“诸位谬赞，谬赞了——不敢当，不敢当。”

“令爱取法西方写实主义，改造中国画，其造诣和成就非同一般啊。”

“是啊，是啊，令爱的画，栩栩如生，出神入化——”

一群拍马屁的乡绅簇拥着贵家人从资历平身边潮水般涌过——

看着眼前这一幕，资历平突然失控般地难过起来。

一幅精致的《玫瑰园》油画前，贵家人驻足。众乡绅陪着，身后很多客人，此时都不看画了，分散四周，偷窥着贵军门和贵婉的风采。

"这幅画是贵婉小姐临时选送的，绚丽、奔放、富有浪漫气质，所谓彼岸花开，意绪绵绵啊。"

贵闻珽和贵母带着一种满足感欣赏着女儿的画作。

资历平就站在贵翼背后，样子看起来很紧张，喉头间似有万马千军集结。

贵翼似乎感觉到了什么，他倏地回眸，贵婉脸上一惊，资历平已经消失在二人视线中。

贵翼观察入微，问贵婉："你有朋友在这吗？"

贵婉笑着："啊？——我朋友？哦，没有。——大哥说的是谁啊？刚才那么多人。"她小心翼翼试探着，掩饰着。

贵翼笑笑，不说话了，继续看画。

"贵军门才高八斗，敬请军门讲话。"

大伙儿鼓掌。

贵翼含笑："还是请家父讲吧。"

贵闻珽开玩笑地："你讲吧，"他转对众人，"——若非小儿官职在身，小老儿焉有此殊荣？"

话一出口，大伙儿跟着笑起来。

远处，资历平的目光。

贵翼对众乡绅："——我觉得，在苏州举办西洋画展，是一件推广欧美文化的好事。——绘画的主题还可以拓展一下，譬如，人与自然，聆听世界，——还可以在报纸上写写专栏介绍，普及油画，这样一来，就更具吸引力了。"

乡绅们点头，纷纷夸赞。

"贵军门言之有理。"

"贵小姐的画就颇有功力。"

贵翼继续道："——她还要磨砺，我倒希望她先画画小品，——话说回来，我妹妹在画画上天分是不错的。"他又谦又夸，大伙儿都配合着他的情绪，图

一个权贵效应。

贵闻琏和贵母一脸欣慰，倒是贵婉的目光在人群中搜寻着资历平。

资历平躲在一个三角地带。

贵婉的目光跟资历群的目光衔接了。

资历群的眼光严厉，“责备”地看着贵婉，轻轻摇了摇头。贵婉看着他，就像犯了错的小学生。

资历平往画廊走道的底端走去，他抵触这一刻的家人团聚。——直到将来，他才会知道，这一刻，已成永恒。

阴雨绵绵，贵婉打着把小红伞从苏州小巷走来。深巷粉墙，一排排人家。她走到一扇门前，敲了敲门。

门开了，贵婉闪身进去。

灯光温暖，资历群看着贵婉，温和地：“你可以不用来的，难得回家——”

贵婉身上好像还裹挟着雨水的气息，边拍打着身上的水珠，边说：“没什么，我就是突然想见你了。”

资历群的心怦怦地跳动着：“如果不是——我真该去拜见你的父母和哥哥。”

“——小资，他还好吧？”

“——还行吧。”

“对不起，我不是存心的。”

“你没错，是小资，他没办法——”资历群想说，小资没办法面对，可是话到口边又换了，“他没办法应付。”

“画廊的人说他已经回去了。”

“那倒没有，他去了寒山寺。”

资历群给贵婉倒了杯水：“我会找个时间跟他好好聊聊的。”

“我只是想，让他们兄弟见一面。”

“事情不能这样做，——这只会让事情更加复杂。小资的自尊心特别强，你伤到他了。”

“我可以解释。”

“我明白。”

他眼光含蓄地看着贵婉。

贵婉的气息有些紧促。

资历群血液加速。

“——我们，总是这样忙忙碌碌——刀尖舔血，我想万一我——”话音未落，资历群已经把贵婉扑倒在床。

旋转的天花板下，资历群和贵婉旖旎温婉的姿态。

资历群在贵婉耳边低声地：“小婉，我们一起走吧。”其实，对于贵翼的突然出现，自惭形秽的不只是资历平，真正受到“伤害”的是资历群。他发自内心地：“我们走得远远的——”真实的情感是没办法压抑和隐藏的，他深深地为自己感到刺骨的悲哀，“我想要的生活不是这样的。”

贵婉沉睡中甜美的笑容。

资历群紧紧抱住她。

贵府客厅内，贵翼和母亲说着家常话：“——你说学西洋画有什么好？贵婉跑那么老远去上学。你妹妹和你一出去，就是好长一段时间，你还好，总有些个信件啊，电话啊回来。小婉呢，一出门就像断了线的风筝。——我一问她吧，她就说，要学习，要上课，要忙，真不敢相信一个二十岁的女孩子有那么多的事忙吗？——上次金陵夏家来提亲，她不答应也就算了，一生气就跑去了上海，上海是什么地方啊？十里洋场，花花世界，娘真是怕她眼睛看花了，收不回来心。”贵母对女儿在外奔波从心底有些怨怼。

“娘。”贵翼劝道，“小婉的脾气向来倔强，心气又高，又很自立。中学的时候，她就毅然走出国门，出国留学了。不是也很安全吗？何况现在？小婉是个孝顺懂事的孩子，娘也不要太忧心了。”

“我也知道，这世上哪有孩子能做到面面俱到，学业有成，事业有为的，忙的都是家国大事，顾不到家里也是有的。像你这样，娘也就认了。可是，贵婉是个女孩子啊，女孩子总要嫁人的，她这样风风火火的性子，可不招人议论吗？”

“娘，我明白的。——其实大家议论的无非就是谁家的孩子嫁到了谁家，

谁家的孩子娶了谁家的姑娘，过得好不好。——这过得好不好，跟别人一点关系都没有，娘又何必在乎这些个虚名呢？”

“这就是你们的斗争方式，是吗？”

“娘。——娘您别生气，也别激动。我的意思就是，姻缘是要讲缘分的，妹妹是缘分未到吧。”

“那你呢？你什么时候给娘娶个媳妇回来啊？——我瞧着方家的姑娘就不错，也有好几年不见了。”贵母反问，“是叫一凡吧？”

贵翼笑：“娘。——娘，您真的别为我们操心了，这姻缘啊，催得太急，也不好。是吧？”

“那倒也是。——婚姻大事总是要两相情愿的。”她口气里有了幽怨，“你看你父亲，他只有一个人在花园里漫步的时候才觉得自在。”

“娘。”

“也许，花园里的花总能让他想起他愿意想起的人。”

贵翼听了这话，不敢搭话。但是，他的手伸出来稳稳地握住娘的手。贵母看着儿子，说：“我有你们，就满足了。”

晨光初透，贵婉拎着行李走来。

“这么早，去哪儿？”贵翼的声音从身后传来。

贵婉一回头，诧异地：“大哥？——怎么做到的？现在是早上六点。——你怎么知道我要走？”

“我不仅知道你要走，我还知道你昨天晚上凌晨两点回来的。”

“我真是服气了。”

“你的高跟鞋。一上楼梯就出卖你，一下楼梯就自动预警了。”

贵婉笑：“你好敏锐。”

“之前一直敏锐。”

“话里有话啊，大哥。”

“你这就走了？”

“我要赶轮船。”

“父母在，不远游。”

“游必有方。”

“不跟父母道个别吗？”

“有大哥在。——我很放心。”

“你居然打‘亲情’牌？”

“好过你打‘家长’牌。”

“小婉，出门在外，多保重，记着常给家里写信，给娘报平安。”

“一定。”

“如果你有什么事发生，我希望我是第一个听众。”

贵婉回眸一笑：“——再见，大哥。”

“再见，小婉。”贵翼在后面回应着，语气里透着伤感。

“——小婉！”贵翼从梦中惊醒，他竟然在小资的叙述中沉睡了。并且，他梦到了过去的贵婉。贵翼不知道资历平用了什么鬼伎俩，导致自己深度睡眠。——“深度睡眠”对贵翼来讲，是一件非常可怕的事情。

沙发上空空如野。

资历平不在了。

贵翼倏地站起来——他摸摸自己的头，没有发烧的迹象，他的目光倏地转向书房门口。书房门外传来妞妞的哭声，他拔枪在手，猛地撞开书房门。一个标准的军事动作，他持枪大声喝着：“不准动！”再定睛一看，有些发窘。

只见资历平腰间围着炒菜的围裙，正在餐桌上摆放菜肴，林景轩抱着妞妞，妞妞哭闹着要先吃，资历平叫她等等大哥哥。看到破门而出的贵翼，三个人都也有些蒙了，紧接着，客厅里爆发出笑声。

资历平有礼貌地微微一笑，促狭地把双手举起来。

林景轩笑得最厉害。

妞妞又哭又笑。

贵翼自嘲地笑笑，他把枪收起来，朝林景轩和资历平的方向勾了勾手指头。

林景轩指了指自己：“我？”

贵翼摇摇手，一指资历平：“过来。”

林景轩对资历平："叫你呢。"

资历平走过去，还没走到跟前，贵翼伸手一把把资历平拽到跟前来，问："你给我吃蒙汗药了？"

资历平说："哪里有，军门你太困了，自己睡着了。"

"你不说是吧？"

"——军门，是，是催眠，催眠而已。"

贵翼一愣："催眠？"

"小魔术而已。我看你太累了，贵婉的事，一时半会说不完的——"

贵翼"懂"了，一松手，把资历平给扔回餐桌，自己大剌剌坐在主位上，很好地掩饰了刚刚破门而出的窘态，说："吃饭。"

听到"吃饭"，妞妞高兴地鼓掌，她很快从林景轩身上爬到自己的座位上。

贵翼忙道："慢着点，看摔着了。"

吃过早饭，贵翼准备出门，边穿军装，边听着林景轩汇报工作。

"——兵站历年的开支明细表，附件都在文件里了。"林景轩说，"——主要械弹收发基本符合规定。"

"什么叫基本符合？"

林景轩说："出入不大。"

"比如？"

"七九步枪 51900 支，缴回 300 多支，大约 52215 支。重机关 638 挺，修成及各处缴回 50 多挺，大约 681 挺。"

"你哪个学校毕业的？"贵翼问。

林景轩立正："报告军门，我是国立第四中山大学电机工程专业毕业的，国民政府第一期德械师第一营上尉——"

贵翼打断："得得，那你该会数数吧？什么叫缴回 300 多支？"他冷喝了一声，"多少支？"

林景轩重新汇报，说："395 支。"

"重机关？"

"缴回 54 挺。"

“那你告诉我另外 95 支七九步枪，4 挺重机关枪哪儿去了？”

“兵站的吴营长说，自然损耗了，枪支废了，处理了。”

“吴营长？吴成风？”

“他叔叔是南京参谋总部吴次长。”

“我叫你查的资历安手下三支黑枪有来路了吗？”

“他们承认是军火黑市买的，不过，这三支手枪都是兵工署制造的。”

贵翼“哦”了一声，蹬好了军靴。

林景轩说：“——这些事都是心照不宣的。你查也查不出什么所以然，每一步都会有重重阻挠。”

“比如呢？”

“人家有高层关照。”

“再比如？”

“涉及军方。”

“我们是什么？”

“我们？干活的啊，具体做事的。”

“嗯，那起码今天有事可做了。”

“嗳，军门，可别一上来就大杀四方，搞得腥风血雨的。”林景轩劝说，“不吉利。”

“那就——和风细雨吧。”贵翼突然伸手摸了摸自己的头，自言自语一句，“我怎么会被他给催眠了呢？”

林景轩傻愣愣地：“啊？”忽地反应过来，手指门外，“妖术。”

客厅里，资历平逗弄着妞妞，旁边站着士兵们，都看着资历平玩叠放玻璃杯的游戏，看得眼花缭乱的，不禁啧啧称赞。

贵翼和林景轩走过来。

士兵们立正。

妞妞跑过去：“大哥哥。”伸手就要抱。

贵翼弯下腰，说：“大哥哥要出门，你在家里乖乖的啊。”

妞妞懂事地点头：“大哥哥，你在外面工作，也要乖乖的啊。”

贵翼笑着说：“好。”

资历平微笑地站在一边。

林景轩开玩笑地："小资少爷，希望晚上回家的时候，还能看到你——"

资历平的脸色已经仓皇起来了。

林景轩意识到自己口误，无意中提醒贵翼了。

果然，贵翼对妞妞："妞妞，花园里有小鸟，去看看。"他站起身对士兵说，"带小姐去花园逛逛。"

士兵领命抱起妞妞，出门了。

贵翼对林景轩："去给我找根绳子来。"

资历平往后闪："不会吧。——我不会跑的。"他转而看向林景轩，一副可怜相，"林大哥，我以为我们是兄弟——"

林景轩一边忙着劝贵翼，一边跟资历平说："误会，纯粹是误伤，真不是故意的。"

贵翼喝了句："去拿。"

一捆绳子扔到资历平面前。

资历平盯着眼前的绳子，问："——这是要捆狮子，还是捆人啊？"

"你说呢？"贵翼望着他。

两个士兵上前就绑。

资历平反抗道："等等，等等，真的没必要——"

"有必要。"

"我存心要跑，你也捆不住我。"

"——是吗？"贵翼转过身对另一个士兵道，"他要敢跑，就开枪。别打死了，打个半死就成。——还有，别跟他讲话，他会催眠。"

资历平被"五花大绑"起来。

贵翼说："听着，在我了解更多的情况前，我暂时不想让外人跟你接触，特别是侦缉处的那帮人。你二哥资历安正绞尽脑汁怎么把你带到他的刑讯室去，用他们的电椅和你的身体进行能量交换——"

"听上去不太好玩。"

贵翼点点头。

"——我想我还是乖乖地待在这。"

"挺好。——去客房好好睡一觉，别让妞妞看见你。懂了？"

资历平无可奈何地："那，我不吃午饭了？"

"少吃一顿死不了。"

资历平喊："林大哥——"

林景轩不敢多说什么："听你大哥的。"

二人出门，士兵一声："敬礼！"

林景轩把披风替贵翼一抖，披上军用披风，贵翼戴着一双雪白的手套，走下台阶，身后卫队相随走出客厅。

资历平看着他远去的背影，眼光落在"五花大绑"的绳子上。

花园草坪处，林景轩替贵翼开车门。"——不是说好了和风细雨吗？"对于刚才贵翼的举动，林景轩表示不理解。

贵翼一脸无辜地："我还不够无微不至啊。"说着，上了车。

林景轩无语，替他关上车门，然后上车。

汽车驶出官邸，官邸门口，一字排开几辆军用吉普车，几乎同时发动。

林景轩开着车。

贵翼坐在车里，发现自己官邸附近的一些反射光线，有人在监视自己的住处，此景让他心中有数了。

封死的窗户，透着一线阳光，窗外是荒凉的花园，资桂花手法娴熟地在发报。一组电波飘浮，组合成字：烟草公司，断货，进货渠道不畅通，请总公司尽快发货。

侦缉处电讯室里，监听特务有重大发现，紧张地喊："组长，有情况。"

苏梅赶紧走过来，接过耳机戴上。听着从耳机里传出来的一阵有规律的"嘀嘀"声，她脸色变了。

监听特务悬着一颗心，看着苏梅的脸色，等待她确认指令。

苏梅的脸色铁青："是'瓶子'，是她！"

监听特务得到了"确认"，脸色也变得诡异起来，低声地："组长，我们不是已经——"

苏梅不自觉地"震"了一下，有点魂不守舍。

监听特务叫了一声："组长？"

苏梅脑子一片混乱："一定是哪里弄错了——今天的事，严格保密。"她的脑子在飞速旋转，"他们大白天的就开始活动了，太反常了。"

资家老宅内，资桂花收到电文，用铅笔记录着：货已发出，货在 3 号港口包装严重受损，请及时与船务公司取得联系。

资桂花取下耳机，沉思。

"——是啊，吴营长，要不，我亲自来一趟。兵站把我们的人扣着，终究不是一个事——"资历安打着电话。

苏梅闯进来，打断了他的话："科长！"

资历安给她一个"安静"的手势，继续接听着："——怎么会呢？你想到哪儿去了？那份使用不合法枪支的报告，我还没交上去呢。——对啊，好，好，好。我一会就去，我去。"

对方挂了电话。

资历安下意识地愣了一下，猛地挂了电话，仿佛用尽身上的蛮力。

"怎么了？"苏梅问。

"平日里飞扬跋扈，苛责商贾，官枪私卖，作威作福。这刚来了一个贵翼，就吓得像只王八，恨不得趴在地上献媚，连平日里积攒的交情都不顾了。"

"军械局不放人？"

"公事公办。"

"那咱们被扣的三个人不是冤枉了吗？"

"这要交给军事法庭，就是贵翼自己作死！"

"——还是不要闹到那一步，几支黑枪而已——"

"问题是，这三支枪都是兵工署造的。"

苏梅彻底愣住了。

资历安意味深长地："明白了吧？"

苏梅呆住，停顿了一下："多大的胆？"

资历安看看苏梅，想起什么："你刚才急匆匆地进来——"

"我们发现了共党'烟缸'小组的一个重大线索。"

"什么线索？"

“‘瓶子’还活着。”苏梅把一份截获的电文递给资历安。

这次轮到资历安目瞪口呆了，他百思不得其解地：“怎么可能呢？——我们，我们亲眼所见啊。”

“我们的情报来源有问题。”

“可是尸体从来都是验证敌方死亡、不折不扣的标准程序。”

“报务员的指法才是永远衡量情报的标准程序。——指法是不能改变的，指法告诉我们一个重要线索，‘烟缸’小组的报务员‘瓶子’还活着，这就意味着，那天死在我们面前的女共党露西，不是‘瓶子’，至少，她不是那个自始至终坚守电台的报务员！这一点可以确定！”

“你有什么想法？”

“‘影子’为什么对你说谎？他给你提供了一个假‘瓶子’。”

资历安沉思：“会不会有这种可能，他们‘烟缸’小组有两个‘瓶子’？一个是报务员，一个是情报员？”

“不可能。”苏梅很肯定，“共产党的谍报人员从来都是一人一代号，绝不重复。纵使那代号牺牲了，那个属于他们情报人员的代号将永久保存，以为纪念。”

资历安的脸色越发难看了。

“共党间谍网历来织得紧密，扎实。要知道，有时候对方手里的牌不是你想象中的，或者你以为你掌握中的，有时正相反。”

“不会的！‘影子’不会留一手的！他完全没必要瞒着我——他——”

“你就那么相信他？相信一个共党的叛徒？”

资历安慢悠悠地，答非所问地，却又一针见血地：“我不是一样很相信你吗？”

这话“毒药”穿心，苏梅霎时脸色苍白：“原来是这样——”苏梅扭头欲走，全无了下属的态度。资历安倏地站起来，一下拉住她的手，“放手。”

“对不起，对不起，苏梅。我，我今天情绪不太好，原谅我。”

此时，电话铃声起。

苏梅欲动，资历安不放手：“苏梅。”

“我替你接电话。”

资历安松开手。

苏梅走到办公桌前，拿起电话："喂，侦缉处二科科长办公室——"

资历安走到苏梅身后，苏梅背对着他，把电话递给他："我们有麻烦了。"

资历安接电话，半晌，阴沉地回复："好，我们马上到，放心，我知道怎么说。"他挂了电话，对苏梅说："准备车，去兵工署军部。"

苏梅担心地："贵翼会公报私仇吗？"

"甚至更坏。"

兵工署军部大院，一辆劳斯莱斯驶进。

门口警卫立正敬军礼，几辆吉普车鱼贯而入。

军部大楼会议厅，吴成风、刘铁军、江绍成、几名参谋等和几名兵工署的制造工程师、银行总经理在一起，各谈各事，小范围打堆。

苏梅随着资历安一同进来。

人们正在各说各话。

闵逸笐说："——我也知道军队有军队的难处，但是，我们银行也是心有余而力不足。"

江绍成说："话可不能那么说，闵经理，哪里都可以省，唯独军费贷款这块省不得。"

刘铁军说："俗话说，铜贵铁贱，——黄铜成本太高。"

工程师说："黄铜子弹延展性好，可以减少机枪部件的磨损，铜贵铁贱，造价不同，性能也不同啊。——如果进入战时状态，市场可以垄断的。"

江绍成说："真不是个好年份。"

某参谋说："军械司树敌不少啊。"

吴成风说："——上峰扔给你什么，你都得全盘接着，哪怕是个烂摊子呢。"

资历安和苏梅走向吴成风，人到声到，资历安叫了一声："吴营长。"

吴成风马上转向资历安，两个人走到另一处说话。

走廊上，贵翼等人走来，走廊上来往人等不停地"立正""敬礼"。

一派威严景象，林景轩一直贴在贵翼身边，边走边说："上海银行的闵经理，四明银行的陈经理，建昌钱庄的董大掌柜都来了，为的是今年购买德械贷款的事，主要是咱们去年的债还没清——军工署主要项目设计师来了两位，新设计方案一旦启动，就得马上拨款，兵站的军官都来了。大伙等着看‘逼宫’呢。”

“兵来将挡，水来土掩！”贵翼率部下长驱直入。

会议厅里，军官与工程师和银行经理们继续谈着话，“军械司要平衡各方利益，顾及各方势力——”江绍成说。

苏梅站在圈子外，注目看着资历安与吴成风在谈话。

吴成风说：“不就三个人吗？”一副不以为然的样子。

资历安说：“吴营长，这可不是闹着玩的，三条人命啊。”

吴成风不耐烦地：“你什么时候关心起你的下属来了？——我告诉你啊，贵翼新官上任，都说他不是个省油的灯。——现在这个节骨眼上，我绝不能蹚浑水。明白吗？”

资历安实在没辙了。

吴成风瞪着他：“明白吗？”他又重复了一句。

资历安点头，明白他让自己表态，说：“吴营长清如水。”

吴成风点点头，低声地：“那三个小喽啰，我会想办法的，就算送到南京去，我也能把人给你捞出来，放心。——得先过了眼前——”话音未落，会议厅大门打开，一声“立正。”

全体肃立。

见贵翼走了进来，吴成风慌里慌张系好风纪扣。

全体军人敬礼。

贵翼一挥手，示意大家放下。

林景轩替他接下军用披风。

“诸位早到了。”贵翼手一抬，林景轩把一份准备好的文件恭敬地呈上，“在下受国民政府军事委员会差遣，赴军械司走马上任，刚刚一个星期。诸事皆是千头万绪，有待逐一逐条解决，这份前年的军械司军工署的报告，算是给贵某人敲了一个警钟，我要没有猜错的话，今天来的几位‘财神爷’也是来给贵某人一个下马威的！”

几名银行经理苦笑。

“事到如今，贵某人也是箭在弦上，再苦再难，也必须把这副担子给挑起来。”贵翼一抬眼，双眉一展，“资科长也来了。”

资历安立正：“贵军门。卑职是——”

闵逸笂抢话：“贵军门，我们上海银行这两年在军工研发贷款上也是尽心尽力，但是，银行是开门做生意的，不能总是赊账，烂账——”

贵翼说：“为了国家的安全——”

闵逸笂截断他的话：“这理由听起来太讽刺了。军门，就算是政府的军队也不能剥离信任。做了坏账，就意味着你们的言而无信，一个言而无信的政府，怎么会安全呢？”

“说得好，说得有道理。”贵翼说，“我说过军械司会赖账吗？债主脾气大，我不怪你。不过，我也请闵经理想一想现在国家的经济，想想高居不下的失业率，想想东三省的沦陷，想想那些因战争而流离失所的人民，那些无家可归的孤儿——为了国家的安全，有多少普通的士兵牺牲了年轻的生命，他们的这本账又该怎么算呢？——谈到剥离了信任，我觉得，闵经理提得很好。”他把手中文件往长条桌上重重一放，一挥手，有士兵提了一个长长的枪盒进来，放在贵翼脚下。贵翼看了一眼吴成风，说：“来，帮我一下。”

吴成风诧异：“帮？”

贵翼一指地上的枪盒，吴成风马上反应过来，帮着贵翼把枪盒抬上长桌面。枪盒一打开，里面全是新制的手枪。

贵翼说：“——我们的机构，自身的确存在很大的问题，致使黑枪盛行，我们有的官员在枪械制造上，以次充好，监守自盗，黑市军火商的爪牙伸到我们军械局内部，趁机哄抬价格，制造混乱，造成各方面信任危机。我绝非危言耸听！——而是查有实据！”

众人紧张地交换眼神。

“清水不养鱼，这个道理我明白的。但是，——你也不能把鱼给我换成虾米。”贵翼笑着说，“对吧？吴营长？”

吴成风的脸僵住，不知如何接话。

贵翼环顾众人：“我今天是来开宗明义的。”他拍了拍桌上文件，对吴成风，“想看看吗？想看还是不想看？还是没胆看？”

吴成风脸色更难看。

江绍成问:“怎么一回事?”

贵翼说:“就像刚才闵经理说的，一笔烂账。——我先不问军工署制造的枪支为什么会出现在黑市军火商手上，我只问属于军工署的95支七九步枪，4挺重机关枪去哪儿了?”

吴成风解释:“——报告军门，枪支是有正常损耗的。”

“正常损耗是吧?没问题，把半成品交出来也行，让我看看正常损耗，损耗到什么程度算是正常!”

“贵军门，军，军座，我——我——”

贵翼轻描淡写地:“如果拿不出来——我的枪是六亲不认的。”

“我——”

江绍成震惊的表情，转头看吴成风，问:“为什么?”

贵翼帮他回答:“为了钱。——我给你30秒。解释。”

吴成风说:“贵军门，您才刚刚上任——”

贵翼看表:“还有28秒。”

“你真出乎我意料——”

“我现在肯站在这听你解释，已经给足你面子了。”

“新官上任三把火啊，你也得看看烧的是谁。”

“看来你没什么好解释的。”

“我有权处理废铜烂铁。”

“是吗?”贵翼眼睛里闪出火花来，依旧隐忍不发，“废铜烂铁?你是军火黑市的推销员吗?这么急着把废铜烂铁处理给军火贩子?你知道你这样践踏军工署意味着什么吗?”

吴成风脸上的肌肉直跳。

贵翼从枪盒里拿起一支新制的手枪，拉开弹仓，不紧不慢地:“你卷走的不仅仅是钱，你卷走的是百姓的心和军人的血!”

“贵军门，我们谈谈吧。”

“我没时间。”

“军门!”

“——这样吧，我直接派人送吴营长去南京军法处谈谈比较好。——他们

比较有时间，而且有耐心。”

“军门，盼军门给吴某留条活路。”吴成风压低了声音，“我不想死。”

贵翼笑笑：“死不死的，我说了不算。得军事法庭说了算。”

吴成风的声音拖长了：“你这是逼我去死。”

贵翼笑意更浓：“我又不是阎王。”

“军门一意孤行，知道有多少军政要员会受牵连吗？”

贵翼笑意中加了一层寒意：“他们是因你而受牵连，与我何干？”

“贵军门，你纵然不顾自己的前程，总要爱惜自己的性命吧？”

“对贵某人来说，脸比命重要。”

“脸？”吴成风显然没有听懂。

“有人认为，做军械这一行，走的就是终南捷径。——三十功名尘与土，八千里路云和月。不是嘴上说说就行的，都得身行力践。付诸行动。”贵翼一边说，一边往新制手枪的弹仓里装子弹，一颗一颗的子弹填进弹仓。然后，他潇洒地旋转弹仓。

在场的众人屏息敛气，大气不敢出一声。

贵翼铿锵有力地：“贵某人若是卑躬屈权，罔顾军纪，贪赃求荣，在军械司里攒人脉，望前程，用战场上千千万万的将士生命做赌本，与禽兽何异？与卖国贼何异？？——做了这种天地不容的交易，将来有何面目去见江东父老？——有何面目立于天地之间！有何面目以对阵亡将士的英灵！！”

吴成风说：“贵军门不出去做演讲真是可惜了，你是个煽动情绪、蛊惑人心的顶尖高手。”

“知道我贵翼平生最看不起哪种人吗？凭借已成之势力，发展自己的前程。不惜，卑躬屈敌，卖国求荣。”

吴成风急了：“你血口喷人。”

“东窗事发，你敢作不敢当吗？”

“你以为凭借一份清单和不可靠的证据，就可以坐实一个中校军官的‘贪污罪’吗？”

“你以为我是空口无凭吗？”

“卑职，请赐教。”

“有一位长期跟民间军火商合作的知情人，昨天晚上刚刚和军政部的高官达成一项协议，供出在军械司内部监守自盗的核心人物，换取一个合法的军火经营权。”贵翼看着吴成风惨白的表情，继续说，“——据称，知情人掌握了一份足以把这个军械司内鬼送上断头台的倒卖军火清单，军政部紧急开会，决定杀一儆百。如果，这些都不算确凿证据的话——”他在吴成风面前踱步，“当然，你有你的关系、人脉，赌一下，你叔叔吴次长，是大义灭亲，还是为了你摒弃前程，告老还乡，凭你叔父的薄面，你也许还能免于牢狱之灾。除非——”

吴成风的肢体都麻木了：“除非什么？”

“除非你还有什么事，是军政部不知道的——”

吴成风的心理防线趋于崩溃。

贵翼好像是跟吴成风商量的口气：“你看，我们是不是，需要先搜查一下你们营区的军械库？”

吴成风仿佛被一针扎到痛处，他转眼看了看资历安。

资历安此刻真是处于尴尬局面，保持着中立。

贵翼站在两人之间，突然用意不明地一笑，这一笑恰到好处，让吴成风和资历安都不寒而栗：“吴营长，不想知道是谁出卖了你吗？——猜猜看。”他趁热打铁，用眼睛瞅着资历安，他这是故意地此地无银三百两。

偏偏资历安表现得心虚。

吴成风猛地扑向资历安，资历安似有防备，迅捷往苏梅身后一闪，一个空当，吴成风抓住了苏梅，乌黑的枪管抵住了苏梅的咽喉！

所有的人在惊叫声中像扇形般散开。

江绍成喊道：“别乱来。”

刘铁军和几名参谋同时拔枪对准了吴成风。

资历安也有些慌张：“有话好说。”

唯独贵翼半坐在长方桌前，不慌不忙地玩枪，说：“——这可不大好。”他跳下来，“劣迹败露，狗急跳墙，威胁长官，绑架同僚——”

吴成风的脸扭曲得厉害，苏梅的汗浸在眉梢，资历安芒刺在背，林景轩一副看热闹的表情。众人各有心思，互相交换眼神。

贵翼的手指转动着手枪，说："吴营长，这满屋子的男人——"他用手枪画了一个圈，"你有种倒是挑一个男的做肉盾啊，你挑一女的？啊！！"

吴成风的腿打了一个战，色厉内荏地："我不管！！她要死了，就是你害的！"

"恐吓我啊？我跟这女的有关系吗？——这女的谁啊？"贵翼瞟了一眼资历安，仿佛恍然大悟，"哦，我想起来了，想起来了，资科长，她跟资科长有密切关系。——资科长，你未婚妻被人拿枪抵着咽喉，生死一线，你怎么一点反应也没有啊？"

资历安心乱如麻，脸色发灰，心底恨死吴成风这个蠢材。

贵翼走到资历安跟前，附耳细语："哪怕你做做样子呢？"他的声音故意略有提高，至少能让苏梅听清楚，"——就算不做给我看，也该做给忠心耿耿的部下看。"他说这话的时候，眼睛看着苏梅。

苏梅的眼睛里喷着屈辱的"火"苗。

资历安拔枪对准吴成风。

吴成风一分神。

"这就对了。"与此同时，与话同速。贵翼抬手一枪，枪速之猛烈，动作之迅捷，距离之眉睫，吴成风吭都没吭一声，"嗖"的一发子弹，正中眉心！

枪速与话的速度同飞。

尸体扑地倒在地上。

这一枪几乎没有任何预警，没有任何迟疑。

房间里的人顿时目瞪口呆，大家都被贵翼这干净利落的一枪给震慑住了。

贵翼自言自语："——我现在感觉好多了。"

林景轩说："你，你，这是新枪——"

"我就试试枪速。"

"万一呢？太危险了。——差点伤到苏小姐。"林景轩给了一个暗示。

贵翼仿佛顿然醒悟："哎呀，苏小姐受惊了。"他环顾众人，"把枪都收起来，一个贪污犯，值得你们如临大敌吗？"

军人们整齐地收起配枪。

苏梅的呼吸急促，脸上全是吴成风的血，她的胸口在起伏。

其实，受惊的何止苏梅一人。

贵翼对资历安："对不起，抢先你一步。"

林景轩嘀咕一句："说得好像别人有过机会一样。"

贵翼瞟了林景轩一眼，说："送苏小姐去洗洗脸，给苏小姐泡杯热茶压压惊。"

林景轩立正："是，军门。"

资历安主动地："卑职陪她去吧。"

"——你刚才不是有事要对我说吗？"

资历安回道："没，没什么事了，军门。"

"是吗？"贵翼微笑着，"不是吧？资科长？"

资历安脸色仓皇。

第十七章　独木难支过河桥

方一凡穿着护士服，戴口罩，推着摆放药品的小车经过走廊，她在苏梅的眼皮子底下掠过。苏梅一愣神，感觉到什么异常。方一凡的一双明亮的眼睛，瞬间，黑白照片上的女人与眼前的护士重叠。

资历群坐在一张圆桌前喝着咖啡。

资桂花一身贵妇模样，径直走进咖啡厅，走到资历群桌前，从容地坐下。

资历群说："几度流光，风景依旧。"

资桂花答："你错过了前几天难得一见的风景。"

"有可能。不过，资桂花同志，你所看到的风景并不是唯一的风景。——你看到的只是别人希望你看到的罢了。"

咖啡厅的轻音乐中，两人互望着。

"老家有货到——"资桂花神情有着细微的变化，眼神里充满了谨慎之色。

资历群深邃的目光看着她，说："——想尽办法，跟3号货仓取得进一步的联系。"

"是。——组长，我有一个问题，一直想问您。"

资历群颔首。

"'烟缸'是怎么出事的？"

资历群看着窗外，淡淡地："我们内部出了叛徒。"

"谁？"

资历群眼光依然望着窗外："——我也在找他。"

又是不答而答，资桂花显然习惯了他做事说话的方式，低沉有力地："恕我直言，组长。在'烟缸'一案'叛徒'不明的情况下，我不会主动和3号货仓取得任何联系。"

资历群终于缓缓转目看她，说："——我会给你答案的。"

军工署会议室里，众人还没有完全从吴成风被杀的阴影中醒悟过来，对于贵翼突如其来的举动，每个人的脸上还惊恐未定。

贵翼走到资历安面前，说："你不是特意为了你那三个被扣押的人来的吗？"

"是。"资历安说，"他们擅自在黑市购买枪械，犯了军法，卑职也是汗颜得很，唯求贵军门高抬贵手，卑职，卑职感激不尽。"

"他们擅自在黑市购买枪械，的确犯了军法。——但好似，他们三个的口供不是这样说的——"贵翼偏了偏头，资历安一身是汗，笑了笑，"不过呢，你我两家，交情匪浅，我贵翼不是不通人情世故之人，我也懂得'得饶人处且饶人'，是吧，资科长？"

资历安听得明白，这是警告他不要在"小资"身上再打主意，立即表态道："卑职谢军门饶放部下之恩，卑职也不是冥顽不化之人，定当为军门效力，从今以后，唯贵军门马首是瞻。"

贵翼似乎是满意了，却严肃地纠正："兵为国有，并非兵为将有。资科长要以党国的利益为重，唯领袖马首是瞻！"

"是，是。军门教训得是。"

"林副官。"

林景轩上前："到。"

"命令军法处，将三名违反军纪、私自购买黑枪的侦缉处特务，一人打二十军棍，以儆效尤。"

"是。"

贵翼关切地："资科长，你直接去兵站的军法处领人就可以了，不需要任何手续了。"

资历安紧张地点头，口齿不清地：“谢，谢军门。”

贵翼点点头，关心地：“那就去吧，还有，多关心关心苏小姐。”

“是，是。”

说完，贵翼忽然又想起了什么，一挥手：“对了，资科长。以后别在我家附近遛狗，我不喜欢，万一像今天这样擦枪走火——”

资历安立正：“卑职明白。”

贵翼刻意地表扬姿态：“资科长，明事理。”他一挥手，“去吧。”

资历安立正，敬礼，标准军姿转身陪苏梅走出会议厅，悬在嗓子眼儿的一口气才实实在在落回肚子里。

目送资历安和苏梅离开，贵翼喊道：“先生们。”

所有的人都傻站着。

贵翼看大家都没反应，用手指敲了敲桌面，重复了一句：“先生们。”

所有的人都对贵翼这手指敲击声做出反应，集体肃立着。足见刚才那一枪的震慑力，几分钟后，依然令人窒息。

贵翼和蔼地：“对不起，先生们，刚刚我和部下有一点点小摩擦，部队嘛，难免擦枪走火。——大家如果觉得身体上有点不适应，我提一个小建议，大家尝试一下深呼吸。——特别是三位银行的总经理，对，对。别紧张，放轻松。——我们继续开会。”

三位经理真的按照贵翼所说的深呼吸，放松神经。

“刘营长。”贵翼叫道。

刘铁军立正：“军门。”

“你的这份‘德械师’进货清单，我就不看了，拿去重新做。”

刘铁军紧张地：“是。”

“吴成风的营区暂时归你接管，全面搜查他的营房和营区军械库。”

刘铁军高声地：“是。”

贵翼拍了拍刘铁军的肩膀，对众人：“外界对我军工署传闻颇多，为了避免不必要的麻烦，吴营长贪赃枉法一事，就不宜对外过多渲染，一切的工作交由刘营长仔细搜查和缜密调查后，再上报南京，妥善处理，以免动摇军心，蛊惑民意，诸位以为如何？”

大家点头称赞军门智慧，处理得当。

刘铁军站得笔直，大声说："卑职一定缜密详尽地调查，请军门放心。一个星期后，保证把吴成风监守自盗、贩卖枪支一案的完整证据呈给军门。"

贵翼口气冷峻地："三天。"

"是。"刘铁军斩钉截铁，"三天，保证完成任务。"

这时，有士兵进来，用担架抬走了吴成风的尸体。

"我长话短说。"贵翼说，"军械司的工作，与国家安全息息相关。日本侵占我东北三省，逐步蚕食我华北，杀害我无辜百姓，对日一战，迫在眉睫。诸位，国难当头！到时候，各位是毁家纾难，还是远走高飞，恐怕没有人能全身而退。民族危机深重的紧要关头，盼诸君国事为重，坚忍报国。"

闵逸笂表态："军门一番教诲，我等醍醐灌顶——为国疏财，理所应当。"

工程师们也跟着附和道："我等自当鞠躬尽瘁，为国效力！！"

吴成风的血污快速地被清洗干净。

林景轩关上了会议室的大门。

只听到屋内又传出众人的齐声呐喊："鞠躬尽瘁，为国效力！！"

贵公馆内，书房的茶几上摆着香浓可口的咖啡，甜点。

资历平惬意地躺在沙发上，睡觉，那姿势怎么舒服怎么来。地毯上是他肆意翻阅过的杂志和小报。

门忽然开了一条缝。

资历平假寐。

妞妞蹑手蹑脚地进来，悄悄关上门。妞妞快步跑到沙发边，轻轻地往沙发上爬，她还晓得不要惊扰资历平，朝空隙处爬到沙发里面去，要躺到资历平边上。而资历平也故意给她制造很多小障碍，一直等她很吃力、很努力、很得意地达到目标时，资历平伸手把她给举起来，妞妞"咯吱咯吱"笑个不停。

"小资哥哥带我玩——"

"玩什么呢？小资哥哥想想——"资历平的眼睛落在了书房门口的那捆绳子上。

官邸门口，贵翼和林景轩同时从车上走下来。"哥今天可是威风八面啊。"

林景轩走在贵翼身边，“你就站在那儿，跟这个聊聊天，跟那个说说话，嘁里咔嚓啊，又爽气又舒服，那叫一个师出有名啊——唉，我就苦了，跑上跑下，联络工作，端茶送水，负责清扫，搬货验货，整理文件，查阅订单——”

贵翼站住脚，侧目看了他一眼，说：“要不，我们换换。”

林景轩很坚决地：“不换！”

“什么道理？”

“高处不胜寒。”

贵翼点头：“这个题目给满分。”

林景轩笑起来。

贵翼向前走去，林景轩跟上，问：“军政部真的接到告密信了？”

贵翼头也不抬：“没有的事。”

林景轩张开嘴：“没，没有的事，你说得活灵活现，有鼻子有眼的。”

“嗯，最好的诱敌之策就是很详尽地告诉他，他根本就听不懂的事。懂了吧？”

林景轩有些不以为然：“一句话，蒙人。”

贵翼回怼：“说得那么庸俗。”

“通俗。”

两人话音未落，就听到妞妞清脆的声音，喊道：“大哥哥——”

两人同时闻声望去，林景轩赞道：“哇，漂亮！”

只见妞妞和资历平正在花园草坪上跳绳。

资历平跳的是百变花绳，“双脚跳”“单脚跳”“双飞跳”“反跳”“编花跳”，跳得人眼花缭乱，怎一个“漂亮”了得。

贵翼看着，说：“——他可真是什么都能玩出花样来。”

两个士兵这会儿才从房间跑出来，脸煞白地呆着。

贵翼走过草坪。

林景轩用手指指两个士兵。

文四益和阿黎等人走在酒店走廊上，闵逸笂见后迎上来：“四爷。”他走近文四益，耳语几句。

文四益眼珠子鼓起来："吴成风死了？"

贵宾室里，文四益和闵逸笊、刘焜、陈晓律、蔡鸿升在开会，两个长衫大汉和阿黎从旁站着。

文四益脸上没有任何表情："吴成风死了。"

众人面面相觑，表情各异。

"事情已经发生了。——吴成风对于我们的军火交易来说，真是太有价值了。自贵翼上任不到一个星期，我们的军火市场直接损失达到三百万。知道三百万意味着什么吗？——上海一个普通工人家庭的收入，也不过一个月五十块，坐在门口风吹雨淋的代写家书的老先生，一封信才收一角钱，三百万，一个星期就化成黄浦江上的水了。"

众人鸦雀无声。

"说实话，吴成风的死，跟诸位没什么关系，跟贵翼也没什么关系。他纯粹是活得不耐烦了，自找的。——我说过什么，我说贵翼刚刚上任，先把手头的军火买卖停一停，不要削尖了脑袋往刀口上撞。俗话说得好，新官上任三把火。可你们听了吗？听了吗？把四爷的话当耳边风——"

刘焜在发抖。

"吴成风就是鬼迷了心窍，他把上了膛的枪亲手递给贵翼，贵翼回手就给了他一枪，然后再把枪口对准我！——我见过蠢的，没见过这么蠢的。"

刘焜脸色苍白。

蔡鸿升说："听说四爷昨天夜里遇到袭击？"

"不要听说了，报纸都登出来了。"文四益说，"我可以接受，真的，毕竟这里是上海，我什么都可以坦然面对。年轻有为的兄弟要上位，不甘臣服、不想分账的合伙人要倒戈。这是现实，为什么不接受？"他转眼看看刘焜，意味深长地，"这跟背叛没什么关系，我可以杀人！——以前又不是没干过，但是杀人解决不了任何问题。除了立威！——贵翼需要立威，而我，不需要。"他看着众人，"——贵翼要平稳过渡，我们就得给他一个平稳过渡的时间，明白吗？"

闵逸笊问："四爷的意见是？"

"损失多少钱我不在乎，没了钱还能再赚回来。就算军火这行被灭了，还有赌场、酒肆、舞厅、运输、黄包车厂——但是，四爷我的面子不能丢！”

闵逸笐又问：“四爷想怎么做？”

“找出贵翼身上隐藏的秘密，一个年纪轻轻、身无战功的人就能在国民政府封侯拜将，一定有原因。——我不信在这个繁华混浊的社会里，他能是一股清流。——这种人一定隐藏很深，说不定贪赃枉法、徇私舞弊比吴成风之流更甚！只要把真相找出来，在各大报纸上登一登，贵翼，他死得一定比吴成风还惨。”

“如果贵翼真的是一股清流呢？”蔡鸿升犹豫了一下，问，“——那怎么办？”

文四益不疾不徐道：“金无足赤，人无完人。”他对众人，“贵翼要真是一股清流，就找出他身上的弱点来，找到他的软肋。——打击他，消灭他。”他一指刘焜，“你。”

刘焜吓得“扑通”一声跪倒在地，磕头：“四爷，四爷我真是什么都不知道啊，我除了卖了几条枪，什么也没干啊，四爷——四爷——”

文四益不耐烦地：“你，你要再给我买这一大堆的‘健身丸’‘补肾膏’，我就把你扔到黄浦江去喂鱼。”他也不知什么时候手上多了几个大盒子，一股脑地砸到刘焜头面上去。

众人脸上终于有了笑意。

刘焜仿佛捡回一条命，磕头如捣蒜：“谢谢四爷，谢谢四爷，谢谢四爷——”

文四益大剌剌地从他身边走过。

阿黎等人跟上他的步伐。

“还有什么事？”文四益问。

阿黎答：“两个声明，一个引渡，一个新闻发布会——”

众人也跟随着文四益的脚步，走出了贵宾室，房间里只剩下不停磕头的刘焜。

一把菜刀垂直落下，一刀一刀地切着，刀刀直切在胡萝卜上，切出的萝卜丝，丝丝呈现，刀工精湛。

资历平站在林景轩身边，目不转睛地盯着他切菜："真看不出来，你一国立第四中山大学电机工程专业毕业的人，刀工这么好。"

林景轩倏地回头，盯着他看："你怎么知道我哪儿毕业的？"

资历平漫不经心地："我看过你档案。"

林景轩手上的刀往下一滑："你看过我档案？在哪？"

"在军门的书房里。"

林景轩紧张地："你说真的？"

资历平看着他，不禁莞尔一笑："假的。——没想到你这么好骗。"

林景轩恶意满满地："有没有人告诉你，有时候一句谎话也能让人毛骨悚然。"

这次轮到资历平紧张了："林大哥。"

林景轩莞尔一笑："吓到了？骗你的。一点都没有幽默感。"他从菜板上顺起菜刀，对准胡萝卜、黄瓜一顿"滚刀切"，刀速快，滚得慢、切得快，切出来的全是"菱角"片，整齐，漂亮，大小厚薄均匀，"码菜"入碗。

林景轩放下刀，轻舒一口气："知道这道菜叫什么名字吗？"

资历平懵懂地看着碗里的各色蔬菜，摇头。

"改邪归正。"说完，开始准备炒菜、做饭。资历平跟着打下手，两个人在厨房里忙碌起来。"妞妞小姐呢？"林景轩边炒菜边问。

资历平学舌："在大哥哥那儿玩呢。"

林景轩笑了笑。

书房里，贵翼保养着"机关枪"。

妞妞玩着小皮球。

皮球滚到贵翼脚下。

妞妞捡起小皮球，仰头看贵翼，奶声奶气地问道："大哥哥，你在干什么？"

"我啊，我在保养这挺'机关枪'。"

"是像养花一样养吗？"

贵翼笑了："差不多啊。"

"养花和养妞妞也一样吗？"

“那怎么能一样，我们妞妞是世界上最珍贵的人啊，人是万物之灵。”

妞妞笑嘻嘻地：“大哥哥，妞妞也要养一支枪。”

贵翼的笑容在脸上凝固了，问：“为什么呢？”

妞妞很认真地：“妞妞有了枪，就可以保护妈妈了。——妈妈以后都不用再躲起来了，妞妞手上有枪！”

贵翼把手擦拭干净，走过来，抱起妞妞，二人坐在沙发上：“妞妞，想妈妈了？”

妞妞看着他：“大哥哥，你能帮我找到妈妈吗？”

“妞妞。”贵翼说，“——大哥哥非常非常愿意帮妞妞找到妈妈，但是，大哥哥更想告诉妞妞的是，妞妞的妈妈不管在哪里，她都会想着妞妞，爱着妞妞。——这世界上，凡是爱你的人，都不会取决于他人在哪里，他有没有跟妞妞说话，陪妞妞一起玩。因为，他们在心里永远都会陪伴妞妞一起玩，永远一路相伴，妞妞懂吗？”

妞妞似懂非懂地：“懂。”

贵翼欣慰地笑了：“妞妞乖。”他把妞妞揽在怀抱，“有朝一日，妞妞长大了，要学会宽容，学会原谅。说不定妞妞将来也会找不到大哥哥——”

妞妞这一句突然懂了，她顿时就瘪了小嘴，号啕大哭起来：“我不原谅！！”

妞妞的哭声震天，响彻整个房子，哭声传到了厨房里。

林景轩背对资历平：“我说什么来着，军门带不了孩子。——分分钟不让人省心。”他一回头，洗锅的资历平早跑没影了。

水龙头“哗哗”地淌着，林景轩赶紧关紧水龙头。

资历平扑开门，只见贵翼抱着妞妞正哄着。

妞妞呜咽着：“大哥哥哪也不许去。”

“大哥哥哪也不去——不哭啦，妞妞。”

妞妞委屈在心，放声大哭：“你们都不要妞妞！！妞妞才会找不到——找不到——找不到——妈妈——妈妈——”

贵翼站起来，抱着哄，心疼得眼里噙了泪。他一转身看到资历平，而资历平眼圈也红了。

黄昏的夕阳落在一排排梧桐路上，闪着斑斓多彩的光，双层公共汽车叮叮响地招摇过市，路人行色匆匆。

汽车停下，方一凡从车上走下来。

会馆阳台上，苏成刚正在熬药，小药炉里冒着一股股的白烟。

方一凡坐在他对面，说："我通过上级领导的指示，见到了参与'天津事件'抓捕行动的'自己人'。他是'烟缸'之死的目击者。组织上让我通过他，调查'天津事件'的真相。"

"'烟缸'同志是怎么牺牲的？"

"情况非常复杂——"方一凡将自己了解到的信息详尽地对苏成刚讲述了一遍，"——情况大约就是这样。"

苏成刚思忖着说："看起来，这个'沙漏'的嫌疑很大啊。"

"是啊，但是，我们还是必须跟这个'沙漏'取得联系，做进一步审查。"

"可是，眼下这一关，我们已经迈不过坎了。"

"是药吗？"

苏成刚点点头，叹道："203 号首长腰椎的枪伤，有感染的趋势，我们的消炎药已经没有了，如果 203 号不能及时进行消炎治疗，恐怕撑不到做手术的日子。"

"你把需要的药单给我，我来想办法。"

"还有，我们在地窖藏的大批物资，也必须尽快送出，苏区急需这批物资——"

"明白。"

"你要注意安全。"

方一凡点头。

"我们现在独木难支过河桥啊。"

方一凡坚定道："嗯，过河无桥，独木亦可成舟。"

贵公馆二楼走廊上，贵翼匆匆向前走，林景轩在后面紧步跟着。他着急地问："先前还好好的，怎么说病就病了？"

两人走进房间时，资历平正蹲着给妞妞洗脚。

妞妞两只小脚浸在红漆木盆里，没精打采的样子，看见贵翼，头一歪，就迷迷糊糊地叫道：“热，妞妞好痛。”

贵翼急忙上前：“哪里痛？哪里啊？妞妞？”他一摸妞妞的头，发现烫得厉害，“怎么一下子就发烧了？”

妞妞说不出来，只是嘴里叫着：“热——”

林景轩倒是很冷静道：“小孩子是这样，烧长烧长，烧一次，长一截。”

资历平担忧的神情：“这样恐怕不行。”

贵翼一边帮妞妞穿袜子，一边说：“得去医院。”

林景轩说：“对，对。上医院。——打一针好得快。”

贵翼回头看林景轩一眼，责怪他多这一句嘴，果然，妞妞一下就不配合了，喊着：“不去！不打针！！”

贵翼哄劝：“不打针！”

妞妞继续闹：“不吃药！”

贵翼继续哄道：“不吃药！”

“不去！不去！！”

资历平配合贵翼给妞妞穿好外套。

妞妞的小手拉住门不放。

贵翼温柔地叫：“妞妞。”

林景轩也从旁劝说：“妞妞小姐，听话啊。”

资历平哄着：“妞妞乖，听话，听大哥哥的话。”

妞妞听话地松开手，却咧开嘴哭了。

贵翼有点手足无措：“不哭啊，妞妞，妞妞乖。”

资历平说：“先下楼，去了就好了。”

林景轩说：“我去开车——”

贵翼赶紧抱着妞妞往楼下走。

资历平跟在后面：“我也去。”

“你待着，——哪儿也别去。”贵翼喝止住了他。

警备司令部资历安的办公室里，苏梅煮着咖啡。

“——我知道你怎么想的。”房间安静了一会儿后，资历安突然开口，“不管怎么样，今天的事情，我在他面前连翻盘的机会都没有。——我原先不承认，不承认贵翼有什么真材实料，国外镀过金的嚣张军阀而已，想不到啊——吴成风竟然成了他祭旗的枪下鬼。”

苏梅把咖啡递给他，面无表情。

资历安接过来：“——苏梅。”

“我现在想回家。”

资历安又放下咖啡：“——那我送你。”

“你那么忙。”

“今天的事，是我不对。”对于在军工署的事，资历安心存愧歉，“让你受惊吓了。”

“我明白的。”腹内一阵绞痛，苏梅脸色发白。

见状，资历安忙问：“你怎么啦？”

苏梅一摆手：“没事，没事。女人病。”

“还是受了惊吓。”

“我哪有那么娇贵，一枪过耳，不算什么。”

“总之，受了气。——我陪你去医院看看吧。”资历安握住苏梅的手，“你脉搏很弱——”

“我有预感。”

“什么？”

“黑市军火这件案子还没完。”

资历安没听懂，略微一愣。

“贵翼在用自己的雷霆手段借黑市军火一案解决其他隐患。我们要做的是，不要成为他的下一个猎杀目标。”

资历安摇摇头：“你也太杞人忧天了。”

苏梅目光迷茫：“但愿我猜错了。”

腹内又是一阵绞痛，她的脸色更加苍白难看，资历安决定道：“走，去医院。”

春和医院急诊室里，贵翼拍着妞妞发烫的脸蛋，妞妞被拍醒了，昏头昏脑地睁开一只眼，瞟了贵翼一眼，又窝到他怀里去了。

医生拿出体温计，看了看，说：“烧到三十九度八了，得马上打一针退烧针。”

贵翼连忙道：“好，好的。”

医生开始开药方。

妞妞蒙眬中睁开一双眼，喊了一句：“不打针！！”

贵翼哄着：“不打。”

妞妞又窝回他怀里。

医生开完药，交给护士去配药。贵翼抱着昏昏欲睡的妞妞在急诊室里等着，等到护士配完药回来，消过毒的针头，扎到稚嫩的肉里。

妞妞在大人们“不打针”的“承诺”下，被打了一针，气愤地“哇哇”大哭，抗议大人们的“欺骗”行为。

医生拔了针头：“小姐的气性大。”

贵翼不知该说些什么，只道：“受了委屈了。”

妞妞“哇哇哇”地哭着。

“来，来，妞妞小姐吃糖。”也不知林景轩从哪儿搞来几颗漂亮糖纸包的糖果，止住了妞妞的哭声。

妞妞抽泣中，小手捏紧了糖果，她小脸贴着贵翼的脸，哼哼着：“回家家。不要医院，不要，要家家。”

“好，就回家了，就回去了。”贵翼前心贴后背，一身的汗，转头问林景轩，“药拿了吗？”

林景轩说：“拿了，开了两颗磺胺。”

“够吗？”

“消炎药是受控的，不好，咱再来。”

妞妞大声地：“不来！！”

贵翼忙道：“不来。”

林景轩也附和着：“不来不来。”

大人、小孩一迭声的“不来”中，走出急诊室。

苏梅坐在医院走廊的长条凳上。

资历安语气温和：“我去拿药。——你坐这儿休息。”

苏梅脸色雪白地点头，资历安朝着药房的方向走去。她安静地坐着，肚子一阵绞痛，十分难受地忍着痛。

方一凡穿着护士服，戴口罩，推着摆放药品的小车经过走廊，她在苏梅的眼皮子底下掠过。苏梅一愣神，感觉到什么异常。方一凡的一双明亮的眼睛，瞬间，黑白照片上的女人与眼前的护士重叠。

苏梅拔枪而起：“站住！”

方一凡没理会她，推着药品小车径直向前。

苏梅又喊了一声：“我开枪了！”

说时迟那时快，方一凡一个闪身，放置药品的小车突然掉转，一下撞到苏梅的肚子上。苏梅原本有病，不偏不倚正中病灶，疼得她手枪脱手，整个人飞起来，弹到墙上。方一凡一脚踩住手枪，一刀刺向苏梅，她脚钩枪起，拿枪在手，迅速撤离现场。

苏梅一手鲜血，浑身是血地匍匐在地上。

走廊的壁灯明亮。

贵翼抱着妞妞和林景轩刚刚走过，一只血手就伸过来，贴在雪白的墙壁上。苏梅浑身是血地靠着墙壁，她一个踉跄扑倒在地，艰难地爬行，艰难地呼喊：“来人啊——来人——抓、抓、共党——”

孤影残照，血迹斑斑。

缴了药费的资历安从另一侧走廊走来，发现血迹，看到倒地的苏梅，敏捷地拔枪在手，喊道：“苏梅——苏梅？”

苏梅伸出血手，一指前方：“她在这儿。”

资历安问：“谁？”

“女共党。”说完，就突然昏厥了过去。

“苏梅——”

贵翼抱着妞妞走出医院，林景轩一路小跑跟上来，三人来到汽车前。

林景轩伸手：“——我来抱吧。”

贵翼拒绝："我来，我来——"

林景轩只好替贵翼打开车门。

贵翼抱着妞妞上车，一探身，一只黑洞洞的枪管对准了他的头，借着医院院落的灯光，他看见了方一凡的脸。

方一凡客气地："——贵军门风采依然。"

贵翼镇定自若地："嘿，好久不见——"露出了一个亲切友好的"谜"之微笑。

方一凡觉得他的笑容过于亲切，她意识到了什么，但是，晚了。

贵翼突然将怀抱中的妞妞扔给后座上的方一凡，方一凡一看孩子过来，被打了个措手不及，伸手稳稳接住孩子，欲顺势藏枪于后肘。贵翼一个蛇形"分草"，身软如绵，盘绕而入，用"妞妞"引手拨手，诱敌藏枪，以腰代手，一招卸枪。从容不迫，贵翼已然夺枪在手，方一凡失去优势，反倒成了携抱孩子的妇女，角色瞬间转换，她的嘴张着，没来得及开腔，贵翼"啪"地关上车门，已经侧坐在旁。

林景轩紧张地上车，回头一顾："军门？"

贵翼稳稳当当："开你的车。"

医院的走廊上，资历安抱起苏梅就向急诊室方向跑去。苏梅的一只血手下垂，她模糊的意识支撑着她喃喃叙述，她蒙眬的眼底全是地上的血和墙上的血。"她一米六七左右，短发，穿护士服，攻击力强，带枪——我的枪——"她的声音越来越细弱，渐渐没了。

医生和护士急匆匆地把苏梅抬上活动床，准备急救。

"哗啦"一声，白色的布帘拉上了。

林景轩开着车，方一凡抱着妞妞和贵翼说话："你的拳法还是那么干净高效。"

"你的性子还是那么毛躁。"贵翼反击。

"黑黢黢的小空间，你怎么一眼就认出我来了？"

"很奇怪吗？"贵翼不答了，心里颇有点小自得，"——我喜欢你现在这个样子，抱着孩子，一脸温柔。”

方一凡很配合地：“要不要给我画张素描？——就现在。”

贵翼很认真地：“挤了点。”

林景轩忍不住想笑。

贵翼对方一凡：“你，嫁人了吗？”

方一凡一愣：“啊？”她诧异他问得这么直接。

“上次分别的时候，有人铁口铮铮，说要嫁人来着。”

方一凡笑笑：“可能要让你失望了。”

贵翼眼睛闪着狡黠的光，说：“这话听上去——到底是你实现了？还是我失望了？”

“你猜。”

“我不猜。”

“你果然还是军人风格。”

“怎么讲？”

“无趣。”

“怎么叫无趣呢？这叫雷厉风行不磨叽。”

方一凡“扑哧”一声笑了。

资历安在急诊室打电话：“——对，立即请求警备司令部的增援。以春和医院为中心点，画出一个搜索圈。侦缉处全体出动。——设置路障，实行临时戒严！——检查所有的行人、车辆，那个女共党一米六七左右，短发，穿护士服，有武器。不过衣服可以更换，拿着她的照片好好认——她一定跑不远，还在路上——”他恶狠狠、气咻咻地叫嚣着，“我不管！！今晚必须抓住她！！必须！！”

白色布帘拉开，护士对资历安指了指墙上的牌子“安静”。

资历安忍着一口怒气，点点头，低了些声气：“——未经检查车辆，一律不准通行。”

“哗啦”一声，白色的布帘又拉上了。

资历安继续吩咐：“——还有，春和医院也需要彻底搜查，叫我们的人马

上过来。”

“资科长，一科的邱科长问您的情报是否得到确认？——因为要调一个加强排参加咱们的行动——他们——”

“当然确认！！确认无误！”

“他们——问，是谁？”

资历安大声怒吼：“我！妈的！！是我，亲自确认！！浑蛋！”

电话另一头的特务忙立正道：“是，资科长！”

白色的布帘再次拉开，医生露了个头，一招手，资历安小跑过去，急问：“怎么样？医生？”

医生摘了口罩：“已经止血了，所幸刀口不深。没有伤到要害。——不过我们要做一些伤口缝合，还要给她输点消炎药。——你回去给你太太拿几件换洗衣服吧，她的衣服已经不能穿了。”

资历安点头：“好的，好的医生，谢谢，谢谢。”

“还有，我不管你是谁，不要惊扰到我的病人。”

资历安一愣，旋即低头：“明白，一定一定。”

街上，“丁零零”有轨电车从远处驶来，同时，几辆吉普车风驰电掣般飞驰而来，也有军车驶过。

街口，特务开始设置路障，沿途检查行人。

贵翼的劳斯莱斯上，他对方一凡问：“故友重逢，怎么一张苦瓜脸？”

方一凡也不遮掩，大方直言道：“——我需要你的帮助。”

贵翼的手抚摩着夺来的手枪，笑说：“就用这个。”

方一凡微笑：“现在在你手上。”

“你还是‘它’？”

“那要取决你，枪口对准谁。”

“刚才——”

“军门雅量，既往不咎。”

“哦，如意算盘打在这儿。”

“军门不是处处讲风格吗？”

“小事讲风格，大事讲原则。”

“哦，那今日之事，是大是小？”

“可大可小。——看我的心情。”

“我的如意算盘还能打下去吗？”

“得看是谁，——你，能打。”

方一凡低头浅笑。

“你现在跟我想象中过得是完全不同的生活。”

“哦？譬如呢？”

“——你坐在一个大红花轿里被人抬着走的样子。”

方一凡会心一笑：“看来，你是真的想象过。”

“嗯。”贵翼听出方一凡话里的自得，自己倒有些含蓄的羞涩，“被你看穿了，——不丢人。”

“世事多变。”

“——啊？”

“你不也是吗？”方一凡说，“我想象你军权在握，呼风唤雨，没想到你——现在成了一个低调的好父亲，有了这样一个可爱的女儿。”

“如果，不是这样，我们今晚就无缘重逢了。”

“有可能。”

妞妞睁开眼睛看看，糊里糊涂地望着方一凡，喊：“姆妈，姆妈——姆妈爱妞妞，不要走，要妞妞——”

贵翼伸手摸着妞妞的头，谁也都没有说话，很安静。

方一凡看看贵翼，良久终于问了一声：“她妈妈？”

贵翼的眼睛注视着前方，并无回顾之意，但是却明确地回答：“——去了很远很远的地方。”

医院走廊上，古纯音和钟雪萍跑来，资历安看看手表，说：“留一组人马在医院内部悄悄搜查，一间病房一间病房地搜。如果发现可疑人员，一律带走，如遇反抗，立即开枪！——其余的人跟我走。”

随行的特务们跟上。

“——马上通知各路障口执勤人员，把搜查范围内所有行驶的车牌都记下

来，——如果遇到军政要员的专车，就观察车里坐了几个人，几点钟过的哨卡，——总能找出点线索来。”

“是，资科长。”

“我有预感，女共党就在附近，就在这儿，就在某一辆正在行驶的汽车上。——我们要假设一切可能性——不能让她在眼皮子底下溜了。”

几名特务簇拥着资历安走来，资历安上了自己的车，几名特务纷纷上车。

两辆汽车发动，驶离医院大门。

街面上，侦缉处的特务们已经设好关卡，开始盘查过往的每一辆车。

林景轩开着车，看到前方的路障。

贵翼喊道：“景轩。”

“有数。”林景轩一边按喇叭，一边踩油门，只管往前“轰”。

特务们拦车，汽车轰然停下，方一凡抱着妞妞，惯性使然，恰好妞妞挡住了方一凡的脸。

林景轩暴怒地：“眼瞎啊？也不看看是谁的车！活得不耐烦了！”

特务们点头哈腰地迅速挪开路障，有人嘶哑着喉咙喊：“立正！”

贵翼的汽车威风八面地开了过去，没有任何人敢上前询问。

方一凡的脸紧紧贴着妞妞，贵翼的眼睛盯着窗外——路边上，有几个短发的女子遭到特务们的盘查，有人拿照片在比对，女子们在夜风中瑟瑟发抖。

远处，见到有特务记录过往车牌，贵翼敏锐地感觉到了什么。

林景轩说：“这些特务，活像是昼伏夜出的老鼠，一到晚上全都出来了。”

贵翼对方一凡：“有人见过你庐山真面目吗？”

方一凡没回答。

“这就不妙了。”

林景轩说：“前面肯定还会遇到盘查。”

“——有人想飞黄腾达。”

“怕就怕遇见愣头儿青。”

贵翼懂林景轩的意思，他在考虑。

林景轩问：“要不要先送女士回家？”

贵翼还没开口，就听方一凡说：“我是特意来拜会贵军门的。”

贵翼一愣："我原以为方小姐是慌不择路。想不到——"

方一凡一字一顿地："我想见见资历平。"

听到方一凡的话，两人都有些蒙了。

窗外的风声大作。资历平合上书本，走到窗前，外面黑雾一片，远远的，风声呼啸。

这时传来几下敲门声，资历平打开门，只见门口站着一名士兵。

"小资少爷。"

资历平以为是贵翼回来了，问道："军门和妞妞回来了？"

"不是，是——"士兵让开门，资历平看见一个戴着西洋簪花帽、穿得很时尚的女人站在大厅里。士兵一脸迷茫地："说是林副官请来的，您看——"

董细妹一副严谨的做派，站在豪华大厅里一点也不局促，仿佛很熟悉这种家庭环境，穿得也很时髦，只是那口携带的皮箱陈旧了点，亦有破损。不过，箱子是"路易·威登"的，即使破旧也不失她主人的风范。

资历平见多识广，一眼就知道她大约是什么来历，不敢轻慢，主动上前，笑意盈盈地："您好，您是？"

董细妹客气道："我是林景轩先生请来的家庭教师，我叫董细妹。"

"哦，董老师好。"

"我习惯别人叫我董小姐。"

"您好，董小姐。——您，今晚到的？"

"是的，我从苏州来。"

"您请坐。"资历平转头对士兵说，"泡好茶。"随后，陪董细妹一起坐下。

董细妹说："我想看看我的学生。"

"哦，我，我小妹生病了，去了医院。"

董细妹关心地："要紧吗？"

"发烧，应该不要紧。"

"那么，林景轩先生呢？"

这时，士兵端了茶水来。

资历平说："他陪我小妹看病去了——您喝茶。"

“我来得急，路上一直忙着换车，还没有吃晚饭，如果你家里方便的话——”

“当然，方便，方便。”资历平问，“您想吃点什么？”

“简单点吧，鸡蛋、蒜蓉面包，法式小羊排，水果沙拉。”

资历平愣愣地看着她，傻傻地：“鸡蛋面行吗？”

董细妹一副不解的表情。

资历平让步：“——我给您做猪排。”

董细妹礼貌地：“谢谢。”

街上，劳斯莱斯驶来，夜色底下，与迎面而来的一辆吉普车交错而过。贵翼没有看到资历安，资历安也没有发现要抓捕的方一凡。

两辆车，向相反的方向各自远去。

资历安的车停在苏梅家楼下，听到了汽车声，正在苏梅家的刘玉斌警觉到了什么，把写好的一封信迅速且仔细地贴在了抽屉底下，然后走到窗前看了一眼，拿了外套准备离开。临走前，他用最快的速度清理自己的痕迹，烟缸、拖鞋、牙刷，统统裹在一个包里，之后推开暗门，走了进去。

暗门关上的瞬间，房门开了。

资历安打开电灯，径直走到衣柜前打开衣柜，替苏梅拿了些换洗衣服，关好衣柜门。正准备走，忽然看见厨房门虚掩着，没有迟疑便走过去。他打开厨房的灯，看了看，没发现什么异常，忽然他注意到了水壶搁在煤油炉子上，把水壶拎下来，下意识地摸了摸壶盖，水壶盖的温度滚烫，“烫”得他一缩手。他猛地意识到了什么，拔枪在手，开始检查整个屋子，发现房间的窗户半开着，窗帘卷动着。他站在窗前，看了看外面，随手关紧窗户。又走到“暗门”前，突然拔枪在手，一动不动地站在那里。

刘玉斌贴着“暗门”，手里也握着枪，一动不动。

资历安观察了片刻，又走回屋子的中心。他重新检查苏梅的衣柜，每一件衣服都仔细检查衣兜。最后，他坐在苏梅的书桌前，拉开抽屉，有条不紊地检查，他的手摸向了抽屉底端，发现了异常。他拿到了一封信，把信拆开，里面是一张照片。

看到照片，资历安震惊了。

与此同时，劳斯莱斯也驶入了贵翼官邸，看守的士兵把大门关上。

贵翼、方一凡抱着妞妞和林景轩一起进门。

董细妹和资历平站在客厅里算是迎接他们。

见到有陌生人，贵翼一愣。

资历平见妞妞回来，也忙叫："妞妞。"他看见方一凡，更是一愣。

资历平对方一凡："我一定错过了什么精彩的事。"

董细妹走上前，对贵翼问道："您是林景轩先生吗？"

贵翼又一愣。

林景轩举手："我，这儿。"

董细妹转对林景轩："林景轩先生，我是您请来的家庭教师，董细妹。"

林景轩诧异："您，是，细妹？"

"是的。"

贵翼转目对林景轩："你哪儿请的？"

林景轩说："我登报请的，花大力气了，她的简历很漂亮，很优秀。人家是学音乐出身，科隆音乐学院毕业的。"他小声重复着，"英文也好，正宗牛津口音。——比请犹太老师划算。"

贵翼对董细妹："如果是林先生雇用了您的话——"

"当然，我是最好的。——还有，纠正您刚刚说的一句话，不是雇佣，是邀请。是林先生诚意邀请我来的。"

贵翼无语。

林景轩有点狼狈地笑笑。

资历平很开心："这招有效，先发制人。"贵翼转目看资历平，资历平再补充一句："林大哥眼光不错。董小姐真的很优秀。"

董细妹对资历平："你的厨艺也不错。"

贵翼还没来得及说话，董细妹已经开始工作了："这位太太抱孩子的姿势不对，孩子在发烧，不能裹得太紧，捂得太热，对孩子没好处。"她顺手接过了妞妞，抱在怀里，姿势的确得当，妞妞趴在她怀里，也很和谐，"酒瓶不要随意放在客厅里，会让孩子感觉到在这个家里，酒随手可得。"

贵翼愣着。

资历平附和："——是啊，怎么想的？"

"孩子如果要学习音乐的话，我建议你们买一架钢琴。"

资历平点头。

"我课时费很贵的，音乐、英文、国文、戏剧、礼仪，一个小时五块钱。我不比犹太老师便宜。我每天工作两个小时，其余的时间我自己做主。还有，我的房间需要有独立的卫生间，要有沙发和书柜，窗户要朝阳。——你们有一天的时间准备我的住处，今天晚上，我来照顾孩子——孩子的房间在哪里？"

资历平赶紧地："在楼上，我领您去。——我叫资历平，资历平平的意思。"

董细妹对他的自我介绍根本不在意，两个人径直向楼上走去。

贵翼对林景轩，又问了一遍："她真是你请来的？"

林景轩点头。

"你真的是电机工程系毕业的？"

林景轩根本没听懂他什么意思："啊？"

"你应该去教育局。"

方一凡低头微笑。

贵翼看看方一凡："去我书房谈。"他走到书房门口，礼貌地替她打开书房的门。

方一凡点头，走进书房。

贵翼刚要进门，林景轩突然反应过来，一下替贵翼关上书房门，一道门把贵翼和方一凡隔开了。

贵翼一脸狐疑。

林景轩索性一把拽住贵翼的胳膊，径直往小厨房方向带。

第十八章　贵婉之死初现端倪

“您这次冒险而来，如果我没有猜错的话，您是在赌自己的性命。”

“对，我已经别无选择了，必须冒死一拼。”

“不，我是来策反他的。”

林景轩把贵翼拉到小厨房。

“干吗，干吗？”贵翼叫嚷着。

林景轩反手关紧门。

贵翼看着他。

林景轩转身：“哥，您不能跟她谈。”

贵翼一开始没听明白，顿时一下懂了，一副以为自己听错了的表情：“你刚才说什么？”

“我说你不能跟方小姐谈。——她持有武器，意欲绑架你——”

贵翼摆手：“这个我回头跟你解释——”说完要走，又被林景轩拦下。

“你没看见这一路上的军、警、宪、特，围追堵截地到处在盘查可疑分子吗？”

贵翼耐着性子，摆手道：“待会儿再说——”

林景轩不但不让，反手锁门。

贵翼一下冷静了。

两人面对面站在门口。

林景轩说："你低估她了。"

贵翼也不让："我低估你了。"

"我是在跟你商量。"

"这可不像是商量的口气。"

"今天晚上的事情太蹊跷了。哥，你听我一句劝，不跟她谈，只是一场同学的偶然相遇，留宿一晚，明天各走各道，方方面面都能照顾到。你要跟她谈了，万一,万一她要是表明了自己的真实身份，你就得被迫采取行动——"

"我？还是你？"

"你。"

"采取什么行动？——实施逮捕吗？"

"所以不能跟她谈！"

"我不否认，我跟方小姐有过过去——"

"坦白地讲，最好到此为止。"

"好极了。"

贵翼开门，林景轩关门。

"我在帮你。"

"——帮我？你以为我不跟她谈，明天早上就可以各走各道吗？她要不是地下党，我今天跟她就是单纯的叙叙旧。她要真是共产党，你以为我逮捕她就可以洗清嫌疑，置身事外吗？？我要真逮捕了她，就等于告诉侦缉处每一个人，我有共谍的嫌疑！！"

"可这都是事实！"

"谁来证明？——你？还是我？"

贵翼打开门，林景轩又关上门。

"哥，不管你从前跟她是什么关系，我只想提醒你，你现在是党国的军人。"他用了"现在"这个词，这个词令贵翼很不安。

贵翼索性挑明了："现在是？"

"一直是。——如果你被人有意'构陷'，被共党利用，你有事，景轩第一个会被军事法庭以渎职罪枪决。"

"所以，今天的事，你就给我烂在肚子里。"

“是。”

“林副官。”贵翼说，“林景轩。你跟我听好了！我不管你从前是什么身份，现在你是我的部下，我的副官，你必须听从我的命令！听明白了吗？”

林景轩立正：“是，军门。”

贵翼伸手开门，林景轩伸手握住门把手，严肃道：“保护您的安全，是我的工作，军门。”

贵翼盯着他，用命令的口吻：“让开。”

“我并不想知道这个方小姐的来历和真实身份，我只想保护军门的绝对安全！”

贵翼低沉着声音：“听好了，我今天不仅要和她谈，而且要深谈。我必须从她的身上找到贵婉事件的真相，这是我必须做的，也是你必须要做的。——至于什么方小姐有可能是危险分子，我跟她谈了话，我就马上变质了？强盗逻辑！”

“军门，我怕——将来一旦，我说一旦方小姐被侦缉处请去问话了——”

贵翼目光如电。

“追根溯源——”

“躲开！——你要再敢违抗我的命令，你现在就给我脱了这身军装，滚蛋！”

贵翼开门，愤然离去。

林景轩抿了抿嘴唇：“霸权主义。”

门被猛地推开，林景轩正面一个踉跄，看到贵翼侧面看他，叫道：“军门——”

“过来守着，别人我不放心。”

林景轩看着他。

“就现在。”

门关上。

林景轩站在书房门外，守着。

书房内，贵翼单刀直入地：“我冒昧地问一句，方小姐你此来的目的，也不仅仅是要见见小资吧？”

见贵翼直截了当，方一凡也就开门见山了："实不相瞒，我家中有个'危重'病人，急需得到最好的治疗。我是来托人情的，——小资是我认识的在上海滩，场面上人面最多、情面最好的人，我需要在不惊动警察局的前提下，找到一家最好的医院对病人进行治疗。"

"不惊动警察局？——你惊动的不仅仅是警察局吧，一凡？"

"我承认，——今天晚上是我失误。"

"病人是什么人？可以劳动方小姐的大驾？"

"如果，我说是我的'先生'呢？贵军门会不会介意？"方一凡笑着，开着不合时宜的玩笑。

贵翼笑笑，顺着她说："其实，救人并不分什么亲疏的……"

"贵军门你菩萨心肠。"

"只是，最近'风声'很紧。"贵翼话锋一转，"方小姐不怕我'反水'吗？"

"我没有听懂军门的意思。"她恬静地一笑。

"是吗？方小姐你冰雪聪明，岂不知，蒋总裁说，'攘外必先安内'。"

"是吗？贵军门你中西贯通，运筹帷幄，岂不知，兄弟阋墙，外御其侮。中共中央的周恩来书记屡次呼吁，停止内战，共同创建民主统一战线。我相信，贵军门当有明智抉择。"

"是吗？我听着像你在拉拢我'入伙'。"

"是吗？——我们可不是水泊梁山。"

"你们是谁？"

"那要先看看，贵军门的'我们'是谁。"

"是我自作多情了，我以为方小姐是来投石问路的。"

"也许吧，我以为贵军门的路子宽阔，做事方便，毕竟您在军界是一名风云人物，在上海滩办事轻车熟路的。"

贵翼点点头："我要是不肯呢？你打算怎么办？"

方一凡正视他，稳稳当当地说："天无绝人之路。"

"好一个天无绝人之路。——不知道方小姐到我这里，是一个问路的客人，还是开路的先锋？"

"中国的道路，历经坎坷，一凡只是寻路中的一分子。我到贵军门这里来，不问路，愿意指一条路给当年故友。”

“你我虽为故友，毕竟数年未见，彼此道路不同。一凡，你要明白，我权位所在，与你水火不容。——我分分钟可以下令逮捕你！”

方一凡镇定自若地看着他。

“——贵军门要逮捕我，是以什么罪名呢？”

“以共谍之名。”

“军门有证据吗？”

“你刚才那番话，就是铁证。”

“哪一句，请军门明示。”

“中共中央的周恩来书记屡次呼吁，停止内战，共同创建民主统一战线。”他板着脸复述着，“这还不是共产党吗？”

“1935 年 8 月 1 日，中国共产党发表《为抗日救国告全体同胞书》，要求停止内战，建立反法西斯统一战线，共同对抗日本帝国主义的侵略……这篇文章刊发在巴黎出版的《救国报》上，我相信这份报纸的读者很多，难道读过这份报纸的人就一定是共产党？”方一凡说，“军门武断了。——还有，刚才贵军门说，你权位所在，与我水火不容。一凡觉得军门你言之不妥。世界不是围绕着权势在转的，世界永远围绕着正义旋转。军门以为如何？”

“方小姐来的时候，是请我帮忙替人看‘病’的，现在是替我先把脉了？”

“好在军门的病势不沉，还没有病入膏肓。”

“方小姐的意思，贵某人还有的救？”

“贵军门若先救了我们的‘病人’，一凡才能断定军门是否有‘救’。”

贵翼冷笑几声，说：“你不怕所托非人，落入陷阱，害人害己，死无葬身之地吗？”他的声音听上去异常冷酷。

“我既然来了，就已经把生死置之度外。令妹贵婉成仁取义在前，一凡以令妹为楷模，前仆后继，死而后已。”

贵翼铁青着脸，大喝一声：“来人呀！”

守在门外的林景轩推门而入，高声应答：“到！”

“——方小姐，我最后再问你一句，此来贵某官邸，游说我帮助共谍，巧言令色，将贵某置于你精心布置的危局之中。贵翼是党国的军人，岂能被你

这小小女子蒙蔽？今日你若死在我手上，方小姐，你悔也不悔？”

“贵军门，于今中国，积弱积贫，东三省已被日寇占领，作为一个有良知的中国人能不感到痛心吗？你一味执行‘攘外必先安内’的主张，弃国家危亡于不顾，残杀同胞，你为军为政，如此作为，岂不令国人寒心，令天下人不耻。盼军门以国家民族利益为重，三思而后行。不瞒军门，自我踏进贵宅的第一步，我就抱必死决心！！”

贵翼冷冷地：“好，好！——好极了！”忽然话锋一转，“一凡口才不减当年，气魄胜过当年。——不过，我有我的难处——我是军人，军人不问政治，军人以服从命令为天职。这一层道理，我想你是懂的。”

方一凡在琢磨他说的话。

林景轩笔直地站在门口，拿眼睛试探贵翼。

“林副官。”贵翼吩咐道，“去请小资少爷到书房来。”

“是。”

“回来。”

“军门。”

贵翼和颜悦色地说：“泡一壶好茶来。”

林景轩两腿一碰：“是，军门。”随后离去，带上门。

贵翼对方一凡突然很正式地说：“方小姐，你刚才提到‘令妹贵婉成仁取义在前’，我想知道，我妹妹到底遭遇了什么，她经历了些什么，她是怎么死的？你能直言相告吗？”

方一凡真诚地：“我需要先跟资历平谈一次。因为，他才最有可能是‘贵婉之死’的见证人。”

听到这个答案，贵翼的神色变得十分严峻。

路障口，侦缉处的特务们还在盘查过往车辆和夜行人。

资历安站在风口处，看着特务记录的军政要员过往车牌，他看到了贵翼的汽车牌照——隶属军政部。

一辆警车开来，刘玉斌带着两名警察朝着资历安走了过来。“怎么个情况？”刘玉斌问。

资历安说:“第三个回合。”

“第三个?——碰上了?碰上共党了?——真碰上啦?”

“苏梅在两小时前,——面对面地碰到那个女共党。”

“啊。这,这是好事啊,大好事。证明你们调查的方向是对的啊。”

资历安看着他的表情,说:“苏梅受伤了,而我们现在,一无所获。”

“这就是你叫我来的原因?”刘玉斌有点无语,“电话里就可以说了,这深更半夜的——”

“从来就没有人敢动我侦缉处的人,这是公开挑衅!我必须要实施报复。——需要你们警察局配合。”

“冷静点,冷静点,老弟,你听我说。苏梅不就是个转变者吗?共党清除叛徒,不算挑衅秘密警察吧?”

资历安很认真地听他讲。

刘玉斌继续:“苏梅呢,那是有点才华,你喜欢她,毕竟是私人关系。要为一个转变者实施报复,恕我直言,这可不在你我工作范围之内。”

“谢谢。”

“谢谢?”

“我差点——误会你,刚才的话帮你洗清了嫌疑。”

“嫌疑?有关什么?”

“苏梅。”

“苏梅?有什么不对吗?”

“回头说。”

刘玉斌心里明白,装糊涂:“我跟你说,苏梅啊,人不错,对你,那真是无可挑剔。”

资历安悠悠地:“的确无可挑剔,也许,她一直在剔我们。”

刘玉斌没法接话了。

“——情况有点棘手。”资历安突然说。

“怎么了?”

“这条通往霞飞路的要道上,走了三十多辆军政部、财政部、司令部的车,三十多个军政要员,谁敢查?——你说今晚诡异不诡异,这些个军政大员就

像是事先商量好的一样，统统跑出来散步。”

“事发地点在春和医院是吧？”

“是的。”

刘玉斌想了想：“跟我走。”

“什么？”

“跟我走。”

“去哪儿？”

“春和医院。”

说完，刘玉斌上了车，资历安没有任何犹豫地，也真的就上了他的车。

两人一落座，资历安就问：“你有谱了？”

“我们去春和医院的急诊室，调看他们今天晚上的就诊病例，看看有没有哪一位军政大员案发时间在医院就诊，如果有，是几个人。再根据你们的车牌记录和车上人员作详细对比。”

刘玉斌发动汽车，向前驶去。

资历安明白了：“如果有某位军政大员恰巧在春和医院看病，又恰巧经过我们设置的岗亭——”

“恰巧随行人员多了一位——”

“可能吗？”

“排除法。”

资历安赞扬的口气：“不得不承认，你刑侦做久了，直觉很准，既务实，又有效率。看来，我还真得跟您学习学习。”

“乐意效劳。”

春和医院走廊上，一名警察正跟刘玉斌交头接耳，资历安走过来，问：“有什么进展？”

“果不其然，今天晚上九点，贵翼带着他妹妹来看过病，他妹妹发高烧。随行人员是他的副官林景轩。——根据你们提供的岗亭记录，贵翼的座驾是在十点一刻经过的，车上有三个大人，一个小孩。如果执勤的特务没有记错的话，贵翼就符合我们刚才提到的所有条件，贵翼车上多出来的那个人，有可能就是那个女共党。”

资历安有点儿犹疑："如果真的是这样，就太糟糕了。"

"苏梅看病是你们临时起意的，而女共党到医院来盗取药品却是精心安排的。所以，女共党会穿护士的衣服，乔装改扮，只不过碰巧遇到了苏梅。而苏梅火眼金睛，一眼锁定了嫌疑人，就不可避免地发生了殊死搏斗。我觉得可以排除共党蓄意谋杀秘密警察，或者是清除叛徒的行动。女共党和苏梅的确是一场邂逅而已。"

"这个女共党为什么凭空就冒出来了呢？他们急缺药品吗？"

"可能性很多。"刘玉斌说，"走，我们到外面去看看。"

草坪上，刘玉斌和资历安站在汽车留下的痕迹前。

刘玉斌指着车胎痕迹，分析道："你看，这里曾经停过三辆汽车，在上海，有汽车的家庭很少。我们查一下医院的急诊病例，就推断出，其中一辆吉普车是资科长的，第二辆是贵翼的，那么第三辆车呢？——有可能是接应女共党的。女共党匆忙逃离案发现场，上了接应她的汽车，脱掉护士服，换衣服，甚至化装成另一个人，另一个职业。可是，就在她上车的一瞬间，她发现了贵翼的车。"

"她认得贵翼的车吗？"

"如果她曾经出现在沪江大学，她就有可能认得贵翼的专车。于是——她改主意了。"刘玉斌走到另一车辙处，"她上了贵翼的车。"

资历安有点匪夷所思："她选择上贵翼的车，为什么呢？"

"两种可能。一种，她和贵翼认识；另一种，挟持贵翼，以期达到某种目的。"

"你倾向于哪一种？"

"第一种。"

资历安点头："一致。"

"可惜的是，我们没有权力去搜查一位军政要员的家，如果一切推断属实，我们就错过了抓捕女共党的最好时机。"

"那也不一定。"资历安说，"如果我们现在就去登门拜访，无疑打草惊蛇，贵翼一旦有了防备，我们就毫无优势可言了。"

"依资科长之见？"

“只要女共党在贵家藏着，她就一定会从贵家走出来。我们有了她的照片，有苏梅的目击，抓住她是迟早的事。至于贵翼，夜路走多了，总会遇着鬼。”

“今晚岗哨抓的几个嫌疑犯，也需要审一审，先别下结论。”

资历安看了看刘玉斌，总感觉他有什么不可告人的事瞒着自己，也许是自己疑心重，喃喃自语：“说得太好了，姜是老的辣————先别急着下结论。”他想到了苏梅。

送走刘玉斌，资历安来到了苏梅的病房，他坐在病床边：“——刘科长刚刚来过了，看你睡着，他不方便进来，叫我跟你说一声，让你好好休息。”

苏梅看着资历安阴晴不定的目光，心里隐隐不安：“我的衣服？”

“——我去了趟你家，帮你拿了些换洗衣服过来。”

苏梅的脑子飞速地转着，资历安观察着她的表情。她试探地问：“你有什么事吗？”

“是啊，你看出来了？”

“我看你情绪不稳定。”

“最近大家压力都很大。”

“那个女共党，有线索了吗？”

“线索千头万绪。”资历安转移话题，“你觉得刘科长这个人怎么样？”

“刘科长，是个好人。关心下属，做事认真，快人快语，挺热心的一人。还有，有点固执，固执得冒傻气。”

“你认为贵翼是什么人？”

“军人。典型的军人。”

“他会是共产党吗？”

苏梅猛地抬眼看他，目光凌厉：“别惹他。”

“你今天被吓破胆了？”

“你不是他的对手。做人呢，知己知彼，不能旗鼓相当，就不如韬光养晦。”

资历安淡淡地：“你不是被吓破胆了，而是胆包身了。”

资历平走进书房，贵翼分别看了他和方一凡一眼，问道：“我能旁听吗？”

“贵军门是愿意加入我们了吗？”方一凡一语双关。

“你们谈！”他转身走了。

方一凡和资历平坐在了一起。

房间里只剩下他们两个人，方一凡没有拐弯抹角，直截了当地问：“你是如何拿到‘贵婉日记’的呢？”

资历平也不绕弯子：“我是从贵婉的遗嘱里得到的。”

“贵婉的‘遗嘱’？”方一凡很是讶异。

“我在她遇害当天，见过她。她当时跟我说，如果‘贵婉’突然从这个世界消失了，你能答应我，继续做‘贵婉’吗？”

方一凡眼眸低垂：“这不符合组织规定……你答应她了吗？”

资历平点点头：“她说，如果那一天来临，叫我回上海，到麦特赫司脱路83号……我回到上海的第一件事，就是去了那个地址。

“那是一座年久失修的小阁楼，很久没有人住了。原来曾经是贵婉的一间画室，也是她自己的用于‘狡兔三窟’的‘联络点’。我顺着楼梯走上去，按照她告诉我的位置，很快找到她藏于衣箱底的一本日记。”

资历平沿着楼梯上楼，他在阁楼的衣箱里找到了一本日记。阳光洒落在日记本上，他翻开书页，里面是一幅又一幅的素描，烟缸、漏斗、衣柜——

“贵婉临别嘱咐，如她不幸遇难，让我代替她继续战斗，她的代号叫‘烟缸’，她的上级‘沙漏’是我大哥资历群。她还透露了心中的隐忧，她说党小组遭到破坏，如有幸存者都不可避免地成为‘内奸’的嫌疑人，叫我切记，不可掉以轻心。”

方一凡点点头：“——这本‘贵婉日记’是你亲手送到贵翼手上的吗？”

资历平摇头：“不是。”

方一凡颇感意外。

“是我托了一名好友亲自送到贵军门这里的。”

“好友？”

“一个值得信赖的朋友。”

汽车奔驰而来，车上坐着荣华和资历平，他将“贵婉日记”递给了荣华。汽车行至一段路后停下，车门左右双开，荣华和资历平分两侧下车。二人朝相反方向走去，荣华走向酒店正门，资历平绕到酒店的侧门。

“为什么要多此一举？你自己送去不是更稳妥吗？”方一凡问。

资历平说：“我认为贵翼不会那么快就信任我——”

方一凡看了他一眼。

资历平改口：“接纳我。——我认为第三方去更合适。”

“你没有考虑过安全问题吗？”

“考虑过。首先我的这位朋友跟我关系很好，很正直。其次，这本日记本没有任何文字记录，也不会留下任何蛛丝马迹。——贵婉在写这本日记的时候，全部以素描代替，风格风趣活泼，这本日记里所有的文字都是我添加进去的。”

“为什么？”

“为了让贵翼能够明白，贵婉的真实身份。贵婉牺牲了，我一个人单枪匹马，无法和强大的警察局、侦缉处抗衡，我为了找到真正的‘凶手’，设下圈套，步步为营，引他入瓮。”

“贵翼是国民政府军械司的副司长，你怎么能保证他不是一个国民党的死硬派？怎么能判断他不会冷酷地对待你？稍有闪失，非但自己性命不保，还会连累党组织。”方一凡难以理解，“你为什么这么做？”

“我，我亲眼看见他在雪地里抱着贵婉痛不欲生，我，我承认，我在赌！我赌他是一个有良知的人。”

“赌赢了？”

“目前看来是。”

“贵婉临终前发展你入党了吗？”

资历平含糊地：“……没，有。”

“有还是没有？”

“没有。不过，我想为你们工作……”

“明白，你已经做了，而且做得很好。”

“您这次冒险而来，如果我没有猜错的话，您是在赌自己的性命。”

“对，我已经别无选择了，必须冒死一拼。”

“您是来说服贵翼，帮助我们的吗？”

“不，我是来策反他的。”

由于被拒绝，即便贵翼心里急切想得知妹妹贵婉的过去，也不能强硬再进去，只好来到妞妞的房间，看她烧退了没有。

妞妞在床上睡着，董细妹给她做着物理降温，小心翼翼地用小毛巾替她擦拭了全身。她来来回回地拧毛巾，用手感觉洗漱盆里的水温，来探测温度。

贵翼和林景轩都站在一边看着，有时贵翼也主动地搭把手。

“三十七度的毛巾最适合给发烧的孩子揩身子了，能让血管扩张，可以帮她散热——你看，现在的温度是——”董细妹看了看温度计，“三十八度二，——一会儿我喂点盐水给她喝。”

贵翼感谢道：“您辛苦。”

林景轩问：“需要我做什么？”

“——你们都去睡吧。明天早上给小姐做点稀饭，面条汤。她这个热度一时半会退不了那么快，如果是病毒的话，就会反复。”

贵翼惊闻：“反复？”

董细妹解释：“——就是还会有持续高热。”

贵翼问：“那，那需要去医院吗？”

“那要看明天的热度了。小孩子发烧是常事，不要这么一惊一乍的。”

“——您学过医啊？”

“我上一个学生是个六岁的孩子，上课的时候，出了麻疹，病势很凶，也是我帮着照顾好起来的。——说老实话，照顾孩子不在我工作范围内，不过，我看你家里似乎缺个女主人——”

贵翼点头，一迭声地“谢谢”。

林景轩好奇地：“董小姐，你怎么知道我们府上缺个女主人？”

董细妹一笑：“孩子烧成这样，要是亲妈在，早就衣不解带地守着了，哪里轮到我？”

贵翼和林景轩互相看看。

贵翼略微尴尬：“董小姐真是观察入微，董小姐是广东人吧？”

“祖籍广东佛山。——祖辈从清朝末年就迁居到江南了。”

“哦，董小姐是在江南长大的？——民国初年，江南办了一所女子师范大学，好像是在宁波？”

“在南京。我就是先读的女子师范大学，后来出国深造的。”

“想起来了，想起来了。是在南京，我好像对那所学校还有点印象，校址在——在——”

董细妹一边照顾孩子一边答：“南京绣花巷。”

林景轩看着贵翼。

贵翼走近董细妹：“董小姐是在德国学的音乐，一定跟声乐系的陈教授很熟，凡中国留学生都喜欢去他家吃点中国菜，他和他太太都很好客——”

董细妹笑起来：“那倒是，他太太虽然是俄国人，却烧了一手好浙菜，西湖醋鱼，那叫一个好。——不过，陈教授是唱诗班的指挥，不知道你说的那个陈教授是不是我认识的陈教授？”

贵翼含笑：“是一个人。我这人，有时候总是会记混一些事。”

“您忙的是军国大事，哪像我们家长里短的上心。”

“那，——董小姐辛苦了，我们就去歇着了，有事，您叫我们。”

董细妹和颜悦色地点头：“好的，贵军门。”

书房里，方一凡和资历平的对话还在继续。方一凡说：“你去莫奈西餐厅的时候，说替我把叛徒找出来，你有什么发现吗？”

“我可以确定我二哥资历安的未婚妻苏梅是‘叛徒’，就是她在利用报纸刊发寻人启事，她试图通过这种方式找到地下党。”

“苏梅？你能详尽地描述一下她的特征吗？”

“我画给你。”资历平掏出一支钢笔，开始画简单的肖像，他用的线条很粗犷，画面上的苏梅形象特征很明显，只画了眉眼和鼻，方一凡似乎就已经知道了。

一幅苏梅的肖像画呈现在了方一凡面前。

“是她。”

“你认识她？”

“我今天跟她交过手！”

资家老宅的空屋被木条封死的窗户上，透过清冷的光。台灯的光线很明亮，资桂花在等待接收情报。忽然，她感觉到异样，有人已经直直地站在了她的背后，一把雪亮的匕首刺向资桂花的后颈。

资桂花颈下生风，倏地一低头，越过刀锋，一脚踹向袭击者。

袭击者竟然是一名花匠，他恶狠狠地又向资桂花扑过来，二人搏斗。资桂花的力气有限，终究不敌男人的力量，被掀翻在地，花匠扑在她身上，挥舞起锋利的匕首，寒光闪闪，刀尖已经快触到资桂花的眼球。

“砰”的一枪。

资桂花自救成功，她藏在腰间的手枪救了自己一命。

袭击者的尸体“嘭”地栽在资桂花身上，脱手的匕首飞了出去。

窗外，荒凉的园子里，“扑棱棱”鸦雀乱飞，小鸟们被屋内的枪声惊到。

资桂花脸色煞白地推开尸体，一个人躺在地上，喘息着。

留声机里放着平戏唱片《锁麟囊》，房间里已经整理得井井有条，抹杀了所有“女主人”曾经存在过的痕迹，就像一个单身男人的住所，简洁、宽亮。

书桌上放着烟斗和等待裹的烟丝。

厨房里，一双手娴熟地用一把菜刀细细地切割一块猪肝。案板上的猪肝，一片一片，切割得当。

电话铃声响了。

菜刀被停下。

资历群接电话：“喂——”

电话是资桂花打来的，她说：“——先生，您要的凯司令蛋糕做好了，您看您什么时候来拿？”

资历群不慌不忙地：“我明天过去拿。”

“凯司令二楼。”

电话挂了。

资桂花裹着一件大衣，走出街头电话亭，匆匆离开。

挂了电话，资历群洗手，梳头，携带好手枪，出门。

街道上，小贩的吆喝声从不远处传来："白糖莲心粥——"

资历群拦了一辆黄包车，车夫拉上车向远处跑去。

弄堂里，资桂花裹着一件披风，站在黑暗的墙角，很显然，她在等资历群。

黄包车来到指定的地点，停了下来。资历群付了钱，警觉地看了看周围，朝着弄堂里走去。"出了什么事？"他看到资桂花后，问道。

资桂花呼吸依旧有点不均匀："有人，潜进了我，我的住处。"

资历群紧张地："是什么人？"

"——不知道，看身手不像是特务，倒有些像强盗。大概以为我有什么秘密，或者藏着什么钱。不过，我也不能确定。"

"人呢？跑了吗？"

"死了。"

资历群一愣："你没事吧？"

资桂花向他展示了一下四肢。

"电台安全吗？"

"——安全。"

"有人监视你吗？"

"没有。"

"你确定？"

"确定。"

"有人跟踪过你吗？"

"没有。"

"你确定？"

"确定。"资桂花被问得有点儿烦了，"我记忆力超强，凡是我看到过的面孔，我都能记得住。哪怕他化了装。"

"别站在这说，我们边走边说——"他伸手把资桂花拉到自己身边，两个人向弄堂深处走去。

资桂花说："——资家老宅不再是灯下黑了，我得马上转移。"

"你今晚先搬到我家里去住。"

"你呢？"

“我可以睡在阁楼上。”资历群问，“能把电台也转移过去吗？”

“我们现在得先回去处理尸体。”资桂花答非所问，“资家老宅里如果发现尸体，侦缉处和警察局都会对此事展开全面调查。”

“——好。”

回到资家老宅，看到房间里空无一人，资桂花完全傻了。

资历群盯着她脸上看，仿佛是在找答案。

资桂花也看出了资历群在怀疑自己，忙道：“——真的，真，我杀了他，就在这儿。”

资历群四处搜查。

资桂花站在他背后，想解释，又不知道怎么解释：“——我当时就在这个位置开的枪。”她急于证明自己说的都是真的，但看上去似乎是刻意掩饰。

“你不会是故意引我来的吧？”

“我，我引你来？——为什么？”

“你怀疑我。不是吗？”

资桂花盯着资历群，说：“当然，当然有这个可能。但是，不是！——他就躺在这，身份不明的一具尸体。”

“地上没有血迹。”

“有人打扫过案发现场。”

“谁？”

“我不知道。”

“这么做的目的是什么？”

“我不知道。”

“我来告诉你，他们，抑或是，你们——”

资桂花情绪更加紧张。

“你说你杀了人，可是尸体在哪里？你说有人打扫过现场，那么谁会帮你清除一切障碍？你为什么选择藏身在资家，谁在暗中保护你？——如果保护你的人是‘敌人’，那么你的真实身份就和他们是一样的！”

资桂花和资历群同一时间拔枪相向！

两人同时喊：“放下枪！”

互相端枪瞄准对方！

“不得不否认，是你故意引我来的！”

“如果我是特务，我根本不会把你引到这儿来，我直接出卖你的行踪就行了。”

“这也是我的答案，如果我是特务，抓捕你的人现在已经出现了。”

“整个‘烟缸’小组全军覆灭，只有你和我幸存了，你知道这意味着什么！”

“你和我都需要组织派人来进行审查！——当然，这也可能衍生出更大的陷阱，如果你是——的话。”资历群把“叛徒”两个字给吞回去了。

“你怀疑我是叛徒。”

“你怀疑我，我也怀疑你。”

“好，这样也好，开诚布公。‘烟缸’是怎么死的？‘青瓷’是怎么失踪的？‘茶杯’被捕，是谁出卖的？你告诉我，这一切的一切都是怎么发生的？”

“‘烟缸’之死，我也有疑问，你是想让我为贵婉的死负责任，可是，你错了。”资历群竹筒倒豆子般地回击，“情报泄露不是单方面的问题，下落不明的不等于‘清白’，被捕的不等于不会‘叛变’，甚至，甚至牺牲的也不等于不是‘内奸’！我和贵婉在天津的故事，就像是一场噩梦，说给谁，谁也不会相信！！”他把手枪高抬又放下，向前一步走，“电台在哪里？”

“别过来，过来我就开枪打死你！”

“你可以开枪打死我！除非你就是那个‘内奸’，杀人灭口。”

资桂花的手开始剧烈晃动，枪口垂下了，她眼里含着泪水。

“别犯蠢，资桂花同志，要犯蠢也别在这会儿犯。我们小组就只剩我和你了。我们需要的是彼此信任，而不是互相猜忌。”

“我现在，很怕你。”

“为什么？”

“第六感。”

“你不是怕我，是你怕死！”

“我不怕死，我怕死得糊里糊涂的。”

“我会用行动来告诉你，我不是叛徒！我会让你做出明智的抉择。”资历群走到了资桂花的眼前，一伸手，缴了她手上的枪。转瞬间，他把枪别进了自己腰间，说，“告诉我电台在哪儿，我们必须马上和上级取得联系。告诉他们，我们的交通线正在恢复中。”

“告诉我‘烟缸’是怎么死的？你是怎么回来的？怎么被捕的？漕河泾监狱可不是菜市场，你随随便便地进进出出，我会怀疑警察局是你家开的。”

“你有这么多疑问，为什么还会去约定地点见我？为什么还要住在我家的老宅？冒充我家里的用人，你也不怕资家的人突然回来怀怀旧？”突然，资历群停了下来，他的眼光扫视到了墙壁上，墙上有血，“你说的都是真话，有人来过了，打扫了战场，但是，没来得及掩饰墙上的血，他们这么做的目的，并非想要抓我们，而是想——杀我们。”

“嘀嗒，嘀嗒——”钟表声音传入二人耳膜。两人的目光同时聚焦在墙角里一个纸箱子上。

“我没见过——”

资历群二话不说，拉着资桂花就往外面跑。

跑出屋子，跑到资家花园，资历群用尽浑身力气，把资桂花推出十米开外，背后“轰隆”一声炸响，黑云乱窜，火星四溅，屋顶被爆炸的气浪掀翻。

资历群身上落了无数“星星之火”。

好在天下小雨，雨水充盈直扑人面，资历群就地打滚，借助青石板缝隙中的小水洼，扑灭了身上的余火。

资桂花扑过来，问：“怎么样？”

资历群爬起来，拽了资桂花继续奔跑。

资桂花动作敏捷，不似年过五十的老妇，二人跑出花园侧门。

身后，资家花园，一片浓烟滚滚。

资桂花在胡同口望风，资历群乘人不备，搞了辆脚踏车。

资历群用脚踏车载着资桂花。

二人惊魂甫定。

资历群说：“这场爆炸，只能说明一件事，我俩都不是叛徒，我们被人设计成了叛徒，敌人想布置一场我俩自相残杀、同归于尽的‘好戏’，来迷惑我们的上级，把我俩其中一个永远定格成内奸。”

“都怪我，疑心太重。”

“你说你没有被任何人监视。”

“我以为——”资桂花想分辩，又觉得意义不大。

“对，你以为。”

“对不起。”

“他们一直在监视你，之所以没有收网，就是想看看，还有谁会自投罗网。可是，最近他们改主意了，他们打算利用你来杀了我，和你自己。”

“为什么？”

“因为幕后黑手是资历安，我二弟。”

资桂花的脸色苍白。

“他不想背上弑兄的罪名，所以假手于人。”

“太可怕了。——我们现在去哪儿？”

“先看看有没有尾巴，确定安全后，再决定去哪儿。”

春和医院病房里，输液瓶高挂着。

苏梅脸色苍白地睡着了。

资历安在病榻前陪夜。

古纯音进来，悄悄叫醒资历安。他睁开眼，古纯音在他耳边耳语数句。

“好，派人盯着，不要打草惊蛇。”

古纯音点头，低声地：“可惜，您家——”

资历安食指和中指竖在嘴边，古纯音噤声，他看看苏梅，见苏梅还沉睡着，站起来走出病房，古纯音跟了出去。

苏梅猛地睁开双眼。

走出病房，古纯音跟上资历安。

资历安对古纯音：“处理好尸体，不要给警察局任何插手的借口。”

古纯音点头：“是。——不过，您家老宅失火？”

“报正常火警，老宅年久失修，缺乏维护，——让消防所去善后好了。对了，多给点善后费用。”

“潘司令在等您的汇报，一科的科长已经去了。”

资历安一愣，他的手不自觉地伸进了口袋里，手里捏了捏那张从苏梅房间里找到的“照片”，有一种站在悬崖的感觉，喃喃自语：“不管是谁在暗中跟我作对，我都要让他一败涂地。”

走廊的拐角处，苏梅依靠墙壁站着，她手上举着输液瓶。

资历安的眼睛扫视了一下拐角，对古纯音又问道：“贵翼的公馆谁在盯着？”

“钟雪萍。”

“——你也去。”

“是。”

“我要知道贵公馆里里外外，进进出出，到底有多少人？就是一只飞蛾，你们也给我盯紧了。”

“是。”古纯音行了一个军礼，朝着住院楼门口走去。

第十九章 “烟缸”案

“杀掉对手，冒充对手，——杀了‘烟缸’你就是‘烟缸’，杀了‘青瓷’你就是‘青瓷’。这是你们通往共党谍报机关的最快捷径。”

二人异口同声：“卑职等定当全力以赴，报效党国。”

贵翼推门，见他进来，资历平和方一凡都站了起来。他摆了摆手，示意让他们坐下。

资历平问：“妞妞好点了吗？”

贵翼点点头：“董小姐在照顾她。——林副官在外面守着，有事，会叫我们的。”后面这句是一句双关语。“我能旁听吗？”他坐下，问道。

方一凡笑：“你不是一直在旁听吗？”

贵翼浅笑：“唉，同学就是不一样，说话也不留白。”

三人微笑，个人心绪，尽在不言中。

一本“贵婉日记”放在三个人的面前，看着日记，资历平的心情有些不平静。在贵翼的笑容里也包含着心底的难过，这是一本天人永隔的日记。

方一凡对资历平：“跟我们讲讲你那个神乎其神的大哥资历群。”

资历平似笑非笑地：“神乎其神？”

“‘烟缸’是一个传奇，而资历群能够娶到‘烟缸’，足以证明他的个人魅力和工作能力都是超群的。我也不肯奉承人，更何况，这个人本身具有重大嫌疑。”

“苏梅才是叛徒。”

方一凡很镇静地：“——我没说过他是叛徒。”

资历平的脸“唰”地红了。

“我想通过你，了解当时发生了什么事，导致贵婉和资历群突然去了天津？”方一凡的话音一落，贵翼的剑眉一挑，锐利的眼光锁住在了资历平的身上。

资历平在贵翼的注视下，略显窘迫。他低下头，说：“——去年夏天，我去苏州开画展。借机寻找我失踪已久的亲娘——我几乎走遍了苏州的大街小巷，还是没有一点消息。我——想我娘也许云游四海去了，她跟我一样，喜欢不受拘束、自由自在的生活。——后来，我大哥找到了我。”他眼光逐渐迷离。

苏州小酒馆里，评弹的音乐渐出渐隐，在空气中飘散开来。资历群和资历平坐在一处餐桌前对酌。

“——那天画廊的事情，是贵婉做得不对。哥哥给你赔礼道歉。”

资历平一怔，喝了口酒。

“你有没有想——”

“从来没有。”资历平很坚决的样子。

“好。当我没说。”资历群举杯一饮而尽。

资历平给他斟酒，边说：“其实，说起来，真的很奇怪，我跟贵家的人素不相识，却，很难，很难面对他们。”

资历群一叹：“我知道。”

“什么？”

“你对他们有感觉，是吧？”

“有吗？”

“别不承认。”

“我是害怕，很后怕，有些事情，我不敢去细想。”

“譬如呢？”

“我和我娘，被贵家扫地出门，流落街头。如果，我们没有到资家，我会

怎么样？——我会遇见大哥吗？我会出国留学吗？我会拥有现在的生活吗？在别人眼里，我得到的都是理所当然的。可是，如果呢？如果我没有到资家，我跟大哥就是陌路人，就像——现在街上走的行人一样，来来往往，我们彼此擦肩而过，老死不相往来，生死不过问。——我不是怕呀，我恐惧，太孤独了。”资历平说着，眼眶里似乎噙了泪，有点难为情地笑笑。

“小资，你是太思念你娘了。”资历群一语点破真相。

资历平低头，泪水扑簌簌落下。

“别太难为自己了。从去年到今年，你来来回回苏州也不知多少次了，你不肯说，我也不好问。——该来，到底是自己的亲娘。”资历群自己给自己斟酒。

资历平不说话。

资历群喝着酒，也不看资历平，说：“人啊，凡事随缘随分，想开点。”

资历平喝酒，一杯见底。

资历群给他斟酒，他知道资历平的“心结”，处理这种“无法解决”的事情，越简单越见效。

“哥陪你喝。”

兄弟二人，碰了一杯。

“——小资，其实，你比大哥幸运多了。你要惜福。好好生活——”

资历平看着资历群。

资历群继续道：“贵家的事情，别往心里去。你记着，你纵然贵为王侯将相，你的生死存亡，也与老百姓无关。百姓家的孩子，纵然没有一丝耀眼的光环，也是父母的掌上明珠。你还有什么不知足呢？”

资历平字字入耳，句句存心，他听进去了。“大哥，我敬你。”他端起酒杯。

兄弟二人碰杯。

资历群说：“办完了事，早点回上海，不是还要上班吗？”

“哦，对了——我从苏州来的时候，专门回家看了看妈妈，妈妈常惦记着你和二哥，叫我跟你们带话，得了空，回家去陪陪妈妈，说说闲话。妈妈说，于今她一个人孤零零地住在园子里，夜里时常做梦，睡也睡不好，妈想搬到乡下她娘家去住。”

资历群点点头。

“妈妈给你做了双布鞋——”说着，资历平从一个包里拿出一双崭新的黑布鞋来，鞋面光鲜，绣了两片竹叶，“妈做的鞋，底子又软又厚，最适合你穿，有文人气质。”

“妈妈年纪大了，眼睛又不好——”

“我也这么说，现在有钱什么买不来，可妈说，这是她的心意，说我们在外面赚钱辛苦，她也帮不上忙，就这点针线活，妈从小就没间断过。妈说，但凡我们穿了，她就开心了。”

资历群点头，收下，问：“你们都有吗？”

“都有，只不过，妈妈做鞋子一直都是，先给大哥和我做，最后才给二哥做呢。”

“说到底，妈妈还是疼我们。从小到大，妈妈总怕薄待了我们，被人说闲话。其实，妈妈想得太多了，这生恩哪里比养恩亲呢。”

“所以啊，二哥心里委屈，一直嫌弃我。”

“你也知道你二哥委屈啊。——那等妈妈做好第三双鞋子，你给你二哥也送去。”

“往哪儿送啊？我们连他是干什么的都不清楚，——反正他又不稀罕。”

“胡说，这是妈妈亲手做的，他敢不稀罕。——他不是说他在政府办公厅吗？你就往那儿送。——他既然敢说自己在那儿上班，一定有他的道理。”

资历平“哦”了一声。

“来，多吃点菜。——嗳，说心里话，你贵家哥哥长得挺帅的，有儒将气概。”

资历平不以为然道：“一看就不是能网开一面的人。”

“你干吗总希望别人网开一面——你属鱼的？”

资历平给资历群夹菜：“大哥，吃鱼头——小心烫。”

江南的黎明，烟雨朦胧，竹影缥缈，人迹模糊。

三天后，苏州。

资历平拎着简单的行李从晨雾中走来。

蜿蜒的青石桥上，贵婉与地下党老李走来。老李眉目和蔼，穿一件长衫，一双纯黑色布鞋，布鞋是簇新的，鞋面光鲜，绣了两片竹叶，不染一点灰尘。

资历平看见贵婉的时候，贵婉也看见了他。她很淡定地从资历平身边走过，毫无惊诧，仿佛自己是一个与资历平陌生且不相干的人。

资历平看着他们从青石桥下去，贵婉有意无意地撑开了一把红色的伞，优雅地挡住了他们的背影。这一挡，除了一双红色的高跟鞋和一双黑色的棉布鞋外，资历平什么也看不见了。

霞光破晓，一片寂静，清风送爽，一寸两寸的凉意不深不浅直抵着资历平的胸襟，他想着，人生的路和桥，都是很难回眸的。

一个月后，上海。

繁华都市，车水马龙。

行驶的车内，顾晖开着车，郭玉的眼睛贼溜溜地盯着车窗外的马路边。阿秀站在街边，叫卖着："卖花了，卖花了——"有行人从她身边走过，朱惠儿从阿秀手里买了几朵百合。

郭玉两眼放光地："——开慢点。"

顾晖放慢车速。

阿秀走在街上，神情有点紧张。

顾晖和刘薇跟在她后面。

阿秀转道，走向另一条街后，开始狂奔。过了一会儿，她回头看身后，街上空荡荡的，安静得不太正常。转身准备再向前走时，顾晖突然出现在她面前。不容人多想，她立即从花篮里拿了一朵"百合"花，"吞"了下去。

顾晖和刘薇冲上去，拼命要"扳开"阿秀的嘴。然而，一切都是徒劳。在两人的拳打脚踢之下，阿秀的嘴唇鲜血直冒。

资历安盯着两个手下，一语不发，面前的办公桌上放着一大束"百合花"。

顾晖和刘薇都站得笔直。

"你说你们啊，也真叫本事。两个特殊军校毕业的连个卖花女都搞不定。"资历安不紧不慢，"都吞了什么啊？"

顾晖犹豫了一下，战战兢兢地回答："花，——不，情报，吞了一份情报。"

资历安阴沉地笑了。

顾晖说："要不，审一审——"

"不审了。"

顾晖和刘薇愕然，二人异口同声："不，不审了？"

"没什么价值。"资历安说，"她那么努力求死，我为什么还要浪费自己的时间。"

刘薇说："——可是，可是这样一来，我们就会毫无头绪。"

资历安故作高深地："不只我们，他们也会毫无头绪。"

顾晖、刘薇不解其意，面面相觑。

资历安蔑视地瞥了手下一眼，站起来，拿起桌上的剪刀，找了一个旧的笔筒，选了几朵开得特别美的花，小心翼翼地修剪好，插入笔筒，鲜花格外芬芳美丽。

黑牢里，特务们两个绑一个，地下党老李和阿秀被蒙住眼睛，堵住嘴巴，五花大绑。

资历安和郭玉站在一起。

"确认一下这女孩。"资历安对郭玉说。

郭玉上前，捏住了阿秀的下巴，阿秀挣扎着，冷冰冰地："就是她。——她是共党交通站的联络员，专门望风，传递消息的。"

"带走。"

顾晖、刘薇欲押走了二人。

"等等，——做干净点，最好做得像仇杀。别浪费子弹。这两个人侦缉处不要留案底。"资历安嘱咐完，"去吧。"

铁门重重地关上。

乱坟岗，斧头落下，鲜血喷射，乌鸦乱飞。滚滚乌云裹挟着厚厚的云层压迫而来，一片漆黑。

树林里一片沙沙声，鸟儿在树枝上拍打翅膀。幽静的小路上，陈萱玉气鼓鼓地对资历平说："——现在的男人，真是没有良心，送出来的东西好意思拿回去的。你就不应该给他们钱。——他们不放我走，吃喝总是要管我的。——这是什么鬼地方？他们这是非法拘禁，敲诈勒索。哟，真以为上海滩就只有

他们一家独大啊。老娘也是经风雨，见世面的——”

“婶子！”

“别叫我婶子，我才三十七。”

“婶子姐姐，您能不折腾了吗？——好好地找个好人家嫁了行吗？要不您也考虑考虑四爷？”

“我这辈子不需要男人——最不需要文四益这种自以为是的男人。”

“您悲壮！”

“你在讽刺新女性！你好好看看我，——我自己就可以生活得很好。”

“您愤世嫉俗。”

陈萱玉笑嘻嘻地：“小资你最了解我了。”

资历平哭笑不得：“我了解你？——你知道我赎你出来，花了多少钱吗？足足两千块啊，我的婶子。”

“你不是刚卖了几幅画吗？”

“所以说，我是个转账的，我是账房先生。”

“别贬低自己的价值。”

资历平真是有苦说不出：“婶子，婶子，咱可说好了，您可不能再胡天海地地跟那些个经理、董事、导演约会了，您知道哪块山头有大王，哪块云彩会下雨吗？啊？您今儿叫这个去给你买个包，明儿叫那个去给你买钻戒，回头脸一抹，您就不认人了，那人家能答应吗？还好四爷肯帮忙，王襄理给了四爷面子——”

两个人的语速加快，像打机关枪。

“他非法拘禁我，还讲道理？讲啥道理？你说，你说！我不去法院告他，就已经宽宏大量了。”

“你三天花掉人家几千块，你讲道理？你讲啥道理了？”

“我天生丽质，他愿意在我身上花钱。”

“喔唷，强盗口气啊。”

“我是你长辈啊！”

“有点儿长辈样啊！”

“你跟我呛声啊！当年你娘大着肚子来找我，是我把自己的房子给你们住，我自己就睡在地板上啊，床都归你们了——你刚生下来的时候，什么都没穿，是我把披肩拿来给你裹上的啊。”

“——我，我——你，——好好地去谈个恋爱，成吗？婶子。”

气氛顿时安静了。

陈萱玉也知道自己不对，口气缓和地：“哎呀，知道了。真是比你娘还烦。”

“我娘。”资历平一口气堵住。

陈萱玉反应过来：“好了好了，我知道错了，以后不会烦你了。”

“真的？”

“真的。”

“你以你的名誉起誓。”

“喔唷，小资，我跟你娘可是舞台姐妹——”

资历平瞪着她，不给她面子。

“得得得，——我以你的名誉起誓。”

“以你的名誉。”

陈萱玉很直白地：“我没什么名誉。”

资历平被她说得一愣，反应过来：“算了，我也没什么名誉——”

陈萱玉大笑起来，资历平也感觉好笑，说道：“走吧，婶子。离汽车站还有好几里路呢。”

长途客车站，一些乘客正在排队等车。有挑夫挑着担子，有小孩子们在附近踢皮球玩，有棉纺厂刚下班的工人们，大伙儿熙熙攘攘地穿梭着。

资历平在客车站的点心铺子里买了些糕饼出来，陈萱玉就吃了半块点心，表情实在是嫌弃，倒是资历平反而吃得津津有味。

陈萱玉皱着眉头抱怨着车站的环境：“真是被这些人坑死了，把我弄到这个破地方来，又脏又乱——你看，你看，后面全是棚户——”

“不只是草棚子，还有乱坟岗。”

陈萱玉被他吓得牙齿都打战：“——乱坟岗？——我们，我们不就是从那个方向过，过来的吗？”

资历平笑着点头：“你以为呢？”

陈萱玉脸色煞白。

资历平笑容里略含深意，忽然，他的一抹笑意凝滞在嘴角。

人群中，有一个少年乞丐，穿一件补着窟窿布的衣服，脚下却穿了双簇新的黑布鞋，鞋面绣着两片竹叶，鞋子比他的脚大，所以一眼看上去，他走起来像在“滑步”，小心翼翼怕摔倒。

资历平丢下陈萱玉往前走，正好客车开来了，大伙儿都挤着上车，陈萱玉喊着：“小资，车来了。”

资历平回头喊了声：“婶子——你先走——我有急事。”

陈萱玉已经在客车上了，她从车窗里伸出头来喊：“小资，你个神经病，我包里没钱啊——小浑蛋。你是不是想让我演‘苏三起解’啊？”

资历平迅速倒回去跑几步，掏出钱包来，整个从窗口递到陈萱玉手上。

客车开走了，留下一片烟尘——

不远处，小乞丐正在向行人乞讨，资历平伸手抓住了他。

小乞丐惊慌地看着他，不明所以然地反抗道：“我没偷！”

资历平蹲下来，平视他，问：“小朋友，你这双鞋哪儿来的？”

小乞丐躲着他，说：“捡的。”

“哪里捡的？”

乞丐少年眼睛直勾勾地盯着资历平手上的糕点咽口水。

资历平明白了，立刻从包裹食物的油纸包里拿了块“点心”出来。小乞丐伸出脏兮兮的小手，一把抢到嘴边，大口嚼着饼子。嘴里不忘感谢资历平，嘟囔着说：“小辛庄。鞋在小辛庄捡的。”

资历平打了个寒噤，问：“你是说小辛庄附近的乱坟岗？”

“嗯。”

资历平紧张地：“是死人脚上扒的吗？”

小乞丐一边吃一边点头。

“那人长什么样？”

小乞丐一下噎住了，眼珠子一翻，回头抱着树根，吐了个翻江倒海。

“你怎么了？病了？”资历平不想放弃，他就是感觉自己嗅到了什么“秘密”。

小乞丐摆摆手，没头没尾地说了句："没有头。"

"什么？"

"没有头。"

资历平的瞳孔放大。

阴风瑟瑟，吹得人睁不开眼睛。小乞丐带着资历平来到垃圾山边上，他向里面指了指便一溜烟地跑了，还跑丢了一只鞋。

资历平捡起那只鞋，插到腰后的皮带上，向乱坟岗走去。

一棵怪异而凶狠的歪脖树下，资历平看到了两具尸体，一群乌鸦飞过，残阳似血。他强忍着不适，定睛去看，只见卖花女阿秀的尸体还算完整，而另一个，他只看清了老李身上长衫的颜色，脚上的袜子还在。

资历平慢慢往后退，退到自己的视野里望不到那两具残缺的尸体，猛回头，"疯"了一样往回跑！

迅捷的动作，两耳贯风，两腿生风，恨不能插翅高飞。

厨房的灯斜斜窄窄地投射到房间里。资历群正站在凳子上安装灯泡，贵婉站在他旁边帮忙。

资历平几乎是破门而入，喘着粗气，脸通红，一身汗："大哥！"

资历群从凳子上跳下来，示意贵婉打开灯，房间里恢复明亮。

"大哥，出事了。"

资历群镇定地："别慌，慢慢说。"

资历平把那只鞋子拿出来，递给资历群，资历群和贵婉互相交换眼色。

资历群问："发生了什么事？"

"我今天去了趟小辛庄。"

资历群一愣："你去那儿干吗？"

资历平略迟疑，而后撒谎了："我——我去拍苏州河两岸的棚户区——小辛庄附近刚建了一家大型棉纺厂。"

资历群点点头。

资历平继续说："这只鞋，是一个小乞丐从乱坟岗死人脚上扒下来的，死人没有头颅，可能因为什么特别的原因被人残忍地割去了。这鞋子，是，是

妈妈亲手做的，我在苏州拿给大哥的，妈妈做的鞋子，我绝不会认错的——我不知道，不知道，大哥有没有把这鞋子拿给别人穿过。”

虽然答案是肯定的，但是资历平依旧很礼貌地询问。

贵婉说：“你大哥的确有一双款式很像的黑布鞋，拿给别人穿了。”

“那么，这个别人，还在不在？”资历平的目光游移不定，贵婉捕捉到了他的担忧情绪。

资历群很冷静地说：“人还有相似的，何况是一双鞋。——别太敏感。”

资历平咬着嘴唇，没办法了，只好实话实说：“我去乱坟岗看了。”

资历群的眼神犀利起来，仿佛一把尖锐的刀子。

资历群追问：“你说什么？”

资历平低着头：“——我，我那天看见大嫂跟，跟朋友在一起，那人脚下穿的就是这双鞋——”

资历群回看贵婉，贵婉低下头。

“我怕极了，怕出事，我就去看了。”

资历群一下把资历平拎到墙角处，严厉道：“看见什么了？”

“看见那人了，没有头——长衫一模一样——身材也一样，还有——”

资历群紧张地：“还有什么？”

“还有一个女孩，我记得她，是个卖花姑娘。”

资历群意识到了事态的严峻，一把将资历平的领口扼住了：“你看清楚了？”

资历平点头，又拼命点头。

“历群。”

资历群回眸贵婉，扼住资历平的手一松，毫不讳言地：“出事了。”他转对资历平：“你马上离开这儿，记着，以后都不要再来了。”

“——那，那我以后怎么找你们？”

“不要找我们，记着，除非我们来找你。”资历群几乎是推着资历平往外走，资历平瞬间被他拒之门外。

“大哥——”

“听着，你今晚不能回原来的住处了。”

“不能？——我——”

“今晚务必回老宅去住。”

“——可我的东西都在房间里呢，还有好多稿子，还有——”资历平想到了那本书。

资历群接道：“还有那本《共产党宣言》。——东西都是身外之物，听哥哥的赶紧走。走吧，回家去。——要是妈问起我，就说我出远门了。”

“大哥——多保重。”

“小资。”资历平抬眼看他，“保重。”

“大哥。”资历平想再说点什么，门“砰”的一声关上了。

屋外一片宁静，资历平傻傻地站了一会儿，才离开。

资历平一走，贵婉就说道：“——我送老李离开苏州的时候，跟小资遇见过。”

“你回来可一个字都没说。”

“我当时觉得没必要。而且，我信任他。”

“谁？”

“资历平。”贵婉说，“我信任他。”

资历群不说话了，盯着那只鞋看。

贵婉说：“我们出发那天，老李的鞋坏了，我先拿了你的一双皮鞋给他换，可他的脚大了一码，偏偏那双棉布鞋他穿着合适。”

“老李有可能出事了。”

“‘茶杯’昨天刚刚通过电台跟老李联系过，说，一切正常——”

资历群猛地一惊，跌坐在椅子上。

“历群？”贵婉意识到了事态的严重性，“你是说，东江小组出事了？”

资历群克制情绪，冷静分析：“有两种可能，一种是我们搞错了，小资和我们都搞错了。人有相似，鞋有相同。我们自己神经过敏。还有一种可能，老李在抵达苏州后，被捕遇害，或者被捕叛变，敌人派了一个假的‘老李’去东江小组主持工作。——太可怕了。”

经验告诉他们，第二种可能性占了绝对上风。

贵婉说：“还有阿秀，送老李到苏州后，就失踪了。小资如果没看错的话——”前因后果全都联系上了。

“老李同志曾在‘闽浙赣’长期执行秘密任务，如果一旦出事，波及面太大，不堪设想。”

贵婉注视着他，她在等他下命令。

“你马上去‘茶杯’那里一趟，告诉她立即切断和老李的电台联系，并马上联系东江小组，全面转移。我马上收拾一下行李，销毁所有文件，我们今晚9点在上海港口会合。”

“去哪儿？”

“暂时撤出上海。——并请示上级，听从上级领导的安排。”

贵婉迅捷地准备出门。

“记着，你可能已经暴露了，如有不测，”资历群从口袋里摸出一管口红，“只需要三秒钟，没有痛苦。”

一管口红，此刻的作用就是一条洁白的裹尸布。

贵婉平静地看着丈夫，说：“你放心。”

“我在港口等你，不见不散。”

贵婉转过身来，一下抱住丈夫，亲吻他，说：“等我。”

“等你。”

刘玉斌气喘吁吁地跑进办公室，资历安正在签文件，看到刘玉斌，问：“怎么了？”

“我在局里面听说特情科的寇荣栽了一个大跟头，好像跟你们侦缉处有关。”

资历安站起来，神色凝重地：“不会吧？我们侦缉处和他们从无沟通合作，算是井水不犯河水。”

刘玉斌上前，在资历安耳边说了些什么，资历安一震：“真的？”

刘玉斌点头：“寇荣的情报员提供的共党交通局联络站的主要人员叫‘烟缸’。”

资历安的眼光闪烁不定：“我向你保证，我们侦缉处对于‘烟缸’一案，绝无插手。”

“寇荣已经找到警备司令部的上层去了，他说，侦缉处对他调查已久的‘烟缸’案造成了很大的损害。”

“没有的事，他立功心切——”资历安欲言又止。

“还有，据闻你们侦缉处秘密处决了一名重要的中共地下党——”刘玉斌边说着边观察资历安的表情。

资历安有些局促：“没有的事。——你不信，可以查案底。”

“案底是可以不留的，但是，你能保证你身边的人心里不留底？”

资历安转目看他。

刘玉斌察言观色：“老弟，我可是一片好心。”

“谢谢。”

“我得走了——寇荣疑心重。”

刘玉斌转身欲走，被资历安叫住：“嗳，老兄，寇荣到底什么来历？”

“他原来在哈尔滨伪政府里干过，专门对付共产党。上头对他很是欣赏，寇荣扬言，力破‘烟缸’案，清除上海共党交通站，他下一个目标就是坐上局长的宝座。”

资历安蔑笑。

“老弟，切莫轻敌。”

“你跟寇荣不对付？”

“我最讨厌小人得志。”

“明白。”

送走刘玉斌，资历安便把苏梅、顾晖、刘薇等人叫到了办公室。

“嘭”的一声，茶杯摔得粉碎，资历安黑着一张脸，审视着他们，问：“警察局是怎么知道中共情报员的事的？”

房间里鸦雀无声。

“我要知道是谁在吃里爬外，我活剥了他！！”

众人面面相觑。

电话铃声震响。

资历安接电话：“喂——是。”他“啪”的一个立正，“是，请潘司令放心，是。——可是，我们跟了很久了，而且，我们已经成功在望了——是，是！

精诚团结，卑职明白。可是，潘司令——”

话筒里传来潘司令的声音：“有些事，有人会替我们做。我已经通知‘蓝衣社’了，你放心，我不会把你的功劳白白送给警察局的。”

“是，司令英明。”

挂断电话，资历安神态又阴郁起来，苏梅等人站得笔直。他刚要开口，电话铃声又响了。

资历安接电话，一个立正，然后，一口气松下来，紧接着，他的手握紧了电话筒，不知得到了什么消息，脸色瞬间变得铁青。

挂了电话，资历安突然发作，他一脚狠狠地踹向顾晖，一脚又一脚，恶狠狠地：“废物！！叫你们手脚干净点，干净点，不要留案底！！你们——你们。”

顾晖被踹得满地乱滚。

苏梅劝说：“资科长！——冷静点。”

刘薇也从旁解释：“资科长——我们当时做得很干净，我们——把他的头都砍下来了——”

“头，头，就知道头，顾头不顾脚！！——你们，啊，好好的一个‘换谍’大计，被你们弄得支离破碎，惨不忍睹。”他看看手表，“共产党的交通站已经开始大撤退，你们马上出击，抢在警察局前面，能抓一个是一个，能杀一个是一个！听清楚了吗？”

众人道：“是。”

“动啊！！跑啊！！”资历安举起那个插花的笔筒朝地面上猛掼，笔筒落地瞬间烂了。

众人急忙往外跑，顾晖也从地上爬起来，跟着跑了出去。

资历安气息不均匀地喘着，残花散落在地上。

由于地下党老李的遇害，事关上海交通局整条交通线上秘密联络员的安全，上海党小组成员决定保存力量，把连带损失降到最低，由贵婉发出紧急撤退的命令，交通站全线撤退。

一场秘密大撤退和一场秘密大逮捕开始了——

1935年，蓝衣社。

蓝衣社的办公楼走廊上，脚步纷沓，杜维明和王成栋一身皮衣走来。

苏州河畔，渔火星光，一片宁静。

警察局门口，出动数辆摩托车和囚车，警车发出刺耳且喧嚣的警报声。

侦缉处大院里灯火通明，汽车出发。

一群警察飞跑的脚步、砸门声、哭喊声——

港口通道上，资历群和贵婉相依相伴地走在通道上，前后都有旅客。突然前方出现一阵骚动，数名带枪警察突然出现，贵婉呼吸急促，资历群紧紧握住她的手。

他们刻意往后慢慢走，警察们朝他们跑来。贵婉的手已经伸进口袋里了，资历群紧紧搂住她的腰，制止她的动作。

警察们从他们身边跑过，在他们身后响起一片枪声。

有人被捕了。

资历群拉着贵婉在一群惊慌失措的旅客队伍里横冲向前。

与此同时，寇荣带着一队警察冲进资历群家进行搜捕，而楼上楼下空无一人。床下的盆子里还有烧过的纸灰，千叠纸灰一经震荡，灰飞满屋。

“当天晚上，我在资家老宅里住了一晚。第二天早上，我陪妈妈一起吃了早饭，妈妈拿了一双做好的棉布鞋，让我抽空给二哥送去。

“我去报社上班的时候，特意从我租住的公寓楼下经过，房东太太的家安静极了，好像没有什么特别的事发生，周围也没有什么闲杂人等。——想想我当时太天真了，我以为大哥是太紧张了。下午的时候，茜茜小姐打电话来跟我要报纸上配发的她的照片，那些东西都在我房间里，——还有那本德文版《共产党宣言》。

“我想，我只是一个普通租房的房客，我回去拿自己的私人物品，应该不会有什么问题，于是我就回去了。接下来的事，是我这一生一世都忘记不了的‘痛’。”

资历平走进房间，收拾东西。突然，几个特务冲进来，扑向资历平，他一个擒拿手，制服两个特务。同时，一把手枪也顶住了资历平的头。紧随而来的就是一顿拳打脚踢。

只听顾晖喊道：“带走。”

特务们从囚车里不断推搡着人出来，其中就包括资历平。“嫌疑犯”们一个个哭丧着脸，有的还在解释。

“老总，我是个卖菜的，我真的是卖菜的。——我每天都从那里过啊，老总。”

“我真的是迷路了，我是过去问路的——您看看我，我这个样子像共产党吗？”

“长官，你们搞错了，我是去上班的，真的，长官，我在棉纺厂做工，我每天下午去接班——长官——”

刘薇和顾晖一个个地“审”看。

资历安站在楼上的窗口前，面无表情地看着楼下，他看见了资历平。

“我下去一下。”

正在整理文件的苏梅也说：“我也去。”

“不，你留在这儿，免得看见认识的旧同事——”

“那不正好帮你甄别——”

“这批人，我不想留下。——免得你尴尬。”

苏梅张着嘴，有点不解其意：“——他们，他们只是嫌疑犯。”

资历安依旧面无表情地：“我得让他学乖点。——现在是嫌疑犯，保不齐下次就是真的了。”

“谁啊？”

“该你问吗？”资历安说，“你待在这儿。别看，也别听。”

门重重地关上了。

苏梅侧身靠近窗户。

一个菜农的卖菜筐子被打翻在地，菜叶子撒得到处都是，特务肆意地搜查着。顾晖打开资历平的行李包，发现里面有一堆照片、稿子、几件衣服和一双鞋。顾晖看一件往地上扔一件。

资历平愤愤地：“凭什么抓我啊！——别扔我的鞋！——鞋子是我妈妈亲

手做的，不准踩我的鞋！”

话音刚落，顾晖挥拳打在了资历平的脸上。

他又翻出了那本德文版《共产党宣言》，但是他看不懂德文：“这是什么？——这是什么啊？”

“德文版《共产党宣言》。”资历安的话一入资历平的耳朵，资历平打了个冷战。

资历平回眸，模糊的夕阳中，资历安走来。

混乱的场面突然安静下来了。

有人喊：“立正。”

资历安对顾晖：“怎么回事？”

“报告资科长，这个人叫贵婉，是朱惠儿的房客，在繁星报社当记者。——抓捕的时候，他拒捕，还打伤了我们两个兄弟。”

“贵婉？”资历安嗤之以鼻。

资历平的情绪完全没有平复，他盯着资历安看。

资历安对资历平：“书哪儿来的？”

顾晖给了资历平一拳，喝道：“资科长问你话呢！说话！”

“书哪儿来的？”资历安又问了一遍。

“资科长？”资历平又被打了，“警备司令部，侦缉处的？”他又被打。

“书哪儿来的？”

资历平倔强地：“我为什么要告诉你！”

资历安拔枪在手，资历平一愣，枪响了，一名菜农倒地，血喷了出来。

资历平眼睛都红了：“你疯啦！——他是无辜的！”

“书哪儿来的？”资历安抬起枪口，资历平血气方刚，直接扑向枪口。资历安没有料到，枪响了，子弹打飞，流弹伤到了一个特务，众人吓得往后退。

“有种打死我！”

顾晖想上前，刘薇一把拉住他，给他使眼色，她看出二人关系一定不同寻常。

“打啊！”

资历安戾气横生，把手枪收起来，从一名特务手上夺过一把长枪，用枪托砸向资历平。

一下、两下、三下，无数下，雨点般落在资历平身上。

“——跟我犟，跟我犟啊，啊。——你以为你是谁啊，今天要不是我坐这个位置，你早死了！——父亲宠着你，宠得你胡作非为，好好的一个大男人，不去建功立业，成天写小报，泡明星，现在倒好，跟共产党住到一个屋檐下了——《共产党宣言》——你知道你看这本书的代价吗？——就是枪毙。浑蛋。”

资历平被打得满地乱滚。

刘薇和顾晖互相看了一眼，一起上前，抱住狂躁的资历安。

刘薇说：“资科长息怒。资科长，小孩子不懂事，资科长——”

顾晖也劝：“资科长，资科长——”

“——把昨天晚上大搜捕中抓的犯人全押过来。”

资历平趴在冰凉的地上。

“行刑队！”

墙根下，刘薇和顾晖等特务在秘密处决一批犯人，一枪一个，一墙血。

资历平的视线模糊，他看见资历安擦得锃亮的皮鞋，仰起头，资历安俯视着他。

“资历安，你不得好死！”

资历安戾气再起，一通乱踩。特务们先是不敢劝，后来看着不像样了，又不敢不劝。拉的、抱的、劝的、说好话的包裹住了资历安的怒火。

资历平昏厥。

资历安狂躁地走开，又走回来。喊了声：“鞋。”

特务们愣着。

顾晖反应过来，忙把那双布鞋捡起来，递给资历安。

资历安对顾晖：“鞋是你踩的？”

“我，我不知道——”

“这鞋是我妈亲手做的。”

顾晖吓得面如土色，“扑通”一声跪下。

刘薇上前：“资科长——”

资历安下意识地回身看了看资历平，又对顾晖说：“算了——替我把他给送回家。”

吓蒙了的顾晖连忙喊：“好，好，好的，资科长。”

“书的事，就不要外传了。”说完，拿了鞋子走了。

一堆火焰中，焚烧了那本“书”。资历安的脚步和离去的身影与资历平被架走的身影在焚书的火焰中渐行渐远。

资历安仰头看了看自己办公室的窗户，窗户前空无一人。

资历平被架着往前走，眼帘中全是墙根下的尸体。

资历平一身是血地被架在资家老宅门口。顾晖扶着他，被资历平一把推开，他咬着牙，握着拳，瞪着血红的眼。

开门出来的仆人见状，吓得打了一个寒战：“小少爷？——小少爷，这是，这是怎么了？小少爷？”

资历平踉跄地进门，资历平对仆人：“关门。”

刘薇笑着往前凑：“——我们是资科长——”

资历平怒喝：“关门！”

仆人二话不说，赶紧关门。

刘薇和顾晖碰了一鼻子灰。刘薇赶紧贴着门，听里面讲话。

资历平吩咐：“不准告诉老太太。”

“小少爷，您，这可不成？得给您请医生啊。这是，这是怎么了小少爷——”

“——我住两天就走，不准告诉老太太。”

“——我给您弄点吃的？”

“不准——”

里面“扑通”一声，仆人喊着“小少爷”，刘薇猜测估计着是资历平摔了。

刘薇和顾晖互相看看。

刘薇说：“他是资科长的弟弟。”

顾晖问：“为什么他身份证上写的是贵婉？”

刘薇一把把顾晖拉到一边去。

“他俩怎么不是一个姓啊？”顾晖想不明白。

“我怎么知道。——人可是你抓的。”

"人又不是我打的。"

"你不抓他回来，他就不会被资科长下死手打成这样。"

"——什么意思啊？"

"你蠢不蠢啊，资科长摆明是放了他弟弟一马。这个人住在朱惠儿的公寓里，还私藏《共产党宣言》。就算他不是共党，也有通共的嫌疑。——今天杀了那么多的共党嫌疑犯，偏偏就留下他——他们说到底也是兄弟——"

听到刘薇这么说，顾晖着急了："惨了，惨了，我可倒霉了，资科长素来就记仇，睚眦必报，这，这可怎么办？"

刘薇见他一副可怜相，忙安慰："别急，别急——咱们先回去，想想办法——"

资历安心绪不佳地坐在椅子上，看着笔筒里的插花，花朵的花瓣已经开始变色了。他伸出手竭力去扶着那朵奄奄一息的残花。突然，他一伸手，手掌握成拳，那朵花在手心里"粉碎"了。

走廊上，刘薇和顾晖站在拐角处，一看到资历安，两个人假装同时走来，喊道："资科长。"

"——还没走？"

刘薇说："今天总务处那边为了犒劳兄弟们办案辛苦，特意在'老正兴菜馆'给兄弟们叫了外卖，味道鲜美，红烧划水，那是一等一的好。——资科长，您看，剩的菜蛮多的——都没人碰过，我们特意送来给资科长做夜宵。"

"我吃过了。"

顾晖把精致的食盒往前送了送："要不，您带回家去，给您弟弟吃——"

"我弟弟从来不吃剩菜。"

顾晖脸上的表情僵住。

资历安想想，接过他手上的精致的食盒："谢谢，今天辛苦了。"

顾晖一下反应过来："嗳。谢谢资科长，谢谢。"

资历安走过。

顾晖和刘薇同时吐了口气。

"你们两个。"

顾晖和刘薇立即立正。

资历安重新走回来："明天到我办公室来。"

"是，资科长。"两人异口同声。

资历安走了，留下两个心慌意乱的特务，面面相觑。

漆黑的街道上，吉普车驶过。

仆人在院子里看见资历安匆匆走进院子，只叫了一声"二少爷"便不再多话。

一身是伤的资历平躺在床上，资历安开门进来，把精致的食盒放到床头柜上。

不一会儿，仆人跟进来了："二少爷。"

"没有惊动老太太吧？"

"没，没敢。——等您的吩咐。"

资历安答非所问地："把窗子打开透点气。——这老宅子总是死沉死沉的一股霉味。"

仆人去开了一扇窗。

资历平突然开口："是你身上有一股血腥味吧。"

资历安倏地转过脸来："今天的事，都是你自找的。"他压了压心火，"吃点东西吧。"

资历平一伸手将食盒打翻在地。

资历安厉喝："发什么疯！"

仆人吓得赶紧跑出去了。

资历平双眼通红，瞪着他！

资历安戾气大发，一伸手将资历平摔到地上，大喝："你犯了法，还理直气壮。——你跟那个共党朱惠儿是什么关系？她家里常来常往都是些什么人？你知不知道，仅凭一本《共产党宣言》我就可以处死你！"

"你杀了那么多人，不多我一个。杀啊，刽子手！"

"你可别激我！你敢跟我叫板，你试试看！"

"我从来都不知道，你的心坏得那么厉害，杀人如草芥，恶毒透顶。"

资历安实在控制不住自己了，他的手伸到一个花瓶上。

“——那个卖菜的老伯，每天都挑着新鲜的蔬菜，一边叫着，小青菜，香又糯，小白菜哦，甜甜味——他死了——”资历平哽咽了，“老伯被你杀了，就因为他去朱惠儿家楼下吆喝了，卖菜了——他死了——他也有家，有孩子，有老娘，资历安，你良心过得去吗？”

资历安的手慢慢撤回来：“总裁早有训令，宁可错杀一千，不可放过一个！”

资历平还是那句话：“资历安，你不得好死！”他一转脸，竟然看见了资母，心里很难过。

资历安也看到了：“妈，您，您怎么来了？”

“小资说的，都是真的？——你，你杀人？——杀害无辜？你——你怎么可以——”资母转看资历平，见他浑身是伤，逼问道，“小资是你打的？”

“妈，您别激动——”

“他是你弟弟，你下这样的毒手——你还有没有一点人性？”

“我没有人性？我没有人性，小资现在就是一具尸体！”

资母猛地抬手打了资历安一记耳光。

资历安被打蒙了，仿佛累积已久的怨气冲破天际。

“我就不明白了，妈你为什么要这样对我！妈妈为什么要委屈自己！你一辈子在资家做小伏低。明明你才是资家的女主人，我才是你嫡亲的骨肉，亲生的儿子。你为什么处处护着小资？你这样抬举他，溺爱他，妈你活该被人欺负！”

资母的眼泪猛地滚了下来：“你说这种话，眼里还有妈妈吗？——我是委屈，我活得窝囊，你父亲当年娶我过门，也是因为我是你大娘的亲妹妹，我不会亏待了自己姐姐的孩子。我含辛茹苦地抱大了历群和你，我以为我丈夫会慢慢喜欢上我，可是，可是他爱上了你姨娘，她那么美，那么有文化，那么能干。而妈妈我，什么都没有，我只能安常守顺，本分做人。——你要恨，就恨妈妈没本事，——你不能把你的恨强加在小资身上！——妈妈没有亏待过你！”

“没有亏待过我！上好学堂没有我的份，去留洋没有我的份，进洋行当买办，都没有我的份！——妈，你好自私。你从来考虑的都是你自己！——你为什么不肯替亲生儿子着想，不替儿子争！”

“我要只肯顾着自己，我早就剃了头做姑子去了，我用得着这样二十年如一日，守活寡似的熬着吗？”

“妈。”

“我对不起你，你父亲对不起你，资家对不起你。——这都不是你出去杀人放火的理由！——你，你，你怎么会变得这么恶毒！杀人不眨眼——你是不是觉得这一切都是妈妈的原因，是妈妈造成的？——那好，妈妈这就跟你父亲一起去了——让你彻底解恨！”

资历平忍着痛爬起来，拉住资母：“妈妈——”

资历安“扑通”一声，跪下：“妈！——妈，妈妈您原谅我。妈，您别想不开，儿子今天说的全是疯话——妈，妈妈您要是有个三长两短，儿子——儿子出去后，还怎么抬头做人？妈——”他猛地抽了自己一嘴巴。

“你也别做戏了——你无非就是怕担上个不孝的罪名，影响你的锦绣前程——”

资历安委屈到了极致，他眼眶蓄了泪：“——妈！您不能这样对儿子！妈！妈妈有没有真心疼过儿子？妈，我是真心地想叫您妈妈，而不是资老太太！”这话太戳心。

“——滚，你给我滚出去！”

资母用尽浑身力气，举起一个花瓶，用力一摔，花瓶顿时四分五裂。

资历安跪得直直的，镇定地说：“妈妈，这是我的家。您忘了？”

资母顿时站立不稳。

资历安伸手要扶，却不及资历平快。

资历平扶住资母：“妈妈。”

“小资，替我收拾行李，我们回西塘老家去。”

资历安简直快被母亲逼疯了：“妈——”

资母哽咽着：“妈妈自己给自己找一块清净的地方，——你，杀人害命，连兄弟都不肯放过，——像你这种杀人的屠夫，怎么会有好结果。妈妈去西塘，每日里替你念经，替你在佛前长跪，替你赎罪——你，你好自为之。——小资，打起精神，跟妈妈回西塘养伤，不要赖在人家的家里。”

“是。”

“妈，您可别后悔——”

资母镇定地站着：“安儿，妈早就后悔了，后悔没有教导好你。”

资历安站起来，面对面看着资历平和资母，一字一句地：“小资，我告诉你，今次放过你，是因为我知道你不是共产党。但是，我警告你，如果还有下一次，你真的成了共产党，我一定亲手枪毙你！”他不再看资母一眼，径直走出去，在身后是资母绝望的哭泣声，两兄弟决裂的神情。

第二天，刘薇和顾晖一上班就来到了资历安的办公室。资历安对二人说：“你们办事不力，由于你们工作上的疏忽，变相地导致向共党谍报机关泄露了重大机密情报，从今天开始，你们被革职了。”

刘薇、顾晖惶惶然：“资科长。”

资历安一摆手：“——从今天起，你们正式成为侦缉处二科的‘秘密情报员’，我要你们以共党交通站联络员的身份渗入共党秘密机关。”

刘薇、顾晖一身汗，完全一脑子空白。

刘薇说：“资科长？”

“我非常信赖你们，我现在迫切需要你们——”

刘薇、顾晖立正：“卑职一定尽忠职守，为长官分忧！”

资历安踱步，突然站住，走到办公桌前，拉开抽屉拿出两本新的身份证发给二人。两人双手接过，面面相觑。

“你们马上动身去天津，这是你们新的身份证。”资历安说，“据可靠情报，共党交通局重要情报员‘烟缸’和她的下线‘青瓷’潜伏在天津。你们的任务——”

二人双腿一碰，等待命令。

“赶在‘蓝衣社’前面找到‘烟缸’和‘青瓷’，就地处决。然后，接应我们的内线‘影子’，返回上海。——这件事不要对任何人提起，明白吗？”

刘薇、顾晖：“明白。”

刘薇问：“——可是，我们怎么才能找到他们呢？”

“‘影子’会为你们提供准确情报，知道这次任务对你们意味着什么吗？”

二人怔着。

“杀掉对手，冒充对手，——杀了‘烟缸’你就是‘烟缸’，杀了‘青瓷’你就是‘青瓷’。这是你们通往共党谍报机关的最快捷径。”

二人异口同声：“卑职等定当全力以赴，报效党国。”

资历安走到窗前，窗外浓云密布，空气中仿佛散发着血腥气，他深深地吸了一口气，喃喃自语：“成败在此一举。”

第二十章　我是个战士

外面天高云淡，雪落无声，到处可见一片片白色的光焰罩着沿街屋顶的斜窗和屋檐，“这雪真的很美……我是真想再看一回春冰化水的壮美。”

“事情的经过就是这样的。后来，我才知道，大哥和大嫂去了天津。”

“你是怎么知道的呢？”方一凡问。

资历平答：“贵婉给我的报社寄了一张匿名的明信片，算是给我报了个平安，我也放心了。——我安心休养身体，很快就恢复如常了。——没过多久，我接到天津举办的全国艺术家油画展邀请函，我就去了，我其实是——很想念他们。”

贵翼对方一凡：“‘蓝衣社’是怎么卷进‘烟缸’案的呢？”

方一凡说：“——这个问题，我可以回答。我们通过各种渠道和关系，去打听到了有关‘蓝衣社’特务去天津执行‘烟缸’抓捕案的经过。——但是，我们所得到的一鳞半爪也并非全貌。”她说这话，是保护情报人员不受任何伤害，“因为，我们的情报来源毕竟不是当事人，事件的经过有出入也属正常，好在我们有小资帮忙补充。”

“凑巧的是，当时我正好在天津开会。”

方一凡点头：“三方视角，共同回忆，尽可能恢复‘烟缸’事件的全貌——”她继续说，“——去年冬天，贵婉和资历群匆匆离开上海，而地下党东江小组遭到全面破坏，大部分小组成员遭到逮捕和秘密处决，一小部分同志转移，销声匿迹。国民党侦缉处为了和警察局抢功，秘密将‘烟缸’案交给了‘蓝衣社’，这样一来，形势就相当复杂了——”

1935年，天津，冬。

一场小雪，天津的天空纯白透明。

贵翼乘坐的豪车气派地穿过天津克雷孟梭广场。

一辆开篷马车上，坐着杜维明，他有点感冒，在专心致志地玩报纸上的填数字游戏。

广场中心是一家开放式西点房，行人排队买早餐。排队的人里有王成栋，也有资历平。

王成栋买了两份早餐，走开了。

资历平上前：“一杯咖啡，一块草莓蛋糕。谢谢。”

回到马车旁，王成栋跳上马车，对杜维明说：“生病了，就别为难自己的智商了。”

杜维明把填好的数字游戏展示给王成栋看，王成栋刚要说什么，他打了个响亮的喷嚏。

王成栋嫌弃地：“嘿，一会吃完早餐，你去看看医生吧。这早不病晚不病的，偏偏这个节骨眼上病。”他把咖啡递给杜维明，“你要传染我，抓不住‘烟缸’，就怪你。”

“侦缉处这个‘烟缸’案，想想都很诡异。要我们过来抓捕，还要求我们在行动中，谨慎低调。——我们出来抓共谍，又不是出来跟警察局的寇荣抢生意。”

“上面的人才不管底下人的难处呢。——以为共谍这么好抓，你叫他们坐办公室的出来抓几个看看。——还谨慎低调。”王成栋突然话锋一转，“你身上有钱吗？借我几个。”

杜维明掏出钱包，拿了几张钞票出来，问：“干吗去啊？”

“我去找点乐子。你呢，乖乖地去看病。咱们晚上在这碰头。”

“别喝酒啊。”

“误不了事。”

“别瞎逛啊。”

“别婆婆妈妈的，有病看病去。”

马车驶向前方。

一辆四人黑篷马车与他们的开篷马车擦肩而过。

资历平神采奕奕地走在广场上，一辆辆马车穿梭而过，马蹄卷起银色的碎雪花，淅淅沥沥的雨荡着雪风的旋涡，扑面的清新，让人感到一丝振奋。

忽然，一辆四人黑篷马车停在他面前。

资历平一愣，下意识地左右看看。

车帘半卷，他看到了贵婉，有点猝不及防，喉咙里咽下一大口咖啡。

“上车。”

资历平很顺从地上了马车，贵婉轻轻放下车帘。

贵婉穿了一套中式高领的棉袄，肩上套着一件大红外套，人显得有些疲倦，眼角上沾着一点冰花，却看上去很美。

资历平关切地看着她：“——我收到你的明信片了。”

贵婉点点头，也没有迂回：“你来天津第一天，我们就知道了。——没有联系你，是因为不太方便。”

资历平的眼睛盯着手上的草莓蛋糕。

“你吃吧。”

资历平咬了一口松软的蛋糕，低着头说：“那天，——你们连夜逃走了，我也没敢找你们，我天天都有看报纸，后来，收到你寄来的明信片后，我就踏实了，我这次来，其实也是想见见你们。”

“我们不是‘逃’。”马车在雪地里摇晃着，贵婉的脸色很严肃，“我们是撤退。”

资历平又不说话了，喝了口咖啡，问：“我大哥好吗？”

“不好。”

“我能见见他吗？”

“你大哥——”贵婉停顿了一下，“他失踪了。”

资历平震惊。

“他是昨天早晨出门的，一夜都没有回家。这不符合常规。”

“那，他会到哪里去呢？”

“也许路上遇到什么麻烦了，也许有意外发生，最坏的结果是被特务秘密逮捕了。——我现在还不能下最后的结论。因为我们还没到最后约定时间。”没到最后约定时间，就有一丝希望和幻想。

“我大哥，他会有生命危险吗？”

贵婉没有答。

马车在风雪中继续前进。

资历平知道事情的严重性了，问：“你呢？你不——”他刚想说“逃”，又吞咽回去，说，“你不撤退吗？你是不是应该先撤退？”

“你别紧张。——现在还没有人动我，只能说明两种情况，一种是你大哥遭遇到什么棘手的事，不能马上回来跟我会合；还有一种就是你大哥成功地逃脱了敌人的追捕，而我已经落入敌人的视线。”

“如果你已经暴露，他们为什么不抓你呢？”

“他们想利用我，找到你大哥。”

“如果是这样，你听我说，你先撤退，我来，我来找大哥。”

“这些都只是我的猜测。”贵婉反过来安慰资历平，“并不是事实。”

“如果是事实呢？如果是呢？他们很厉害的。——我，我经历过了。他们可以不经逮捕，不经审讯，就执行处决——”

“你说什么？你经历过了？——你被捕了吗？”

“我回去拿行李，遇到侦缉处的特务。——我，我侥幸逃生了。可是，可是有很多人，无辜的人遇害了。”

“正因为这样，我才要等你大哥回来。”贵婉情绪激动起来。

“什么意思？”

“我们生生死死总要在一块儿的。”

资历平抬头看贵婉，她的眼里充满了温情。

“我会找到对应之策的。”贵婉的目光探视向马车窗外，外面天高云淡，雪落无声，到处可见一片片白色的光焰罩着沿街屋顶的斜窗和屋檐，“这雪真的很美……我是真想再看一回春冰化水的壮美。”

她用了“壮美”，而不是“凄美”。资历平隐隐感到不祥，说：“你太悲观了。

难道这是你看到的最后一场雪？”

“今生而已。”贵婉莞尔一笑。

资历平却笑不出来。他想着，她其实是一个乐观主义者。

“我会守住我和你大哥的最后一刻，哪怕是冒险，我也要等他回来。”

资历平问：“我能为你们做点什么吗？”

“我想知道天津警察局里24小时之内，有没有被临时拘押的犯人。”

“明白。”

“如果有，你及时通知我。”她给了资历平一张纸条，“我的电话和住址。你默记一下。”

资历平很快把纸条上的字默记下来，贵婉划了根火柴，烧掉纸条。

“还有一件事，我大哥也来了，我说的是贵翼。”贵婉直呼其名了，“我大哥在天津开会。你想不想——”

“不想。”

“上次是我做得不对。”

“——贵家跟我没有关系。”

贵婉微微叹息一声。

“我没别的意思。”

“我的意思是，趁我现在还在，希望你们能彼此真正地认识一下，仅仅就是认识一下。”她这句“趁我现在还在”让资历平感到某种窒息和恐惧。

“我相信我大哥，他一定会保护好你的。你们一定会没事，相信我。——你们是天生的革命家，会有好运的。”

贵婉笑笑：“我还有句话，想跟你说。”

“你说。”

“如果‘贵婉’突然从这个世界消失了，你能答应我，继续做‘贵婉’吗？”

这是一语双关。

资历平内心震撼。

天津小茶馆里稀稀拉拉坐着七八个客人。茶馆的规模不大，空间狭小，壁灯也昏暗，茶水和茶具算不上精致，但收费牌的价格却很贵。

寇荣和一个满脸络腮胡子、头上戴着毛绒线帽子的男子坐在一起。这个人不是别人，正是资历群。

“原定计划不是这样的。”资历群说。

寇荣回应道：“那是你们在上海出了差错，让鱼儿给溜了。没办法，你们这是逼着我们提前收网。”

“你是张网捕鱼的，费时费力地织了一张天网，难不成就为了这一条鱼，把网给收了？有意义吗？”

“不只是一条鱼，我抓的是人，是活人。活人会开口讲话的，她会原原本本地把她所知道的秘密给吐出来的。”

“这么有信心。”

寇荣咧嘴一笑，说：“是人，哪有不怕死的。”

“共产党历来不怕死。”

“还有比死更可怕的，女人嘛。”寇荣笑得很猥琐。

资历群抽着烟斗，他的后脑勺也是烟雾缭绕，云山雾罩。“‘蓝衣社’也插手此事了。”他问，“你们需不需要协调分工？”

寇荣笑笑：“分工合作，成本太高。那都是糊弄上头的。不就是有人想抢功吗？”

“明白了，不是协调，是内斗。”

“废话少说，告诉我时间、地点。”寇荣拿出一封厚厚的信封来，往前一挪。

资历群从口袋里摸出一个火柴盒，扔给寇荣，顺手把“钱”收了。“人抓到了，把剩下的钱，汇到这个地址。”他给了寇荣一张小纸条。

“放心。我寇荣说话算话。”

“别大意，这个‘烟缸’可不好对付。”

“道高一尺，魔高一丈。——走了，你多保重。我就没见过‘内奸’有好下场的，别介意啊。”寇荣简直就是连面具都省了，站起来得意扬扬地走了。

资历群鼻子里“哼”了一声，烟雾更加浓密，更加凶猛。

天津街道上行人络绎不绝，资历群走在人群中，暗中观察着是否有人跟踪，然后，向暗影深处走去。

杜维明走到一个公用电话亭，他看了看手表。电话铃声响起，他左右看

看，走进去接听电话。

“——邻居家里出了点事，对，是对面邻居家起火了。火势有点大。街道窄，估计消防车过不去。”

“半个小时后，老地方见。”

马车经过电话亭，贵婉对资历平询问，她太想听到一个答案：“——你能答应我吗？”

“你，不会的——不能，贵婉，你走吧，就像上次在上海。上次都没事。走吧，贵婉。”

资历平很郑重地叫着贵婉的名字，既不是“嫂嫂”，也不是“妹妹”，他在呼唤她的名字，他怕失去“贵婉”。恐惧感已经爬上了他的额头和眼角，不仅仅是对死亡的畏惧，而是那种不想再失去亲人的巨大恐慌。

贵婉看着他，吐字清晰地说：“我是个战士，直到战死。”

资历平为她平静的外表、坚毅的内心所感佩，他望着她，说：“我还能见到你吗？”

“能。——不过，将来不会像现在这样，这么容易地见面了。也许一年一次。”

“我大哥，他，会一直和你在一起吗？”

“会的，只有死亡才能把我们分开。”

资历平沉默了。

贵婉又问了一遍：“你会答应我的要求吗？”

“会。”资历平的声音有点干涩，听上去很沉重。

贵婉的脸上绽放出笑容，她的手伸过来，握住资历平的手，低声说：“如果那一天来临，你回上海，到麦特赫司脱路83号……”她把头伸过去，在资历平耳畔低声补充着，资历平点点头。她从头发的鬓角处取下一支很精致的粉红发卡，交到资历平手上，说：“这是我大哥贵翼买给我的，我在他眼里永远只有五六岁，他永远都只会买这种小女孩的发卡给我戴。”

资历平只觉得自己眼角“酸酸”的，抬不起来，笑说道：“你大哥真吝啬。”

“是啊，”贵婉的眉眼里泛起一丝欢快，“下次见到他，发挥你挥霍的本领，替我好好敲他一笔。”

“他不会喜欢我的。”

资历平把那枚发卡往贵婉手上“送”，贵婉握住他的手，轻轻一推，说：“你会尊重他的。”

资历平哑然，他看看贵婉，把发卡紧紧握在手心。

贵婉微微一笑，竟是一脸恬静澈明。

马车停下了。

一个穿着黑色大衣的人下了车，马车继续前行，街道上，一个孤零零的背影站在清冷双绝的风雪中。

贵婉提前下车了，为了预防有人跟踪，她穿了资历平的大衣。

资历平隔着车窗帘子窥探着外面的车辆与行人，他手上的草莓蛋糕只剩下一点点薄薄的香气，咖啡也一滴不剩了。他想想从前自己所受的所谓煎熬，相比贵婉的精神世界，真是相去甚远。此时此刻，他是仰望着贵婉的。他并不希冀自己能成为贵婉那样的人，他觉得自己不够格，同时，他希望哥哥和嫂嫂所经历的危机能够逢凶化吉。

酒吧厕所内，昏暗的洗漱池前，资历群把一个残破的火柴盒扔在洗漱台底下。“道高一尺，魔高一丈。——那你也得先变成‘魔’。”他喃喃道。

杜维明和王成栋走进酒吧厕所，先检查了一下厕所，排除“隐患”。

杜维明守在门口，王成栋蹲下，一会儿他找到了一个空火柴盒。

王成栋给了杜维明一个暗号。

二人出门。

景城正在花房里忙碌着，刘薇、顾晖推门而入，四处张望着，走到景城面前。

景城上前：“先生，太太，我们这里不对外营业——”

刘薇脸上露出神秘的微笑，景城感觉背后生风，顾晖一下从背后缚住景城双手，景城双脚飞起来踢到刘薇肚子上。

刘薇拔枪，景城用力掀翻顾晖。

枪响了。

警察闻枪声向着培育花房跑去，边跑边吹响了口哨。

听到警哨声，刘薇和顾晖顾不得景城，仓皇撤退。

景城脱险了，但花房却是一片狼藉。

警察冲进来。

景城指着外面：“打劫，有人打劫！”

“先生，你受伤了吗？需要医生吗？”

景城摇头，指着外面：“他们有武器——”

警察拔枪追了出去。

景城也迅捷撤离。

刘薇和顾晖跑到街道上，跟随着人流，漫步走着，他们身后是一片杂乱的脚步声和警察的哨声。

顾晖抱怨地：“我就纳了闷了，资科长为什么把我们假革职，都说是假革职了，又给个真的平头百姓身份证，我们出来执行任务，连枪都不敢放——还得躲着警察——”

刘薇说：“你就别抱怨了，现在我俩就是孤魂野鬼，要能顺利杀了‘烟缸’和‘青瓷’我俩才能冒名顶替，正大光明地回上海呢，就资科长那阎王爷的脾气，我俩要再让天津警察给逮着了，你以为他会来保释我俩吗？做梦去吧。说到底，还不都是你惹的事！”

“——那现在怎么办？”

“继续找啊，能杀一个是一个。——对了，你今晚还得接应‘影子’呢。”

顾晖点点头。

二人携手过街。

茶馆的包间里，杜维明见到了刚联系上的上级领导。

“——你汇报的情况很重要，虽然你的身份是绝对保密的，但是介于此次围捕‘烟缸’的行动是你必须亲自参与，所以，报上级领导批准，特许你在这次任务中‘便宜’行事。”上级领导拿出一枚扳指，“这是交通局的上级拿来的一个扳指，你戴在手上，如果见到‘烟缸’同志，你就出示这枚戒指，并告诉她一句话‘有朋自远方来’。她会回答你，‘西出阳关无故人’——”

杜维明接过扳指，点了点头，脸上是坚定的神情。

资历平穿着一身笔挺的西装，头发梳得一丝不苟，雪亮的皮鞋尖上浸了碎雪化的水珠，风度清朗地走进警察局。

“——我当事人委托我一定设法找回她的先生，你知道，他们夫妻非常恩爱，非常的恩爱——这个，我当事人的丈夫失踪后，她快崩溃了。”资历平向接待自己的警察询问着情况。

“还有其他具体的线索吗？我们已经查询了附近的拘留记录，并没有一个叫资历群的人被拘押。他有仇人吗？——有没有人想置他于死地？”

“——没有。”

“你是天津律师事务所的见习律师吧？”

“是的，哦，对了，我的当事人一直经营葡萄酒庄，我给你们带了一箱上等的葡萄酒。您务必帮忙，非常感谢。”

警察接了礼物，让他在这里等一等，自己再去问一问，看别的警察局是否有拘押资历群这个人。

资历平这一等，便是一下午，他焦急地等待着。

警察见状，问道：“你要不要去警员办公室喝杯咖啡？”

“我想再等等。”

“你先去休息一下，一有确切消息就通知你。你从下午等到现在，够辛苦的啦。你们这一行像你这么替‘当事人’着急的，我还第一次见。我甚至都要怀疑你是老板娘的情人了。”

资历平笑而不语。

过了一会儿，警察替资历平倒了杯热咖啡，让他取暖。

电话振铃。

“在哪儿？英租界威灵顿道……”

警察的话，让资历平顿时警觉起来，他记得贵婉就是在英租界的威灵顿道。

“怎么回事？上海警察局？——哪里发现共产党？——他们必须得通过我们天津警察局啊，——抓共产党也得是我们去。抢功劳也不是这样抢的。他们不清楚这里是谁的地盘吗？”

资历平焦躁地突然站起来，警察专注地看着他，他马上解释要去一趟洗手间。

“我们马上请示一下局长。”

资历平没有按照警察的指示方向，径直推门而出。他用最快的速度走到询问处窗口，直接拿了电话来打。他打出的电话，一直处于占线模式。顿感一阵恐慌，这种内心极度的恐慌激发了他对危险的敏锐度和颖悟。资历平忽然明白了，危在旦夕的不是失踪的资历群，而是已经暴露在敌人靶子底下的贵婉。

资历平喃喃地：“贵婉！”迅速冲出警局。

天津街道，寒夜冰冷，雪花满地，交叉路口堵塞严重，资历平在雪地里疯狂地奔跑。他气喘吁吁的声音在冰天雪地里回荡。

忽然，天空里绽放出无数焰火，一束束明亮璀璨的光芒不停地划破黑夜，这是法国驻天津领事馆为了庆祝巴黎国际会议顺利闭幕放的烟花。

资历平猛然想到了贵翼，喃喃自语：“贵翼，他在这儿，他在这儿——贵翼——”

烟花绽放，夜空绚丽——

“凭我一己之力，怎么能对抗上海警察局和警备司令部的人？何况他们还有武器。——贵翼，贵翼是唯一能解决危机的人。”

资历平的手摸到了口袋里那枚粉红色发卡，他有主意了，倏然掉头，反方向跑去，直奔交叉路口指挥车辆的交通警而去。

资历平对交通警：“您好，警官。我是驻天津领事馆的翻译，我的汽车车胎爆了，我运气坏透了，没办法，我得马上赶到闭幕酒会去，我的长官在等我，请您一定帮忙。”他从口袋里掏出二百法币塞到警察手上。

一辆汽车驶来，交通警引导资历平上车，开走了。

资历平下了汽车，直奔草坪，向灯火辉煌的酒会大厅一路狂奔，气喘吁吁地跑到酒店门口，刹住了脚。

酒会的厨房通道上，一名侍应生在准备红酒，资历平走过去，用法语说道：“能帮我一个忙吗？”他顺手拿了几张钞票塞给侍应生。

侍应生看了一眼手里的钱，也用法语回道："——我会被开除的。"

资历平把身上的钱夹拿出来，把所有的钱都塞在他身上。

酒会大厅里，花香鬓影，名流云集。贵翼修长的手指间夹着一支雪茄，面带微笑地用流利的英语跟各国代表们谈话："战争就是高消耗，拼时间，打军备——德国正在大量扩充陆军，西欧的局势也是一触即发，大战在即，必须有效控制住国家权力，增强国力，团结对抗，才有可能重建国际新秩序——"

众人点头。

一名服务生端着酒具过来，对贵翼用法语道："军座，刚才有人送了封信给你。"

贵翼诧异。

他接过信，打开信封，里面只有一个粉红色的发卡。

"小调皮。"贵翼顺势把发卡的背面翻过来看，上面有一行红色小字母："SOS"。

触目惊心。

贵翼变色。

他立即行动，在人群中寻找刚才送信的服务生。

贵翼一把拽住那个服务生，克制住情绪，用法语问："人呢？"

"什么，什么人？"

与此同时，发现贵翼神情有异的林景轩也冲到了贵翼身边。

贵翼质问服务生："送信的人。"

林景轩也用法语对服务生急问："怎么了？怎么了？——你说话啊，军门问你话呢。"

房间里一下安静了，连音乐都停止了，众人此时此刻的目光都聚焦在贵翼身上，有人窃窃私语。

"——我，我不知道，我，我是，有一位先生叫我把这封信送给您。"

贵翼沉住气："什么时候的事？"

"半个小时前。"

他一下揪住服务生的衣领："那你为什么现在才给我？"

"我，我突然拉肚子——我，我——"

“你！！”

服务生突然想起来了，大声地：“他说，他在威灵顿道等您！”

不容多想，贵翼大跨步往外走，林景轩在后面快步相随。

有贵宾关心地追上来用中文问道：“贵军门，发生了什么事？”

“我妹妹——不能有事！”

威灵顿道一座洋楼顶上，杜维明对王成栋夸赞道：“监视点不错。”

王成栋自得：“——视野宽阔。一览无余。”

“我进去，你监视目标。”

“——这大冬天的，你进去，我待在外面喝西北风。”

“要不，你进去？——里面不知道什么情况啊，这可是英租界，公寓里住着英国人，不还得跟人解释吗？——你英语怎么样？”

“滚吧，别显摆自己。”

杜维明潜入花房的后楼，刚走到楼梯口，一阵刚劲的拳风迎面袭来。杜维明手上提着“枪”盒，他下意识往左一侧，让过拳风，景城迅猛地扑过来，杜维明枪盒一扯，长枪在手，景城眼到手到，居高临下，凌跃而起，空手夺枪。二人身到步到，杜维明力量迸发迫使景城回身自救，将长枪对准了景城。

与此同时，一只黑洞洞枪管也对准了杜维明。

贵婉持枪道：“放下枪！”

三人对面。

杜维明对贵婉：“你们被包围了。——情势很危险，我想跟你谈一谈。”

贵婉拉枪栓：“我不跟任何特务谈条件。”

杜维明举起手来，他手上的扳指很明亮：“有朋自远方来——”

贵婉一愣：“西出阳关无故人。”

“贵婉同志，我是党组织派来营救你们的。”

暗号对上，得知是自己的同志，紧张的气氛也缓和了下来。

贵婉给杜维明介绍景城：“他是我的下线。——景城同志。”

杜维明和景城握手：“杜维明。”他转对贵婉，“贵婉同志，你们的小组里出现了叛徒，你们在上海的秘密联络点遭遇到大搜捕，你们现在的处境很危险，前面有‘蓝衣社’的狙击手，据我的情报所悉，上海警察局特情科的寇荣也到了天津，很可能已经在抓捕你的路上了。——你们只有一条路可行，赶紧从后面撤退，或者从前面突围。”

“不行，我可以冒险冲出去，阿城不行。”

“为什么？”

“因为他刚刚背完了一本，我们来之不易的国民党军事情报科的‘绝密档案’，我们正准备送他去苏区。”贵婉说，“必须保住他。”

杜维明看看景城：“我想象不到你能背下整本文件。”

“我能背全套三国。”

杜维明对贵婉：“你有什么想法？”

“我必须待在这儿。只要这间屋子亮着灯，敌人收网的行动都会‘推迟’，因为他们一定在等待最有价值的人出现。我丈夫是这条红色交通线的负责人，他会在凌晨两点，准时过来接我。当然，也可能是一个陷阱。我今天的任务，第一，让阿城安全撤离，并顺利抵达苏区，他到了苏区，重要档案也就到了苏区。第二，等我丈夫。”

楼顶上，王成栋在俯视街道。

贵婉对杜维明：“——如果我丈夫没有落入敌手，我们今天就能逃离这里。如果，我丈夫死了，或者叛变了，我会在凌晨两点被逮捕，或者，被枪决。”她看起来异常镇定，从容。

杜维明坚持：“一起从后面撤离。还来得及。”

“不行。如果我们从后面安全撤离，你就暴露了。”

“前面有可能是陷阱。”

“该来的总要来。想办法让阿城活下来。”

“这样，你带着景城撤退，我留下来处理这一切。”

“你怎么处理？——我说过了，我不能用你的命来换我的命。我牺牲了，只是牺牲了一个交通员，你牺牲了，原来楔进去的钉子就前功尽弃了。”

“理论上是如此，还有一种可能，我现在就抓了你，我们从这出去，干掉外面的敌人。——死无对证。”

“你这是赌命。”

“可以试一试。”

“——如果你一个人活着回去了，你身上就会集中所有的疑点，你根本无法打入敌人的核心。——我绝对不允许自己犯这种错！”

“我也绝对不允许你为了掩护我们而牺牲！”

“我是为了革命而牺牲！”

“我去。”

“我去。”

“你听我的。”

“现在我是交通局负责人，我跟你没有横向联系，你既然来了，就必须服从我的命令，听我的指挥！——否则，我一样可以对你执行战场纪律。”

杜维明哑了。

“贵婉同志——”

“杜维明同志，请你服从命令！”

“是。”

贵婉看了看景城，对杜维明说：“你一定要设法保证景城同志的绝对安全。”

“是。”

“你有什么具体办法？”

杜维明走近景城，景城看着他。“景城是你的化名吗？”他问。

景城回答：“是。”

“——我有一个办法，虽然有点冒险。”

“你说。”

“我给你一个新化名，杜维城。——我会告诉‘蓝衣社’特务，你是我的弟弟，到这的原因是为了勤工俭学，送花茶——”杜维明说，“你记着，就算今夜死了，也不能喊口号。”

景城点头，目光坚定。

威灵顿道。

一辆装饰豪华的马车驶来，一路街灯明亮，车轮嘎吱嘎吱碾轧着碎雪，车速减缓，在一所粉色玻璃花房前停下。

贵婉准备出门，杜维明拉住她，嘱咐她：“对面楼上有枪手，记着，出去的时候，用马车做掩体。”

贵婉点点头。

“贵婉同志——”

贵婉对杜维明、景城：“再见。”

杜维明、景城立正敬了军礼。

一扇门打开，风雪中，贵婉出现了。路灯下，贵婉向马车走来。风雪中，她下意识地回望了一下远方。

街对面的一座洋楼上，王成栋持长枪对准着贵婉，瞄准器随着贵婉的身影上下移动着。

马车的车帘被人挑开，贵婉看见他，仿佛千钧重担霎时放下，她对着他露出微笑。

“砰”的一声枪响——

同时向这里赶来的贵翼、资历平和寇荣都听到了枪声。

资历平“嘭”地滑倒在地。

贵翼的头“轰”的一下砸在方向盘上。

目睹现场的王成栋更是愣在原地。

贵婉额头中枪，扑地栽倒在雪地里，大红披风瞬间飘落，宛若一地鲜血飘散。

千朵冰花绽裂，万点鲜红飘落。

街道的另一边，寇荣的马车车胎瘪了，他怒气冲天地责骂手下，马车歪歪斜斜地快翻了。跳下马车，他居然就在街头持枪抢车！

“科长，我们的人已经从后街包围了共党交通联络点——您要在街头抢车，这，这是犯法的，科长。”

寇荣喝着雪风，咆哮着：“我要亲手抓住‘烟缸’。”他抢到一辆马车，爬上去，撇开部下，自己驱车向前猛冲——

王成栋猛地把长枪重新抬起来，还没等他反应过来，马车“嗖”的一声飞驰而去，他骂了声“见鬼”。

瞬间，“咣当当”街边花店的门板飞起来，带着一股强而有力的冲击力量，有人从里至外，破门而出。

王成栋迅即调整枪口，对准从花店破门而出的人，不止一个，目标是两个。

接下来的场景却是王成栋始料未及的。

大雪中，阿城穿得单薄，双手背铐，栽倒在雪地里，他就跪在贵婉的尸体旁，杜维明穿着一袭黑色皮衣，手持双管猎枪，狠狠地将枪口戳在阿城头上。

一枪当头，杀气腾腾。

寒风吹下一阵雪珠，砸在阿城的头上、颈上，冰凉彻骨的寒。他眼前是两道凹纹，平行线般的车辙，那是凶手留下的唯一印迹。

阿城冻得瑟瑟发抖，吓得魂飞魄散。

杜维明的枪口顶着他的头，吼道：“说！说错一句，你就完了。”

阿城直直跪在雪地里，眼睛里全是红色的血、白色的雪。杜维明眼神里全是厉色，王成栋已经持枪下楼，踏着碎雪，持枪走近二人。

阿城耳旁响起了拉枪栓的声音。

“最后一次机会！”杜维明的枪用力地顶着景城的头。

“大哥，大哥——我真的什么都不知道……”

王成栋冷眼看二人，对杜维明问道：“他是你弟弟？”

阿城委屈地叫着：“大哥，你信我啊，我是来送花茶新配方的，我什么都不知道……”

王成栋又问：“我怎么没听你提起过？”

阿城趁机求救：“您一定是王大哥了，救命啊，王大哥，我哥在家里经常提起您，救命啊——”

杜维明猛地踹了阿城一脚，阿城疼得蜷缩在雪地里，冷冷地一句：“你送花茶的配方要到夜深人静来送？这种谎话骗谁呢！！”

这一句也是王成栋想问的。

阿城说：“贵婉小姐早上打电话……跟我说，今晚有舞会，要到……午夜十二点才散，我算算时间，就一点钟左右过来……我说的是实话，我们花圃的老板有时候也是这个点到花店……我们研制香水新配方，经常会过来请教贵婉小姐……我送配方，卖香水，都是为了勤工俭学……”

“你大哥平常都在家里怎么说我啊？”王成栋说这话，枪口是对准杜维明的，杜维明的枪口却依然对着阿城。

阿城哆嗦着：“他，他说您严苛，小气，借钱不还——喜欢玩女人，喝花酒，十赌九输——但是很讲义气！有气节！”

王成栋对杜维明：“他还真是你弟弟——”他的枪，往回撤了。

冰凉的枪管再次顶到阿城的咽喉，这一次，杜维明跟他面对面地看着。阿城表现得很绝望，他跪在雪地里，仰面望着杜维明，眼眸里不知是雪花还是泪花——

杜维明的靴子用力碾着碎雪，他面若寒冰，仿佛心有不忍。“嗖”的一下撤回枪，说：“你来。”

王成栋嘴里嘀咕了一句脏话，恨杜维明让自己做恶人。“可惜了。”他故意叹了口气，“阿城，你在错误的时间进入了错误的地点，你死了，千万别怪我，我也不愿意这样做，除非你……你再考虑考虑，如果你不是走错了地点，而仅仅是走错了路，现在回头，还来得及。”

王成栋说完这话，回头看看杜维明，杜维明背转身。王成栋骂了句：“浑蛋。”猛地一拉枪栓。

风中，雪地里，单薄的阿城抖得更厉害了。

“最后一次问你……”

阿城沉默，他的头沉了下去。

“砰”的一枪，子弹从阿城耳边擦过，阿城下意识地一震，没有倒下。

王成栋收回枪，对杜维明说：“你家的孩子够硬气。”

一枪过耳，阿城知道，王成栋相信了自己的话，自己终得“生还”。

同样，那一枪过耳，杜维明暗中也长出了一口气。

王成栋脱下外套，裹住阿城，说：“以后你别再勤工俭学了，你家那么有钱，俭什么学啊，以后别再‘俭’了，差点连命都没了。”

杜维明黑着脸，没说话。

阿城冻得脸色青紫，冰雪满面，瑟瑟而立。

王成栋对杜维明说：“行了——”话音未落，街道上马蹄声响，一辆马车驶来，杜维明抬头看见马车上坐着寇荣。

寇荣蔑笑地：“‘蓝衣社’的手伸得好长啊，你们也真够嚣张的。不过，你们知不知道‘螳螂捕蝉黄雀在后’，你们什么都……”

“砰”的一枪。

又是一声枪声。

贵翼听到了。

资历平听到了。

汽车像离了弦的“箭”冲向银雾茫茫的世界。

资历平拼命奔跑起来。

一辆马车从资历平身边划过，一只戴着黑色皮手套的手轻轻地掀开车帘一角。资历平感觉到某种异样，在奔跑中回眸——

王成栋的枪口冒着烟。

寇荣眉心中弹，尸体歪在马车上。

王成栋说：“你杀了‘烟缸’，我杀了你，所以，还是我杀了‘烟缸’。”

杜维明断喝：“你疯了！！”

“你不想他死吗？”王成栋堵了杜维明一句，“这要把他放回去，功劳是他的，黑锅是我们背。还有，他能放过你家阿诚？到时候，连你——”他想说，也有共党嫌疑，但是，话到口边，又说，“你也脱不了干系。走吧，说不定还有人等着‘黑吃黑’呢。”

一语中的。

一辆汽车破冰映雪而来，王成栋驾一辆黑色马车，与贵翼的汽车擦肩而过。

马车里坐着杜维明、阿城，还躺着寇荣的尸体。杜维明看着阿诚，心想着：“‘青瓷’出发，完好无损；‘烟缸’已碎。”

资历平跑到威灵顿道，他的面目被冰雪覆盖，爬到墙根，偷眼望去。

一地鲜血！

贵翼跌跌撞撞，扑倒在冰雪中，他几乎是在雪地里连滚带爬地哭着抱起贵婉，他还是不相信。

贵翼再看贵婉，那真实而残酷的鲜血，他撕心裂肺地喊：“小妹——小妹——不，不！——小妹，小妹——”

贵婉的尸体还是热的，有温度的尸体让贵翼痛不欲生！

林景轩奔过来：“军门——”

“她还是热的，她还——还——”贵翼想把她给暖回来，但是他说不出来。

林景轩流着泪：“军门。”他摇着头，“军门，小姐没了。”

“住口！！”贵翼小心翼翼地裹住贵婉，他用自己的身体去温暖她，尽管他知道自己是“徒劳”。贵婉的眉心被一颗子弹炸裂，面目全非，血涂两颊，贵翼用自己的袖子不停地替她擦拭着血迹。

“军门！”林景轩欲上前帮忙。

“别过来！”贵翼流着泪，哽咽着，“贵婉爱美——”他噙着一窝眼泪把贵婉的头埋在自己怀抱里。

随行人员脱帽，立正。

悲风四起。

躲在角落的资历平顺着墙根站起来，更是悲痛欲绝。

林景轩恳求地：“军门！”

贵翼制止：“别过来！——别过来，都别过来！——谁过来我杀了谁！！”

画面瞬间静止。

雪花飘飘——

资历平竭力捂住嘴，泣不成声。

雪风呼啸——

雪地里，亲兄妹阴阳永诀，贵翼愤怒地仰天长啸，狂风裹挟着他的悲愤直冲云霄。

街角一处，资历群走下马车，他从口袋里拿出一盒火柴，点燃火柴，焚烧一张照片，照片的灰烬随风散去，一滴眼泪滴答落在雪地里。

第二十一章　浮出水面

“你不想让他破坏你的复仇大计，你要用自己的行动来清除叛徒，你杀了侦缉处的特务，毁灭掉他们精心布局的‘换谍’计划，你不承认资历群有叛徒嫌疑，是你自己骗自己！！”

克雷孟梭广场，杜维明手上拿着一份报纸，拎着一个漂亮的纸袋，还裹着一份食物朝着王成栋的方向走过去。

王成栋坐在椅子上跟一只鸽子说话：“我没钱，也没米，没有——”

鸽子“咕咕，咕咕”地不走。

“没有！——听不懂吗？——天津话怎么说？”他学说着天津话，“没有——走了！”

鸽子拍打翅膀，还是不走。

杜维明走到跟前，把报纸递给他。

“我还什么都没吃呢，你就让我看报纸。——念给我听。”王成栋没有接报纸，反而接过面包来吃，面包屑落在地上，周围的鸽子啄了起来。

杜维明坐下，打开报纸：“昨夜一名女子在英租界威灵顿道遭遇枪杀，据查该女子是中国国民政府军械司副司长贵翼胞妹——”

王成栋的眼睛一下鼓起来了，喊道：“不可能。”

杜维明看着他。

“还以为立了大功。”王成栋伸手抢过报纸。

“这下算是闯了大祸。军队啊，咱可惹不起。”

“——人又不是我们杀的。”

杜维明点点头，补充道：“我们根本就没见着‘烟缸’，也没见着寇荣，情报有严重误差。”

王成栋点点头，敏感地：“阿城呢？”

“我连夜送他去乡下了，好歹避避风头。”

“好，做得好。”

“我有点纳闷，为什么总有人抢先我们一步？还有，我们的情报来源为什么跟上海警察局的情报来源如出一辙？难道计调局跟‘蓝衣社’共用一个线人？”

“脚踩两只船？谁有那胆子？”

杜维明眼神犀利地注视着王成栋。

“——你？”

杜维明一指他：“你！”

“你神经病！”

脚下的鸽子高声地，咕咕叫着，两个人都吓了一跳，傻乎乎地看着脚下一只鸽子。

王成栋对杜维明：“你说一只鸽子它有什么好张狂的？”

“你跟它很熟吗？”

“我可以把它给蒸熟。”

逐渐地，脚下的鸽子又多了起来，杜维明看着抢食的鸽子，说：“——抢食了。”

“嗯，跟人一样。这次‘烟缸’案，估计就是计调局和‘蓝衣社’抢功导致的失败。”

“‘烟缸’死了。”

“死人有什么价值呢？”

“到底谁要杀她呢？”

“我跟你说，我跟寇荣的一个手下有点交情——”

“酒肉朋友？”

“——算是。”王成栋说，“我花了点钱，当初是想从警察局特情科挖点情报，来之前，我约那个朋友出来聊了聊。——据说，这个寇荣原来是从伪满洲国‘起义’过来的，原来在哈尔滨警察局专门抓捕共产党，经验丰富，心狠手辣。这次呢，他不知怎么跟计调局的高层头目搭上了关系，搞到了一条破获共党交通站的绝密线索。寇荣立功心切，说服了计调局的高层头目，决定提前收网，抓人。”

杜维明点头：“——他们计调局要抓就抓好了——把我们‘蓝衣社’掺和进来算是怎么回事？”

“计调局不希望有任何人插手‘烟缸’案——”

杜维明顿悟：“懂了。”

“——我还没弄懂呢。”

“疯子，你听着。计调局高层头目手上一定有一颗关键棋子，这颗棋子譬如，譬如啊，就是我，我是计调局派出去的秘密警察，我掌握了‘烟缸’案的绝密线索，‘烟缸’就是你。”

“我？”

“打个比方。”

王成栋专心致志听他讲。

“‘我’呢，想通过‘你’这个‘烟缸’获取更多的有关共党情报，甚至于，‘我’已经混进了共党内部，或者已经开始做决策人了。寇荣横插了一杠子进来，他跟‘我’的上级勾结，狼狈为奸，为了抢功，逼着‘我’提前收网。”

“很显然，‘你’不愿意他揭穿‘你’，‘你’还不想在‘我’面前曝光‘你’真实的身份。”

“对，如果，寇荣下手抓了‘你’，‘我’就前功尽弃，一无所有。于是，‘我’想了一个很特别的办法，出卖寇荣，投靠‘蓝衣社’，秘密通过侦缉处的人，将情报送到‘蓝衣社’手中，‘我’杀了‘你’，来了一个鱼死网破。”

王成栋点点头：“那，‘你’得到了什么呢？”

“‘我’得到了长期潜伏的价值。”

“因为‘我’死了，‘你’就是计调局和‘蓝衣社’口里的肥肉，谁都不会小觑‘你’的价值。”

“而且，寇荣和‘蓝衣社’狗咬狗，不管谁咬死谁，都是‘我’想看到的。”

“嗯，符合你一贯的风格。”

“可是，有件事挺麻烦的。”

“‘烟缸’的哥哥？”

“——现在寇荣死了，所有的线索都会指向你，你是杀害‘烟缸’的头号嫌疑犯。知道她哥是干吗的吗？——国民政府的武器库，都归他管，枪支弹药，火炮钢炮——轰！”

王成栋被他说得汗毛都竖起来了：“——‘烟缸’案，有目击者吗？”

“没有。”

王成栋点头：“没有目击者，就没有线索，没有线索，哪来的证据？”

“说得好。只有我们知道发生了什么。”

“对，但是，如果我们并不知道发生了什么呢？”

“对。”

“肯定对。”

“情报有误。”

“处境危险。”

“即刻返航。”

“同意。”

杜维明把一个漂亮纸袋子扔给他，说：“送你的。”

“什么？”

“土特产。”

王成栋伸手从袋子里拿出一只“天津烤鸽子”，很炫耀地拿给脚下那几只鸽子看，鸽子们顿时做“鸟兽散”，他微笑着说：“马上消失。”

杜维明友情提示地：“前面就有车。”

“什么意思？”

“你不想消失吗？”杜维明昂首走去，王成栋跟着他，边走边骂，广场上钟声响起。

林景轩开车载着贵翼，经过广场。贵翼坐在后座上，迷迷蒙蒙，嘴里呢喃着，由于声音很小，林景轩也没听清楚他在说些什么。

梦境里，车门打开，贵婉穿着一身红色的洋装笑着走上车。

贵翼完全蒙了。

贵婉叫了一声：“大哥。”

“小妹？——你？”

贵婉笑嘻嘻地把手伸到他面前：“我手都冻僵了——你瞧。”

贵翼赶紧替她搓搓手：“这么冷的天，多穿一点啊。”她的手很冰，他潜意识里察觉到了什么，“小妹，我们赶紧去医院。”

“我生病了吗？”

贵翼很着急地：“你中枪了！小妹，你，你中枪了！”

贵婉茫然：“中枪？我，没有啊？”

“你真的是——”贵翼看她的脸，光滑细腻，没有一丝伤痕，“你——”

“大哥，你做梦呢？我好好的啊，你看，你看。你摸摸我的头，是热的。”

贵翼心中仿佛天上落了宝贝，惊喜地：“原来是我做梦啊，真是，真是——真是太好了，是梦啊，吓死哥哥了，原来你没事啊。你知道吗，你吓死我了你，你啊，你啊。”

贵婉开心地笑了。

贵翼放心地笑了。

兄妹俩笑声清朗，一片欢乐。

笑声把林景轩吓得不吱声。

贵翼的手下意识地去触摸旁边的座位，两手空空，两眼眼窝深陷，双目紧闭，眼泪从眼角流下来。

资历平站在十字路口，过往车辆一如往昔繁华。他痴呆呆地看着过往的行人，特别是打扮、年纪与贵婉相似的行人，都会让他投去怀念的一瞥。

天津汽车站，杜维明和阿城分手，两人渐行渐远。

杜维明望着远去的景城：“‘烟缸’小组，全组覆灭，阿城，你现在是一只断线的风筝，王成栋既然认识了你，你这个弟弟就必须存在在我身边。如果你凭空消失，我的身份就会被‘蓝衣社’质疑。我会请示南方局，把你调到我身边工作。——记着，网能捕鱼，却不能捕捉天空上的鸟。我们终有一天不再是落网的‘鱼’，而是自由飞翔的鸿鹄。”

林景轩拉开车门，贵翼一身黑色西装，怀抱着贵婉的骨灰盒，走下车。

士兵们立正。

贵翼看看家门，眼眶湿润。

“军门——”

贵翼对怀中骨灰盒说：“小妹，我们回家了。”

林景轩忍不住哭泣。

贵翼忍着泪，忍着心尖的痛，迈步向前。

林景轩第一次没有跟上他的步伐，也许是家门在望，林景轩悲情发泄，一下蹲在地上哭起来。

贵翼小心翼翼地捧着“贵婉”进门。甫一进门，双亲在前，贵翼“扑通”跪地，双手将“妹妹”高抬：“孩儿该死——”他双肩耸动，喉咙哽咽，泣不成声。

望着女儿，屋里传来两位老人痛不欲生的哭声。

一时之间，贵府上下尽是哭声满院。

监狱的铁栅栏门一重重打开，再关闭，资历群穿着死囚的狱服一步一步地走来。

最后一道铁门打开，资历安与资历群终于面对面了。

朱惠儿也被带到租界巡捕房会见室，一个律师装束的人转过身，看到是资历平，她的手立刻伸了过去，神情激动：“妞妞，妞妞——”

资历平紧紧握住她的手：“我知道，知道。”

“你怎么来的？”

“我在报纸上看到你的消息，你即将被引渡给沪中警备司令部，我设法托了法租界探长文四益的人情，想办法进来了，可是——”他注视着她，悲凉地，“我没办法带你出去——”

“你知道你姐姐的情况吗？啊？——她怎么样？”

资历平难过地："她遇害了。"

朱惠儿的眼光呆滞地："遇害了？"

资历平点点头。

"她先生呢？有没有联络你？"

资历平看着朱惠儿，说了实话："她先生其实是我大哥——"

朱惠儿仿佛并不关心他们之间的关系，追问："他在哪儿？"

资历平不说话，拿出一份报纸，递给朱惠儿："我大哥资历群被羁押在漕河泾监狱，罪名是杀害家中用人——欲加之罪——"

"你能见到他吗？"

"不能。——他是死囚，不准探监。我已经试过了。"

朱惠儿意识到了，"烟缸"小组，全军覆灭。她突然用力地抓紧资历平的双手，哀求的口吻："救救我女儿。——我没有时间了，他们很快就会把我引渡过去，救救妞妞，她要跟我在一起，就没命了——不，他们，他们下手狠毒，会在孩子身上大做文章——救救妞妞，求求你。我恳求你，救救我的孩子！"一个濒临死亡的母亲用最后一口气在恳求资历平。

资历平双手紧紧反握住朱惠儿的手，说了三个字："你放心！"

朱惠儿双唇颤抖，双眼噙泪。

巡捕房监室里，朱惠儿给妞妞梳着头，语气温和地问道："妞妞，你喜欢小资哥哥吗？"

妞妞清脆的声音回答："喜欢。"

"一会儿，小资哥哥带你出去，好不好？"

"好，不好——我要跟妈妈一起出去。"

朱惠儿把妞妞转过身来，母女俩安静地对视着。她把妞妞的小手抬起来，抚摩自己的脸："妞妞会记得妈妈吗？"

妞妞睁大眼睛看着她。

朱惠儿笑起来，摸摸妞妞的小脸蛋，妞妞也咧开嘴笑了。

母女俩微笑着："——妞妞，你答应妈妈，跟妈妈玩个游戏好不好？"朱惠儿定定地望着女儿。

“好。”

“妞妞一会呢跟小资哥哥找个地方，先藏起来，藏好了，妈妈就去找你们——要是妈妈找不到你们，那妈妈就找个地方藏起来，让妞妞和小资哥哥一起来找，好不好？”

妞妞笑嘻嘻地：“好。”

朱惠儿忍着泪笑容满面：“我的妞妞，好乖！”

妞妞突然趴在她腿上包扎的伤口上，用嘴替她吹吹。

“妞妞。”

“妞妞吹吹，妈妈的腿就不疼了。”

“妈妈不疼，妈妈疼的是你！”朱惠儿终于没忍住，眼泪落了下来。

但妞妞没有看到，把头埋在妈妈的腿上。

资历平西装革履，庄重地坐在文四益的对面，把一个信封推给文四益：“我懂规矩，算我小资——拜求四爷了。”他恭敬地站起来，对着文四益鞠躬致谢。

文四益一摆手，他有点不习惯小资恭顺的态度：“——这个，这件事呢，不是钱的事，真的，小资。——你要知道，她是共产党！要杀头的。警备司令部侦缉处那边，催得紧，逼得紧，我——”

“我只要那个孩子。”

文四益看着他：“你跟那个女共党是什么关系？”

“我呢，原来是她的房客，她是我的房东。——那，租房簿子里查得到的啊，我看着那孩子长起来的，四爷，江湖上出来混世界，三碗面总是要端的。四爷给我这个情面，将来我小资一定还四爷一个场面，还有四爷的体面。”他又把信封往前挪了挪，“四爷，救人一命胜造七级浮屠。——四爷。”他要跪，文四益一把拉住。

“得，得。——小资，来，坐下，先坐下。”他怕小资不肯坐，一伸手把信封揣进怀里，算是拿钱表态。

资历平坐下了。

“——我跟你说，我把人交给你，总要有个说辞。”

“我是她哥哥。”

文四益摇摇头：“非亲非故的，我不好跟侦缉处的人交代。——实话说，得是至亲，你才能领人呢。朱惠儿的履历干净得不得了，连她的死鬼丈夫用的都是化名，她就这么一个女儿，除非你是她女婿——”

“我是她女婿！”

“开什么玩笑。”

“不开玩笑，妞妞是我的童养媳，这是我家乡的风俗，谁也管不了。”

文四益看着他，明白了。他一拍桌子：“老弟，你够仗义！我不为难你了，‘童养媳’的卖身契我找人帮你写，你现在就带人走！”

资历平站起来，躬身抱拳：“谢四爷！”

巡捕房的监室里，资历平抱起妞妞，朱惠儿感激地看着他。

妞妞开心地叫着：“小资哥哥——”

“赶紧的，别磨蹭。”女警喊道。

资历平对朱惠儿：“我们，走了。”

朱惠儿点点头，没有多余的动作，多余的话，只是对着女儿笑笑，说：“妞妞，好好找个地方藏起来喔，一会儿妈妈就找来了。”

妞妞懵懵懂懂地看着妈妈和小资哥哥，突然挣扎着往地下缩。

资历平问：“怎么了，妞妞？”

“妞妞不走，妞妞要妈妈一起走！”

“妞妞。”

朱惠儿忙道：“妞妞听话。”

妞妞意识到了什么，突然不肯走了：“妈妈是不是不走？”她虽然还不满五岁，但是已经闻到了“生离”的气味，她还不知道是“死别”，“妈妈是不是不走了？妞妞不走！！”

资历平和朱惠儿都怕时间来不及了，互相交换一个眼色。

妞妞开始“哇哇”大哭起来——

资历平狠下心，抱起号哭的妞妞出门。走廊上，妞妞的小手拼命去抓铁栅栏，她的小手能伸多长就伸多长，她要勾住妈妈的手，整个身体几乎从资历平手上扑出去了，资历平紧紧地搂住了她一双腿，妞妞半个身子悬空，哭喊着妈妈，她的小手却永远离妈妈只差一点点。

小手和大手都是拼命地伸着，指尖却永远只差一条缝，阳光透过监狱高墙上的一扇窗透进来，为这对母女送上最后一缕亲情的光辉。

朱惠儿哭着送妞妞。

妞妞力气用尽，上半身瘫在资历平肩膀上，一双小手犹自在空中乱抓。

天空一声炸雷！

上海，阴云滚滚，闪电撕裂黑色的帷幕——

雷声中，贵翼官邸，两层楼的别墅在闪电的映射下，隐约可见，楼上、楼下都亮着灯。董小姐抱着妞妞，低声哼着催眠曲。

春和医院，苏梅的病房里，资历安站在窗前。视野开阔，对面一排楼上也亮着灯，他就站在窗前，远眺着，潜意识知道了什么，默默拉上窗帘。

苏梅坐起来。

资历安转头问："怎么了？"

苏梅说："睡不着，想回家去睡。"

"择床吗？"

苏梅点点头："有点。"

资历安笑笑："这可不太像干情报工作的。干我们这行的，最强的就是适应能力。"

苏梅见他脸上有了笑容，稍微感觉好点了，说："你回去吧。我没事的——"

"苏梅，在别人眼里，我是你的未婚夫，在你的眼里，我是一个什么样的人？"

苏梅很干脆地："寡情薄义的人。"

资历安很意外，也很满意，他点点头："我现在好多了。"

"今晚到底发生了什么事？"

资历安似笑非笑地看着她："你认为呢？你那么聪明。"

“——你从我家里回来，就一直阴阳怪气的，你倒是跟我说说，你怎么了？”

资历安苦笑地：“说明白了，事情就走味了。”

苏梅意识到多疑的资历安一定是从自己的家里发现了什么，恰如两人的关系，从来就不是单纯的恋爱，而是互相利用，互相倾轧。

“那，我就不明白了。”

资历安慢吞吞地：“你还当真了。——凡事不能太当真。”

“你我之间呢？”

资历安寒着一张脸绽出微笑：“——不是一家人，不进一家门。”这句话，不答而答，完美地诠释了彼此的关系，微妙却不带伤害。

苏梅低头一笑，百样滋味在心头。

资历群面无表情地拉上了窗帘。

房间里，灯光明亮，护士正在给资桂花打针。

资历群对护士：“我姑妈没什么事吧？——今天真是吓死我了。她一不小心就从楼上摔下来了。”

“老太太好好休息休息，现在看起来没什么大碍，只是小擦伤，不过她头部触地，就怕脑部有瘀血，先观察两天吧。”

“谢谢，谢谢护士小姐。”

护士出去了，资历群关上门，资桂花坐了起来。

资历群说：“现在是非常时期，住在医院里相对比较安全。——今晚真是有惊无险。”

“爆炸”袭击的突发，让资桂花和资历群迅速达成彼此谅解，空前一致。

“前天收到上级急电，说有苏区有名干部在东征战役中负伤，近日内要到上海来治疗，为此，出动了‘蛇医’。”

资历群一愣：“‘蛇医’是保护中央领导健康的医务特工，他亲自出动了，就是有重要首长要到上海了。——我们不能再耽误时间了，必须迅速跟‘蛇医’联系上。”

“由于我们小组出了重大事故，我不敢贸然行动，一直在等你的消息。”

“我们的电台没了，告诉我和‘蛇医’联系的最后方式。”

“你先告诉我天津发生的事。——到底是谁杀了‘烟缸’？”

“——我和贵婉当时撤退得很仓促，我们得到的消息完全来自我的小弟资历平。”资历群说，“事发仓促，情况紧急，我们不得已发出了全组撤退的命令，事实证明，我们的判断是正确的。东江小组的确遭遇到了大逮捕，党组织遭到极大的破坏。而我们并没有确定的消息渠道，来确认到底是哪里出了问题。

“上海警察局的特务头子寇荣通过天津警察局寻找我和‘烟缸’的下落。说出来你可能不相信，我跟贵婉最后一面就是贵婉遇害的前一天。”

资桂花问：“——你去了哪里？”

“我去航运公司预订回上海的船票。我在回家的路上遇到了歹徒的袭击，纯粹的抢劫，我的头部被重物击中，当场昏迷。——等我醒来的时候，我躺在一家教会医院里。医生告诉我，我得了脑震荡，昏迷了两天两夜，我没有力气走动，只好在床上休息。我请医生帮忙打电话，联系我太太，被告知电话不通。我当时很震惊，等我能下床走动了，我就赶紧往家里赶。

“我和贵婉的住处已经被天津警察局查封了，理由是，我们有共产党的嫌疑。——我后来在报纸上看到贵军门的胞妹于天津死于非命的消息，才知道妻子遇害。”说着，资历群的声音开始哽咽，内心极度悲哀。

资桂花同情地看着他。

“真相就这么简单，没有任何说服力。”

“我信了。——这比你去编造一个真相更有说服力。”

“我考虑再三，先回上海，再做打算。可是，我乘坐的船刚一到岸，就被警察局以杀人罪逮捕了。警察局指控我一年前杀害了一名女佣，经刑事庭草率审判，我被判处死刑，收押于漕河泾监狱。

“我联系不到任何人。——我不知道自己地下党员的身份是否已经暴露？我在寻找这一切一切的幕后操纵者。终于我找到了答案。”

“是你弟弟资历安。”资桂花替他说出了答案。

“资历安隐藏得很深。是我从前忽略了他。他谎称自己在政府机关里做文员，其实，他一直在侦缉处从事谍报工作。所幸的是我不止一个弟弟——我的小弟资历平冒着极大的危险，把我从炼狱里救了出来。

“我不能再透露过多的细节了，我想，我的话足以让你厘清头绪。说实话，对于这一段往事，我真的不想再提。——因为，我，痛失所爱！”资历群眼眶里溢满了泪水。

资桂花轻轻地伸出一只手去轻抚他的手，安慰他：“你不需要硬撑。”

资历群淡淡地：“事实上，我已经撑过来了。”

“你送给我的三个皮箱里，其中有一个就是‘茶杯’，你自己画的。”贵翼问资历平，“那女人是谁？”

“她就是冒充的朱惠儿，她以朱惠儿的身份在那栋房子里住了下来。——后来，我悄悄地调查了她，她叫郭玉，是法国巡捕房的包打听，公开身份是医院里的护士。”

“你跟踪她了？”

“对。后来我才发现她是侦缉处的外勤特务，我二哥资历安经常跟她秘密见面。他们的工作，就是破获地下党的秘密机关，抓捕地下党，并予以秘密处决。当我把所有的注意力集中到资历安身上的时候，我发现了更大的秘密。‘烟缸’复活了。”

贵翼追问：“什么意思？”

方一凡也紧张地看着资历平：“你是说，有人冒充‘烟缸’？”她想不出会是什么人，“那么，这个冒充者是谁呢？”

“她叫刘薇，是侦缉处的特务，她穿着跟贵婉很相似的衣服，去贵婉常去的咖啡馆喝咖啡。最令人感到阴森恐怖的是，这个‘贵婉’隔三岔五地去假‘朱惠儿’家走动。——就跟从前一模一样，还有一个男特务，假扮‘青瓷’，经常出入会馆、茶坊，他与假‘烟缸’形影不离。我看见他们，就感觉这三个人不是人，是三个‘鬼’。我当时真的‘怕’极了。”

方一凡知道他怕什么。

“我怕我大哥看到这一切会崩溃，我更怕，真的地下党来跟他们联系……”

方一凡非常清楚其中的利害：“那就会死更多的人。”

“对。”

贵翼说：“于是，你就打算杀光这群‘鬼’。”

“对。”

方一凡说：“于是，你就登报找组织，混淆敌人的视听！”

“对！”

贵翼继续：“你还想到了我，并开始设局引我入局，然后，你就一次又一次地利用我。”

资历平抿了抿嘴唇：“不是利用，是请贵军门拨乱反正。”

还挺会讲话，贵翼想。

“那天晚上露西骗取我的签名后去了哪里？”

“我让她离开上海避一避风头。”

“你们分手后，她有联络你吗？”

“暂时还没有。”

“她跟你大哥认识吗？”

“不认识。”

“不认识？我的直觉告诉我，露西没有你想象中的简单？”

资历平愣住。

贵翼追问：“你大哥资历群现在哪里？”

“我不知道。”

“是你帮助他成功越狱的。”

“是。”资历平不否认。

“你不会告诉我，你帮助他越狱潜逃后，就把他给扔到黄浦江上去了吧。”

“贵军门高瞻远瞩。”

贵翼冷冷一笑，说：“你放心，我不会把他怎么样的。我只要一个真相。”

方一凡和贵翼的目光同时锁定资历平。

“军门想问什么？”

贵翼淡淡地：“我想问的，你未必能答。就算你答了，答案也许是错的。”

“军门不问，小资未答，军门怎么肯定答案是错的？”

“资历群到底是什么人？”

“他是我大哥，贵婉的丈夫。您的妹夫。”

“他有几重身份？”

资历平一愣。

贵翼说："譬如，他是国民党，还是共产党？还是双重身份的特务，还是别的什么……你补充。"

"你的意思，无非说我大哥有可能是叛徒。"

贵翼不说话。

资历平情绪激动起来："我大哥是光明磊落的人。"

"我告诉你，"贵翼抬头，眼光锐利地盯着资历平的脸，重复着说，"我清清楚楚地告诉你，你大哥的身份有多种可能性，但是，资历群绝对不是共产党。如果他是，他怎么会说出，送你一个锦绣前程的话来？"

一语击破，掷地有声。

资历平的心头被贵翼猛敲了一记，犹如当头棒喝，顿时脸色苍白。

贵翼强调地："如果我没有记错的话。"

资历平的脸色剧变，直接证明了答案，贵翼没有记错。

贵翼别有深意地瞥了他一眼。

资历平身体的温度，瞬间冻结成冰！

贵翼并没有偃旗息鼓的意思，他站起来说："从整个天津事件来看，我妹妹所在的秘密小组，一定隐藏着一个内奸，而这个内奸自始至终都蛰伏在暗影里，像一条看不见的线牵引着事态的发展。"

方一凡问："你怀疑谁？"

贵翼回答得干脆，没有任何迟疑："资历群！"

资历平倏地站起来："不可能。"

贵翼快节奏地："我怀疑他与贵婉之死有关！或者他就是凶手！他杀了贵婉！"

"你疯啦！"

"你没有想过吗！还是你想过了又不敢想！！"

"他们是朝夕相处的夫妻，并肩作战的战友！"

"你告诉我，你救了资历群后，你把他送到黄浦江上漂了一天一夜！为什么？你在怀疑他！"

资历平喃喃地："不，不，我没有。"

“你有！！”

“没有！”

贵翼连珠炮似的：“你不想让他破坏你的复仇大计，你要用自己的行动来清除叛徒，你杀了侦缉处的特务，毁灭掉他们精心布局的‘换谍’计划，你不承认资历群有叛徒嫌疑，是你自己骗自己！！”

贵翼与资历平寸息距离。他继续说：“你认为，资家给了你重生，你绝不能背叛兄弟情义！可是，你的所作所为已经开始背叛了你所谓的亲情！”

“你错！！”

“你背叛的不是亲情！是他们犯下的‘罪’！”

“我不信！”

“——你只是不愿意承认这个事实罢了。”

兄弟俩针尖对麦芒，面对面地对抗着！

“我们所有追踪的线索的确都跟资历群有关，我们不能排除他‘叛徒’的嫌疑。——贵婉之死，资历群嫌疑最大。”方一凡看着资历平，资历平的情绪波动极大，“我们会尽一切力量查明事实真相。请你相信组织。”她转头对贵翼，“我们也希望得到贵军门的帮助，能够早日平安地离开上海。”

贵翼对方一凡：“你在担心什么？”

“——我现在唯一担心的是，侦缉处的网已经撒开了，我们身入罗网，而不自知。”

贵翼认同道：“有这种可能，事实上，这种可能性极大，所有的网交织重叠，都撒开了，等鱼儿咬钩。我既然参与进来了，这张网就不仅仅是侦缉处在织了——”

方一凡信赖地望着他。

贵翼铿锵有力地：“你们也可以利用他们的线重新织一遍你们的网。”

他用了“你们”而不是“我们”，方一凡脸上一抹“失望”的表情一闪而过。贵翼有效地捕捉到她脸上微妙的变化，问：“方小姐有话要讲？”

方一凡以退为进：“我觉得该我说的话，我已经说完了。不是吗？军门，我希望贵军门能给我一个更加明确的答复。”

“你想要一个明确的答案，好，我告诉你，我参与进来的目的，非常单纯，

我要找到杀害我妹妹的凶手！我要他认罪服法！不管他是什么身份，不管他什么理由！不管他藏在天涯海角，不管采取什么样的极端手段！——我要他的命！明白了吗？方小姐。”

“好！那我说话也不绕弯子了，我想跟贵军门就‘贵婉’一案通力合作。军门意下如何？”

贵翼淡淡地笑着：“——你是想让我玩火？”

方一凡沉着地：“火已经点燃了，点火的人不是我。”

贵翼明知故问：“谁？”

资历平开口回答：“我。”

方一凡口气笃定地：“贵婉。”

天衣无缝

张勇◎著

人民日报出版社

图书在版编目（CIP）数据

天衣无缝 / 张勇著 . -- 北京 : 人民日报出版社，
2019.1
ISBN 978-7-5115-5482-6

Ⅰ . ①天… Ⅱ . ①张… Ⅲ . ①长篇小说－中国－当代
Ⅳ . ① I247.5

中国版本图书馆 CIP 数据核字（2018）第 101075 号

书　　名：天衣无缝
作　　者：张　勇

出 版 人：董　伟
责任编辑：周海燕　马苏娜
特约编辑：默媛静
装帧设计：元泰书装

出版发行：人民日报出版社
社　　址：北京金台西路 2 号
邮政编码：100733
发行热线：（010）65369527　65369512　65369509　65369510
邮购热线：（010）65369530
编辑热线：（010）65369518　65369522
网　　址：www.peopledailypress.com
经　　销：新华书店
印　　刷：大厂回族自治县彩虹印刷有限公司

开　　本：710×1000mm　　1/16
字　　数：796 千字
印　　张：51.75
印　　次：2019 年 1 月第 1 版　　2019 年 1 月第 1 次印刷

书　　号：ISBN 978-7-5115-5482-6
定　　价：128.00 元（全两册）

目录

第二十二章　江山代有才人出

> 我不清楚你折磨我的目的，我从一个共产党交通局的小联络员，被你秘密逮捕，秘密审讯，秘密关押。是的，是你从枪决名单上把我划掉了，让我摇身一变，成了侦缉处的女特务。

上海火车站，站台上熙熙攘攘，送站的，接站的，来往穿梭。

一列火车驶进站台。

贵闻珽从火车上下来，他后面跟着兴致勃勃的明堂，两个人有说有笑地走着——

聊了一整夜，贵翼、资历平和方一凡都有些困顿了，林景轩把早餐送进来。刚准备吃早饭，电话铃声就响了，贵翼站起身来接电话，打个哈欠，说："喂。"

电话里是明堂的声音，连声道喜："恭喜军门，贺喜军门，哈哈哈。哎呀，贵军门，你们家这么大的团圆喜事，你怎么瞒得像个铁桶似的——"

贵翼眉头微微一皱，反应很快道："明堂兄，——你是包打听出身吗？"他的口吻带有一丝开玩笑的成分，这句话恰到好处，也不承认也不反驳，听对方的反应。

"我不是包打听，我是名探长。哈哈哈——"

贵闻珽就站在他身后，微笑着。

贵翼不答话，突然，话筒里出现了一个熟悉的声音："翼儿。"

贵翼马上站直了："父亲？——您，您怎么来了？"他的眼光很自然地扫视了一下资历平。

正在吃早餐的资历平，动作一下停顿了。

"我一接到你的信，我就赶来了。"贵闻珽的话里显得很激动。

"——我的信？——哦，是的是的——"贵翼想到了，他一指资历平，示意他马上站过来。用手捂住话筒，冷着脸，低声问："你写了些什么？"

资历平低声地："平常问安的话。"

"你！"他不敢停留太久，立即拿起话筒继续听。

电话里，贵闻珽继续说着："——想不到这孩子十分孤苦，性格又孤僻，受尽磨难。唉，这都是我一手造成的。想想也是痛心。"

"父亲。"

"我知道你在担心什么——我就想见见他。"

"父亲，您住在哪儿？——要不我叫景轩过来接您。"

"——不用了。明堂贤侄替我约了几个多年不见的商会老友到苏州商务会馆见面，我就住在上海大饭店，就在上海待两天，我也不想来回折腾。——你母亲身体不好，——不，不，老毛病了，我就是放心不下家里。你公务繁忙，不用管我——对了，你——资历平现在哪里？你方便替我约见吗？"

明堂在贵闻珽旁边："得，贵伯父，我来跟他说。"

贵闻珽盛情难却地笑笑，把电话递给明堂。

明堂洪亮的声音："贵军门，你听我说——你把伯父交给我，我一定给服侍得妥妥当当。咱两家是什么关系啊？对吧——哈哈哈，跟我客气。我跟你说——"他边说边让贵闻珽坐下休息，"——小资这件事，我是帮忙帮定了，噢唷，上海滩头等传奇啊——哈哈哈哈，没的说，明天中午上海大饭店，我明堂做东，宴请各位，你跟小资一起来——，不，不是小资了，应该叫贵公子了——哈哈哈——"

这一番话听得贵闻珽心里暖洋洋的。

"咱们可是说定了，好，好咧——有什么，随时联系。对，对，对。嘿，你要想给老爷子撑场面，包在我身上，哥哥我就越俎代庖，一句话，欢迎贵公子回家。"

这最后一句，听得贵闻珽眼角酸酸的。

贵翼放下电话，盯着资历平，问："你想干什么？你想利用我身边的亲人来控制我？"

资历平不自觉地往后退："我，我当时是想求助于贵老先生的。"

"你的做法可不像求助！——你想挟制我，不是吗？"

"我是图自保。真的，真的。"

方一凡和林景轩回头看他俩。方一凡站起来："你请明董事长替你父子撑场面，这可不是你的作风。——你，想到什么了？"

贵翼回眸看她，心想，她太聪明。他没有回答她，反而对着资历平微微一笑："这事可是你招来的——"

"等等，等等。贵军门，你什么意思？"

贵翼对方一凡："刚才我们说哪儿呢？"

官邸外，一辆汽车停在对面整整一晚，古纯音还在监视贵翼官邸，钟雪萍打着盹儿。

"嘿，醒醒——"古纯音拍醒了她。

钟雪萍睡眼惺忪："几点了？"

"七点了。——我去买早点，你盯着点。"

钟雪萍点点头："这出外勤的夜班活，真不是人干的。"

"是啊，上面一句话，底下人就得去玩命。连天连夜地熬着，24小时待命。——监视军政要员，发现问题，你不见得会立功，出了问题，第一个背黑锅的就是我们。"

"——你不是去买早点吗？还啰唆——快去快回。"

"你吃什么？"

"牛奶，面包。"

"——油条吃吗？"

钟雪萍皱着眉头，摇摇头。

古纯音下了车，自言自语："牛奶，面包。——还快去快回——"

不一会儿，方一凡裹着贵翼的军大氅钻进了汽车，林景轩随后上车。

汽车开出大门。

门廊上，贵翼目送汽车离去。楼上，董细妹也从窗户里看到这一切。

看到有汽车从官邸里开出来，钟雪萍来了精神，她焦虑地看看街面，古纯音连影子都没了。她暗暗咬了下嘴唇，决定开车跟上林景轩的车。

早上的上海街道人流还比较稀少，林景轩开着车，方一凡裹着军大氅，缩在汽车的后座上。

钟雪萍一边开着车，一边焦虑地朝街边小吃摊点望，希望能看到古纯音。

林景轩注意到钟雪萍的车，刻意加大了油门。

古纯音买了牛奶、面包从一家西式早点铺子出来，看见街对面钟雪萍开车冲过，他一下就知道发生了什么，赶紧招手要黄包车，跳上车："快，快——"

"先生，您去哪儿？"

古纯音一指街对面："先过街。快。快——跟上那辆吉普车——我加双倍的钱。"

拉车师傅一边跑一边说："先生，这可是追汽车——"

"三倍，我三倍给你车钱。"

拉车师傅猛力奋勇向前。

林景轩的车速也越来越迅猛，钟雪萍紧追不放。

拉车师傅有经验地穿街过巷，黄包车冲上大马路，古纯音几乎是和钟雪萍的汽车接踵而过。

"方小姐，准备好了吗？"

方一凡沉着地："好了。"她瞬间在后座俯下身去。

林景轩的车猛地一个一百八十度大回旋，猛然间一个"掉头"刹车，完全无视交通安全，两车对峙。林景轩的汽车横放在街心，钟雪萍吓得猛踩刹车。

林景轩的车身和钟雪萍的车头仅仅相差一条缝隙。

两车的力道促使街边行人驻足，行人们看热闹般都聚拢了过来。裹着大氅的方一凡猫腰从后座车门出来，迅捷走向围观群众。

古纯音从黄包车上冲下来，拉车师傅一把抱住他要三倍的车钱。

汽车上，当钟雪萍发现苗头不对时，林景轩已经站在她面前了。

林景轩大力地敲打汽车盖："下车！疯婆子！——你个神经病，跟踪狂——出来，浑蛋，连老子的车都敢撞！”他伸手把钟雪萍从汽车里给拽出来了。

古纯音一边付钱，一边看见一个身裹军用大氅的人进入人群。古纯音赶紧向前，路却被看热闹的观众给堵了。两人目光交汇，钟雪萍暗示他不要管自己。

聪明的林景轩一把拽住钟雪萍的头发，二话不说就开打，一边打一边骂：“你是不是有神经病啊，你看上爷了？啊？追男人追到大街上来了。——你要不要脸啊！”

古纯音眼看钟雪萍吃亏，再看“军用大氅”早就没了影子，自己被困在人堆里。路过的人越聚越多，不了解情况的人们开始发表自己的言论。

“嗳，这个女的单相思，追男人追到大街上了。”

“不是吧，一定是原配被抛弃了——你瞧那兵痞，连女人都打。”

“大街上打女人，太不像话了——”

“前面怎么回事啊？”

“老婆偷人，被逮着打了！”

“报警啊——”

林景轩和钟雪萍扭打到一处，一副闹事不怕事大的兵痞样，而挨打的钟雪萍有苦说不出。

古纯音好不容易从人群中挣扎出来，一下横插在林景轩和钟雪萍面前，冒充正义感人士。“这位老总，这位老总——手下留情，这大马路上，男人打女人，不太光彩吧——”他指责着。

此时的方一凡已经脱了大氅，进入一个小店，从小店后门出来，要了一辆黄包车，走了。

林景轩对古纯音：“你谁啊？你是她先生吗？是她先生赶紧把人给我带回家好好收拾收拾。——大马路上追野男人，你受得了受不了啊？”

“警察来了，警察来了——”

一名警察走进来：“怎么回事啊？大马路上——”他一看见林景轩的军装，顿时赔了笑：“哟，长官。——这一大清早的，跟谁怄气呢？”

“一大清早的遇到一条疯狗，差点咬到我——”

“老总，讲话要讲道理的，是不是，大马路上，老总走得，我们也走得——”

“——是啊，长官，您的汽车是逆向行驶啊，这，这不大符合交通规则啊，是不是？”

林景轩一副“很懂”的样子：“说得好啊，大马路嘛，大家都走得，千万别‘逆行’，免得‘鸡飞狗跳’。”他一下掏出手枪来，朝天就是一枪，看客们立即惊叫着作鸟兽散，“老子喜欢逆行就逆行了。”

“长官，长官息怒，息怒。”

林景轩对着警察和古纯音：“我坐不更名行不改姓，军工署少校副官林景轩便是。——人是我打的，枪是我开的，交通秩序是我违反的，有种来告我！”说完，他大摇大摆上了自己的车，踩油门、倒车、掉头，连贯的动作快速熟练。

古纯音上前探视钟雪萍的伤势：“你没事吧？”

钟雪萍又恨又委屈：“你死哪儿去了？”

“牛奶？——面包？”

警察很配合地用警棍一指，地上是流淌的“牛奶”和踩烂的“面包”。

苏梅的手臂缠着绷带走进家，资历安跟在后面。

“——还是回家好。”

资历安笑笑。

苏梅疲惫地坐下：“你笑什么？”

“我对我的‘家’，从来就没什么依恋。”

“你又不是孤儿。”

“我觉得一个人挺好的。”

“为什么？不孤独吗？”

“我，——从前的家，一个男人娶了两个女人，一屋子的人，男男女女、主人用人，阴沉沉的宅子，腐朽、荒唐、神奇。家，在我眼里就像一个屋檐下喂了一群猪！——死猪、生猪、混吃等死的猪——”

“你怎么会这样想？”

“我也不清楚——”资历安一想到父亲对资历平的珍爱，就挟恨挟怨的，没有一点风度，“你先休息一下，我去烧点开水。”他转身进厨房了。

“——你不用管我，我自己能行。”

“嗯，我也难得挣点表现。”他在厨房里回应道。

苏梅听到他在点炉子，开水龙头接水的声音。随即，一边小心地摸索着抽屉下方，一边故意跟他讲话：“——上个月房东又涨房租了，总说我花的水费和电费多——我说，我每天都加班，回来就睡个觉，哪里花得了那么多的水电费，讹我呢。——我又不好说，我是侦缉处的人，怕人家说我仗势欺人。”她没有找到任何东西，刚一抽手，就感觉异常。

不知何时，资历安已经站在了她的身后。

苏梅吓了一大跳！

资历安问：“找什么？”

苏梅张皇地看着他：“没，没什么。”

资历安一下坐到她身边：“你聪明，能干，可就是聪明得让我觉得不踏实。——时至今日，我不得不承认，我精心炮制的‘换谍’计划彻底失败了，就只剩下‘猎谍’了，这个抓捕地下党的天网我费了不少力气才织起来，你要多替我想一想！”

苏梅傻傻地看着他，顿时大脑一片空白。

“——水我替你烧了，茶就不替你泡了。”他站起来，“你房东说得一点儿没错，你的水电费的确超支了，——你一个人要负担两个人的用度，一定很辛苦！”

“——你总是疑神疑鬼的。不是你想的那样！”

“不要解释。”资历安仿佛有洁癖似的嫌弃着，“男未婚，女未嫁。大家都有选择的权利和余地。”

“你想解除婚约？”

“不，不不。——我为什么要出局？——我想知道的是——那个人是谁？”

“我要说是房东，你信吗？”

资历安笑起来：“就为了减房租？”

“为了刺激你！”

资历安注视着她。

“——你是想要我想得都快要疯了，偏偏得要我求着你！嫁你！你那该死的自卑心作践得我还不够吗？”苏梅以攻为守，资历安顿时混乱。“你别告诉我，房间里发现男人的鞋子、男人的牙刷、男人的衣服——抑或，你闻到了男人的味道！我真的不在乎你怎么想我！你要真爱我，你可以找出一切理由来解释你心中的疑惑；你要不那么爱我，将来我有一点点行为瑕疵，都会被你抛弃！这才是我要的答案！明白了吗？资科长？”

资历安怔然，他显然没有什么急智，瞬间被她的气概给镇住了：“——苏梅。你要知道——”

苏梅“嘭”的一声拉开抽屉，顺手掀翻，抽屉里的笔记本和钢笔、女人用的一些别针、胸花滚了一地——

“你干什么，你疯了？”

“你在干什么！——你总是表现得温文有礼，你看我的目光里除了猜忌就是假惺惺，如今索性说开了——我不清楚你折磨我的目的，我从一个共产党交通局的小联络员，被你秘密逮捕，秘密审讯，秘密关押。是的，是你从枪决名单上把我划掉了，让我摇身一变，成了侦缉处的女特务，在你心里，我就是你施舍下苟且偷生的一条狗，我没什么可抱怨的，没什么可以索取的！偏偏我要索取你的爱！！”她边说边打开衣柜，肆无忌惮地扔出所有的东西，“你不就想搜查吗？彻底一点，干脆一点，干吗遮遮掩掩！！——我全都拿给你看——”

“苏梅——”

“看啊，看看，好好看，好好检查！！事实上这已经不是我的生活了，我像是依附在你身上的寄生虫，我受够了，你把一个女人对你的爱当成理所当然，你自私自利，毫无付出，毫无感情，我情愿回到刑场上去，也不会嫁给你成全你的虚伪——”

资历安从背后一把抱紧苏梅，苏梅喘息着。他说：“别这样，别这样苏梅，是我妒忌了，我承认我嫉妒得快要发疯了！原谅我苏梅——别这样戳穿我，其实，我在你面前是个乞丐，感情的乞丐——我从小就——”他哽住了，的确，他从小到大，就渴望享受到家族更多的重视和关爱，但并没有。

苏梅发作的情绪尚未收回来，她在迅速调整自己的心情。她心底明白，资历安一定是发现了什么，而刘玉斌暂时又没办法联系。她必须把握好节奏，对于资历安不可不逼迫，亦不可强迫。

资历安沉浸了一下："我不想揭自己的伤疤，来博取同情——我就是嫉妒了！在你身上，我就是一个冲动的魔鬼！—— 一个胆小鬼。"

厨房里的水壶盖子被沸水给冲开了。

苏梅慢慢地推开资历安。

资历安紧紧抱住她。

"——我去给你泡茶。"

资历安在她耳边轻言细语："让我去。"

一杯清茶递到苏梅手中。

"谢谢。"苏梅接过清茶，转身面对着街面。

资历安站在她身后，阳光暖暖，映照着苏梅的面颊，这让资历安越发感受到了苏梅的美，再要强的女人也需要温暖。

"这个案子结束了，就嫁给我吧。"

苏梅略有所思，她低头看着街上过往行人，很感慨地："有的时候，真想把从前过往统统忘掉，变成街上一个普普通通的行人，他们有来路，知去路，有生活目标，有向往。"

"我知道你承受了很大的压力。我想我能帮你，就像你能帮我一样。"

"你一点也不在意我的过去吗？"

"我不在意。——但是，我在意你的现在。"

苏梅喃喃自语："很多事都在变化——"她转脸看着他。

"趁现在你还有个好长官，好未婚夫，你就好好享受阳光吧。"他从她手上接过茶杯，喝了一口清茶。

苏梅对资历安露出迷人的微笑。

就在此刻，两人的一举一动都被楼下的刘玉斌看在眼中。

小厨房飘来阵阵咖啡香，董细妹走进来，说道："好香啊——给我来一杯。"

资历平转头微笑："好的，董小姐。——您也累了一晚了，您坐着，我给您端过来。"

“工作嘛，哪有不辛苦的。”董细妹在小厨房里打转，不停地打开各种柜门，然后，她看见了一碗“花生米”，她端出来了。

“找什么？”

董细妹吃着花生米：“零食。”

资历平把咖啡端过来，两个人面对面坐下。

“——你到这来，是投亲靠友的吧？”董细妹问。

资历平反问：“我看起来不像这家里的人吗？”

“不像。”

“董小姐的眼力真好，那董小姐能看出我是干什么的吗？”

“做演员的。”

资历平笑起来。

“有什么好笑的。在这种大家族里讨生活，你必须擅长表演，不是吗？”

资历平马上“表演”：“哎呀，真是一针见血。——扎得我心疼。”

“去你的。——都是姐玩剩下的。”

“哦。”

“别以为我没看见。”

资历平“唬了一跳”：“您看见什么了？”

“今天早上离开的那位小姐是谁啊？”

“啊，贵军门的同学。”

“同学？怎么可能是同学？这夜来晨归，鬼鬼祟祟的，不是贵军门的情人，就是哪家出了轨的太太。——上流社会家庭里经常玩的小把戏。”

资历平“深切”地点头：“完全同意。”

“婚外情，意味着做人不诚实。”

“董小姐谈过恋爱吗？”

董细妹突然“羞怯”起来：“谈，当然的啦，——要说起‘谈恋爱’啊，我以前倒是喜欢上一个。”

“那，谈了没有啊？”

“谈什么谈啊，他又不知道。”

“啊，单恋啊。”

“什么单恋不单恋的，我们根本就不认识。——我梦见过他，很帅很帅的，中国空军。”

资历平一副深受启发的样子：“梦见的啊。——这样也可以啊。”

“你懂什么啊。我们中国传统文化《牡丹亭》，不就是做梦谈恋爱嘛。你啊，年纪轻，要多读书，谈恋爱这种事，很神秘的。——哎呀，我得上楼去看妞妞了。——咖啡煮得不错啊，明天继续啊。”

资历平微笑着，看着董小姐离开。他也顺手抓了一把花生米，扔到嘴里细嚼。

没多久，董细妹突然又返回了，一伸手把那碗花生米，搁到柜子里去了。

“董小姐？”

“花生米这种食物，要放到小孩子够不着的地方。小孩子跑跑跳跳的，要抓了花生米吃，呛到喉管里可就不得了了。还有，喝咖啡要配甜点，吃什么花生米，乡下人。——记着啊。”说完，又风风火火地走了。

资历平傻傻地坐着，呢喃着：“不是你拿出来——”

董细妹带着妞妞下楼，妞妞欢快地玩着皮球。正在窃窃私语的贵翼和资历平一起回眸看妞妞，异口同声地叫道：“妞妞——”

妞妞跑过来：“大哥哥，小资哥哥，陪我玩。”

贵翼柔声细语地问：“妞妞，你不烧了吗？”

董细妹接道：“哪有那么快，低烧。”

“啊，啊？——不像啊，妞妞——挺活泼的啊。”

董细妹对贵翼，不阴不阳地：“小孩子，又不装。”

贵翼一愣。

“妞妞，就在厅里玩一会，不要出去。出身汗，洗个澡。”

贵翼与资历平对视一眼，问：“你惹她了？”

资历平摇头：“我不敢！老师啊，动不动就打人手板心的！一定是你得罪她了。”

贵翼诧异：“我啊？”他寻思了一下，“不会吧。”

董细妹和妞妞在大厅里踢球，她突然问：“——刚才说踢皮球在古代叫什么？”

妞妞奶声奶气地："蹴鞠！"

"我们一起玩皮球，一起背踢皮球的唐诗好不好？"

"好——"

"——蹴鞠屡过飞鸟上，秋千竞出垂杨里。"

妞妞玩得开心，扑腾起来，根本不知道董细妹在读什么——

董细妹继续："少年分日作遨游，不用清明兼上巳。"

妞妞"呵呵"地笑着，跑着。

贵翼对资历平："这也行？"

资历平说："这叫'弦歌不绝'，最佳启发注入教育。"

妞妞蹦蹦跳跳地跟着董细妹瞎背，瞎吼。

贵翼看得直摇头："这管什么用啊？热炒热卖，啊？读诗靠悟性。"他转对资历平，"希望他附和一下'弦歌'？"

资历平却不理会，看董细妹教学，看得津津有味："弦歌。"

圆滚滚的皮球"噗"地打到贵翼脸上。因为球速很快，所以打到脸上还是有力量的。贵翼完全不防备，一捂脸，叫着疼。

资历平一看，赶紧走过去把皮球捡了起来。

贵翼冲资历平一摊手："拿来。"

资历平把皮球给他。

贵翼摸着脸，嘟囔着："弦歌？——揍哥还差不多。"

妞妞跑过来，眼巴巴地仰望着他："大哥哥，给我皮球。"

贵翼一肚子的意见顿时化作一脸的笑模样，笑容满面地正要给皮球，董细妹忽然说："别给她，让她答一句唐诗。"

贵翼看着董细妹："这个——"

资历平冲贵翼摇头，叫他别给。

妞妞冲贵翼摇头，求他给。

"——妞妞，想想，想想——蹴鞠怎么飞的？"董细妹开始引导着。

妞妞瞪大眼睛看着贵翼，要皮球。看着她乖巧的小模样，贵翼真想把皮球给她。

董细妹又说："别给她，妞妞，想想啊，想想就能拿到皮球。"

妞妞委屈的眼神“求”着贵翼，看得他那叫一个心疼：“妞妞——妞妞——”他想给暗示。

“不准作弊！”董细妹打断他，“我们妞妞小姐是个有志气的好孩子，不需要别人帮忙。妞妞想想，蹴鞠屡过飞到哪儿去了？”

妞妞看着贵翼，突然想起来，大声地：“蹴鞠屡过军门上——”

董细妹忍着笑，说：“好，接着玩——”

贵翼这才把皮球给了妞妞，说：“聪明。”

资历平乐不可支，夸妞妞：“唐诗改得不错啊！！”

妞妞又开始满屋跑开了，董细妹的声音回荡在房间里：“蹴鞠屡过飞鸟上，秋千竞出垂杨里。”

资历平对贵翼：“不错吧？”

贵翼点头：“弦歌不绝，我中华文化源远流长。”

资历平故作关切地：“脸疼吗？”

“啊？”贵翼旋即反应过来，很老实地，一语双关，“疼。”

资历平抿着嘴笑。

“蹴鞠屡过飞鸟上——飞鸟上！”妞妞边跟着学，边把皮球踢到空中。

书房里，电话铃声振响，贵翼转身进了书房。

不一会儿，林景轩刚进门，贵翼从书房里走出来。

董小姐带着妞妞玩皮球，资历平在旁边看着。

贵翼对林景轩：“回来得正好，去军工署。”

董细妹问：“贵军门，你们这是要出门吗？”

贵翼一愣，“嗯”了一声。

林景轩乖巧，问：“董小姐是不是要我们顺路给带点什么东西回来？”

“是的啊，你们顺路的话，去第三电报局给我拿一份今年邮局预订的文学刊物表。”

“好的，董小姐，放心。顺不顺地我都给您顺过去——”林景轩一转脸，贵翼已经出门了，赶紧跟上去。

走出屋子，贵翼边走边问道：“方小姐送‘回家’了？”

“平安到家。”

“路上平静吗？”

“遇到两条疯狗，好在我聪明，解决了。”

“怎么解决的？”

“你管那么多干吗——”

贵翼揶揄：“我——”

说话间两人已经走到车前，林景轩替贵翼打开车门，二人上车。

车开出官邸，林景轩边开车边问：“我们这会儿急着回军工署干吗？”

贵翼怼回一句：“该你问吗？”

“得，六月债还得快。”林景轩不再问，略微加快了油门。

坐在后面的贵翼倒颇有些小得意。

德国乡村俱乐部大包间里，一只雪茄点燃，香烟缭绕。

蔡鸿升说：“最近我们的军火生意暂停以后，民间有些小军火商交易频繁，抬高价格——牟取暴利。”

文四益抽着雪茄，也不说话。

阿黎站在身后。

宽而长的桌子一侧坐着蔡鸿升、陈晓律、闵逸笎和“包打听”刘焜。

蔡鸿升继续说：“特别是‘黑龙会’的人也渗入军火市场。”

文四益双眉一扬：“日本人？”

闵逸笎附和：“四爷，他们这是趁火打劫。”

“——这个生意嘛，你不做，我就做，你不敢做，我敢做，江山代有才人出，——只要不是日本人。——自己人呢，是可以商量的。”文四益对陈晓律说，“军火市场，绝对不能让‘黑龙会’的人染指，你是海关，你有权去抓，去审。找个合法理由没收他们的非法所得。”

陈晓律应着：“是，四爷。”

“——我们也闲置得差不多了，今晚开始恢复交易吧。——贵翼上任，杀了吴营长，杀鸡给猴看，他的谱也摆过了，我们这些猴子也回花果山躲了躲，算是礼让长官。——不过，做事呢，还是要低调一点。”

刘焜说：“我听侦缉处的人说，贵翼把资历平给抓起来了。他们兄弟内讧，应该无暇顾及我们了。”

“是抓起来了，还是保护起来了？”文四益反问，只见刘焜嘚瑟的脸上突然就蒙上一层灰，“有些事情就是这样，看起来是这样的，但是，实际上正相反。”他又对蔡鸿升，“——听说东北那边有人来买货？”

蔡鸿升回道：“是的，价格上——”

“成本价吧。”

蔡鸿升惊讶：“啊？”

“东北在抗日。——不过，市内的、周边民团的、小社团的可以略微涨价。让他们多割点肉，少买点枪。”

众人笑。

“对了，刺客来刺杀我用的凶枪，据查是在小军火商手上买的，三个刺客全都死了，我还活着，这说明什么啊？啊？”文四益环顾在座的各位，等待着答案。

闵逸笎说：“四爷洪福齐天，岂是宵小之辈能撼动的！”

陈晓律也说：“四爷头上吉星高照！”

“刘焜，你说。”

刘焜小心翼翼地：“四爷枪法准，那些个三脚猫功夫的近不了四爷的身。”

“你们啊，有一个算一个，拍马屁，哈哈——”他收了笑声，很认真的表情，很神秘地，“我来告诉你们为什么。”大伙都看向他，“刺客买的枪，质量不好！——嗳，帮他们免费宣传宣传。”

众人瞬间醒悟，哄堂大笑。

离开苏梅家后，刘玉斌就直奔“交通事故现场”。古纯音和交通警察还留在“交通事故现场”，钟雪萍坐在车里重新梳了个头。

见到刘玉斌，古纯音立正：“刘科长。”

钟雪萍也走下车，立正道：“刘科长。”

“怎么是你们？”刘玉斌没想到是侦缉处的人，“我接到报警电话，说刚才这里有人闹事，还开了枪，出了什么事？”

古纯音回答：“——刘科长，借一步说话。”刘玉斌随着古纯音走到一边。

古纯音叙述着，只见刘玉斌的眼睛“鹰”一样，观察着街上动静。

“你们侦缉处不打算追究了？”刘玉斌问。

“我们哪敢。”古纯音说，“人都跟丢了。”

“林景轩这是明目张胆地违反交通规则，闹市区开枪，仅凭这一条，就可以通过警备司令部军法处处置他。”刘玉斌顿了顿，明知故问地，“你们资科长呢？”

古纯音说：“这会儿，不是在医院，就是陪苏小姐回家了。”

“——好吧，这里交给我处理了。你看见那个披军用大氅的是女人还是男人？”

“不确定。距离太远，根本看不清楚——”

刘玉斌走向钟雪萍，问：“你没什么事吧？”

钟雪萍摇头：“没事。”

刘玉斌也看她并无大碍。

钟雪萍解释了一句：“林景轩是虚张声势，我估计他真实意图是在掩护某个人离开。”

“虚张声势？——我们也可以借题发挥嘛。”刘玉斌突然从警察手上拿过警棍，猛地敲击到钟雪萍的头上。

古纯音惊叫一声。

钟雪萍叫都没叫出声，就被打翻在地。

“扶她起来。”

古纯音把钟雪萍扶起来，钟雪萍的额头上渗出鲜血。

“送到我车上去。”

“您去哪儿？”

“警备司令部军法处。”

资历安下楼。

舞女茜茜家门打开着，从里面传出一男一女说话的声音。“涨涨涨，每个月都涨，你做生意的，要不要讲点信誉啊。”茜茜的声音高亢。

房东说：“——经济不好啊，什么都在涨，老实说，我靠房租吃饭的，这个地界的房子，你知道有多少人哭着喊着要租吗？——我告诉你啊，现在是没有打仗啊，真要打起来，法租界的房子租一天要用金条算的。——你在仙乐斯搂搂抱抱，一天下来就够别人一个月的租金了，好意思跟我赖啊，隔壁苏小姐啊，从来都是爽快的——”

资历安停下脚步，倾听着。

“是啊是啊，隔壁苏小姐是要嫁给政府官员做官太太的，哪里像我们这种风里来雨里去，靠自己本事辛苦赚钱的！——我上个星期生病了，一场舞都没跳，还要付医药费——”

“何必委屈自己呢？——你要肯给我做个小老婆——”

说着，房东被茜茜给推出了门：“出去，出去！！就凭你啊？你八抬大轿抬你姑奶奶做个正经大老婆，你姑奶奶还看不上呢。”

“口气好大啊，要做大老婆，也要有大老婆的命啊。——就凭你啊，啊，不是我说你啊，你看看你，二十五六了，啊，做舞女嘛没有五年也有三四年了，赚金子，赚银子，也该积攒点钱了吧——连房子都买不起的，有什么了不起的——”

“我是没什么了不起，姑奶奶靠自己，不像有些人总是鬼鬼祟祟的，趁人家不在，去别人家偷东西！”

房东一下急了，连说话都结巴了：“我偷、我偷人……偷人家啥东西了？你把话说说清楚——我是，是替苏小姐修水管子的——”

房东一边说一边退，正好退到资历安面前，撞在了资历安的身上，再一回头：“你，——”他看看苏梅的房间，又看看资历安，自言自语一句：“我老好的，老好的。——我修水管子，我偷啥东西，讲话不用负责的啊？”

茜茜“砰”地把门关上了。

“不讲道理，我，我告诉你啊，这个月不交房租，你下个月就搬！”

资历安没有理会茜茜和房东的争吵，慢吞吞地从房东身边走了过去。

房间内，苏梅贴在门边听着外面的动静，听到房东的那一番话，内心觉得房东真是“神助攻”，略微放心了。

资历安走出公寓，他的手不知不觉又碰到了那张照片。他没回头，径直走了。露台上，苏梅目送他离开，若有所思地看着，直到他的身影消失在眼前。

第二十三章　团圆宴

资历平从旁搭话："明董事长是难得的明白人，不像有些所谓的家长，给自己的孩子取了名字，又嫌弃那孩子辱没那名字，反要夺回署名权。"

"——这是给吴次长的回函，有关吴成风之死这部分，我写的是畏罪自裁。"贵翼看着手里的文件，抬头看了他一眼，江绍成说，"这样对彼此都有利。——你要直呈上去，是你亲手处决吴成风，吴次长岂肯善罢甘休。"

"我就不相信他不知道这里发生的事。"贵翼说，"掩耳盗铃。"

"我们这样做的目的，是顾全吴次长颜面。——很多事，很多秘密就此了结。——签字。快点。"

贵翼磨磨叽叽得不痛快，刚一落笔，就有士兵进来，立正后汇报道："报告军门，警备司令部军法处的人来了，要见军门。"

两人互望一眼。

会议厅里站着头破血流的钟雪萍、一脸严肃的军法处军官和刘玉斌。

走进会议室，贵翼看着钟雪萍，回头看了看林景轩。

"林副官。"

"到。"

"你打的？"

林景轩看着钟雪萍，有点纳闷："——啊？你怎么，——谁啊？"

"你长本事了，青天白日大马路上打女人！"

林景轩再看看钟雪萍，问："——我把你打成这样了？你讹人呢？"他转对贵翼，"我？——她？——哪里有！"

刘玉斌主动上前，立正："报告贵军门，情况是这样的，今天早上七点零十分，贵司副官林景轩在大马路繁华地段开车逆行，险些酿成车祸。贵司副官林景轩不但不听从交通警察的警告，反而对这名开车的车主进行殴打、谩骂，闹市区开枪，造成街道拥堵。属下接到市民报警后，立即赶到现场，及时疏导了交通，并立即呈文警备司令部军法处，请贵司副官林景轩去军法处接受质询。"

贵翼不说话，在房间里来回踱着步子。

刘玉斌说："贵军门，繁华路段逆行，闹市区开枪，军人殴打妇女，是会引起民愤的。"

贵翼一摆手，走到钟雪萍面前，问道："姓名？"

钟雪萍低着头，看了看刘玉斌，说："钟雪萍。"

"开的什么车？"

"吉普车。"

"军用的？"

"是。"

"职业？"

钟雪萍身体一颤。

贵翼喝道："说话！"

"卑职，卑职是警备司令部侦缉处二科特务钟雪萍。"

贵翼点点头，对刘玉斌说："你们事先没有达成一致啊。"

"贵军门，钟雪萍的确是侦缉处的人，可是，当时她是在执行公务，而林副官公然逆行冲撞，险些——"

贵翼轻描淡写地："不就两个当兵的当街打架吗？刘科长可能不知道，我在这间会议厅里警告过侦缉处二科的科长资历安，不要在我家门口遛狗，也不要放狗跟着我贵公馆里的人。——明白了，刘科长。你一个警察局搞刑侦的，别跟着掺和这些混账事！我贵某人的眼睛里可不揉沙子！"

刘玉斌忙道："是，是。"

贵翼转对军法处军官：“还有什么事？”

“卑职是奉命前来请林景轩少校去军法处的。”

“林副官。”

“到。”

“武装带。”

林景轩解下武装带，双手递给贵翼，站立军姿。

贵翼接过武装带，缠了缠，对准林景轩就是三下。

林景轩一动不动。

贵翼对军官说：“回去告诉你们处长，两个当兵的当街斗殴，我已经处置了。”

“贵军门，这件事我们军法处已经接案了，理应按军法——”

贵翼对军官，凶悍地：“军法，老子就是军法！”

军官立正：“是。”

贵翼对林景轩：“送客。”他把武装带扔还林景轩。

林景轩大声地：“是！军门。”

资历安修剪着花枝，古纯音站在他面前汇报着情况：“——林景轩开枪以后，场面一度混乱。钟雪萍的头被打破了，去陆军医院缝了三针。幸好没什么大碍——刘科长带着钟雪萍去了警备司令部军法处，以闹市区开枪，殴打妇女为由，申请拘押林景轩——”

资历安眯着眼睛把花朵的方向朝阳光处挪动了一下，冷不防地：“林景轩的车上坐的是男人还是女人？”

古纯音一下踌躇了：“没，没有看清楚——”

资历安倏地站起来，扬手就是一耳光。

古纯音立正。

资历安冷笑：“刘玉斌申请拘押林景轩？他是想把人弄到军法处，好好问一下，那车上中途溜掉的客人是谁？”

“是。他应该是这样想的。”

“刘玉斌这个人就是幼稚。林景轩是什么人，贵翼能让他给带走？不自量力。”他重新走到办公桌前，继续摆弄他的插花，“——继续监视贵翼的公馆。”

“是。”

“还有，24 小时监视苏梅的家。——查查她的房东。”

“她房东？”

“对，姓名、年龄、职业、家庭成员——”

“是，资科长。”

“——你还有什么事？”

“资科长，警察局的刘科长说，今天中午请你吃个工作餐。”

资历安停下脚步：“刘玉斌？”

“是。”

“请吃饭？”资历安说，“搞什么名堂。”

林景轩载着贵翼过街：“你说江参谋长急着叫我们去兵工署，就为了给吴次长写报告。——我们去了，他两句话又把我们给打发回去，江参谋长平日里挺干练的啊，这里面是不是有什么事啊？”

贵翼出神地看着窗外街景。

见贵翼没有回应，林景轩叫道：“哥。”

贵翼反应过来：“嗯。——江参谋长是谋士，做事谨慎，凡事不得请示汇报一下啊。”

“——就他跟您这关系，还用凡事谨慎汇报？打个电话就能说清楚。”

贵翼答非所问地：“——我在想，刘玉斌为什么今天会这么卖力地掺和进来？——他跟侦缉处的特务是什么关系？他是不是与资历安勾结已久？”

“啊？嘿，他赶上了呗。——刘玉斌，做侦探的嘛，总有点正义感，喜欢帮人打抱不平。——还肯护着兄弟，水警署那次，就挺仗义的。”

“‘正义感’？——钟雪萍头上的伤真是你打的？”

林景轩抱屈：“怎么可能！——我要不是为了给方、为了平安送客人回家，我跟一女特务大马路上纠缠什么劲，我要真的动手——她还能完好无损地站着——”

“那就是有人帮忙‘打’了——”

“目的呢？总不会就是单纯‘陷害’我吧？”

"问得好。要么，我们判断错了，要么就是刘玉斌故意'陷害'。——这个刘玉斌跟我们接触以来，一直循规蹈矩，这次一反常态地跳出来表演，恐怕是真的着急了。"

二人沉寂。

"哥，我要顺路去趟第三电报局给董小姐拿一份今年邮局的预订文学刊物表。"

"你去吧，——等等，停在这儿，就停在这儿好了。"贵翼看见了"松月包子铺"的招牌和人气。

"停这儿啊？你要干吗？"

"我去买几个包子。"

"买什么？"

"包子。"

"我去好了——"

"你忙你的。一会儿过来接我。"他颇有兴致地下车了，"嘿，一会儿我替妞妞也买几个回去。这家味道地道，老字号。"

林景轩嘟囔着："自己馋就自己馋，别拉妞妞小姐做挡箭牌。"

贵翼回头要说他两句，发现林景轩已经径直开车走了，却碰了一鼻子汽车尾烟。

临街的"松月包子铺"前面排着长龙，人们很有秩序地一点一点前进着。贵翼穿了一身中山装，很低调地站着排队。卖包子的店主人和伙计忙得汗流浃背，妻子在一旁收钱，她旗袍下的肚子是鼓胀的，怀着孕。

贵翼排在人群里，感到愉悦和自由，安静地享受着这片刻"安宁"。

文四益和阿黎走来。他首先看见了贵翼。因为不管贵翼怎么穿着打扮，他站在人群里永远是"鹤立鸡群"的，然后对阿黎耳语了几句，朝着贵翼走了过去。

"哟，军座好，您亲自排队啊？——不是有什么行动吧？"文四益的声音从后面传来。

贵翼被他凭空一喊，打破了"宁静感"。队伍里有人开始张望，有人开始窃窃私语。

“文先生好，又见面了。”贵翼只好应和道，“哪有什么行动，就是馋了而已。”

“想不到你也喜欢这家的包子。”

贵翼客气地：“——实不相瞒，我就好这一口。”

文四益跟他拉近乎：“同道中人啊，同道中人。”

两人就这样肩并肩站着。

“贵军门，您看，您公务忙，也别排队了，我这就吩咐阿黎——”他示意阿黎去找店老板。

贵翼赶紧拉着：“别，别——就这样挺好。”

“您可是将军啊，有权有势——”

贵翼截住他的话：“权力又不是用来插队的。”

文四益突然凝视他，“呵呵”一乐：“贵军门果然是一股清流啊。”

“哪里，军人嘛，习惯守秩序了。”

“说得好，守秩序。——这法国人啊常说只有秩序才能换来自由。不过呢，这可是在上海，这里讲的是谁更有面子——”他话音未落，店老板和老板娘都满脸堆笑地跑过来，老板手里捧着两个精致的食盒，对文四益点头哈腰。

“四爷，四爷来了，我们没瞧见，这个孝敬四爷，四爷您拿着，不，不，阿黎姑娘给拿着——这位先生也请拿着。别见怪，啊，太忙了，人多——您多包涵。”

老板娘腆着大肚子也跟着鞠躬，弄得贵翼很不好意思。

文四益亲手接过来，再递给贵翼：“贵军门，拿着吧，人家也是一份心意。”

“多少钱？”

老板和老板娘一起鞠躬，一口一个：“您拿着，——喜欢就常来——留个地址，我们可以专门给您送——”

文四益对贵翼：“看见了没？——权力真的不需要插队。拿着吧，他们是给我面子，这就是场面上的人，哪怕一碗粥，一个包子呢？——谁都不能跟你争。”

见状，贵翼也不好拒绝，只好拿着。

顺着街道散步，两个人一边走一边吃着包子。

阿黎远远跟在二人身后。

林景轩开车过来，一见此情此景，嘴里嘟囔了一句：“我的天，这是要干吗？”

“你那个什么馅的？”文四益问贵翼。

“蟹黄。”

“我这个是猪肉馅的。”

“各有各的味道。”

“——包子的品质在馅，这人的品质在内心。”

贵翼浅笑：“文先生，吃个包子而已。”

文四益淡笑。

贵翼有意无意地：“听说国际大饭店死了三个刺客，是您的下属吗？”

“曾经是。”

“他们都是巡捕房的‘包打听’吗？”

“不，不，他们都是负责我赌场、舞厅的清洁工。你知道，场子大，人多，脏。——得不停地有人清扫。不然，舞小姐的高跟鞋都得踩着灰——”

“哎，你场子里的清洁工平常出门都带枪吗？”

“嘿，那都是业余时间，上班的时候，他是你的下属，下班的时候人连你祖宗十八代挨个问候，这是别人的自由。嗳，所以啊，他们下班了，带不带枪都跟我没关系。”

“文先生很有气度。”

“有小弟时常跟你唱唱反调是好事，至少，你可以听到另一种声音。”

贵翼颇有感触：“真想不到文先生也是一个孤独的人。——孤独到用枪声才能听到‘建议’。”

“贵军门在军政界都颇有名望——”

贵翼风趣地：“名望谈不上，插个队而已。”

文四益“哈哈”大笑，点头：“插个队而已。”

阿黎手上提着食盒，远远地跟在二人身后走着，林景轩突然贴过来，唬了阿黎一跳。

“——这是怎么回事啊？——啊？姑娘？”

“吃包子啊。”

“吃包子？”

阿黎一举食盒：“还有呢，你吃吗？”

林景轩摇摇手：“我不吃。”

文四益和贵翼继续说着话。

“——这家包子铺的老板，原来啊，总被些地痞流氓欺负、打压，后来我知道了，我就经常来光顾他这家小店。——你猜怎么样？那些个小混混吓得再也不敢来捣乱了。——这包子铺的生意是越做越好。有一次我问老板，你需不需要扩大经营啊？他说，四爷，我知足啊。我就想守着这一亩三分地，踏踏实实地过日子。”

贵翼很认真地听着。

“——我觉得这个老板很务实。我常常告诫我的下属们，不要把重点放在钱上，要把重点放在人脉上。钱跟情——分析，重点放在人上，钱是随时随地可以贬值的，生意呢，是永远有的做的。”

“文先生，真人面前不说假话，我知道你是全上海最大的黑市军火供应商，而你的货源是非法渠道所得。我贵翼是个军人，军人以国家利益至上。文先生的生意不触及‘军火’二字，则与贵某人无关，但凡触及军火，恕贵某人职责在身，不能坐视不管！”

文四益笑笑，指指贵翼：“年轻就是好，有锋芒，有血性。——不过呢，不要动不动就把家国大义挂在嘴边上，家国大义是用性命来换的，不是杀几个贪官、抓几个黑心商贩就能换取的。国家要真到了危亡的时刻，有些人嘴里的家国大义是最不堪一击的。”

“文先生说得是，不过，贵翼可以向文先生保证，真到了国家危亡的时刻，贵翼当以鲜血荐之。”

文四益顿时站稳身形，一动不动。

贵翼与他直面相视，二人稳如泰山。

文四益微微一笑：“贵军门两袖清风，一身正气，实在令我们这些大上海的‘淘金客’敬仰——”他示意二人继续前行，贵翼跟上他的步伐，“说到生意，就不得不提到‘江湖’。——贵军门知道什么是‘江湖’吗？”

“庄子云：泉涸，鱼双与予处于陆，相濡以沫，不如相忘于江湖。”

“是啊，——泉水干涸了，两条逃不走的鱼，为了生存，彼此用嘴里的湿气来滋润对方，苟延残喘。——倒不如原来互不相识，各自归于大海。——你我也是如此。各行各事，相安无事。——真到了死亡边缘，说不准还得互相帮助呢。”

贵翼低头沉吟。

“于今乱世纷纷，贵军门，囊中有钱，朝中有势，不如江湖有友啊。”

“文先生既然推心置腹，贵某人也就开诚布公了。——贵翼是军政要员，文先生是地方霸主，——彼此都是人在江湖。”

文四益笑了。

“贵某人也有身不由己的难处。——我会酌情处理某些‘生意’上的往来。但凡彼此守着‘秩序’，保持适度的空间，——那就相忘于江湖。”

“好，嗯，今天的包子吃起来特别有滋有味。”

两人身后，林景轩大口吃着包子，吃得流汤滴水。

阿黎嫌弃地看着他：“不是说不吃吗？一口气吃了五个。”

文四益笑盈盈地向阿黎招了招手。

贵翼回眸二人。

阿黎提着食盒往前跑去。

林景轩也跟着跑。

“这食盒带回去给小孩子吃吧，一点心意。”

贵翼也不客气：“那就恭敬不如从命。”

林景轩赶紧从阿黎手上把食盒抱过去。

“我在这儿呢，多说一句，军门勿怪，小资历来讲义气，是个性情中人，他与贵军门的家事渊源呢，我也略有耳闻。——他现在被拘押在贵府，还恳请军门网开一线，多多照顾。”

贵翼万没料到他突然替小资讲情，旋即微笑：“谢谢文先生，小资有文先生这样的朋友，也是他的荣幸。”

“不敢当，彼此都是声名狼藉之辈。”他这样讲，贵翼不知如何接话，“我看军门的确是个实在人，我就说句实在话。像你我这样的人，根本就不需要‘秩序’。所谓的‘秩序’是我们制定的，我们管他叫‘秩序’，他就叫‘秩序’，我们管他叫‘规矩’，他就叫‘规矩’，而我们的内心时时刻刻恪守着这些‘秩序’和‘规矩’，从未动摇，才会有你我今日之前程。”他贴近贵翼耳边，低语，“你杀吴营长的时候，是立威，还是立法？你能分清吗？分不清的。”他收回身形，一拍贵翼肩膀，“假如，我们曾经因某事而势如水火，但是，也会因某一件事瞬间退回‘原点’，你信吗？”

“试试。”

文四益咧嘴一笑：“——问妞妞好。”

贵翼愣住，真的一句话“退回了‘原点’”：“谢谢。”他的口舌莫名的干燥。

“有空一起喝茶。再会军门。”

“再会。”

街上车来人往，川流不息。资历群站在路边看着报纸，报纸上一则香烟广告“霞美人烟草公司，出品美人梅子牌香烟，新货新品，烟丝美味，尽在手中。公司地址，小沙渡路贰佰号，电话，一四三零。”映入眼帘。他喜气洋洋地仰望天空，晴空万里无云。

一辆卡车停在草坪上，搬运工正在往下搬钢琴，资历平检查着钢琴的外表，“司机”戴着一顶贝雷帽走到资历平面前。资历平一抬头，一怔，他突然下意识地回头看看官邸，看到别墅的窗口上都没有人。

董细妹躲在窗口边，朝外窥视着，看着草坪上的每个人。

资历安推开莫奈西餐厅的门，刘玉斌先看到了他，朝他挥了挥手，说：“这儿。”

资历安走过来，面前桌子上已经摆上了热气腾腾的菜。

刘玉斌说：“你就是运气好，我干坐了半天，不上菜，菜一上，你就来，来来，趁热吃。”

资历安坐下：“我还有一大堆事，你把我叫来，干什么？就为了吃饭啊？”

“你深居简出的，生活状态一点也不健康，我叫你出来呼吸呼吸新鲜空气，你看我多好。你不觉得你身上有一股子霉味吗？”

“霉味倒没有闻到，酒香味倒是闻到了。”

刘玉斌笑起来，斟酒。

“今天谢谢你。”什么话还没说，资历安先道谢。

刘玉斌懵懂：“嗯？”

“我两个属下不争气，劳刘科长替他们操心了。”

刘玉斌明白了，他这是为了早上的事情跟自己道歉：“不提了，不提了。我原想给你的人出口气，没想到啊，贵翼啊，人就一个军阀，谁去碰都吃瘪。”

资历安笑笑。

“老弟，我有一条前所未闻的私家八卦消息要义务送给你。”

资历安一摆手：“我对明星八卦、豪门恩怨没兴趣，你不用送我，留着自个儿享受吧。”

刘玉斌站起来，凑到资历安耳边，低声细语。

资历安疑惑地：“不会吧？”

刘玉斌颇有深意地点点头。

资历安心里很不爽，对着刘玉斌，脸上做出一副无所谓的样子，蔑笑道：“天要下雨，娘要嫁人，随他吧。——当日，贵翼带他走的时候，我就预计到小资要攀龙附凤了。”

“你对小资认祖归宗这件事，有什么看法？不带偏见的，用一句话表达。”

资历安喝了一口酒：“有前途！”

“真心话？”

“真心话。”

“不过呢，按常理说，一个被大家族遗弃过的孩子，突然间被大家族给承认了，是不是应该低调点，毕竟他是你们资家给养大的。就算要回去，也不能这样大张旗鼓。”

“依你说，他该怎么回去？”

“依我说啊，青衣小帽，一顶小轿，避开行人，绕开官道——”

资历安笑起来：“这不是认祖归宗，这是小老婆进门。”

“——你们资家虐待过他吗？”

资历安一抬头，把筷子放下了：“天理良心！”

“那就奇怪了。除非贵翼想借此机会做点文章——”

“贵翼此人，城府很深，不容易有把柄落下。”

“也许看完这场‘团圆宴’，我们会有答案。”

“我很好奇。”资历安说，“他们这样做，会聚焦所有人的目光，不冒险吗？”

刘玉斌端起酒杯：“上海，历来都是冒险家的乐园！”

二人干杯。

林景轩在厨房里忙活着，蒸锅里“热”包子，他准备着盘子、筷子。妞妞闻着香味，踮着脚尖，抻着脖子，站在他身后，等着吃。包子热好，他把热气腾腾的包子放到盘子里：“来，坐着吃。”

妞妞赶紧坐下，林景轩把包子放到小方桌上。她一小口一小口地吃着热气腾腾的包子。

“——好吃吗？”

妞妞点头，一边吃一边说：“给小资哥哥和董小姐也留两个。”

“放心，都有。”林景轩满足地看着她。

阳光明媚，贵翼换了一身休闲装，和资历平在草坪上散步，兄弟二人各怀心事，虽然心中有事，但是彼此都很珍惜这安静悠闲的美好时光。

贵翼站在暖暖的阳光下，仿佛能看到贵婉站在草坪上的身影，他有多少悲情感慨都不能倾诉，哪怕现在身边站着另一个“贵婉”，他在世上唯一的亲兄弟。

“我今天遇到你的一个朋友。”

“谁？”

“文四益。”

“嗯，全上海最大的军火供应商。一人坐拥上海商界半壁江山。”

“他枪法怎么样？”

“一流专业水准。”资历平问，“你有麻烦了？”

“他有麻烦了。”

资历平笑笑:“那看你们谁能先发制人。”

“你对他有什么可以补充的信息给我?”

资历平答非所问:“我欠他一个很大的人情。——你们的事我不参与,不站队,不鼓励,不反对,不纠结。”

“你好像很欣赏他。”

“江湖上行走,多少要有点人情味。”

“这话听上去,有点挑针带刺。”

资历平笑着:“我可不敢。”他向花树下走去,巧妙地换了个话题,“——军门,你花园里的花该修剪了。”

“我是军人,对这些花花草草,天然地少几分闲情逸致。”

“这可是你的官邸。”

“知道郭子仪吗?”

“唐朝大将,平定安史之乱,有再造唐室之功。”

“郭子仪建功立业,唐王赏赐功臣王府一座,他去花园指挥花匠如何加固园林,花匠告诉他,这座园子经历无数风雨,只见换过主人,从未见摧折一株树木——郭子仪听完后,扭头就走,再也不问园中花木之事了。”

话至此,兄弟二人俱笑起来。而且,笑声不止。

门廊下,林景轩面无表情地看着他俩。

会馆房间里,苏成刚和李磊走进来,方一凡见到李磊,忙问:“路上安全吗?”

李磊回答:“安全。”

“明天小组的统一行动,一定要做好安全保障,确保‘203’的安全。”她又问苏成刚,“医院那边怎么样了?”

“医生已经联系好了。”

方一凡又问:“甄别工作所需要的房子呢?”

李磊说:“来不及准备了。——地窖行吗?”

“不行。——地窖绝对不能因任何人任何原因暴露。我们必须保证物资的绝对安全。”

苏成刚问："贵翼值得信赖吗？——我们的物资可以调用他们的军列吗？"

"贵翼现在是我们解决危机的唯一选择。但是，帮助救人是一回事，要调动军列把物资运出去，那是另一回事。"

李磊认同方一凡的想法："我也觉得太冒险。"

"稳住阵脚，'地窖'那边跟老板继续谈续租合约，趁贵翼还没有变卦之前，保全'203'。用军列运输，那不现实。"方一凡说，"不过，可以借用贵翼的力量，设法开出一条新'航线'。"

苏成刚说："贵翼变相帮助我们，——他未必不知道这件事的严重性。"

"所以我们的行动只能是一个字'快'。"

李磊问："谁对明天的行动负责？"

方一凡说："我负全责。——听着，不管付出多大的代价，我们都必须完成运送任务，确保前线物资安全。——苏成刚。"

"到。"

方一凡开始布置任务："全面负责协调工作。"

"是。"

"李磊。"

"到。"

"高度戒备，随时应战。"

"是。"

"关于甄别用的房子——我知道原来'烟缸'有一处房子，属于秘密联络点，地址在麦特赫司脱路——"

三个人开始商量对策。

"珍重这花月良宵——分离不如双栖的好——"仙乐斯舞厅里，现场乐队演奏着舞曲。茜茜唱着歌，舞池里男男女女正合着节拍跳舞，一派欢乐场面。

苏梅走进舞厅，服务生带座。

不一会儿，刘玉斌从舞厅内侧走了出来。

舞厅外，细雨绵绵，街边小铺子前，一名特务拨通了资历安办公室的电话。

“哪里？仙乐斯？——她一个人吗？替我盯住了，我马上到。”说完，资历安阴郁地挂了电话。

刘玉斌给了苏梅一个“暗示”，苏梅离开座位，很快消失在舞池里。

古纯音左右张望着。

刘玉斌拉着苏梅走进一个暗角，小心翼翼地察看四周后，关心道：“你身体怎么样？”

“伤口不深，没伤到要害。”

“资历安有察觉吗？”

“他好像闻到点味道。”苏梅说，“我叫你查的事，有进展了吗？”

“我发现了一条关键线索。”

“什么线索？”

“你没有看到我留给你的照片吗？”

苏梅倒吸一口凉气：“没有。”

刘玉斌意识到了什么：“上当了。”

苏梅也马上反应过来：“肯定有人跟踪我，现在怎么办？资历安在这方面是个‘疯子’。”

“长话短说，我找到一张漕泾河越狱犯人的照片。资历安利用职权，把资历群和另一个犯人佟阿大在监狱里‘调了包’，所以我拿到那张资历群的照片，想让你确认一下是不是你怀疑的那个‘影子’，也就是当年的秦守仁。”

苏梅像被刀片刮了一下。

“我找个地方躲起来，你得为你来这找到一个恰当的借口想办法说动资历安。——你会有办法的。”他拍拍她的肩膀，闪身走了。

过了一会儿，苏梅走出暗处，朝着前台走去。

舞池里，人们翩翩起舞。苏梅突然看到自己的房东，他正在跟一名舞小姐献媚。苏梅打定主意，走了过去：“顾先生，好巧啊。”

“哎呀，苏小姐，你怎么也到仙乐斯来了？”

“哎呀，顾先生，你来得，我也来得的啊，顾先生，我正有要紧事情要找你呢。”

房东立刻抛了舞小姐，迎合苏梅："苏小姐有事，我是一定帮忙的。"

苏梅故作神秘地："顾先生，我有个嫡亲的姑妈在香港，前天去世了，留了一大笔钱和房子，我姑妈没有孩子，把这笔钱和房产都留给了我。"

房东眉开眼笑："好啊，好啊，苏小姐，苏小姐一看就是天生带财的呀。"

"——这件事呢，我有好多都弄不清爽的，特意向顾先生请教请教——顾先生，我们找个安静地方谈谈可好？"

"好啊好啊——"

资历安气急败坏地开着吉普车往前冲，直奔仙乐斯舞厅而去。他一个急刹车，吉普车停在了舞厅的门口，他没有下车，坐在车里，点了一支烟。

过了一会儿，见苏梅和房东从仙乐斯大门走出来。

苏梅眼尖，早就看见了资历安的汽车，她故意"崴"了一下脚跟，房东殷勤地搀扶她，她好意拒绝着，房东更加关怀备至。

从资历安的角度远远望去，活像是房东嬉皮笑脸骚扰苏梅。

苏梅和房东向一条小街走去，有特务跟出来。

资历安发动汽车。

咖啡厅的透明玻璃窗下，苏梅跟房东说着话。资历安的汽车停在街边，密切地观察苏梅和房东的一举一动。

许久后，见苏梅和房东走出咖啡厅，资历安发动汽车，尾随在后。

临别前，房东对苏梅动手动脚的，苏梅很有礼貌、很客气地跟房东告辞，房东用一种猥琐的眼神看着她，苏梅镇定地离开。

房东哼着小调往前走。

资历安手握方向盘，脑海里走马灯的一样，心火上升，猛踩油门，"轰"了上去。房东一边走，一边回头骂："神经病——有车了不——啊！"一声惨叫，房东滚到了街沿一棵梧桐树下。

又是一个猛刹车，资历安脸色铁青地喘息着。苏梅不知从什么地方跑出来，脸色苍白，她朝房东跑去。

房东一脸的血，虚弱地："——苏，苏小姐，救救我——"

苏梅一脸焦急地把手伸过去，突然一下扼住他的喉管，捂住他的口鼻，双管齐下，房东睁着一双惊恐的眼睛，瞬间毙命。

资历安从后视镜里看着苏梅的举动。

苏梅上车，关紧车门。

资历安一脸阴森地看着她。

苏梅面无表情：“他死了，你刚刚杀了他。——快开车，你难道想引火烧身吗？”

资历安发动汽车：“你为什么会出现在仙乐斯？”

“你为什么跟踪我？”

“先回答我的问题。”

“我去给我的房东送钱，他打电话告诉我，他太太得了急病，让我提前把下个月的房租给他——他说他在仙乐斯找人借钱。我就过来了——”

资历安的心，翻翻滚滚：“他打电话给你，你就过来了？”

“这套房子很划算——而且，将来要真的打仗了——”

汽车猛地一个甩弯，停下了。

苏梅说：“——你，太冲动了。”

资历安恶狠狠地一砸方向盘：“就为了房子！”

“房子不重要吗？”

资历安一口气堵在胸口！

安静。

一阵安静。

苏梅慢慢地：“——没事了，放心好了。一切都结束了。”

资历安回魂，吞咽了一下唾液：“——也许对你而言。”

苏梅一愣：“嗯？”

“我觉得，事情才刚刚开始。”资历安发动汽车，驶离大街。

天上细雨绵绵，雨水细而无声地落在街面上，一辆黄包车载着一个国民党副官行驶在街上。灯火璀璨，雨街清新，车如流水马如龙，两辆车擦肩而过。

一家人都围着钢琴转，妞妞在钢琴边用小手按琴键。贵翼从书房里换了一身礼服出来。

资历平看着他。

贵翼很得意地问："怎么样？"

"衣服？"

"钢琴。"

"多少民脂民膏——"

"滚你的。让买的是你，开骂的也是你。"

"——我觉得你穿礼服更合适。"

"为什么？"

"杀气少点。"

贵翼自我表扬地："不怒自威。"

"随和点。"

贵翼继续嘚瑟："平易近人。"他走到妞妞跟前，心情大好地，"妞妞，钢琴好不好？"

妞妞开心道："好——"

贵翼握住妞妞的手，一气胡弹，妞妞"咯咯咯"地笑，贵翼也笑。

"真是煮鹤焚琴——这也难怪，金无足赤——"资历平刚要走过去，贵翼抢先一步，站在琴凳边，一招手，资历平以为叫他，却发现贵翼邀请的是董小姐。

董细妹欣然接受邀请。

贵翼说："《唐璜》第二幕。"

董细妹点头。

一曲莫扎特的《唐璜》第二幕《小夜曲》随着两人的指尖流淌而出，四手连弹，美妙无双。

两人珠联璧合地演奏着《小夜曲》，资历平、林景轩、妞妞听得入神，一幅美妙娴静的画面。

一曲演奏完毕，资历平对贵翼说："对不起，我真是看走眼了。"

贵翼微笑："人无完人。"

兄弟二人，笑意盈盈。

上海大饭店高朋满座，冠盖云集，彩球纷飞，欢歌笑语，整个乐池包装

得花团锦簇，一派不是节庆胜似节庆的喜气。

贵闻斑一袭海青色长衫，显得温润飘逸，他和蔼可亲，也不刻意修饰，十分洒脱，颇具儒者风采。

明堂陪着他前后应酬，忙得不亦乐乎。

“恭喜恭喜。恭喜贵老爷。”

“父子团圆，人间乐事啊。”

“恭喜贵老爷，贺喜贵老爷。”

“贵公子今日认祖归宗，实乃人间传奇啊。”

大伙儿一窝蜂地恭喜团圆。

明堂迎客道：“来来，大伙请到席间就座——哎哟，荣大少爷、荣大小姐来了——李经理，请请，哎呀，刘科长，刘科长也来了——贵客，贵客。请，请。——苏医生来了，夏院长，这边这边，前台就座。”

刘玉斌、苏成刚等人都纷纷就座。

苏梅也来了，她穿了件宽大的外套，戴了副墨镜，悄悄地走进会场。

酒店走廊上，三个西装革履，文质彬彬的青年男子健步走来，贵翼走在最前面，林景轩和资历平紧随其肩。

记者们已经悄悄跟上，闪光灯的青烟频冒。

“我怎么称呼老人家？”资历平问。

“谁？”贵翼这一句一出口，就明白过来，说，“叫父亲。”

“叫你什么？”

“叫大哥。”他说完这一句，看也不看资历平，大步流星地往前走。

林景轩赶紧暗示资历平跟上去。

资历平很听话，立即跟随贵翼的脚步，走进会场。

三人走进会场，犹如耀眼明星，很多宾客都注意到了他们。

贵翼小声地：“你木讷一点，尽量少说话，不说话。”

资历平问：“父亲要问呢？”

“有问必答。”

“说实话吗？”

贵翼停下脚步，资历平也站住了，转脸看着他，说：“你听着，你要敢说出一句伤害贵婉名誉和贵家家族名誉的话，我一定让你后悔一辈子。”

“啪”的一声，有记者拍照，林景轩一指记者，记者赶紧跑。

资历平问：“那你需要我做什么呢？”

“规规矩矩地吃一顿饭。”

“表情呢？”

贵翼表情略有夸张：“迷人一点。”

“贵军门，哈哈哈。”一只手从贵翼背后伸来，直接拍打他的肩膀，“贵军门，恭喜恭喜啊。——令尊与令弟今日团圆欢聚，一句话，家和万事兴，哈哈哈。”明堂打着哈哈，一脸的恭维相。

贵翼含蓄地微笑：“谢谢，谢谢明董事长。”

“令尊就在前面，去请个安吧。”

“好的。”他转脸对林景轩说，“看着他。”

林景轩道：“是，军门。”

贵翼当着明堂的面，毫不客气地对资历平说：“我没给你戴手铐，就算是格外开恩了。你一会儿表现好一点，让老爷子高兴高兴，可别耍花样。”

资历平笑着：“我为什么一定要听你的？”

“我年龄比你大。”

“是吗？这也算理由？我个子比你高。”资历平略有调侃。

贵翼不咸不淡地：“是你站的位置比我高。”

果然，资历平站在一个小台阶上。他“扑哧”一笑，贵翼转身向前走去，明堂拿着红酒紧跟着他。

一瞬间，音乐停止了，全场来捧场的嘉宾也安静下来，人们非常知礼识趣地让出一条道路，位高权重的贵翼像一束阳光一样，带着资历平、林景轩，穿越由注目礼形成的夹道，三个翩翩绅士，像一泓灿烂旖旎的湖水，荡起千层涟漪，投射出万丈光芒。

“父亲。”贵翼走到贵闻斑面前，躬身致敬。

贵闻斑站起来，脸上泛着慈爱的微笑，贵翼附耳上前，低声细语。

明堂赶紧把资历平往前引荐。

贵闻斑仿佛是带着终身亏欠在看小儿子。

明堂热情地："来来来，介绍一下，介绍一下。贵闻斑贵老先生，也是令尊大人。"

"贵老先生好，晚辈资历平。幸会。"资历平不卑不亢地伸出一只手去。

贵翼的脸色变得很难看，明显不悦。

贵闻斑听他叫自己"贵老先生"，心中别有一种甜中带酸、酸中带涩的滋味。

似乎有一点冷场。

贵闻斑意识到了这一点，他很快伸出双手去，两手合拢紧扣资历平的手，说了句："谢谢你肯来见我。"

看客们原本信心十足地要看一场父子相认，抱头痛哭，想想都激动的活报剧，结果没想到两人相视一笑，握握手就替代了所有的情绪，所有看客的希望落了空，情绪都有点落寞。

"好啦好啦，一家人不说两家话。——坐，坐啊，都坐，都坐。"看客们纷纷入座，明堂一边让大家坐，一边介绍主陪的人员，"这位是刚从德国回来的苏医生，非常非常有名的外科大夫，我的老友。"

苏成刚站起来，跟大家示意。

"这位是驻法国大使馆中尉武官，吴先生。——这位是荣氏企业的公子，荣先生。——我弟弟明斋。——贵老爷子。苏州首富。曾经留学法国，是我国著名的哲学家，还有一个小秘密。贵老爷子还是武术界的高人。哈哈哈。全才，全才。哈哈哈。——这位我就不用介绍了，贵翼，贵军门。还有我们的主角小资，不，不是，应该是上海滩上的贵公子了，贵公子请坐。"

一语双关。

"晚辈荣幸，恭陪末座。"资历平谦谦细语，在贵闻斑的对面坐下了。

贵翼陪着父亲坐着，给父亲斟茶，林景轩站在他们身后。明堂注意到了，赶紧站起来，说："明斋，你陪这位副官去另坐一席。"

明斋应声，站起来。

林景轩一味谦让，却拗不过明堂的热情。

贵翼发话："客随主便。"

林景轩也就顺势应了，和明斋独坐了一席。

贵翼看了一眼明斋，问明堂："明斋多大了？"

"二十了。"

"我记得你还有个妹妹叫明轩。"

"嗯，在金陵女子大学读书。"

"你们家孩子的名字取得都挺有特色的。"

"那是，我跟你说，明楼、明台、明斋、明轩……原来啊，我们家长辈是打算给明轩取个花啊草的，譬如，明镜，明月，明霞，我啊，就觉得这个'轩'字好，'仰见城西楼，回光照文轩'，美啊，亭、台、楼、阁、轩、榭、堂、斋，男孩能用，女孩也能用。别人家男尊女卑，我们明家男女平等，新生活。"他爽朗地笑着。

资历平从旁搭话："明董事长是难得的明白人，不像有些所谓的家长，给自己的孩子取了名字，又嫌弃那孩子辱没那名字，反要夺回署名权。"

"那是，我啊……"明堂一看贵家人的脸色都有点变化，忙改口说，"那也不是，俗话说得好，家家有本难念的经。"他笑着掩饰着座上客的情绪，"我们今天是团圆宴，大伙高高兴兴的，拒绝讨论家庭问题。哈哈哈。"

资历平不以为然："我倒不知今日是谁家父子的团圆宴？"

第二十四章　往事难堪回首

温情问道的情势瞬间逆转为飞扬跋扈，变化之快，速度之猛，令人防不胜防，众人甚至来不及惊诧，台上两父子已经打得难分难解。

一个拳法精密，一个厚重老成。

贵翼默不作声地放下酒杯，神色严峻。

明堂心里大概知晓些“长辈恩怨”，于是，继续打圆场，说：“嘿嘿，小资的秉性，历来都是快人快语，快人快语。各位不要见怪，不要见怪，想当年，他在这摆花酒、唱堂会的时候——”他一下子就卡住了。

资历平忽然仰头笑起来，说：“那叫一个花天酒地，纸醉金迷。”他笑眯眯地站起来，拿起手中酒杯。

明堂一看是个好兆头，赶紧把酒杯拿起来，说：“今天是个好日子，百无禁忌。”

贵翼默默地拿起酒杯来。

明堂举杯：“来来来，大家举杯，我先干为敬。”

贵闻珽也举起酒杯，笑看着资历平。

资历平清清朗朗地说：“这杯酒，先敬我娘。——我娘云游世界去了，这一杯，我代我娘喝。”他一杯见底，干了。

明堂继续捧场，一边给资历平斟酒，一边说：“这第二杯该敬父亲大人了。”

资历平举杯走到贵闻珽面前，说：“贵老先生，晚辈有一事不明，今日要在尊前请教。”

“请讲。”

“贵婉是谁？”

贵翼冷喝一声：“小资！”

资历平依旧笑脸盈盈，低声下气地再问一句：“我就想知道，我在贵家有无名分？”

“有名分。原先你叫贵婉，后来——”

“好一个原先我叫贵婉。”资历平扯着嗓子怪叫一声，手中的酒杯重重一放，酒汁荡漾，飞溅在贵闻珽的袖口上。

邻座的林景轩被吓得打了一个激灵。

看客们的好奇心一下就被吊起来了，原来，真的“活报剧”才刚刚开演，心里着实又激动起来。

贵翼忍着气：“小资，注意你的态度！”

“我的态度怎么了？我已经是低声下气地在求一个答案了。贵军门你一生下来，走的就是一马平川的大道，而我资历平，是一个优伶之子，是从坎坷世路漂泊而来。二者生来不公，岂可同日而语。”

贵翼冷笑：“你是在怪贵家啊。”

资历平摇摇头，居然拍了拍贵翼的肩膀，说：“我是多年积怨，一朝有悟。”他一下站到了酒席中间，大声地说，“不瞒各位，各位尊贵的客人们，我知道，你们今天是来替贵军门撑门面的，你们是来锦上添花的。我遗憾地通知各位，我今天恐不能如各位所愿了。”他说最后一句话的时候，目光冷飕飕地投射到贵闻珽身上，“我今天肯到这里来‘丢人现眼’，无非就是想跟这位尊贵的老爷探讨一下我凄凉的身世，我想替我含冤受屈的亲娘讨一个公道。”

贵翼暴喝一声：“资历平！”

贵闻珽伸手拦住贵翼，声音沉稳地：“小资，你到底想说什么，想要什么，你直说无妨。”

“我想说的，就是二十年前，贵家的一段公案。贵老爷你该心知肚明。”

“二十年前的事，事出有因，我与你娘是因故离异，三载恩情，我也弥足

珍视，只是当时迫于家族压力，不得已而为之。”

“好一个因故离异，分明是你家老太爷设局，陷害我亲娘，逼贵老爷你休妻弃子，贵老爷你心存孝念，故不能陈情，忍弃我母子于沟渠，皆因尔全无维护顾全之心，无实事求是之意。事过境迁，你纵不能真心悔过，说出这种冠冕堂皇、不痛不痒的话来，岂非自欺欺人。”

贵翼厉声斥责：“资历平，你以为你懂一点微言小义，就敢在长辈面前放肆，一派哗众取宠之心，全无孝悌宽厚之情。”

资历平根本不看贵翼，继续对贵闻珽发难：“贵老爷刚才说，三载恩情，弥足珍视，转眼间，马前泼水，覆水难收。”他不禁啧啧，“可怜我亲娘身如槁木，心如死灰，拖着怀胎十月的身体，在风雨中颠沛流离。你但凡有一点男儿血性，都不该将自己的女人如此卑贱地委弃于泥，纵然父命难违，也应该另有关照——”

贵闻珽低声地：“这世上，很多事情都身不由己。”

“身不由己，还是口不应心。”

“我也意识到我无法弥补从前的过错。”

“仅仅是过错吗？应该是罪孽。”

“你放肆！！”贵翼彻底暴怒，把手中酒杯重重一摔，吓得旁席坐着的林景轩一下从椅子上跌下来，酒泼了一身一地。所幸现场所有的注意力都在这一家三父子身上，没空去“照顾”到一个“配角”，林景轩才不至于过于狼狈。

明堂看看不对路，设法相劝道：“大家都消消气，消消气。小资本性天真——”

“其实不然。”资历平根本不买账。

贵翼质问：“你到底想干什么？”

“我亲娘当日与贵老爷相识，是在天津的一个武馆里。我娘曾说，贵老爷当时身体羸弱，所以到武馆学拳，强身健体。我娘在‘心意拳’门下小有所成，亲授贵老爷一套拳法，我娘与贵老爷也因拳相爱，结成夫妻。心意拳，心意拳，从来都是由心生意，由意化拳。贵老爷既然对我母亲无心无意，又何必忝施此拳，有负卿恩，不如罢手还‘拳’。”

众人听到此处，莫不哗然。

“贵老爷若赢了我，我二话不说，听凭处治；贵老爷若输给了我，从此不能再打‘心意’拳。我替我那多灾多难的亲娘收了此拳，我们再无半点瓜葛。”

众人观望，儿子居然公开挑战父亲，真是挑战传统的底线。

贵翼气急反笑，说：“好一个罢手还‘拳’，你无非就是想在众目睽睽之下与亲生父亲动手罢了。——为人子者，善守孝道，天经地义，人伦之本。长辈有错，下气怡色，柔声以谏。似你这般出言不敬，挑衅尊长，恶语相向，眼中竟是无父无兄，与禽兽何异？”

“小资问心无愧。公道自在人心。”

明堂也有些看不下去了：“小资，你过分了。我虽不是封建老朽，也欣赏新学风范，但是，你这些话也的确不能入耳了。我们中国人，自古以来，为尊者讳，为长者讳，没有你这样轻重不分的，更何况，这种拳打脚踢之事，同辈比比也就是了，怎么好到长辈面前去张牙舞爪。打赢了，你输了孝道；打不赢，徒留笑柄。你听哥哥一句话，打了你赢不了，不打就不会输。”

资历平浅笑：“哥哥，你算我哪门子哥哥啊？最近真是好奇怪，自从有个贵军门来跟我攀亲戚，上海滩好多有头有脸的人物都来给我做哥哥，我倒是真有两个哥哥，一个是杀人在逃犯，另一个是上海警备司令部侦缉处二科的科长，绰号‘屠夫’，专杀共谍，两手血腥，他们才是我哥哥，不知道明堂哥哥听了这些，还敢不敢跟我小资称兄道弟？”

“你，你这，荒谬，荒谬嘛。”明堂被他一番话给气得话都说不清楚了。

“我跟你打！”

顿时，整个宴会厅鸦雀无声。

“不过，我有个条件。不管你承认不承认，你血管里流着我贵家的血脉，我是父，你是子。你要跟我打，可以，你得跪着跟我打！”

贵翼大声地：“说得好。”

“我跟你打！”资历平接受挑战，“我跪着跟你打！”他伸手摘下领口上的黑色蝴蝶结，扔在台口，径直向乐池走去。

全场安静，众人哗然。

贵翼喊道：“资历平，你敢动手！你试试！你简直狂妄至极，竟然罔顾父子天伦！”

资历平根本不与贵翼斗嘴，他对贵闻珽发出“邀请”:“人争一口气，佛争一炷香。——贵老爷，请上擂台。”

贵翼和林景轩都拽着贵闻珽的袖子。

明堂也劝说道:“使不得。”

贵翼说：“父亲，父亲不可，父亲若有闪失，儿子如何向母亲交代——父亲。”

贵闻珽一摆手：“我不信这孩子会伤害我，他只是为自己母亲的遭遇愤愤不平，这孩子委屈了二十年，这场架，他也憋了二十年，该还的债迟早都要还。”

“父亲——”

“这纯粹是我和他之间的私人恩怨，没有任何别的因素。所以，无论今日输赢如何，双方都不需要负上法律的责任。生死由命，成败在天。所有的人，包括我的儿子都不准向资历平寻仇。”说完，贵闻珽大步流星地走上乐池。

明堂叹气一声：“唉，拳击运动，我向来都是反对的。明明就是合法的暴力嘛。”

“嗯。”贵翼“哼”了一声，说，“今天的‘暴力’也合法。”

台上，贵闻珽平静地:“我欣赏你的骨气，但是骨气不是赌气。”

资历平娴雅地:“我敬重你的勇气，但是勇气不等于正气。”

“什么是正气？”

“至大至刚之气。”

“说得好，老朽别无所盼，盼你善养浩然正气，做一个正大光明之人。”

贵翼仰望着父亲和兄弟，只有他心中最清楚，离别二十年，父子相逢的这一刻来之不易。

拳拳之意，寸草之心。

贵闻珽与资历平对峙。

长衫风骨与西装风流；

长者与青年；

父与子；

拳与心。

资历平先执弟子礼，退后一步。左掌右拳，躬身一拜。

贵闻珽左掌右拳，两手环抱胸前，手心向外一推。说时迟那时快，贵闻珽出拳迅猛，防不胜防。束身起，长身落，气势如龙卷风猛烈刚劲。

资历平只觉得一阵劲风扑面，直逼面目。他轻灵一跃，躲过拳风，双手生风，往回一挡，单膝一跪，干净利落。

温情问道的情势瞬间逆转为飞扬跋扈，变化之快，速度之猛，令人防不胜防，众人甚至来不及惊诧，台上两父子已经打得难分难解。

一个拳法精密，一个厚重老成。

一个绅士仪表，一个翩翩风度。

一个一拳一腿一跪，一个一掌一拳一收。

你来我往，父子俩打得风卷残云，龙腾虎跃，看得人眼花缭乱。

贵翼一心挂着父亲的“安危”，一脸焦急，在乐池下不停地提醒父亲小心，呵斥兄弟无义！凡父亲得手，贵翼就高声喝彩：“好，打得好！”

凡兄弟得有寸进，贵翼就说，“小资，武术切磋，点到为止。”

“父亲，小心脚下。

“资历平，你混账！

“父亲，当心有陷阱，切莫强攻。

“小资，你声名远超实际，不过如此而已。

“小资，你要站起来一步，就算你输。

“小资，你拳不由心，火力不足，阴柔太重，肤浅之至。

“小资，你敢挑衅长辈，世道世风何在？传统美德何存？

“小资，你是打拳还是打架，全无章法，活像老鼠打洞。”

贵翼活像是一枚“助燃剂”，不但没有起到遏制资历平的作用，反而激发资历平的斗志，越战越勇。

“坚髓骨，炼灵根，片片桃花洞里春。”资历平以一招绝美之势，回应贵翼的“老鼠打洞”。他冷酷的拳法和英俊的外表在擂台上却异化出一种动人的美感来。

父子间闪转腾挪，资历平拳影拉风，出拳不计后果，贵闻珽只守不攻，出拳计较莫要伤他要害，双方的位置不断变换，意味着资历平越攻越猛，所向披靡。

贵闻斑不欲恋战，与他纠缠，发拳一招决断，猛冲猛撞，一拳落下，劲力十足。大有恶虎窜涧之势，大海扬波之威。

资历平劲力裹含，蓄力后发。一招置敌于绝地，回拳干净潇洒，他单膝飞跪，冲到乐池台口，双手一展一收，仿佛织锦般灿烂绝色，气势如虹，气度若仙。

观者无不惊呼，大声喝彩。

这一段打得漂亮，华彩，熠熠生辉。连林景轩都禁不住高声喊“好”，气得贵翼直瞪眼。

父子俩打到此处，心里都很清楚，决胜的回合已迫在眉睫。

贵闻斑腾蛇旋转，飞起一脚，只袭资历平前胸，资历平身体往后一仰，后空一个翻滚，单膝一跪，反手一拳，两拳，三拳，拳拳打在贵闻斑的腰间，力量之凶残，动作之狠毒，速度之威猛，属于大砍大杀，强攻硬击。

贵闻斑脸色苍白，仿佛腰间遭到重创，双手抱腰，大吼一声，扑倒在乐池中。

全场大乱。

贵翼脸色铁青，以最快的速度冲进乐池，喊着：“父亲，父亲。”林景轩和明堂等人纷纷进乐池帮忙。

明堂高声喊：“怎么样了？”

贵翼声音里夹杂了哭腔：“我父亲受了重伤，医生，医生呢？”

明堂喊：“苏医生，苏医生。”

苏成刚赶到贵闻斑身边，伏倒在地，先听心音，再看伤势，说：“不得了，不得了，贵老先生恐怕伤到腰椎了，腰椎是要害，一旦受伤严重，会造成骨折，脊髓发炎，肌肉麻木，下肢瘫痪。”

“瘫，瘫痪？”贵翼的声音都打战了。

明堂安慰：“军门，军门，别急，别急，我们马上送伯父去最好的医院。”

苏成刚说：“我有这方面的外科治疗经验，您放心，贵军门，我一定全心全意，保贵老先生平安。”

“谢谢，谢谢苏医生。来人——”贵翼站起来大喊一声，“林副官，叫救护车。”

而此时，资历平就平静如水地站在人群之外，他向贵翼投来高深莫测的一瞥。贵翼怒气冲冲地向资历平走过去，明堂一看不对劲，喊着：“别动手。”

但已来不及，资历平已经被贵翼劈面揍了一拳。

贵翼把资历平的衣领一把拽在手心里，还要挥拳，就听得父亲一声咳嗽，贵闻珽有气无力地说：“不准打他，他是你弟弟。他是贵婉。”

“父亲。”

“我欠他亲娘的，我今日还清了。他不欠你的，是我们贵家欠他的。”

“你听着。”贵翼把资历平的衣领往前拽了拽，眼眸一厉，突然大声说，“我父亲今日要有一个三长两短，我要你资家全家抵命！！”

这一句着实厉害，吓得隐藏在宴席厅里的苏梅打了个冷战。

刘玉斌也起了一身鸡皮疙瘩。

贵翼的眼睛横扫四方，威风八面地将资历平推至林景轩面前，厉声道：“给我铐起来。”

风和日丽，陈萱玉和文四益在外滩散着步，后面远远地跟着阿黎。

文四益问：“——今天小资认父，你这个做婶婶的也不去捧个场？”

“庵堂认母，丁郎认父，儿子各种要认，父母各种不认，这些舞台上的戏码还没有演够吗？”陈萱玉说，“就小资那脾气，那德行，你指望他规规矩矩照唱本演吗？还不定闹出什么乱子来呢。”

“说得我现在都想去看热闹了。”

陈萱玉笑笑：“你说，二十年前，连生和小资被贵家扫地出门，于今，贵闻珽又把小资要回去，要是连生知道了，会是一副什么表情？”

文四益看了看陈萱玉，立即扮了一个“老虎”状。

“吊睛白额大老虎。”

文四益补充：“母的。”

二人大笑起来。

“——知道我为什么喜欢外滩吗？”陈萱玉问。

“为什么？”

“超然，开阔，总令人向往——”

文四益与陈萱玉朝远处眺望。

“不知道连生到底去了哪里？——好歹也姐妹一场，她为什么走得如此决绝？难道真的是他们说的，连生为资老爷殉情了？”

“你也别多愁善感，这人世间最说不清楚的事情，就是爱。亲情也罢，爱情也好，你不知道她什么时候来了，什么时候又走了。”

“照你的说法，爱是没什么秩序可言的。——那么，爱是什么呢？”

“反正不是占有。”

“多数人是占有。”

“凡占有的东西，多数是可以交换的。商业利益，我可以交换，唯独我的女人不行。”

“所以你一直单着。”

“单着，有什么不好？——不能在一起，不见得不相爱。”

“很高兴，跟你做了这么多年的朋友。”

“仅仅是朋友？”

“淹没在枪林弹雨中的兄弟。——满意了吗？”

文四益笑笑：“我早就不收小弟了。”

救护车一路呼啸，贵翼和苏医生坐在救护车上看护着贵闻斑，两人心照不宣地对视了一眼。

春和医院走廊上，医生、护士们一起推着贵闻斑的活动床走进手术室，快步如飞，贵翼和明堂紧跟着。

而在后走廊上，苏成刚、方一凡都是一身外科医生的装束，迅速地推着另一张活动床，快步如飞。

两张活动床交叉推进手术室。

白色的布帘拉上，布帘内，全是医生和护士的身影。

资历安倏地站起来：“见鬼！”

苏梅看着他。

资历安冷笑地："这个狡猾的狐狸。"

"怎么了？"苏梅问，"贵闻斑意外受伤，难道隐藏着什么阴谋？"

"昨天，我得到一个秘密情报员的线报，从苏区来了一个高级干部，这个人受了严重的枪伤，需要到上海的大医院来动手术。"

"一个苏区干部，如此大动干戈？"

"不是一个区区的苏区干部，据悉，他们还要运送一大批物资到苏区去。"资历安点燃一支烟，说，"中共发起抗日东征战役，红军主力在陕北渡过黄河，东征战役中，有一名高级将领中枪受伤，据特情科报告，此人腰椎受伤严重，伤及神经系统，如治疗不及时，有可能瘫痪不治。"

苏梅惊讶地叫出声："难怪你今日派我去监视他们兄弟的行动。"

"并非如此，我又不是神仙。也不可能事事处处都想得到吧。——我之所以派你去，第一，你是女人，贵翼不可能跟一个女人计较太多；第二，你见过那个女共党，火眼金睛，我是存了这个心。"说完，又关心道，"你伤口怎么样？"

"没什么大碍了。"

"我只是觉得资历平突然跟贵翼混在一起，一定会搞点小动作，毕竟，他们贵家死了一个贵婉。可是，他们今天的动静确实大了点，有点不知死活。"

"那，我们还不马上出发去春和医院。"

"慌什么，总要等'大人物'躺在了手术台上，动了刀，才好人赃俱获。你还怕一个昏迷的病人跑了？"资历安说，"倒是这个贵翼，身为党国栋梁，居然为己区区兄妹情分，就公然背叛党国，简直丧心病狂，无法无天。"

"贵翼身居要职，身份敏感，我们……"

"所以，我们必须'人赃俱获'，才能扳倒他这棵大树。你去通知行动组，半个小时后，全体出发，地点春和医院，不要拉警笛，安安静静地去。"

"是，科长。"

"还有，找一张贵闻斑的照片来给我看看。"

"我认得他。"

"我得亲自确认，明白吗？"

苏梅立正："是，科长。"

一队武装宪兵进入医院，营长刘铁军跑在最前面，开展保卫工作。手术室的门口，站着两名荷枪实弹的军械局宪兵。走廊上，明堂陪着贵翼坐在板凳上，安慰贵翼：“——你放心，苏医生技术高超，救过不少人，还有，夏院长还特意请了两位德国外科大夫，那都是世界一流的水平，再者说，老爷子平素里积德积善，福大命大，啊，一定没事。”

资历安和苏梅向贵翼迎面走来，他们后面跟着侦缉处的特务们。

贵翼的表情十分气愤，他并不看资历安等人的汹汹之势，而是转身看手术室的门，专注地倾听里面的声音。

手术室里很安静，手术应该很顺利。

有两个护士不停地在过道里奔跑，她们手上抱着消炎的“磺胺”输液瓶，资历安突然挡住了护士的去路。

贵翼站起来，怒喝：“干什么！”

手术室门口的宪兵立即站在了贵翼身后。

明堂也站起来，察言观色。

两名护士赶紧低头离开。

资历安说：“贵军门，我们侦缉处二科刚刚接到一条绝密消息，共产党的一名要犯就隐藏在陆军医院，卑职奉上峰差遣，特来围捕共谍。有什么得罪之处，万望军门见谅。”

贵翼眼底一抹寒光，直射资历安的眼瞳，他冷笑着说：“资科长，你还真是狗胆包天，敢在太岁头上动土。”他先给资历安下了结论。不等他开口说话，贵翼已经开始滔滔不绝了：“我贵家与你资家虽然有些渊源，有点纠葛，从来都是井水不犯河水。如今倒好了，你们资家的人就像一贴狗皮膏药一样，死死地贴在我们贵家身上。资历平当众犯上，殴打我父亲，这笔账我还没跟你们算，你们就来以搜捕共党之名，意图搅乱我父亲的手术治疗。我告诉你，资历安，我父亲若有三长两短——”

“你要我们资家全体陪葬，不是吗？”资历安很平静，看上去比贵翼多了些风度，他大度地笑笑，“贵军门，你很失态啊。你这样絮絮叨叨，滔滔不绝，哪里还有半点军门的样子？你稳不起啊？”他竟然伸出手去，意欲拍贵翼的肩，贵翼一个反手制敌，瞬间把资历安的左肩扭成麻花，资历安大声惨叫着。

特务们一阵骚动。

苏梅忙劝道："贵军门切莫冲动。——我等的确奉上峰之令前来缉捕共党要犯，资科长适才出言不逊，得罪了军门，望军门大人大量原谅资科长。不过，在缉捕共谍之事上，还望贵军门以党国利益为重，予以积极配合。"

"你要我怎样积极配合？"

苏梅走上前，双腿一碰，立正敬礼，说："我们接到秘密情报，共党高层分子正在陆军医院接受手术治疗，所以，我们要搜查手术室。不过，请贵军门放心，我们会对贵老爷的手术室区别对待，绝对不会惊扰到贵老爷的手术治疗。军门海量，须知蒋总裁在对待剿灭共党一事上，是雷厉风行的，军门你稍有不慎，岂不授人以柄。"

"好一个稍有不慎，授人以柄。"贵翼态度恶劣地回手把资历安给扔回去。他走到苏梅面前，来回踱步，回头看看脸色惨白的资历安，微微一笑，说："资科长，你艳福不浅啊，苏小姐不仅人长得漂亮，话也说得在情在理，无可挑剔。我这个人，向来吃软不吃硬。为了党国的利益，我本应该放你进去，可是我也要确保家父万无一失……"

资历安揉着肩膀："三分钟，我只要三分钟，而且只有我一个人进去！"

"三分钟，从现在开始计时。"贵翼开始低头看表。

资历安与苏梅迅速交换眼色，两名宪兵站回原位。资历安不再犹豫，大跨步向手术室走去，宪兵替他打开了手术室的门，等他进去后，立即关上大门。

一名背枪的宪兵引着资历安走进手术室。

护士打扮的方一凡和苏成刚将贵闻斑抬上"魔术床"，将"203"与贵闻斑，叠放。

一张白色的布蒙在贵闻斑身上。

资历安穿上了医生袍，戴着口罩，以避免感染。宪兵允许他走进白色的帷幕，这样，资历安可以清晰地看到病人的脸。

他看见了贵闻斑的脸，呈雪青色，十分可怖。

两名德国外科大夫跟一名中国大夫正在用德语交谈，资历安一句也听不懂，但是，他从医生脸上的表情可以臆测到贵闻斑伤势严重，不可小觑。

白布上一片洼洼的血，布的窟窿下是一片被切割的血肉，看得资历安实

在是觉得恶心了。他忍着极度的恶心和一股刺鼻的消毒水味道，从手术室里走了出去。而医生们对他，几乎是视而不见的。

贵翼坐在长条椅上，看到资历安出来不动声色。资历安走过来，走上前，对着贵翼欠身致歉：“对不起，贵军门，资某冒犯了。实在是资某公务在身，冒犯了军门。”

“你看清楚了？”

“看清楚了。”

“看仔细了？”

“看仔细了。”

“我父亲不是你要抓的共产党吧？”

“是是，哦，不是，不是，绝对不可能。怎么可能呢？是卑职失误，请贵军门见谅。”资历安在贵翼面前仿佛矮了一大截。

苏梅真是看不起资历安，她从内心鄙视这个男人。

“资科长得罪贵某人，是为了抓捕共党，并非个人恩怨，这些我都能理解，也能谅解。可是，你弟弟资历平打伤我父亲这件事，我会追究到底的！”

“小资行事乖张，实乃家族祸害。资某也曾提醒过军门，不可轻信了小资，他出手伤害生父，实属大逆不道。我们资家对此深怀歉意。敬请贵军门原谅。如果贵老先生这里有什么需要资家的地方，敬请军门吩咐，我们一定全力以赴。全力以赴。——贵军门，资某还要去医院各处搜捕共党嫌疑犯，这就先行告退了。”

贵翼冷冷地：“你回去烧炷高香吧，总之一句话，我父亲没事，资家就没事。”

“是，是，是。贵老爷福大量大，一定会没事的，没事的。”

“手术室”走廊上很安静，林景轩把资历平带过来。

资历平手上戴着手铐，坐到了贵翼身边，两个人肩并肩，轻展眉梢，相视开颜一笑。

贵翼问：“怎么做到的？”

“先给根烟抽。”

林景轩掏了一包香烟出来，取了一支给资历平叼上，贵翼从口袋里拿出一个打火机，替他点燃香烟。

“怎么做到的？”

“我为什么要告诉你？”资历平冲贵翼吐了一个漂亮的烟圈。

贵翼伸手替资历平把烟给掐了。资历平调皮地一转头，嘴上居然又叼上一根点燃的香烟。

贵翼再伸手替他掐了。资历平头一低，一抬，嘴上又叼上一支点燃的香烟。

“怎么做到的？”

“我为什么要告诉你？”

贵翼作势要卡紧他的手铐，资历平忙道：“嘿，嘿，——有点风度，嘿，——我告诉你。”

资历平把自己如何“掩人耳目”的过程“详详细细”地向贵翼说明。

“你没说出实质性的东西。”贵翼说。

“拜托大哥，这是行业机密。”

一句“大哥”出口，资历平顿时卡住，贵翼也稍稍停顿了一下，尽管彼此都知道是“口误”，但这口误却是最符合他们的关系，两人心中各有滋味。

“你说得对。——我不该问。”

“人有好奇心，很正常。”

“你和露西小姐谈过恋爱吗？”

“你跟方小姐——”

“不准转移目标。”

“一定有！——你被她拒绝了。”资历平观察贵翼表情，“——曾经很沮丧。”

“胡说。”

“而且耿耿于怀，——你很在意。将来——”

“闭嘴。”

资历平笑笑：“可能性不大。”

“乌鸦。”贵翼脱口而出后，自觉好笑，自己还是中了他的套路，说他“乌

鸦”，就是间接承认自己爱慕方一凡。

资历平笑得放肆起来：“打埋伏啊。”

走廊拐角处传来脚步声，清晰，有力度。

资历平的笑容开始变化了，他笑得有点奇怪，眼光飘忽不定。

贵翼心知有异，举目一看，是一名戴着口罩的医生推着一个轮椅，椅子上坐着一个面容消瘦的垂垂老妇，出现在走廊上。

资历平叼在嘴上的香烟瞬间落地。

贵翼大喊一句：“林副官！”

没有回应。

资历群很平静地：“刚刚那位副官去厕所了。”

两名背枪站岗的宪兵走过去，说：“你们走错了，这里是手术室。不能……”

话音未落，垂垂老妇“嘭”地双手伸出，整个身子飞出来，压在宪兵身上，姿势虽然不雅，但是瞬间“制敌”。

一名宪兵被当场砸晕。而“医生”是与老妇同时动手的，他站在老妇背后，贵翼几乎是没有看见他有什么大动作，只看见另一名宪兵被当场“缴械”。

与此同时，贵翼是要站起来拔枪的。说时迟那时快，资历平猛踩贵翼一脚，贵翼防不胜防，因两人相隔太近，资历平速度太猛，一个麻痹大意，一个蓄势待发。一副亮铮铮的手铐像变魔术一样，瞬间拷在了贵翼的一只手上，资历平反手一拧，贵翼吃痛，自然反射般腰一弯，“啪”的一声，手铐的另一端死死地铐在椅子腿上。一股凶猛的惯性力量，导致贵翼人仰马翻。

“做得好。”资历群回手一枪托砸倒另一个宪兵。

“人在 3 号手术台。”资历平一边说，一边从贵翼腰间拔出手枪，贵翼简直不敢相信自己的眼睛。而这所有的一切，时间不超过 15 秒钟，几乎是一气呵成的，“不到万不得已，不要开枪，侦缉处的人还没有离开。”

资桂花点点头，持枪冲了进去。

资历平对贵翼：“对不起。”他的眼眸低垂着，几乎是掠过贵翼的眼睛，他不敢看贵翼。

“谢谢贵军门为我党事业做的一切。”资历群眼睛闪烁着狡黠的光芒，“我劝你什么也别说，因为，从今天起，你是协助我党的‘共犯’了。”他的嘴角掠过一丝得意的微笑。

贵翼奋力去拉手铐，被冰冷的金属手铐越勒越紧。“原来我一直是为他人作嫁衣裳。”他咬着牙只管跟资历平较劲，“你有麻烦了，小资。”

资历平冷笑：“我一生下来就挺麻烦的。”

“你如此居心毒辣，日后你要再落在我手上，你信不信我会让你后悔一辈子？！”

“随便你。——希望以后不要再见面了。”

“来人啊！”贵翼怒吼一声。

资历平倏地回手卡住了贵翼的喉咙，声音很低沉地说：“安静点。”

与此同时，资历群神色紧张地举起枪：“贵军门，——资历安和他的手下都还没有离开春和医院，他要听见了枪声，我和你都有大麻烦，安静点，聪明点。”

贵翼的眼睛盯着眼前的“医生”看，因为气愤到了极点，所以连说话的声音都跑调了，他的音色粗犷而阴沉：“我让你为了你们的组织立了大功，不是吗？”

资历平和资历群对视一眼，资历平点点头，朝贵翼走过来。见状，贵翼说：“想干什么？想干什么？混账东西！”

“对不起，贵军门。”资历平一拳打中贵翼的脑门穴，当下被他给“砸”晕了。

资历群与资历平背靠背，持枪警戒。很快，他们听到了活动床的金属轮子声。资桂花推着一个重症病人走了出来。

资桂花说：“麻醉药还没过。”

资历群问：“是3号手术台吗？”

“是。——护士刚刚离开。”

“你确定吗？”他转脸问资历平。

资历平点头：“确定。”

资历群上前，撩开病人的衣服，看见病人腰间一片猩红的绷带，他点了点头：“走。”

资历群、资桂花把长枪藏在病人的被单里，资历平揣枪入怀，他套上一件资桂花给他扔过来的医生袍，戴上口罩，三人迅速离开。

空留下贵翼一张晕死过去的脸。

医院后走廊，资历平和资桂花推着活动病床奔跑，资历群负责警戒。

“楼下，第三棵香樟树下有一辆救护车，我提前准备好的。”资历平说。

活动病床的车轮飞速滑动，地面因快速摩擦溅起小火星，点点粒粒在空气中涣散出某种金属味道。

资历群想着，到目前为止，没有差错。

林景轩走回来，看到地上躺着两名宪兵，又看到贵翼被丢翻在椅子边，惊道：“我的天。”他嘴里嘟囔着，赶紧去扶贵翼，“小资少爷够狠的，真敢下手。”

贵翼的一只手铐在椅子腿上，林景轩也没留心，只管扶他起来，扯得贵翼手臂酸麻，痛得一下就“清醒”了。

贵翼这会儿恨不得拿脚踹他。

林景轩这才反应过来，赶紧在口袋里掏钥匙，因为紧张，掏了半天，他才把钥匙掏出来，打开了手铐。

贵翼光火地：“你哪儿去了？”

“我，上厕所啊。”

“你还真去厕所了？”

贵翼的表情着实有点夸张：“哥，哥您别见怪，人有三急。”他左右看看，一指躺在地上的两名宪兵说，“我要不躲一下，这会儿，还不得跟他们一样躺在这儿。”边说边把地上的宪兵给拍醒了，“嘿，都醒醒，你们又不是新兵，一枪托就砸成这样了？”

两名宪兵迷迷糊糊地爬起来。

林景轩指挥宪兵：“去，去洗洗——那边有水池子，靠厕所啊，一脸的灰。”他转头对贵翼，“您看，我第一时间就过来‘抢救’您，哥，我是审时度势，保存力量。”

贵翼看见林景轩那写满了委屈又一脸真诚的模样，又好气又好笑：“枪给我。”

“啊？你的枪呢？”

“被小资拿走了。”

“他也真敢拿……”林景轩把自己的手枪给了贵翼。

“他还有什么不敢的。”

贵翼默默地摸摸自己的脸颊，问：“看不出来吧？”

“看不出来，他打你脸啊？”

贵翼瞪着他：“你能不说话吗？”

“哥，咱不说了，咱们赶紧去手术室那边看看，明董事长可能都已经回来了。”他一边说，一边一伸手把假“手术室”的牌子给摘了。

贵翼捂着脸，林景轩好声好气地跟着他：“——哥，你放心，我口风很紧的，你的长官形象哪里是他一拳就能揍扁的——哎哟，你踢我干吗——有点长官风范好吧。”

长条凳子上摆着食盒，色泽鲜丽，浓汁香飘。“宫保大虾”“炸猪排”“蒜茸粉丝蒸扇贝”“小炒肉”“杭帮酱鸭”等铺排得让人一看就食欲大增。

贵翼和林景轩走过来，明堂迎上去：“军门，你跑哪儿去了？”他一指左右环立的宪兵，说，“我问他们，他们都不理我，你瞧这一水的新鲜菜，赶紧吃，一会儿就凉了。”

贵翼赶紧称“谢”，说：“——我啊，刚到楼下夏院长的办公室坐了坐。”

“就这一会儿的工夫，你瞧，手术室的牌子也掉了。”

贵翼顺着他的指引看过去，林景轩正站在木头凳子上钉“手术室”的牌子。嘁里咔嚓的，动静挺大的。

“声音轻点。”

林景轩边钉边说：“好，一会儿就好。”

侦缉处的汽车行驶过长街。资历安黑着一张脸，开着车，苏梅沉默着。她不自然的神态，引起了资历安的注意，两人各怀鬼胎，彼此安静。

救护车行驶到小树林的僻静处，停了下来。

资桂花走下车，从后车门进入车内，资历群和资历平分坐在“病人”两侧。

资桂花说：“安全了。”

资历群点点头。

白布一掀开，“病人”倏地坐起来，长枪在手，对准车内三人。

资历群、资桂花把长枪裹挟进被单的时候，根本没有意识到武器旁落的“危险”。

三人下意识地往后各退一步。

资历群一下就明白过来了，但为时已晚。

“你们好，我是交通局秘密行动三组的组长李磊，奉命前来与‘沙漏’接头。”

资历群说：“‘沙漏’？什么意思？——我没听懂。”

“霞美人烟草公司，出品美人梅子牌香烟，新货新品，烟丝美味，尽在手中。公司地址，小沙渡路贰佰号，电话，一四三零。”李磊复述了一遍广告接头词。

“我是‘沙漏’资历群。”

“你好，资历群同志，我是‘蛇医’派来的联络员。因为事出有因，情况危急，所以党组织临时调整了接头方案。你们小组经历了一场‘大破坏’，党组织决定对你们二位同志进行身份甄别，你们的住处暂时由我们行动三组的人员监管，直到洗清嫌疑。你们都是老同志了，希望予以全面配合。”

“我们一定积极配合。”资历群代表资桂花表了态。

“好。现在请资历平同志去开车，去新地点。”

资历群在听到“资历平同志”的时候，有点惊讶，而资历平也是第一次听到别人这样称呼自己，他自己也有点茫然不适应。

资历平打开车门，他下意识地回眸看了一眼资历群。

“你真是用心良苦。”资历群说这话的时候，看着资历平的脸，凝视着他的内疚和歉意，资历群最终露出阴晴不定的笑容。

资历平胆战心惊地关上车门。

手术结束，苏成刚、方一凡、夏院长等人从手术室走出来。

明堂对贵翼说：“军门，手术很成功，非常成功。”

苏成刚满心感激地和贵翼握了握手，方一凡站在后面，她对贵翼微笑致敬。

贵翼感激：“谢谢。”

千言万语，尽在不言中。

苏成刚说：“贵老先生的体质非常好，只要静养一段时间，就可以恢复如常了。”

明堂附和：“吉人自有天相，军门可以彻底放心了。”

“明兄也辛苦了，改日一并致谢。”

“小资呢？”明堂没看到资历平，问道。

“他，跑了。”

“跑了？”明堂悄悄把贵翼拉到角落里，再问，“真跑了？还是你把人关起来了？”

贵翼叫屈的模样：“真跑了。”

“真跑了？跑得好，跑得好。免得你难做。”

贵翼苦笑了一下。

“怎么了？你担心小资了？——没事的，这孩子啊聪明。”

“我担心他？我在想怎么把他给逮回来。”

明堂“嘿嘿”笑着：“嗳，你昨晚干吗去了？——眼圈黑成这样。”

“累，真的。”贵翼轻叹，“这一天一夜的累——”

第二十五章　连环计

白布一掀开，“病人”倏地坐起来，长枪在手，对准车内三人。资历群、资桂花把长枪裹挟进被单的时候，根本没有意识到武器旁落的“危险”。

一天前。

贵翼问方一凡：“刚才我们说哪儿呢？”他暗示了一眼林景轩，林景轩立即去门口守着了。

书房门紧闭。

方一凡说：“我们刚才谈到苏梅这个‘叛徒’，她所隶属的小组和她被捕、叛变的时间，我们都不得而知。需要通过苏区的档案部门来帮助我们调查，但是，很显然，我们没有时间了。”

“苏梅的事情，我建议你们暂时放一放。这么短的时间，我们不可能马上梳理出头绪来。眼下当务之急——”贵翼看看方一凡说，“是你的‘危重’病人。”

“对。我们没有多余的时间了，多耽误一天，我们的危重病人就离死亡更近一步。”方一凡据实而答，没有一点掩饰。

贵翼盯着方一凡看：“枪伤？”

“已经感染了。他必须接受一次小型手术，处理感染的病灶。因为他是枪伤，我们不敢贸然走进任何一家医院。而且磺胺是受控药品，没有磺胺，我们没办法减缓炎症。”

“医院里有自己人吗？”

“有自己人也不可能一手遮天，你想，医院里每天有医生、护士、病人，还有医学院实习的学生，我们无法控制住他们每一个人的行动，一旦有人发现医院私自接收枪伤病人，后果不堪设想。——除非，我们有特权。”

“是啊，我倒是有特权，如果是我家中有什么亲戚受了什么伤……”

贵翼看着资历平。

资历平看看他。

贵翼淡淡地：“小资，你的‘心意拳’是家传吧？”

“是。”

“拳打得怎么样？”

资历平笑笑：“打你没问题。”

贵翼淡淡一笑：“你应该擅长演喜剧。”

资历平不笑了，他不知道贵翼在打什么鬼算盘。他看看贵翼，又望望方一凡，说：“我感觉自己马上就要悲剧了。”

贵翼对方一凡：“你来找我的这种冒险精神，我把它视为信任。我有了一个新的想法，虽然也很冒险。”

“愿闻其详。”

“一计累敌一计攻敌，始为‘连环计’。”贵翼声音清朗地，“连环计之第一计——项庄舞剑，意在沛公。借小资之手，打‘伤’我父亲，借我父亲送医之际，将真正的‘危重病人’予以调换。——我有特权，可以调动上海滩最好最先进的医疗资源，为你们的‘病人’创造最佳的治疗机会和安全保障。”

父子比武的场景。贵闻珽腾蛇旋转，飞起一脚，只袭资历平前胸，资历平身体往后一仰，后空一个翻滚，单膝一跪，反手一拳，两拳，三拳，拳拳打在贵闻珽的腰间，力量之凶残，动作之狠毒，速度之威猛，属于大砍大杀，强攻硬击。

两张活动床交叉推进手术室。

白色的布帘拉上了。

“连环计之第二计——借力打力引蛇出洞。你可以通过你们特殊的联系方式，设法联系资历群，让他去指定地点接‘病人’，而这个‘病人’由你们的人扮演，你们可以把资历群监管起来，进行内部甄别。”

方一凡走进繁星报馆。

报刊亭，资历群买了一份报纸。

白布一掀开，“病人”倏地坐起来，长枪在手，对准车内三人。资历群、资桂花把长枪裹挟进被单的时候，根本没有意识到武器旁落的“危险”。

“真打啊？”资历平问。

“——如果你有更好的办法。”

资历平不说话了，方一凡看着他们，问贵翼：“为什么把资历群引进来？”

“他始终是要跟你接头的。如果他是叛徒，你的身份就暴露了。我们不能冒这个风险。我设计把他引来，你可以让他相信，你们组织是信任他的。一旦你们和他接上关系，至少可以在短时间内消除隐患。”

“我们一旦通知他，到陆军医院手术室去把‘病人’接出来，如果他是敌人，通知了侦缉处怎么办？”

“这次行动，他是不会通知侦缉处的。但是，资历群一定会来‘拜访’小资。我在莫奈西餐厅带走资历平一事，早已是满城风雨——”贵翼说，“按照资历群的行事作风，他一定会先来‘刺探’情报，以期做到万无一失。”

一辆卡车停在草坪上，搬运工正在往下搬钢琴，资历平在检查钢琴的外表，“司机”资历群戴着一顶贝雷帽走到资历平面前。

资历平一抬头，一怔。他突然下意识地回头看看官邸，别墅的窗口上都没有人。

“小资会先告诉他侦缉处内部有你们的人，以淆乱视听。这样一来，一有风吹草动，计划就会泡汤。同时，我会派人在医院里给他们摆个‘迷魂阵’，做好两手准备，以防万一。”

刘铁军带兵进入春和医院。

贵翼对方一凡：“放心，我手上有自己的宪兵，都是保卫军械库的，一流武器装备，最重要的一点，他们听我的。”

“就算是这样，我们也很冒险。”

“自古华山路一条。——拼了吧。”

方一凡心怀感激地点点头：“谢谢贵军门。谢谢你，你做了这样的决定，我们对危难中施以援手的朋友，会铭记在心。”

资历平一直静默着。

贵翼说：“不仅仅是为了你们。”

“是为了贵婉？”

贵翼淡淡地：“你太小看我了，方小姐。”

方一凡对这句话特别敏感，她用期许的目光看着他。

贵翼却到此为止了。

三人表情变得微妙。

华灯初上，上海滩夜景斑斓，星光万点。川流不息的各式车海中，一辆黄包车载着一名副官穿街过巷。

贵闻珽站在豪华酒店的玻璃窗前，凝视着窗外，一种透着寂静的朦胧和安宁，点染着他的情绪。一天的路程，早已让他感觉到略有困倦，这时侍应生敲门进来：“贵老先生，贵军门派了副官过来给您问安，这些是军门让人送来的新鲜水果。”他放下水果盘，出去了。

贵闻珽从玻璃反射镜中，看到一个副官的影子走进来，叫了声：“景轩。”

身后未曾应答，人却已经到了面前。

贵翼轻声地：“父亲，是我。”

贵闻珽迅速地转过脸来，灯下一看，吃了一惊，不觉怔视，来人真的是贵翼。

贵翼穿一身德式深绿色少校副官军装，外罩了一件青烟色的披袍，披袍上沾了些灰尘，眼见是乘黄包车而来。见到父亲，温情之气扑面，他清俊的双眸，挺拔的身姿，如清荫流泉，神采奕奕。似这样轻车简从，换装而来，对于贵翼来说还是第一次。

贵闻珽并不清楚这意味着什么，只觉得心中突然有一种莫名的心疼，问道：“你，你怎么穿了景轩的制服？”

“儿子此来，是不想惊动旁人。”贵翼低声浅笑，“父亲见谅，儿子有不得已的苦衷。”

贵闻珽满心疑云，却开起了玩笑：“翼儿，你的表情告诉我，你一定是遇

到了棘手的事情。”

贵翼含笑地：“父亲再猜。”

“那就一定是非常非常棘手的事。”

“真是知子莫如父。”

父子俩盈盈笑语，谁也不轻易地进入主题，尽管满腹心事。

一阵静默，贵翼仍有些踌躇。忽然，他想到了一个小小的“突破口”，从口袋里拿出一张相片，那是贵婉和资历平的一张合影。

“父亲，您看看这个。”

贵闻珽赶紧拿到灯下细看，照片里两个孩子血肉必现，亲切可感，惊讶中竟有些战栗。

“这是妹妹和小弟资历平在巴黎拍的一张合影。”贵翼说了“小弟”之后，贵闻珽不禁有些泪目，月下的清宁，花前的妩媚，不过如此。可是，这相片上的人，有一个已经不在了。

“这孩子锐气难得，可惜我的婉儿……”贵闻珽忍住不说了。

贵翼赶紧扶住父亲，让他坐下，自己也贴着父亲并肩坐了。

“尘梦短促。”贵闻珽用手去抚摩照片上女儿的面颊。

“父亲节哀，不要难过了。”贵翼低声劝慰父亲，伸手去拿回照片，却被贵闻珽用力一带，不肯还给他。他原意是怕父亲睹照思人，这会儿，照片竟被父亲牢牢地拿住了，贵翼知道，这一拿一带，照片定是拿不走了。

贵翼微微叹息。

很安静，父子间从来没有这样安静过。

“——你弟弟他在哪儿？”

“在我的官邸。”

“在你官邸？——那你为什么不带他——”

“父亲。”贵翼终于开始切入正题了，没有时间再细火慢炖了，小心措辞，“——儿子此来，是有一件很难开口的事情，要对父亲说。”

“你说。”贵闻珽的目光里充满了关切。

“我想请父亲协助我，抓住杀害妹妹的凶手，并帮助我和小弟渡过难关。”

贵闻珽的眼光一下锐利起来，说：“翼儿，你需要我做什么？尽管直说！”

“我需要父亲和小弟公开对峙，打一场轰动上海滩的‘心意拳’。”

贵闻珽愕然：“心意拳？”他诧异地看着贵翼，“我已经荒废很久了。”

“我知道，这件事听上去有点不可思议，儿子也是想尽了办法，不到日暮途穷，也不敢出此下下之策……”

“既然是事先安排的比赛，不知谁胜谁负？”

贵闻珽竟然不先问原委，反而关心谁会赢这场比赛。其实，他是担心儿子彷徨无措，迅速转移话题。

贵翼答：“青出于蓝而胜于蓝。”

“哦。”贵闻珽还挺失望的，紧接着，他捕捉到贵翼内疚的情绪，不禁唇边绽出一丝隐约的笑容，“你们是需要我受伤吗？”

贵翼赶紧解释：“是‘假’的，是假受伤。”

贵闻珽摆摆手，父子间心会神契，不必细讲：“我只问一句话。”

“父亲请讲。”

“是为了贵婉吗？”

“是。”贵翼下了决心，“是为了贵婉，也是为了儿子，为了四万万同胞。还有一句话，请您相信我。”

贵闻珽点点头。

“明日之事，小资恐有诋毁之言，犯上之语。父亲您胸襟宽阔，请务必原谅儿子们。儿子也是箭在弦上，不得已而为之。”

贵闻珽眼光明亮，说：“我已是老残之躯，原以为无甚用处，若能就此帮到你们，也是一件令我振作的事情。”

贵翼感觉父亲这话里透着别样的凄凉心境，贵翼顿时竟恨起自己来。

“为父有生之年能与此儿比武对拳，也是一场父子奇遇。”他反过来安慰贵翼，“这是为父从前想也不敢想的事情，竟能成真，还不是获天之福？”

“父亲。”

父子间相见仅有一步之遥，而跨越这一步之遥，必须付出损伤名誉的代价。贵翼心中不忍也不安。

“其实，贵家那段公案，二十年前就被那些大报小报炒得沸沸扬扬，那只不过是一个公开的秘密。你爷爷的手段，实在不高明。但是，我那会儿年轻气盛，眼睛里不揉沙子，不容半点有玷清誉的事情。”贵闻斑看了一眼儿子，继续说，“抛妻弃子，始终是一个男人的污点，对于为父来说，也是一件不可掩饰的事实。她走后，也从未再来找我，或有怨声载道，她是一个奇女子，我配不上她一星半点。”

贵翼脸上略有不服气。

“近几年来，我也曾想起他母子，想象那孩子的模样性情。别人家孩子有个小灾小病，我也会替他担心，更不要说是自己的血脉，他流离在外，多多少少也是我们贵家的责任。”他轻轻叹息，“我不肯追根究底，也是不愿意伤害家人。我一生已经辜负了一个女人和一个孩子。我不能再辜负另一个女人和一双儿女。”

贵翼心底一颤，不知不觉眼睛一酸。

贵闻斑的目光又落到那张照片上：“小资跟他母亲一样，别具一种引人注目的天赋。说实话，我更喜欢你和你妹妹的沉静平和，小资的天赋注定他很难受教于人。”

贵翼佩服父亲的眼力，一针见血。

“翼儿你睿智有谋，锋芒毕露，却没有咄咄逼人之感。是你已经具备了极好的修为，你小弟的修养当不及你，将来，你要好好引导他。我当年迫于家庭的压力，很早就跟你母亲成了亲，等我真正懂得爱情的时候，却要背负两个女人的深情。故而我对你和你妹妹十分放手，不肯也不愿意让你们重蹈覆辙。——其实，我是真心爱你们，希望你们做自己喜欢做的事，不过，我现在真的有点后悔，在这个乱世里，你们都纷纷选择了自己危险的事业，我虽然不知道你们在做什么，但是贵婉的死，让我实在痛心！！”

“父亲。”

“我后悔了，后悔自己放手太过，造成不可挽回的生离死别。所以，我不会让翼儿你受一丁点的委屈，哪怕这个委屈是那个孩子给你的，我都不会允许。”父亲的话句句打动贵翼的心，他好难过。

“父亲。”贵翼的声音有些颤抖，对自己真是恨煞，对父亲心中愧煞，“儿子不孝。”他在父亲膝前跪下，“我一心只想着自己的计策，竟一丝一毫不为父亲着念，此事若成，伤及父亲清誉；此事若败，恐连累父亲有性命之虞。”

贵翼越思越恐，“儿子竟陷父亲于不仁不义的险境，儿罪当责……”

“翼儿，你起来，快起来。”他站起来，伸出双手去扶儿子，“男儿膝下有黄金，你是军人，不准跪！站起来！！”

贵翼眼中蓄了泪，倏地站起来，温顺地站在父亲面前，让父亲坐下。

“翼儿，你从来没有在我面前说过一句灰心短志的话，所以，现在也不能因为我的缘故瞻前顾后，你是做大事的人，应有握雾拿云的气魄。——事已至此，记住，为父永远与你一条战壕！为父别的不会，迎风作势，还是绰绰有余的。”

贵翼一时间百感交集，父子心中都是一片澄明。

此时此刻，天潇潇地落起雨来，清风卷着窗帘上的流苏婆娑摇曳。

贵闻珽漫步窗前：“春雨贵如油。”

“这雨，真是及时雨。”

“儿子，我是你风雨一肩的人。”

天上细雨绵绵，雨水细而无声地落在街面上，一辆黄包车载着一个副官打扮的贵翼行驶在街上。灯火璀璨，雨街清新，车如流水马如龙，资历安与贵翼，吉普车与黄包车擦肩而过。

苏梅整个人像一摊烂泥一样蜷缩在角落里，她回想着掐死房东的情景，回想着在仙乐斯舞厅里刘玉斌跟自己说过的那些话，呢喃着：“秦守仁，你到底是谁？”

1932年，秋，上海。

一大桶辣椒水通过一根皮管灌到胃里，苏梅被剧痛撕裂，红色的辣椒水喷得满地都是。剧痛让她清醒，整个人都是“飘”的，脸和脚都是肿的。

一个极为模糊的“影子”在苏梅眼前晃动，问：“你是谁？”

苏梅迷迷糊糊地：“我是谁？”

“影子”又问：“你从哪儿来？”

苏梅魇怔地：“我从哪儿来？”

刑讯室的灯亮了起来。苏梅一身凌乱地睁开眼，甫一睁眼，迎面就是一个痛殴，穷凶极恶的打手不分头面地痛打苏梅。

昏暗的灯光下，资历安推着一辆小车进来，车上是一架留声机。

殴打声中，资历安摆弄着留声机，唱片“咯吱咯吱”地转动，资历安有点烦躁，留声机里终于飘出了“凤凰于飞”的歌曲。

苏梅惨叫着。

歌曲与惨叫声充斥在审讯室里。

资历安对苏梅：“你很能干，也很聪明。——只要你全都说出来，我确保你，还能完好无损。否则，我想你不希望自己被重新组装一次。胃不是胃，肝不是肝，五脏六腑全都在乱跑——”

苏梅一身都是红色的辣椒水，已分不清什么是辣椒水，什么是胃里吐出的血：“——我已经全都说了。”

“你说的地方，我们都去了，全都扑了空，具体地说，你没有供出任何一个你的同志，就算你说的都是真的——你跟一个叫秦守仁的男人在一起工作，你们负责往苏区运送物资，可是，我们一没有找到你口中说的那个男人，二没有找到你们藏匿的物资——你叫我怎么相信你？相信你是真心‘转变’？”他一把拎起她的头发，“你们的交通线到底在哪儿？”

“我不知道。——我只负责帮他找到合适的仓库，把需要运送的物资放进去，我只负责这一项工作——”

“太可惜了。”

“我真的不知道了。”

资历安一副很懂的样子：“我知道。”

苏梅一愣。

“知不知道，有什么关系呢？”资历安说。

“我一定能帮你抓到他。你相信我。”

“我要一个时限，24 小时？36 小时？——超过 48 小时，别说抓人，就是他一根头发丝也抓不到了。”

“我知道他的长相，我可以提供给你，你可以把他画出来——”

资历安给了苏梅一拳。

“——这究竟是为了什么？”

“为了什么，你拒捕的时候杀了我们侦缉处的人，这是你应得的惩罚。我们不需要没有用处的转变者——”

“你会需要我的。”苏梅争取着，“我发誓，我知道的我全都说了。”

回答她的是残忍的毒打。苏梅的头很沉，沉得几乎永远也抬不起来了，她迷迷糊糊地：“我是谁？”

一盆凉水泼到她脸上。

苏梅魇怔地：“我从哪儿来？”

“你们是国民政府军事委员会秘查组培养的第一批女特工，你们将利用自身条件的优势，伪装成红色激进分子，设法打入共产党的地下组织，成为一把把利剑，投掷到共党的核心基层中，接近他们，融入他们，取代他们，将他们一网打尽，我们要做到天衣无缝！”耳边响起教官的训话。

苏梅进入 CC 培训班特训。五个女子在教官的指导下，学习射击、搏斗，在教官展示下练习发报、舞蹈、开车、化装等特殊技能。

苏梅、程竹和几名特工化装成大学生进入大学课堂。冒充进步学生，混迹在其他学生中参加贴标语、发传单的进步活动。

苏区边保：“苏梅同志，你有新任务了——”

火车进站。

1932 年，春，上海。

苏梅拎着行李，走出站台。

刘玉斌扮成司机，在火车站门口等着苏梅。

看到苏梅出来，迎上去：“苏小姐，我是洋行李襄理派来接您的。”

苏梅上车，刘玉斌替她关紧车门，开车驶离。“我是你在 CC 的上线，我叫刘玉斌，在警察局工作，你被苏区派回上海来，是我们 CC 破获共党交通站的最佳人选，但是，由于你身份特殊，CC 不可能对你进行全面保护，所以，你的敌人除了共产党——”他边开车边说。

苏梅打断：“还有侦缉处。”

刘玉斌点头：“万事小心，以后有情报要汇报，直接打这个电话，24 小时有人接听。”他递给苏梅一张小纸片。

苏梅看完，从包里拿出烟盒，点燃一支烟，用烟头点燃小纸片。瞬间，小纸片化为灰烬。

一辆黄包车上载着苏梅和秦守仁夫妇穿街过巷。苏梅在街上买菜。苏梅在阁楼上发报，秦守仁递给她一杯茶。苏梅在凉台上晾衣服。

阳光下，苏梅和刘玉斌走在法国公园的湖畔边散步。

苏梅说："——我现在只是负责为共党交通站提供临时仓库，存放备用物资。他们的船都是从吴淞口出去的。我的上线叫秦守仁，掩护身份是马来西亚华侨，做珠宝生意的。——我们以夫妻的名义住在一起。"

刘玉斌问："他人怎么样？"

"很机警，很干练——其实，我总感觉他有点不对劲。"

"哪方面？"

"他看我的神情有点不对劲。"

刘玉斌笑笑："你这么漂亮，是个男人都会动心的。——何况你们朝夕相处，他还能是个柳下惠？"

"不是，有一天他看我发报的姿势，他看了很久——然后，他就变得很奇怪了。"

"训练班的发报方式还不都是——你确定他是共产党？"

"当然，百分百的共产党。"

"那你就不用担心了，一个共产党又不可能参加CC培训班，就算训练班有什么习惯动作，他也不可能知道。——最近你们有什么大行动吗？"

"共党交通局想开辟一条从西欧去莫斯科的交通线，这件事情正在高层筹划中。"

"好，做得好。这是你潜伏以来，最有价值的情报。我会立即呈报上去。"

"好。"

"——那个秦守仁，对你还规矩吗？"

"柳下惠。"

"好，——保持联络。"

二人分手。

不远处，一个神秘的背影出现，已不知注视了他们多久。

苏梅走进弄堂。一辆黑色的汽车停在弄堂口，两名特务从车上走下来，快步跟上。她故意在弄堂的小吃铺前停了下来，两名特务立刻闪到一边。

片刻后，苏梅快步向前，特务们开始往前跑。苏梅转身开枪，一枪撂倒一个。苏梅飞奔到弄堂口，汽车猛地开过来，一个急刹车，停在苏梅面前。

苏梅举枪要打，背后突然出现无数条长枪。

苏梅被捕，侦缉处以“上海地下党”名义执行逮捕。遭受残酷殴打，签下“自白书”。

“她真的很配合。”顾晖说。

资历安“嗯”了一声。

“要不要把她送到感化院去？”

资历安头也不抬：“处理了吧。”

“啊？”

资历安抬起头：“三天后枪毙。”

“可是，科长，她——她不是已经‘转变’了吗？”

“一个毫无价值的‘转变者’，废品而已。”

“是，科长。”

“不过——她诚心悔过——”

“是啊，科长——”

“送优待室吧，这两天她想吃什么就给她吃点什么，总要跟那些冥顽不化的顽固分子区别对待。”资历安吩咐，“去吧。”

“是。”

优待室里，刘玉斌站在苏梅面前。

苏梅一副怀疑自己听错了的表情：“——你，什么意思？”

“——我，我也是冒险进来的，好在我有警察这身皮，求个人见一面还行的。”

“你来，只是为了见一面？——我？只有你知道，我不是共产党，不是啊。”

“你小点声，——我，我努力了，我已经没办法了。”

苏梅眼眶里噙着泪，恳求地：“这不公平。”

“是不公平。”

“不公平。”

“没人说它公平。”

“为什么？”

“因为不能为了你一个人，冒险暴露其他CC潜伏者的危险，你们是第一批成功潜入苏区的CC特务，他们跟你一样，出生入死，如果你暴露了自己的真实身份，势必会牵连到跟你一块渗透进苏区的人，你知道有多少双眼睛在盯着你吗？有我们的人，也有敌人。中共地下党也是渗透力极强的，他们无孔不入——苏梅，你懂的。”

苏梅机械地：“所以，所以我死定了，啊？我，没有任何价值——我死定了？”

“苏梅，我也很难过。我也不想这样——”

“为什么是我？”

“——你得罪了谁？苏梅？现在这种情况，只有两种可能，一是你的真实身份被地下党发现了，他们故意把你交给侦缉处；二是同行要你死！！”

苏梅一怔，眼睛里喷出毒焰：“如果我不想死呢？”

“孤注一掷地说出真相，你想想，CC会承认你吗？不会的。这种鱼死网破的愚蠢做法，只能让自己死得更惨！苏梅——你在南京还有家人。你好好替他们想一想。”

苏梅的嘴唇翕动着，身子僵硬起来：“我，我才二十七岁，玉斌，救救我，现在只有你能帮我……”

刘玉斌望着苏梅，他也快受不了了：“——我，你以为我没努力吗？！”

苏梅眼神呆滞，失了魂一样，茫然无措地看着他。

刘玉斌低着头，不敢再看她临终的模样。

“你已经知道执行的时间了，是吗？”

“——你，想想办法，资历安看你的眼神很特别，你是干这行的——”刘玉斌言不由衷，终于没了话。

苏梅彻底绝望了。

“——我在万国公墓给你买了一块地，你——”

苏梅浑身冰凉地："——死都死了，埋哪儿都一样。"

刘玉斌内疚地："不然我还能做什么？"

苏梅抬眼望他："不是你的错。"

"你要想哭，就痛痛快快地哭一场吧——"

苏梅反问："哭有用吗？"

刘玉斌站在走廊，回望着苏梅牢房的房间片刻，转身离开。

资历安优雅地站在苏梅面前，有着绝对的控制权和优越感，说："他们说，你想见见我？"

"我想找个人说说话，想来想去，竟无一人——"

资历安有点替她伤感。

苏梅温和地："能陪我坐一下吗？"

"什么？"

苏梅妩媚地一笑："陪我坐坐。"她的腰肢轻盈扭动着，故意让臀部的曲线显得诱人，充满色情的味道。

苏梅一个仿佛是下意识的没有自尊的动作，让资历安顿时局促了，他表现出了某种蔑视和厌恶。这一微妙的变化，让苏梅知道自己失败了。

资历安很直接地："杀你的时候，我亲自动手，放心，很快。"说着，他已经走到了门口。

"我没有价值了是吗？"

资历安背对苏梅，很直白地："是的。"

"每个人都是有价值的。"

资历安回头看她，吐字很清晰地："别挣扎了。你杀了侦缉处的人，不杀你不足平兄弟们的愤怒。——除非你能给我一个不杀你的理由？"

苏梅语塞。

"真的很抱歉。"

"我已经签了自白书。"

"不是每一个'叛徒'都能活命的。——至少，在临死之前你住在优待室。"

苏梅惨惨地笑着："你答应让我完好无损的。"

“所以我说，我亲自来处理你，我尽量做到，完好无损。”

苏梅懂他的含意了，此时此刻，她超级清醒：“——能给我买双新鞋吗？”

“什么？”

“我受了刑以后，两只脚都肿了，我的鞋子都不能穿了，你能给我买一双新鞋吗？我不想走得太难看。”

资历安蔑笑一下，心想着“女人啊”，口里说：“好的，我替你买。”

“买贵一点的。——人说，脚下无鞋一身穷。”

资历安点头：“行。——回头我给你送来。”他愿意满足她的临终要求，仿佛亲眼看见落了草的凤凰不如鸡的下场，居然从心底产生了某种邪恶的快意。他喜欢看美丽的女人临死前的婉转哀求，不值一文的乞命。

死刑执行日那天，苏梅穿了一身漂亮的旗袍，显得很端庄，很贤淑，很知性。她不笑，不哭，不做作，就像平常要出门的样子。

资历安的心头洋溢起热血波澜，他极力控制着。

当这个女人不怕死、不再乞命的时候，她是那样的淡雅如菊，优雅自信。

苏梅照着镜子打扮自己，很随意地跟资历安聊着天，两个人都刻意保持一定的距离。

“——其实，我一直很迷惑一件事，我给你的地址是对的啊，你就算抓不到人，电台、密码本总该在的。”

“这个姓秦的很狡猾——他跑得很彻底。——我们还在调查，我们仔仔细细搜查过好多遍了，书籍、杂志、记账簿一大堆——”

“是书。”

“书？”

苏梅回过头来，资历安以为她要告诉自己什么秘密，却见她到处找东西。

“丢了什么？”

“口红。”

资历安帮着找：“你刚才说是书，哪一本呢？书很多，你应该知道是哪一本。”

苏梅找到了口红，转身对着镜子涂口红：“我是负责发报的，秦守仁是负责译报的，我们各司其职。——不过，找到那一本其实很容易的。”

“很容易？”

“——看看哪一本书翻得勤就成。”

“好主意。”

“经常看的书，不落灰，有褶皱，根据电码找书页，搞清楚哪一本就是分分秒秒的事。”

“你真的很能干。”资历安用欣赏的目光看着苏梅的背影，苏梅从镜子里窥视他的表情。资历安不经意地：“你跟秦守仁在一起过吗？”

苏梅把口红放回去，说：“我们一直在一起工作。”

“感情不错吧？”

苏梅笑笑：“我也想发展来着——不过，就目前形势来看，说这个就多余了。”

资历安原地僵立着，他看着苏梅穿鞋子。

“鞋子还是挤了点。”

资历安赶紧解释：“我照你的鞋码，特意买大了一号。”

“不是你的问题，是我的脚，还是肿得厉害。”

资历安神使鬼差地说：“需要帮忙吗？”

“——好啊。”

资历安刚要低头，苏梅拦住了：“好了，才说要劳驾你，这只脚就乖乖地塞进去了。——怕你。”

资历安笑笑。

苏梅没有笑，她低头穿鞋的瞬间温柔，让资历安彻底沦陷。

大限已到，两名女警走了进来。

苏梅站起来，试着走了两步，因为鞋子挤着脚背，所以走起来还是磕磕绊绊的，她坚持自己走，不要人扶。

“苏梅。”

“再见资先生。”

资历安走过去，轻轻地问一句：“你，还有什么想要对我说的吗？”

苏梅轻轻地答：“期待下一世与你重逢。”她在他耳边低声婉转地，“我知

道你对我有感觉，正如我对你。”

苏梅轻盈地笑着，转身走了，再也没有回头。

资历安看着她，一步一步走出优待室，低头想了想，悲悯之心被瞬间唤醒，他目光清朗了许多。

苏梅坚持着，幻想着，克制着，一步一步走出侦缉处的大楼。她的心在狂跳，强弩之末，必须坚持到底，或许还有一线生机。

同时，很多死刑犯都被带到楼下集中。

一辆卡车开来了，遮住了所有的犯人。

汽车开走。

苏梅一个人孤零零地站在院子里。

资历安注视着她，慢慢走到苏梅身边，淡淡地：“你自由了。”

原来，枪决名单上，苏梅的名字被资历安给划掉了。

苏梅仰望天空，如释重负。

“期待与你共事。”

苏梅贪婪地呼吸着天空中散发的空气，新鲜气流在刺激她的神经，她“活”了。

资历安说：“我不想让你——不，不是，让我犯错，也许今天的决定是一个致命的错误，谁知道呢？——我喜欢现在的自己，宽容大度，好好活着吧。”

“活着有多好。”苏梅感慨。

天空湛蓝，万里无云。

乱坟岗，一片枪声。

荒草地上，一排地下党倒在血泊中。

枪声惊起乌鹊乱飞。刘玉斌“疯”了一样在找苏梅的尸体——

苏梅一言不发地看着从窗户上爬进来的刘玉斌。

“很抱歉，我没有找到你的尸体——所以，我——我又托人打听你的事了——”

苏梅机械地：“你怎么知道我的新住址？”

“我是警察。”

“是啊，我忘了，你是警察。”

“苏梅，跟你在一起的那个共党，秦守仁，我没有找到——他连一张照片都没有留下。”

“我认得他。——可是，资历安根本不让我描述秦守仁的长相。你说，有没有可能，我是被秦守仁给出卖的？——资历安为什么要包庇秦守仁？不行，我一定要把这个人给找出来。——你帮我，我们一起把他给揪出来。我记得他的长相，他的音容笑貌——”

“苏梅。现在这种情况，我们不宜追究任何事，先图自保。”

“你说得对，说得对。——要喝茶吗？”

“苏梅——我。——你的事，我真是——”

“不是你的错。”

“是的，不是我的错，幸亏你还活着——不然，我也是生不如死。”

苏梅不理会他的说辞：“热水瓶是新的，要试试才能用。”

“苏梅，——咱们不装了，别在我面前装，真不用了，你差一点就没了。”

苏梅终于忍不住，喉头突然发出痛苦的撕裂声，她蜷曲着身子号啕大哭，像临终者的悲鸣惨叫。刘玉斌猛地抱紧苏梅，她在他的怀抱中痛哭。哭声穿过楼板，渗透延伸到楼梯。

资历安站在门外。

缩在角落里的苏梅慢慢站了起来，打开了灯，喃喃自语：“——谁告诉你我要的只是自由，我要的是远大前程。”

贵翼模仿父亲的拳法和资历平来回切磋。兄弟俩一拳一脚地比画，打得不亦乐乎。贵翼一拳将资历平打翻在地，资历平累得不行了，索性坐在地毯上跟贵翼耍赖了：“不行了，不行了，——台上见吧。”

“起来。”

资历平不动。

贵翼温和地：“起来，站起来，再来一次——”

资历平站起来，兄弟二人你来我往，资历平重拳出击，“打”到贵翼要害。

这下，贵翼终于满意了。

林景轩端了一杯红酒进来。

“谢谢。”资历平说着就要接过林景轩手上的那杯红酒。

谁知，贵翼先伸手拿过去了：“这是给我的。”

资历平愕然，有点不忿，说：“我呢？”

贵翼坐下：“你明天要打擂，不准喝酒。”

资历平窝到沙发上：“难道要上海滩的人们都看见，或者都知道我动手去打一个老人？”

贵翼喝酒，不理他。

林景轩说：“每一个练家子，都想在万众瞩目下取得胜利，所以，我打赌，小资少爷，你乐在其中。”

资历平一屁股坐下：“你放心，我绝不会心慈手软。”他话中有话。

贵翼听了这话，立刻就不舒服了，猛地站起来，把酒杯重重一放，走到资历平面前：“起来。”

资历平面子挂不住，坐着没动。

贵翼厉声暴喝地：“站起来！！”

林景轩吓了一跳。

资历平吓得几乎是跳起来的，瞬间站直了。

“小资，你记着，一双父母一层天。我再要听到一句你对我父亲不敬的话，我就抽你，绝不心慈手软。”

资历平低着头。

“记住了。”

“是，军门。”他这句“军门”别有含意。

“我知道，明天的行动计划对你而言非常非常艰难。你不仅仅要面对我父亲，还必须牵制住你的大哥资历群。——你很矛盾，也很痛苦，但是你没有资格说‘不’。因为是你引我入局的，我把自己的身家性命、仕途前程全都抛之尘土，帮你破局之刻，你只能负重前行，我们没有退路。——资历群是我们找出‘贵婉之死’真相的唯一途径，你绝不能感情用事，掉以轻心。”

资历平喃喃自语：“我大哥不是你想象中的人——我这样欺骗他——”

贵翼沉默一会儿，几乎下了定语：“他会恼羞成怒。”

“小资幼年时，常坐在家兄茗碗笔床之侧，看他读书写字……”

资历平突然就不说了。

贵翼明白，资历平从内心上来讲，是十分抗拒与资历群为敌的，语速缓慢地：“——你不想与他为敌，哪怕是‘假想敌’。”

一天后。

“军门，贵军门。”明堂叫着。

贵翼反应过来，看向明堂。

明堂继续说：“你别怪我多嘴啊，今天这事吧，你也尽力了。豪门恩怨，我见得也多，父子间的事情，不是一两天的事，你我啊，都把事情给简单化了。对小资吧，高压政策不管用。”

“是啊，高压之下，这孩子也是左右为难——”

第二十六章　局外人

小炭炉的火苗很旺，映照着两个人的脸庞，安静，静谧。

“……我们的人手术后还要在这里康复一段时间。”

“是的，最危险的地方就是最安全的地方……”

资历群站在阁楼上，观察楼下的动静。

资历平在厨房烧水，准备做饭。

资桂花在一旁跟李磊在说话。

李磊说：“你们暂时住在这儿，组织上会派人来跟你们谈话，在甄别结束之前，你们不能离开这里。——电台在哪儿？”

资桂花与李磊耳语。

李磊点头：“好的。”

资历群走回来坐下，开始卷烟丝，他动作精致，一丝不苟。

片刻后，资历平做好了饭。“您要一起吃吗？”资历平问资桂花。

资桂花说：“不用了，我就在楼下房间里吃，你给你大哥端上去吧。”

资历平端着做好的饭菜上楼，资历群帮资历平一起布菜，兄弟俩坐下。

“大哥，你，不会怪我吧？”

资历群笑笑，“怪你什么？”

“我骗了你……”

“你从小到大就挺会骗的，我也是不长记性。”资历群的脸上始终荡漾着一层寒寒的笑意，“小资，我问你，贵婉临死之前，是不是和你密谈过？”

“……有过。”

“真的假的？”

“真的。”

话音未落，资历平已经被资历群迎头痛击，他动手前根本没有先兆。资历平被打得两眼冒金星，头晕眼花。

“真的假的？”

“……假的。”

资历群劈面又给了小资一拳。

“真的假的？”

“……真。”

又一拳。

“真的假的？”

资历平不知道该怎么回答了。

“嘭”的一拳。

错也打。

对也打。

说也打。

不说也打。

资历平感觉到这次他真的是逆了“龙鳞”。

其实，资历平是可以还击的，可他什么也没有做，连一声都不吭。

资历群把所有的“绝望”和悲观都宣泄在资历平身上，打得他如落花败絮，直到打累了。

资历平像一堆枯草一样，蜷缩在资历群的脚下。

资历群从不会将自己的情绪轻易地传递给别人，但是，这一次，他失态了。

资历群渐渐平息了怒火。

资历平倒在他脚下，因疼痛而蜷缩。

资历群坐在椅子上，喘息着，因拳击过猛，他的手在拿烟卷的时候，有

些吃痛地颤抖："小资，你知道吗？你最大的毛病就是自恃才高，傲慢任性。人与人相处，处的是感情，处的是信任，处的是彼此真诚。你呢？撒谎，欺骗，自始至终你都没有悔改过。得寸进尺，变本加厉。"弥散的烟雾让资历平终于"咳"出了声音，他的嘴角全是血迹，吐出来的也是牙龈被砸破的血。

"哥哥你误会小资了。"

烟气和地上的血腥气在狭窄的空间里弥散、渗透。

资历群说："是我没能照顾好贵婉，她才会离我而去。——我也没有照顾好你，你才会无辜地被卷进来。"

"我不是被卷进来的，我是心甘情愿的。"

"你忘了你曾经在我面前发过誓，永远都不涉及危险，——可是现在呢？——我被困在这儿的唯一原因，就是因为你的介入，导致了组织上对我的不信任。"

"我只是想查清楚一些事。"

"查清楚？查得清楚吗？问题只会越问越多。你根本就不懂什么叫甄别，考察，是会死人的！——我们做的这种工作，说得清楚吗？啊？假如你被甄别了，我来问问你，你有没有被敌人抓过？哪怕是大街上临检被误抓，有吗？假如有，你怎么出来的？——你有没有背叛过组织，出卖过同志？"

资历平没有料到这一问，顿时呆住。

资历群追问："你说得清楚吗？——是敌人大发善心，把你给放了，——还是另有隐情？你说得清楚吗？我进过敌人的监狱，我受过刑，经受住了敌人的严刑逼供——这些我都能忍受，可是我受不了，受不了自己的同志怀疑我对党的忠诚。"

"我只是想知道贵婉是怎么死的——"

资历群暴躁地吼了一声："我也想知道！"

"我在天津，如果不是贵婉亲口告诉我她的地址，我根本就不可能找到她。如果连自己人都不知道地址，敌人是怎么会知道的？！"资历平用了"敌人"两个字。

"在你心目中，我已经成为你的敌人了吗？"资历群面容憔悴且狰狞地盯着资历平的脸，一字一句地说，"小资，我老实告诉你，全天下的人都可以与我为敌，唯独你资历平不能与我为敌！”

资历平从尘埃里爬起来，他站直了，镇定地看着资历群：“你为什么反应这么强烈？”

资历群嘴角绽开一丝轻蔑的笑意：“你对这事的反应也挺强烈的。从前我动手打你，你总是还击得又快又狠，活像一头猎豹，哪怕身上被撕成千段万截，你也是张牙舞爪的，使劲嚣张。今天倒像是木雕泥塑，一摊烂泥。我知道你心里怎么想的，你想把该欠我的都还给我，别做梦了小资。”他叹了口气，“二十年，二十年的光阴。人非草木……”

“特务们能准确无误地抓捕贵婉，意味着，他们也能抓捕到你。”

“如果那天我和贵婉一起死了……”

“不会的。”资历平条件反射地说出声来。

资历群别有深意地瞥了他一眼，心情好点了，说：“有时候，人孤独久了，谁都不相信了。”

“……大哥。”

“我也想有自己信任的人，陪着我，跟我一起守住一个秘密。我心里所有的苦，所有我想说的话，都可以毫无保留地告诉他。没有危险，没有算计，没有陷阱。天下最不合情理之事，就是所谓的大义灭亲。试想，一个连亲人都可以亲手去毁灭的人，那不是凡人，那是神魔。……你不该来。你根本就不应该出现在这里。”他有点语无伦次，“我现在宁愿你变回原来‘混世小魔王’的样子，也不想看见你现在这个样子，你知道为什么吗？我已经失去贵婉了，老天爷对我惩罚还不够吗？我不能公开替贵婉收尸，我不能参加她的葬礼，我甚至都没有资格流泪。这种滋味，我尝一遍就够了，你还要让我再撕心裂肺地痛一次吗？”

话说得很清楚，不管资历群是什么身份，他此时此刻流露出来的情感是真挚可信的，资历平心里难过起来。

“你看看你，几句话就受不了了。你根本就不属于这里。人啊，心中一旦有了脆弱、有了柔软不堪攻击之地，你就会不知不觉地流泪，让人同情。”资历群站起来，走到资历平面前，说，“小资，你是一个意志不坚定的人。哥哥给你一点职业意见，你，回家去吧。再也不要被任何人任何事牵涉到‘贵婉

事件’中来。哥哥会处理一切的。”

“包括真相吗？”

“包括一切。除了真相，还有真凶。——我会让真相浮出水面，让真凶伏法。我不会让自己至亲至爱的妻子枉死的。”

“我，相信你，大哥。”资历平是最愿意相信资历群的人。

资历群仿佛漫不经心地：“你跟贵翼是什么关系？”

这是一句明知故问的话。

“他是贵婉的大哥。”资历平答得算是点滴不漏。

“我记得，你在贵家的名字也叫贵婉。”资历群温馨提醒着，话里有刺。

“我不稀罕。”

这是实话。资历群想：“他可是民国政府的要员。前途似锦——”他看着资历平。

“他只想查出杀害他妹妹的凶手，仅此而已。”

“仅此而已？——他帮助了我们，就不再是国民政府的高官了，他是我们的同谋。”

资历平不说话。

“他为什么处心积虑地想成为我们的同谋？你想过没有？国民党特务也是无孔不入的。这个世界，强凌弱，众暴寡。没有无缘无故的纡尊降贵、攀亲附势。贵翼果决精明，你和这个人打交道很危险。”

资历平感觉到了资历群对贵翼的痛恶和对自己“欺骗”他的耿耿于怀。

“我会有一段时间没有人身自由，我和党组织的信任纽带断裂了，我的身份在他们眼里变得模糊不清了。小资，其实我这样跟你推心置腹讲这些话，是违反纪律的。因为你的身份才是一个真正的疑点。”

“大哥说得对，如果不是贵婉，我现在还是一个局外人。”

“所以啊，你是一个没有信仰的人！”

资历平的胸口隐隐作痛，他忍着，在所有具体事情都无法明确之前，他会谅解资历群的一切。因为，资历群习惯当赢家。

“我花了很久的时间，才慢慢习惯贵婉的离去。我现在又要慢慢花时间回忆起贵婉的一笑一颦，来配合党组织的隔离审查。”

“对不起，大哥。我知道这对你来说很难。”

资历群猛然一抬头，说：“这也是他教你的？”

“什么？”

资历群淡淡地：“很多人都不擅长即兴发挥，偏偏你在这方面是天才。”

“我在你面前，没有‘装’过。”资历平真的感觉委屈。

“撒谎。”资历群“呵呵”一笑，伸手去把桌上的一碗白米饭挪到资历平面前，“菜凉了，吃饭吧。”

刘玉斌把车停在一个弄堂边上，有巡警走过来，拍打车窗：“先生，这里不能停车。”刘玉斌掏出警官证，巡警一猫腰，连声道，“对不起，长官。”他示意巡警离开，巡警识趣地走开了。

刘玉斌看着手表。

一个女人从弄堂边斜角穿出来，很快上了刘玉斌的汽车。

刘玉斌发动汽车，向前驶去，程竹坐在汽车的副驾上。

“什么时候到上海的？”

“一个星期前。”

“怎么现在才联络我？”

“我身边总有人，而且，我还不清楚此行的目的，没有确切情报提供给你。——我只是想让我的上司看看我，我也能看看这座城市。”

刘玉斌看了她一眼：“想念上海了？”

“苏区的日子过得真是煎熬——”

刘玉斌放慢车速，好让下属能看看上海的街道：“上海地下党突然从苏区调一个发报员过来，不会仅仅是重建秘密电台吧？”

“刘科长有什么先见之明？”

“不知道，可能是直觉——不过，需要你来证明。”

“什么？”

“南方局是否有大人物抵达上海？”

“就算有也不可能轮到我去接待。——在他们眼里，我是个斗争经验不足的新来的同志。”

“——正因为如此，也许他们会把你放到一个看似不起眼，却很关键的位置上。”

“也许吧。——实话告诉你，这次来上海，我的直觉一点也不好，总觉得要出事。”程竹说，“我真想回来。”

汽车突然刹住了，程竹的身体晃荡了一下。

刘玉斌的眼睛平视前方，冷冷地：“现在是破获中共南方局高层秘密机关的关键时刻，千万别出岔子。”

程竹突然地：“苏梅在哪儿？”

刘玉斌一愣。

程竹战战兢兢地：“她还活着吗？”

刘玉斌不说话，发动汽车，继续往前开。

“快三年了，我快受不了了。——那边天天都在抓特务，抓住就没命了。还有，像现在这样的突然调动，是考察还是怀疑？——我不知道，我天天看他们的眼神，就像地沟里的老鼠看着猫——我整天提心吊胆，连睡觉都要睁着眼，因为我不敢说梦话，——你能想象出其中滋味吗？有一次我在电讯科看到了地下党牺牲人员的名单，我看到了苏梅的名字！——她不是自己人吗？她不是跟我一样都是CC吗？——怎么会被自己人给毙了，你能想象那一瞬间我的感觉吗？——我脑子里一片混乱，——换作其他人早就——早就崩溃了！”

刘玉斌终于讲话了，只一句：“她活着。”

程竹停止讲话。

刘玉斌面无表情地开着车：“千万别失控。”

外滩，树荫下，两三个女孩正在推销可口可乐的汽水。

刘玉斌买了两瓶汽水。

程竹从刘玉斌手上接过汽水。

二人边观察左右，边向外滩路上行进。

刘玉斌说：“沉住气——”

江岸上传来船舶的汽笛声。

“我很害怕。”

“你放心，我会尽我所能地去保护你。——你放松点，他们把一个没有‘敌后’工作经验的人从苏区调到上海，——又没有安排一个相对固定的工作，原因只能有两个。”

程竹紧张地看着他。

“一是在苏区有人认出你来了。——你别紧张，认出你的人或许是你曾经的邻居，曾经的小学同学，曾经仰慕过你的男子——但是，绝对不会是自己人，如果说有自己人出卖了你，你早死了，他们没有必要把你从苏区送到上海来处置。”

程竹的脸色略有缓和。

刘玉斌扶住程竹的肩膀，将她半揽入怀，让她情绪趋于平和，继续道：“所以，第一种可能性，他们知道你曾经在上海生活过，你因为什么原因隐瞒了一些你的个人历史，他们送你过来，进行进一步的考察，再决定是否让你留在上海工作。——第二呢，他们有重要人物近期会抵达上海，他们不想打扰到上海地下党其他秘密小组，预先派人过来做准备工作。”

程竹的情绪越来越稳定。

“你坚持住了，如果这次你能帮我抓住苏区，或者上海的中共隐形大人物，你就为党国立了大功，到那时，加官晋级，你再也不用回去了。”

“前提是，真有大人物要来——”

“你的直觉呢？”

“我被调过来的时候，上级领导并没有明确任务给我，同行的还有两个内勤人员，我跟他们也不熟悉，也没办法打听到什么。——而且，像这种时候，任务越隐秘，你就越不能表现得太积极，或者太好奇。”

他们看着江景。

“——所有的人都在等命令。”

刘玉斌问：“命令呢？”

程竹答：“在路上。”

刘玉斌和程竹走上车。

“你去哪儿？——我送你。”

“送我去汽车站，保险。”

刘玉斌浅笑："你放心，我不会跟踪你的。"

"万一呢，万一你好心想保护我呢，——在这个行当里，好心换来恶意就是一瞬间的事。"

刘玉斌发动汽车："下次见面时间，地点。"

"等电话。"

汽车驶向远方。

明堂陪着林景轩和士兵们在走廊上一起吃饭。

"哎呀，实不相瞒，今天可真把我吓坏了。"明堂还在为今天比武的事情心有余悸。

林景轩不接话，只顾吃："这个'炸猪排'好吃——"

"你多吃点。还有呢。"

"明先生，您跟这家医院的夏院长挺熟的，是吧？"

"是啊，我们是通家之好。"

"那个，医药费可不可以打个对折啊？"

"啊？"

"前两天我们妞妞小姐病了，在这儿给看的，医药费那叫一个贵，你们是通家之好，老爷这个手术费——"

明堂突然站起来，跟走廊上一名医生打招呼："嗳，小韩，吃了吗？——这儿还有，别客气啊。"

林景轩下意识地一撇嘴。

明堂重新坐下："——你刚才说什么来着？'炸猪排'是吧？一句话，管够。"

急诊室套间里，贵翼和方一凡吃着饭，为了不让人打扰，贵翼特意把门给反锁了，门口还有士兵把守站岗。

小炭炉上烧着热水壶。

贵翼对方一凡："多吃点肉，补补力气。"

"我喜欢吃蔬菜。——从小就不喜欢油腻。"

"嗯，那是你油腻吃多了——我记得，啊，我刚见到你的时候，你才十五岁，胖胖的脸，红扑扑的像苹果。”

“造谣。”

“你都忘了。”

“我就记得你跟我大哥酗酒来着。”

“哎呀，可算逮着你了。我说我在外面喝酒怎么家里就知道了？——害我挨了一顿骂。”

“我才没有，——告密呢，我最能保守秘密。”方一凡情不自禁地笑起来。

贵翼有点小感慨：“多少年了，没有这样安静地聊天了。”

方一凡脱口而出：“六年零三个月。”

贵翼望着她，方一凡发觉自己失态了，低头吃菜掩饰。

贵翼心满意足地帮她掩饰：“是啊，六年了，弹指一挥间。”他还想说点什么，又怕方一凡笑话自己“造作”了。只好往方一凡碗里夹菜，夹“油腻”的菜，他喜欢看方一凡嘴里嚼着菜，手里拿着筷子“抗议”的表情。

小炭炉的火苗很旺，映照着两个人的脸庞，安静，静谧。

“……我们的人手术后还要在这里康复一段时间。”

“就在春和医院？”

“是的，最危险的地方就是最安全的地方，而且夏院长会帮我们的……”

“康复期一过，你就要离开上海了……”

“希望不会等太久。”

“当然——其实，我，希望和你再多待些日子。”

“日子长着呢，不在这一时一刻。”

这是变相“示爱”，表明心迹。

贵翼的胆子“肥”起来：“我会——想念你的，虽然重逢只有几个星期。”

方一凡微笑：“我以为，这话该我说——”

“因为你不说——”

“你怎么知道我不会说？”

“我选择先说，是怕日后有遗憾——”

方一凡很敏感，她注视着贵翼：“有时候，我总有一种你是‘自己人’的直觉。”

贵翼纠正：“错觉。”

“是的。——不过，你太善变。”

贵翼澄清地：“有些东西永远都不会变。”

方一凡怔怔地看着他。

贵翼发觉自己“失误”了。

“不如你来加入我们？”

“不如你先考虑考虑怎么贿赂我？”

“用做饭来贿赂你怎么样？”

贵翼想想：“一顿饭呢，还是一天三顿呢？”

方一凡很大度地：“每天。”

“奏效了。”

方一凡笑了。

吃完了饭，方一凡用报纸包裹饭盒的手突然停住。贵翼发觉有异，过来看看，原来报纸上有一张“通缉令”，通缉共党要犯，其中一张照片就是方一凡的画像，尽管画得面目有些“牵强”，但是，神态极为相似。

方一凡看看“通缉令”，竟然叹了口气：“你什么时候才能榜上有名？”

贵翼张大了嘴：“啊？”忽然间懂她的意思了，说，“——风险太大。”

方一凡一针见血地：“你脸上的表情可不是这样说的。”

“我的表情？”

“你很享受的样子。为什么？”

“活天冤枉。”

“别撒娇。我不吃这套。”

“——你刚刚说做饭来着，我们看看报上有什么做菜的菜谱？”

方一凡“噗”的一声：“我这里荷枪实弹地攻击，你倒好，虚晃一枪就溜。”

贵翼笑着敷衍：“敌进我退。——哎呀，可被我看见了，报上有我爱吃的松鼠鳜鱼——”

“这里只有打针用的药剂，没有食材。”

“你看这样好不好，我去买鳜鱼，然后，然后我给你送去——”贵翼话里藏着话。

方一凡戳破他的意图：“你想留我的地址？”

“不敢奢望，我给你留地址，怎么样？”

“不必了。”

贵翼看她的表情：“——哦，你有，对，你早就有我家地址了。——不然怎么找我娘告密呢？”

方一凡抿着嘴笑。

“你有我家地址，六年了，一封信也不来。”

“没有消息就是好消息。”

贵翼鼻子里冷“哼”了一声。

方一凡想了想：“——寄明信片怎么样？”

贵翼想也不想就点头：“好啊，有纪念意义。”

方一凡脸上呈现出复杂的笑容：“算了，还是不要了。”

“我认真的。真的，真的。”

“不过，时间可能有点长。”

“我可以等。”

方一凡笑中有“酸”，真诚地：“谢谢。”

小炭炉上的水烧开了，冒着白色的烟气。

“我给你泡茶。”方一凡说。

话音刚落，门外传来敲门声。

贵翼打开门。

林景轩站在门口，汇报：“参谋本部第一厅急电。”

贵翼一目十行看过后，说：“备车。”

“是，军门。”林景轩转身去了。

方一凡走到门口，贵翼转身看她一眼。

“你去忙吧。”方一凡显然预感到什么了。

“欠我一顿饭。”

方一凡忍着笑。

贵翼想想，觉得吃亏了，补充一句：“不止—— 一顿饭。”他还想再说一句，方一凡已经把门关上。

贵翼的鼻尖碰到门上，自嘲地："居然敢让我碰一鼻子灰，你等着——"

苏梅一把从古纯音手上夺过一份"资家老宅爆炸案"的报告，怒气冲冲地穿过侦缉处的走廊，径直闯进资历安的办公室。

资历安此刻正躬身站在一架收音机面前，专注地调试波段、频率。

苏梅推门而入："你疯了吗？你为什么要这么做？"说着，"啪"的一声把那份报告拍飞在资历安的办公桌上。

"我跟你说过，进上司的房间要敲门。"资历安眼皮子翻了翻，声音很轻地说，"不要以为做了资家二少奶奶，或者知道我做了什么事，杀了什么人，自以为拿住了我的把柄，就可以在侦缉处狐假虎威。"

"你太敏感了，我根本没有任何要挟你的意思——我只想让你把真实的情况告诉我。"

"你是不是把一切真实的情况都告诉我了呢？"

"为什么要炸掉资家老宅？"

"我不能告诉你。"

"你炸掉资家一定是有原因的，你是不是在维护谁？'影子'到底是谁？"

"苏梅，我是你的上司，我做事不需要向你解释。何况'烟缸'案已经走进死胡同了，难道你一点也嗅不出危险的味道？"

"——我只闻到了嫉妒的味道。"

资历安猛地站起来，忍无可忍地从口袋里拿出了那张资历群的照片，也拍在苏梅面前："告诉我，哪儿来的？"

苏梅盯着那张照片看，猛然间全都懂了，针锋相对道："你大哥真上相！"

资历安盯着她的脸，阴森森地："照片哪儿来的？"

"这句话应该我问你吧。"

"我从你家里看到的。"

"你私自搜查我的家？"

"你是什么时候知道秦守仁就是资历群的？"

苏梅的脸凑近资历安，一字一顿地："我原来在中共上海地下党工作的时候，曾经跟你大哥做过'假夫妻'，我原以为你不知道资历群就是秦守仁，现在看起来，你什么都知道。我是个‘叛徒’，我被捕投敌，我贪生怕死，我很配合你的工作，你却不肯让我描述秦守仁的面貌，而一心要置我于死地，如今想起来——你当日真是用心良苦，你怕你大哥身份曝光，影响你的锦绣前程？”

资历安觉得苏梅好笑，他居然不怒反笑：“幼稚。”

苏梅说：“你大哥的共产党身份是你的死穴，所以你就是单纯地想你大哥死吧？现在称心如意了？如果他这次真死了。”

“我是为了保全他，才陷害他杀人的，把他以刑事犯之名关进监狱，而不是政治犯，是我对他最大的宽容。”

“资历群的确是以杀人罪入狱的，可是经刑事庭审判，被判处死刑，也是真的。都是死罪！都是你干的！”

“我可没料到这个。”资历安态度忽然诚恳起来，“不过，我告诉你，资历群杀人一案经刑事庭审判以后，资历群就换了一个身份，叫作‘佟阿大’。明白了吧？我一直在保全他。要执行枪决的只是一个酗酒闹事的‘鱼贩’佟阿大。而我大哥，以‘佟阿大’之名被人保释了。资历群越狱事件，也只有内部极少数人知道。我为什么要‘杀’他？杀了他就等于掐断了全部线索，留着他，才能反败为胜。这是一石二鸟之效。你动动脑子。”

“——你是说资历群是个‘叛徒’？他背叛了他的信仰，成了你手中的棋子，他就是那个神出鬼没的‘影子’？”

“你怎么那么关心‘影子’呢？”

“如果爆炸行动出了差错，没有计算好时间，资历群有可能一命呜呼。你怎么办？”

资历安反问：“你到底爱他还是爱我？”

苏梅愣住。

资历安冷笑：“我竟然小觑了初恋的影响力。”

“你简直不可理喻！”

“——你觉得耍耍小手段，背着我搞点阴谋诡计，就能风生水起吗？”

苏梅脸色苍白：“你什么意思？”

资历安慢吞吞地：“房东死了之后，你接过一个电话。我派人去问过房东太太，她说你在楼下打的电话，是一个姓王的先生打给你的——”

苏梅此时此刻并不畏惧资历安的阴险，她反而很坦然。

“房东可是你杀的。”

资历安一笑：“在侦缉处不怕错杀平民，蒋委员长训令，对共产党，宁可错杀一千，亦不可放过一个！——你苏梅是一个不折不扣的共产党叛徒，这是你在悬崖上走钢丝最最潜在的危险，别任性了，小心掉下去，摔得面目全非。”

苏梅忍着气。

资历安看看她，又看了看笔筒里绽放的花枝。花叶惨淡，没精打采：“你看看这刚修剪出来的花，才离了枝头几天，就不新鲜了。”他一语双关。

“别糟践我了。”

“我要知道这个神秘的王先生到底是谁？”

苏梅冷笑：“我要说是贵翼，你信不信？——有种，你去招惹他试试。”

资历安阴毒地：“别忘了，你向我摇尾乞怜的时候。”

苏梅忍着怒火。

资历安也明白自己过火了，稍稍冷静了一下：“——我们都需要冷静一下。”

“——资科长，你的做法和想法永远都不一致。”

“至少，我是爱你的。”

苏梅简直是杀了他的心都有，恨道：“——资科长，你懂什么是爱吗？”

资历安露出阴冷的表情。

“你不懂。”说完，苏梅转身走了。

电话铃声振响，资历安接通：“喂。”

“资科长吗？”是闵逸笎，“我是上海银行的闵逸笎啊。”

“闵经理，你好。”

“四爷这边的账，您看您什么时候方便结了？——已经欠了两个月了。”

资历安瞬间坐直了：“闵经理，我什么时候欠过四爷的账了？——在我的记忆里，我和四爷素无往来——”

“您的确和四爷素昧平生，可是，您欠吴营长的钱啊。”

旁边，文四益和陈晓律、陈萱玉、茜茜小姐在一起打麻将。

阿黎在伺候茶水。

文四益打出一张“东风”。

资历安被一句话点醒了，他犹豫了一下，以守为攻道：“闵经理，您什么意思啊？”

“资科长，不要装糊涂嘛。明人面前不说暗话，吴营长的钱，不也就是四爷的钱嘛。——吴营长死了，四爷还在嘛。——您前前后后从吴营长那里买了五十多条枪，半数都是先赊账，——您私下里也赚了不少。”

“——我赚钱是为了补外勤人员的亏空。”

“您跟我说不着——”

话筒里同步传来文四益的声音：“吃了。”同时还伴随着茜茜小姐“咯咯咯”的刺耳笑声。

资历安听到了，说：“闵经理，你让我想想——”

“资科长，这杀人偿命欠债还钱——”

“当然，这是理所当然。——我会尽快联系你的。”资历安挂断了电话，气狠狠地没处发泄，他随手打开抽屉，翻了翻里面的一个记录本，看了看钱的来回数目，突然发作，把一个记录本撕得稀烂。

“和了，大三元！哈哈——”文四益开心地一拍牌。

茜茜忙道：“四爷手气真好。”

陈晓律也附和：“四爷的技术好。”

陈萱玉对茜茜：“都说不要打南风了。”

四个人洗牌。

挂了电话的闵逸笎走过来，和文四益耳语几句。

文四益问：“有多少？”

闵逸笎答：“十七八万。”

“资历安够清廉啊，十七八万都没有？”

“这个人很苛刻，生活中极为节俭。——再则，他那侦缉处一个月也就那点薪水，要不是看在他有老宅的分上，谁把枪卖给他。”

陈萱玉摸牌：“闵经理，往后站一点。”

闵逸笐笑看陈萱玉。

“挡我财路。”

文四益开怀大笑，对陈萱玉道：“阿玉啊，你什么时候能再上舞台，唱一出《搜孤救孤》啊。”

“——多少年都没唱了，灵气和视力都在下降。”

文四益眯着眼，摸了张牌：“说我吗？——变着法子说我老啊。”

陈晓律说：“这话我好像在哪里听到过。”

闵逸笐说：“看我干吗？——我没那样说过。”

茜茜替他说了：“五爷说的。——五爷说四爷老了。”

全场安静。

各人反应不同。

片刻，文四益对茜茜：“茜茜，帮我把牌推进一点，摆那么老远——”

陈萱玉对文四益：“自己手不会伸长一点啊。”

茜茜赶紧往前推牌。

文四益问：“茜茜，喜欢看评剧吗？”

“——喜欢。”

“喜欢评剧哪一点啊？”

“衣服好看。——杨贵妃的凤冠多美啊，要是布景做的跟文明戏一样就更好了。”

文四益和陈萱玉都笑起来，满座笑声。

“哎呀，难得听到这么一句中肯诚实的‘外行话’。”

“谢谢四爷夸奖。”

阿黎笑着给茜茜斟茶。

“谢谢阿黎姐姐。”

陈萱玉对茜茜：“茜茜真是又红又低调，——说实话，现在有些红了的明星，走路都在天上飘，哪里像茜茜这么懂分寸，知进退。”

茜茜讨好地：“谢谢阿玉姐姐，是四爷教导得好。”

文四益面有得色。

闵逸笐说：“这话不假，您瞧四爷身边的人，从阿黎到茜茜，当然，还有我们最最漂亮的陈萱玉小姐，个个都错不了。”

陈萱玉说：“我可没拿他薪水。”

文四益唯有对陈萱玉才会露出的一种带“色”的表情：“嗳，不拿薪水的，才是真的呢。”

大伙儿笑起来。

陈萱玉伸手打了一下文四益：“茜茜还在呢，胡说什么。”

“我懂的，阿玉姐姐。”

“你小小年纪，懂什么？”

“爱情啊。——阿玉姐姐，也许有一天婚姻会成为你人生中一份最特别的礼物。”

文四益赞道：“好，这话说得好。”

“茜茜，这话可不像是你说的。”

“就是我说的，真的。”

文四益对陈萱玉：“爱情是需要珍惜的。”

“别擅用爱情。”

陈晓律听不下去了：“诸位，诸位是打牌呢，还是谈恋爱呢？”

闵逸笎搭话道：“这个我来解释。打牌跟谈恋爱是一样的，打牌一半靠技术，一半靠运气；婚姻，一半靠爱情，一半靠运气。谁先推牌谁为王。”

茜茜几乎是同时推倒牌：“和了。”

几个人看看，和的“暗七对”。

陈萱玉不甘心地摸下一张牌，“哎呀”一声：“只差一步，我就和了。”

众人哈哈大笑。

文四益突然问：“逸笎啊，你上次说有人想租我们的货车，怎么后面没有下文了？”

“五爷没让。——五爷疑心租车人的来路是——”闵逸笎压低声音，“那边的人。”

陈晓律接话：“四爷——这种事邪乎着呢。最近共产党交通站活动频繁，侦缉处和警察局天天都在查车，查仓库——”

“价格呢？”

闵逸笐说：“三倍。”

陈晓律说：“四爷。”

文四益对陈晓律：“我知道你想强调什么。”

闵逸笐说：“我，对于赚钱的事是欢迎的，多多益善，多多益善。”

文四益瞟他一眼：“——你脸上的表情可不是这么说。”

一阵冷场，只有打牌的声音。

文四益对陈萱玉：“先前我们说什么来着？”

陈萱玉回答：“灵气，视力——老花眼。”

“对，对。视力，视力很重要。目光要长远，你们想想未来会是一个什么样子？”

闵逸笐问：“未来？”

“对，未来。——现在遇到的种种危机，未来也许就是处处生机。”

闵逸笐和陈晓律互相看看。

文四益继续说：“别老想负面，多想想正面。”

闵逸笐赞许：“四爷目光远大，一个字，高明。”

一场牌局结束，文四益、陈晓律、闵逸笐走出贵宾室，边走边说。

文四益对陈晓律：“老五那边，你多提醒他一点，凡事都不要草率做决定。”

“是，四爷，我知道怎么做。”

闵逸笐上前：“四爷，有件事——”

“说。”

“刘焜最近跟着五爷在清理吴营长的旧账，‘黑龙会’的账怎么处理？吴成风当初是拿了‘黑龙会’的订金的——”

“这种事还需要我重复第二遍吗？”

“是，四爷，四爷放心，我明白的。”

文四益又想了一下，对闵逸笐嘱咐道：“不行，你啊，还是马上给老五打个电话。”

“怎么了？”

“直觉不大好。”

陈晓律说：“我去吧，我是水警署的，有什么事也好照应一下。”

文四益点头：“必要时警告他一下，千万别胡来。——我可不想成为国家的敌人。”

“四爷言重。”陈晓律一看文四益脸色凝重，立即说，“我马上去。”

贵翼和林景轩匆匆走进军部大楼，神情严肃，江绍成和陈经理等人迎上来，一声威严地高喝：“敬礼！”走廊上所有军官立正、敬礼。

贵翼对江绍成：“——你们都听到消息了。”

江绍成说：“是的，我们也很着急。”

贵翼边走边说：“我们必须在指定时间内，搬迁沿海军工厂——保证军事力量顺利转移。”

陈经理等人跟上贵翼的步伐。

贵翼对银行经理们：“银行方面——我给你们筹资时间，军工厂搬迁事关国家命运，一点也不能马虎。江绍成，作战部那边——尽快拟订军工厂搬迁计划。”

林景轩小跑上前，推开了会议厅大门。

贵翼对众人：“威胁升级了。”众人走进会议室，“——上峰命令，至即日起，凡各兵工厂尚未装成之机器，应暂停止，尽量设法改造于川黔两省，并须秘密陆续运输，不露形迹。”

众人道：“是。”

“中日战事，犹如箭在弦上，我等责任重大，唯有殚精竭虑，努力国事。”

“是！”

江绍成问：“上海军工厂是否即刻停工？”

“上海军工厂与金陵军工厂暂时合并，汉、巩两厂力谋扩充壮大。军工厂内迁和改造方案一旦拟订，马上上报参谋本部第一厅。——侦察处的未来作战区域报告送来了没有？”

林景轩立正：“报告，还没有送来。”

“马上催一下。”

“是。”

“最重要的是搬迁路线，铁路运输——既要确保交通线畅通无阻，又要做到保密和安全——军用物资投送是兵家重中之重！”贵翼神情严峻地，“枪是冷的，血是热的。子弹是坚硬的，血管是脆弱的。枪是军人的武器，血是百万黎民的骨肉！子弹在军人的枪膛里是保家卫国的，军械库就是国家军事的主动脉，主动脉一根也不能断，诸位身系国家安全，军工厂运输运量大，速度快，后勤保障也极为重要，绝不能有丝毫疏漏——”

会议结束后，江绍成跟着贵翼回到了办公室。

“——所有的营部都将奉命改为团部，但是，没有新增力量，只是单纯地改了编制。”

贵翼思考着。

江绍成继续：“吴营长的案子已经交由南京军法处处理，为了避免不必要的麻烦，我已经呈报为吴营长畏罪自杀，他贪赃的具体款项也由刘营长请财务处的人结算清楚了。吴次长主动要求避嫌，在家养病。——不过，司令部那边颇有微词，但都在控制当中。你也懂的，机构间就是这样斗来斗去的。”

“机构间不讲协同合作也就算了，连公理正义也不讲了吗？”

“讲。——也讲人情世故。我知道你的想法，——不过，现在是非常时期，你的处境非常危险，所谓牵一发而动全身。”

“我知道，他们总是在平衡各方利益，哪怕损害到国家利益，他们也可以置若罔闻。”

“那，总之，麻烦我替你挡了，牌呢，重新洗了一遍，你只管集中精力布置搬迁计划，我会处理好人际关系。军工署指挥中心所有分管项目你都得厘清了，时不我待，你是这行的佼佼者，别为了其他的事分心。还有，出门注意安全，你的官邸也必须加强保护。”

贵翼“嗯”了一声，他看着江绍成。

江绍成问：“——还有什么事？”

贵翼很直接地：“我要见南方局领导。”

江绍成一愣。

“就现在。”

“——你不是说真的吧？”

“我说真的。”贵翼等不及了，“我已经被卷进来了，没办法置身事外，请组织上谅解。——我唯一的‘传令兵’就是你，我走哪儿都得带着你啊，我的参谋长。”

江绍成强调地：“你的位置很重要。”

贵翼重复着：“我要见南方局领导汇报工作，必须的。”

江绍成坚持：“——等命令。”

“命令什么时候到？”

“在路上了。”

贵翼一愣。

江绍成对贵翼意味深长地：“不只是你想见南方局的领导——”

贵翼有点小激动：“你是说？”

江绍成点点头。

二人心领神会。

贵翼的眼睛里闪烁出喜悦的光芒。

这时，传来敲门声。

贵翼喊道：“进来。”

林景轩打开门，刘铁军跟在后面步履矫健地走来，二人立正，敬礼。

贵翼对刘铁军：“什么事？”

刘铁军汇报：“有关侦缉处三名特务购买、使用黑枪的全部口供，已经全部记录在案。他们供出了民间军火商常用的交易地点，一共有三处，都在公共租界。——请示军门，是否进行一次秘密清查行动？”

“——除了这三个特务的口供，还掌握了什么新线索？”

“我为了调查吴成风买卖军火案，派人跟踪了文四益的一名得力干将蔡鸿升，江湖上称他为‘五爷’，他是吴成风长期合伙人，最近他接下了吴成风所有的零售商，其中包括日本‘黑龙会’。——现已查明，蔡鸿升有可能将一批军火卖给‘黑龙会’。”

“‘黑龙会’？大战在即，居然把军火卖给日本人？——文四益知不知道他的手下正在干着卖国的勾当？”

与此同时，蔡鸿升和刘焜就在仓库里清点着枪支，进行着非法的军火买卖。

刘焜看着眼前的这些军火，忐忑不安道：“五爷，——咱们把枪卖给‘黑龙会’，四爷要是知道了——我，我怕出事啊，五爷。”

“会有什么事啊？这批货是吴成风卖给‘黑龙会’的，收了订金，就该出货。而且，这次‘黑龙会’出高出市场价三倍的价格购买，我们就睁一眼闭一眼，把货顺顺利利地给出了，以后，再也不跟他们有任何生意上的往来就行了。”

刘焜不放心地问：“就这一锤子买卖？”

“当然，我也爱国啊。——不过，做生意嘛，还是要讲信用的。——我跟你说实话，我所做的一切都是为了兄弟们着想，风里来雨里去的，总要有一点贴补。四爷老了，做事前怕狼后怕虎，现如今是什么世道，做大事就得当机立断。放心，今晚找几个可靠的兄弟出货，我俩都不用出面。”

刘焜自欺欺人地：“好，那就好。”

顾及不了太多，也没时间考虑更多，贵翼命令道：“今晚采取秘密行动，现场有多少军火就缴多少军火，对‘黑龙会’的人格杀勿论。”

“是。”刘铁军立正，转身欲走，又被江绍成叫住。

“刘营长。”

刘铁军转身，立正。

“地处租界，行动必须保密，速战速决。”

“是。”刘铁军敬了军礼，走出了办公室。

林景轩上前：“报告军门，军工厂设计师带着新研制的新型武器中心部件过来了。”

“在哪儿？”

“会议厅。”

贵翼对江绍成：“走，一起去看看。”

三人出门。

第二十七章　间谍的悲惨世界

> “你真的不必过多地咀嚼和回味过去的爱情故事，它会让你崩溃的。还有一句忠告，在间谍的世界里，没有爱情故事，如果有，只能是悲惨世界。”

烟丝铺子，资历平走了进来。

掌柜抬眼，伙计见有客人，忙招呼道：“您好，您需要点什么？”

资历平说：“我买烟丝。”

掌柜低头继续拨弄算盘。

“您要什么牌子？”

“颐和牌的。”

掌柜拨弄算盘的手停下，抬眼看了看资历平。

“——行，你等着。”小伙计走开，到了后堂。

这时，掌柜走过来：“小兄弟，我们烟丝铺子还有最好的美国烟叶，最优质的了，烟叶不含糖，尼古丁含量高，怎么样？买点烟叶吧？”

话音刚落，伙计拿了些样品出来：“——您看看，我给您拿了精选级的烟叶，优质白肋，美式加糖的，荷兰板烟。”

“我只要颐和牌的进口烟丝。”

伙计说：“颐和牌的烟丝，没有进口的——您要不尝尝其他的种类，您要的那个牌子不是优质品。”

“——你帮我找找，我都跑好几家店了。”

掌柜笑笑："小兄弟，你是不是记错烟丝牌子了？颐中牌的烟丝吧？"

资历平低头再想："不对啊，我没记错。"又想了想，"要不，就给我拿颐中牌的进口烟丝吧。"

掌柜点点头，悄悄地给伙计使眼色。

资历平敏锐地感觉到了什么。

伙计点头哈腰："我去给您拿。"

烟丝铺里，隔着一块布帘，伙计拿起了电话。

电话铃声振响。

资历安接电话："——好，盯住了。——千万不要打草惊蛇。"

资历平拿好烟丝，从烟丝铺里走了出来，他步履匆匆，很警觉地张望了一下过往行人，总感觉哪里不对，便一头扎进一条小街。伙计鬼鬼祟祟地跟在后面，一眨眼的工夫就发现人不见了。一辆电车开过，伙计四处张望着，和电车上的资历平擦肩而过。

资历平从电车上下来，警觉地观察四周，走到第三电报局的门口固定的收件处，查找自己的信件，一无所获。天空越来越阴暗，资历平沮丧地走在街上，喃喃自语："露西，你在哪儿？"

而在他头顶的上方，高高的电线杆上粘着一块碎布，那是露西的唯一的"遗迹"。

资历平把新买的烟丝包搁在资历群的桌子上："大哥，进口烟丝只有颐中牌的，没有颐和牌。"

资历群不作声，看着报纸。

"——对不起。"

"什么话，是我记错了，兄弟间这么生分，烟丝值几个钱？你就换个牌子，我就换换口味好了。"资历群瞥了他一眼，"畏畏缩缩的，做了什么亏心事似的。"

"我回来的时候被人跟踪了。"说完，资历平等待他的反应。

资历群把报纸放下："疑心生暗鬼。"

资历平被他说得一愣一愣的。

"你要真被跟踪了，那就证明你也是侦缉处的头号通缉犯了。奇怪吗？你做了这么多事，早就榜上有名了。要不是贵翼在前面替你遮风挡雨，你这会儿还能这么体面地站在屋里跟我说话吗？”

他说得振振有词，好像资历平才是“泄露”住址的“祸害”。

“——要不，咱们挪挪地方？”

资历群回头看他：“你跟我说啊？——你应该跟楼下的监管同志说。他们正愁找不到合适的理由制裁我呢，你去一说，可以帮他们落案了。”

资历平低下头。

资历安一言不发地坐在椅子上。

掌柜的和伙计从旁站着。

伙计小心翼翼地说：“——我一直跟着，怕他发现，就没敢走太近，结果，结果就跟丢了。”

掌柜附和道：“那个人挺精神的，二十出头吧，一看就是个小开。”

伙计说：“他也不懂烟叶，出手很大方。”

资历安看着他们，两个人心虚地低下头。“——跟丢了，也不能全怪你们。情报工作，也不是一天两天的事，多历练历练就好了，以后要有针对性的计划，你们看看来买烟丝的是不是这个人？”资历安从口袋里掏出一张照片，两个人靠近了看，异口同声：“就是他。没错，是他。”

资历安把照片翻转来，盯着照片看了一会儿，那是资历平一张留洋的小照。

资家花园爆炸后的枯井边，发了霉的墙塌了一半。苏梅站在墙边，犹如鬼魅。远处，留守花园的特务继续监视着。

叮叮当当的敲击声，刘玉斌在厨房里忙碌着。苏梅走进厨房，帮忙打下手。二人配合熟稔，切葱递蒜，交叉作业。

“你楼下的房东死了。”

“你想跟我说什么？”

“应变能力不错。”

“他运气不好。——菜油，少放点。”

“我觉得我们应该认真考虑一下房子的问题。——盐。”

“——我们一起共事而已。真的要打仗了，法租界里的房子挤都挤不进来。”

“我怕你每天从房东门前过，心里有阴影。”

“我心安理得，——杀他的人是资历安。”

一盘菜出锅。

苏梅摆好碗筷，刘玉斌端出两盘家常菜。

两个人坐下，吃饭。

“我只是想帮帮你。”

“不需要。——我不需要任何形式的帮助。话说回来了，我一到生死关头，你就束手无策。”

“翻旧账啦。——说过不提的。”

“是你先提的，关键时刻，你哪儿去了？”

“我为你买了‘万国公墓’，我花了半年的积蓄——”

“说来说去，还是房子。”

“可不，死的活的都得有去处不是，——最可气的是，‘万国公墓’不退货。”

“不退货？凭什么不退货？——那也是一大笔钱啊。”

“——是啊，他们说，买了就不能退，退了没人愿意买，人家都要住‘新’房子。我跟他们解释，这人啊，还活着，他们说，没关系，——你等到她死不就完了吗？”

“还有王法了吗？奸商。——你的枪是吃素的。”

“你可别小看这些卖墓地的，这些个卖墓的、拉车的、摆摊卖水果的，好多都是文四益的徒子徒孙，咱也犯不上跟这些个流氓耗上——”

苏梅搁下碗。

刘玉斌察觉：“胃又不舒服了？”

苏梅点点头。

“喝点汤。”

“一想起胃里落下的毛病，就恨不得把资历安给撕碎了。”

“你还耿耿于怀。”

“我不像你，善忘。”

“你放心，苏梅。但凡我能够有一次真正‘得手’，你失去的所有，我都会替你拿回来。”

刘玉斌给苏梅夹菜，一抬眼，看见苏梅颊边有泪。

“——你信我——”

苏梅淡淡一笑：“我连自己都不信。”她的笑容收敛，夹起碗里的青菜，继续吃饭。

乌云密布，黄浦江上船舶点灯。

刘铁军带着秘密小分队悄悄地逼近。

一辆汽车停在仓库不远处的隐蔽处。刘焜坐在汽车里，倦怠地“睁一眼闭一眼”打着瞌睡。

一支长枪伸出来。

仓库外的制高点被全部占领。

细微的脚步声。

刘铁军持枪带领一支小分队秘密进入仓库。

刘焜突然睁大眼睛，四周安静得令人紧张，他的手紧紧握住了方向盘。

仓库入口已经被士兵守住了，小分队进入仓库通道，慢慢地接近仓库里正在进行交易的军火贩子，刘铁军压低声音，命令道：“行动。”

只见，小分队成员飞跃而出，枪指军火贩子们。

“不准动！”

“放下枪！”

“跪下！”

“——这是四爷的货。”

有人试图抵抗，举枪。

刘铁军等人开火。

枪声骤响。

刘焜吓得魂飞魄散，双手直抖。

“法国人。——也许是我们政府的上层，谁知道呢？——总觉得这人来头大。”说完，林景轩叫道，提醒的口吻，“军门。”

“嗯？”

“我有句话想跟你说。”

“说。”

林景轩压低声音：“我们有义务帮助小资少爷，我们——对于方小姐，应该敬而远之。——这次冒险帮她，说实话军门，太危险了。”

“——有些人有些事需要你礼貌性地拒绝。”

“那你到底是拒绝还是不拒绝？”

“我觉得，你今晚不是单纯地指使我干活。”

“——我们现在站在三脚梯上，最重要的是维持平衡，保持平衡才不会从高处摔下去。”

“你的冒险精神到哪去了？”

“我怕你被所谓的爱情给慢慢蚕食掉正确的判断力。”

“你想说什么？”

“近朱者赤——”话音未落，贵翼一荡脚架，林景轩没站稳，失足而落，贵翼伸手拉住他，他的脚立即挂住扶梯。

“还想说什么？”

“不说了。”

“为什么不说？”

林景轩站回原来的位置：“你总是对的。”

修理完毕，林景轩搬开三脚梯，贵翼打开开关，吊灯亮了。

妞妞欢呼跳跃着。

灯光下，刘焜、蔡鸿升、闵逸笎、阿黎都屏息敛气地站在文四益面前。

蔡鸿升急切地：“四爷，四爷，都怪我，鬼迷了心窍。——我，我连累了兄弟们，四爷。——我，我对不起四爷的教诲。我不该跟‘黑龙会’做生意——”

文四益安静地看着刘焜，问：“枪是军械局的吗？”

刘焜“牙齿打战”地：“——是，是。——以前的存货。”

“注意到有什么不寻常的状况了吗？——比如买枪的人提前到场？周围环境有异常？”

刘焜摇头：“没，没有特别的事发生。”

“好好想想。——看清楚袭击者了吗？”

“看，看到了。袭击者是军人。”

“军人？——是贵翼的人吗？——哪个部队的？看清楚番号了吗？”

“看，看不见，他们，他们没穿军装。”

“没穿军装，怎么能确定是军人干的？”

“他们，他们训练有素，进退整齐。——四爷，这是，这是凶杀啊四爷。”

“训练有素，进退整齐。军械局的人，还是警察？——贩卖军火有罪，袭警也有罪，勾结日本人，罪上加罪。如果对方真的是军人，那我们的兄弟就真的白死了。”

刘焜瞠目结舌：“为什么，为什么啊，四爷？”

“这世上没人蠢到和军人‘叫板’。”

蔡鸿升说：“四爷，就算我做了错事，我们的兄弟也不能这样不清不楚地没了——这事要没个交代，以后谁还肯给我们卖命？四爷——”

文四益果断地截断：“就算是军械局的人干的，就算是贵翼下的命令。我想问的是我们的出货点，贵翼是怎么知道的？啊？这是卖枪，私卖军火是什么罪名？可以判死刑的！你们以为是卖糖卖烟卖包子啊！——兵抓贼，是天经地义，聪明的猎物是完全可以避开猎人的枪口的，上海滩那么大，任何人没有准确情报，都不可能碰到我们军火卖场的皮毛！——我现在要知道的是，今天晚上到底发生了什么？贵翼到底掌握了我们什么样的把柄？——谁是内鬼？！谁？给贵翼提供的情报？”

闵逸箢开口道：“四爷说得对，这件事，一定有人泄密。我们的出货点极其隐秘，不是老主顾很难靠近——”

刘焜一下想起了什么，他眉毛一耸。

文四益转目看他：“想到谁了？”

刘焜说：“是，——资历安的手下在我手上买过枪。——就前段时间，四爷，四爷下禁令的时候。”

闵逸笂问："你都没有更换仓库吗？"

"我，我以为，他们不敢——"刘焜说，"他们，他们没道理啊，说不通啊。四爷。"

文四益说："军火交易从来都不是你情我愿，而是有巨大的生存压力，迫使你非买不可。——这些小鱼小虾出卖我们的目的，不过为了自保罢了。"

陈晓律问："四爷的意思？"

"资历安和他手下的特务，都不是我们内部的人，但是，他们通过购买我们的枪械，掌握了我们常用的交易场所，这些情报一旦有人故意泄露给军方，对于我们来说就是致命的！"

"可就算是这样，贵翼也不能挑战我们制定的秩序和规则。"蔡鸿升欲言又止，看了看文四益，"四爷，你不觉得你一让再让，开始缩手缩脚了吗？"

"——我知道，你早就想跟我说了。说吧，我听着。"

"贵翼的存在，对我们而言绝对是个巨大的威胁。我们的货不能这样白白扔了，我们的人更不能就这样白白死了。贵翼必须付出应有的代价，包括那个资历安——都不能放过。"

"贵翼是据为国有，资历安则是据为私有。"

"对我们而言，二者有什么不同吗？"

"当然不同。这种突发行动，一定另有目的，今晚上只不过是冰山一角，贵翼真正的目的，是没收全上海的军火，——不仅仅是非法的。"

闵逸笂问："为，为什么啊？"

文四益叹道："要打仗了。"

众人表情各异地，异口同声："打仗？"

这时，传来敲门声。阿黎开门看了一眼，对陈晓律说："陈先生，水警署的兄弟来了。"

一名水警进门，对着陈晓律，立正，敬了一个礼，汇报道："报告陈督察，警备司令部战备处紧急会议，请您马上过去。"

"有什么风声？"

"要打仗了。"

陈晓律看了一眼文四益，带着水警离开了。

文四益对众人："——如果中日战事一开，上海的经济会一泻千里。闵经理，多换点金条，储藏些硬通货。仗一打起来，最贵的不是枪，是粮食。——刘焜，赶紧收购粮食和面粉，把囤积军火的仓库清一半出来放粮食。"

刘焜点头。

闵逸笎说："我去码头联系几家可靠的运粮船。"

文四益对蔡鸿升："老五，今晚的事，我一定会给兄弟们一个满意的答复。可是你！——背着我，跟日本'黑龙会'做生意，实在令人痛恨！——好在，你没有一错再错！我最后一次警告你，也警告你们在场的所有人，谁再敢跟'黑龙会'勾勾搭搭，我宰了他！"他刻意用了一个"宰"字，全场鸦雀无声，"我们虽然损失了这批货，但是，军火被国家拿去，好过卖给'黑龙会'，这不是钱的事，这是原则，是一个中国人的底线。——中日开战，一旦实施军事戒严，连民团都有可能上战场。枪和子弹，不要说是卖，白送也得送上前线。"

闵逸笎问："那，这件事还追究不追究呢？"

"杀我的人，抢我的货，怎么可能算了。查资历安和他的手下谁是泄密者，重点放在被贵翼抓走的那几个人身上，泄密的人处理掉，资历安欠的钱，也得给我拿回来。"

蔡鸿升说："四爷放心，人和钱，我都会拿下的。"

"先封锁仓库遇袭的消息，别让法国佬再出来搅局。——把尸体转移到江边去，接下来，编个好故事给记者们听。"

闵逸笎又问："贵翼那边呢？"

"他就快上战场了，让他死在保家卫国的阵地上吧，这才叫，死得其所。"

蔡鸿升怨恨地："四爷大度，贵翼未必会领四爷的情。"

闵逸笎说："四爷高明，兵不血刃，兵不血刃嘛。"

"——至于资历安嘛，他要能还钱，就敲他一大笔，给兄弟们做安家费，他要还不了钱，杀了他就算为民除害。"

寒风中，一辆军车驶过大街。

苏梅从公寓里走出来，资历安开车跟上。人和车并行着，资历安对苏梅：

“上车。”

苏梅继续走着，不理会。

资历安继续跟上，口气和缓地：“上车，苏梅。我特意接你上班的。”

苏梅站着不动。

资历安的汽车停下：“——上车吧。”

“不用了。”

话音未落，一辆汽车凶猛地斜冲过来，一下堵住资历安的去路。两名杀手下车，只见，其中一名杀手望天开了一枪，后面车上又冲下来四五个青帮成员，手上拿着斧头、铁棍等武器。

街上的行人们纷纷作鸟兽散。枪声惊动了正在开车行驶而来的林景轩和贵翼，也惊动了开着警车出巡的刘玉斌。

杀手朝资历安吼叫：“下车！”

另一名杀手对准吉普车的车门就是一枪！

资历安惶惶然，被强行拖下车。

苏梅很紧张，她显然也在杀手射击范围之内。

杀手对准资历安的腹部就是一拳，资历安瞬间疼得蜷缩在地。

苏梅大叫：“有话好说！！”

“闭嘴！！”

资历安挨了打，气狠狠地昂着头：“浑蛋，你们知道我是谁吗？”

杀手又揍了他一拳。

资历安哼哼着。

“我们知道你是谁，你是上海沪中警备司令部侦缉处二科的科长资历安，你从吴营长手上买了一批枪，尾款到现在还没付清——文四爷问你，怎么办？”

资历安忍着气，直起腰：“四爷的货来路不正，我的人和枪都被贵翼给扣了，四爷应该知道的，没枪我请不到款——”

“四爷是卖枪的，不是卖糖的，老兄！！”他伸手拍着资历安的脸，“你是买家，四爷是卖家，四爷讲信誉才肯赊账，——我管你被谁扣了被谁抢了，你要么还钱，要么——去死！”说着，就将枪口对准资历安！

资历安恐慌了，他开始控制不住自己了。

苏梅大喊：“住手！！”

杀手看着苏梅，色眯眯地笑：“好戏要开锣了。”

“等等！！等等，兄弟们，有话好说好商量——我没打算不付钱。请四爷再宽限几天——我一定会让四爷和兄弟们满意。”

杀手甲：“——资科长，四爷原本是大人大量，不计较你这些个小钱的，可是，昨天晚上四爷的场子被人给砸了，货被劫了，我们死了好几个兄弟，这笔账可怎么算啊？资科长？”

资历安忍着疼：“四爷的场子被人给砸了，关我什么事——”

杀手猛地朝资历安脚边开了一枪，金属火花四溅，资历安一下就瘫了。

苏梅厉喝：“你们干什么！！资科长要是有什么事，别说你们四爷，就是整个黑市军火商也会被杀得一个不留！！！”

杀手被苏梅的气势给震了一下：“小娘们，够劲啊。”

这一句话引来青帮成员们的哄笑。

远处，两辆汽车从不同方向驶来，一辆车上是林景轩、贵翼，另一辆车上是刘玉斌。

两车聚头。

刘玉斌朝贵翼打了个“停车”的手势，意思是“前方危险”。

贵翼给他回答了一个“开枪”的手势，代表着“解决掉”。

随即，两车分开，各自行驶开。

“这样吧，请资科长跟我们走一趟，当面向四爷解释一下——”

资历安的双腿抖得厉害，苏梅蔑视着他。忽然脑海里灵光一闪，素来少有急智的他，居然在瞬间逮到一只“替罪羊”：“……这样，这样好不好，苏梅是我的未婚妻，你们可以带走她，有她在你们手上，我一准想办法筹钱——你们要是抓了我，后果会很严重的，你们自己想想。”

听到这句话，苏梅简直想一脚踹死这个懦夫。

“资科长，这可是你说的！你自愿的！！”

“资科长，你好像对这个女的没什么感情啊。”

苏梅盯着资历安，就像是在看一个小丑。

资历安大声地：“没，没——有，有感情，她怀了我的孩子！！——你说，她对我重不重要，我没必要——”

枪响了。

林景轩低势持枪，先敌开火。他一枪打中控制着苏梅的杀手的手腕，杀手大叫一声，枪落地，苏梅拾起长枪，猛地砸了下去。

杀手要挟持资历安，刘玉斌一枪打中杀手的肩膀，杀手还要负隅顽抗，林景轩持枪跃进，瞬间一片硝烟弥漫。

硝烟中，贵翼下车，衣袂飘扬，神情自若，抱着一挺新型机关枪，朝天空一顿开火，这是警告——流弹滚落，有些弹片划伤了杀手们。

众人乱作一锅粥地跑了。

资历安的汽车起火，贵翼潇洒地抱枪走来。

“轰”的一声，汽车爆炸了。

所有的人都以不同的姿势扑倒，卧倒，翻滚着灭掉身上的火苗。贵翼站在一团火焰面前，打招呼道：“资科长。”

资历安狼狈地爬起来。

贵翼客气地：“恭喜啊，要做父亲了，什么时候补喜酒啊？”

刘玉斌含蓄地：“这么大的喜事，瞒得像铁桶一样。不够朋友啊。”

林景轩殷勤地照顾苏梅，替她拍着身上的灰尘。

苏梅一张铁青的脸，走上前，猛地扇了资历安一记响亮的耳光，扬长而去。

资历安被打得头昏眼花，气得用力一扯衣襟，衣服上的扣子都被扯飞了。

刘玉斌赶紧护住资历安，没话找话道：“怀孕的女人都这样——消消气，消消气。”

贵翼饶有兴致地看着这一幕。

林景轩把捡到的扣子还给资历安：“恭喜资科长了。”

资历安满眼昏昏。

地上躺着两个腿受伤、跑不动的青帮分子，背后一团的火，极具讽刺性的恭喜声不绝于耳。

回到官邸，贵翼和林景轩一进门，还没站稳脚跟，就听得背后一片欢声笑语。原来，董细妹和妞妞穿着五彩缤纷的花裙子，脚下的舞鞋水淋淋地跑进门。

贵翼叫道："妞妞。"

妞妞扑过去："大哥哥，你看，我好不好看？"

贵翼一脸茫然："这是什么？"

妞妞转着圈舞蹈："爱丽丝梦游仙境。"

董细妹对林景轩："花园的水管子坏了，我们的鞋子全都浸湿了。"

妞妞大声地："我是爱丽丝，董小姐是红心王后。我在替兔子先生找手套。"她跑到贵翼跟前，踮着脚，伸着脖子，低声神秘地补充，"我要进了兔子洞，就能找到好多小动物，还有，还能找到妈妈。"

妞妞开心地笑着，一脸阳光灿烂。

贵翼陪着她微笑，心底却是"凉"的。

董细妹对贵翼："花园的水管要修了——妞妞，我们去洗澡，走，跟大哥哥说晚安。"

"大哥哥晚安，——保密哦，大哥哥，找到妈妈我第一个告诉你。"她笑眯眯地跟着董小姐上楼。

董细妹说："兔子先生的扇子也丢了。"

妞妞回道："我能找着，我喜欢兔子先生。——我都能找着，兔子洞里的人都会变小，我一定能找着。"

"明天我们要换游戏了。"

妞妞大声地："不换。"

贵翼仰头看着她们上楼去了。

林景轩轻轻地："哥。"

贵翼回神："嗯？"

林景轩问："怎么了？"

贵翼叹了一声："一个低气压的时代，连童话都伤人。"

林景轩怔着，忽然反应过来似的，大声地："我一会就打电话，叫工部局派人过来修水管。"他再一回头，贵翼已经进入书房，关上了门。

楼上传来妞妞哼唱儿歌的欢声笑语。

林景轩走进书房，贵翼就问道：“你注意到苏梅了吗？”

“厉害角色。”

“——她怎么会嫁给资历安呢？”

“为了活命吧。”

贵翼摇头：“恐怕没有那么简单。——我们跟侦缉处素无往来，不过这次我们也算帮过他们一次了。”

林景轩根本不知道他在想什么。

“明天你去花店，以我的名义——”

林景轩自作聪明地：“给方小姐买束玫瑰花。”

贵翼纠正：“给苏小姐买束玫瑰花。”

“哥，想什么呢？”

“我在想怎么利用好苏梅这颗棋。”

林景轩瞠目结舌地望着他得意扬扬的样子。

刘玉斌站在小洋楼下，背着手踱着步子，在原地转着圈。

苏梅还没走近，声音已经飘进了刘玉斌的耳中：“跑这来干吗？”

刘玉斌转头，说：“看房子。”

“发什么神经。”

“霞飞路的洋房啊，寸土寸金。”

“你买啊？”

“啊，等‘烟缸’案结了，咱们就结婚吧。”

苏梅“切”了一声，忽然抓住他话头：“你有眉目了？”

“还记得跟你一起潜伏到苏区的人吗？”

苏梅点点头。

“这个人在废弃的电文稿纸上，发现了一张奇怪的电文密码，于是她就全力跟进了这条线索。”

“电文有什么好奇怪的？”

“那张绝密电文只有一个密电码，经破译是一个‘准’字。她怀疑这个人是隐藏在我们内部高层的中共秘密党员在向南方局请示什么重要事情。”

“那现在事情到底怎么样了？”

“我不知道，我还没有明确答案。——但是，我们可以调查清楚——这就是两年前差点牺牲掉你的真正原因。”

“所以当年牺牲掉我是值得的。”

“如果抓住这个中共秘密党员，你们这一组全军覆灭也是值得的。”

苏梅略有感慨。

“相信我，这一次一定会扭转乾坤。”

“那么这个中共地下党的秘密党员是谁？是男的，还是女的？老的，还是年轻的？他从哪里来，要到哪里去？他到上海来，要做什么？”

“所以我们可以做多种假设——”

“这个秘密党员享有极高的保密规格，他在我们内部一定拥有某种程度上的地位和特权。”

“很好的切入点——”

“——不过，我现在最想扳倒的人就是资历安。这个人对 CC 来说，威胁太大。”

“如果能顺利除掉资历安，CC 就能正式接管侦缉处。”

苏梅眼光一亮：“我叫你调查交通肇事逃逸案，立案了吗？”

“当然。”

“我是资历安杀人的目击证人，我们可以用刑事案把资历安送上绞刑架。”

“他有特权。”

“他在法租界杀人，没有豁免权。”

“这时候，千万别冲动，你得听我的。——等待最佳时机，才能一击即中。——还有，那个叫露西的舞女，或许就是我们曾经忽略掉的关键线索。我们得努力先把资历群找出来，也许他会指引我们顺利找到那个神秘人物。”

苏梅点点头。

“去吃点东西。”

“好。”

刘玉斌侧目看了一眼面前的房子：“——你说，什么样的人能住上这样的大房子？”

“肯定不是我们。”

“我想把这房子买下来。”

“你没病吧？”

“我就是想跟你结婚。”

苏梅解释一句：“我跟资历安没什么，——我根本就没有怀他的孩子！”

刘玉斌直截了当地：“就算有了他孩子，我也要你。”

苏梅“卡”住了：“可是我——没打算嫁给你。”

刘玉斌低着头看房子的价目表：“——这个时候说这个，不合时宜啊，苏梅。”他抬头看她，很“失败”的表情，“我还以为我这样讲话，你会感动到哭。”

苏梅笑起来，笑得很美。

刘玉斌看得很陶醉：“没有商量余地？”

苏梅含笑摇头。

“那你必须好好补偿我一下。”

“怎么补偿？”

“——安排在今晚，你家。”他凑到她耳边，“晚上做事不容易分心。”

苏梅觉得好笑。

刘玉斌感慨起来：“实话实说多简单。”

“还买房吗？”

“当然，买房子没什么风险。”

“任何事都有风险——”苏梅这句话一出口，突然想到了什么，愣住了。

刘玉斌问：“——想什么呢？”

苏梅随口就来：“这房子多少钱？”

刘玉斌随手把房子的广告单子递给她。

苏梅一看房价，很生气：“——简直，——你疯了！！”

刘玉斌潇洒地走到了前面。

苏梅在后面跟上，一直骂。她越骂刘玉斌越快活，两个人的背影仿佛一对情侣消失在街面上。

电讯室里，九支白玫瑰，意喻“玉洁冰清”。苏梅诧异地伸手取出送花人的名片上，上面写着“贵翼”，随后把白玫瑰扔进了垃圾桶。

资历安推门而入。

苏梅和其他几名特务都站起来立正。

“都出去，苏梅留下。”

资历安“啪”的一声把一份档案查阅表扔到苏梅的办公桌上，生气地：“解释一下。”

苏梅垂下眼帘，不想睬他。

“谁允许你这么做的？”资历安质问，“你为什么对陈芝麻烂谷子的旧事那么上心？你想调查什么？我说过了，过去的事就过去了，不准私自追查‘告密者’，你倒好，阳奉阴违，孜孜不倦地去查谁‘出卖’了你，你到底是怀念从前的生活，还是忘不了从前的情人！！”

“我只想要一个答案！——为什么两年前我会被捕？而我的上线和下线都安然无恙？为什么？为什么当时侦缉处会对我的行踪了如指掌？你们熟悉我所有的生活轨迹和任务路线，为什么？啊？我只要一个答案，有错吗？我告诉你，我并不留恋过去的生活，我只关心一件事，我，苏梅是被谁出卖的？仅此而已。这对你来说，只是一句话；对我来说，是我的一生转折点。”

“停手吧。”

“我不会停手，除非你给我答案。”她很激动，“一定是他出卖我的，而他居然没事！我必须找到真相。”

“你真可怜。——知道你为什么可怜吗？你的生活无趣无求，你根本就不知道如何享受生活。而且，你的工作已经超出了你能力范围。”

苏梅反唇相讥：“我觉得正相反。”

“是吗？——我以为我们快结婚了。”

“你对昨天发生的事，一点内疚感都没有吗？”

“我为什么要内疚？”

“你拿女人做挡箭牌！拿你的‘骨肉’去换自己的安全。虽然你没有‘孩子’，你这种人根本就不配有孩子。”

资历安知道自己理亏，忍住气：“我想你大概是病了。”

“你讨厌你大哥，他处处都比你优秀，他疼爱小弟，对你漠不关心，你们资家三兄弟，唯独你资源最不好，你没能留学深造，你考不上高等学府，而他们两个随随便便就可以拿到全额奖学金！你恨他们，尤其恨你大哥，所以，你要把他曾经的女人踩在脚下，践踏她，以获取你卑劣的尊严和快感。”

“够了！”

“不是吗？”

资历安长吸了一口气，稳定了情绪，说：“苏梅我告诉你，你对资历群所有的调查都是白费力气，你看到的、想到的、猜到的不过是冰山一角而已。还有，就是你最近精神恍惚，状态实在不好。你生病了！放假休息吧。”他说完后，就要转身走。

“就算我放假了，养病了，我也不会罢手，直到我找到他。”

资历安停下脚步，回眸看看苏梅，说：“苏梅，在这个世界上，没人想害你，你真的不必过多地咀嚼和回味过去的爱情故事，它会让你崩溃的。还有一句忠告，在间谍的世界里，没有爱情故事，如果有，只能是悲惨世界。”

他走了，反手关上门。

苏梅气愤地一把将琉璃烟缸扫荡在地，琉璃粉碎，她看着琉璃碎片中映射出自己扭曲的脸，很心疼自己。坚定的眼神，是在告诉自己一定要设法“扭转乾坤”。

资历安余怒未息地摔门而入，走进自己的办公室，他显得很疲惫。电话铃声骤然响起，他两只眼睛直勾勾地盯着电话。快步走过去，拿起听筒：“喂……我是。”一开始还满口怒气，瞬间软了下来，“——五,五爷，五爷爷，您大人大量，不不，绝不是这个意思。”

电话里蔡鸿升怒不可遏道：“浑蛋，你以为你躲得过初一，躲得过十五吗？你他娘的——”对方粗暴地谩骂着。

资历安忍不住把话筒挪开一点，待蔡鸿升骂完了，才说道：“不是我不出门，我现在敢出门吗？四爷要我的命啊！——不是我不付钱，是贵翼拘押了我的人，没收了我的枪。逼得我得通过正常手续从军械局领取合法枪械。——昨天的事，纯粹误伤，您的人我都送到医院去了，一个也没抓，医药费、安家费都算我的。——五爷，我资历安可以对天发誓，我绝对没有碰过四爷的货。

五爷，您的兄弟一定是贵翼杀的——”

“你听到了什么，还是看到了什么？”

“警备司令部里都传开了，——说五爷偷偷地跟日本人做军火生意，卖国求荣，卑鄙无耻。——被贵翼逮了个现行。五爷手底下的人，全都被贵翼就地正法，——贵翼说的——说的话特别难听——啊，说，五爷是向他跪地求饶，才逃了——”他话还没有说完，对方就挂了电话。

资历安摸了摸项上人头，冷冷一笑，挂了电话。

敲门声后，古纯音走进来，说：“资科长，苏梅刚刚离开侦缉处大楼了。”

“苏梅现在很危险，派人24小时盯着她。”

“是。”

“尤其是这段时间，这个女人就像是一条疯狗。”

第二十八章　贵公馆遇刺

他从沙发上悄无声息地一跃而起，迅速掏出手枪，敏捷地从花架下再摸出一把枪插在腰间。随即站在书房门口，侧耳倾听，门外是细而杂的乱脚步声。

露西推开房门，她轻手轻脚地来到资历平的床边。

资历平闭着眼睛，困锁在“相思”里。

露西伸出手去抚摩资历平的脸颊。

资历平闭着眼，握紧了她的手，叫道：“露西——”

“你还没睁开眼，怎么就知道是我？”

资历平睁开眼睛，温存地看着她：“我能闻到你身上的味道。”他坐起来，“可千万别是做梦。”

露西喃喃地：“我不想吵醒你。”

“露西，你到哪儿去了？说好的给我写信的呢？你知道我真的很想见你，听你说话，看你跳舞。”

“傻子，我这不是来了吗？什么时候变得多愁善感的？不像你了，小资。”

“——我就是不放心。答应我，别再凭空消失了。”

“——我待会儿就走了。”

“去哪儿？这么晚了。”

“我有任务要完成。”

“任务？告诉我，到底发生了什么事？”

“很多事，一言难尽。——可能比你想象的要糟糕得多——”

“露西——”

“——小资。”

露西的声音逐渐远离，资历平猛地惊醒过来。发现房间里仍旧是空荡荡的，他一身冷汗，感觉特别不好。

“简直就是噩梦。”林景轩喝道，“妞妞，你看你，到处都画，桌上画，书上画，啊，你说你啊，就差在墙上画了。”

妞妞站在凳子上喊：“我有这个打算！”

“下来，小皮猴，你看看你，啊，败家孩子，一地鸡毛。”

“败家孩子。”妞妞学林景轩的话，然后伸手搂住林景轩的脖子，让他抱在怀里，自己好够得着书架上的书。

“不准拿大人的书。”

贵翼坐在沙发上，问：“董小姐呢？”

“在楼上化妆。”

“化妆？”

妞妞下地，活泼地满屋子跑。

林景轩收拾着桌面：“董小姐要去参加一个教育局的慈善宴会，正在楼上化妆呢，光挑衣服就挑了一个钟头了。”

“哦。——派辆车送她去。”

“我一会要去兵站，顺路送她。”

“行。”

妞妞拿着画笔又要干“坏事”，被林景轩手疾眼快地逮到，一把抱起：“我以后，绝对不会要小孩。”

妞妞大声地说：“为什么不要小孩？”

“因为带你一个就够受了。”

贵翼笑：“妞妞，过来。”

林景轩把妞妞给了贵翼：“累死我了。”

书房门突然被推开，董细妹站在门口，声音突然变得很媚气：“林先生，

现在可以走了吗？”她一身洋装，头戴女式贝雷帽，一副雪白的镂花手套，高跟鞋漆水发亮。这一身装扮，把贵翼和林景轩都看傻了。

妞妞高兴地跳起来：“董小姐，好漂亮。”

董细妹看着贵翼和林景轩，有点不高兴：“你们不知道赞美一个女人是对她最大的尊重吗？”

贵翼立马站起来：“董小姐，这个，知性美——非常知性美。”

林景轩附和：“——鹤立鸡群！鹤立鸡群！出类拔萃！”

贵翼拿眼睛瞄林景轩。

董细妹满意了：“走了军门，妞妞小姐回见。”

妞妞喊着：“董小姐慢走。”

贵翼也忙道一声：“您慢走。”

林景轩对贵翼：“我走了，花园的水管漏水了，工部局那边今天派人来修。你俩别去了，花丛里全积了水。”

贵翼说：“出门小心点。”

妞妞也说：“出门小心点。”

林景轩点头。

贵翼笑笑，对妞妞：“去玩吧。”

“嘿，我告诉你啊，皮猴，墙上和门上都不准画……”林景轩吵吵着走出门，贵翼耳畔是妞妞银铃般的笑声。

午后的太阳令人炫目，贵翼把妞妞哄睡着了，盖好被子，离开房间。走下楼，公馆里一片安静。贵翼听到有汽车声响，他没有在意，因为林景轩说过，水电公司会派人来修理花园的水管。官邸里又有配枪的士兵守着，他没想到其他，径直走进了书房。

一辆汽车开进了贵翼官邸的大门。士兵上前查看了证件和检查修理人员携带的工具后，予以放行。另一名士兵指引修理工到花园。修理工有五名工人，穿着水电公司的制服，很专业地检查水管。同时，两名工部局的设计人员也来到贵翼官邸，向士兵提出，工部局建议在官邸前面修一个喷水池，代表着新官上任，风生水起。

士兵检查了二人身上并无枪械和刀具后于是放行。

官邸门外有人在卖“可口可乐”的汽水。

一名修理工从门口走出来，他在士兵的监视中买了一打汽水。修理工再次走进公馆大门时，热情地递给士兵两瓶汽水，士兵摇头，婉拒。修理工乐呵呵地放了汽水在岗亭下，然后抱着半打汽水又进了花园。

见士兵喝起了汽水，一名修理工趁人不备钻到汽车底下，从车底取出一个又长又宽的工具箱。两名工部局的工作人员左右看看，径直走到花园中。看似没有什么关联的两拨人，互相望了望。修理工从工具箱中拎出一支枪，两支枪，三支枪，一杆杆的长枪递了出去，七个人持枪分散开来。

看了一会儿书，贵翼有点犯困，眼皮重重的，伸手去拿咖啡杯，忽然，听到书房外有细碎的脚步声。他从沙发上悄无声息地一跃而起，迅速掏出手枪，敏捷地从花架下再摸出一把枪插在腰间。随即站在书房门口，侧耳倾听，门外是细而杂乱的脚步声。贵翼在陌生的脚步声中分析判断有几个敌人，各占据什么方向。顿时，他想到了楼上的妞妞，太阳穴泛起一层晶莹剔透的冷汗，听到门口有脚步声停下，间不容发之际，贵翼隔门一枪，撂倒一个大汉。门板随即飞起，直砸在被撂倒的大汉面门。

枪声示警。

门口的士兵听见枪声，提枪就跑，瞬间栽倒在地。只见岗亭的士兵已经瘫倒在地，身边还有“汩汩”冒气的汽水瓶子。

几名刺客，左右夹击，攻击贵翼，见偷袭不成，遂改成强攻。贵翼冒着火力，双枪齐发，枪火压制来犯之敌。他伸手捡起压在门板下刺客的长枪，冲上二楼走廊，开枪射击，火力十足，奔腾跳跃。有刺客斜冲过来，贵翼故意卖一个破绽，刺客子弹破空而来，贵翼整个人飞出去，挂在了楼顶吊灯上，居高临下，抬手一枪，一枪一个。刺客一面叫嚣一面谩骂着，向妞妞的房间冲去，贵翼连灯带人甩将过去，整个人和灯具都砸在刺客头上，尖锐刺耳的金属撕裂声，穿透整个大客厅，一时间，玻璃碴四溅，子弹乱飞，贵翼一马当先，仿佛截断众流的勇士，勇往直前。

见贵翼的子弹打光了，刺客肆无忌惮冲上来。“嗖”的一股冷气裹挟着冷风弹进来，贵翼前臂的汗毛都竖起来了，他“忽”地仰面倒下去，子弹打到

墙上，贵翼的耳膜里清晰地听到弹壳崩离的声音，仰面躺在地上的贵翼手肘猛敲一块地板，脑后一块地板“蹦”起来，贵翼摸出一把柯尔特手枪，瞬间坐起，一枪穿透扶梯的红木，刺客侧面中弹，大叫着滚下楼梯。

贵翼重新站起来，踩平楼板，嘀咕了一句：“楼板怎么不平。”说话间，另一名刺客又开始新一轮的射击，这次轮到贵翼在枪火中闪转腾挪。他“嗖”的一声“弹”进妞妞卧室，只见床上空无一人，贵翼一惊，却听妞妞喊：“大哥哥。”

妞妞趴在床底下，两只大眼睛滴溜溜地转着，一脸惊恐，但是她不哭，自己用小手捂着小嘴，害怕自己叫出声，被坏人发现。“大哥哥。”她看见贵翼，一下就感到了“安全”。

贵翼把食指放到嘴唇边：“嘘”。他示意妞妞从床底下爬出来，“对，好，做得好。爬到大哥哥肩膀上，好。做得好。”他一边鼓励妞妞，一边子弹上膛，“双手搂紧我脖子，搂紧了。记住了，绝不能松手。”

妞妞奶声奶气地问：“要是中弹了呢？”

贵翼心里一“咯噔”，她还这么小，竟然问出这种话来。

“谁教你说这话的？”

“没有人。可是妈妈中弹了，妈妈中弹了，就被坏蛋抓走了。”

“听着，妞妞，你听着。你可以中弹，但是子弹得从大哥哥身上穿过去！你也可能被坏蛋抓走，但是坏蛋得从你大哥哥身上踩过去！”

“嗯。”妞妞的小手死死地抱紧了贵翼的脖子。

“好样的，大哥哥保护你，走。”

突然，窗口闪出一个人影，贵翼举枪就打，只听得一声惨叫，有人从二楼窗户上栽下去了。

“闭上眼睛，妞妞。”

妞妞赶紧闭眼。

“表现得太好了！——妞妞是最勇敢的小姑娘！”

话音未落，两名杀手已经冲到面前。

枪声响起，双方的枪声俱响。枪火中，贵翼保护妞妞，枪枪阻击来犯之敌。妞妞闭着眼睛，死死地抱紧贵翼。

打到双方的子弹都打光了，贵翼又与两名刺客近身肉搏。打得眼花缭乱，难分难解。在搏击中，双方都受了伤，但是双方都在拼命，贵翼更是力道不减，绝处强杀。

“嘭”的一声，贵翼抱着妞妞破门而出。两个刺客已经浑身是血地追逐而来，贵翼在楼道上予以刺客们迎头痛击，最后两个刺客，一死一伤。

安静。

除了重伤的刺客在呻吟。

贵翼没有放松警惕，环顾四周，确定安全了，他轻轻拍拍妞妞：“没事啦，没事啦，妞妞。”

妞妞慢慢地睁开双眼，看着贵翼。

“妞妞是个勇敢又坚强的孩子。”

妞妞点头。

贵翼把妞妞放下来，说：“妞妞，跑步回房间，没有命令不准出来。”

“是。”妞妞双腿一碰，敬礼，往楼上跑去。

贵翼走到被自己的拳头打残的一个刺客面前，问：“哪路的啊？怎么称呼？”

“贵军门……给个痛快的，求求你。”

“哪路的？”

“我们……是黑市贩卖军火的。”

“哦，我抢你们生意了？”

“是，是资科长，他的人被您扣了，他，他说是你们扫了四爷的货，杀了四爷的人。……给个痛快的吧，他们说，解决了你，就行。我们得到的命令……杀光屋里所有的人。”

“杀光屋里所有的人，连孩子也不放过？”

“上头的命令。”

贵翼一脚踩下去，躺在地上的刺客头一歪，咽了气。“来人啊——”他喊了一声，目光投向门廊外。

阳光下，在岗亭守卫的士兵都倒在地上，其中一名士兵怀里还抱着枪。

“砰”的一声，香槟酒瓶盖被打开，喷出一股雪花泡沫。香槟美酒，鲜花，气球，悦耳的音乐。

文四益、工部局中学的莫校长、教育局的官员、闵逸笎、阿黎、董细妹、刘老师等人欢聚一堂。

莫校长说：“——给诸位介绍一下，我的杰出校友董细妹小姐，科隆音乐学院毕业，非常非常优秀的家庭教师。——这位是大名鼎鼎的文四益先生，上海银行的闵经理。”

董细妹与文四益、闵逸笎寒暄着。

莫校长继续说：“——文先生一直立志于发展基础教育，为上海很多的中小学校提供了大量的教育经费，是支持教育的楷模啊。”

文四益居然有点腼腆起来。

闵逸笎道：“莫校长，您看，文先生出资修建工部局中学的教学大楼，耗资不菲，这名誉校长——”

“当然，当然——”莫校长笑眯眯地搭着闵逸笎的肩头，走到一边去了。

文四益替董细妹拿了杯酒。

“董小姐是学音乐的，为什么选择了家庭教育这一行呢？”

“文先生的意思——我是屈才了，还是另一种进步呢？”

文四益有点惊讶地看着她：“我想，我的问题是不是引起董小姐的反感了？”

“哪有那么脆弱？”

二人目及之处，莫校长和闵经理在说话，彼此情绪都有点激动。

莫校长说：“文先生的身份极为特殊，我认为他不太适合进入学校董事会。”

闵逸笎说：“文先生为学校提供的资金帮助，足以让校董会为之动容，——每一个在校贫困学生，都可以减免二十块钱的宿舍费和两块钱的医疗费——”

“不是钱的问题，我说过了，不是钱的问题，是他身份的问题。”

“你到底在顾忌什么？”

“这件事是有风险的。”

“有什么风险？”

“文先生在法租界的巡捕房任职，年薪有限，他的钱来历不明，你我心中有数。——如果，如果他有一天被人揭发出来，他又成了校董，学校的资产就会变成债务——家长们，看客们，新闻界会说我们学校让，——让一个军火贩子当校长，道德沦丧——”

“莫校长，你听我说——你别急，你听我的。任何事都会有风险——”

“就为了减免穷学生的学费？No，No。这不值得我冒险。”

文四益对董细妹：“——看起来莫校长有点小情绪。董小姐可以看出点什么端倪吗？”

董细妹说：“我可以回答，但是，文先生听了不一定满意。”

“愿闻其详。”

“文先生出资办教育，是一件利国利民的大好事。但是，文先生要进入校董会，捐赠的钱就变成买名誉了。”

“你是要我出钱建教学楼，又不允许我在这座楼里拥有一间属于自己的办公室。”

“是的。”

文四益笑起来：“那，我不是什么都没有？”

“你做了好事啊。——文先生，这才是你真正拥有的财富。”

“——董小姐真是一个有趣又有思想的新女性。不知道董小姐在哪家府上做家庭教师啊？”

“贵军门府上。”

“贵翼？”

话音刚落，音乐四起。在司仪的介绍下，邀请文四益上台。

一片掌声中，文四益走上了乐池的指挥台，谦逊地向大家鞠躬，掌声又起。

“——非常感激教育局和校董会给文某人这个难得的机会，为莘莘学子做铺路的石子，过河的桥梁。——大家都知道，人最重要的事情有两方面——”

有人喊道：“挣钱——”

大伙儿笑起来。

“挣钱，也很重要。——但是最重要的是我们的健康和教育。这两项顶顶

重要，顶顶关键。——经不起折腾，也不能够透支。透支了我们的身体，就等于透支了我们的金钱，而再多的钱也买不到健康。透支了教育，就等于透支了未来，而未来，我们输不起！”

掌声四起，亲临现场的新闻记者拍照，青烟频蹿。

文四益继续侃侃而谈：“——文某人只是在教育上略尽了绵薄之力，不敢觍颜以此为由而进入校董会。”

闵逸笎和莫校长互相看看。

“在这里，首先感谢莫校长的至诚邀请，在下心领校长好意了。”

董细妹首先鼓掌，紧接着，一片掌声。

莫校长对闵逸笎：“文先生就是文先生，我早知道，做事能成功的人，都不是一般人。嗳，胸怀。”

闵逸笎鼻子里冒着冷气。

“——我们既是单独的，也是完整的，因为互助，因为慈善，因为教育，盼以一己之力，为天下学子效犬马之劳，原天地之美，达万物之理。”

几名士兵在打扫“战场”。

贵翼一边在包扎伤口，一边接着电话：“没事，没事。擦破点皮，不，不是枪声——都说没事了。”

妞妞在房间里跑来跑去，她手里拿了一个很大的扫帚要扫地，贵翼看见，边打着电话边喊着：“妞妞，妞妞，不准扫，给我过来。”他一把把妞妞拽到自己怀里。

电话里，林景轩口气焦急地：“又怎么了？”

“那个，董小姐什么时候回来啊？”贵翼答非所问。

“今晚上教育局那边还有晚宴，她说她晚上自己叫车回来。”

“——那，你赶紧回来带孩子。”

“您没事吧？”

“没事。”

“需要医生吗？”

“不需要。”他无意中碰到伤口，疼得龇牙咧嘴。

妞妞扭着身子，用手上的扫帚敲话筒，稚嫩地说：“不需要。”

“怎么了？——家也没事吧？”

“没事——”

“轰”的一声，大客厅的吊灯整个落下来，玻璃碎片纷飞，贵翼把妞妞抱紧了，说了一句：“景轩。”

林景轩紧张地问：“怎么了？”

“得花笔钱修房子。”说完，果断而神速地挂了电话。

妞妞凑到他鼻尖下，指着他的鼻子说：“林副官要骂你，败家。”

没多久，林景轩回来了。确定贵翼和妞妞没事后，他转身走出屋子，朝着岗亭的方向走去。

贵翼和妞妞站在窗前，朝花园方向远眺。看到林景轩站在园子里气急败坏地训着一队士兵。

林景轩身上的火药味，贵翼和妞妞隔着楼窗都能感应得到。

一队士兵站在大门前。

林景轩气势汹汹地把一排可口可乐瓶子砸开，把饮料倒在两个小酒桶里，命令那两个士兵继续喝可乐。

两个倒霉的士兵都喝吐了，地上一片狼藉。

“喝啊——继续喝！——这要是在战场上，被人麻翻了，死都不知道怎么死的！继续喝——我让你们喝个够。——喝个痛快，起来，继续喝！”林景轩唾沫星飞溅的同时，下意识回头望了一眼官邸，贵翼和妞妞“吓”得赶紧回避。

“林副官生气了。”妞妞小声说。

贵翼很“沉重”地点点头：“后果很严重。”

“他会骂我们吗？”

贵翼模棱两可地：“——还好吧？”

妞妞用小手抚摩贵翼受伤的胳膊：“疼吗？大哥哥？”

“不疼——。”

“你要疼了，就哭好啦，就像妞妞生病打针一样，妞妞会照顾大哥哥的，妞妞会给大哥哥吃药——”

贵翼将妞妞揽入怀抱。

晚饭的时候，贵翼和妞妞很自觉很低调地吃着。

林景轩指挥士兵修补着屋子，他跑上跑下，忙得不亦乐乎。不过，他的脸始终是绷着的，妞妞吃着饭，悄悄看林景轩，贵翼给妞妞使眼色。

“——注意了，小心扶着，还有楼梯墙上挂的画，对对，小心点，窗子，对了，窗子上加铁栏杆——加固了，不影响——”

贵翼终于憋不住，开口了：“景轩，你不会在家里修碉堡吧？”

林景轩头也不回地：“我告诉你，我没在家里修战壕，就算对得起你了！——我早说过，我说什么来着，房子要加固，士兵要增派人手，谁家官邸像我们家这样，是个修理工都可以带枪进来？——小心门——哎呀，灯一会来，等妞妞小姐吃完饭。——搞什么呢——我现在可是替你瞒着老爷和老太太呢，都别惹我！——天天说安全，安全到军火贩子杀上门来了，江绍成那儿要知道了——直接把我撤换了，我彻底省心。”

贵翼“僵”在那儿，妞妞看着他。贵翼冲妞妞摇头，两个人赶紧低头吃饭。

“——哎呀，花盆不是放那儿的，搁下搁下。”

士兵在楼上踩了踩楼板，问：“林副官，楼板这嵌了个枪匣子，还要吗？”

林景轩一回眸，对贵翼问道：“你居然在楼板里藏了把枪？”

“你以为你对我了如指掌？”

林景轩一愣。

贵翼觉得自己“失误”了，“敷衍”地笑笑。

林景轩回以淡淡的一笑。

贵翼这句话还是扎进了林景轩的心底。

吃过晚饭，贵翼走进书房。“我看了刺客的尸体。两个身上中枪，一个脸上中枪，一个头被砸穿了。还有两个被拳打死了——”林景轩看看贵翼，“你够能干的。”

“我人缘好，刺客来了都愿意自杀谢罪。”

“嗯，还有一个从窗户上掉下去的。”

“他隔着窗子跟我讲话，我就喂了他一枪。”

“枪法不错。”

“你的枪不好用。”说着，贵翼随手在花架下放回一把枪。

林景轩默默地看着。

“——我藏枪的目的就是以防万一。”

“你应该告诉我的，我是你的盾牌。”

“军人最不该互相依赖！”

“强词夺理。”

两人内心都有点挣扎，又都期待对方先解释，于是，冷场了。

“对上下级而言，什么事情最容易，也最困难？”林景轩问。

“——我想，这句话应该这样说，对兄弟而言，什么事最容易也最困难？”贵翼反问。

“命令。”

“信任。”

“——人的命运有时候是天注定的。”

“所以说，你有隐瞒，——事实上，上下级之间如果有所隐瞒，也许是另一种保全呢？”

“战场之上，兄弟之间，怎样保全？只有命令和信任。信任也是需要合作精神的，哥，你如果不信任原本该信任的人，你就会选择不该信任的人去信任。一旦如此——”林景轩想说，彼此的信任就火化冰消，但是，他忍住了。换了一句隐晦的话，“你到底站哪边？”

贵翼双关语地：“我站你对立面。”他半开玩笑地跟林景轩解释，“我说的对立面，是现在。”他示意二人的站位，正好面对面。

“我没跟你开玩笑。”

场面突然安静下来。

“哥，你要清楚这件事的危险性，我必须确保你在任职期间不再遭受第二次暗杀。”

贵翼想想，说：“我向你道歉。我——”

“好了，这件事我们不提了。”林景轩指的是“藏枪”。

贵翼点点头，算是谢谢他的“体谅”。

林景轩说：“黑市军火贩子的突袭，只能证明一件事，他们狗急跳墙了，要知道，杀一个军政要员，所需要付出的代价几乎是灭顶之灾。”

“资历安在幕后点火，想让我们贴上文四益这块狗皮膏药，军工署与青帮缠斗，一是降低了格调，二是弄不好就两败俱伤。”

“资历安这招够狠的。”

“也够毒，借刀杀人。……不过，就算是落人嘲笑的口实，也不能轻易放过元凶。要不然，将来这军工署要成大杂院了！”贵翼说，“你去！带上人，带上枪！把全上海卖军火的非法交易市场给我扫了。我今天晚上就要文四益所有的生意关门大吉。”

“是。”

“回来。”

林景轩站住了。

“不能这么轻易地放过他。”

“军门的意思？”

“做好事要留名。”他摩挲着下巴，冷冷一笑，“我倒要看看，谁的命更长。”

林景轩一愣，旋即明白，双腿一碰：“是，军门。”

电话铃声响，林景轩刚要上前，贵翼敏感地一摆手，他马上接听电话：“喂。”

电话是江绍成打来的：“军座，到军部来一趟，有份文件要你签。”

“好。”贵翼挂了电话。

林景轩看着他，问：“谁啊？”

“——江参谋长。”

林景轩紧张地：“江参谋长知道今天这事啦？”

“他应该不知道。你紧张什么，有什么事有我呢。——备车。”

林景轩更紧张了：“这节骨眼上去哪儿啊？”

贵翼好心气地：“去军部，我的林副官！——我可以走了吗？”他大跨步向外走去，林景轩小跑跟上。

“——我去开车。官邸加派了人手，里里外外铁桶似的——”

晚宴正式开始，莫校长引文四益、董小姐等人入席。

莫校长说："文先生真是我们业界楷模，令人敬仰，下学期毕业典礼，一定恭请文先生到场为学生们演讲。"

文四益笑道："——算了，算了，我也没喝多少洋墨水，也没有出国留学的经历，你还是请一些政府官员比较稳妥。"

"No。No。——文先生，这次是我诚心诚意地邀请您的，文先生务必赏脸。——我们学校毕业典礼又不是政治典礼，啊，请，就要请像文先生这样的社会精英，成功人士。"

闵逸笊不咸不淡地："社会精英也是有风险的——"

莫校长的表情有些尴尬。

文四益大笑起来。众人随着他的笑声皆有附和之意，满座欢颜。

服务生上菜，文四益、闵逸笊、董细妹、莫校长等人围坐一桌，气氛祥和，姿态娴雅，佳肴入口，低声言笑。

闵逸笊对莫校长说："——这件事我尽快在商会上办妥。"

文四益对董细妹说："谢谢你的建议，——虽然，被人拒绝，或者拒绝他人都不是一件容易的事。"

董细妹笑道："您说得对极了，感觉也不是太难。"

阿黎匆匆进来，对文四益附耳："四爷，出事了。"

文四益镇定地用餐巾擦了擦嘴，站起来，跟各位抱歉："不好意思，巡捕房叫我回去，有要紧事。"

文四益和阿黎走出贵宾室，闵逸笊一溜烟地跟过来。刘焜迎了上来："四爷，四爷，——五爷派人去杀贵翼了。"

文四益铁青着一张脸。

"——我，我也是才知道，五爷找了几个狠角色，不是自家兄弟，五爷从天津请的帮手——可是，可是全都没回来。"

文四益问："贵翼那边呢？伤亡情况有吗？"

刘焜摇头。

"——我想起来了，他家里还有一个孩子。那孩子要是挂了彩，我们可能就没退路了。"

阿黎说："四爷，我们的兄弟是不会伤害小孩的。"

文四益突然咆哮：“你没听见他找的是外人！！他找外面的人插手‘家事’。”

所有人都愣住了。

文四益问：“他人呢？”

刘焜说：“在，在赌场。——赌场地下室。”

“得把他先送走。”

“四爷？”

“贵翼一定会来兴师问罪，他不走，他敢打吗？——阿黎，把兄弟们集中起来，保护好老五，争取今晚上把他送出上海。——闵经理，暂停一切股票交易，避避风头。”

阿黎说：“我先过去。”

文四益又嘱咐了一句：“阿黎，走后门，去货运码头。”

阿黎跟刘焜匆匆离去。

文四益对闵逸笊：“我知道老五蠢，但是没想到他会蠢到被别人当枪使。”

闵逸笊问：“资历安？”

“——原先我跟贵翼约定好，‘相忘于江湖’，现在被老五这么一搅和，恐怕就要‘相濡以沫’了。”

闵逸笊不明白：“啊？”

“我想起来了，那个，董小姐——”

“莫校长的校友？”

“她是贵翼替家里的小妹妹请的家庭教师。”

二人瞬间都醒转过来。

闵逸笊说：“我马上给她安排一点小女孩喜欢吃的甜点。”

文四益点头：“那个，多准备一点口味差异比较大的点心，让她给家里打电话。”

闵逸笊点头：“问问小女孩的意见。”

“待会，我陪着她去打电话，——只要这孩子没事，估计老五的命就保住了。”

“我去安排。四爷放心。”

“——老五那边，不管贵翼怎么样、怎么想，我们必须先给人家一个交代。”文四益说，“做得像一点。”

“我一会去码头。”

“你别去，咱们海关又不是没人。”

闵逸笄领会了。

洗漱室，董细妹对着镜子补完妆。刚一走出来，“凑巧”遇到文四益。

董细妹有点诧异：“文先生，您还没走啊？”

“嘿，我刚出来，巡捕房那边的事情就解决了，底下人遇到什么事都瞎紧张。”说完，文四益问，“你这是准备回去了？”

“是啊，已经很晚了。”

“我帮你叫辆黄包车吧。”

“不用，不用，不用客气，文先生。我自己叫辆车，很方便的。”

不远处，闵逸笄躲在角落里窥探了一下大堂。一招手，他身后两个伙计点头，跟上。三个人心急火燎地走来，伙计手里捧着各式糕点盒：“四爷，四爷，您瞧，我们给各位校董和老师准备的小礼物，还剩了这么多，这些都是凯司令做的新鲜糕点，——嗳，董小姐，您还没走啊，那您都拎回去得了。”

董细妹谦让：“——不好意思，不好意思。”

“那有什么不好意思的？要是没人吃，可不就糟蹋了。”文四益亲自接过糕点盒子，让董细妹拿着，“你看，各种口味，榴梿糕，草莓糕，蛋糕，栗子糕——”

“不，不，我就是拿，也拿不了这么多。而且，我家妞妞小姐也吃不了这么多。——我也不知道她口味。”

闵逸笄从旁附和：“董小姐说得是，这样吧，让董小姐给家里打个电话，问问小姐喜欢吃什么口味的，董小姐拿个两三盒是不成问题的。”

文四益说：“对对对，打电话，——我怎么没想到，一个电话就解决了。”

闵逸笄说：“可不，——前台就有电话。”

文四益马上引领董细妹到前台。

董细妹拨通了贵公馆的电话：“——是的，是我，妞妞小姐，我马上就回来了，给你带了点点心，你喜欢吃什么口味的？——栗子蛋糕，好的，草莓啊，

有的，有的——”

站在董细妹身后的文四益和闵逸笂互相交换了一下眼色，放心了。

军部大楼走廊上军人们来来往往，林景轩、刘铁军、参谋、工程师等边议论边走。

林景轩说：“军部一直创造和支持这项计划的——”

工程师说：“我们人手有限，军部也要面对事实。”

“——组件和部件在装系统前，是不是再核准一次标准？”

“这是我来找你的原因。”

刘铁军说：“炮兵营已经准备好运炮的车辆——”

贵翼办公室里，江绍成对贵翼说道：“时间定了。”

贵翼站起来。

“明天晚上——”

贵翼附耳上前，江绍成低语两句，然后说：“记住了？”

贵翼点头，说：“晚上七点准时到达。”

“谈话时间不能超过一刻钟。”

“明白。”

“别让人跟着，景轩我替你绊着他。”

“好。”

江绍成递给他一把钥匙：“车在法国公园停车场，草坪第二排，黑色，车窗贴着半个‘喜’字窗花。”

贵翼点头。

“你官邸遇袭的事件，你必须重视！说不定这背后隐藏着更大的阴谋，越简单的诱因，会蒸发出越想象不到的困难。军火商，CC，蓝衣社，侦缉处，还是法国巡捕房，日本人？渗透、破坏、暗杀，敌人是无所不用其极。你要时刻保持警惕。”

贵翼用力点头回应。

“从现在开始到明天晚上，你必须安静地待在安全的地方，暂时不要跟文四益发生正面冲突。”

"他都打到我家里来了——"

"你必须保证自己秘密出行。绝不能在这个时候，成为焦点人物，明白啦？"

贵翼勉强点点头。

"伤怎么样？"

"小意思。"

"总之——"

贵翼打断他："总之，我保证，不会发生第二次了。我保证。"

"你要知道，哪怕是一场意外，对我们来讲，都可能造成不可弥补的损失。"

江绍成的千叮万嘱，让贵翼的耳朵都快生茧："参谋长，我的参谋长，我一定把这件事给处理得妥妥当当！"

有人敲门，林景轩走进来，汇报："报告，炮兵营运输车辆已经到了，刘营长在等候命令。"

贵翼仿佛得了"赦令"，披上大氅："去炮兵营。"

"是。"

江绍成最后还是嘱咐："注意安全，小心开车。"

苏成刚和方一凡穿着医生和护士的衣服从白色布帘里走出来，拉紧布帘。

苏成刚说："真是奇迹，'203'恢复得很快，照这个速度，我们可以把返航日期提前了。"

方一凡点头："敌人经此一役，也在疲惫不堪之际，我们把握好时机，一定能够顺利离开上海。"

"这次贵翼算是帮了大忙，——希望他帮忙帮到底，送佛送到西。"

"我尽最大努力。"

苏成刚含蓄地："你能做到，你有这个水平。"

方一凡微笑："老实说，我不知道——他这个人挺深沉的，耿直，任性，还有点害羞。要不就突然变成邻家大哥哥那样，来捏你的鼻子，笑话你的发型——总之，猜不透，看不透。"

"我以为贵翼在你心里很完美。"

"是啊，他有时候几乎是完美的。"

"什么时候的事？"

"啊？"

"完美。"

方一凡忍着笑意，说："——很久很久以前吧。"

苏成刚直截了当地："六年前。"

方一凡诧异："嗯，什么都瞒不过组织。"

苏成刚笑笑："——组织上可没这个意思。我只是好奇，这段感情怎么会无疾而终？"

"我们走的道路不同。"

"明白了。"

"——如果不是选择的道路不同的话，我有可能已经——"方一凡低头娇羞地一笑，然后直言不讳地，"嫁给他了。——其实，这次重逢，我，生怕自己控制不好情绪，一头栽进去，无法自拔。"

"——你，这么爱他，他知道吗？"

"不知道。"

这一句很模糊。

"你是说你自己不知道，还是贵翼不知道？"

方一凡重复了一句："不知道。"

两个人笑起来。

"贵翼在感情方面是一个非常理智的人，如果他能为爱'疯狂'的话，可能就不是现在的贵军门了。"

"这次我们请示上级让贵翼入局，上级照'准'，让人浮想联翩啊。"

"是啊，照惯例来讲，有点不正常。"

"对，——这点'不正常'，不就是你心底所希望的吗？"

方一凡含蓄地笑。

苏成刚也领会的，大家点到为止，愉快地走出病房。

小巷口，刘玉斌化装成一个黄包车夫蹲在路灯下。

程竹从巷子里走出来，向刘玉斌招手。

刘玉斌跑来，程竹上了黄包车。

“小姐去哪儿？”

“愚园路。”

刘玉斌拉着程竹就开跑。

“有什么紧急情况，你冒这么大的险出来？”

“南方局有大人物出现，明天晚上七点——”

声音逐渐随着黄包车的车轮模糊。

黄浦江边，灯光昏暗。

有人在夜色中上了船，随即枪声响过。

蔡鸿升被重重地摔在船板上，一双皮鞋和一双靴子踏上船。阿黎对准蔡鸿升身上的“血洞”拍摄照片。

陈晓律站在旁边看，说：“这里也拍几张，对，多拍几张。”他回头看看岸上，“应该有目击者吧。”

阿黎对准“尸体”继续拍照。

蔡鸿升昏昏沉沉睁开眼，一片蒙胧。

陈晓律说：“老五，你先出去避一避，回头等四爷消了气，再回来——”

蔡鸿升虚弱道：“——不是说好打空包弹吗？”

“我怕你临时变卦，打了一颗麻醉子弹。放心好了，就躺在这儿，睡一觉就到了。那边有人照顾你，不是我说你，干什么也不能把外人找来干涉家务，对吧——没事——睡一觉就好了。”

江水泛起波澜，有人陆续下船，有人“尸体”横陈，有人摇桨，有人在远处窥探。

第二十九章　风鸟落地

此时的程竹已经被一刀穿胸了。她张着嘴，眼睛鼓着，方一凡口里寒暄，动作麻利，将尸体拖进房间，关上门。她把尸体拖进套间，嘴里却继续说着话：“——南方局这次在上海和秘密党员接头……”

上海国际大饭店，资历安带着几名特务走进大堂。

古纯音在后面跟着，说：“刚刚得到的消息——昨天下午贵翼官邸遭到袭击，伤亡不明。四爷派人传话，请资科长到国际大饭店宴会厅一叙。说有要事相商。”

资历安默默想着，问：“人呢？”

“谁？”

“送信的人。”

一名穿长衫绸褂的“包打听”赶紧上前，嬉皮笑脸地：“小的在，在这呢，资科长。”

资历安看了他一眼，说：“我怎么没见过你啊？”

“——我是刚进巡捕房的包打听，我叫黎二，最近才跟的四爷。原来在租界赌场里做‘荷官’。”

资历安点点头。

一名服务生迎上：“资科长，您这边请——”

服务生毕恭毕敬地替资历安等人打开了宴会厅的大门，门打开的一瞬间，资历安彻底傻眼了。照相机的青烟频闪，记者们蜂拥而至。他活像一个电影明星或者是军政大员出席什么剪彩活动。

贵翼身穿白色高腰双口袋西服，修身白色西裤，风流倜傥，玉树临风。他笑吟吟站在门口，亲自迎接资历安："大英雄来了，鼓掌欢迎。"

一片欢声笑语，掌声四起。

一百八十度的大转弯，完全不在资历安预想范围之内，资历安茫然，问道："贵军门？您？您这是？"

贵翼亲热地搂住资历安的肩膀，说："面带微笑啊，资科长，这可是你的庆功宴。"

"贵军门，到底发生了什么事？"

"你是有功之臣啊。"

"我一直想弄明白。"

贵翼爽朗地笑着："资科长真幽默。"

林景轩跟着贵翼身后，亦趋亦步。

资历安回眸那个"包打听"，早就一溜烟地没影了，只剩下几个灰溜溜的手下，跟着他。

"贵军门是在摆资某的鸿门宴吗？"

贵翼微笑地："资科长觉得纸能包得住火吗？"

"军门话里有话，恕资某愚钝——"

林景轩插言："贵军门的官邸昨天下午遭到歹徒袭击。"

资历安顿时紧张起来："贵军门，此事真的与我无关。"

贵翼微笑："我信了。——你听着，不管计策如何完美，都必须看一下结果是否如预期所料？"

"贵军门。"

"你也很清楚我对你们资家的态度，小资打伤了我父亲，现如今，你又来害我。"

"军门是要搞株连吗？"

"不，不。打打杀杀的多没趣，我不伤和气，和为贵嘛。"

贵翼给了林景轩一个眼色，林景轩会意，手一抬，所有的音乐都停止了，众人安静下来。

林景轩朗声地："记者先生们，女士们，今天贵军门特地邀请诸位来分享胜利的快乐。众所周知，上海滩黑市军火贩子凶狠毒辣，他们非法买卖军火，造成社会动乱，且屡禁不止，气焰嚣张。今有上海警备司令部侦缉处二科的资历安科长，为了打击犯罪，一年以来，收集了黑市军火商的各种信息，详细提供了非法军火商的重要线索。资科长运筹帷幄，神机妙算，将敌诱致贵军门官邸，并亲自派兵埋伏，一一击杀之。"

又一次掌声四起。

林景轩继续："今天特意邀请诸位记者们来共同分享胜利，诸位，诸位请将你们的镜头对准这位剿灭黑市军火商的大英雄资科长，请为我们的英雄谱写胜利的篇章，谢谢。"

资历安"笑"着说："你这么逼我一定会后悔的。"

贵翼很开心地微笑："这是你自作自受。"

贵翼做了一个有请资历安的动作："一会儿说得生动点。资科长集中注意力，对准镜头笑笑，拍张照片。"

资历安肤色惨白，所有的照相机向资历安靠拢。

贵翼微笑着向记者们示意。

一群记者蜂拥而上，场面火爆。

"资科长，请问您在剿灭黑市军火贩子上有什么制胜法宝？"

"请问资科长，侦缉处对于剿杀军火贩子的后续计划，是否可以透露一二？"

"资科长，有什么话要对上海市民说？"

"资科长，资科长对于民间枪支管理松懈有什么看法？"

资历安咳嗽了一声，说："我们侦缉处对于剿灭一切非法的，危害政府的行为，都将予以切实打击，保护市民，维护城市安全，剿灭黑市军火贩子，我们侦缉处责无旁贷。"

"好，说得好。"贵翼兴高采烈地带头鼓掌。

在资历安眼里，贵翼就像是一只狡猾的狐狸，正得意扬扬地看着他的猎物落入陷阱。

贵翼这一出戏码让资历安彻底成了名人，上海各大报纸刊登大幅标题，侦缉处资历安科长神勇剿灭黑市军火商，获得贵军门赞誉，众说纷纭。

文四益看报纸，自言自语："聪明啊。"

站在一旁的阿黎问："啊？谁啊？"

"贵翼。"文四益放下报纸说，"他现在是把资历安推到火堆上烤。——老五请的那伙人，如果要报复，也有了一个明确的靶子。"

"那，五爷就没事了。"

"——再看看吧，找个合适的机会，把'老五'的照片送给他，给足他面子——"

"派谁去送呢？"

文四益想了想："小资去哪儿了？"

小阁楼里，资桂花叮嘱正要出门的资历平："——买包盐，再买点青菜，《上海新闻报》《申报》，都买一份。——不要给贵公馆打电话，不要喝酒，回来的时候，多逛几圈。"

资历平点头。

资历群声音从身后传出来："给我买包烟丝。"

资历平回眸看，资历群站在楼梯上，叼着烟："——这几天，烟瘾大。"

两名行动员在房间里坐着。

资历平敲响茜茜家的门："茜茜，茜茜——"

门开了。

"咦，贵先生——你怎么找到这来了？"

"我在繁星报社替你写过专栏，你当时要我把照片和底片都寄给你，给过我地址。"

茜茜想起来了："是的，是的，我想起来了，贵先生。——您找我？"

"我想问你点事，——我能进去说吗？"

"当然，当然。贵先生请，请里面坐。"

资历平走进屋，看到房间摆设寒酸，极为简易。

茜茜给资历平倒茶，窘迫道："——不好意思啊，贵先生，家里太寒酸，

平日里也不敢在家里招待朋友。”

资历平接过茶：“——四爷也太抠了吧，你可是大世界最红的舞女，帮他挣了多少钱啊。”

“不是的，不是的，贵先生你误会了，四爷待我极好的。——是我家里太穷，爹妈都有病，我还有弟弟妹妹要养。没办法，自己辛苦点，弟弟妹妹都有书念。等他们将来读书毕业了，家里的日子就宽裕了不是？”

“嗳，真看不出啊，你这么孝顺——你爸爸妈妈有福气。为什么不找四爷帮忙呢？”

茜茜坚决地摇头：“四爷也不容易，那么多兄弟得靠着四爷养家糊口，别看是个大人物，比我们可艰难多了。贵先生，你千万别为了我的小事儿去找四爷，我自己可以的。”

资历平点点头。

“贵先生找我什么事啊？”

“你最近见过露西吗？”

“露西姐姐，”茜茜说，“好久没有看到她了。”

“她有没有给你打过电话？或者写过信？——抑或是，托人给你带过什么话？”

茜茜茫然地摇头。

“你最后一次见到她是什么时候？”

茜茜一愣：“最后一次——你什么意思啊？露西姐怎么了？”

“我也不知道，我找了她很久，你替我好好想想，最后一次见到她是什么时候？”

茜茜想着，她最后一次见到露西也是资历平和露西表演完魔术那晚。

“从那以后呢？”资历平问。

茜茜摇摇头。

资历平失落地低下头。

“露西姐姐没事吧？”茜茜假设着，“会不会是突然生病了，暂时一个人躲起来养病呢？”

资历平抬起头：“会吗？”

茜茜点头："会呀……我们都是这样的，我的脚因为通宵跳舞，疲劳过度，有时候会肿，发炎，我会发烧，我也不想让家里人担心，所以我也会自己藏起来的。——贵先生，你放心好了，露西姐姐是一个特别有主见的人，不会有事的。一定不会有事的。"

资历平知道这是安慰，发自内心地说着感谢："谢谢。谢谢你。"

资历平一个人沿着树荫跑步，滑稽的是他手里拎着个菜篮子，里面的青菜叶随着他的步伐而摇曳。

观景台的阶梯上，文四益坐在台阶上看着报纸，台阶边上还搁着几瓶啤酒。

资历平走上阶梯。

"晨跑改成下午茶了？"

资历平笑笑："四爷，一起跑几步。"

文四益放下报纸："老了，跑不动了。"

"跑不动，可以爬——"

文四益递给资历平一瓶啤酒。

"不喝了。"

"戒了？"

"不能喝酒。"

"你大哥回来了？"

"啊？"

"资历群回来了？吓得连酒都不敢喝了。"

资历平不搭话，坐下来，拿起文四益的报纸看。

"报纸上说，你把你亲爹给揍趴下了。"

"武术切磋，纯属意外。"

"有谣言说，并非意外——"

"——那这谣言一定是四爷造的。"

二人对视，相顾一笑。

"四爷，你是跟资历安干上了，还是跟贵翼干上了？"

"看报纸。"

"报纸上写得好复杂，我年纪小，看不懂。"

"嗯，对你来讲，难度有点大。"

资历平点头："非一般难度系数。"

"看不懂，你可以猜啊。"

"猜啊？——全干上了。"

文四益哈哈大笑。

"四爷找我，到底有什么事？"

"替我去当一回'信鸽'。给贵翼带封信去。"文四益从口袋里拿出一张照片，搁在台阶上。

资历平用眼睛瞅了瞅："刺杀军政要员案，余波未了啊。"

"从报纸上看，情况已经控制住了。"

"贵翼倒是没有追究的行动——"

"也许正在酝酿。"

"——可是我跟贵翼没什么交情，而且，我又打伤了他爹。"

"这一点，从报纸上看，情况已经控制住了。"

"对我来讲，贵家的人都是陌生人——"资历平把照片往回推了。

"感情是慢慢培养的，小火慢炖，说不准什么时候就熟了。"文四益站起来，"把照片给贵翼，说我已经清理门户了。我文四益与'黑龙会'势不两立，请他放心，彼此信守诺言，相忘于江湖。"说完，向前走去。

远处，隐隐约约的阿黎跟上。

资历平拿起照片。

文四益回眸："回贵家学得听话一点，别再被人家扫地出门了。"

"我压根就没进过他家的门，好吗？"

阳光炫目，露台下有小孩子们在玩耍。苏梅放着竹竿，准备晾晒被褥。

刘玉斌在房间里拆着被面："资历安是个十足的蠢货，利用黑市军火商刺杀军政要员这种事情他都能做得出来。"

"他还有什么做不出来的。敢作不敢当的㞞货。"苏梅转头看了他一眼，"你手脚快点，这太阳正好呢。”她把竹竿拿进屋子里。

“我来吧，被子重，你别使力气了，养养身子。”

“你还怕我没时间养身体，我都放大假了，说不定一放就是一年半载，资历安最拿手的戏码就是找‘替罪羊’，掩盖真相，陷害同僚，杀害知情者。知道这意味着什么吗？”

刘玉斌一边把被子压在竹竿上，一边说：“不是你死就是我亡！”他伸手接过竹竿。

苏梅拦着：“资历安到处都放狗——别让监视的人看见。”

“他养的狗都那么听话，一天24小时不吃不喝不眨眼。——我就不信这个邪。”刘玉斌雄赳赳气昂昂地走到露台，把压着六斤重棉被的竹竿给撑了出去。

苏梅泡了一杯茶给刘玉斌：“——上次你看房子，我就联想到‘烟缸’，这个‘烟缸’在上海市一定还隐藏着秘密住所。房子是没有脚的，跑不掉，租房子也好，卖房子也好，都会留下蛛丝马迹。”

“是的，你的联想当时就启发了我。”

“你有眉目了？”

“我找了两家上海最有名的私家侦探，让他们帮忙寻找‘烟缸’的足迹。这个贵婉呢，喜欢画画，这两家侦探从各处画廊入手调查，发现贵婉曾经在上海租住过小阁楼，有三处都是一笔付清三年租约。三处都是画室，她也曾经帮助过贫困的画家，让他们暂住在小阁楼，且不收费用。——这两名侦探又走访了曾经跟贵婉有过交往的画家，历经千辛万苦，终于得到了三个地址，只不过，这三处都荒废很久了。”

“只有三处了吗？”

“目前就知道这么多。”

“你派人去看过吗？”

“还没有，一来呢，我不想打草惊蛇；二来呢，我还有更重要的事情要做。”

“——这可是个千载难逢的好机会啊。”

“我想在不引人注目的前提下，全面监视，慢慢收网。”

“中共南方局领导与中共秘密党员接头，一旦成功，这会成为国共间谍史

上最佳的案例，破获地下党交通局的决定性突破口。”

“我们这一次只需要守株待兔，即可大功告成。”

苏梅激动地点上一支烟，站起来，来回走动：“南方局的大人物，会是谁？想想都激动——你上报了吗？”

刘玉斌摇摇头。

“为什么？”

“我一旦汇报上去，我的上司们会有各种各样冠冕堂皇的理由，去剥夺你的功劳，捞取他们的前程。他们会让你所有的努力全都白费掉。‘烟缸’案如果不是寇荣立功心切，哪至于时至今日还无法破案，白白牺牲掉自己的弟兄。”

“言之有理。”

“你放心，我一定会给共党交通局致命一击。”

苏梅想想：“你按你的计划部署，我呢，全面调查‘烟缸’有可能存在的秘密住所，我们两面出击，势必找到资历群。”

“不过呢，我有一句说一句。‘烟缸’已经死了，按照他们地下党的规章制度，所有跟贵婉有关的住所，都应该弃用了。”

“是的，但是，正如你所说，贵婉已经死了。他们会误以为跟贵婉有关的所有文件资料都作废了。他们根本想不到有人还在千方百计地调查死人。——这就像是大海捞针。谢谢你，刘科长，谢谢你把这根针替我找出来了。”

“听着这么客气。”

“如果你此役成功，升官发财指日可待。”

刘玉斌：“你是不是又突然想嫁给我了？”

苏梅“嗤之以鼻”：“你以为我是资历安？”她拿起桌子上的烟和火柴，走到露台上。

“如果你以前所有的假设都成立，你应该去这三个地方看看。但是，很可能是一片荒芜，你要有这个思想准备。”刘玉斌拿出一个信封放到书桌上，“如果你运气够好，三处里面一定有一处是你想要的。”

苏梅吸着烟：“我要带几个人去。”

“这我可帮不了你，你知道，我给你派了人，就相当于警察局插手侦缉处的事。以后我办起事来，就没有这么方便了。不过，我可以安排两个警察局的眼线给你，他们的名字不在档案里，查无实据。”

苏梅向天空吐着烟圈：“这主意不错。”

“我要走了。”

“现在？”

“我有一大摊子事，我得打起十二分精神去钓大鱼。”

“预祝垂钓愉快。”

刘玉斌站起来要走。

苏梅突然预感到什么事要发生，神使鬼差地：“小心点，别鱼没钓着，把小命给丢了。”

刘玉斌笑起来：“这话该我说。”

“——等你回来收被子。”

“我负责收被子，你负责暖被窝，怎么样？分工明确，才能将帅一心。”

苏梅笑骂一句：“滚。”

街面杂货铺，一个女人拨了一个电话：“请帮我接二九六八。——喂，四表嫂吗？我是你小表妹，你家里失火了。——对，十万火急。”

苏成刚十万火急地走进病房，对方一凡说：“出事了。”

“怎么了？”

“刚刚接到南方局密电，南方局内部出了奸细。我们在上海警察局埋伏的同志启动了紧急预警。原订南方局和一位即将负责大批物资运送任务的秘密党员的接头计划被迫更改方案。——我们没有时间了，因此事与运往苏区的军用物资有关，南方局把紧急任务派送给了我们。”

“秘密党员是谁？”

“贵翼。”

方一凡一口气落到肚里，眼光明亮起来。

“我去。”

“不，这次我去。”

“不行。”方一凡反对道，“你不仅要负责地窖里物资的绝对安全，还要兼顾‘203’的恢复治疗方案。让我去，贵翼信任我。请党组织相信我。”

“任务很艰巨——”

“告诉我，原定方案和更改方案是什么？”

苏成刚迟疑了一下，说：“原定计划是，今天下午六点左右，贵翼会在法国公园的停车场，草坪第二排，上一辆车窗上贴着半个‘喜’字窗花的黑色汽车。晚上七点准时到达霞飞路彩虹公寓三楼5号房和南方局领导见面。

“可是现在南方局发现了一个巨大隐患。你提供的苏梅素描已经被南方局确定，确系南方局委派到上海交通站的一名交通员，与她一起来投奔苏区的一共有五个人，其中一人程竹有敌特嫌疑。——经过多方调查，已经确定这个程竹是CC特务。我们在警察局埋伏已久的一颗钉子通过特殊渠道将秘密情报通知了南方局。

“南方局迅速调整了和贵翼见面的约定方案。由我们这组派人去法国公园截住贵翼，让他上我们的车去愚园路德国公寓见面。”苏成刚说，“事不宜迟，你现在就走——”

“——可是，我们如果取消这次会面，就会暴露我们潜伏在CC心脏里的人。”

“是啊，我们几乎没有考虑的时间和余地，眼下只有马上通知那名同志撤退。”

“他不需要撤退。这位同志的位置很重要，不能轻易撤退，一颗钉子钉到敌人的心脏里，不是那么容易的事，多少年的潜伏才能换得今天的情报，我们不能轻易地牺牲掉他。”

苏成刚紧张得几乎要窒息了：“一凡？”

“还有，敌人一定会在法国公园全面布控，那辆车一定被严密监视起来。如果贵翼进入监视区，那辆车却岿然不动，所有在敏感时段进入草坪的人都将被秘密逮捕。”

“贵翼绝对不能进入危险区域，否则后果不堪设想。”

方一凡看看手表：“现在离六点钟还有二十分钟，我们根本无法联系到他——从军部到法国公园需要半个小时，他肯定已经出发了，单身一人，说不定已经在电车上了。如果贵翼被捕，或者是我们的埋伏在CC的情报员被捕，都意味着我们任务的失败。”

“一凡。”

“到我们不惜一切代价的时候了。”方一凡脱掉了护士服。

“一凡，你想怎么做？”

“于今之计，只有放手一搏，全力应战。”

“——你不会是想去开那辆车吧？”

方一凡转目看着苏成刚，坚定地：“不只要开走那辆车，还必须解决掉那个程竹，她在南方局工作过，危害程度可想而知。”

“不行，一凡——我们再商量商量。”

“程竹一定被南方局暂时闲置了，她在哪儿？告诉我确切地点。”

“南方局利用她诱导刘玉斌上钩，派她去彩虹公寓做接待工作了。”

“以前有过先例吗？”

“有过。”

“据我做地下工作的经验，彩虹公寓一定有常驻秘密小机关，机关里的同志暂时把房子腾出来，让给南方局领导做临时办公地点，这些人说不定还会回来。—— 一旦回来，后果严重。我们必须阻止这一切可能性的发生。”

苏成刚突然间明白方一凡的用意了，坚决地：“我去。”

“我去！”

“我去！！”

“我去！！！”

“我——”

方一凡打断他：“我是组长！——虽然你管着电台，但是，我是护送小组组长，苏成刚同志，请服从命令！”

“一凡。”

“执行命令！！”

苏成刚立正：“是。”

“晚上九点钟，我没回来，就销毁我一切有效证件。——此事必须对贵翼严格保密。细节上不用我再说了吧。”

“是。”

“还有隔离审查的资历群，他很老练，甄别小组到现在也没有找到他的破

绽。这个人很危险，在没有掌握确凿证据之前，必须十分谨慎对待他。”

“明白。”

方一凡微笑地说：“我们的工作性质就是这样，不是去回避困难，而是想办法解决掉难题。”

苏成刚眼里噙泪：“方一凡同志——”

“地窖里重要物资的运输工作全面移交给李磊同志，‘203’的安全保卫工作由你来完成，你必须把‘203’平安送回苏区。”

“我会向李磊同志传达‘风鸟’的命令，我们坚决完成任务！”

“再见。”

“再见！”

最后，二人行军礼告别。

电车上，贵翼一身休闲装，戴着一副墨镜，手上拿着一份报纸，靠着电车车尾的铁栏，心里无比的快活，脸上带着温暖的光彩。他很难得跟一群陌生人挨挨挤挤地打堆，享受着与大众乘车的平静，享受着车尾处望见的昏黄的日光，满地都是旖旎光影的色彩。

军部大楼走廊，“林副官。”江绍成站在林景轩背后叫道。

林景轩转身立正：“到。”

“把兵工署这两年的机要文件整理分类，再交给我。”

林景轩诧异：“啊？——哪，哪方面的？”

“啊什么啊，哪方面的都要。”

“啊？——我做啊？”

“你不做啊？我叫不动你了。”

“我做，我做。”林景轩问，“军门哪去了？”

江绍成反问他：“你问我啊？”

“我做，我去做。”

江绍成最后又吩咐道：“重点做重武器。”

“是。”

法国公园草坪上，有情侣在拍照，有画家在画画，有小孩子在玩皮球，有秘密警察在监视。

贵翼走过来。

监控房间里，刘玉斌接听着电话："——对，好好盯着，不要漏掉一个可疑分子，主要监视那辆车，对，车窗上有半个'喜'字。对，对——不要掉以轻心，打起精神来。——如果没人动那辆车，就把草坪上所有的人扣起来，对，暂时不能离开，对，并检查所有人的身份证件。以什么名义？——缉捕共产党交通局要犯！"

守在公园的秘密警察们各施其位，有用望远镜监视公寓楼下行人的，有戴着听筒调试开盘录音机的，有倒开水的，有站在门口警戒的。

一辆黑色汽车停在草坪上，车窗上贴着半个"喜"字。

远景，一群分散的秘密警察。

贵翼在观察四周。

方一凡化了浓妆，穿着一套酒红色西服套裙，手上很优雅地拿着一支烟，朝着贵翼走过来："先生，借个火。"

看到方一凡，贵翼傻了，差点没反应过来。

"先生。"

贵翼赶紧从口袋里掏出打火机，替她点燃香烟。

"别回头，听我说。"方一凡说，"你和南方局领导的接头地址变了，我是奉命来传达任务的。"

贵翼很惊讶："你？"他很谨慎，谨慎到一言不发。

方一凡吸着烟，观察左右："我先复述一下你接到南方局的命令，今天下午六点左右，你会在法国公园的停车场，草坪第二排，上一辆车窗上贴着半个'喜'字窗花的黑色汽车。晚上七点准时到达霞飞路彩虹公寓三楼5号房和南方局领导见面。"

贵翼立即答："是。"

"南方局领导出于安全考虑，临时修改了见面的地点，晚上七点，愚园路德国公寓，有人等你。坐我的车去，车停在公园门口第三棵树下。"

贵翼很敏感地："为什么要临时改变见面地点？——出叛徒了吗？"

方一凡很镇定地："别紧张，这是惯例。——这方面，我比你有经验，放轻松。把车钥匙给我。”

贵翼察言观色，方一凡镇定地给了他一脸阳光。

“贵翼。”

贵翼一愣，好难得，她直呼他的名字，贵翼心底蛮开心的。

“一凡。”

“相信我。”

贵翼点头：“当然，你是南方局派来的，不信你信谁。”他把车钥匙交到方一凡手上，方一凡把自己的车钥匙递到他手上。

“你要知道，我今天得知你是自己人后，我那一瞬间的感觉，我要告诉你，我感觉我一直都没有爱错人。”

贵翼又敏感起来，尽管他很激动，很爱听这些话：“我觉得你今天有点不对劲，——还有，这草坪里里外外也透着点邪气，有人在监视。”

“你是军政大员，日常行踪都会有人注目，别说侦缉处盯着你，就算是报纸记者不也盯着你吗？——你放心好了，换车是惯例，为了南方局领导的绝对安全，必须的。”

“那，我们约个时间——”

“恐怕不行。”

“啊？”

方一凡恢复了常态：“你也知道我的照片上了通缉令，榜上有名，留在上海很危险，组织上提前调离我回苏区了。”

“啊？”

“——我今晚就走。”

“一凡。”

“贵翼。”

贵翼脱口而出：“我需要你。”

“国家需要你！”

“我需要你帮我。”

方一凡意味深长地：“我会的。”

“我们分开六年了，刚刚重逢，敞开心扉——今晚一别，我不知道何年何月能够再见——”

方一凡忍着内心的“剧痛”：“——等我的明信片。”

“一凡。”

“时间到了，行动吧。”

“我能抱抱你吗？”他心里想着，今晚一别，重逢又不知何年何月。

“不能。”她心里清楚，这一抱，她就会泪崩。

“一凡——我们什么时候再见？”

方一凡露出阳光灿烂的笑靥，自豪地：“等到胜利的那一天。”

一张笑脸打消了贵翼胸中的疑惑，豪迈的情绪点染了贵翼的英雄情怀，他深沉地看着方一凡，深深地克制住自己火焰般爆发的情绪，点点头。

微风中，草坪上。

男男女女们走着，聊着，老人和孩子们，鹰犬们的目光四顾交汇着。

贵翼和方一凡朝相反方向行进——

他们的脑海里同时出现一幅画面，他们在草坪上热烈地拥抱。在“永诀”的主旋律中，贵翼穿着黑色礼服，方一凡穿着雪白的婚纱，方一凡扑进贵翼的怀抱，二人紧紧相拥。

然而，回归现实，两人却渐行渐远。

贵翼的脸上是惜惜别离情。

方一凡的脸上挂满了永诀的泪花。

黑色的汽车一发动，监视的秘密警察们注意到了。原本要去跟踪的秘密警察们全都向一个方向行注目礼。

方一凡驾车离去。

公园门口，贵翼和方一凡的车擦肩而过。

贵翼开着车，他的心底充满了美好的向往，脑海里回放着方一凡灿烂明媚的笑容。而方一凡的眼泪终于决堤，热泪滚滚的她，怀着一颗洒尽热血的心，一往无前。秘密警察开着车，紧紧尾随方一凡的车，飞驰前进。

方一凡开车冲过一条街，秘密警察的车被一个卖小贩的板车横插过街，跟丢了。

贵翼开车在街上“兜”一圈，一路平静，他警觉地观察着后面有没有尾随的车辆，确定无误后，驶向“正轨”。

彩虹公寓前，方一凡手上拿着一份杂志，迎上一对老夫妇，说道：“老伯伯，我是顾伯伯家的亲戚，昨天他给我打电话，说这里有房间要出租，我想问问，这房子的租金贵不贵？——哎呀，太太的手镯真漂亮，是哪间玉坊做的呀？”

老太太害羞地：“家传的。”

“哦，那您祖上一定不得了啊，名门啊——”她边说边走，跟那对老夫妇一起走进公寓。

与此同时，贵翼把车停在德国公寓楼下，他走下车，观察左右无异后，迈步向前走了进去。房间里，一位南方局领导向贵翼走来。

“贵翼同志，一别六年了。”

贵翼和领导紧紧握住手。

方一凡在秘密警察的眼皮子底下走进彩虹公寓，她敲响房门。刘玉斌也从监听器里听到了开门声，随即而来的是方一凡和程竹的对话。

“你？——”

“程竹同志，我是南方局特派员。”

此时的程竹已经被一刀穿胸了。她张着嘴，眼睛鼓着，方一凡口里寒暄，动作麻利，将尸体拖进房间，关上门。她把尸体拖进套间，嘴里却继续说着话：“——南方局这次在上海和秘密党员接头，也是冒了极大风险的，程竹同志，麻烦你把茶杯拿去洗一下，开会的时候用。”

她动作一点也不含糊，第一件事，打开水龙头洗了把脸，让自己冷静下来。再把房间里所有的窗帘都扯下来，抱到厨房点燃。随后，迅速检查房间，打开抽屉，发现有些杂乱的煤气清单，她一律拿去烧毁。

她从厨房出来，关紧厨房门。

在完成这些动作的同时，她的嘴里还在不停地说着：“——程竹同志，你知道的，我们的秘密党员一直在警察局里从事秘密工作，他这次来跟我们见面，完全是因为他想回苏区去——”方一凡把窗台上的花盆抱到手中，将花盆砸向柜子上的穿衣镜，镜子裂开，镜子的碎片落地。

听到碎裂声，在监控房间里的刘玉斌紧张了起来。

方一凡拿起锋利的镜片，对准自己的脸用力划下去。她忍着剧痛，继续彻底地划烂脸部，再咬牙戴上口罩。

刘玉斌感觉不对劲，他拔出手枪，吩咐手下："守好所有的出入口，如遇抵抗，立即开枪，记住，要抓活的。"

方一凡把手雷紧紧握在手中。

公寓走廊上，刘玉斌示意警察们在楼梯间等待，他决定单刀赴会。他敲开房门，只见一个戴着口罩的女人站在自己面前，一双清秀的眼睛望着自己。

方一凡主动且大声地："刘玉斌同志，我终于等到跟您重逢的一天了。"

刘玉斌愣住，说："你等我？"

"刘玉斌同志，你秘密党员的身份已经暴露了，你必须马上跟我一起撤退——"

刘玉斌感觉不对，枪口对准方一凡，大喝："把口罩拿下来！我要看看你的庐山真面目！快！"

方一凡镇定自若地："是不是有人跟踪你？怀疑你了？你不认识我了吗？我们在南方局一起工作过——"她眼睛里透着古怪的光芒，伸手拉下口罩，刘玉斌哪里提防这是一张血淋淋的脸，只一愣的工夫，方一凡伸手把他拉进房间，房门"砰"的一声关上。

楼梯间的警察们赶紧往上冲，"轰"的一声，烈焰破门而出，警察们被气浪掀翻。

楼窗里炸裂出火焰，烈焰冲天，一团火球爆出窗外，火花四溅，黑烟滚滚——

监控房间里，一名女警察进来，默默关掉录音机，再把录音机装进一个小箱子，拎走了。

爆炸现场一片狼藉。

"风鸟落地。"

苏成刚烧毁有关方一凡所有证件，"'风鸟'拟定之'有朋自远方来'的计划已经全面启动，我们将完成她所未尽之工作。'风鸟'此役，一来保护了秘密党员的绝密身份；二来清除掉隐藏在南方局的奸细，保护了秘密战线上同志的安全；三来以己之身和敌人，冒充南方局领导和秘密党员，混淆敌人的视线，而程竹之死，敌人内部并不清楚，我们亦可反替代之。牺牲‘风鸟’一人，一举三得。巾帼不凡，精神永恒！”

方一凡的黑白照片在火焰中“捐躯”。

璀璨的路灯下，贵翼从德国公寓走出来，遥想着方一凡的灿烂笑容，心底就无比美好。

小阁楼的房门被人敲门，两名行动员拔枪，侧身站在门口。

资桂花在门内问道：“谁啊？”

“警察，查户口。——开门。”

资桂花给两名行动员使了个眼色，两名行动员收起手枪，迅速上楼，资历群和两名行动员坐下，桌子上是一副麻将牌。

“警察临检，查户口。开门。快点。”

资桂花打开一个小木块，朝外一看，看见一个查户口模样的警察，资桂花笑了笑：“好的，好的。老总请进——”

资桂花毫无防备地打开门，就像是一股强风暴，苏梅一马当先冲进来，举枪就射！

资桂花强行用手去压制苏梅的枪口，苏梅一脚踢翻资桂花。毕竟上了年纪，资桂花被一股惯性裹挟着扑倒在地，她转身朝楼上跑，一边跑一边喊：“快跑！是敌人！”

枪声骤起。

资桂花中弹，从楼梯上滚下来。

牌桌上，两名行动员一跃而起，奔向楼梯口，资历群在后面，迅猛地举起板凳。两名行动员背后遇袭，板凳准确砸在一名行动员的后脑勺上，另一名行动员被人背后猛地一脚踹下楼梯。

楼下再次响起枪声，滚下楼的行动员中弹而亡。

资历群从倒地的行动员身上捡起一把枪。

苏梅大踏步冲上楼，身后两名男子持枪相随。

“放下枪。”资历群的声音从旁边传过来，黑洞洞枪口抵在了苏梅的左边太阳穴上。

两名男子叫嚣着："放下枪！！"

资历群对苏梅："夫妻俩见面，不需要先问候一下吗？"

"我一直不知道，你在这儿。"

"对，我在这儿。"资历群笑笑，他的笑容令人悚惧，"防止你做出毫无意义的事。"

楼下两名男子吼着："放下枪！"

"开枪就是两败俱伤！——开枪啊！！"资历群吼了一句。

苏梅的双瞳放大，寒气森森。

"我俩要是死在这儿了，那才叫一个有趣。"资历群怪异地笑起来。

苏梅浑身都僵住了，她呼吸急促。

"很高兴又见面了，虽然不能同舟共济。——想想还是蛮遗憾的。"

"你以为我永远都抓不到你吗？"苏梅是强弩之末，被人用枪顶着太阳穴，站在鬼门关口悬着。

"我当然希望自己永远不被抓到，特别是被自己的前妻抓到。不过，苏梅小姐，这次你还是徒劳了。"

"放下枪！！"楼下的两名男子，青筋爆裂般嘶吼着，"我们要开枪了！！"

"放下枪！"

苏梅冷笑："你觉得他们会听你的，还是听我的？"她放声厉喝，"打死他！他是中共地下党！"

"我不是地下党！"

"那就是地下党的'叛徒'了！"

第三十章　狩猎计划

“贵婉是不是你杀的？”苏梅情绪激动地质问资历群，“——怎么了？敢作不敢当啊！贵婉是不是你杀的？”

苏梅和资历群对峙。

“——我没说错吧，资先生？——是你先被资历安秘密逮捕，然后，你贪生怕死出卖了你的组织，把我像一块抹布一样扔掉，出卖我，保全你自己！”

“——苏梅，你还真高看自己一眼。你跟我较量，你还真不够资格。我的的确确是被秘密警察逮捕过，但是，这个人不是资历安。——现在告诉你也没有关系，这个人曾经是你在CC训练班的主任教官。”

“你？”她的脸一下涨得紫青，“你什么意思？你的意思是，是CC出卖了我？”

“你想知道真相吗？想知道我的真实身份吗？——我乐意和盘托出，首先你得让我感到安全。否则，你永远都不可能知道被谁出卖！”

苏梅朝楼下做了个手势：“放下枪。”

两个男子互相看看，慢慢收枪。两人往回一收的工夫，资历群的枪口转瞬对准楼下二人，“砰，砰”两枪，弹无虚发，两名男子扑地而亡。

苏梅大骇，枪指资历群。

资历群说：“我的身份是绝密的，杀人灭口，不用我教你吧。”

苏梅完全没有想到资历群如此心狠手辣，问道：“到底是谁出卖了我？”

资历群口气轻松地："我。"

"你？你为什么要这么做，谁指使你这么做的！"

资历群向前逼近苏梅："刚才是三对一，现在是一对一，你觉得我会告诉你吗？"

"贵婉是不是你杀的？"苏梅情绪激动地质问资历群，"——怎么了？敢作不敢当啊！贵婉是不是你杀的？"

资历群凝视着她，说："胜利属于无情者。"

"你，你太卑鄙了。"

资历群怪笑一声："我卑鄙？我想问问苏小姐，你为什么选择嫁给资历安？"

"为了找到你，杀掉你。"

"口不应心。你是想通过他，找到我，控制我，帮助你得到你期盼已久的荣誉和地位。"

苏梅大叫："这是你欠我的。"

"轰"的一声，半敞半闭的阁楼门被彻底踏平！一群侦缉处的特务持枪冲了进来，口里都喊着："都别动！""举起手来！""放下枪。"

资历安持枪直接奔上楼梯。

"卸她的枪，把她铐起来。"资历群直接向资历安下命令。

"你这个浑蛋。"她给了资历群一记耳光。

"住手，你这个疯婆子。"

资历安把苏梅给铐起来。

苏梅对资历群："你这个共党叛徒！你被CC秘密逮捕，贪生怕死，背叛自己的信仰，替CC做事，却又和军统勾结，出卖CC……你脚踏两只船，你不得好死，不得好死。"她疯狂地诅咒着。

资历群说："我不在乎你怎么想。我是共产党的'叛徒'，但并非因为我贪生怕死，而是我在残酷的斗争中，看不到希望，我看不到未来，CC的秘密逮捕，只是给了我一个重新选择的机会。——但是，一个'叛谍'，永远不会得到上司的尊重，我必须重新选择合作伙伴，我不会永远地让人踩在我头上，颐指气使。懂了吗？苏小姐？"

苏梅咬牙切齿地：“你永远都是优先考虑你自己。”

资历安暴喝一声：“把她带下去。”

苏梅对资历安：“你是他的傀儡吗？——你就这样对我？！”

资历安从口袋里拿出几张照片，其中一张是刘玉斌在苏梅家露台上撑竹竿晒被子的照片，他把照片摔在苏梅脸上，喝道：“——你对得起我！去死吧！”

话音一落，几名特务上来把她拖了下去。苏梅在楼梯上谩骂着，哭叫着，她的愤怒几乎掩盖了她对自己下场的恐惧。

在苏梅的谩骂声中，资历安看了一眼资历群。

“我没事，还好，你来得及时。”资历群说。

“我觉得这女人快疯了，所以24小时派人监视她。——不过，也多亏这个疯子，我已经一个星期没有联系到你了。”

资历群突然想起了什么。

“有什么发现？”

资历群喊了一声：“小资。”

此时此刻，资历平的一张苍白的脸就贴在阁楼外高大的玻璃窗上，他站在屋顶的窗户上，目睹着一切。

“小资！”资历群一边吼一边开枪打穿玻璃，好让他从高处掉下来。

这一枪下去，的确有东西从天窗落地，却是一个菜篮子，鸡蛋、菜叶、盐巴满屋飞溅。

资历平身姿矫健地往上一跃，跳了上去，他敏捷的步伐在屋顶的瓦片上像一股旋风一样掠过。

资历安气急败坏地骂了句：“该死，也不知道他在这里站了多久？”

“久到让他知道了我们的一切。”

楼下站着的特务纷纷向阁楼上的天窗跑去，天窗上方全是特务们的身影。

资历群对资历安下命令道：“事情发展到这个地步，也没必要再遮遮掩掩，马上通知侦缉处，全市搜捕资历平。”

资历平在一片高低不平、纵横交错的屋檐上飞奔着，他速度惊人，敏捷准确地跳跃给予他足够的逃跑时间，很快，他从一个斜开的屋顶天窗飞身跃进，进入一户人家的阁楼。一个主妇正在房间里烧茶煮蛋，资历平几乎是在房间主人惊诧的尖叫声中穿堂而过。

资历平敏捷地从一户人家的晒衣竿上扯下一件外套，裹在自己身上。街上行人熙熙攘攘，资历平的背影出现在人流中。他匆匆走过彩虹公寓，看见有一堆人聚集在街上，仰头望着烧成黑炭的墙壁和楼窗，资历平不明就里，拉高衣领，快步如飞，消失在一片茫茫人海中。

资历安开车，载着资历群向前行驶。

资历群说："我们要全力应付这件事。"

车窗外霓虹灯罩，流光溢彩。

"大哥，我在龙华路给你预备了一套房子，独门独院。就在警备司令部附近，方便你坐镇指挥。你身份特殊，不方便在侦缉处露面。等这件案子完了以后，我替你请功。"

"请功就不必了。——我只是个影子而已。影子一旦变成真实的人，就没有价值了。"

"大哥——"

"还有，送我回原来的住处，我喜欢那里。"

"那房子——我怕你睹物思人，毕竟——人非草木。"

"我住在那里，不是为了回忆什么，而是出于安全考虑。我现在身份很尴尬。说到底，我还是个'叛谍'的身份，何况CC和军统历来水火不相容，你给我准备的房子，一定会有人千方百计地打探到。——苏梅说得对，我已经脚踏两只船，风高浪急，一个不留神，就会船覆人亡。"资历群深深吸了一口气，稳定情绪。

汽车驶向远方。

资历平快步走进春和医院，走在走廊上。他拦住正在忙碌的护士，问道："对不起，打扰一下，我想找方小姐——"

几名护士面面相觑，莫名其妙地看着他。

苏成刚看到他，把他带进房间，反手锁上门。

资历平回眸："——我找方小姐。"

“你找方小姐有什么事吗？”

“有急事。”

“我是她的同事，你有什么事跟我说也是一样的。”

资历平犹疑着：“我——”

这时，布帘掀开，李磊从后面走出来，说：“——资历平同志，苏医生是我们的领导，你有事可以直接向他汇报。”

“小阁楼被侦缉处的人袭击了。”

苏成刚和李磊的脸色瞬间变得异常严峻。

苏成刚问：“你为什么到这儿来？”

“我不认识其他人。”

苏成刚又问：“有人跟踪吗？”

“没有！”

“为什么你不直接去找贵翼？”

“——我想，我还没靠近他的官邸，就会被逮捕。”

苏成刚对资历平：“做得好。——跟我来。”他转对李磊，“一级戒备。”

苏成刚和资历平走进白色布帘。

李磊拉紧布帘，拔枪在手，守在门口。

贵翼拖着略微疲惫的步伐走进大门，门口的士兵立正，敬礼。他仰头看着小洋楼里透出的温暖灯光，小楼里传出妞妞的笑声，他甚至能感应到董小姐和妞妞的剪影，花园里昏黄的路灯泛着淡淡的光泽，仿佛是一种欢迎回家的殷勤。

贵翼进门。

董细妹和妞妞正在全神贯注地弹着钢琴，一个音符、一个音符地跳跃着，妞妞的小手在董细妹的指挥下，适应着黑白琴键。

董细妹的手指熟练地弹着琴键，飞出简短的《致爱丽丝》前奏乐。

灯光下，董细妹和妞妞的背影显得亲切、温暖。

有那么一刹那，贵翼竟然看成是方一凡在带着妞妞弹钢琴。

一瞬间，他走神了。

林景轩站在楼梯边望着他。

贵翼回过神来，朝林景轩做了一个“噤声”的手势，悄悄地走进书房。

林景轩从楼梯上下来。

妞妞甜美的笑容映衬在温暖的灯下。

林景轩在厨房给贵翼准备着晚餐，他把饭菜热好，从酒柜里挑了一瓶红酒。他敏锐地感觉到贵翼进门时的反常举动。贵翼喟叹、优柔，还有林景轩从未见过的克制和隐忧。林景轩有点想不通，贵翼遇到大麻烦了，遇到不能分享的开心事，还是别的什么？他有点难过。

林景轩端着晚餐走进书房，贵翼心情复杂地看着他。

“景轩，一起吃吧。”

“我吃过了。”

“陪我坐坐，喝一杯。”

“发生什么事了？”

“——还是昨天的事。你坐，坐下说。”

林景轩坐下。

“我今天和方小姐见了一面。”

“怪不得呢，下午就找不着您了，约会去了。”

“方小姐要出远门了。”

“啊？——您不挽留她吗？”

“是啊，我怎么不挽留她？——景轩，你觉得爱情是什么？”

林景轩懵懂：“啊？”

“我觉得爱情就像是一列滚滚向前的列车。你就站在站台上，列车来的时候，门开了，你上车，遇见你心爱的人，跟她共赴前程。你如果不在站台上，列车来的时候，你离站台只差一步，只差一步，列车开走了，你眼睁睁地看着心爱的人就这样在你的眼前消失掉，渐行渐远，错过了一站，就错过了一辈子。——很多时候，我们都是身不由己。”

林景轩担心地：“哥，到底发生什么事了？是不是心情不太好？”

贵翼收敛心情：“没错，我的确心烦意乱，不知道为什么，我很焦躁，也许是焦虑，也许是——男人被女人拒绝后的沮丧。”他故意往“偏”的说，好

掩饰自己莫名的烦躁和不安。

林景轩笑笑："——你最近压力太大。"

仿佛林景轩并没有被贵翼带"偏"，贵翼打算单刀直入了。他默默点头，转目看着林景轩，说："景轩，我有事要跟你商量。——我呢，我想让你带着妞妞和董小姐，陪老爷子去香港住一段时间，等这件事风平浪静了——"

林景轩打断他："你没事吧？"他给贵翼斟了一杯酒，"军火贩子嘛，以前又不是没遇见过。至于——"

贵翼截住他的话："以前家里没有妞妞。"

"他们的目标是你！"

"我想确保身边人没事。"

"你在低估你身边人的作用。"

"——你想说什么？"

"我是你的副官、盾牌、家人，我无条件支持你！我只有这个力量。"

贵翼讶然他的直接，头一次从他口中听到他的情绪。

"你要知道，贵婉一案牵涉甚广。——我并不赞成她的立场，我也不能干涉她的思想。我是国民政府的军政要员，一步也不能错！走错一步，万劫不复！我懂的。但是，贵婉死了，我亲妹妹，她死了！她被人杀害了！必须有人要为她的死负责！！——我豁出去了！——你不必跟着我冒这个险，明白吗？"

"小姐也是我的家人！！"

"我要反了，你也反吗？！"

贵翼故意把话说得很重，很严厉。

林景轩倏地站起来，立正："我是军人，军人以服从命令为天职！"

贵翼没给他这个面子，淡淡地："照章办事啊！"

灯光下，二人俱是一腔苦水，却不能渗透点滴水珠。

书房墙上的挂钟有节奏地摇摆着。

"军门，我和你坐在同一条船上。军门有事，景轩会被国防部以渎职罪枪决。军门有难，景轩会一起赴难，绝无二心。景轩一片赤诚——"话卡到这了，其实，他也没办法再深说了。

贵翼沉寂良久，抬起头："你说得没错。我们在一条船上，船不能翻。"他喝了一口酒，"——我不是一个自私的人。景轩，你可以选择不蹚我这趟浑水。你也是我的家人，我不想你们因为我受到伤害，你要知道，打击一个人的最佳手段就是攻击他的亲人。——我贵翼是一个敢作敢当的人，贵婉的仇，我一定会报，接下来的事，我可以自己解决。"

"你所做的一切，都是在保护家人。而我做的，跟你做的，没什么两样。重要的不是你的决定，重要的是你的信任！"

贵翼"倏地"抬头，他站起来，态度诚恳地："我信任你！"

林景轩立正："谢军门！"

"我更想保全你！"

"军门要真想保全景轩，请先保全自己！"他言下之意，贵翼无事，他则无事。余下的话，都是多余。

"好！我们彼此保全。"

"一言为定。"

贵翼与林景轩的兄弟情义因为此番剖心的谈话，有了微妙的君子承诺，默契中平添一份勇气。

楼板经过简单修缮，大客厅的吊灯只剩下一副孤零零的残躯。不过，壁灯还是温暖如故。贵翼一个人坐在宽大的客厅里喝着酒。

一轮明月高升，月光旖旎，花园里花枝格外静美。

留声机里咿咿呀呀地唱着评剧，那是资历群平素里最爱听的《锁麟囊》。资历群一只手拿了文件在看，另一只手伸过去把留声机关掉。

资历安站在他背后。

"像这样东鳞西爪的，不济事。——没人会相信一个党国的要员在短短的几天里投靠共产党。你啊，要整死他，要么不做，要做就一定要置对手于死地。"

"间谍的思维，通常异于常人。"资历安向来都是"不肯受教"的，一定要犟到底。

"除非你有确凿的证据。没人会因为一两份所谓的来路不明的文件去着手

调查一位军政大员，这不符合规定。”资历群把文件扔还给资历安，眼睛里掩饰不住不屑一顾的表情，这让资历安很不舒服。

“我知道，这不符合规定，但是贵翼身上疑点太多。”

“如果你有头绪，简单地说给我听听。”

“我们在莫奈西餐厅布控缉捕共党，有他；我们四个特勤被杀，陆军医院的救护车是他家司机借的，跟他绝对有关；他收留共党遗孤，为共党抚养后代，这还不是通共是什么？”

资历群看着资历安，有时候他是真心想踹他几脚，烂泥扶不上墙。他微微叹息着，说：“你听着，你总是偏离目标，不知道抓住重点。”

资历安愣着，他在资历群面前总是透着莫名的“怯”。

资历群教训道：“我们要抓的是共党交通站护送的重要人员，不是这个贵翼。好，就拿贵翼来说事，你在莫奈西餐厅布控缉捕共党，贵翼去查黑枪，有矛盾吗？他会解释说，是巧合。而你偏偏一无所获，他却是满载而归。他的司机去陆军医院借车，你找到他的司机本人了吗？你没有人证，他会反咬你一口，借机诬陷军政要员。他为共党抚养后代，你真是忘性比记性好，那个孩子是小资的‘童养媳’，小资一口咬定的‘事实’。他贵家不给养，难道资家给养着？你动动脑子。”

资历安被他数落了一通，黑着脸。

“我想要知道的是，贵翼和‘蛇医’之间有没有联系？有什么联系？他们到底是什么关系？贵翼仅仅是因为贵婉才插手进来的吗？还是，他跟我一样？”

“大哥的意思？”

资历群咬金嚼铁地：“贵翼原本就是一个隐藏很深的共产党！”

“你说贵翼是共产党？不会吧？”

“你知道什么是‘闲棋’‘冷灶’吗？——他们中共中央南方局的书记周恩来就是下闲棋的高手。平素里什么也不做，关键时刻给你下刀子，让你防不胜防，且一击即中！”

资历安的脑子明显不够用，他眼神有点慌乱：“大哥。”

“我们需要集中精力。共产党的物资护送小组还在做‘返航’的准备，他们潜藏在暗处寻找机会。他们会选择时间、地点，并在出发前，做好一切伪装。用伪造的路线来掩饰真正的出发地点。我们必须在护送行动之前找到他们的返航路线，把他们一网打尽。只是……贵翼这颗定时炸弹，我们很难把控住。”

“要不，我再派人去——”

“还没那么糟。”

资历群知道他想干吗，说：“明目张胆地刺杀军政要员，会在上海滩掀起轩然大波。我没有你那么蠢，蠢到有一天怎么死的都不知道。”

“我们可以制造他的意外死亡事件。”

“不，他的死，必须是正法！贵翼身为党国的军人，无视法纪，勾结共谍，破坏戡乱，理应严肃法纪，予以正法，以儆效尤。”

资历安看着他，有时候他会觉得资历群和资历平一样，都有点不正常：“贵翼是军政要员——”

“所以我们需要一个八府巡按，手持尚方宝剑，扼制住贵翼，到那个时候，才能贼挡杀贼，佛挡杀佛。——‘烟缸’一案，牵涉太广，必须快速结案了。”

资历安点点头，问：“苏梅呢？怎么处理？”

“这还用我教你？”

昏暗的灯光下，苏梅走进监狱。

“小资到底是怎么回事？”资历安被揶揄后，又问。

“小资就像个烫手山芋。”

“我以为他会听你的话。”

“人是会变的。何况小资原本就是一个善变的孩子。”

“看来，你在巴黎的功课都白做了。”

资历群默默地回眸：“那倒不一定，这孩子有一个致命的软肋，重感情。有时候，感情也是利器，因为感情最伤人，最具攻击力。”

敲门声传来。

资历安喊道：“进来。”

钟雪萍走进来，汇报：“资科长，刚刚得到的消息，警察局的刘玉斌死了。”

资历群和资历安同时震惊。

资历群问：“死了？什么时候？”

“今天傍晚，七点钟左右。”

资历安问：“怎么死的？”

“具体情况还不清楚，听警察局的兄弟说，他们出勤的时候，在霞飞路彩虹公寓遇到煤气炉子爆炸——”

资历安愣着：“煤气炉子爆炸？——真是世事难料啊。”

资历群淡淡地：“你还真信啊？”

“啊？”

资历群问钟雪萍：“贵翼那里有什么异动？”

钟雪萍看了一眼资历安，再回答：“贵军门的官邸已经被我们严密监视起来了，不过，官邸很平静，没有任何异动。”

“好，继续监视，不要放松警惕。我们要找的不仅仅是共党在上海的巢穴，还有隐藏在我们内部的高层人物。”资历群吩咐，“如果发现资历平的踪影，马上秘密逮捕。”

“是。”

资历安问：“小资已经被我们全城通缉了，他会去找贵翼？”

“他一定会去的！——他知道了杀贵婉的真凶，能不去报讯吗？”

“他不是把贵翼他爹给打残了吗？他还敢去贵家？”

资历群气得手都凉了，他盯着资历安看了半晌，重复说了一句话：“你还真信啊！”

被失望和绝望笼罩的苏梅安静地坐在椅子上，让狱警给剃了头发。

资历平一身笔挺的德式军装，开着敞篷军用吉普车径直进入兵工署军部。门口守卫的士兵，没有人阻拦。

贵翼和林景轩走进军部大楼，刘铁军立刻迎上，汇报道：“报告军门，南京作战部派了一名参谋过来，说是有一份秘密文件，要呈送军门亲自签收。”

“人呢？”

“人——我叫他站在这等一下，可能去会议厅了。”

“叫他直接去我办公室。”

“是。”

贵翼和林景轩走到办公室门口，两人边走边说着，林景轩汇报道：“最新军工署计划，——步兵弹每月要增加到900万至1000万发，重机枪90挺，八二迫击炮20门。”

“再追加一项，向德国购买1000万发钢心弹尖。——我们这边也要加紧研制开发钢制子弹。”

“军门——南京这个时候派人过来？”

贵翼一边推门一边说：“你管他——”话刚说出口，他一下看到资历平，立即一个转身，把林景轩挡在门外。

林景轩纳闷：“谁啊？”

“资历平。”

林景轩张大了嘴：“疯了吧？”

“在这守着。——别让人进来。”

“军门——”

话没说完，门已经“砰”的一声关上。

“你真胆大包天。”贵翼关上门。

“你的官邸被严密监视了。”资历平一脸嫌弃，“你以为我想穿你这身皮啊。”

“我这身皮也不是谁想穿谁就能穿的。”他站到了自己的位置上，“为什么冒这么大的风险来找我？”

资历平斩钉截铁：“我知道是谁杀了贵婉！”

贵翼居高临下，双目圆睁：“谁？”

“资历群。”

终于得到了一个答案！

贵翼一双手猛地狠敲桌面，为贵婉扼腕长悲。他一双喷火的眼，厉声地：“他人在哪儿？！”

资历平看着他。

贵翼怒喝：“说话！”

“你冷静点儿！”

贵翼快速上前一把揪住他的衣领，像一头猎豹，一字一顿地：“我要亲手宰了他！”

资历平心情复杂地：“他在侦缉处。——他跟资历安在一起，昨天晚上，小阁楼被袭击了。”

贵翼的心脏一下窒息了：“有人遇害吗？”他克制住自己，没有说出“牺牲”二字，这是在遵守秘密党员的规则。

“有！”

贵翼红着眼睛问：“谁？！”

“资桂花同志。”

贵翼调整了一下自己的呼吸。

“——当然，我想资桂花也仅仅是一个化名。”

“谁叫你来的？”

资历平脱口而出：“方小姐。是方小姐的命令。”

贵翼和资历平几乎是对峙的姿态。

“——是方小姐给我布置的任务。”

“你昨天见到她了？”

“是。”

“昨天几点？”

“晚上九点多。”

贵翼盯着资历平的脸。

“她布置完任务，就出发离开上海了。”

“你说的都是真的？”

资历平心虚地手心发汗，他稳着。

关键时刻，林景轩猛地推门进来，说：“江参谋长来了，我可不敢拦。”

贵翼松开资历平，伸手往前一指：“站到门口去，快！没我的命令不准离开！”

“是，军门。”资历平迅速地整理军装，站到门口。

林景轩喊道：“江参谋长到！立正。”

林景轩、资历平同时立正，敬礼。

门打开了，江绍成和两名工程师进门。

资历平侧身站在门口。

林景轩聪明地反手把门带上，站到了贵翼身后。

“军门。”江绍成叫了一声。

贵翼抬眼，他刚才被触动的愤怒情绪尚且没有收敛，问道：“参谋长，什么事这么急？”

“我们主制研发的新型武器急需从德国进口一批钢材，战略物资部那边没有通过计划，我们的军工研制方案要搁浅。”

随行的工程师叹道：“官僚主义害死人。”

贵翼原本就有气没处发，此时此刻，拍案而起：“混账！都什么时候了，还这样拖延，一个新品研制计划是这样，两个研发计划也这样，议而不决，决而不办，欺上瞒下，一个个同流合污——”

“——我是来找你想办法的，不是来听你发脾气的。”江绍成劝说着，“你，你先坐下。坐下。”

贵翼气哼哼地坐下。

“现在的问题还不只是钱的问题，我们还要关闭上海的军工设施，这个牵涉很广——林副官，去会议室，把搬迁计划图拿过来。”

“是。”林景轩走出去，资历平和他互相看了一眼，“机灵点儿。”他低声说。

林景轩前脚走，江参谋长回眸对资历平吩咐：“——去给军门泡杯热茶来。”

资历平愣着。

江绍成注意看他。

资历平反应过来：“哦。”他赶紧去泡茶。

江绍成对贵翼：“谁呀？看着眼生。”

“新来的副官。”贵翼说，“对了，我想到一个主意，我们可以先去筹款委员会那里申请支援，先不提进口钢材的事，先说要关闭军用设施，必须要有足够的资金支持，不然，就会引发事故，造成搬迁计划的延迟。总之，要竭尽所能去争取——”

资历平在贵翼的讲话中，专心致志地泡了几杯茶，茶烟缥缈。

一个开盘录音机旋转着，磁带里发出带有杂音的对话。

“刘玉斌同志，我终于等到跟您重逢的一天了。”是方一凡的声音。

杂音滚动，只听刘玉斌说道：“——等我。”

“刘玉斌同志，你秘密党员的身份已经暴露了，你必须马上跟我一起撤退——”

磁带声杂音密布，唯一能听清楚的最后一句是方一凡的声音：“是不是有人跟踪你？怀疑你了？——我们一起在南方局工作过。”

磁带的声音断裂开。

资历安背着手在房间里踱步，他身后站着古纯音。“磁带是谁送来的？”他问道。

“警察局刑侦处，他们说录音内容涉及抓捕共谍，他们请示了警察局的局长后，决定交由我们侦缉处处理。——彩虹公寓爆炸案，初步推断是共谍在秘密接头的过程中暴露了身份，自杀身亡。”

“案发现场还有什么发现？”

“有三具尸骸。”

“尸骸？烧成这样？”

“——不过，根据法医现场照片看，还是能认出刘科长的样子，不过，那个女共党，——无法辨认了。”

资历安看着照片，问：“还有一个呢？查明身份了吗？”

“没有，这个女的身份不明，估计是上海地下党，负责望风的。”

资历安又转动起开盘录音机，重新放送那几句话：“刘玉斌同志，你秘密党员的身份已经暴露了，你必须马上跟我一起撤退——”

资历安一顿足，颇为愤怒地：“简直是党国的耻辱！”

古纯音噤若寒蝉。

监狱会见室的门打开，苏梅几乎剪成一个平头，戴着手铐脚镣走了进来。

资历安安静地坐在主审官的位置上，等着她。看到苏梅的样子，资历安叹息：“这一天一夜对你来说，活得不容易吧。”

苏梅不说话，安静地坐下来。

资历安走到她面前："你的罪行很严重，情况对你相当不利。"

"——我想，我想活命也难了，是吗？"

"你死有余辜，苏梅。"

"你心里清楚，我是谁！你大哥资历群是CC，他利用你手中的权力，对同僚大开杀戒，你们资家兄弟，才真正是党国的祸害，死有余辜！"

资历安笑笑，不置可否："这都是你一面之词。在监狱里你就是一个疯婆子，没人会相信你的话。"

"刘玉斌可以为我做证。"

资历安恶毒地笑了："我忘告诉你了，刘玉斌不仅不能帮你证明身份，他现在连自己的真实身份都很难说清楚了。——如果他不是死了，现在也该跟你一起蹲大牢了，和你一起被执行枪决了。"

"你说什么？"苏梅伸出手来拽住资历安，"刘玉斌他怎么了？"

资历安猛地甩开她的手，阴森森地："他死了！死得很惨，死得面目全非！"

苏梅嘶吼着："你撒谎！"

资历安笑了："反应这么激烈啊。"

苏梅眼睛通红，号叫着："你撒谎！！"

资历安没说话，从口袋里摸出一张照片，那是苏梅和刘玉斌秘密会面的照片，他一张张翻开给苏梅看："我派人监视你很久了，你一直在欺骗我，利用我，玩我，啊？玩得开心是吧？——还口口声声说爱我，要跟我结婚？要跟我结婚的女人，陪着另一个男人买房子？"

苏梅瘫坐着。

"知道这房子的买主是谁吗？"

资历安一字一顿地："苏梅。"

苏梅嘴角颤动着。

"你们合起来玩我，行啊，可惜啊，你情郎死了，被炸死的！死得像一块黑炭。"

苏梅哭泣了。

"你苏梅是CC也好，是共党的叛徒也好，是刘玉斌的情妇也好。——我已经不关心了，没兴趣了。我已经把你的一切都清理干净了。——这世上根

本就没有苏梅这个女人了，你根本就是一个死人了。满意了吧？是我成全你和刘玉斌，在天去做比翼鸟，在地愿为连理枝。诗情画意全都有了。”

“你这个畜生！”

“不知道谁活得像个畜生。——在这里，你连畜生都不如。不过你放心，你做畜生的日子就快到头了，我已经加快了对废物的处理速度，你很快连畜生都不是了。”

苏梅恨恨地盯着他，绝望地嘶吼：“我做鬼也不会放过你！！”

资历安笑笑：“你先做了鬼再说吧。”他站起来，得意扬扬地补充一句，“忘了说，你剃了头也很漂亮。”

苏梅“倏地”站起来，想用铁链去套他，却被冲进来的女狱警给制止了。她嘶吼着，资历安轻蔑地瞥了她一眼，潇洒地走出会见室。他身后传来狱警殴打苏梅的声音，苏梅的惨叫声不绝于耳。

过道上，莫莱与资历安擦肩而过，莫莱显现出不忍听“惨叫声”的表情。

几杯清茶，茶烟缭绕。

贵翼和江绍成、工程师继续谈着话，林景轩在侧。

资历平站在门口，军姿站得他汗流浃背，头上汗珠浸出。

贵翼说：“——此外同等重要的大事是找出搬迁时潜在的危险，不能有丝毫的侥幸心理。”

江绍成说：“——军事隔离区在这个位置。”

工程师说：“在爆破旧厂址的这个问题上，我们一直都有分歧——”

江绍成说：“我觉得，我们还是去军工厂拆迁现场看看。”

贵翼问：“现在几点？”

林景轩看了一眼手表，回道：“两点三刻。”

贵翼没有犹豫：“去现场。”

林景轩犹豫：“现在？”

贵翼雷厉风行地：“出发。”他说完就站起来，江绍成跟着他就往外走，工程师也跟着走。

林景轩跑步向前。

资历平完全没反应。

林景轩对资历平："去开车。"

资历平瞪大眼："啊？"他再一看，所有人都走在了他前面，立刻小跑步跟上。

一队士兵簇拥着贵翼、江绍成走出军部大楼。

林景轩对资历平："——跟着我的车走。"

汽车开动。

林景轩载着贵翼，资历平载着江绍成和工程师，一队车浩浩荡荡驶出兵工署。

军工厂仓库门口，远处是一些零散的士兵和工人。资历平终于不绷着了，他松懈下来，左右顾盼，背对着仓库门口，点燃一支烟。

袅袅青烟背后，贵翼、江绍成等人走出仓库大门。

江绍成严厉地道："你在干吗？"

资历平吓得手一颤，把香烟瞬间变没了。

士兵喊："立正。"

贵翼等人走到资历平面前。

江绍成问资历平："——这是哪儿你不知道吗？"

"——知道。"资历平拿眼睛看贵翼，搬救兵。

江绍成："军工重地，你在这吸烟？烟呢？"

贵翼不说话。

资历平从袖口把半截熄火的香烟拿出来。

这时贵翼说话了，很简洁地："把烟吞了。"

资历平真的把香烟"吞"了。

贵翼命令的口气："原地卧倒。"

资历平照做。

贵翼严厉地："二十个俯卧撑，做！"

资历平照做，边做边报数："一、二、三、四——"

贵翼转对江绍成："正如我们事先预料的，目标扩大了——我们还必须疏散这里的住户。"

“疏散成本呢？——你有没有综合考虑过？”

“我这不是跟你商量吗？”

贵翼与江绍成渐行渐远，一队参谋、士兵跟着。

资历平继续数着：“——九、十、十一、十二——”直到把二十个俯卧撑做完，站起身。

林景轩走过来：“没事吧？”

资历平指指喉咙，表示难受。

林景轩边走边跟资历平说话：“你真吞了？——你不会变魔术吗？——你也有怕的时候——”

说话间，贵翼等人已经上车。

林景轩对资历平说：“我俩换车开，你上军门的车。”

资历平开车载着贵翼随着车队，缓缓。

贵翼终于问出了最想问的问题：“你先前跟我说的话，都是真的吗？”

资历平开着车：“是。”

“——关于方小姐的人员安全‘返航’的问题，我已经做了周密的研究和安排。‘返航’的车队和人员好比‘猎豹’，而侦缉处好比是‘狩猎者’。狩猎者的鹰犬遍及港口、车站，敌人对于我们会采取各种监视和跟踪。这个时候，我们需要隐藏，但是，我们需要一个‘移动靶’走到舞台前，吸引所有监视者和跟踪者的目光。”

“移动靶？”

“对，只要‘移动靶’成功地吸引住所有的捕食者，我可以保证，偷渡者一次成功。”

“你的意思是给敌人一个机会，让他们掌握我们的‘返航’路线，而我们知道了敌人预测的‘返航’方向，避过敌人的袭击，我们就能安全‘返航’？”

“对，这个计策只能用一次，必须一次成功。”

资历平沉思，说：“这个办法好是好，可是谁来做这个移动靶呢？”

贵翼脱口而出：“我。”

资历平表情严峻：“如果真的需要一个移动靶，我想，没有谁比我更合适了。”

贵翼看着他，神情愕然。

回到兵工署，贵翼在前，资历平和林景轩相随而来。

贵翼叫了一声：“林副官！”

林景轩上前一步：“到。”

“派辆车，送资参谋出军营。”

“是。”

贵翼站住脚，转过身看向资历平：“小心点儿。”

资历平点头，忽然想起什么，说：“军门，那个，——四爷托我给您带张照片。”

贵翼一愣：“照片？”

资历平从军装口袋里拿了一张照片出来，双手递上。

贵翼接过来一看，是一张蔡鸿升的“尸体”照片。

“四爷让我给您带句话，他会信守承诺，与贵军门相忘于江湖。”

“希望他说到做到。”贵翼没有多言，“你去吧。”

资历平竟立正，敬了一个军礼。

贵宾室里一团和气。

苏成刚和明堂一走进屋，文四益笑脸相迎道：“——苏医生好，原先听明堂弟介绍过，苏医生医术精湛，医德高尚，在红十字会工作过，去过前线吗？”

苏成刚回答：“去过。——刚从火线上下来。”

从旁的闵逸笊、明堂等人也赔着笑脸。

“坐，坐——”

闵逸笊说：“四爷，明堂兄引荐苏医生是跟咱们车行做一笔大买卖来的。”

文四益诧异：“大买卖？——苏医生打算跟我车行租车？”

苏成刚点头：“对。”

“小汽车，还是货车？”

“货车。”

“几辆？”

“一百辆。”

“果然是，大手笔。”

“不是大手笔，不敢惊动文先生。”

文四益“呵呵”笑着。

“——这是他们开的价格。”闵逸梵递了一份文件。

文四益看了看，说：“光医用物资就是三十吨——不全是纱布和药品吧？易燃物呢？——易燃易爆的——”

“有的，医用酒精。”

“我说的是汽油。”

“货运包装程序不都是一样的吗？”

“对，——易燃物的包装和运输程序的确是一样的。苏医生很在行。”

“火线医生嘛，没办法，什么都得懂一点。”

“那，咱们就言简意赅说重点。”文四益给闵逸梵使了个眼色。

闵逸梵领会，对明堂说道：“明堂兄，咱们借一步说话。”

明堂会意，和闵逸梵走出贵宾室。

这次的谈话没人知道两人都说了什么，约莫半刻后，便听到两人的笑声。文四益和苏成刚笑声朗朗地走出贵宾室，一直守在门口的明堂和闵逸梵、阿黎见两人出来，明堂忙道：“二位聊得不错啊，春光满面，一定都是好消息。”

文四益说：“苏医生，你不打算在我这也买几箱紧俏货去呀？”

“求之不得。”

“一言为定。”

明堂眼睛发亮：“——什么好东西，分我一份。”

闵逸梵说：“你就别掺和了，卖你的香水去。”

文四益对明堂笑说：“闵经理是好心，怕你受牵连。”

“你们还有别的事情需要我知道吗？”

文四益一指苏成刚：“——你离他远点。”他故作神秘地，“苏医生出事是早晚的事，我们要做的，是趁他出事前，大赚一笔，然后跟他撇清关系。”

苏成刚反问：“能撇清吗？”

“你不就一倒卖酒精的吗？”

众人一哄而笑。

第三十一章　孤注一掷

“如果不是贵婉，我们的生活永远都不会有交集；如果我们互不相识，你现在应该过着一种平淡安静的生活，而不是像现在一样，在悬崖上跳舞。”

濒临死亡的苏梅睁着一双不认命的眼，死命地盯着牢房外的狱警们。他们一个个身强力壮，身上佩带着枪和警棍。

有人进来送饭，莫莱也跟着。

苏梅站起来，一双顾盼多情的眼睛朝莫莱脸上看去，剃成平头的苏梅在绝境下焕发出倔强的女性美，没有经验的小狱警莫莱居然被她看得害羞了。

苏梅保持着微笑。

“咿咿呀呀”的唱片声中，资历安走进屋子，把礼帽搁在桌子上。资历群正蹲在露台上择菜，回眸看了他一眼：“你来了。吃饭了吗？”

资历安走进露台：“——不想吃。”

“是啊，你天天在侦缉处抓间谍，抓地下党，废寝忘食，生活一点也不健康。——等‘烟缸’案子结了，你好好休整一段时间。”

“大哥。”

“嗯？”

“你怎么能在最短的时间内完成你三年潜伏都没有做成的事呢？”

资历群拿起菜盆子，站起来，看着资历安：“因为我累了。”

资历安傻傻地看着他。

资历群说:“留下来吃饭吧。我们兄弟俩好久没在一起聊天了。”

资历安什么也没说，看着资历群端着菜盆子走进了厨房。

饭桌上，资历安把录音的事一五一十地告诉了资历群。酒过三巡，资历安脸红筋涨地说:“——大哥，其实我真的很喜欢苏梅，真的，——真舍不得杀她，可是她，对不起我啊，大哥。她居然是刘玉斌的女人。想想都觉得恶心。”

资历群看着他:“别纠结了，天涯何处无芳草?”

资历群也不拦他，沉思道:“——警察局里居然有人把他们钓鱼的录音磁带送给侦缉处?而这段录音恰恰又证明刘玉斌是共产党秘密党员，有意思，真有意思。看来，上海地下党开始沉不住气了。——二弟，我们的计划恐怕要提前了。”

“大哥的意思是，这磁带是有心人送来的?”

“我可以肯定是共产党方面送来的，不信，你去查查送磁带的人，一定子虚乌有。——就像苏梅能够找到我藏身之处一样，他们都各有各的内应，各有各的本事。警察局那边的事情，你不要插手，他们把录音磁带送来的目的，就是想把水搅浑，有人好浑水摸鱼。我不想在这个关键的节骨眼上节外生枝。等我们解决完了地下党的交通站，再回头收拾他们，一个也跑不了。”

“那我回侦缉处给局长发密电了。”

“嗯，我需要更有效的人力资源。”

资历群一边说，一边掏出一把手枪来搁在书桌上。

资历安不明白:“这是?”

“我的筹码。”

“筹码?”

资历群解释了一句:“贵翼的枪。”

“你居然拿到了他的枪。”资历安没想到，“你哪儿弄来的?”

“我从小资那里得来的。”

“有用吗?”

“当然，物尽其才，方可人尽其用。”资历群的眼睛里闪烁着诡异的光芒。

晨光破晓，一缕缕朝阳从高墙的窗子里渗透进来。

一阵“窸窣”的干草声，莫莱穿好衣服。苏梅跪在草席上给莫莱磕头，足足磕了三个响头，磕得头破血流。

莫莱不忍，答应道：“我，去。”

苏梅热泪盈眶。

“这件事传出去，我会丢饭碗的，希望，你将来一定要守口如瓶。”

苏梅拼命点头。

“你是我生命里第一个女人。我替你去送信，然后，我们两清了。”

“谢谢小哥。”

莫莱问：“口信捎给谁？”

“——国民政府军械司副司长贵翼。”

莫莱惊呆了。

高墙外传来鸡鸣声。

电话铃声此起彼伏，林景轩一边接听电话，一边替贵翼整理文件。

“兵站的报告。”林景轩递上文件。

贵翼神色严峻地：“监听侦缉处的电台，一封电文都不能放过。”

“我们需要申请权限吗？”

“现在是战备状态，我们有权怀疑一切。”

贵翼在报告上签字：“政府机关的人利用职权，勾结日本人，出卖情报，时有发生。我们必须要严密监控各种可疑渠道。当然，最好是绝密的，不要被发现。”

“明白。”林景轩说，“我们兵站有最好的监听员和破译员。——还有一件很蹊跷的事情，有一个漕泾河监狱的看守求见您，说是……给苏梅带口信的。”

“哦，”贵翼双眉一挑，来了兴趣，“让他进来。”

莫莱紧张地走进来：“贵……贵军门。”

贵翼安抚：“你别紧张，说吧，苏梅要你带什么口信？”

“救……救命。”

“说说看。”

“她……现在被押在漕河泾监狱，罪名是共谍，马上就要被秘密判处死刑了。”

贵翼明白了，对林景轩使了一个脸色，林景轩领会，对莫莱说道：“好了，你可以走了。”

莫莱惶恐地逃也似的退出办公室。

送莫莱出门，林景轩又走回办公室。

“资家兄弟为什么一定要置苏梅于死地呢？”贵翼问。

“他们想尽快甩掉这个麻烦，除非苏梅掌握了资家兄弟致命的情报，他们想杀人灭口。”

“——他们要清除异己，我们正好废物利用。”

林景轩站在贵翼面前，偏着头想了想，说：“要不，我去？”

“不，我亲自去，不要惊动旁人。”

苏梅被一名女狱警殴打，林景轩走过来喝止住。

贵翼对监狱长：“这个犯人牵涉到一起重大军火走私案，我们军械司要把她带回去进行秘密审讯。此案关系重大，必须严格保密。如果有人问起，一律告知，犯人已被执行‘枪决’。明白了吗？”

监狱长忙说道：“是，军门。”

苏梅被林景轩扶着走出了监狱大门。

军用牌照的吉普车驶离上海漕河泾监狱，风驰电掣的车轮下卷着滚滚沙土，保险杠几乎是从沙砾中碾过的。

林景轩开着车。

车后座上坐着苏梅和贵翼。

贵翼一路上沉默不语。

苏梅始终低着头。

到此时，苏梅才觉得自己一直所追逐的“戡乱”“潜伏”、破获共谍情报网，立功受奖等都是浮云，扯淡。没有什么比活着更重要。

吉普车行驶在洋灰马路上，熟悉的街道闪现在苏梅的眼帘中，眼眶里竟有点湿润了。

“这里是五百块，你先拿着。”贵翼把钱递到她的面前。

苏梅抬眼望他。

“你去买些衣服，换换打扮。现在你还不能堂而皇之地抛头露面，你在漕河泾的监狱名册里已经是个‘死人’了，你必须先隐藏好自己，不要被侦缉处的人发现你。”

苏梅接过了钞票。

“我在光华饭店给你定了一个月的客房，你先住在那里。有什么需要，直接给我打电话。保持警惕，不要掉以轻心。”贵翼说，“资历群很狡猾，他不会轻易放过你。”

苏梅的嘴唇嚅动了一下：“我——”

“你说。”

“我想回我住的地方——看一眼。”

贵翼望着她，喊道：“林副官。”

林景轩问：“苏小姐，你家住哪儿——”

汽车停在苏梅家楼下，苏梅从车窗里望出去，看见晾衣竿上还挂着一床棉被，泪水瞬间夺眶而出，她仿佛看见刘玉斌嬉皮笑脸晾被子的模样。

贵翼轻轻地：“走吧。”

光华饭店的走廊，苏梅跟着贵翼走进提前预订好的房间。

“你先安顿好，放心吧，我会帮你扳回这一局的。”

“怎么扳？”

“以其人之道还治其人之身。等这件案子完结之后，你可以坐到资历安的位置上去。在那之前，你接受我的保护，听从我的调遣。”

“为什么要帮我？”

贵翼反问：“为什么要找我？”

“我找你，是因为你有权力救我。你可以拒绝的。你千万别跟我说为了正义。”

“为了贵婉。”贵翼转过脸看着她，“满意了吗？”

苏梅沉默。

“我妹妹绝不会白死的，资历群必须付出代价。”

这句可信，苏梅想。但是，她脱口而出的却是：“我为什么要相信你？”

“与其说为什么要相信我，不如说相信我，你才能活命。”贵翼从后座上拿起一份文件，说，“我想你可能想知道，他们给你定的罪名。”

苏梅伸手接过文件。

“看来你跟资家兄弟的关系，简直一塌糊涂。”

苏梅翻开文件，只看了两行就感觉头晕目眩，有点恶心，一下扔掉文件，恶狠狠地踩上一脚。

“你是想利用我，达到你的目的。”

贵翼不否认：“说得对，苏小姐。我很欣赏你这点，你并不会因为感激就放弃了对我的怀疑和审视。纵目四顾，于今的党国像苏小姐这样肯做事的人，实在是凤毛麟角。”

“谢谢贵军门的褒奖，苏梅当不遗余力为党国效忠，为贵军门效力。冲锋陷阵，在所不辞。”这是一个漂亮的推手，模棱两可的表态。

贵翼的嘴角上扬，微微一笑。

电话铃声振响，贵翼百忙中接起电话。还未开口，对方先说话了，电话是资历群打来的：“——贵军门吗，您好，我是资历群。”

听到资历群的声音，贵翼顿时恨意满满：“资先生？有何贵干？”

“军门，您忘了，您的配枪在我这儿呢，您什么时候有空过来拿啊？——对了，我在侦缉处得到了一份绝密情报，与军门前程有关。资某想把这份情报送给军门，只要贵军门把小资带来即可。”

“——我真是很难理解你，资历群先生。小资难道不是你资家的人吗？怎么开口跟我贵家要人？”贵翼压制住自己的怒气，开启周旋模式，“我听说资先生是在逃通缉犯，你跟我打电话，我可以视为你敲诈、勒索军政大员。”

“贵军门，真人面前不说假话。我跟小资有一笔未清之账要算，我也深知军门无辜，皆因令妹之故，卷入共谍案之旋涡，多少有点不得已。倘若贵军门信得过资某，明日晚上七点，带小资到我家里来做客，我们一起吃个饭，怎么样？我会给你看一些对你的远大前程绝对有意义的东西。”

“资先生，你是代表你个人约见呢，还是代表国民党中央组织部调查科？”

这句也是撕开资历群所有伪装的“点睛”之问。

“呵呵，贵军门真会开玩笑。军门见过一个通缉犯代表调查科的吗？——拿小资来换军门的前程。来与不来，军门斟酌。”

“我来。”

“明智之举。”

“我来，不等于，我就肯换。”

“贵军门，资某人有一句良言相劝，感情没有理性的。做了这一行，动什么，都别动感情。”

“对，资先生说得对极了，感情是没有理性的，复仇心尤其不理智。”

资历群沉默了。

两个人都默默地，几乎同时挂掉电话。

与此同时，林景轩进来：“军门，刚刚截获了一份南京军统局密电。”

贵翼强忍着头痛，一跃而起：“念。”

“南京急电，军统局即将从天津调派一名特派员赶往上海，彻查共党‘烟缸’一案。”

“——怪不得资历群有恃无恐。”

林景轩垂手侍立，等待贵翼的命令。

“特派员将拥有‘见官高一级’的特权，彻查‘烟缸’案，就是想把我彻底拉下马。”贵翼不停地思考着，脑海里灵光频闪。

露台上，一名勤务兵在浇花，贵翼隔着玻璃窗看着。

林景轩过去，敲敲窗，让勤务兵离开。勤务兵隔着玻璃窗立正，迅速离开。

“这花是法国品种，娇贵。每天都得有人精心伺候。前两天，家里的鱼缸忘了换水，鱼差点都死了。鱼要死了，妞妞小姐得哭死。”林景轩絮絮叨叨地说些家常话，原意是分散一下贵翼的注意力，稍稍放松一下神经。

被他这样一说，贵翼紧绷的神经还真的松了下来：“说得真好，不换水，鱼就死了。死水得换成活水，鱼就有救了。”他喃喃地说，“原本复杂的事情，现在简单化了。”

“啊？”林景轩诧异地叫出声，“军门？您，没事吧？”

贵翼转过身，对林景轩不隐瞒："资历群刚刚打电话来，要我明天带小资去见他，用小资去换有关我破坏'戡乱'，帮助共党的文件和我的配枪。"

林景轩的眼珠子都要鼓出来了："他疯了吧？"

"好极了。要什么就来什么。"

"您疯了吧？"林景轩又忍无可忍地吼了一句。

"战帖已下，我们没有退路了。——马上联络小资。"

"军门，景轩有句话不知当讲不当讲？"

"说。"

"资历群是个疯子，小资少爷要真有个三长两短，老爷那里，您怎么交代？"

林景轩说得没错，贵翼直直地被定在那里，一动也动不了了。他努力保持平静，但是，却难以克制自己的情绪，林景轩的一句话，可以说直接打到痛处，同时也是整个贵家难以跨越的难关。

演习营地，刘铁军带领着战士们进行演习，林景轩开了一辆极为普通的军车载着贵翼穿过营地，行驶上街道。

林景轩把车停在一家咖啡馆门口，贵翼迅速下车，走了进去。随后，林景轩把车开走，他把车开到路口上，特务的汽车悄悄尾随。

咖啡馆后门，贵翼走到另一条街上，资历平载着苏成刚开车过来，停下，贵翼立即上车。

资历平把车停在路边一角。

苏成刚对贵翼："您好，贵军门，我是方一凡的接任者，全权负责这次'返航'任务。首先感谢贵军门对我们的支持和帮助，这次见面的主要目的，就是确定计划方案，并开始实施行动，时不我待啊，军门。"

"好，我一定全面配合，听从调遣。"

"——组织上认真考量了军门拟订的行动计划，做出了最新的决定，计划可行，但是'移动靶'值得商榷。"

贵翼有某种不好的预感。

"资历平同志在参考了军门的行动方案后，也拟订了一份行动计划，我们希望军门能够同意——"

"我不同意。"

资历平插言："军门。"

"我知道你想说什么，资历群是不会相信你的！"

资历平坚持："要的就是他不相信！"

"你的意思，你要去做'荆轲'？"

苏成刚沉默。

"你一旦入局，就是九死一生。"

"我会尽我所能保护我自己。"

"小资，我很佩服你的勇气，但是，资历群没有下限，没有尺度。我反对你的计划，你这是飞蛾扑火。"

"这是冒险夺围。"

"你得听我的。"

"你听我的。"

"我做不到。"

"你宁肯牺牲自己。"资历平替贵翼说出心底话。

贵翼板着脸。

资历平侧过脸来。

三人继续讨论。

贵翼说："这个计划是我拟订的！"

苏成刚说："贵军门的计划，的确是一个绝妙的计划，也是我们唯一智取的机会。只有这样孤注一掷，才能让敌人变成聋子和瞎子。——让所有的监视者、跟踪者全部放弃监视和跟踪，——但是，这里有一个大前提，这个'移动靶'必须让敌人占据绝对的主动。"

贵翼不语。

苏成刚缓缓地："而贵军门显然不具备这个条件。——资历群视你为劲敌，绝不会轻易相信你改弦易辙。这就像下棋，每走一步都要想好了，争取每一步都比对手看得远，想得深，走得稳，要不停地给对手制造错觉，创造错觉，只有对手猜错一子，走错一步，我们才能赢得胜利。"

他这是替资历平讲话，尽管语气委婉，但是颇有分量。

片刻后，贵翼对资历平问道："你知道这意味着什么吗？"

资历平一点也不怵他的目光，坦然地："我在台前，你在幕后。"

"不，意味着牺牲你——"贵翼终于用了"牺牲"这个词。

"意味着，你掩护我，保护我。——资历群是我大哥，没人比我去更合适，这次行动不在于你有多强势，多有经验，而在于合适的人做恰当的事。"

"资历群没你想得那么简单，他可以对贵婉开枪——"

"你就把我当成贵婉吧。"这是一种委婉的表态，潜台词莫过于"你就当我已经牺牲了吧"。

贵翼双目圆睁："你！——把这句话给我吞回去，否则我打断你的腿。就现在！"

"——对不起，军门。我收回。——我保证活着完成任务，我保证。军门，我一定好好地——活着。"

贵翼忍着，没说话，他突然打开车门，走下车去，"砰"的一声关上车门。

"贵军门。"苏成刚走下车，"我知道，这是火中取栗，一点点判断失误都会引火烧身。可是，我们已经站在万丈悬崖之上，退无可退。唯有如此，才能反败为胜。"

"知道我为什么这么难下决断吗？——因为我害怕。贵家已经失去了一个贵婉。——我知道我不该讲这种话，可是，我宁愿死的那个人是我。"

资历平也走下来："——军门。"

贵翼看着资历平："如果不是贵婉，我们的生活永远都不会有交集；如果我们互不相识，你现在应该过着一种平淡安静的生活，而不是像现在一样，在悬崖上跳舞。"

"如果不是贵婉，我也不会见到军门，你也不会被我牵连，走进危险的旋涡。"

贵翼脱口而出："这是我的责任。"

苏成刚制止贵翼往下说："军门！"

贵翼意识到了，改口道："贵婉是我妹妹，我有这个责任为她讨回公道。"

"贵婉也是我妹妹，天道正义在我们这边，我不会有事的，军门。你让我去吧。为了我，为了你，为了贵婉，为了妞妞。”资历平顿了一顿，突然双膝一跪，“哥，你让我去吧。”

一句“哥”，让贵翼眼眶湿润了。

苏成刚也从旁协助：“贵军门，——凡做大事者，为人择事，为事择人。”

贵翼终于下定决心，他没有说话，没有扶起资历平，转身上了车，车门再一次“砰”地关上。

苏成刚和资历平对视一眼，知道贵翼妥协了，二人赶紧上车。

三人回归原位。

“我们来详细讲一下行动的具体步骤——”苏成刚神情严肃。

三人研究行动计划，贵翼沉思着，资历平讲述着，苏成刚倾听着。

贵翼对资历平：“我要确保万无一失。”

“你放心，我能应付心理压力。”

“行动前，我要见一见文四益。”

“——见四爷？”

苏成刚问：“贵军门有什么想法？”

“小资一旦入瓮，凭我的身份，根本无法了解到小资的具体情形，我要一个能通风报信的人。”

资历平果断：“我来替你约。”

“越快越好。”

苏成刚提醒贵翼：“时间差不多了，你该走了。”

“好。”贵翼转对资历平，“——还有，执行任务前，去见见父亲。”

资历平有点局促地：“父亲？”

“我父亲。”

资历平略有迟疑：“——我……”

贵翼沉着脸：“一家人见个面，有这么难吗？”

一瞬间，气压很低。

关于家事，苏成刚不便讲话。

“就这么定了。”贵翼替他做了决定。

浴室里花洒的水声，苏梅对着镜头剃着自己的头发。花洒下，她拼命地洗着平头，仿佛要把一切“阴霾”洗干净，把监狱里所有的痛苦和屈辱都一股脑地冲走。

穿上拖鞋，苏梅把一件睡衣裹上身，湿漉漉的平头包裹在一条宽大的毛巾里，在头上扎了一个小结，她点上一支香烟，站在房间里。

房间里有一块新买的小黑板，上面赫然写着有关“烟缸”事件的全部时间线，时间线的箭头全都被画成“刀锋”。

线上画着简化“人物代号”，贵翼的“军帽”，资历安的“礼帽”，资历群的“贝雷帽”，资历平的黑色“领结”，方一凡的“护士帽”，刘玉斌的“警察帽”，“烟缸”“瓶子”“青瓷”“茶杯”，等等。

苏梅用粉笔画上第一条线“天津‘烟缸’之死”，“贝雷帽”杀了“烟缸”，“军帽”“领结”在现场，“军帽”和“领结”相遇。她又画上第二条线“沪江大学事件”，“军帽”“警察帽”去抓“领结”，“领结”和“护士帽”相遇。第三条线“莫奈西餐厅”，“军帽”“礼帽”“领结”，三人对阵。无数条行动线，布满整个小黑板，苏梅越画越亢奋，情绪激动，在她一步一步推算下，结果出来了，而最具怀疑的人是“贵翼”。“十处打锣九处有你！贵军门！”苏梅口里衔着香烟，手上拿着粉笔，思来想去，最后把贵翼的名字换成了资历安。她在“资历安”的名字上打了一个叉。由于做了这种违心的选择，苏梅低下了头。

路边杂货铺前，一群小孩子玩着“过家家”的游戏。

林景轩站在店铺前挑选着玩具，贵翼不知不觉已经站在他身后，拍了一下林景轩肩膀。

林景轩被吓了一跳，叫道：“吓我一跳，走过来也不吱声。”

“走了。”

两人向汽车走去。

“买的什么？”

“小孩子‘过家家’的玩具，小板凳、小桌子，蔬菜、水果，小篮子。”

“买给妞妞的。”

林景轩脱口而出："废话。——不给妞妞小姐买，给谁买？"

"妞妞会喜欢吗？"

"肯定呀，小孩子都喜欢，我就买了几件小家具，还没买小厨房和餐具。"

"回去。"

"啊？"

"回去。"

"干吗？"

"买全套。你不是说妞妞喜欢吗？"贵翼立马转身就往回走。

监视的特务远远瞧着，林景轩注意到了。

贵翼来到路边杂货铺挑选"玩具"，拿起其中一件询问老板："——这个多少钱？"

老板回答："5 块一套。"

林景轩嫌弃道："——没有你这个买法。人家四件套是 5 块，你拆开来买，人家一件就 2 块——"

贵翼充耳不闻，说："——妞妞喜欢粉红的。"

"那也别拆开买啊——四件 5 块你不要，你要那一件 2 块，还倒腾回来拆一套——"

"我会算数。——我买东西还不能挑了，走远点。"

杂货铺老板眉开眼笑地奉承着大买主。

路边上。两名特务，一个在车里，一个在车外。站在车外的特务手上拿着一份报纸，遮着半张脸，监视着林景轩的那辆车。

古纯音说："你说，咱们整天盯着贵家公馆，贵翼的汽车，有什么用？——他们还不是一样带我们逛花园。"

"你管他那么多，上面叫盯着，我们就盯着。我跟你说，我们就只管盯着这个姓林的副官，贵翼不管溜到哪儿去，总归会上他的车，咱就算完成任务，没有跟丢人。嗳，咱别的不会，守株待兔，——那是易如反掌。"

林景轩站在特务身后拍拍他："嗳。"

特务吓得差点跌一跤。

林景轩明知故问："看报纸呢？"

特务点头哈腰："看，看报纸——看报纸。学习，学习。"

古纯音也赶紧从汽车里出来。

林景轩问："报纸上都写什么了？"

"——戡乱救国，戡乱救国。"

"是吗？在哪儿呢？"

"这里——这段。"

"哪儿呢？"

特务指报纸："这儿——这儿——啊！"

一声惨叫，林景轩瞬间把特务的手掌给掰骨折了。

古纯音大喊："老总，老总——有话好说——"

"老总教教你们，什么叫易如反掌——这就叫易如反掌！"

特务大喊大叫："饶命。"

古纯音也帮口，连声说："林副官，林副官，我们，我们也是上峰差遣——饶命啊林副官，他还有老婆孩子要养啊——林副官。"

"别再跟着了，——去医院吧，骨头碎了要及时治，不然以后就残废了。"林景轩松开手，"去吧。"

古纯音扶着特务连滚带爬地上车，加快油门，迅速离开。

林景轩一回头，看见贵翼站在他身后，还有手上抱着一大盒子玩具的杂货铺老板。

"国立第四中山大学还教这个啊？"

林景轩不置可否："啊。"

"易如反掌啊，是不是有点过火了？"

"火候刚刚好。"

"你最近有点膨胀。"

"我正义感膨胀。"林景轩得意，"怎么了？"

"悠着点。"

贵翼从老板手上接过大盒子。

林景轩目瞪口呆："你买多少啊？"

"你把钱付了。"

“我付钱？”

“废话，妞妞的钢琴是我买的。”他理直气壮地抱着大盒子向汽车走去。

“嘿——”林景轩一转头，杂货铺老板笑眯眯地看着他。

“老总，一共22块。”

林景轩付钱：“能便宜一点吗？——我们买这么多，多少打点折——少个5毛也行啊。做生意嘛——”

一支摇摇欲坠的白蜡烛在资父的坟碑前滴着烛泪。

资历平跪下：“阿爹，对不起——儿子不孝——”忍不住难过，突然上前抱住坟碑，发出凄惨、内疚的悲鸣，“阿爹你为什么要走得这么早，姆妈也没了，阿爹也没了，儿子连说句心底话的人也没有了。这世上，最爱我的阿爹和姆妈，都没了——为什么啊阿爹，阿爹，你要在——阿爹——”他哽咽着，没法深说，一腔苦水，如决堤般倾泻。

资历平痛苦、委屈的哭声穿透坟茔，延伸到无边黑暗中去。

妞妞爬在椅子上，伸着手，搭建小“家”，玩着玩具，董细妹和林景轩在一边静静地看着。

小“家”搭完了，妞妞从椅子上下来径直跑进书房，笑嘻嘻地喊着：“大哥哥，我有好东西给你看。你先闭上眼睛。”

贵翼顺从地：“好。”他把眼睛闭上。

“不准偷看。”

“不看。”

妞妞的小手拉住贵翼的手，说：“大哥哥跟我来。”她拉着贵翼向前走，走了几步，停下来，“大哥哥，现在可以睁开眼睛了。”

贵翼睁开眼，看见桌上摆着妞妞搭建起来的“家”。小桌子、小板凳、小碗、小盘、小菜，摆放整齐，井井有条。

“这是妞妞送给大哥哥的礼物，叫，妞妞的家。”

董细妹和林景轩站在桌前，笑脸盈盈。

妞妞拉着贵翼，稚气地指着小板凳介绍：“这个位置是大哥哥的，妞妞坐在这儿，小资哥哥坐这里，董小姐坐在这，林副官坐在董小姐身边，——爸爸和妈妈坐在——”她突然“卡”住了，妞妞回头小心翼翼地看贵翼的脸色，贵翼的心开始抽搐地疼痛，她那么小，居然要照顾自己的感受了。妞妞轻轻地：“爸爸和妈妈可以来吗？”

贵翼忍着心中的泪，装作无事都是假的，赔笑地：“太可以了啊！——来，爸爸、妈妈坐这里，大哥哥、小资哥哥和妞妞——”他的手指向了毫无生气的玩具板凳，他的眼前却浮现出一幅画面——贵家父母、贵翼和资历平、妞妞、林景轩，还有贵婉。一家人坐在一起吃饭，盈盈笑语，父慈子孝，兄友弟恭，和谐美满。居然，他看见了方一凡，方一凡坐在他身边，端庄娴雅。

那是贵翼永远可望而不可即的场景。

贵翼喃喃自语：“一凡。——贵婉。”

林景轩知道，贵翼快“绷不住”了，他马上走过去，提醒地：“军门，军门，别吓着孩子。”

贵翼恍然明白过来，眼前的幻象消失，恍如隔世。

林景轩大声地：“妞妞小姐，这里坐的是大将军，这里坐的是保国臣，这里坐的是董小姐，这里坐的是林景轩。”

妞妞和董细妹被逗乐了。

贵翼却流泪了，他转身又回到了书房。

林景轩看着贵翼的背影，有点担心。

贵翼站在房间里，他还没有完全从刚才的幻想中抽离出来，血色黄昏，资历平摇摇晃晃走在屋檐上，一声枪响，资历平中枪，人从屋檐上掉下来，贵翼大惊失色。他冲上前抱住：“小资。”资历平脸上全是血，再定睛一看又变成贵婉，“小妹？”

“军门——”林景轩推门进来。

贵翼回神：“景轩。”

“到底怎么了？”

“你知道刚才那种感觉吗？你再也找不回她了，贵婉永远地回不了家了，就像妞妞的爸爸和妈妈。”

“不是你的错。”

“我不能把这个孩子和这个动乱的世界分隔开，我也不能假装什么事情都没有发生。——但是，你无能为力，你还必须装出一副局外人的模样。”

“是不是小资少爷出了什么事？”

“如果，小资再出了什么事，我怎么能原谅我自己？”

“我可以——为你做什么？”

贵翼别有深意地：“什么都不做。——就帮到我了。”

林景轩静默不语。

坟上一堆青草，树枝上冒着新叶，阳光照在资历平的脸上。酣睡在草丛中的资历平一觉醒来。

一只空酒瓶倒在坟碑前，资历平站在杂草起伏的坟茔中间，仰望天空，一只孤雁飞过——

文四益和贵翼面对面地坐着。

资历平穿着酒店服务生的制服，为贵翼和文四益伺候茶水。

“——从哪里开始呢？”文四益问。

贵翼说：“不如说从现在终止过去一切不愉快的事情。”

“贵军门需要我做什么？”

“文先生人脉广，耳目通天，我想找文先生给我提供一个耳报神。”

“这点小事儿你可以直接叫小资跟我说。”

“如果事关小资呢？”

文四益看了一眼资历平。

贵宾室门外，阿黎和林景轩分离两边守着。

“您说完了吗？”文四益注视着贵翼，“您在跟我讲聊斋呢。”

贵翼不疾不徐地：“随您怎么想。”

“我想一拳砸在你脸上。”

贵翼冷静地坐着，资历平紧张地站着。

“事实上，你今天跟我说的事，没有一件事是真的。你只是需要我给你提供一个在侦缉处二科任职的特务，随时随地向你通风报信。——而你所说的，所谓的小资因为家族事务原因，有可能被资历安实施报复性的抓捕，受刑，简直就是信口雌黄，或者，就是你，你亲手设计的！你摆了一盘生死棋局。尽管我不清楚事实真相。"

"我没有在征求你的意见——"

"那你要我陪你玩？"

资历平忍不住插话："我是自愿的——"

"住嘴。"文四益喝止，"小资是贵家的血脉，他愿意为你挡子弹，那是他的事，而我没有必要这么做。——再见，贵军门。"

"四爷——"

文四益断喝一声："这里是公共娱乐场吗？谁都可以插话！"

资历平不敢再说话。

文四益站起来，转身就走，出了门。

资历平对贵翼："再给我一次机会。"

"没有时间了。"

资历平追了出去，他追上刚走不远的文四益和阿黎。

"——这种事有违常理。"文四益还是拒绝的。

"四爷，你别把事情看得这么严重。"

"我还想娶你婶呢。你要有个三长两短——"

"贵翼要有个三长两短，我是不会原谅您的。——我婶也会恨您。"

"恨总比失去好。"

"我会让我婶恨您一辈子！"

文四益语重心长地："听着，我知道这是你们事先设计好的，你也知道所有的真相。可是，这种事情一旦发生，很难控制住后果。会死人的！——这件事，做不做，跟你婶不相关。我是为你好。"

"四爷，您放心，我知道分寸的。算我求四爷了——四爷，事关重大，你不能袖手旁观。——四爷，不管你答不答应，小资心意已决。"

文四益走过去，又走回来："小资，我是看着你长大的，我不想看着你死。"

"我是资家养大的，四爷尚且如此——"他点到为止。

文四益看看他，拍拍他的肩膀："算你狠。"他又回到贵宾室，问贵翼，"我猜你一定有第二套方案。”

贵翼回答得干脆：“没有。”

“这个时候需要开诚布公。”

“我说得是真的，没有第二套方案，只有选择，做，还是不做。”

“你太自负了。”

“是果决。”

“早知如此，我宁愿选择跟你‘相濡以沫’，短兵相接。”

“这件事做完，无论结局怎样，我都感激文先生。愿从此‘相忘于江湖’，永不再见。”

“贵军门知道什么是终生内疚吗？——就是不戴镣铐的‘囚徒’，终生服刑，至死方休。”他站起来了，“准备一部专线电话机，24 小时接听。”

贵翼站起来：“文先生。——谢谢。”

这次文四益没有回头，彻底走了。

“你开车先回去吧。”贵翼走出贵宾室。

“是，军门。”林景轩问，“那您呢？”

贵翼对资历平：“这有后门吗？”

“有。”资历平说，“从餐饮部出去，可以避开监视的特务。”

贵翼点点头。

“军门，注意安全。”林景轩知道他要去做什么，叮嘱道。

光华饭店，苏梅独自在房间里做锻炼，听到敲门声，打开一条缝。看到是贵翼，她没有丝毫的诧异，只见他神清气爽地站在门口，手里拿着一个长匣子。

“有空吗？”

“当然。”

“——我在对面房间等你。”贵翼把一个长匣子递给苏梅，“小礼物，不成敬意。”

苏梅接过：“谢谢。”关上门。

她打开长匣子，里面是一支漂亮的手枪，装满子弹的弹夹，苏梅熟练地

拉响枪栓。

一番打扮过后，她化了浓妆，一身艳俗的打扮，却别具一番妖娆。苏梅走出自己的房间，敲响了对面的房门。

贵翼开门，苏梅进门。

两人面对面地坐着，贵翼抬起手腕看看手表，说："我还以为苏小姐不辞而别了呢。"

苏梅很难得地笑了笑，说："谢谢你的礼物。"

"宝剑赠烈士，红粉送佳人。"

"贵军门，花言巧语是不可能改变我的想法的。"

"我没打算改变你的想法，我要你服从我的想法。"

"只要不是非分之想——"

贵翼干脆地："袭击侦缉处。"

"袭击侦缉处？"苏梅没想到，"你是认真的吗？"

贵翼点头。

"一个党国的要员袭击侦缉处——"

贵翼摇头，脸上露出带着寒意的笑容："你误会了苏梅，不是我，是你，苏梅，一个被迫害被陷害，差一点被残害的 CC 苏梅，孤注一掷的反击。这一点很重要。"

苏梅盯着他的脸："贵军门真是太聪明了。"

"苏小姐客气。"

"一个救命恩情，换一个杀手的交情。"

"你和我之间有交情吗？——苏小姐是聪明人。"

"贵军门的救命恩情，我苏梅一定会报答的。"

"拿出行动来给我看。"

"——你也要拿出点真诚态度给我看，我要知道我是不是你的棋子，随时可弃。"

"是不是棋子，我想苏小姐心中有数。都是明白事理的人，有些事不说比说穿了好。我是设身处地为你着想。——你知道，资历安自从知道你和刘玉斌之间真正的关系，他就想尽一切办法来置你于死地。就像他知道贵婉是我妹妹一样，他竭尽所能对我敲诈勒索。”

苏梅惊异起来：“——他敲诈勒索您？我怎么一点也不知道。他，他，他真敢这么做？”

“或许应该你来告诉我。——他怎么敢买通黑帮来刺杀军政要员的？”

苏梅喃喃地：“他简直不正常。”

“这是资家两兄弟策划已久的阴谋。——他们利用自己手上的情报资源，牟取私利，敲诈勒索，陷害同僚，以期达到升官发财的目的，他们一再得手，丝毫没有偃旗息鼓的意思。——我也是被逼上梁山，你以为我愿意跟这些下三烂在一起较劲吗？”

“我原来始终对资历安抱有幻想，因为自己的处境尴尬，对他一味妥协。现在想起来，我真是愚不可及。”

贵翼笑笑：“——我还要‘烟缸’案所有的档案文件。”

“为什么？”

“为了自己的锦绣前程。”

苏梅很认真地审视着他，她心里想，难道是自己错了，这句话恰如其分，绝非假话。

苏梅表态：“我尽全力，为军门效劳。”

“苏小姐重回侦缉处的日子不远了。”

苏梅抬眼看着他：“我，——卑职听从贵军门吩咐。”她倏地站起来，在贵翼面前立正，站成一个漂亮的军姿。

贵翼的手指轻轻敲打着桌面：“我会安排好一切的。”

第三十二章　血浓于水的亲情

“所谓钟鸣鼎食的大户人家，没有给这个孩子一点点温暖。到头来，还要利用这孩子，逼着孩子去天津！我不知道你们要干什么，我知道，你要他去送死！！不是吗？”

一大片香樟树的树荫覆盖着春和医院的楼道视角。

贵翼在前，资历平和林景轩左右相随，三人身穿笔挺的麦尔登呢修身中山装，步履坚定沉稳地走来。

贵闻斑脸上透着喜悦的光芒，喜出望外的。三人走进病房，贵闻斑竟有点魂不守舍。

“父亲，儿子给您问安来了。”贵翼“笑吟吟”地走到父亲身边，他身后紧跟着资历平，林景轩就站在门口侍立。

贵闻斑微笑着颔首。

“父亲最近身体怎么样？”他陪着贵闻斑坐下。

“好着呢，我这不托小资的福，赖在医院休养几日。”

贵翼笑笑，唤声：“小资。”

资历平低着头，垂着眼，走到贵闻斑和贵翼面前。他尽量不去看贵闻斑的目光，生怕父子间眼光交汇处露出什么破绽，被贵闻斑看出端倪来。一个飞扬跋扈、神采奕奕的孩子，突然间低眉顺眼，拘谨婉约，反而让贵闻斑看着心疼，他宁愿看那个无往而不利的资历平，也不愿意看这个见父如履薄冰的“贵婉”。

“小资，你……”他刚想说什么，就看见资历平很规矩地在自己面前跪下。

“父亲。”资历平给贵闻珽实实在在地磕了个头。

“小资。”贵闻珽是真想马上把这个孩子扶起来，跟他促膝交谈，可是长子在前，他倒也不好过于热络。

“父亲，儿在资家时，家母曾经屡次嘱咐小资。倘有朝一日，生父肯来相认，小资当敬重为先，听从管教。身体发肤受之父母，小资虽为贵家所弃，毕竟血脉相连。小资不孝，初见父时，猖狂嚣张，出言无状，有违母训。今在父亲膝前谢罪，父亲海涵。……倘有朝一日，小资，有什么事……有什么过错，盼父亲大人念小资一叶孤舟，萍漂断梗，原谅小资。父亲多多保重，莫以小资为念。”

资历平的心声汩汩流溢。贵翼听得剜心割肺，眼泪都快掉下来了。他知道，这是小资辞别生父的“临终遗言”。素来沉得住气的贵翼，强颜欢笑地垂着眼帘，企图掩饰住自己内心的波澜。

“你起来，孩子。”

资历平站起来，垂手侍立，屏息凝神。

资历平的孝心，贵翼知道。贵翼的难过，林景轩知道。站在门口的林景轩不时回眸，让贵闻珽感觉到了什么。

贵闻珽以询问的目光扫视了一下贵翼和资历平，问道：“你们，不是有什么事吧？”

“我们有什么事？”贵翼忍着痛，装作无事地赔笑，反而欲盖弥彰，“这一来啊，是父亲不日返回苏州，小资惦记着父亲，所以一定要来问安；二来嘛，小资与父亲在擂台相会，虽然是事出有因，毕竟他出手犯上，心里一直不舒服——”他也不知如何编。

“那算什么事。”贵闻珽淡淡一笑，对资历平说，“我正想着，你来了，跟我多盘桓几日。不如，你跟我回一趟苏州吧。”

房间里的气氛一下就僵住了。

资历平勉强含笑，不作声。

林景轩突然咳嗽了两声。

贵翼叫了一声："父亲。"

"你不要告诉我，你就是带他来蜻蜓点水的。"

贵翼哑然。

资历平叫道："父亲。"

"孩子，你说。"

"……我在天津的画廊刚刚接了几幅画的订货，所以，今晚就得起程去趟天津。"

"那也没有问题。我啊，正想去趟天津，我陪你一起去。"

"父亲。"贵翼忙道，"母亲在家日日悬念，父亲还是先回苏州比较好。"

"是吗？"贵闻珽看看二人，问资历平，"你也是这个意思？"

资历平看着贵翼，贵翼的眼神有点飘，资历平对贵闻珽点点头，说，"等我天津的事忙完了，我一定去看父亲。"

"要是忙个不停呢？"他的口气开始冷了。

贵翼打个圆场："——也有这个可能。"

贵闻珽"哦"了一声，点点头，对贵翼不轻不重地说："你是不是在一些事情上过分坚持了？"

贵翼一愣："不是那样的，事情并非父亲所想……"

贵闻珽冷冷地："那你来告诉我，事情是怎样的？"

贵闻珽对于儿子的表情和言语有着相当精细的感觉，他心中霎时烦躁起来。房间里很安静，安静到父子三人都能感觉到对方的紧张和不安。"啪"的一声，贵闻珽拍案而起，突然发作："他哪里是来见父的，分明是来诀别的。"

贵翼赶紧站立起来，一动不敢动。

"所谓钟鸣鼎食的大户人家，没有给这个孩子一点点温暖。到头来，还要利用这孩子，逼着孩子去天津！我不知道你们要干什么，我知道，你要他去送死！！不是吗？"

贵翼噤若寒蝉。

贵闻珽失态地吼起来："你以为我瞎了吗？"

这句话太重了。凡大家庭的长辈说出这种话来，对子孙皆属重话。譬如小家庭中，长辈说儿女不孝是一样的性质。

“父亲。”贵翼双膝跪下，“父亲息怒。”

林景轩随跪。

资历平虽在资家长大，也颇知大家族的规矩重，在贵翼身后跪下。

整个房间里，鸦雀无声。

“父亲。——儿子有不得已的苦衷。”

“我，我，你，你不要跟我说，这是为了贵婉。”贵闻斑激动起来，“贵婉已经死了！可是，这个孩子他还活着！！”

贵翼耳膜中一片“轰”鸣，内心极度纠结。

贵闻斑针针见血，拳拳到肉地呵斥，一句一句撕裂贵翼的心和神经。

“父亲。”资历平站起来，“父亲厚爱，小资铭记在心，此事不关大哥的事。是小资一意孤行，要替妹妹完成她未尽之事。”他一边说一边往后退，“小资此来，心愿已了……父亲保重——”

“景轩拦住他！”贵闻斑意识到了什么。

“父亲。”贵翼伸手拉住父亲。

资历平对着生父微微一笑，转身就跑，贵翼和贵闻斑都能感应到资历平的心跳和急促的呼吸，他们都懂。小资不愿意带给贵闻斑痛苦，他宁愿跑得远远的。

其实，小资还是太年轻。贵翼想，遭人恨与招人疼的孩子，若有不虞，带给父母的伤害都是一样的。

“——我，我去追。”林景轩借机跟着资历平跑开了。

“父亲，保重。”贵翼扶住了贵闻斑。

贵翼万万没有料到，贵闻斑如此敏感，二十年未见的父子相聚，竟是如此仓皇、无助。贵闻斑有一种精神被耗蚀尽了的感觉，竟然无声地呜咽起来。

贵翼心痛如绞，咬牙忍住心中的灼伤，手紧紧握住父亲的手。

观察哨露台上，特务监视着对面的德国乡村俱乐部。望远镜透过一扇扇宽大明亮的玻璃窗，放大着不同的人和景。服务生、商人、绅士和军官、欧洲人、交际花穿插在玻璃窗底，流动的玻璃窗人影，演绎着不同的人生。

望远镜监视到资历群的身影。

资历安站在观察哨的露台上，一副踌躇满志的表情。

贵翼和资历平出现在德国俱乐部门前，表面平静的小街，暗流潜伏。

资历群在德国乡村俱乐部的包间里看着手中啤酒的标签，“图赫男爵家族啤酒厂”。

“这酒味道清爽醇和，特别细腻。”贵翼不知何时已经进来了，他和资历平就站在资历群身后。

资历群乐呵呵地站起来：“哎呀，贵军门光临，资某人有荣焉。”

“资先生请我来，贵某敢不领情？这一来，贵家与资家，原有些渊源；这二来，我与资先生也算神交已久了。”

“那是，那是。贵军门果然气魄非凡，独往独来。”

“难道资先生请了帮手，要与贵某群殴不成？”

资历群哈哈笑道：“群殴就算了，太失体统，就算要打，我宁愿选‘决斗’。”

“天下事，唯‘决斗’是一蹴而就之事。”

“——军门说的话，资某不敢苟同。‘赤膊上阵’是‘决斗’，‘卧薪尝胆’也是‘决斗’。”

“说得好，资先生不愧是卧过底的人——有决心，有毅力。”

“贵军门不愧是名门子弟，有耐心，有实力。”

贵翼颐指气使地：“小资，见到你大哥，也不吭一声，没礼貌。”

资历平叫了声：“大哥。”

资历群说：“我真的很好奇。——他拿你做筹码，你竟然愿意上赌盘，我真是太意外了。原来二十年来我认识的是一个假小资。”

资历平说：“但凡有条生路，谁愿意赌上性命。可是没办法啊。所谓君要臣死臣不得不死，父要子亡子不得不亡。二位大哥都逼着让小资来赴这场鸿门宴，小资是来也得来，不来也得来。与其被军阀绑着来、捆着来、打着来、骂着来，不如我自己堂堂正正、敞敞亮亮走着来，我说得对吗，二位哥哥？”

资历群笑说：“忠孝之外，倘有‘仁义’二字。我倒觉得，以小资的性格，实为‘义’字而来。义之所在，生死以之。不知我说得对不对？至于君臣父子之说，我倒想问问，尔是指哪家君臣、谁家父子？”

贵翼大声道："问得好，资先生，这一句问到点子上了。但不知资先生是哪家的马前卒呢？小资讲话，历来都是飞天过海，但是他自始至终是一副面孔，不敌资先生之万一。"

"哪里哪里，资某人一介书生而已，说到一人千面，贵军门才是其中翘楚，资某人望尘莫及。"

二人相视而笑。

贵翼大剌剌坐下，手一挥："资先生请坐。"

资历群坐下。

没人顾及资历平，资历平自己搬了把椅子，放到桌子边上，"赌气"地跷着二郎腿坐下。

贵翼和资历群同时回眸看他一眼。资历平感觉到了"压力"，他把腿慢慢放下来，"忍着气"坐好了。

资历群对贵翼："要喝点酒吗？"

"可以啊。"

资历群看了一眼资历平，资历平站起来，拿酒瓶，给二人斟酒。

"小资的脸色可不大好，最近休息不好吗？"

"小资承受了太大的压力。"

"那是你不了解他。"资历群高姿态地呵呵一笑。

"你只是想不择手段地去玩味别人内心的痛苦罢了。"

贵翼也笑了。

"毛毛虫是可以蜕变成蝶的。"资历群举起手中酒杯，向贵翼示意，"但是毒蛇永远都学不会感恩戴德。"

贵翼举杯："是吗？资先生自认是农夫吗？"他喝了一口酒，咂了一下嘴唇，说，"可惜啊，你并不是你所扮演的角色，你不要入戏太深。"

资历群点点："贵军门一语中的。彼此彼此。"

贵翼不答。

资历平坐着，"低调"地自斟自饮。

"贵军门，这是资某的一点外敬。"资历群依旧一张笑脸，拿出一份文件来，"望军门笑纳。"

“我要不拿，岂不是辜负了资先生一番雅意？”他伸手来拿，资历群的手按住文件，“资先生，何意？”

“自然是问军门的诚意。”

资历群的眼睛扫视了一下资历平。

贵翼直入主题：“你为什么一定要带走小资？”

“因为他欠我的太多，我要全部拿回来。”

“是吗？你被他骗了？”

“他谁都要骗。”

“他对你说谎了？”

“他对谁都说谎。”

“你们资家怎么教育孩子的？”

“他从根上就不正，叫我们也是束手无策。”资历群反讽中带有一丝狡黠的快感。

贵翼冷喝：“骂谁呢？！”

资历群微笑：“你说呢？”

贵翼冷笑：“哼。”

“我资历群做人做事，信赏必罚，光明坦荡。”

“用敲诈勒索的方法来逼人就范，还说什么光明坦荡。”贵翼反唇相讥，“资先生，亲人都可以加以利用、伤害，甚至残杀。贵某真是闻所未闻，见所未见。像你这种阴险狠毒之人，穷者独害其身，达者兼害天下！”他一脸寒冰，吐字铿锵！

资历群笑起来：“哈哈哈——军门这话，可是一点也不具备招安的价值。”

“哦，”贵翼感兴趣地一笑，“资先生还需要贵某人来招安吗？”

“不然呢？”资历群别有深意地说，“反之也行。”

这是暗示贵翼别有身份。

“资先生句句含沙射影，莫非指控我贵某人是隐藏的共党？”

“贵军门字字讽刺诽谤，难道不是心虚至极，恨不能积非成是，指鹿为马。”

“资先生，我今天来，并不是怕了你的凭空诬陷，而是特意来见见杀害我亲人的‘凶手’的。资先生，我已经忍耐到了极限。我之所以不提亲人的名字，是不想亵渎她曾经拥有的美好情感。”

资历群被打哑了，叹了口气，说：“人有七情六欲，谁也难免。真正难的不是超越生死，而是超越人性。”

冷场了。

贵翼与资历群在唇枪舌剑中得到了一种微妙的平衡，就是不提“贵婉”。他们谁都不会去触碰伤口。既然如此，利用小资来打击对方，就成了必然之举。

“让我们把所有问题都回归到原点吧。”资历群说，“贵军门此来赴约，当知约定条件，贵军门留下小资，资某人把侦缉处对贵军门秘密调查的文件和军门配枪交给军门，文件你可以销毁，从此两不相干。”

“行不通的。”

“贵军门难道只想过去，不考虑将来？——你帮助共谍是事实，人证物证俱全。”

“物证是伪造的，俗话说得好，捉贼拿赃，捉奸拿双。”

资历群一指资历平，说：“人证在此，军门难有托词了吧。”

“那我就更不能把他给你了。资先生翻手为云覆手为雨，贵某人赌不起啊。”

“赌不起。你把他带来做什么？——这样吧，军门，我们以小资为赌注，以小资为题，就在这里赌一局。为了公平起见，你出一题，我答。我出一题，你答。让小资去选择正确答案。”

“那他一定选我。”

“那可不一定，要听题的。——你赢了，你就带他走，枪和文件送给你。你输了，交易有效，你拿走文件和配枪，留下小资，他得为他在这短短一个月来的所作所为负责。”

贵翼紧张且矛盾。

资历群看着他：“要不要赌一赌？”

“反正也不亏。”

“我能弃权吗？”资历平终于开口了。

资历群看也不看他，干脆地：“不能。”

资历平干了一杯酒。

“谁先来？”

“贵军门是客，贵军门先来。”

贵翼看看资历平，说：“既以小资为题目，于今我们都纠缠在‘共谍’案里，我就赌他姓‘国’，还是姓‘共’。”

资历群依旧一副笑模样，说：“这个题目，真的很好回答，他既不姓‘国’，也不姓‘共’，他就是一枚棋子而已。”

“这算什么回答，二选一。”

“你的答案不正确，就没法选了。——不如，军门说一下你心里的答案吧。”

贵翼冷静地想想，说：“他是共产党。”

资历群哈哈大笑起来：“军门，你够狠啊，难道军门突然改弦更张，要把所有的罪名推在一个小贼身上。”

蹊跷啊，资历群想，对方出牌怪异，不合逻辑。只有一种可能，对手慌了，乱了阵脚：“小资，选个答案吧。”

资历平默默地站在了资历群身边。

“我赢了。”

“下一题。资先生请——”

“我赌他亲恩重，还是养恩重。”资历群一副胜券在握的表情。

贵翼看着资历平。

“我觉得这个就不要赌了，免得浪费‘筹码’的精神。你说，是吧，小资？”

“这不公平，要赌了才知道答案。”

“人心不古啊，贵军门。”

“大家都喜欢看别人的热闹，偏偏这热闹落到自己头上，就不乐意了。”他冷笑，“自古以来血浓于水。”

“好一个血浓于水。贵军门有没有听过‘生身父母在一边，养育深恩大如天’？”

“小资，贵家盼你认祖归宗。”贵翼这句话是盯着资历群的脸说给资历平的。

资历群表现得异常兴奋，他自我感觉良好，自认在某种程度上驾驭了原来不可控制的力量，这种尖锐的你冲我突的较量，往往带给人高手对决的快感："其实，骨肉亲情并不需要血缘来支撑。譬如战场上，三军对垒，战士并肩，人人都是生死弟兄。反倒是那些所谓的亲兄弟，为争个父母遗产都要公堂相见，丢人现眼，不在少数。血缘，是最不堪一击的。"资历群语气轻蔑至极。

"树高千丈，叶落归根。"贵翼在挣扎。

"小资，你有话要对贵军门讲吗？你可以尽情地说。"资历群越发显得大度。

资历平无言，依旧站在资历群身后。

贵翼表现得很气愤。

"我赢了。——贵军门你太紧张了。你都不知道你自己有多紧张，多慌乱。"他把贵翼的配枪和那份文件往他眼前一送，"物归原主。"

资历平的脸上生起一层寒冰。他不动声色，悄悄往后退。

贵翼和资历群都没有注意到他的变化和小动作。

"你为什么一定要带走小资？"

"军门从一进门就问到现在。其实道理很简单，小资是唯一见过'蛇医'的人，至少我是这样认为的，我需要通过小资去'拜访''蛇医'。"

贵翼瞬间拿起桌上的枪，枪口对准资历群："信不信我一枪打死你！"

资历群不说话，他从口袋里掏出几颗子弹来，整整齐齐排列到桌上："贵军门，说实话，我对徒劳的悲壮，一点也不欣赏。"

贵翼回手看枪！

说时迟那时快！

"砰"的一枪，桌上的酒瓶被打飞了，一股浓烈的枪火味和啤酒味道混杂在一起，弥漫开来——

贵翼喊了一句："小心，卧倒。"他一脚踢翻了桌子，掩护资历群，挡住了第二颗子弹。

硝烟中，资历平手握双枪站在屋里，一副"枭雄"相："对不起，打断你们神交已久的久别重逢！"

"砰、砰、砰"枪声响亮，打得酒杯乱滚，子弹几乎是追着贵翼和资历群打。

资历群喊："小资，你疯了！！"

回答他的是子弹从他耳边划过，弹壳落地声，清晰，有力。

贵翼和资历群各找掩体。

"小资，你敢开枪打——""我"字还没有出口，"砰"的一声，枪火往贵翼身上招呼了。

资历群对贵翼："开枪啊。"

贵翼吼资历群："子弹在你手上！浑蛋！"

"贵军门，你出门不带配枪吗？！"

"资先生，谁像你们资家人，一家子见个面都要带枪！"

资历群被他"呛"到："他跟你来的！你搞清楚！"

"他朝我开枪，你眼瞎了！！"

枪声震耳！

资历平骄傲地："小资少爷的生死，什么时候轮到你们来赌了！我现在让你们知道知道小资的厉害！！"

双枪连发。

资历平冷笑："二位哥哥，别先判定小资的生死，先看看，谁先死！——敢赌我的命！找死！"

子弹频发，打得贵翼、资历群满地乱爬，互扔板凳做掩护。

门外传来脚步声，警哨声和客人们的惊叫声——

资历平举枪对准包间门，"砰"的一声门板落下，一名特务中弹，被死死地压在门板下。再一回头，枪口瞄准对面露台，"嗖"的一发子弹射出去——

观察哨一名特务应声倒下，鲜血淋漓，几名特务赶紧拉尸体进房间。

服务生和客人们惊慌失措地乱跑。

资历安带着特务们荷枪实弹地站在门外，喊道："小资，别乱来——"

回答他的也是枪火。

趁资历平装子弹的间隙，贵翼和资历群滚到桌子后面，资历群给贵翼子弹，贵翼子弹上膛。

资历群对贵翼："打他的腿。"

贵翼看了资历群一眼，站起来就开枪。

资历平被枪火压制到窗台边。

包间外，资历安对特务："冲进去。"

特务们面面相觑，谁也不敢上前，枪火又蹿出来，特务们一通乱打。

贵翼抢占先机，子弹连发。

资历平边打边退，一个"鹞子翻身"，人已经挂到窗台上，他朝冲进来的特务们扔了一个"手雷"，喊道："送你们一颗雷！"

一个圆滚滚的东西落在窗台地板上。

资历群喊："卧倒！"

一群特务磕磕绊绊地倒下。

贵翼也卧倒了。

安静，没有任何动静。

资历群慢慢爬起来，走过去。

贵翼也站起来，朝地上看。

竟是个"萝卜"！

大家彼此互相看看，十分狼狈。

资历安冲到窗台上往外看，资历平早已没了踪影。

贵翼看看一群特务，对资历群道："资先生果真是来群殴的。"

"我承认我作弊。但这些都不是重点，重点是这一局，我赢了。"

"——等你抓到小资再说吧。"

"孙悟空是逃不出如来的手掌心的，何况他还只是一只六耳猕猴。"

"远瞩纵览，十面埋伏，资先生有心了。"

"其实，从一开始这种离题跑马的路数，就不适合我。——没办法，我有时也不得不采取某种极端残忍的方式去获取我所需要的情报。"

"资先生，不客气地讲，你是一个毫无心肝的人。"

资历群避而不答："贵军门的枪法不怎么样啊。"

贵翼别有深意地："换个靶子试试。"

资历群放肆地大笑起来，说："贵军门真是直言不讳，透着一股真诚仁义。小资恰恰利用了军门这一点仁义心肠。——告辞了，贵军门。如果我们抓到了小资，有了小资详尽的口供，再来'拜会'军门。哦，对了，其实那份文

件真的是可有可无，军门如果不是做贼心虚，今天真的不用来赴这场鸿门宴。不过，我还是挺欣赏你的，你说单刀赴会，就是单刀赴会，不带一兵一卒，足显英雄本色。”他拍拍贵翼的肩膀，转身欲走。

“资先生谬赞了。——在贵某人眼里，这局小酒还够不上鸿门宴的门槛，至多是一局败兴酒罢了。”说完，贵翼转对资历安，“资科长最近是人逢喜事精神爽啊，记得，请我喝喜酒啊。”他就像什么都不知道一样，手上拿起一个酒杯来把玩。

资历群给资历安使了个眼色，叫他不用理会，兄弟二人带着特务们离开。

走廊上，资历安对资历群：“大哥。”

“我知道他会去哪儿，小资要准备跑路了。”

“跑路？”

资历群自得地笑笑：“看来是我误会他了，小资还是那个小资。”

包间里，贵翼目送着：“我始终相信一点，天网恢恢疏而不漏。”他的手一用力，手中的杯子碎了，鲜血从指缝中流淌下来。

资历平匆匆走街道，拎着一个行李包走进仓库，打开灯，库房里存放着一些魔术道具。他打开一个铁皮柜，取出一个手提箱，打开箱子，里面放满了钞票和各种身份证件。他打开行李包，把钞票和身份证件全都往包里扔，一个行李包被装得满满当当。

然而，待他装满行李，走出仓库时，他傻了。门口停着几辆车，数十条枪对准他。

资历群和资历安看着他。

特务们吼叫着，“放下行李！”“跪下！”“把手举起来！”“趴在地上！”“不准动！”

资历平脸朝下，趴在地上，双手背铐起来。

资历群走到他面前。

资历平仰起脸，望着他。

“我特地为小资少爷准备了一道黑色大餐。——侦缉处的酷刑架盛装以待资少。”

资历平一脸仓皇。

法国公园，湖上荷叶连连，嬉游的人们三三两两。董细妹带着妞妞在花廊边上看手艺人做“糖人”，妞妞欢喜的一张小脸，看着小糖人，董细妹牵着她的手，温馨地照顾妞妞。

“小糖人”做好了，董细妹付了钱，妞妞高兴地把“小糖人”拿在手上，眼光从董细妹的洋装裙摆上仰望上去，董细妹瞬间变成了“朱惠儿”。

妞妞的小手拽得更紧了，妞妞喃喃地：“妈妈——”

“朱惠儿”低下头，温暖地一笑，妞妞定睛一看，是董细妹，把手松开了，董细妹复又拉紧妞妞的手。

妞妞的眼睛到处观望，凡有跟“朱惠儿”有丝丝相像处的妇女走过，都会让她回头遥望——

不远处，贵翼官邸的两名侍卫跟随、保护。

董细妹带着妞妞排队买船票，准备去湖上划船。妞妞手上拿着“小糖人”，她看见对面站着一个小姐姐，穿着漂亮的小旗袍，吃着冰激凌，妞妞把头从排队的人群中伸出去，那个小姐姐的妈妈来了。

“妈妈。”

女孩妈妈：“回家啦。”

妞妞羡慕地：“家——”

轮到董小姐买票了，董小姐放开了握着妞妞的手：“妞妞乖，站这儿啊。”她抬起头，拿出钞票，“两张游湖船票。”

董细妹买票，等找零钱的工夫，妞妞已经从排队的人群中走出来，她朝着小姐姐的方向走去。等董细妹一回手，没有抓到妞妞，她顿时一愣，一回头，喊：“妞妞——妞妞——”

一群女学生叽叽喳喳地笑着从自己身边走过，四周一片安静，没有妞妞的身影。董细妹一下蒙了，大叫着：“妞妞——”

两个士兵这才反应过来，往董细妹身边跑过来。

公园门口，小女孩和妈妈坐上一辆黄包车，走了。

妞妞跑起来，喊着：“妈妈——妈妈——”一辆黄包车过来，差点撞着她，

手上的“小糖人”飞出去了。妞妞再回头，车越拉越远了，她爬起来，也不顾手掌磨破了皮，朝着那个方向继续跑。边追边着急地喊着：“妈妈——”

车如流水马如龙。

妞妞站在一个电车站台上，她笑起来，因为，这是妈妈曾经带她坐过的“回家”的电车。清晰的记忆回来了，如此亲切，如此令她兴奋！

公园里，董细妹和两个士兵发疯一样地还在寻找着，当她走到门口发现地上的“小糖人”时，这下真的慌了神：“妞妞——”

两名士兵跑过来，都对董细妹摇了摇头表示没找到。

一切发生得太快，董细妹风度全失地吼着：“——快，快给贵军门打电话，妞妞走丢了！快！快派人去找——”

会议厅里，贵翼和江绍成研究着地图。林景轩一声“报告”走了进来：“刚刚接到的消息。——吴淞口查获两船走私物品。刘团长直接把船和人都扣了。”

贵翼接过报告来看。

江绍成问：“运的什么？——鸦片？酒？”

贵翼一边看报告一边回答：“不止于此。——汽车配件、汽油。——这批货的目的地查到了吗？”

林景轩答：“还没有。”

“托运人？”

“是一个无名小卒。一家外贸出口公司的经理。——这种事，签字画押的都是替罪羊。”

“谁提供的情报？”

“水警署的陈督察。”

“陈晓律？”

江绍成问：“什么意思？”

贵翼说：“两个意思，第一，送个人情大礼；第二，借此机会，铲除生意伙伴中的异己。——货物的幕后老板一定是与文四益不睦或者抗衡的黑市军火新势力。”

江绍成说：“你心里有数了，知道怎么做了。”

“欣然接受礼物，合理安排。”

“陈晓律可不是什么身家清白的水警。”

“——他想让我们同流合污。我偏偏就蓄意忽略掉货物的来处，借助舆论来替代军法。”

“怎么讲？”

“让新闻界无意中挖掘出这个消息，然后，大肆报道一下。弄得我们也骑虎难下，一切照章办事。并且，给陈督察记军功。林副官。”

林景轩应道：“到。”

“你负责去办。”

林景轩立正：“是，军门。”他转身出去。

贵翼对江绍成：“——我想实施一次军事演习。”

“你跟我说这个的意思是？”

“我要调动起我们的人际关系，在‘对抗演习’中占据绝对优势。”

“时间？”

“这个月中旬。——我要点人手，最好是那边拨点人。”

“我有数了。不过，你还得去趟警备司令部，找潘司令攀点交情。”

“有必要吗？”

“小心驶得万年船。”

“潘司令会不会以为我们另有所图？”

“就是要让他认为我们另有所图，——你不捞点金，巴结司令，司令以为你不正常。”

贵翼点头：“有数。”

林景轩又敲门进来：“最新消息，吴淞口码头暂时进入关闭状态。”

贵翼一指林景轩：“官方说法？”

“——吴淞口船只受天气影响，被迫降低出港次数。为避免船舶靠岸拥堵，暂不接收船只入港。”

江绍成说：“意味着整个武器库的水运速度要被迫减速。”

“目前看来是这样的。”贵翼问，“铁路呢？”

“正在维修，加运，以弥补水运所带来的军备资源损失。”

“还有没有第二套可行性方案？”

“刚刚拟订的——长途卡车货运方案。”

贵翼对江绍成：“——我们还不能完全确定货车的吨位。”

江绍成嘱咐：“切记不可超载。”

贵翼叹口气：“我的参谋长，战时状态——”他不说了，转对林景轩，“命令刘团长，要求吴淞口快速恢复开放，港口运输方面交给他全权负责。”

“是，军门。”

“吴淞口方面出港情况，每 4 小时向我汇报一次。”

“是，军门。”

林景轩刚出去，另一名参谋进来，立正：“报告军门，参谋本部检送兵工厂整理计划草案给军政部公函拟订完毕。”

贵翼说：“扼要总结一下。不要分得太细——”他坐在了椅子上，开始听参谋的汇报。听完汇报，他又和江绍成等人研究起来。

不一会儿，林景轩疾步进来，看着正在开会的贵翼，他思忖片刻，还是走到贵翼身边，耳语道：“军门……妞妞不见了。”

贵翼面沉似水，但不动声色。

汽车像一股旋风一样停在法国公园门口，贵翼迅速跳下车，林景轩紧跟着。

贵翼命令两个士兵：“你们全都去找，先在这附近一带要挨家挨户地问，快，要快！”

董细妹看着贵翼冲到自己的面前，表情慌张，她的声音颤抖着解释：“我带她到公园里来看花展，划船，我就是买个船票，一眨眼的工夫，妞妞就——就找不着了……”她手上拿着“小糖人”，急得快要哭了。

贵翼一把将“小糖人”抢到手里，问：“妞妞的？”

董细妹点头。

林景轩先“急”了：“我说董小姐啊——你怎么看孩子的？你怎么能让她离开你的视线呢——我告诉你，你要是说不清楚妞妞是怎么丢的，你……你就是最大嫌疑人！”

董细妹急道：“你，你什么意思？你是说我……你讲不讲道理？”

“讲啥道理！在妞妞的事情上，没道理可讲，你这是严重失职！好好的为什么要跑出来看花展？家里没有花园吗？你到底什么居心？你是什么人？”

林景轩连珠炮地责问让董细妹一下子哭出声：“我……我自己现在也自责内疚得要死了！”

贵翼看着董细妹，表情严肃地制止了林景轩：“景轩，现在不是指责谁的时候。”他按捺住内心的焦急安慰起董细妹来，“董小姐，你别慌，也别怕，慢慢说……”

董细妹泪如雨下：“对不起，真对不起！我就是想带妞妞出来像其他小孩子一样逛逛公园，您说哪有小孩子成天被关在家里的？谁不是在自己家门口跟别的小朋友一起玩耍……”

贵翼恍然大悟：“家！家！——妞妞可能回家了——景轩，上车，快走——”

董细妹说道：“我也去！”

林景轩气咻咻地对董细妹：“这事儿没完。”

一辆双层汽车“叮叮当当”地驶过。

大街上，出现妞妞的背影。

石库门巷道街面干净、宁静，弄堂里还有小狗蹿来蹿去。妞妞脸上是兴奋的，心情是激动的，她看到了熟悉的街道、熟悉的环境、熟悉的小路，那是真正的一条回“家”的路。

狭长的楼道，因为没有人居住，显得清冷、阴冷。妞妞小心翼翼地走上来，她伸着头到处看，她想找回原来的“生活气息”，楼道里仿佛响起资历平和妞妞的笑声。

门被推开了，白色的封条落在尘埃里。

妞妞嘴里喃喃地：“妈妈，妈妈——我回来了。妈妈——你在哪儿？——妈妈——妈妈——”

屋里安静得几乎令人窒息，死气沉沉。

妞妞怔忡地看着自己的房子，叫着：“妈妈，——妞妞回来了。妈妈——”她的声调也不高，一双小脚一步一步向前，生怕自己声音大了，妈妈就“躲”起来了，“妈妈——妞妞很乖，很听话，妈妈——”她一个角落一个角落地找

着，找得很认真，找完一遍，想想漏掉了哪里，又去找一遍。

“妈妈——”妞妞看见高高的楼窗，由于个子矮小，够不着窗户，她去拿了一个板凳，然后站在了板凳上，望着窗外，那是她熟悉的街道。

她仿佛看到了小资哥哥和妈妈，脸紧紧地贴在窗户上，脸上露出特别幸福的微笑，嘴里呢喃叫着：“——小资哥哥——妈妈——妈妈——”

突然，幻觉消失了，眼泪在眼眶里打转。妞妞看着窗外渐渐暗淡下来的天光，才想起了“大哥哥”，她口里喊着：“——大哥哥——董小姐——”

妞妞心里一急，没有站稳，从凳子上跌了下来，坐在冰冷的地板上，下意识地明白了什么。不可自抑地大哭起来：“妈妈骗我！妈妈！妈妈骗我！小资哥哥骗我，小资哥哥和大哥哥，都骗我！——妈妈——呜，呜！妈妈——你不是骗我的是不是？妈妈不骗妞妞，妈妈你出来啊——出来啊——妈妈——妞妞不能没有妈妈，妈妈，妈妈——我要妈妈——”

哭声穿破楼窗。

刚到楼下的贵翼等人听到哭声，一口气落在肚里，董细妹比画着“上帝保佑”，贵翼给他们打个手势，叫林景轩和董细妹在楼下等着。

贵翼几乎是迎着妞妞的哭声跑上来的。

楼道里，贵翼突然停止了奔跑。他的眼帘映入一双小鞋子，抬眼望去，妞妞战战兢兢地站在黝黑的楼道上方，泪眼汪汪地看着他，像做错事的孩子被大人当面抓包一样。

两人一上一下，目光交换。

妞妞的嘴唇颤动着：“大哥哥——妞妞不乖，妞妞跑了，妞妞——大哥哥还要妞妞回——”她“家”字还没有说完，贵翼一个箭步冲上去，心疼地抱住她。

“傻孩子。”贵翼当场哽咽，泪如雨下。

妞妞大声哭起来，委屈、害怕夹杂在一起，幼小的心里还有内疚和对不起。

林景轩和董细妹站在楼道最底下，遥望着他们。

贵翼带着妞妞下楼。

林景轩低着头，先跑出去开车。

董细妹张开怀抱："妞妞！"

"董小姐！"

董细妹抱住妞妞，仿佛失而复得的宝贝："你吓死我了。"

妞妞又抽泣起来。

"不哭了——把我的心都哭碎了。"她看看妞妞手掌，"伤着了？疼吗？"

"不疼。"

贵翼低着头，伸手抚摩着妞妞的头，说出很简单很温暖的两个字："回家。"

第三十三章　兄弟坦诚相见

“通信设备，是秘密往来的关键环节，我们不能保证站在这里的每一个人都是党国的忠诚战士，但是，我们可以保证，今天晚上封锁住一切消息，就连一只苍蝇也飞不出去。”

黑沉沉的门打开，资历平坐在一张控制住头、手、脚的刑椅上，眼瞳里可以清晰地看到各种残酷的刑具。

“——我上上下下都安排妥当了，小资就交给你了。”资历安对资历群说。

资历群意味深长地：“我不希望今晚的审讯有任何意想不到的事情发生。”

资历安岔过话题：“——要动刑吗？”

资历群看了他一眼，有点鄙视的味道：“知道我最厌恶什么吗？明明是一场势均力敌的智力博弈，偏偏被你们弄成一个屠宰场。”

资历安不服气：“——我能预见到，下面会发生什么。”

“什么？”

“小资会利用一切旧感情来煽动你，打动你，他身上总有一种莫名自信的光环，——用刑的目的，就是打掉他的自信，让他变成一块黑炭，再也没有光，没有巧舌如簧的资本。”

资历群笑笑：“你要真把他变成一块黑炭，他就真的光芒四射了，——在黑暗里。”

“啊？”资历安显然没听懂资历群话里的含意。

“——小资天生具备表演天赋，他清高，自信。——你为什么总是这么自卑呢？你哪怕有他一半，就决计不会以折磨人的身体为手段了。审讯的艺术，是打垮他的意志，摧毁他的斗志和信仰，而不是为了你某种耿耿于怀的阴暗心理去满足你嗜杀的爱好。”

资历安被他说得体无完肤，很不舒服。

“你不愿意听了？”

资历安笑笑：“为什么被指责的总是我？——哪怕我俩在一个战壕里。”

“因为优秀的人永远都被人敬仰。——哪怕不在一个战壕里。”

资历安勉强笑着应付。

“严格地讲，小资并不是事发源头，他只是误打误撞参与进来的一枚棋子罢了——”资历群说，“——重要的是找到源头。”

特务办公室里，特务们纷乱地忙着。

古纯音打着电话：“——你要喜欢那件衣服，那就买了吧，咱们又不是买不起。而且，你穿藕荷色的好看——”

“要不要让你们资科长准你的假，回家陪老婆逛商场。”资历群的声音从身后传来。

古纯音吓得直接“摔”了话筒，一个立正。

看到资历群和资历安，所有的特务都立正了。

“——藕荷色会不会偏老成啊？”资历群和资历安站在古纯音面前，电话机的话筒摔在桌子边沿外，话筒里依稀有女人的声音传来。

资历群伸手拿起话筒，“啪”的一声，挂了电话，对资历安说：“从现在开始，掐断侦缉处二科所有电话线。直到审讯完毕再恢复。”

“是。”

一个特务的手下意识地颤抖了一下。

资历群环顾众人：“通信设备，是秘密往来的关键环节，我们不能保证站在这里的每一个人都是党国的忠诚战士，但是，我们可以保证，今天晚上封锁住一切消息，就连一只苍蝇也飞不出去。”

资历安对古纯音吩咐：“两小时后，送一次茶水。”

古纯音点点头，应着命令。

阴暗潮湿，一股霉味，一盏油灯，“刺刺”冒着混浊不堪的青烟。

资历群走进来。

资历平睡眼惺忪地抬头看他。

“我吵醒你了？”

“我睡不稳，椅子冰凉——”

资历群轻描淡写地：“那是，上面坐过很多死人，老话说，这椅子不干净。”

“血债总是洗不干净的。”

资历群也不生气，说：“我也不太适应这环境，有股腐烂的味道——”

“我以为二哥喜欢，他戾气重，又没本事。”

资历群微笑，岔开话：“小资，枪法不错啊，我原来以为你去射击俱乐部就是图个虚荣——”

资历平直截了当地：“我青出于蓝。”

资历群不置可否：“你指枪法？”

“你以为呢？”

“——我很幸运，从无数个错误的起点走到了一个正确的结局。而你，小资就不同了，你从无数个正确的起点走到一条绝路上。”

“能说点我能听懂的话吗？”

资历群点点头：“那咱们就具体点。”他拿出几张照片来，给资历平看，那是三口血淋淋的皮箱里展览出的尸体，“人是你杀的吗？”

“这是你审讯的突破口吗？”资历平很认真地在看照片，“谁拍的啊？水平太差了。现在跑新闻的都这么不负责了，这种照片能发出去才怪。”

资历群阴阴地一笑：“小资，挺沉得住气啊。——我来告诉你，他们都是什么人，他们都是侦缉处的特务，党国的人才，他们冒险潜伏在共党的内部，冒充共谍的身份，获取共党的重要情报，成为有效有力的侦缉处铁拳。——可是，一夜之间，他们被一个不明身份的人给杀了，小资，作为一个曾经优秀的新闻记者，你能告诉我点什么吗？”

资历平不说话。

“不说话，是因为心虚吗？小资？”

“我想，一味地否认是无济于事的。——因为你认定我是凶手。”

“不是吗？我说的是事实。”

“知道那天，你跟贵翼见面，拿我做筹码、做交换的时候，我在压抑着什么吗？”

“恐惧。”

“仇恨。——我在压抑对你的恨。”

“很好，这很好，小资，证明你可以坦然面对你的敌人。事实上，你唯一敢跟我抗衡的就是你我之间的亲情。”

“事实是，我有一位亲人遇害了，被杀了，——我更想知道，特务们所冒充的人，是谁杀的？！”资历平质问，眼神锐利，“贵婉是谁杀的？！”

“你以为我想啊！”

“终于肯承认了。”

特务办公室，特务们都在等待着，枯坐着。

古纯音突然站起来，众人看着他：“我去上厕所。”他走出办公室。

角落里有一名特务也站起来：“我也去。”

“——我去档案室一趟。”

“我出去抽根烟。”

断断续续有特务站起来。

不一会儿，总务处的勤务兵推着小餐车送茶水过来，特务们三三两两走过来，围着餐车吃东西。一只手接过茶杯的同时，传了一张纸条到勤务兵手上。

“——大家别挤，今天大伙儿加班辛苦，我们总务处会多送两回茶水进来，放心好了。”勤务兵笑脸盈盈的，“有夜宵，有夜宵。资科长付的钱，大伙放心。”

审讯室，资历群和资历平对峙着。

“小资，你现在很得意是吗？——你只不过是贵翼的一条猎犬而已，这条猎犬还被主人利用过以后，一脚给踢飞了，不是吗？小资？”

“那是，狗急还要跳墙呢，何况人呢？是吧？哥哥？”

资历群点点头：“还知道我是你哥。”

“当然。小资是大哥教导成才的，你在巴黎教我的做人道理，小资铭记在心，莫不敢忘。——人，是要有理想的，有思想的，有追求的。看来大哥你全忘了。”

“当一个人想追求他的成功、满足于他的欲望的时候，就必须放弃‘理想’，因为理想本来就不现实。”

“你忘了你当初是怎样一个人了吗？你背叛了自己，背叛了理想，背叛了爱情，背叛了正义。——你杀了自己的妻子，你不是我认识的大哥，不是，你是个魔鬼。”

“你认为贵翼就是个有理想、有正义感的人吗？——他只不过是一心想报私仇的军阀！一个阳奉阴违的人，一个有可能是双面间谍的人！”

“他是什么样的人，我不关心，我想知道，你到底是什么样的人？！”

资历群冷冰冰地从嘴里迸出两个字：“猎人。”

一根火柴擦亮，资历群点了一支纸烟，深深地吸了一口，说：“水有分岭，人有尊卑。”

“你这么想？”

“这么想，就可以少做些白日梦。”

“——贵翼并非你想象中那么正直，他高高在上，依赖于别人的仰视，他享受众星捧月的感觉，你在他眼底，一文不值。——而你呢？你就是一个贼，一个戏子，一个花花公子，你连贵家大门的门墩都赶不上。当他真正了解了你，你又真正看清了他的真面目以后，会有什么反应？——他会毫不犹疑地让你出来做替罪羊，你呢？你糊里糊涂就成了侦缉处案板上的活鱼，让人给一刀刀剁了，让这把椅子新添一份‘大餐’。你，现在清醒点了吗？我的小资少爷。”

资历平的面目在他的浓烟熏染下，变得模糊起来。

贵翼在花园里散步，想着心事。

小洋楼里灯光温暖，林景轩在楼里走来走去，做自己的事情。

董细妹安静地走到花园，贵翼抬头看她，月光下，董细妹很娴雅，姿态略有降低，估计是下午的事情，自尊心和自信心太受挫了。

“我是来跟你说声对不起的。”董细妹走到跟前，“我差一点把妞妞给弄丢了。对不起，我想，我明天就——”

“董小姐，今天景轩是太着急了，有些出口伤人，我替他向你道歉。说来说去，妞妞的出走，有一半责任在我，我不应该把她关在‘家’里，我应该给她一个自由宽广的天地。我会尽力的，董小姐，也请董小姐谅解，我和妞妞的处境都很危险，快打仗了，别有用心的人可能会拿孩子来挟制我，我坐这个位置，希望你能理解。”

“我理解的，我也不怪林先生，本来就是我的错。真的是很感谢军门的挽留——我能力有限——”

“董小姐，妞妞的突然出走，我负全责，我向你保证，妞妞不会再犯同样的错了。”

董细妹突然截掉他的话：“可是这太难了，她不能靠幻想活着，你有义务告诉她真相。”

贵翼看了董细妹一眼：“你忍心吗？——她还不满五岁。”

“她再小，也是独立的人，你必须让她坚强起来，难道你想一直瞒着她，用童话故事把她变成一个玻璃心的小女孩？”董细妹说，“这世界是残酷的。”

贵翼喃喃细语：“——你不明白，她已经足够坚强！她的内心坚韧不拔，所以才会这么痛苦。”

“那么，军门的痛苦又来自何处呢？”

“我？”

“不是吗？——你看你，去军营的时候前呼后拥，回家来连个说知心话的人都没有。——别人好歹还有几个酒肉朋友，混混时间，打发打发漫漫长夜。还有啊，你的那个心上人，也没见再来过，军门，不是我眼力好，我一眼就能看出你们有旧情，有故事。相爱又不能相守，这日子过得能不憋屈吗？——军门，你怎么不说话呀？”

“话都让董小姐一个人说了。”

“哦，对了，好几天都没看见小资少爷了，妞妞都问了我好几回了。——小资去哪儿了？你也不知道吗？”

“小资是闲云野鹤，谁都拘束不了他。离开贵公馆，也许，对他来讲是人生中的一次重要抉择。”

“他在试图改变自己？”

贵翼点点头。

“你为什么不试着改变自己的生活呢？”

“怎么改变？”

“换一个活法，隐姓埋名，去过另一种人生。”

贵翼笑了，说：“董小姐，你可真敢想啊。”

“军门，——说实话，我觉得你活得很累。”

“在这个纷乱的世界里，谁都活得不容易。”

“你为什么不肯承认呢？”

“承认什么？”

“孤独。”

“董小姐的眼光犀利啊。”

“——如果你肯对人敞开心扉，你就不会活得这么孤独，这么累。”

“董小姐，你很厉害。——我也很佩服董小姐，你是一个非常固执的人。”

“我把这个叫作‘个性’。”

“——你真的很特别。”

“那到底是什么阻碍你跟家人彼此交流，分享内心秘密呢？是你曾经被身边人所‘出卖’导致你性格孤僻，还是——”

“别误会我的意思，我承认自己孤独，并不是刻意选择孤独，而是孤独选择了我。”

夜色如水，清凉中透着寒意，花枝在月光下显得萧瑟，贵翼眼中的一丝光彩因这萧瑟的感觉而黯淡。他心底想着，资历平，那个盈盈如水的少年是否能熬过今夜的酷刑。

贵翼说：“——有的时候，就算你身边最亲近的人，你的妹妹，你的兄弟，你也不会完全猜透他们的心思，或者是，守候家人的成长。我总觉得自己做得不够好——”

“别自责了。”董细妹剥着橘子，“你已经做得很好了。”

“——不知道明天会怎么样，不知道，我的家人是否能留住黎明。”他陷入深深的痛苦中。

“你告诉我，你在经历什么，我再告诉你，值不值得。”

贵翼看看她，良久，启唇：“我不能告诉你！”

董细妹递给他一个剥好的橘子：“上海是世界上的冒险乐园，每个人都在城市的羽翼下演绎着不同的精彩。——不管今晚会发生什么事，相信我，善良的人一定会平安归来。”

贵翼知道董细妹在敷衍自己的情绪，他很感谢她的好意，但是，再温婉的敷衍也抵不过他预想的残酷。贵翼心头闪过一阵难以释怀的悲情：“这是我生命中最黑暗的一天。”

如飞的脚步，有人跑到一个巷口，走进电话亭，拿起电话。

阿黎接完电话，说：“审讯室很安静，谁都不能靠近。”

“——你有听过侦缉处的审讯室里安安静静的吗？”阿黎不语，文四益继续，“没有人能做到万无一失。我该想到的。”

书房里的挂钟，一分一秒地过去。

贵翼踱步的脚步。

林景轩的眼睛直直地盯着电话机。

铃声骤起。

林景轩急忙接电话。

“没有动刑？”贵翼问。

“审讯室只有资历群和资历平。”

“太反常了。”贵翼叹道，“小资，命在旦夕——”

贵翼倏地停止脚步。

林景轩紧张地看着他。

“不行，不行——我要去救他。”

“不行，军门——我们不能以武力冲击侦缉处——”

“小资要出事，就在今晚。”

“——我们不知道里面发生了什么。”

“我要救他。”

“假如我们得到的消息是个假消息呢？”

“你说什么？——资历群丧心病狂，无情无义。如果他对小资动刑，逼迫小资开口，打垮他的意志，摧残他的身体，小资犹可活命，——可是，他什么都不做——”

“那，他到底想把小资少爷怎么样？”

“直接处死。”

资历群抽着烟，资历平坐在刑凳上咳嗽着。

“我知道你们兄弟在唱双簧。一开始就是。——我不介意。”

“你爱贵婉吗？”

“爱过，曾经爱得想放弃，放弃一切——”

资历平情绪激动地：“你为什么要杀她？为什么？”

资历群双眼透出凌厉的光：“我为什么要杀她？——贵婉的死，对于我来说，是一场挥之不去的梦魇。——你刚才问得好，我为什么要杀了她？我现在就告诉你答案。如果我不杀她，如果贵婉不死，她的下场会如何悲惨！——你自己睁大眼睛看一看！看看这是什么地方，这里是生不如死的屠宰场！！你想让她也像你这样坐在这里吗？啊？你想看她像一头受伤的野兽一样，在黑暗里号叫？在黑暗里毫无尊严地死去！”他越说越激动，“原本这场残酷的狩猎游戏，是我一己之私，与他人无关。偏偏你横刀跃马而来，你以为你是谁？你懂什么？”

隔壁牢房里传来一阵鬼哭狼嚎。

“我最不爱听的就是这种阴惨的叫声。我一直认为你是可抟之泥，可塑之器。资家养育你，我下功夫栽培你，资家也为你铺垫、创造了无数享受生活的机会。你不知感恩戴德也就罢了，居然与资家为敌！与我为敌！！”他一把将资历平的衣领给拽起来，“忘恩负义的东西！”

资历平似乎不想听地低头回避资历群的目光。

“你就是贵翼手上一颗棋子而已。他一直在利用你。他才是真正的幕后，真正的源头。——我知道你们怎么打算的，贵翼故意输掉一局，把你送到我手上，然后你假意迷途知返，替我去办事。你们有重要物资和人员要送到苏区，为了确保路线安全，你会提供给我一条伪造的路线，以遮人耳目，这样一来，你们就有效控制住了返航区域，确保返航平安。”

资历平犹疑的眼睛一下睁开了，他的内心紧张而又焦虑：“——我不是他送来的，我是被你抓来的。”

资历群根本不理睬他："高明，非常高明又冒险的手段，你们盘算好的，贵翼一定很纠结，事实证明，他把你送来，让你故意落入我的法网，是低估了我资历群的智慧。"

资历平脸色苍白，仿佛被人揭穿了心底的秘密。

"我也很苦！——我是有过崇高的理想，我信仰过共产主义，我曾为此而奋斗。可是，残酷的斗争教训了我，当一个人在生死边缘徘徊无助的时候，当他即将默默无名地死去的时候，当一个人看不到一丝胜利曙光的时候，你还指望他坚持到底吗？——我的的确确被CC秘密逮捕，刑讯过，但我不是贪生怕死，因为我实实在在地感到迷茫和困惑了——我动摇了，是的，与其说是动摇不如说是重新选择了，我选择了一条我看得见希望的路。——我在CC的上司，不如说是我在CC的审讯官面前，他高高在上，而我俯仰由人。——这是我资历群所不能容忍的'耻辱'，没有人能控制我，也不需要任何人来命令我。我回到交通站，痛定思痛，决定自己干，干出一番事业，让所有想利用我、控制我的人都成为过去。作为一个'叛谍'，我潜伏在共党组织里，蛰伏了两年多，好不容易熬成了一个交通组的组长，我又费尽心思地'掺沙子'，我要用自己的人去把原小组的人替换掉，我把他们一个一个送到死路上，把他们从小组里抹掉，抹掉一切他们生存过的痕迹，包括我自己，爱的记忆。"资历群痛痛快快地暴露出隐藏已久的秘密，仿佛也是一场人生的解脱，"我爱贵婉，我曾经有一段时间被她迷住了，我忘了自己是谁，我入戏了，我还以为我是曾经的自己。有一次，我跟她说，贵婉，我们去乡下吧。或者，我们去一个别人都找不到我们的地方。可是，你知道她怎么说？她说，你在考验我，我是个意志坚定的共产主义战士。我不会上你的当。她笑得特别美，美得让我迷失了自己的航向。"资历群眼眶湿润，他的心口上就像被人插了一刀，"小资，我跟你说这些，这些不能跟人讲的话，你知道这意味着什么吗？"

资历平喃喃地："……小资，死期到了。"

"酷刑架历来就是阴森中的'精品'，黄泉路上的'绝色'。——我不会把这种惨绝人寰的刑罚用在你身上，你是我看着长大的，我带你来，只是告诉你一个真相而已。"

"大哥。"资历平惨幽幽地看了资历群一眼，神智有些迷离。

资历群拿出一颗药，放到资历平手上："小资，你原来花天酒地，因循苟且，我犹可怜悯之。而你贻害家庭，危害党国，竟无一点悔意，也无自省之心。——留你在世何用？"他说到这里，仿佛人也倦了，"我跟你说了这么多乏味的话，你也听腻了吧。小资？"他口气里充满了惋惜和温情。

资历平抑制着内心的极度恐慌，他的牙齿在不争气地打战。很显然，他坚韧的意志开始沦陷了，在生死抉择上，他贪生了。

"我，想……活。"强烈的自尊心，逼着资历平，慢慢地说出求生的话。

可是，资历群却不再跟他纠缠了，或者说是不给他任何生机了："恺撒被暗杀的前一天，有人问他，说哪种死法最好？恺撒答，最仓促最迅速的。——小资，去吧。你得像个男子汉。"

幽深的走廊尽头，站着脸色阴沉的资历安。几名特务站在一边，静候着。

古纯音小心翼翼给资历安送了一杯茶水来。

资历安看着手表，表情越来越安静。他感觉到背后有风声，一转身，恰好碰掉古纯音手上的茶杯，茶杯"当啷"一声落地，砸得粉碎。

古纯音吓得脸色都变了，颤抖着声音："资，资科长。"

资历安把食指放在嘴边，轻轻地做了一个"噤声"的动作。

特务们都是一副诧异的表情。

资历安蹲下去，收拾茶杯的残片，古纯音赶紧过去帮忙捡拾，有眼力见的特务立马拿来扫把把"碎瓷片"清扫干净。

资历安的眼睛依旧落在手表上。

秒针转动，时间推进。

"大哥，你是铁了心要小资的命吗？"资历平的双眼渐渐失去光泽。

资历群想，一个熟悉的世界突然间被人剥夺了光明，是什么样的感觉？这个孩子，心存妄想，还不肯自绝与屈从："弃恩弃义，等同禽鱼草木。——小资，你只管去吧，多说无益。"

"从前旧事，多多少少……大哥难道一点也不念兄弟情义？"资历平语意婉转，似有乞怜之意。

资历群突然心中一阵绞痛，气血凝滞。这是他从小看着长大的孩子，多少春秋日月，抱在手中，跑在膝边，童音天真、任性捣乱的小弟，于今要逼他去死，彻底摧毁他。他的眼底流溢出一股凄怆。

“原来真是铁了心肝！”

“当”的一声脆响，资历平不知何时脱离了刑凳的束缚，双手离铐，“倏地”站起来，他大声喊了一句：“大哥！”

资历群一震，转过身躯，抬眼看他。

资历平一脸狡黠的笑。

一瞬间，那个桀骜狂放、不知死活、胡作非为的资历平又回来了。

“我的哥哥们，为什么一个个都想让我死？一个个都想看我求生无望的仓皇相，我刚刚‘做’给你看了，满意了？”他仰天大笑起来，“我真的很好奇啊，你们为什么那么讨厌小资？我原来听老辈人说过，人要藏拙，人要藏拙，我就不明白，现在我明白了，我真是太优秀了，一流才华，一流聪颖。我学做经济师承爹爹，学拳师承亲娘，做学问师承大哥，出道即可抗衡！——从无仰视过任何人。脱缰野马，自由自在。你们是恨我还是妒忌我啊！！”

资历群忍了酸楚，笑笑：“好，很好小资，继续。我就喜欢看你这副嚣张样子。你刚才那副‘熊’样，我还真看不惯，不过，你的戏够足，差点骗了我，以为你真的怕死了！”

“是人谁不怕死！！我只是不想被人玩弄于股掌之中，就算要死，这死法，也得是我小资说了算！”他意气昂扬地，“你说得对，我小资就是你们手上一颗无足轻重的棋子，贵翼为了自己的前程，为了一把配枪，就出卖我；你为了你所谓的党国利益，就要杀死我！我说什么都没用！没人会相信我，我欠你们所有人。我到底欠了你们什么啊？！”

资历群仔细听他说话。

“大哥你说句良心话，你有没有对我说过一句真话！我一直以为你是共产党，我天天为你们提心吊胆，怕你们被捕，怕你们出事！那个时候，怎么没见你对我说句真话。大哥跟我的感情是这世上最好最亲近的！我小资以大哥马首是瞻！大嫂出事了，我替你担心，你被关押在漕泾河监狱，被判处死刑，我都快急疯了。我，我每天每夜睡不着觉，我就怕有一天你被拖出去被人给

害了。那个时候，怎么没见你托人捎个口信给我，告诉我，这一切都是假的！是你做给别人看的！”

资历群略有动容。

“——好，好，你会说你有不得已的苦衷，我明白的，你的身份不能见光嘛。但是你，有没有为我想想啊，大哥！我去救你啊！我去杀死那些‘害’你的人啊！！我为什么啊？为了你啊！好，我救了你这个‘共产党’，你就认定我是共产党。我为了你去利用贵翼，拉贵翼下水，你就认定我们都是‘共产党’。认定我与你为敌，与资家为敌！你就逼我去死！拿死来惩罚我！！你这是什么荒唐逻辑？我告诉你，我资历平才是一个无辜者，一个从头到尾被卷进旋涡的人。而你，还有那个贵翼才是真正的‘元凶’！

“你们谁说的话是‘真’的？你们到底是什么身份？你们敢不敢站在阳光下说自己是一个堂堂君子！烈烈丈夫！——你们不敢吧？我敢！我资历平敢！

“小资我有什么错？生来被弃，襁褓中颠沛流离；贵家一副高不可攀的得意相，仿佛我小资可以呼之即来挥之即去。是资家养我，我承认啊，用得着你们天天挂在口边，一副施舍者的样子吗？我求你们养了吗？！你们养了我，就有权利杀我吗？啊？什么危害党国，贻害家庭，无非就是碍了你们的事，挡了你们荣华富贵的道！贵翼如是，资历安如是，你也如是！

“说什么最仓促最迅速的死法，死都死了，还要你替我选死法吗？！

“你把眼睛放亮了，我死给你看！

“我满足你们所有的人！我死给你们看！”

所谓三军可以夺帅，匹夫之志难夺。资历平身上爆发出一股摧枯拉朽的威力，兼具一股疯劲，抱着必死信念，破釜沉舟。他拿起那颗药，扔进嘴里，一口吞了。

“这是你资家给我的死法，我认了，算是还资家的养育恩情！”他倏地从袖口底抽出一个刀片，猛地割向手腕，鲜血飞飙，“这是贵家给我的血脉，我认了，一腔子血全还给贵家，至此，我资历平谁也不欠了！”他嘴角泛起一丝苦涩的微笑，“仆”地栽倒在地，眼前一团漆黑，血从他的手腕上汩汩流淌到黑漆漆的地上。

资历群就站在资历平扑倒之处，一动也不动。

这才是那个自我张扬、热血偾张的资历平，资历群想，他眼角的余光看着黑暗中资历平的手指痛苦地抽搐。

血还在慢慢往外渗……

资历群的脸上闪现出一丝矜持的心疼，他克制着自己，轻轻地转过身去，不紧不慢地往外走，他防着资历平还有知觉，所以他走得又稳又慢。资历平眼角的余光暗暗看着地上资历群的影子。

资历群一步一步走到门口。他一拉铁门，走了出去。

黑色的地上殷红的血在泛滥——

资历群离开审讯室，步履如飞，全速跑向通道。

走廊边，资历安和几名军医、特务正等着他。资历群几乎是大吼地，说："救他！快！全力救他，救活他！！"

走廊上，所有的人都跑了起来。

资历群想了想，跟着军医往回跑，一边跑一边说："直接送到陆军医院去洗胃，多洗几次，24 小时，不要间断地洗。我要他活过来。"

电灯终于亮了。

审讯室里灯火通明。

几名军医迅速处理资历平手腕上的伤口，一边止血，一边抬上担架，一边跑，一边插输液瓶。

过道上，脚步声凌乱，一切忙而有序。

浑身是血的资历平在资历群和资历安眼前被抬走了。

书房的钟声又敲响了。

"顾不了这么多了，马上带兵走。"贵翼终于等不下去了。

林景轩劝道："军门，你可想好了——潘司令那里怎么解释？"

"资历安抓了我亲弟弟！——这个理由够不够？"

"那这样，警备司令部会立即参与进来——军门的前程——"

"小资不能死！！"

电话再次铃声响了，林景轩一个箭步冲上去接电话："喂——好，好的，知道了。”他挂了电话，转对贵翼，竟然脸上有了一丝喜色，“他们动刑了。”

贵翼半信半疑：“真的？”

“还是刚才那个报信的人，他说，那边看得紧，两小时后，再给我们打电话。”

贵翼看着林景轩，他相信了，一下坐到沙发上。

贵宾室，阿黎问文四益：“四爷，我们为什么要骗贵翼？——万一小资要是真死了——”

文四益叹了口气：“小资要是真死了，这会已经死了。——谁去都没用。看在小资分上，保全他大哥吧。”

“四爷——这到底怎么一回事啊？”

文四益突然发脾气，出口成“脏”：“我（他 ×）知道怎么一回事！”

资历群疲惫地缩在角落里，眼睛盯着地上的一片血迹，血还仿佛有热度地在“诉求”。

“你们养了我，就有权利杀我吗？”资历平的声音仿佛还回荡在这空荡荡的审讯室里。

资历群耳边阵阵轰鸣，自言自语：“——小资的的确确是一个无辜的卷入者，但是，他卷进来以后，陷得太深了。”

“大哥。”资历安站在他身后，说，“我真不明白……”

资历群猛地站起来，说：“我让你明白！”他一拳砸向资历安，资历安在毫无防备下，被他一拳打倒在地，疼得龇牙咧嘴。还没让他来得及反应，资历群一把又把他给拎起来，狠狠地又揍了他一拳，把他掀翻在地。

资历安沾了一脸地上的血污，他喘着气，吐着唾液，捂着脸，气愤至极：“大哥，你疯了。”

“你给他换了什么药？你为什么把药给换了？混账东西！”他又把资历安给拎起来，说，“你也是个七尺男儿汉，自家人你让他走得有尊严，不好吗？啊？”

“我担心你下不了手，又轻易放过这小子。”

“你换了什么药？”

“——还是你的药片，我用雷公藤的水浸泡过的纸包过。我就知道你给他的药是假的。大哥，你为什么老帮着这小子，这小子跟我们资家有什么关系！！”他越想越不值，咆哮起来，“我用雷公藤不好吗？起码24小时内可以榨干他所有的情报——”

“住嘴啊！24小时内可以榨干他所有的情报？你以为他跟你一样怕死啊！他在资家长大的，你对他没感觉吗？你就算养一只狗也会有感情的吧。你已经杀了他亲娘，还不够吗？”

“不够，自从他娘到了我家，父亲就没正眼看过我亲娘！我知道你不在乎，你当然不在乎了，可我在乎！”

“一场狩猎，三年心血，就差临门一脚了。你居然还沉浸在乱七八糟的家族事务上，你恨他，无非就是她娘占据了父亲的心！怪谁啊！只能怪我们的父亲！你是男人，你不懂这个道理吗？！你怪他！你总也改不了这妒忌的习惯，我怎么帮你都是白帮。不怨胜己者，才有可能脱颖而出。我告诉你，你的吃相太难看了。懂吗？混账……人做事是有底线的。”

“你有底线？有底线，你杀了贵婉！”

空气一下凝固了。

资历安也明白自己说错话了。

资历群把揪着他衣领的手，给松开了，他替资历安整理整理了衣服，冷峻地说：“我再说一次，这是最后一次。以后在我面前不准提贵婉，你要再提，我宰了你。”他阴郁的眼神盯着资历安看，资历安心里发毛，只能点点头。

资历群长吸了一口冷气，转过头去。

资历安悄悄吐了一口闷气，镇定了一下。

“小资是我们找到‘蛇医’、抓捕共谍高级干部、破获整个地下党交通站的唯一线索，不用我再跟你重复这颗棋子的重要性了吧。——等他醒了，好好跟他谈。小资的脾气我最了解，他最会顺势求变，我们不妨软硬兼施，他毕竟年轻，死过一次的人，比常人更惜命。”

“他要不合作呢？”

资历群淡淡地：“他肯把一腔子血还给贵家，也就是表态肯合作了。”

资历安喃喃自语：“原来如此。怪不得大哥一定要救活他。”

“他如今是我们阳燧取火的‘明烛’，今晚的手段虽然残忍了点，但是管用。”资历群一句话总结完了一场生死博弈的审讯。

电话铃声振响。

贵翼猛地抬头。

林景轩就站在电话机旁边，拿起来就听：“喂。”

是阿黎打来的：“那边有准确消息了。电话里不好说。”

“我马上过来一趟，阿黎姑娘，你在哪儿？——我马上到。”林景轩挂了电话。

“是有准确消息了吗？”

林景轩点点头：“说是电话里不好说，——我马上就去见阿黎姑娘，军门放心，听阿黎说话的声音，小资少爷应该没什么大碍了。——您等着我的消息，我马上回来。”

夜半烟烬茶干。

贵翼一直在等消息。他的嘴唇干裂，手指总是有节奏地敲着烟缸，他坐在书房里，胡思乱想着，他没法控制住自己不去想象一些残忍的画面。资历群卑劣的笑容一直在他脑海里挥之不去。贵翼第一次感觉到了无助，原来对亲人的生死袖手旁观才是人生里最大的刑罚。

阿黎和林景轩在相约的街面碰头了，两人在路灯下讲述着什么，只见林景轩神色从紧张变为惊愕。

贵翼头痛得厉害，手指颤抖地从药瓶里拿了一片阿司匹林出来，正倒水要吃，书房门被撞开了，贵翼手上的药片落在地毯上。

“怎么样？”他问话的声音有些颤抖。

林景轩一迭声地：“药，药。……药。”

“待会再说‘药’，——怎么样了？——有消息了吗？”

林景轩伸手从贵翼手上接过水杯，“咕咚咕咚”喝了几大口，然后喘了喘气，说：“吃药了。”

“你吃药了？说呀。”

“我不是在说嘛，小资少爷吃药了。”

“什么？”

“阿黎姑娘说，资历群在审讯室里逼迫小资少爷吃药——”

“吃药？”贵翼没反应过来。

“就是。”林景轩用手指划了一下自己的脖子。

贵翼差点从沙发上摔下来。

“吃了吗？”

“吃了。”

贵翼眼前一黑。

“不过，资科长改主意了。”

贵翼挣扎着听。

“送到陆军医院去洗胃了。”

贵翼“腾”的一下站起来：“走。”

“走哪儿去？”

“陆军医院。”

“军门，您没事吧？前前后后全是特务，这好容易资历群改了主意要救小资少爷，您这一去，不搅局吗？”

贵翼站在书房里，一动也不动。

“军门？”

“药。”

“啊？”

“我的药掉地上了，帮我找找。”

“哦，好，好。您先坐着，别急。”林景轩赶紧沿着沙发的抛物线寻找，被他给找着了，“在这儿呢。”

贵翼接过药片，林景轩赶紧去倒了杯水，服侍贵翼把药吃了。

“资历群给小资吃的什么药啊？”

“那谁知道，送去洗胃，应该是能救得活的药吧。人受罪就是了。还有，阿黎听那个报信的人说，小资少爷被抬出去的时候，浑身都是——”他一下卡住不说了。看看贵翼，贵翼脸色铁青。

“资历群够毒。”

“军门，您放心，小资少爷聪明，知道自救。他这一关算是挺过来了。资家兄弟就是俩蠢货。”

“聪明不代表不犯错，蠢货不代表不危险。何况资历群是个非常理性的聪明人。——这一次，真的要谢谢文先生了。谢谢他阻止了我的莽撞。”

“是的是的，啊？什么？”

“一个晚上三个电话，第一个通风报信，第二个千钧一发，第三个尘埃落定。——现在我们等最后一个电话，平安。”

第三十四章　入局破局

一双深邃的眼睛警惕地透视着四周景物。走着走着，从小巷的拐角处，迎面走来一个男子，手里也撑着一把雨伞，伞面宽阔，几乎遮住了他的眼睛。约定时间，约定地点，约定目标。

资历平面无血色地躺在病床上，眼前一片模糊迷离，他浑身都疼。周围都是白色的光，白色的医护人员，半昏迷半清醒地被一群人围着折腾，他感觉自己四肢飘浮，只剩躯壳了。

白色的光芒中，资父和叶连生的光影在资历平眼前闪烁着，他们的声音都带着回音，很遥远，却又很清晰。

“来吧，小资。”

“——小资，阿爹来接你了。”

资历平激动得快哭了：“阿爹，阿爹，姆妈——你们终于来了——小资好想，想抱抱姆妈和阿爹——小资心里好苦。”

资父和叶连生没有特别的表情，像往常一样，波澜不惊。

“来，小资，跟阿爹回家了——”

资父和叶连生牵起资历平的手，资历平瞬间变成一个小男孩。

叶连生坐在屋里织毛衣，资父在逗小资历平玩耍，父子俩笑着，闹着，跑着，叶连生微笑着。

资家的宅子里在开“洋 Party”，叶连生穿着时装和资父一起跳着交际舞，洋人买办、银行襄理欢聚一堂。

佛堂里，资母一双忧郁的目光，小资历安生气地跑进来：“我也要穿洋服，我也要买小汽车玩——”

资母不答。

小资历安指着母亲，叫：“妈妈没本事——”

回答他的是被资母掐断的数珠落地声。

一颗，两颗，无数颗珠子落在尘埃里。

玩具“小汽车”握在小资历平手上，少年资历群抱着他上楼，楼梯很高，很窄，很陡，老式木头的扶梯很矮，以至于小资历平总怕自己掉下去，直到少年资历群把他搁在书案上，他逆着光去看哥哥打开窗户，——打开书柜，抖抖书本，在阳光下“晒书”。

资历平喜欢这悠闲的感觉。

“走吧，小资。”叶连生温言细语。

资历平瞬间变成现在的模样，他迷惑地看着周围，资家老宅尽收眼底，他又落到幽暗昏黄的甬道里，资父看着他，向他伸出手来——

无数白色的光圈映照着资历平的面颊，资父的手伸得很长很长，可是，资历平踌躇不前，他终于抽回了自己的手，他潜意识要“回去”了。

叶连生看着他——

资历平喃喃地：“姆妈，阿爹——阿爹——”从一片黑暗中醒来，他以为自己死了，但是疼痛唤醒了他的神经、记忆和一切美好与残酷。

两行清泪洒落腮边。

长夜将尽。

曙光穿越玻璃窗，照在贵翼的书房里，贵翼睁着眼睛到天亮。

大客厅里电话铃声振响。

贵翼侧耳。

林景轩走进来，贵翼紧张地看着他。

林景轩低声地：“小资少爷，醒了。”

贵翼长长地出了口气，他一颗悬在嗓子眼的心终于放下了。

"——景轩，倘小资有事，贵翼一生良心不安。上无颜告禀高堂父母，下不敢对黄泉贵婉，中……"他一指心窝，"良心撕裂，无法面对自身。"

林景轩无言。

"资历群恶贯满盈，恶德无所制御，他会更加膨胀，变本加厉，一个间谍，既已暴露身份，就一钱不值。他还要张狂夺势，不知好歹，必将自取灭亡！"

风声爽脆，雨声淅淅沥沥。

贵翼撑着伞，走在一片伞盖的洪流中，穿过密云似的街道，一叶孤伞若游丝，若浮云地飘进了一条幽深僻静的小巷。

伞面的弧线在风雨里显得清冷，沿着小巷深处的一排排低墙瓦檐上雨水如注，雨花打落在伞面上，成串的水珠溅成白银光色，肥肥的伞叶在风中抖擞。

伞下的贵翼，稳重沉静，军姿挺拔。

一双深邃的眼睛警惕地透视着四周景物。走着走着，从小巷的拐角处，迎面走来一个男子，手里也撑着一把雨伞，伞面宽阔，几乎遮住了他的眼睛。贵翼低头看看手表，约定时间，约定地点，约定目标。

两人擦肩而过，并无一言交流。

只是来人手上多了一份文件，一份沉甸甸的文件握在男人的手上。

雨声淅沥——

江景，昏黄的天际，行人手中的雨伞，贵翼撑着伞的背影，汇聚在一起，成为安静的一幅画。唯一不同的是，画面是流动的，偶尔从江面上传来的汽笛声，让这幅画涌动着。

贵翼的心里承受着巨大的压力，他隐忍着一切，面对八方风雨，四处危机。

资历平支撑着虚弱的身体，观察着周围的情形，窗外雨声淅沥。

女护士给他测体温，床边站着两名特务。

他隐隐地能听见走廊上的声音，"——没有感染病菌——"是医生的声音，"——没有脑肿胀，证明毒素的剂量较轻，不会影响到脑部。——经过洗胃和及时治疗，血清化验也符合标准。肝功能检测正常。恭喜啊，令弟算是度过危险期了。”

病房门口，护士推车经过。

助理医师过来请医生在一个处方上签字。

“——只要积极配合治疗，令弟的病可以痊愈，不会有什么后遗症，您放心吧。”

资历群说：“如果一切正常——”

医生敏锐地：“——我说的正常，是病人的身体指标正在恢复中，病人还需要长期静养，你们不能，你明白我的意思？”

医生的话很含蓄，他已经把“令弟”改成了“病人”。

资历群笑笑：“谢谢，谢谢医生。”

护士跑过来：“医生，18 床病人出现病情反复——”

医生和护士一起跑起来。

医生回头朝资历群说：“——必须静养！”然后，和护士跑开了。

资历群走进病房。

门口的特务很知趣地站远了点。

护士低头从资历群眼眸下划过。

资历群走到小资的病床前，看着他一张惨白的脸：“小资。”

资历平怯怯地：“——大哥。”

资历群扯了一把椅子，坐下：“医生说，因为抢救及时，你已经没什么大碍了。你怎么这么傻，贵家的血脉是你说还就能还的吗？幸亏你闯过来了，不然，我怎么跟九泉下的父亲交代——”

资历平不说话。

“昨天的事，大哥也有错，不该那么逼你。我也是气急了，恨铁不成钢。——大哥做事是严厉了些，原也是对你期望过高，愿望太奢。大哥是真心希望你能成为一名画家，而不是沦为一个杀人犯。”

兄弟俩互相看着。

“我，——我错了，大哥。”

资历群严厉地：“仅仅是错了吗？你在犯罪！你知道吗？——你贸然插手这件事的时候，有料到事情会发展到这个地步吗？——你和贵翼酝酿了很久，你们一定设计好了绝妙的圈套，来害我，欺骗我，阴谋杀死我，不是吗？——小资，昨晚我看见你自戕，我心里真是又痛又恨！又急又怒！世上最伤人的事，不是夫妻间的背叛，而是亲人因自己造成的原因死在了自己的面前。——你差一点做到了。你赢了，小资，从情义层面上讲，你赢了，因为你对自己太狠了——哥哥望尘莫及。”

资历平盯着资历群的眼睛，喃喃地重复：“亲人因自己造成的原因死在了自己的面前。”

资历群断喝一声：“住口！”

资历平打了个“冷战”，资历群看在眼底：“你无非就是想说‘贵婉之死’！虽然我一再缄口不言，你们总是挑战我的精神和意志。——贵婉之死，我别无选择！世上最强的武器不是飞机大炮，而是思想和信仰！——我和她，站在不同的政治阵营，有着不同的奋斗目标，因‘任务’而结合，因‘信仰’而分离。——我所经受的内心折磨是常人无法想象的，包括你。——昨晚我为什么逼着你去死？答案很简单，如果不能摧毁你的信仰，那就彻底消灭你的肉体！——看着我！看着我的眼睛！——你不是求真相吗？这就是真相！——留下你，不单为了你是我弟弟，而是保留住一条重要线索，找到祸害党国的‘共谍’，结束你精心炮制的‘杀人’旅程。”

资历平眼眶里“蓄了泪”。

“现在，我再问你一次，你仅仅是错了吗？——说话！”

“——我犯了法，——我错了，大哥你原谅我——小资心里好难过，我错了——”

“你每次受了教训后，就跟我认错。但是你这次卷进的‘共谍案’旋涡，远比你想象得要复杂，后果也更严重。——你变成今天这个样子，是我和你二哥疏忽了对你的管教，我们也有过错。面对资家，难辞其咎。”

资历平怔怔地看着他。

“小资，你今日还魂，也算死过一次的人了。大哥希望你诚心悔改，重新做人。”

“——发生了那么多事。”

“即使发生了这些事，我们始终是一家人。”

“大哥想知道什么事？”

“任何事，你所知道的任何事都可以告诉我，任何事都可以帮助到我和你二哥……你那么聪明，你明白的。”资历群的脸上闪现着矜持的微笑。

“大哥现在就要问吗？”

“不急，你先养着，我会派人过来给你录口供的。”资历群还是一副真伪莫辨的笑脸。他能感应到，自己的微笑带给小资的压力，高压之下，迫其作供，往往事半功倍。狩猎游戏终于朝着好的方向变化了。他颇为自得自赏地：“——没有人能在我面前瞒天过海。”

风雨渐歇。

贵翼看看手表，不紧不慢地靠近电话亭。

电话铃声振响。

贵翼接电话。

“几点了？”

贵翼回答：“下午三点十一分。”

“银行开始转账了。”

“收到。”贵翼挂了电话，戴上墨镜，撑着伞离开了电话亭。

汽车缓缓开进官邸。

琴声悠扬——

妞妞弹着简单的“铃儿响叮当”，董细妹站在旁边指导着。

林景轩把切好的果盘放到桌子上。

门打开了。

看到贵闻斑站在门口，众人一脸意外的表情。

贵闻斑更是讶然，很显然，他原以为儿子冷清的住处，此刻竟充满家庭的温馨。

琴声“戛然”而止。

林景轩很自然的一个立正。

妞妞怯怯地站起来，望着贵闻斑，忽然奶声奶气地叫了一声：“爷爷。”

董细妹微笑着。

贵闻斑顿时豁然开朗。

屋子里爆出一串笑声。

贵翼走进门，恍然愣住了。

桌子边上坐着贵闻斑、妞妞和董细妹、林景轩，像个“家”的样子，桌上是一堆卡片，妞妞在贵闻斑旁边玩着“看图识字”。

林景轩看见贵翼回来，立马一个立正。迎着贵翼走过来，接下他手中的伞，很自然地站在了他的身后。

贵翼赔着笑：“父亲，天气这么冷，您怎么自己就走来了？您有事打个电话来，我跟景轩去会馆接您啊。”

贵闻斑没有转目看他，说：“天冷不比人心冷。”

贵翼和林景轩对视一眼，林景轩暗示他“小心”点。

贵翼硬着头皮，敷衍着：“——上次明堂兄说您身体大好了打算陪您回苏州呢。”

“我要走，你留也留不住；我不想走，你赶也赶不走。”

“儿子哪敢——”

妞妞叫了声：“大哥哥。”

贵翼赶紧应着声，感觉是妞妞在“救驾”，他顺理成章地过来坐，刚要坐下，却听贵闻斑说了句不轻不重的话：“我没让你坐。”

气压很低。

贵翼站着。

所有人噤若寒蝉。

只有妞妞在贵闻斑膝下玩着“看图识字”。

贵闻斑指着图片问道：“妞妞，这是什么花？”

妞妞翻着花草卡片，答：“山茶花。”

“这个呢？”

“菊花。——我花开后百花杀。”她稚嫩地补充。

贵闻斑很欣慰地：“不错，不错。”

“牡丹呢？”

“国色天香。”

贵闻斑点头，问："妞妞喜欢什么花？"

妞妞开始翻卡片："妞妞喜欢——"董细妹巧妙地帮她翻了一张兰花的卡片，妞妞抬头看董细妹，聪颖地明白了，乖巧地："兰花。"

"哦，为什么喜欢兰花？"

"兰花到老不改香。"

贵闻斑笑起来，房间里的空气略有缓和。

"董小姐教得真不错。"贵闻斑对董细妹赞许着。

"妞妞小姐聪慧。"

"难为小孩子也想着法子逗老人开心。谢谢妞妞啊。——现在的学校里，教西学的多了，传统的理学反倒少了。"

"中学为体，西学为用。"

"董小姐中西兼顾，别具风采。"

"哪里哪里，军门也是学贯中西的，我只教教小孩子罢了，自己求好上进。——比不了贵军门一门心思救国救民。"

贵闻斑沉吟："——不怕董小姐笑话，我这回只盼他能救救贵家的血脉。"

父亲换了种方式来"逼"自己表态，贵翼也只有默默承受："——小资的事情，我会在适当的时候办好的——"

"适当？——你还很稳健嘛。事关小资生死，你告诉我什么时候最'适当'？"

董细妹识趣："老先生，我去厨房给您泡杯玫瑰花茶来。"她站起来，对林景轩，"林先生过来帮把手。"

林景轩应声。

董细妹和林景轩借故离开。

妞妞依偎着贵闻斑，乖巧地自己玩自己的。

贵闻斑问："侦缉处是以什么名义抓捕小资的？"

"——倒也不算是'抓'，只是寻常问话。小资原先租房的房东是一个中共地下党，他二哥在侦缉处做事，大约是请他过去详细地问问事情的原委——"

贵闻斑冷冷地："租个房子，多大点事，还要请到侦缉处去！"

贵翼不好接话。

“他们资家兄弟处得好吗？”

“处得好。”

贵闻斑发作：“好个屁！”

贵翼低头站着。

“——资家兄弟是什么人，我已有风闻，不需要你来搪塞、敷衍。你也不是个会敷衍的人，我也不是个被人轻易敷衍的人！”

林景轩和董细妹贴着走道站着，林景轩想出去，董细妹一把拉住他，低声地：“你去灭不了火，有妞妞在。”

妞妞紧张地抓紧贵闻斑的袖口。

贵闻斑察觉，抚摩了一下妞妞的头：“人世间，做什么都得有标准，有制度，有考核。唯有为人父母不需要任何规定。——有人梦寐以求得到一个孩子，也有些人轻轻松松就做了父母。譬如为父，就是后者。不知珍惜，不懂珍爱，不求保全——”

“我懂父亲的意思。”

“你很出色。——你有出息、有主意、有才能。我不是瞎子，我看得见。这就是我从不介入你的事情的一个重要原因。因为我不清楚你葫芦里卖的什么药，我怕因自己的失误和愚钝，破坏到你做事的格局和最终结果。我一忍再忍，为什么我现在不能忍了？因为那个孩子实在是太可怜了——”

“父亲。”

妞妞拽紧了贵闻斑。

“——我，我问过了明堂，他详尽地告诉了我小资的过往。我跟他养父比起来，我就是一个自私、冷血、无情无义的人。我对自己的亲生骨肉二十年来不闻不问，为了所谓的家族秩序，维护正统的血脉尊严，做出种种败坏人伦之事。我不及他资家父亲一分半毫。——你应该是清清楚楚的。你做了什么？——你逼着那孩子来认我？我一想到那孩子那天来见我的情形，我就知道他受了多大的委屈。这委屈是你让他承受的！为什么？”

贵翼声音很低：“——儿子，儿子只想让父亲见见小资。”

贵闻斑伸手将桌上“看图识字”的小方木块，抛向贵翼，无数小方块砸

落在贵翼身上。

贵翼默默承受着。

良久没有说话的妞妞突然开口，很紧张地问："小资哥哥去哪儿了？"

没有人回答。

贵翼对贵闻珽："父亲教训得是，是儿子当日没有考虑周全，只是希图父亲和小弟——小资，能够再亲近一些，儿子知道父亲对小资有所'歉意'，担心小资在侦缉处受苦，儿子正在设法救他。请父亲相信儿子，儿子一定妥善处理此事，一切都会好起来的。"

贵闻珽站起来："谎话我是不听的，我要见到人！"

"——儿尽全力，让小资回家。"

"我要他毫发无损地走回家。"

这一句是父子间的"痛处"，因为贵婉。

"父亲——"

"你做得到吗？"

静场。

妞妞童音清脆地："做得到！"

贵闻珽被这突如其来的回答感动到，他伸手拖住妞妞的手，贵闻珽看着贵翼，说："好，一言为定。"

站在夹道里的林景轩和董细妹都暗自吐了口气。

资历群走出病房，对资历安说："我们谈得不错。不过说实话，我并不知道小资对'烟缸'案浸染到底有多久，贵翼的情报渗透能力又有多深。——他们会传递给我们什么样的危险信号，我们都一知半解，甚至一无所知。希望小资这次真的迷途知返，帮到我们，解决问题。"

"大哥你太乐观了。我感觉小资已经到了一种非常严重的程度，他要不是姓资，我早就——"

"他要姓贵，你敢怎么样？"

"我——"资历安心里堵得慌。

"审了再说。"

“在这儿？”

“在这儿。”

“好吧，这次我来问。”

“不，我不赞成。”

“为什么？”

“你们两个向来不睦，我想让小资在完全放松的情况下回答我们设定的问题。”

“你是说，随便找个人去问笔录。”

资历群点点头。

“你真，——处里这些人能对付得了他？小资的德行，还不把他们当白痴耍？”

“你说得对，他要肯说，傻子也能问出来；他要不肯说，来个老狐狸也束手无策。”

走廊上护士穿梭，特务在打盹儿，李磊装扮成“医生”从容走过。

资历安对资历群：“我还是担心，如果他拿定了主意欺骗我们怎么办？——那么我们所做的一切都是白费工夫。”

资历群反问他一句：“你知道我在想什么？”

“什么？”

“我们必须做点什么，把小资逼到我们的战壕里！”

资历安苦笑：“那除非让贵翼派人来灭口——”

资历群的眼睛一下瞪圆了，脸朝病房方向的走廊望去，仿佛看见了一个很模糊又很明确的“白大褂”背影，他的脸有点扭曲，似问非问地：“病房为什么这么安静？”

李磊穿梭在病房间，他机警地四处查看，手始终揣在白大褂的兜里。

资历群和资历安在走廊里跑起来。走廊弯道墙壁一侧，一名“暗哨”发现他有异，特务拔枪，李磊眼疾手快地干掉特务，顺势而为拿走特务的手枪，聪明地留下“白大褂”，火速奔下楼梯。

资历群跑到资历平的病房门口，古纯音还在打瞌睡，资历群一下把古纯音拎起来，扔到一边。

古纯音被摔“醒”，吓得打战。

资历安跟着资历群走进病房，看到资历平安静地睡着，没有什么大的鼻息声，很安静，安静到让资家兄弟心里发毛。

资历群走过去，资历平微微颤动了一下睫毛，资历群的心定了。

护士走进来，正要准备给资历平打针，被资历群阻止。

资历群拉着护士出去了，资历安亦步亦趋跟着，资历平警觉地睁开双眼。

“——所有的药品必须由你重新去药房拿一次，不能换人，不能换手，明白？”资历群对护士既是叮嘱又是命令。

护士看起来很紧张，但还是很配合地点点头。

资历群对古纯音：“跟着她。——别再出错了。”

古纯音仓皇地点头，跟着护士走了。

资历安对资历群：“你是不是有点小题大做了？——至于吗？”

陆军医院门口，李磊坐上一辆黄包车，快速离去，他“假谋杀”的任务完成了。

钟雪萍跑过来，对资历安汇报道：“小成在拐角楼梯的暗哨上被人给杀了——”

听到有人被杀，资历群和资历安赶紧奔过去，只见走廊弯道墙壁一侧，人已经死了，身上的枪也没了，唯有楼道口剩下一件被扔掉的白大褂。

“手法很专业。”资历群说。

资历安问：“怎么会是这样？”

“卸磨杀驴，一点也不稀奇。”

“这到底是谁干的？中共地下党？”

“这正是问题的症结所在，以我的经验，这绝不是地下党的做事风格，倒像是军阀作风。”

“贵翼？”

“——其实对贵翼来讲，小资的生死根本无所谓。伏击者一直在追踪小资的下落，杀人灭口。”

“好险——好在他们没有得手。”

资历群看了他一眼，说：“他们没有得手，我们来真的。”

“什么？——真的？”

“你不是想逼着小资选战壕吗？”

在资历群眼里，资历安的反应永远慢一拍。

资历安恍然大悟的表情。

“马上安排一个生面孔过来，要快！”

一个穿“白大褂”的身影出现在走廊上，“刺客”推开一扇门，走进去，又推开一扇门，顺手推了一个搁药品的小车向前走。他戴着口罩，脚步敏捷。“刺客”进入资历平病房前的走廊。

他推开门，走进病房，反锁住门，渐渐走近病床，资历平瞬间睁开双眸。

刺客一下用枕头按住资历平的口鼻！

资历平的脚用力一蹬，却被“脚镣”绊住了，他的一只脚被铐在床脚上，铁皮摩擦下，疼得资历平乱叫。

刺客凶恶地：“你都告诉他们什么了？！啊！”他猛地把枕头挪开一点，让资历平呼吸。

资历平虚弱地：“没有。”

“再问你一遍，你都说了些什么？！啊！这一切是不是都是你设计的！你出卖组织！”

“——我，我——没有——”资历平只有喘息的劲儿了。

“你是被侦缉处送过来的哦，只有叛徒才会被送进来——”

资历平大声呼吸，喘气：“我，我不是转变者。”与其说他在做最后的挣扎，不如说他在做最后的试探。

“来人——救——”话刚说出口，枕头又劈头盖脸地猛压下来。

刺客用枕头死死压着资历平的口鼻。

资历平在挣扎着。

“可耻的叛徒！——你死到临头！”

资历平拼命摇头，挣扎。

“不是转变者，你会有这种待遇？——你当初是怎么答应贵翼的？你出卖他，啊？”

资历平已经很清楚来人的目的，他突然就不动了。刺客心里迷惑，也怕真出事，赶紧挪开枕头，低头去看——

资历平一个飞跃，用自己的额头去撞他的头，“砰”的一声，刺客被撞飞。资历平瞬间挣脱脚镣，气息不均地下床，猛地拔掉针管，取下输液瓶。

刺客刚刚从地上爬起来，就被“迎头痛击”，输液瓶砸破刺客的头，鲜血飞溅。资历平伸手扯了件衣服，裹在手腕上，像旋风一样席卷出门。甫一出来，迎面就被古纯音截住，资历平忍着疼痛，气喘吁吁地出拳痛击，拳风裹挟着仅有的力道，砸在古纯音脸上。交手瞬间，资历平卸了古纯音的枪，一鼓作气，打得风卷残云。

资历安看到受伤的特务们一个个垂头丧气的，他吼了一句：“人呢？”

底楼，走廊出口处，资历平穿着“白大褂”戴着医用口罩，一边走一边和小护士说话，俨然一个老医生模样。

一名特务拦住他们的去路：“——现在住院部准进不准出。”

资历平低着头：“抱歉，我急着去门诊部——”

资历群站在他背后，很沉稳地：“抱歉，你哪也去不了。”

资历平回头看他，惨然一笑：“你不下班吗？”

“加班呢。”资历群一指女护士，特务上前抓护士，护士尖叫着。

资历平一下挡在女护士的前面，大声地：“我的错！我的错——”他口里认着“错”，手上却拿着一把“手术刀”，因为他有顷刻间放倒一名壮汉的震慑，特务们不敢上前，女护士捂着脸，一边叫一边跑了。

“——看来你已经痊愈了。”资历群走上前。

资历平顷刻间收了刀，还刀与资历群：“强弩之末，我身体其实真的很虚弱——”

“虚弱到能够顷刻间放倒一名壮汉？”

“他是刺客！他想杀我！”

资历群控制住了他，赞了他一句：“身手敏捷。”

“侥幸而已。”

资历群对特务：“带他回去。”

资历平对资历群：“我需要一个安全的地方。”

资历群笑了："现在不想寻死了？"

资历平质问地："到底谁干的？！"

"你说呢？"

资历平用了一个双关语："——人说，兄弟如手足。"

"对，想想我的感受。"

资历平看着他，眼底充满了疑问。

"贵翼派人来刺杀你，你对他而言，已经是废物了。"资历群说，"带走。"

资历平重新回到病床上。

资历群交代资历安，他声音很重，故意让资历平听到他的话："——务必确保不再有任何'意外'。再有刺客出现，格杀勿论。"

护士挂好输液瓶。

阳光斜斜地映在雪白的墙上，资历群恰恰站在光影里，让资历平觉得他挡住了自己的一线阳光。

资历群在他床边断断续续说着话："贵翼放弃你了。你信我。他以为你已经把所有虚假情报提供给了我，于是他，过河拆桥了。——我想让你清楚地知道，你卷入的'烟缸'案，是侦缉处侦办的头号大案。不是两三年前，你跟大哥说声对不起，我做错了，就可以草草了事。现在你该问问自己，你还要偏离轨道走多远？别再想着跑，也别想着蒙混过关。"

资历平看着他。

"你好好地配合我们工作，别浪费彼此的时间。你很清楚我们的能力。"

资历平开口了："你知道，你我跟贵婉的区别在哪儿吗？——贵婉想拯救所有受苦受难的人。而你和我，只肯'救'自己。"

资历群淡淡地："有错吗？"

一盏玫瑰花茶的茶水波影里，倒映着贵闻斑的身影。

"——老先生，这是我自己酿的玫瑰花茶，加了一点点蜂蜜，很清香的。"董细妹殷勤地，"妞妞，我们上楼去。"

林景轩已经捡完了地上滚落的看图识字积木，把积木盒子放回桌子上。

妞妞甜甜地："爷爷再见。"

贵闻珽慈爱地："妞妞再见。"

董细妹带妞妞上楼。

妞妞站在楼梯上，扭头说："爷爷，——其实妞妞喜欢莲花。"

贵闻珽展眉一笑。

"莲花有大荷叶，莲子莲蓬像个家。"

贵闻珽和贵翼脸上的笑容凝固着。

董细妹牵了妞妞的手，说："走吧，妞妞。"

"妞妞，你是个诚实的好孩子，爷爷喜欢你。"

林景轩静静地站在门口。

贵闻珽说："人生乐趣，无非夺诗画眉。可是，又有几人能够做到？婚姻由不得你做主，事业由不得你选择。——唯有小孩子是可以任性的，喜欢就是喜欢，不喜欢就是不喜欢。小孩子要讨好起大人来，她也不知道经历了多少艰难。"贵闻珽站了起来，对贵翼语重心长地，"我记得，你小时候也背过不少《大学》《中庸》《论语》《弟子规》，不知道，你还记得几句？"

"——戎马倥偬，的确生疏不少，偶尔也记得两句。"

"记得两句——好，我就只问你两句——"

"父亲？"

"事虽小，勿擅为，苟擅为——"

"——子道亏。"

"兄道友，弟道恭，兄弟睦——"

"孝在中。"

"——好，你记得就好。翼儿，为父到此，并非有逼迫之意，我只是对小资母子亏欠太深，多多少少，我对你也有些迁怒。翼儿，你我三十多年父子，彼此熟知性情。薄言往愬，逢彼之怒。——翼儿你，海量汪涵。"

"父亲这样讲话，儿子何敢承担？"

"我的话，讲完了。——天不早了，景轩——"

"父亲，就住在这儿吧，儿子也好多陪陪您。"

"不必！——我喜欢住在会馆里，你好好做你的事。妞妞这孩子我很喜欢，等小资回来了，如果小资愿意，我想带他们一起回苏州。"

“是。”

“景轩——”

“父亲，我送——”

“不必。——什么时候小资回家，你什么时候来见我。”

贵翼死死地被“钉”在房间里。

“翼儿，我知道你艰难，你再艰难，难得过小资吗？”

贵翼的委屈和孤独是无法告诉父亲的。

“拜托了，贵军门。”贵闻斑往外走，林景轩亦步亦趋地跟随而去，临出门时，林景轩担心地回头看了贵翼一眼。

贵翼静静地站着，自入局破局以来，一颗淤塞已久的心几乎要在父亲这最后一句嘱托的话里撕裂了。贵翼从门廊望出去，忽觉父亲的背影变得苍老了许多。

书房里，贵翼思考，忍耐。

妞妞和董小姐在花园里浇花，阳光明媚，生活美好。妞妞的视角，仰望天空。

贵翼望着窗外，自言自语：“愿全天下的小孩子都被‘善良’所眷顾，长大了有一颗善良坚忍的心。”

资历平躺在病床上，经历着一次又一次的盘问和笔录。

资历安和资历群阅读着资历平的供词。

资历安发现疑点。

资历群对资历安：“如果我成功了，就是他低估了我。——如果正相反，就是我低估了他。”

“小资知道我们试图利用他，抓到上海地下党头面人物，他半真半假地配合我们，在供词上七句真三句假，企图掩盖真相——他这样做的目的，是为贵翼赢得更多的时间。”

“贵翼最近有什么动静？”

“安静如猫。”

“他在蓄势发力，离交通站护送物资出发的时间应该越来越近了。”资历

群一阵头疼，愤愤地，“审问犯人就够累的了，审的还是兄弟！”

“大哥，你别被小资给蒙蔽了，他交代的时间线索根本对不上。”

“是啊，为什么呢？——也许你是对的，他的确需要回回炉。”

灯开着，刑讯室的炭火熄灭了，资历平坐在普通的椅子上，待遇比较前次略有提高。门开了，资历群走进来，他手上拿了一叠文件，直接扔到资历平的面前：“你又告诉了我一个谎言，只不过，这一次的谎言比较上一次，有了可信度。”

“我没说谎。”

“是吗？”资历群往后一靠，镇定地看着资历平。

“我要一个保证。”

资历群一下就坐直了：“说。”

“你保证，不伤害贵翼。”

资历群的脸上闪着阴晴不定的光，他为自己的预测准确而志得意满：“我保证，我保证贵翼不死。”

“大哥你说话算话。”

“君子一言，快马一鞭。”

“我还要一样东西。”

“说。”

“二哥说我杀了他三个同袍兄弟，三条侦缉处特务的人命，——我要一份由警备司令部司令亲手签署的特赦令和特别通行证。”

资历群看着他。

“我不能再被卸磨杀驴！”

“我答应你。”

“拿给我看。”

“你也拿点诚意给大哥看。”

“‘返航’人员五个，共党高级干部一名，随行医务人员两名，护送人员两名。其中包括‘蛇医’，蛇医的暂住地在工部局附近，工作地点，汉弥尔登大楼 7 楼写字间，对外是财务公司……”资历平几乎是没有表情地在叙述，竹筒倒豆子，一干二净，“——等你拿到特赦令和特别通行证，我就告诉你时间、地点。”

“你要特别通行证做什么？”

资历平注视着资历群：“我要离开上海。——我杀过侦缉处的人，他们是不会轻易放过我的，我得远走高飞。”

资历群审问的声音显得很空旷，短短的几句口供，反反复复问。问的声音很大，有回音，答的声音很弱，几乎听不见。

“重新再给我说一遍。

“你刚才说汉弥尔登大楼7楼的写字间，我们查过了，不是财务公司。

“‘蛇医’是医生，还是护送人员，抑或是二者兼具？

“贵翼是什么时候牵涉进来的？

“贵翼在这次护送中主要负责什么任务？

“贵翼是不是共产党？

“你跟‘蛇医’见过几次？

“我知道你已经说了很多次了，再说一次。说仔细点，认真点，我不保证我听完你最后一遍会不会改主意。”

资历平已经被狂轰滥炸得颠三倒四，语无伦次了，又一次到了崩溃的极限。资历平喃喃自语，反反复复地：“时间，这个月初六，出发地点，今川古城，‘返航’人员五个，共党高级干部一名，随行医务人员两名，护送人员两名。其中包括‘蛇医’，‘蛇医’的暂住地在工部局附近，工作地点，汉弥尔登大楼7楼写字间，对外是财务公司……”说着说着，他哭了，“——大哥，你放过我吧，你让我死吧。别让贵翼死，我求求你。你不满意，你杀了我好了，杀到你满意为止。我求求你，大哥——”

资历群终于满意了。

“立正！”

军官们站立两侧，资历安也在军官行列里。

贵翼神采奕奕地陪着潘司令走进警备司令部大楼，一路欢声笑语，江绍成跟在后面。

贵翼说：“——这是一个德械师的装备组装起来的精锐部队。我们军械局

还为司令设定了最高优先级别的武器新装备使用权。”

潘司令满意道：“谢谢老弟，不过，还有同等重要的事——”

“建立无线电通信排，为司令的全盘部署构成师团两级无线电通信系统。”

“知我者——”潘司令拍拍贵翼的肩膀。

贵翼对潘司令耳语几句。

“竟有这种事？”

“我擅自做主，扣下的船只作为抵押军运中的损失，‘货’我替司令留下了，汽油归兵站，其余的归您。”

潘司令笑着，低声：“说，怎么谢你？”

贵翼笑着：“不敢当司令的‘谢’字，我想以兵站的名义搞一次军事演习。”

“明白。——你拟订一份演习计划给我，我派人积极配合。”

贵翼立正：“谢司令。”

资历安上前，立正：“司令，卑职有要事禀告。”

潘司令示意贵翼等他一下，他跟资历安走到一边。

“到底什么事？”

资历安说：“卑职的‘猎谍’计划有了最新进展。”

潘司令皱着眉头：“有什么重大发现？”

“尚未有重大发现——不过，卑职已经掌握了贵翼是共党嫌疑的不少线索。”

“贵翼是军政要员，你不要明着跟他过不去。做事要执着，但是不要执迷不悟。你要懂得进退有据。——我不想跟你们侦缉处的‘猎谍’计划有任何联系，特派员不是快来了吗？”

“是。”

“这个案子由特派员专办，你就向特派员单独汇报就行了，我就不插手了，免得尴尬。”

“是。”资历安说，“卑职还有一件事，请司令批准。”

“说。”

“我，想请司令签署一份特赦令。”

“特赦令？”

“是一个转变者的特赦令——”

潘司令走向贵翼。

潘司令对贵翼：“——哎呀，资历安这个人啊，总是信誓旦旦，让我给他们侦缉处这个特权，那个特权，他们就能在短时间内破获共党谍报机关，结果，全是空头支票，空头支票。哈哈哈——”

贵翼跟着笑，看着资历安。

贵翼对潘司令说：“听说调查共谍案的特派员就要来了，您也知道，众口铄金，积毁销骨，好多事到底是什么样，还不都是一句话的事儿，届时我做个东，还请司令赏脸光临，还要仰仗司令在特派员面前多多美言啊。”

潘司令笑着：“一定，一定！”

江绍成对潘司令：“司令，我跟您说说吴淞口的事——”两人走到一边。

贵翼和资历安面对面站着。

“真是十处打锣九处有你。”

“卑职也是这样想的，军门。”

“你什么时候能够放弃对我的追踪？——说实话，我对你放出来的狗已经厌恶之至了。”

“缉捕共党，追踪嫌疑犯，甚至监视党国政要都是我们侦缉处的分内工作。”

“监视党国政要？”

资历安解释一句：“保护性监视。”

“名词用得好，保护性，什么时候升级到侵略性呢？”

“——有句话说得好，人正不怕影子斜。军门果真无私，还怕人跟吗？”

“有句话说得好，久走夜路必撞鬼。做好你的工作，但是不要意图去破坏别人的工作，资科长的做法，不道德。对吧？——祝你好运。”

“走着瞧。”

贵翼微笑：“奉陪到底。”

资历安无趣地离开。

回到办公室，资历群对资历平的再次审问已经结束，看着他的口供，说：“他口供里前后有矛盾。”

“一点没错，才是错。——有错，是对的。没人在出卖自己亲大哥的时候，还保持清晰无比的头脑，有时混沌，证明他内心极度地矛盾。”

“他可一直在求你保住贵翼。你都不怀疑吗？”

资历群黑着脸说：“他比我们有人性。”

资历安不服气。

“给他水喝，让他吃点东西，最要紧的，让他好好睡一觉。对了，别在这儿睡，去我的住处睡，让他好好休整一下。还有，别老想着害他，害死他，与你有什么好处？”资历群是真心嫌弃地，“你好歹也拿点本事出来，不要老是吃着别人的剩饭，还嫌饭馊。”

话音刚落，钟雪萍走进来，立正道：“报告资科长。”

“说。”

“顾文清特派员到了。”

资家兄弟一起抬头。

“人在哪儿？”

“在特派员公署。”

“还打听到了什么？”

“特派员一到上海，就马上传唤了贵军门。”

资历群和资历安都一怔，真是新官上任三把火，雷厉风行。

“准备车，马上去特派员公署。”

“是，资科长。”钟雪萍走出办公室。

资历群把目光交汇到那一叠资历平的口供上：“顾文清，我以前听过这个人的名字，无缘一见。”

“此人 1927 年曾任南京政府印铸局的副局长，后转调立法院做过法官，顾文清据传与局座私交甚厚，还做过师部参议，这次升任西南政务委员会委员，专程转道上海，以特派员身份主持破获‘烟缸’案。来势汹汹啊。”

“顾长官的传说很多，只是无缘一见。”

资历安说：“他是神龙见首不见尾。”

“嗯，最起码，我们手上有了尚方宝剑，可以对付贵翼了。”

兄弟二人，对望着，若有所思。

第三十五章　潜伏三年　一朝猎谍

她摸黑走到保密柜前，动作娴熟，有条不紊，密码锁打开了。

她找到了“烟缸”案的档案，随即从怀里拿出一份事先准备好的伪造“烟缸”档案，放进保密柜，把真档案塞进怀中。

特派员公署大楼，资历群、资历安走来。

林景轩贴着墙壁无聊地站着。

资历群、资历安走过来，资历安略有意外，脱口而出：“贵军门还没有出来吗？”

林景轩口气傲慢地：“你谁呀？”

“我——”资历安话刚说出口，资历群拉住他。

一名副官走来，对资历安：“资科长是吧？”

“是。”

“二位这边请——”

资历安一走进房间就迅速地偷看了一下，方见贵翼站在房间的中间位置，军姿笔直，手拿军帽，目不斜视，原先的傲气也减了三分，虽然他和特派员平级，但是，特派员“见官大一级”，他不得不以下属自居。

特派员“顾文清”在房间里一边踱步一边训话：“……做人做事，不要一味偏狭、固执，少了视野和气魄。”

资历安立正：“长官。侦缉处二科科长资历安，奉命前来。”

资历群立正：“中央组织部调查科科员资历群，奉命前来，长官好。”

特派员看了看他们，并没有停止对贵翼的训话，只是摆手示意二人，然后继续说：“——现在的形势很混乱，斗争也很激烈，而你们这些军政大员，一个个养尊处优，不思进取，敌人的势力才越积越厚。一个共谍交通站就在大上海，就在你们眼皮子底下，运转了三年，三年，而我万万没有想到的是，共谍里居然有一个是你的亲妹妹！”他猛地拍案，震得整个桌面都震荡起来，桌上的文件也飞起来。

贵翼依旧岿然不动，稳如泰山。

“说话，哑巴啦？”

“贵翼确有失察之罪！”

“仅仅是失察吗？啊？这是什么？这就是‘萧墙之祸’。这就是埋在我们身边的定时炸弹！贵翼，我不得不提醒你，你是党国的军人，不仅仅是你那家族的顶梁柱，眼光放得长远些，死了一个妹妹，不去反思她为什么会成为一个共谍而被‘正法’，却生生被拉进一个是非不分、只知骨肉亲情的旋涡。”

“特派员，有些事，贵翼是被人栽赃陷害。贵翼历来正道待人，性格刚烈，得罪了不少小人，前几天还有人勾结黑道军火商来暗杀贵翼。贵某人险些成了枪下亡魂。请特派员不要亲信某些别有居心的人一面之词，以致为人犬马，被人利用而不自知。”

贵翼的话有“毒”，不卑不亢，上来就暗喻上司为“犬马”，资历群心底倒是蛮欣赏贵翼的，特派员表情严肃，导致整个房间的气压都很低。

“我希望贵军门为党国长远效力。”

贵翼双腿一碰，振振有词：“贵翼对党国一片至诚，肝脑涂地。”

“嗯。”特派员对这个表态是满意的，“口号就不必喊了，装门面的事，我不屑做，也不愿意看。”他指了指资家兄弟，对贵翼说，“资科长是‘烟缸’案的负责人，你有没有什么要对他说，或者你觉得不方便，要避嫌疑，直接跟我说，也行。”

“贵翼无话可说。”

特派员追着问：“理屈词穷？”

“忍辱无须辩，流水不争先。”

“好一个忍辱无须辩，流水不争先。实话说，我对贵军门的才德、骨气还是挺欣赏的。这样吧，你先回去，闭门思过，等待结案。”

“是，长官。”贵翼敬礼，戴上军帽，转身走了。

贵翼走过资历群身边的时候，两人目光交汇，贵翼眼似利剑，资历群坦然无畏，空气里充满了剑拔弩张的无形硝烟。

“资科长，资先生，请坐。”

贵翼走出办公室，林景轩立即迎上：“军门。”

贵翼没说话，观察左右后，两人离开。

资家兄弟在特派员的办公桌前坐下。

特派员很欣赏的态度：“——我看了你们对‘烟缸’案的报告，我很佩服。不瞒二位，我坐这个位置，每天都会看到各种案例报告。那些蝇营狗苟、谄媚长官、无关得失、信口雌黄的报告，在别的长官那里，或许可以稳固官位，但是在我这里，是行不通的。我是懂行的。”

资家兄弟对视一眼，会心一笑，同声说：“谢长官。”

“我希望这些零碎杂乱的情报，能够换一条信息完整的战线。——不过，有一点，资先生，你身为 CC 的情报员，肯为我们军统效力，我们是非常欢迎的。但是，各有建制，部门有别，所以，将来在‘烟缸’案的论功行赏上，资先生的履历，未免使我为难。”

资历群一愣。

“真遗憾，资先生的工作履历中原本绚烂华彩的一笔将留下空白的遗憾。”

“顾长官。”资历群刚开口，被特派员拦住。

特派员一摆手：“你先听我说，你提供的情报很准确，价值很高。但是，以资先生的身份是不具备此次行动的指挥权的，换句话说，资先生对我军统之事，染指太多，这不符合规矩吧。”

“顾长官误会资某了。”资历群倏地站起来，立正，“我资历群所作所为，都是为了戡乱救国，为了党国的利益。”

此时此刻，资历群的脑海里闪出一行字：引狼入室。

“我想资先生也不是图虚名、邀誉一时的人。令弟资历安，缺乏定力，容易上人的当，被人控制。但是，他有一片忠心。他会成为破获‘烟缸’案、剿灭共谍交通站的英雄。在这一点上，是毋庸置疑的。当然啊，资先生在令弟的工作上有鞭策之功，功不可没。我要说的最后一层意思，自古豪杰之士皆无名利之心，我希望自己没有看错人。”

“顾长官的话是不错的，不过，我与此案牵连颇深，我希望能够参与——”

“此案会由我直接接手，资历安听从我的调遣。我是竭力主张戡乱剿共的。我知道，地方势力，总有些靠山。有些事，有些人，你们不敢明目张胆地去做，也不敢在太岁头上动土，就像贵翼这些军政大员，他们与地方官员也是关系密切，到底也是很难忽略的。要拿他，就必须证据确凿。现在，我们有了绝好的时机和目标，我希望二位与我精诚合作，一举拿下共谍交通站，捕获共党高官。”

资历群、资历安起身立正。

“倘将来，资先生肯投入我军统麾下，顾某人一定大力提携，也不辜负你三年潜伏，一朝猎谍的辛苦。”

“资某人一心一意为党国效忠。此次，与我弟弟合作，并非有意投效军统，实因历群当日走投无路，外援尽失，万不得已，才找了我二弟解困。所以，请顾长官放心，此次行动皆由你们完成，资某人做一个幕后的‘影子’足矣。”

“好，资先生快人快语，果然人中龙凤。”特派员站起来，说，“资历安听令。”

资历安立正：“到。”

“马上着手准备缉捕所有人犯。”

“是。”

“资历群听令。”

资历群立正：“到。”

“你要确保情报的准确，并牢牢看住你的证人资历平，他将来的呈堂证供，是破获整个共谍网的关键。”

“是。”

“远到一颗星，细到一粒沙。你们都要费力气去把他们给我找出来。杀之而后快！”

资家兄弟语音洪亮地:“是!”

官邸里灯光明亮，贵翼剥好了橘子送给妞妞吃。妞妞拿了一张画给他看，问:“大哥哥，你看我画得好不好？”

贵翼接过画来看，是父亲和母亲牵着小孩手的画面。

妞妞一边吃橘子，一边看他表情。

贵翼心事重重地:“妞妞画得真好——”

妞妞分了几瓣橘子递到贵翼嘴边。

“你吃。”

“大哥哥也吃。”

贵翼吃着橘子。

“大哥哥，你是大将军吗？”

“算不上，算是一个老兵吧。”

“你是英雄吗？”

贵翼摇头。

妞妞很认真地:“大哥哥在妞妞心里就是大将军，大英雄。”

贵翼看着她:“妞妞——”

“大将军，大英雄是不能撒谎的——”妞妞顿了一顿，“大哥哥，我想问，我想问，——我妈妈是不是永远都不回来了？”

贵翼不说话。

“原来妞妞画爸爸的时候，妈妈说，爸爸永远都留在画里了。所以，妞妞一直不敢画妈妈——”

贵翼抱住妞妞，妞妞看着画，问:“我的爸爸和妈妈是不是都留在画里了？”

贵翼默默地抱紧妞妞，聪明的妞妞这一次没有大声哭，而是压低声音，在贵翼怀抱里发出“嘤嘤”悲鸣。他眼里噙着泪:“——我知道，这很难，妞妞，很难——大哥哥也很难——妞妞要哭，就哭吧。大哥哥一定会守护着妞妞，长大成人，一定不会辜负你父母对你的期望！”

妞妞哽咽着，哭着:“妞妞不哭，妞妞不哭！”她用小手去抹眼泪，“妞妞最坚强，不哭——”即便这样说着，但还是在一声声“不哭”中，放声大哭起来。

林景轩听见妞妞的哭声，赶紧往楼上跑，董细妹站在楼梯口，向他摆手，叫他不要去打扰贵翼和妞妞的谈话。

林景轩压低声音问：“怎么了？”

董细妹很严肃地：“真相。——真相总是很残酷的。”

林景轩张着嘴：“妞妞知道她爸妈没了？”

“妞妞很聪明，她只是得到了一个答案而已。——人生有许多秘密，许多答案，每个人都在寻寻觅觅，寻找人生的密码，不是吗？林先生？”

林景轩听得稀里糊涂的。

贵翼抱着妞妞：“妞妞，你记着，你妈妈才是真正的英雄，巾帼英雄。”

妞妞泪眼蒙眬，依附在贵翼怀抱中。

她哭累了。

旭日东升，资历平在资历群的住所饱睡刚醒，就闻到了鸡蛋羹的香味，资历群端了个小桌子放上床，将就他坐在床上吃饭。

“我刚刚蒸好的鸡蛋羹，你趁热吃，对了，搁点酱油，你喜欢。”

“我下来吃就好了。”

“身体刚复原，歇着吧。你小时候一生病就窝在床上，吃什么喝什么只管闹，怎么哄也哄不下来。”

资历平笑起来，他拿了银匙来舀蛋羹，吃了一口，满嘴蛋香，仿佛回到从前。

资历群不经意地：“我昨天看见贵翼了？”

资历平的手抖了一下。

正常反应，资历群想，凡内疚者都会有某种回避感。

“我觉得，他迟早会知道你出卖他的。”

资历平辩解：“没有关系啊，是他叫我故意出卖他的啊。”

“是啊，但是，他没有叫你把真话全供出来啊。”

“大哥……”资历平想理解资历群的意图。

“那个妞妞——你把她带回来吧。”

资历平极度紧张起来，他感觉得到自己的心脏剧烈跳动，嘴里的蛋羹像滚烫的火苗，灼烧着他的肺腑。他顿了顿，说：“那孩子与小资非亲非故。”

“你不是说，她是你童养媳吗？你还通过法租界的巡捕房把她从牢里带走。要不然，朱惠儿也不会引渡当天就行刺你二哥——”

资历平的心抽搐着，表情克制着。

“她没了后顾之忧，所以她英勇决断，一往无前——”

“小资带走妞妞，别无他法，我只想保全妞妞性命。”

“是吗？”资历群连问，“送到贵家去呢？也是以你童养媳的名义？又怎么说？”

“我怕贵家不肯养，小资素来漂泊惯了。”

资历群笑笑：“那是，贵家连亲儿子都不肯养，倒肯来养一个来历不明的童养媳？她是共党遗孤，养她就是养虎遗患。”

“她，是个孩子。”

“谁不是从孩子过来的？从前你也是在哥哥的笔床砚桌前玩耍嬉戏，现在呢，一夜之间，杀了三个侦缉处的情报人员。——去把那孩子带来吧，只要你死心塌地为党国做事，我向你保证，谁都不会碰这个孩子一根手指头。”

“求求你，别这样对我！！也别这样对一个孩子——”

资历群看着他。

“——我不参与，你完全可以自己行动！”

“如果你不参与，我将失去一切优势。”

“这怎么可能呢？”

资历群苦口婆心地：“我花了三年的时间，才换来这次一战成名的机会。我不会轻易地相信任何人。——小资，做事情要懂得善始善终。”

资历平的嘴唇颤抖着：“——妞妞真不行。你把我捆起来吧，我若有半句虚言，你立即杀了我。”

“你一直都不畏死。说实话，你要不去，显得你心虚。也许会造成无可挽回的局面。”

资历平沉默片刻，抬起头来，目光正与冷静的资历群交汇，说：“大哥的

意思，我明白。大哥有所不知，自从妞妞去了贵家，贵翼待如珍宝，小资就算去抢，也未必得手。大战在即，理应沉得住气，小资但凡有所异动，贵翼必有察觉，这样一来，就会危及整个行动，贵翼很可能怀疑我叛变，他就有可能修改计划。……大哥你得不偿失。”

资历群冷冷地盯着资历平看，说：“你刚才那番话，很有说服力。我差一点就信了。”

“我只是不想危及你的行动，而且这样做，太没人性。”

“坦白说，是的。”资历群不避讳，“但是，这是唯一有效的解决方法。”

“解决什么？”

“我们相互之间的绝对信任。”

资历平心乱如麻。

“不如这样，你用说服我的理由去说服贵翼。”

资历平下意识地吞咽着口水，以控制住自己的脉搏。

“原本也是贵翼故意派你来给我假情报的。他低估了我的力量，高估了你的意志。如今，你也迷途知返，索性彻彻底底地跟贵家了断。就以其人之道还治其人之身。——你就跟他说，把妞妞送给我，可以彻底洗清你的嫌疑，我就可以彻底地相信你提供的假情报，让贵翼不要因为一个小女孩就破坏了‘返航’大计。贵翼一定会相信你的。

“小资，你要知道，这些年来，我变得越来越谨慎，越来越小心翼翼，我在无数个陷阱的边缘走着，分不清哪些陷阱是敌人的，哪些陷阱是自己人的。

“死亡总能让人清醒。

“所以我一直在锻炼自己的直觉，都快锻炼到走火入魔了。”资历群微微叹息了一声，“去把那孩子带来吧。贵翼只要是地下党，为了他们整个组织的安全，他一定会同意你的方案，让你带走妞妞的。”他站了起来，补充了一句，“我会派狙击手跟着你。别让我失望。”

资历平手上的银匙摔落在小方桌上，带着一丝蛋黄的腥丝。

“如果你今天不带这个孩子出来，我会杀了你。”

资历平走在街上，面对着熙熙攘攘的花花世界，有隔世之感。

不远处，古纯音在后面盯着。

资历平走进百货公司买一身童装，之后又推门走进“凯司令”，不一会儿提着纸袋走出来，与钟雪萍擦肩而过。来到兰心大戏院，他站在门口，盯着陈萱玉演出“西施”的海报看了一会儿。

离开戏院，资历平又走进了体育用品店买了一捆绳子，甩着一把裁纸刀走出来。古纯音把资历平的一举一动都向资历群及时地做了汇报。

仙乐斯舞厅，音乐悠扬，“分别不如双栖的好，珍重这花月良宵——”

资历平和茜茜小姐共舞，脸上丝毫没有“困境”的表情，他完全放松到了一个音乐的世界。

古纯音和钟雪萍也在舞池中跳舞。

茜茜跳着跳着，脚崴了一下，资历平扶住她，巧妙地一个回旋，抱住了她，结束了舞蹈。

资历平扶着茜茜走到贵宾区，扶她坐下，蹲下来看：“脚怎么了？”

“又发炎了，疼得厉害——”

“赶紧回家休息吧。”

“今天我的舞票卖了三十多张——”

资历平从口袋里掏出一迭舞票都给了茜茜。

钟雪萍窥探着资历平，而资历平眼角的余光也扫了她一下。

资历平对茜茜：“——我先走，一会儿你——”

茜茜点点头。

离开舞厅，古纯音继续跟上。

喧闹的音乐中，茜茜拖着舞裙走进化妆间，钟雪萍也跟了上去。

钟雪萍站在化妆间门口等待，时间一分一秒地过去了，钟雪萍感觉不对，猛地推开门，里面几个小舞女惊诧地看着她。走进化妆间，她才发现化妆间连着舞台。舞台上，一排舞女正在翩翩起舞。钟雪萍意识到，自己跟丢了。

茜茜走出舞厅，立刻叫了一辆黄包车：“去上海大饭店，麻烦快一点。”

“报告资先生，小资少爷去贵翼官邸了。我们一直跟着，您放心。”古纯音打电话向资历群汇报着。

“叫狙击手准备，他要不带那女孩出来，就一枪毙了他。”

“是。”

“等等。”

“资先生？”

资历群突然烦躁地挂了电话，他不能容忍被人愚弄，不成功便成仁。

但是，人心有时候真是很难解释。资历群拿起烟斗来深吸了一口，看着窗外黑压压的一片浮云，风死云黑，竟无一丝生气。

电话铃声又响起来了，资历群拿起电话，下定决心：“——资历平如果一个人出来，予以击毙。”他果断地挂了电话。

刚入夜，妞妞便睡着了。

窗外传来窸窸窣窣的声音，吵醒了睡梦中的妞妞，她听了听，看了看，穿上小拖鞋，走到窗前。

玻璃窗外，她看到了资历平，资历平给她做了个“嘘”的动作。

妞妞睁大小眼睛，差点喊出来，也没人教她，竟下意识地捂住嘴。

“妞妞，妞妞——我在夜市上买到小金鱼了——”董细妹捧着小金鱼缸，走进来。瞬间，她还没来得及看清楚，就被资历平一掌掀翻，小鱼缸脱手，小鱼缸朝地板上落去，人朝地上摔去。

资历平一个回手接住小鱼缸，一条腿伸出将打晕的董细妹的身体截住，动作干净利落。

妞妞用小手捂着自己的嘴，看见董细妹倒下，眼泪就在眼眶里打转。资历平轻轻地把小鱼缸递到妞妞手上，妞妞很“默契”地把小鱼缸捧在手心里。

资历平的手腾出来，把董细妹抱起来，放在妞妞的床上，妞妞的泪眼蒙眬，眼泪滴到小金鱼缸里，红色的小金鱼跳跃着。

屋顶上，“狙击手”架起了狙击步枪，枪口遥对街对面的贵翼官邸大门。

贵翼坐在大厅里喝着茶，看着报纸。

林景轩擦着枪。

“——信箱里有寄给我的信吗？”

“啊？”林景轩反应过来，“没有。”

“妞妞这么早就回房间了？”

“董小姐在夜市买了几条小金鱼回来，说是让妞妞小姐高兴高兴。”

“是吗？”贵翼下意识地朝楼上望望，转对林景轩，“怎么这么安静？”

主仆二人对视一眼。

林景轩顿时握住枪，往楼上走去，一边走，一边喊：“董小姐？董小姐——”

贵翼也站起来，拔枪在手。

一根绳子紧紧地系住妞妞，资历平站在窗沿上，用绳子把妞妞和自己系在一处：“听着，妞妞，不准哭。”资历平悄悄地。

妞妞听了这话，眼泪“吧嗒吧嗒”往下落，她拼命用小嘴把眼泪往回咽，满嘴都是咸咸的味道。

资历平硬着心肠说：“不出声。”

妞妞一边无声地流泪，一边点头。

“不要怕。——做得到吗？”

妞妞摇头，又点头，拼命点头，眼泪像喷泉一样往外蹿。

资历平心疼得厉害，忍了忍心，说：“不怕，有小资哥哥在。”

“小资哥哥。”

妞妞把头埋到他怀抱里。

门被推开了。

贵翼喊了声：“妞妞。”

一梭子子弹打在贵翼鞋尖边沿，溅起金属摩擦的火花，震耳欲聋。

小金鱼缸被打碎了。

董细妹被枪声震醒，抱着头尖叫。

林景轩一个箭步蹿上来，护住她。

妞妞死死地抱住了资历平的手，突然大叫一声：“不要打我的大哥哥。”

这一句，喊得贵翼心窝子疼。

枪火之下，林景轩护着董细妹，拉着贵翼，三人仓皇退到门外。

董细妹完全是蒙的：“为什么啊？”

贵翼大声喊着：“小资，别胡来。”

回答他的还是子弹击穿玻璃的声音。

董细妹喊：“妞妞——”

“——我相信，相信你事出有因。”

依旧是枪火声。

一颗子弹从董细妹耳边划过，吓得她脸色惨白，惊叫着，林景轩一把扶住她：“——董小姐，董小姐——回房去，快！！”

董细妹还是舍不得：“妞妞——”

“有我们呢！回房间去！”

董细妹第一次很听话地在枪火中跑回自己的房间。

枪火刺耳。

“军门，小心——”

“你要带妞妞到哪儿去？混账！”贵翼一跺脚，拔枪冲进去。

林景轩一把拦腰抱住贵翼：“军门，你拿枪打谁？！！”

贵翼也是气疯了，其实，他谁也不能打：“我，我打——”贵翼对准天花板猛开三枪。他猜也能猜到，这是资历群的诡计，要拿妞妞做人质，“小资，你混账。”

“哗啦啦”一声，资历平抱着妞妞一跃而下。

“追！”贵翼喊道。

资历平抱着妞妞一落地，割断绳索，全速飞奔。他抱着妞妞穿过花园，跑到高墙下，把妞妞往背上一送，背着她，飞身攀墙，轻灵闪腾，一跃而下。

对面屋顶上的狙击手看见了资历平和妞妞，撤回长枪。

两名特务上前接应资历平：“我们的车在前面。”

说时迟那时快，贵翼、林景轩率亲兵已经冲出大门，荷枪实弹杀来。

一阵枪火！

贵翼声嘶力竭地喊：“别伤着孩子。”

林景轩同喊道：“小心保护妞妞小姐。”

这一来，保护了资历平和妞妞只受包围，不受攻击。流弹打穿了一名特务的腿，特务惨叫着。

狙击手的枪对准了林景轩，他毕竟不敢打贵翼，手指扣动扳机。

千钧一发之际，一辆汽车穿街破巷而来，速度之快，车速之猛，活像一匹脱缰的野马，倏地冲到资历平面前，一个急刹车，车轮的摩擦声剧烈，汽车几乎甩了个一百八十度的大转弯，尘土飞扬。

“嗖”的一颗子弹射在汽车车盖上，车顶盖替林景轩挡了一枪。

贵翼看见陈萱玉，又发现对面楼上的狙击手，举枪就打。

士兵们和狙击手打成一片，狙击手居高临下，弹无虚发，士兵们一边防卫，一边越过街面，往楼上冲。

一片枪火声中，车门打开，陈萱玉大喊一声：“上车。”资历平把妞妞往车上一送，自己探身上车的瞬间，“砰”的一声枪响。资历平“哎呀”一声，弹片从手臂划过，“汩汩”地冒出血花。

资历平意识到了什么。

林景轩喊：“军门。”

果不出资历平所料，这一枪是贵翼打的。

贵翼持枪上前瞬间，资历平已经像弹簧一样，“嗖”地弹进汽车，车门关上，飞一样地奔驰而去。

贵翼和林景轩冲到汽车边上，妞妞隔着车窗跟大哥哥挥手“再见”。贵翼眼底全是妞妞眼泪吧嗒的可怜样，心里一阵绞痛，恨得直往黑夜里鸣枪。

狙击手被冲上楼的士兵截住，一阵枪火四溅，被当场击毙。

“军门，您打伤小资少爷了。您这是干吗？”

贵翼反问他：“你看见那司机了吗？”

“陈萱玉。”

贵翼脱口而出：“聪明。”

“谁？”

“他得挂点彩……”

“啊。”林景轩反应过来了。

士兵把抓到的两个侦缉处特务，按在地下一顿拳打脚踢，打得鬼哭狼嚎。贵翼走过去，分拨开士兵们，站在那两个特务面前，问：“谁的命令？”

特务捂着脸，哭丧着说：“资，资科长。”

贵翼的脑子飞速地转着，大声地：“林副官！”

“到。”

“带上人，带上枪。——带上‘证据’，去侦缉处。”

“是！”

贵翼继续向前走，林景轩跟上。

贵翼一回头对士兵：“接着打！——敢动我的妞妞，找死！！”

特务们哀号着，又是一通拳脚相加。

贵翼故意大声地：“资历平，你等着！！”他发飙一样一脚踢在大门上，坚固的铁门回弹的力量痛得他一缩脚。他恨恨地向前走，林景轩紧紧跟上。

“军门，你真的要去侦缉处？——妞妞小姐在陈萱玉那里，一定安全，您——”

“我要在今晚拿到‘烟缸’案全部档案的原件。”

林景轩一愣，旋即明白。

一杯红酒被苏梅拿在手上，她穿着浴袍，端着酒，隔着玻璃看外面的景色。资历群对自己“坦诚”的话油然在耳，她下意识地嘴唇颤动着，出神地望着屋子里的空椅子，举起手中的酒杯突然朝椅子上砸过去。

杯子落地粉碎。

她又看见了“资历安”，那些恶狠狠的话再次袭来。苏梅咬着牙，吞着泪，心里是内疚的。她拿出手枪，娴熟地上弹夹，拉枪栓。

电话铃声响起，苏梅接听电话。是贵翼打来的：“行动。”

挂断电话，苏梅穿上军靴，军装，戴上军帽，一副侦缉处特务的打扮。

马路上，一辆卡车开过，一辆劳斯莱斯驶来突然放慢了车速，林景轩打开后备厢，苏梅从街角一下蹿出来，一跃跳进了汽车后备厢，后备厢关上。

汽车开始加速。

贵翼沉稳地坐在汽车后座上，戴上雪白的手套。

林景轩开车向前，苏梅蜷缩在后备厢里，她在感应摇摇晃晃的马路，几乎能从汽车行驶的方向中感应到回侦缉处的一街一巷、一草一木。她要回去了，尽管这一次是“非正式”。

僻静的小路，一辆车盖上点缀着弹孔的汽车停在了一条僻静的小路上。

汽车熄火。

资历平下车。

妞妞趴在车窗边看他，叫着："小资哥哥——"

资历平安慰她："妞妞乖，没事的。小资哥哥很快回来。"

陈萱玉也从车上走下来："妞妞乖啊。"

资历平和陈萱玉面对面站着。

"谢谢婶子。"

"一家人，谢什么。"

资历平笑笑，从口袋里拿出一张字条，递给陈萱玉："——这是苏州商务会馆的地址，您去找明堂董事长。然后再找个安全地方，躲两天，千万别被人逮着了。"

"我胸怀正义，见义勇为。逮我？哼。"

资历平想了想，低声说："婶子，如果我有去无回——"

一记耳光，陈萱玉打了资历平，妞妞紧张的小脸贴在车窗上。

资历平笑笑。

"——臭小子，敢在我面前说这些混账话，你要有个什么——啊，谁替我养老啊？——别忘了，你是生在我的小阁楼上的，我啊，用我最值钱的一件披肩包裹你的，你来的时候可是什么也没穿，一穷二白——"

资历平举手投降："好了好了。婶子，婶子——一件事被你说了一辈子了。"

"不应该吗？你记着，好好活着，好好挣钱，给我养老。"陈萱玉用戏曲演员常用的兰花指戳着资历平的头。

妞妞隔着车窗笑了，她眼睛里还含着泪，居然笑了。

"——我记着了，婶子。"

"——自己小心点。"

资历平点头。

妞妞喊："小资哥哥——"

资历平走到车窗前，伸手摸着妞妞的头："妞妞勇敢，不哭啊。"

妞妞含着一窝子泪笑。

陈萱玉对资历平："枪留给我，以防万一。"

资历平把手枪递给陈萱玉。

“——你也不跟我商量一下。”资历安冲资历群喊着。

资历群看着他：“你要质疑我的计划吗？”

“——你什么时候可以认认真真地听我的意见，而不是一上来就自作主张，发号施令。——我才是侦缉处二科的科长，我才有权下达命令。——不是你。”

资历安是真急了。

“还没有升官，就长脾气了。”

“你明知道那孩子现在是贵家的掌上明珠，你去绑架她，不就是明摆着挑衅贵翼吗？——这，这不自找麻烦吗？眼看就要有大动作了，这个节骨眼上，弄这一出败兴的戏，打草惊蛇啊，我的哥哥。”

他说了和资历平同样的话。

“得不偿失。”

资历群沉默了。他在想，自己是不是犯了策略上的错误。他心思沉沉，自己太久没犯错了。“错了吗？”他在心底反复问自己，“——我只是想要一个绝对控制权罢了。”

话音刚落，屋外就传来汽车喇叭声，二人一怔。

侦缉处大院内，一辆卡车开进来，一队士兵荷枪实弹跳下车。只见贵翼从汽车上下来，他仰起头朝上看，预期的房间里灯亮着。

资历安和资历群在楼上看得很清楚。

“动作真快。”

资历群嘲讽地：“御驾亲征。”

兄弟二人向贵翼迎面走来，他们后面跟着特务们。

汽车后备厢的盖子打开，苏梅从里面溜出来，林景轩站在她前面，掩护着。

资历安和资历群向贵翼敬军礼。“贵军门，深夜造访——”资历安话没说完，贵翼一招手，两名被打得鼻青脸肿的特务被扔出来，直接扔到资历安脚下。

资历安看了一眼：“贵军门——”

两名特务连滚带爬地哭着哀求："资科长，资科长救命啊，资科长。"

"贵军门——"

"我们大家今晚都在这儿，是有道理的，对吧？"

"贵军门说这话，资某真的不明白。——我的手下做错了什么事，值得军门如此大动干戈？"

"资科长，最近胆子越来越肥啊，想是凡事都有高人指点了。遇事不惊，处事不乱，——你倒不如把这个科长位置早早让贤，免得尸位素餐，做人傀儡！"

资历群听不下去，上前："贵军门，您有事说事，犯得上这样指桑骂槐吗？"

"——资先生最懂得'火力压制'，偏偏不懂得'不在其位，不谋其政'。你在我眼里就是一个杀人在逃犯，你还没有资格在侦缉处跟我比肩齐声！人要脸，树要皮！一个拿小孩子做武器的男人，那就不是个人了！"

资历群喝道："贵军门！"

贵翼怒喝："把妞妞给我还回来！！否则，我今晚踏平你侦缉处！！"

士兵举枪，严阵以待！

资历群明知故问："妞妞是谁？"

"装蒜是吧？——来人。"贵翼一指蜷缩在地的两名特务，"把这两个私闯官邸的窃贼给我就地正法！！"

士兵如狼似虎地冲上来。

两名特务发疯一样抱住资历安的腿，惨叫着救命，场面一片混乱。

资历安大喊："都别动！都别动——小心枪走火！"他尽力安抚着，"军门，贵军门息怒，息怒！——我的属下也是奉命监视官邸，旨在调查'烟缸'一案，并无袭击之意，贵军门不要滥杀无辜！"

"我家里丢了孩子！孩子是什么？——是一个家庭的命！滥杀无辜，你也配说得出口！"

资历群问："那么到底是谁带走你家的孩子？"

贵翼脱口而出，语意愤怒："资历平！"

资历群的眼底露出狡黠的微笑："说得好！贵军门。事实上，这孩子是我

们资家的，不是吗？”

贵翼一口气被堵住。

资历群不紧不慢：“贵军门是不是过分热情了。”

侦缉处大楼里，苏梅快速穿过走廊，身体几乎贴着墙壁来到资历安办公室门前，迅速打开门，一闪而入。

办公室的门刚刚关上，一名特务巡视而来，特务似有察觉，走到门口驻步。

苏梅屏息敛气，身体紧贴着门，直到听到特务走了，才松了一口气。她摸黑走到保密柜前，动作娴熟，有条不紊，密码锁打开了。

她找到了“烟缸”案的档案，随即从怀里拿出一份事先准备好的伪造“烟缸”档案，放进保密柜，把真档案塞进怀中。待把所有文件放回原位，检查无误后，苏梅关上了保密柜。

刚打开门，苏梅被人迎面一脚踢飞，从门口被踢回房间。特务已经冲到面前，苏梅反手制敌，两个人打了起来。

苏梅猛地一拳打中特务鼻梁，特务一趴下，欲要再打，猛然一颤，另一名特务的手枪已经抵触到她的太阳穴。

被打倒在地的特务骂骂咧咧站起来。

突然，特务乙背后遇袭，特务乙手枪脱手。

林景轩与苏梅呈夹角之势，一对一。

林景轩对特务乙一招致命！

苏梅反手杀了特务甲。

两个人的动作一模一样，干净利落。

苏梅诧异，回眸一望。

林景轩说：“不能把尸体留在这。”

苏梅会意。

就看见林景轩拿出一只大麻袋，苏梅说：“原来你早有准备。”

“晴带雨伞，饱带干粮。”

“我不信。”

“不信就对了。”林景轩说，“隔壁房间拿的。”

两人动作快速，把两名特务装进了麻袋。

林景轩把尸体塞进皮箱，两具尸体叠放着，只听“咔嚓”一声，林景轩把一具尸体的脖子扭断，关紧皮箱。

苏梅凝视着林景轩。

“搭把手。”

苏梅过来。

“藏哪儿最合适？”林景轩对侦缉处不熟悉，“至少保证今天不被发现。”

“一楼有个储藏室，平时没人去。”

林景轩朝苏梅一伸手，苏梅马上把档案交给他，林景轩把档案揣进怀里。

苏梅问：“贵军门答应我的事呢？”

林景轩从怀里拿出一份准备好的文件给苏梅：“你要的，资历群死刑判决书。”

苏梅要打开看，林景轩制止道：“伪造的，真的已经被资历安销毁了。”

“我说它是真的，它就是真的。”

林景轩提醒她：“物归原位。”

苏梅点头，仔细检查书桌上摆放的物件，一一还原。

林景轩细心地抹掉打斗中留下的痕迹。

二人最后检视一下房间，关门。

林景轩和苏梅走出储藏室。

“走吧。时间不多了。”林景轩说。

苏梅跟着林景轩走了几步，突然喊了句：“长官。——我想问你一个问题。”

林景轩转目看她。

“你为什么要屈居人下？”

林景轩严肃地：“第一，我并不是什么长官；第二，我并没有屈居人下，贵军门是我的大哥；第三，苏小姐你刚刚活过来，不需要我来提醒你，千万不要嫌弃自己命长。”

林景轩死死地盯住她的脸，苏梅被这杀人的目光所震慑，倒吸一口凉气：“明白。”

“下不为例。”

“是。”

“走。”

两人快速离开侦缉处大楼。

“贵军门，妞妞的事，不是军械司和侦缉处的问题，也不是你和我的问题，而是资家和贵家的问题。”资历群一副信心满满的样子。

贵翼故意显得不够有底气。

资历群略有得意：“童养媳的契约上，买主写的资历平的名字，小资是资家的孩子，那孩子自然也属于资家。小资带走妞妞，合理合法，不是吗？”

“是吗？”贵翼问，“你们资家的户籍不是已经把资历平给革除了吗？你们资家又要出尔反尔吗？”

“贵军门误会了，资家户籍并没有革除资历平，而是兄弟们分家。资家老户籍上只有舍弟资历安，那是因为他继承了老宅，而我和小弟都是各立了门户而已。”资历群说，“小资是贵家的‘弃儿’，你们贵家倒像是在出尔反尔。”

“——资先生有所不知，贵家已经领养了妞妞。”

“贵军门有所不知，就算你要领养，也必须履行法律手续，首先要经过我们资家同意。”

“你跟我谈法律？！”贵翼突然蛮横起来，“老子就是法律！”抬手一枪，打死脚下一名特务，另一个特务顿时就瘫了。

一瞬间，剑拔弩张。

资历安大喊：“别开枪！镇定！——”他脑门上豆大的汗珠渗出来。

“贵军门，何苦为了一个资家的‘童养媳’失了体统，败了官威，乱了方寸！”资历群说。

“资历平私闯我的官邸，掳走我的小妹，你们包庇罪犯，以卑劣的手段来达到自己的目的，资先生，你好有体统，好有方寸！”

“贵军门如果连自己的官邸都无法保护，怎么保护上海市民的安全呢？——好像贵军门的官邸遭遇袭击也不是第一次了。”

贵翼怒极反笑：“好，——好，我喜欢你这种谈话方式！”

“我只是实话实说。——贵军门，其实我们有很多共同点。”

贵翼玩世不恭地：“一起上学堂啊？”

“一样地为达目的不择手段！”

贵翼赞一个：“资先生好眼力！”

“我看人从不走眼。”

“可惜，把贵某人看‘低’了。这也难怪啊——江山易改，本性难移。”

资历群不怒反笑：“贵军门把资某人‘高’看了，狗是鹰犬，亦是忠犬，资某人还没有那么执着，那么忠义。我是不讲情义的！”

“我信！但是，资先生，自古以来天网恢恢，疏而不漏，没有人能逍遥法外。”

“说得好，乱世求生，没有人能置身事外。”

“越是纷乱的世界，越需要铁血、善良的精神。人是有底线的，资先生。一个底线失守，践踏正义的人，人人得而诛之！”

资历群诙谐的口吻：“贵军门，这种威胁一点意义也没有——”

“你错了，这不是威胁，这是最后通牒！”

“就为了你家小妹？”一语双关。

贵翼的眼睛开始充血了：“如果不是我家小妹，你一辈子都不可能跟我说上话！”亦是一语双关，“——你在我眼里，就是个可耻的杀人犯！”

“是吗？如果是，‘杀人犯’的时代就要来了。”

“好啊，我们是不是应该请潘司令也来听一听资先生的高论啊！”

“侦缉处相对于警备司令部，在侦破共谍案上是相对独立的，更何况是你们军械司？”

“听你这意思，侦缉处已经不归警备司令部管辖了，他资历安也不用听潘司令的命令了——”贵翼的声音拔高了八度，“堂堂一个侦缉处成了你资家兄弟的一言堂！——‘侦缉处相对于警备司令部，在侦破共谍案上是相对独立’，请问资先生，这一条这一款有明文规定吗？有吗？！”

“贵军门——铲除共谍，是总裁的指示！你还需要国防部一条条一款款写给你看吗？”

大院暗处，苏梅在林景轩的掩护下，重新钻进汽车后备厢，林景轩关紧车后盖。

“我明天就要向潘司令长官正式报告侦缉处无故袭击军政要员的官邸，掳走我家小妹！我倒要看看，你资家兄弟能否一手遮天！”

资历群针锋相对地：“那明天见吧！贵军门！”

“你！！”

“如果你还有明天——”

林景轩跑上前，立正：“军门，江参谋长要你立即返回军工署！”

贵翼有气没处撒地：“混账！谁告诉江参谋长的？”

林景轩站得笔直。

贵翼对资历群：“——那咱们就明天见。”

资历群有礼貌地：“军门慢走。不送。”

说时迟那时快，贵翼突然举枪射在蜷缩的一名特务脚下。一枪、两枪、三枪、四枪，枪枪打在特务的双手和双脚上，特务惨叫着，火星四溅下，弹壳乱飞。

特务留了条命，趴在地上抽搐。

资历群问：“——军门动了恻隐之心？”

“上天有好生之德，不要逼我大开杀戒，因为你才是最该死的人！”贵翼一转身，林景轩立即跟上。

资历群“砰”地抬枪打死那个特务：“留着他这样痛苦，不如一枪了结。”

听到枪声，贵翼转身看了一会儿，说：“果然心狠手辣，资先生好自为之！免送！”

资历群气得脸色苍白。

第三十六章　毕其功于一役

玻璃窗里，映着三张面孔，一个脸上挂着邪魅的笑；一个脸上志得意满，仿佛胜利唾手可得；一个脸如冰霜，双眸如电。

陈萱玉牵着妞妞的手，走进苏州商务会馆。

亭台楼阁，烟水如画，会馆内古琴声飘逸，悠扬。

妞妞睁大眼睛，小手紧紧地拉着陈萱玉的手，小嘴唇紧紧闭着。

“哟，陈老板，哎呀，真是久违雅音了——”明堂边说着，边迎上来。

对面楼上灯火通明，人来人往。

陈萱玉领着她，向前走着，会馆里“雅集”刚开始，高朋云集，名流在座。

明堂笑盈盈地对贵闻斑：“老爷子，今天的‘雅集’可不比寻常啊，有一位‘故人’到访。”

陈萱玉牵着妞妞走进来：“贵老爷，别来无恙。”

贵闻斑恍若隔世：“——果真是‘故人’。”

贵闻斑看到妞妞：“孩子，来——”

妞妞回头看看陈萱玉，陈萱玉放手，鼓励她向前，她蹑步走向贵闻斑。

寒暄一阵过后，明堂提出要陈萱玉上台助兴，众人拍手欢呼。

台上，京胡拉响。

陈萱玉不推辞，大方站上舞台，一开口便是金石之音。“白虎大堂奉了命——都只为救孤儿舍亲生，连累了年迈苍苍受苦刑，眼见得两离分。”

妞妞眼含热泪，贵闻珽心有所触动。

“我与他人定巧计，到如今连累他受苦刑。开言便把公孙兄问，小弟言来你是听——”陈萱玉唱，“你若是再三地不肯招认——”

绚丽的灯光下，掌声四起。

明堂大声叫“好”。

贵闻珽将妞妞揽入怀抱。

陈萱玉走下来，对坐在贵闻珽对面。

明堂带着妞妞在远处玩耍。

贵闻珽对陈萱玉：“很多年不见了，其实一直都很希望再见上你一面。”

“这话说的，——贵老爷言不由衷啊，你想见的人，不是我，是连生姐。”

“——我，没脸见她。”

陈萱玉一愣，旋即明白，倒不好多责备：“——多少年前的事了。当日她一定要嫁你的时候，我就不看好。后来，——她挺着个大肚子来找我，——她也挺艰难的，日子总要过下去。我们唱戏的什么码头没有见识过，多少风浪都能闯过来。”

贵闻珽笑笑：“阿玉啊，多年不见，你还是那么洒脱，快人快语。”

陈萱玉低头温柔一笑，忽然问：“我就想知道，连生是不是去找过你？——连生失踪很久了，我前些日子在梦里见到她，她冲我哭呢，说是被困在一个又黑又冷的地方出不去。我这心里——千回万转，她到底有没有回苏州——”

“不可能的。”

“什么意思？”

“连生的骨气，死也不会回头！”

陈萱玉心里一震。

贵闻珽与陈萱玉安静地坐着。

“阿玉，你也——不年轻了。还是一个人吗？”

“有件事，我一直没跟你说。——连生姐告诉我，她要嫁给你那天，也是我鼓足勇气要向你表白心迹的那一天。——我和连生吵架，吵得很厉害，我们，我们都哭了——”

“阿玉。——你在我眼里，一直都是那个乖巧聪慧的小妹妹。”

“我是单相思。——此情此爱我也坚持了二十多年。我知道我今生没有机会了，我只是，只是想把这二十年的思恋说出来——从此放下。”

“谢谢你，阿玉。谢谢你今天肯放下。人生的路还很长，给自己一点时间，给自己多一次选择的机会。我听说，上海有位颇有名望的文先生对你情有独钟——”

“感情的事，真的不能勉强。爱就是爱了，不爱就是不爱。”

贵宾室里，文四益和闵逸梵核算账目。

阿黎敲门进来：“四爷，茜茜找您。”

茜茜走进门，递给文四益一张字条。

看过字条，文四益问：“他还说什么？”

“贵先生说，地点在西塘。”

文四益沉吟了一下：“好，我知道了，你去吧。”

茜茜忍着脚疼，走得很慢。

“茜茜，你没事吧？”看到茜茜的样子，文四益忙问。

“没事——我今天走得急，怕耽误了四爷的事，一不小心在楼梯上摔了一跤，不碍事的。”

“傻孩子，——走路小心点。”

茜茜头上冒着汗珠，忍着痛楚，走了。

“阿黎，吩咐我们在西塘的弟兄，找个保姆，今晚上加演一场戏，‘搜孤救孤’。”文四益与阿黎耳语数句后，阿黎离开了贵宾室。

闵逸梵过来：“四爷，账目核对完了，咱们也出去走走。”

“走哪儿去？”

“今天苏州会馆雅集，听说请了陈萱玉。”

“我怎么不知道？”

“您又不做东，做东的是苏州贵闻珽贵老爷。”

文四益跺跺脚：“走了。”

“去哪儿？”

“回去睡觉。”

“干吗跺脚？”

“我从不跺脚。”

“我刚看见你跺了。”

二人边说边出门。

走在街上，闵逸梵说：“四爷，你也不年轻了，不能这样盲目地等着，没前途。”

“没前途？”

“我指婚姻。”

“嗯，说得对，没前途。——有说婚姻没前途的吗？”

“有啊。报纸上说的，你这种剃头挑子一头热，绝对没前途。”

“情不知所起，一往情深。明白吗？”

“人生苦短啊四爷——您不觉得茜茜就很好嘛，听话，单纯，漂亮——”

“我都能当那丫头的爹了……感情这种事，最不能勉强。爱就好好爱下去，不爱就别糟蹋人家姑娘。走吧——”

资历平捂着血淋淋的胳膊走进资历群的屋子，几条枪同时对准他。

“我大哥呢？”

古纯音看着他：“孩子呢？”

“我大哥呢？”

特务们虎视眈眈地望着他。

“我要见我大哥。——见到他，我会告诉他孩子在哪里。”

古纯音说：“——资科长和资先生有紧急事务去了特派员公署。”

“为什么？”

“为什么你不知道吗？”古纯音口气不善。

“我需要医生。”资历平一点也没客气，“我被贵翼打了一枪。”

古纯音看看他，一身血腥味道，说：“我马上安排，你就待在这儿。”

资历平看看手表，时间已经是夜里十点半。

一辆汽车在路边停下来，片刻后又开走，苏梅只身向夜幕深处走去。林景轩一边开车一边把“烟缸”档案交给贵翼。

贵翼拿到手上：“顺利吗？”

“顺利。苏小姐‘老马识途’——”

“嗯，万事俱备，只欠东风。”贵翼伸手从档案里拿出几张黑白照片，顿时呆住了，他看见了“露西”的遗照，一地狼藉的爆炸现场照片。

贵翼的目光落在露西就义的黑白照片上，喃喃自语：“原来，她也是——”他突然想到资历平，“这件事绝对不能让小资知道——-就让这美好的记忆永远留在他心里吧。”他目光深邃，凝视着前方。

“啪”的一声，特派员拍案而起：“资先生你处事行为极其不当。”

资历群和资历安在特派员面前站得笔直。

“我不得不说，你真冷血。‘绑架’一个孩子，只能是愚蠢而又懦弱！”

“报告特派员，我有我的做事原则。”资历群强辩，“抓住那孩子，可以控制住资历平，我——”

“你真愚蠢！愚不可及！你告诉我，抓一个孩子是为了控制住你的‘眼线’，你要知道，这个资历平身份极其复杂！这个计划你酝酿了三年，但是，你要知道实施这个计划、策划这样的行动需要多大的胆量和气魄！我想，我是多么地器重你，倚重你，而且，为了这个行动，我已经摒弃了你是CC的前嫌，开始跟你精诚合作。那么，什么该做，什么不该做，不用我来教你了吧？——你派人去绑架那孩子，贵翼借题发挥，大闹侦缉处，然后把整个侦缉处卷进一个尴尬的局面，你以为他就这样偃旗息鼓了吗？他今天给你留了余地，他明天就会卷起一场风暴！这个狂妄的家伙掌握着我们军队的武器库，我们军人的命脉！而你却自以为能跟他抗衡，人要有自知之明，资先生！说实话，如果不是明天有重要行动，我宁愿看到你就地消失！”这话很重！

资历群也意识到自己意气用事的后果了，说：“——我无意冒犯。特派员。”

“我并不关心那孩子的死活，我关心的是整个围捕计划，资历群！”

资家兄弟沉默着。

特派员对资历群语重心长地："这案子跟你有重大关联，所谓，当局者迷。那么多的线索都与'烟缸'有关，而这个'烟缸'恰恰又曾经是你的妻子，贵翼的嫡亲妹妹，我不是怕你感情用事，我怕贵翼感情用事。大战在即，你去绑架一个孩子，贵翼一旦察觉你真正的动机，是要控制住局面，他们的'返航'计划就会马上延迟，而我们就会像一群傻瓜一样干瞪眼，而你，资先生，所有的心血都会付诸东流。"他骂完了开始"哄"。

资历群真心实意地："是我错了。"

"错了也不要紧，要紧的是接下来不能再犯错。——实际上，有百余条小路可以离开这座城市，我们掌握到的'返航'情报，只是上百条线中的一条线而已。所幸的是，再繁杂的路线也必经港口、车站、机场，只要控制好这三个出口，我们也就掌握了一大半的胜算。"特派员把话题转移到"返航"抓捕的任务中来，"以我的经验，他们肯定会选择最近的距离，以最快的速度避开所有的盘查和路障。"他对资家兄弟，"第一条线，是贵翼提供给我们的假情报，要不要跟呢？我的答案是，要！必须派兵严阵以待，而且必须是资科长带队。只有这样，才能迷惑住敌人，我们相信了资历平提供的假情报。——第二条线，也就是真正的情报所指的线，我亲自跟。"

"特派员，我希望能够参与第二条线的战斗。"资历安请示。

"侦缉处在抓捕一两个犯人的时候，可用，在执行作战任务的时候，就是杯水车薪了。记住了，贵翼管理着兵站，我们要面对的很可能是一场厮杀，是一场小型遭遇战。我想，在作战方面，侦缉处就不要跟我们作战部去比了。"

"我们侦缉处二科可以分成两组人马……"

"我的话还没有讲完，资科长。侦缉处的人，也不是个个可信。"

"这些人都是我精心挑选的。"

"你们科里的苏梅不也是你精挑细选的吗？她不就是一个隐藏的共谍吗？你们二科的工作人员有多少人？你都了解他们吗？他们一直在你身边工作，掌握你的工作方法，熟悉你的工作作风，甚至研究你的喜怒哀乐。而你，作为他们的科长，你了解他们吗？他们的家庭、他们的收入、他们的支出、个人喜好，你了解吗？"特派员加重了语气，"你不了解。"

资历群忍不住了："我不是故意要冒犯特派员，只是，贵翼太狡猾……"

“再狡猾的狐狸也逃不过猎人的手心，不是吗？资先生？”特派员截住了资历群的话，“我换一组全新人马是经过深思熟虑的，我不允许你们参与也是经过再三斟酌的。你们资家兄弟与贵翼渊源太深，仇隙太大。他要一旦发现你们的踪影，新仇旧恨加在一起，足以搅乱大局。”

特派员顿了一顿，接着说：“资先生，你放心，我不会纵容任何一个罪犯，哪怕他身居高位，我也会杀他个片甲不存。”

“是，特派员。都是为了党国的利益，我明白。”

“我们要不惜一切代价，拔出这些危害党国的祸根。整个案件马上就要水落石出了。——我已经迫不及待了。”特派员双眼放光，仿佛胜券在握。

“报告！”一名作战参谋走了进来，立正，说，“特派员，今川古城的歼敌方案已经部署完毕，视野清晰，火力准备充足。”

“全面封锁这个区域。只准许贵翼的人马进入，等他们所有‘返航’人员进入包围圈，实行抓捕。如有反抗，格杀勿论。”

“是。”

副官走来：“报告，”立正，说，“特派员，刚刚侦缉处的人打电话过来，说资历平被贵翼打伤了，他们问，资历平处理完伤口，是把人带回侦缉处，还是？”

“把人直接送过来。”特派员代替资历群回答了。

“是。”

“那个孩子呢？”资历群依旧忍不住，问了一声。

副官回答：“资历平说，依照您资先生的吩咐，孩子已经送到乡下您母亲的住所去了。”

资历群真是万万没想到，资历平用了这一招，反而“逼”得自己哑口无言。

资历安看看他，气得手脚冰凉。

“好，好极了。”特派员说，“这下我们也可以给贵翼一个圆满的答复。那个女孩原本是你们资家的童养媳，媳妇和婆婆住在一起，天经地义。贵翼也不好再大放厥词，厚着脸皮跟我们要人了。”

资家兄弟哑巴吃黄连，只得勉强笑着敷衍。

“特派员，贵翼凌晨一点去了汉弥尔登大楼，我们的人已经全面监控了。

他好像跟哪一个女人在秘密约会。”副官继续汇报情况。

“女人？”特派员从抽屉里拿出一份报纸，上面有方一凡的通缉令，“是不是这个女人？”

副官看了一眼，说：“报告特派员，距离太远，监视不到。”他把贵翼和女人吃西餐的情形描述了一遍，“情况就是这样的。”

“哼，”特派员讥笑着，说，“贵翼很聪明啊，选择在法租界秘密约见共党代表，如有风吹草动，他就会为自己编排另一套说辞，什么深夜约会佳人啊，什么深入虎穴探听情报啊，他真能做到鱼目混珠。可惜啊，明天就要真相大白了。……继续监视，在共党‘返航’行动之前，确保他们认为自己绝对安全，千万不能打草惊蛇，功亏一篑。”

“是。”

副官走后，另一名参谋又走进来：“报告特派员，潘司令来了，说有要紧事。”

资历安一听是警备司令部的司令长官到了，站得更加笔直，资历群也神态严肃，精神十足。

“请潘司令到这里来，正好资科长也在。”

“潘司令……”参谋上前，压低声音，“有秘事相商，有关西南政务局人事升迁……另有额外孝敬。”参谋的声音虽然很低，断断续续仍然能够让资家兄弟听个大概。

“那就，小会客厅。”

“是。”参谋立正，转身，出去了。

“二位，你们的司令长官到了，约我有要事密谈，我就不奉陪二位了。你们今晚就在特派员公署暂住一晚，没问题吧？”

资家兄弟立正：“没问题。”

“大战之前，一切都必须保持低调，保持绝密，封锁住所有的消息。资先生潜伏敌巢，披沥尽了肺腑，凸显了军人的智慧和勇气。于今，网已撒开，枪已上膛，死亡已经降临到敌人眉睫，希望大家沉住气，一切行动听从指挥，毕其功于一役！”

“是。”

漕泾河监狱大门打开。

莫莱从门里出来。

苏梅在门口等他。

苏梅温柔地："嗳。"

月光下，穿着军装的苏梅别有风姿，以至于莫莱一时半会没有回过神来。

莫莱脸红了："——我刚才以为听错电话了，原来真的是你。"

苏梅瞬间贴上去，吻了他。

"别，别这样，——我们两清了，你快走吧，不要被人看见。"

苏梅咬着他的耳朵："都看见了才好呢，我的小哥哥，我想你——"

莫莱面红耳赤，心乱如麻。

苏梅低低地跟他说话。

莫莱四处看看，一把拖了她的手，去了夜幕深处。

李磊和苏成刚做着出发前的准备，苏成刚从抽屉里拿出一张明信片，李磊看着他，两个人很郑重的表情。

苏成刚说："出发前，把这张明信片给寄出去。"

"是。"李磊叹了口气，"——贵翼要是知道了真相——"

苏成刚严肃地："这件事绝对不能告诉贵翼，这是组织秘密。也是方一凡同志生前所愿，——就让这美好的记忆永远留在他心里吧。"

李磊点头。

"以后不许再提此事。"

"是。"

莫莱在监狱走廊上，满面春风。他警觉地左右看看，手里下意识地去口袋里捏了捏，还是忍不住拿出来看了看，一根"小黄鱼"。他不再犹豫，打开了档案室的大门，一闪而入。

楼道里很安静。少顷，莫莱出来了，随手关上门，背着手，愉快地哼着小调离开。

董细妹检视着妞妞房间里的弹孔，心有余悸。

几名士兵还在打扫着屋子。

“——贵军门去了哪儿？”董细妹问。

“侦缉处。”

“——妞妞不会出什么事吧？军门能找到她吗？这一切，——都发生得太快了。小资，小资没道理啊。”没人应答她的问题，董细妹坐立难安，越想越急。

“董小姐，你是第一次遇到交火吧？”

董细妹很认真地点头。

“习惯了就好了。”

董细妹脸色很难看。

“咦，这还有条活鱼，真的，掉水杯里了——真命大。”

董细妹赶紧过来，用手捧着，欣喜地：“好兆头，好兆头，妞妞和贵军门一准没事！”脸上终于浮现了一丝喜悦之色。

兵工署军部，车队鱼贯驶进。

走廊里灯火通明，看到贵翼，一些军官就地立正。

贵翼、林景轩走来，江绍成迎上去，并肩而行，边走边说。

“你今晚明火执仗大闹侦缉处，在唱哪一出？”贵翼还没开口，江绍成就滔滔不绝了，“明天就要演习了，关于明天的部署，我这个参谋长还一无所知——天气、地点、人数、装备、车辆——”

两个人开始各说各的。

“好，很好，这件事你不要插手。我自己解决。”

“你应该守着指挥所，你跑去冲锋陷阵，考虑过我的感受吗？特别是今晚，太不理智——”

“我有我的原因。”

“你再有什么特殊情况，也要注意影响。”

贵翼对林景轩：“你还真告诉他了？”

林景轩说：“这么大的事。”

江绍成说："他职责所在。"

贵翼对林景轩："去给江参谋长煮点夜宵——"

"我吃过了。"

"看上去参谋长不饿。"

"我跟你说要紧事！"

"要紧事错综复杂，我只想领先一步。"

"现在是最佳突围时间，我需要你冷静！"贵翼刚要顶一句，江绍成截住他，"凡事不可耿耿于怀——"

贵翼光火了："侦缉处那帮浑蛋绑走了我小妹！"

江绍成一愣："那就，另当别论。"

讨论结束。

林景轩替他们打开贵翼办公室的门，贵翼指指林景轩，二话不说走进门。

江绍成对林景轩："有我呢。"走了进去。

"军事演习我已经布置妥当，这一次我需要参谋长置身事外，所有参与演习的人，都是我的亲兵卫队，一旦进入演习范围，我们就照本宣科，演一场好戏给人看！"

林景轩报告道："报告军门，刘团长还准备了几副担架。"

江绍成疑问："担架？"

贵翼说："打仗嘛，一定会有伤亡。演戏嘛，演全套。"

"你想同步交换？"

"岂不皆大欢喜。"

江绍成提醒道："军门，我郑重提醒您！你在跟一个最危险、经验很丰富、狡诈成性的人打交道。"

"我知道很危险！——我善于和危险的人打交道，我不怕危险，哪怕危险就在身边。"突如其来的一语双关。

江绍成和林景轩都僵在原地，江绍成是故意"僵"，林景轩是真有点僵了。

江绍成解围："你在说我啊。"

贵翼自嘲："惨了，自曝其短。"

三个人都笑起来，气氛有了缓和。

“你不回去休息一下吗？”江绍成说，“办公室可没法睡。”

“我还有一堆文件要处理。”

“明天真的不需要我出面了？”

“你放心我的参谋长，一切都在计划之中！”

特派员办公室，资历安和江绍成有着同样的担忧，他对资历群问道：“大哥，特派员要是真的不允许我们侦缉处参与最后的抓捕，怎么办？”

“放心，一切都在计划之中！”资历群说，“特派员是想要贵翼的命，他一定厌恶那套烦琐的军事法庭审判，他想一战成名。——我们是后备力量，等他们两败俱伤，或者任何一方无法追击了，我们就出去收拾残局。以逸待劳，快速反击，才是我们的行事风格。‘猎谍计划’天衣无缝。”

楼下传来汽车发动声，特派员公署大院内，军车频发，灯火通明，一队士兵整装待发。

资家兄弟站在玻璃窗前，心怀感慨，看着这激动人心的一幕。

资历平来了。

古纯音把资历平带上楼，带到了资家兄弟的面前。

资历平低着头，叫了声：“大哥。”

资历群看着他。

“我把妞妞送到乡下去了，她跟母亲在一起，母亲也有个伴。请大哥原谅我，我实在做不到绑架妞妞来做人质。不管是贵翼也好，你也好，我都不会把妞妞给你们。妞妞要是出了什么事，我一生一世都会活在良心的谴责中，我做不到，就算你不伤害她，我也做不到。”

资历群笑笑：“只要妞妞不在贵翼手上，大哥就放心了。大哥也是替妞妞着想。”

资历平不说话了。

资历群对古纯音：“你立即开车去一趟西塘，到乡下我母亲的住处去看看。给妞妞小姐带点玩具去，顺道替我们给老娘问安。”

古纯音应声：“是。”

“路上小心点，到了西塘，给我们打电话。”

“是。”古纯音立正，敬礼，转身走了。

资历群看看资历平，他脸上波澜不惊。“都过去了，小资。来。”他抚摩着资历平的肩膀，资历平忍着胳膊上的伤，皱着眉头，跟资家兄弟并肩站在玻璃窗前，看着楼下：“车如流水马如龙，这都是你的功劳。”

资历安笑笑，笑容里藏着寒冷的冰。

资历平忽然感觉冷，冷得刺骨，他打着寒战，身体僵硬。

玻璃窗里，映着三张面孔，一个脸上挂着邪魅的笑；一个脸上志得意满，仿佛胜利唾手可得；一个脸如冰霜，双眸如电。

黑黝黝的弄堂里，苏梅站在路灯下，显得很诡异。莫莱喜气洋洋地向苏梅走来：“我替你办妥了。”

苏梅笑着：“真的？”

“当然。”莫莱从包里拿出一份档案，上面写着“佟阿大”：“你的那份‘资历群’档案，已经放回原处了。”

苏梅接过档案，伸过手来，柔情似水地抱住他。

莫莱春意荡漾。

“对不起。”她突然出手扭断了莫莱的脖子。

苏梅往后一退，双眼一闭，不忍心地：“对不起。”

小警察“扑倒”在地，睁着一双惊恐的眼睛。

苏梅迅速离开杀人现场。

万家灯火。

苏梅步履匆匆走在大街上。

有刺耳的警笛声从她耳边划过，她穿过街口，竖起衣领，向“光华饭店”走去。

一只手从黑暗的街面两栋楼房的过道中伸出来，一把将苏梅拉进去。力道之猛，苏梅在毫无防备的情况下，被拖了进去。

黑暗里，苏梅看清是林景轩。

“是你？”

“这么晚了，你跑哪儿去了？”

“一点私事。已经解决了。”苏梅问，“你找我？”

林景轩向后退了一步。

黑夜里，苏梅看见他身后还站着两个便衣。

“他俩是我从卫队里挑选出来的精锐战士，明天听你调遣。”

“我是逃犯，不能带兵。”苏梅这是要一个“恢复名誉”，尽管说辞很含蓄。

“现在可以了。”林景轩先给她一个“定心丸”，“——贵军门已经在潘司令面前替一个共党女叛徒讨了个‘人情’，苏梅小姐现在是军械司兵工署特别行动组的代组长，恢复你上尉军衔。潘司令已经同意了贵军门铲除隐藏在警备司令部的共谍计划，此计划要坐实资历安长期买卖军火、中饱私囊、包庇其胞兄资历群是共党的事实。我们必须有效有力地打击共谍，明日之计划，如遇抵抗，格杀勿论！”

“是。苏梅谢潘司令和贵军门信任，保证完成任务。”

“等你明日大功告成，你就等着加官晋级吧。——到时候，我就要改口称你一声苏少校了。”

苏梅立正：“属下当为贵军门誓死效忠。”

林景轩纠正：“是为党国誓死效忠。”

“是！”

西塘街上，古纯音开车停在西塘街上三十二号。他走下车，来到门前敲门。

门内传来犬吠声，不一会儿门打开了，一个保姆模样的人站在门口。

古纯音问：“这里是资科长母亲的家吗？”

“是啊。”保姆问，“您哪位？”

古纯音赶紧拿出自己的证件：“我是侦缉处二科的，我叫古纯音，是资科长的手下。奉命来拜见资老太太。”

“老太太已经睡下了。——今天小资少爷托人把小少奶奶给送来了。妞妞小姐和老太太聊到半夜，刚睡下。要不，您先在客房住下，明儿一大早再拜见老太太。”

“——那么妞妞小姐已经跟老太太见面了？”

“是的。——这么晚了，老太太和小姐也不大方便见外客。”

古纯音点头：“当然，当然。——是这样的，资科长最近特别不放心老太太，担心老太太的身体，特意叫我今晚上务必见上老太太一面。您看这样行不行，您领我去老太太的睡房，我远远地看一眼，绝不惊动老太太和小姐，怎么样？”

保姆生气地：“你胡说八道什么呢。”

“您别生气。我也是上命差遣——”古纯音拿了钱出来，塞给保姆，“我就远远地看一眼。”

保姆带领古纯音进入院子，穿过天井，院子里阴森森的，他感觉到真正寒冷。走到睡房前，古纯音隔着窗子望进去，一目了然，房间里睡着一个老太太、一个小女孩。他靠拢几步，又细看了一下。

背后的保姆阴沉沉地站着，一副不耐烦的样子：“看到了，走吧，别惊动了老太太和小姐。”

古纯音点头哈腰地谢过保姆。

走到门口，古纯音从车上搬了些礼物盒下来，递给保姆，问：“这附近有电话吗？”

保姆冷冰冰地：“没有。”

“那我就回去了。”古纯音刚上车，就听保姆说了一句，“西塘邮局有电话机，你可以去试试。”

古纯音道了谢，开车离开了。

资历平睡在沙发上，资历群静坐着。电话铃声振响，资历安急忙接电话。

“——资科长，是我，古纯音。我见到老太太了，老太太和妞妞小姐在一起。——我这就回来了。”

资历安挂了电话。

资历群抬头看他。

“大哥，西塘那边来电话了，小资说的是实话。”

资历群再回头看看资历平。

资历平一副蜷缩可怜的样子，沉睡着。

资历群突然一句：“怎么这么安静？”

资历安也是一阵莫名。

资历群走出办公室，向走廊深处走去。黑暗处，楼道纵深，资历群隐隐听到有人讲话。仔细一听，是特派员的声音：“多准备干柴，汽油——”

资历群下意识地用手去摸腰间的手枪。

楼梯底，特派员和副官在讲话。“要做的像有人蓄意放火烧山的样子。”特派员叮嘱着。

“——山一烧，不要说贵翼，他的手下一个也活不了。特派员，您不怕南京方面有人追究？”

“我是吴次长一手提拔上来的。贵翼杀了吴成风，杀了吴次长唯一的一个侄儿，你想象一下他的愤怒。”

“这就是您要背着警备司令部秘密处死贵翼的原因？”

“这还需要我跟你说明吗？”

副官立正：“卑职听从特派员调遣。”

特派员下意识抬头往上看，资历群在楼道里，立即一个闪身隐蔽，压低声音：“明天要的不仅仅是贵翼的命，还有那一大批军用物资，正好孝敬南京的——”

资历群再听不见了。

资历群顺着来路，往回走，看见资历安。

“大哥。”

资历群叫他低声，拉资历安走到特派员办公室的门口。

“大哥，我总感觉这个特派员很奇怪。——他的‘狩猎’计划不让我参与，其实就是很巧妙地绕过了警备司令部。而大哥你没有正经官职，没有直接行动权，他偏偏叫你参与——”

“你怀疑的事，我也怀疑过。——刚才我发现了特派员的秘密，他原来是想替吴次长报仇。特派员设计要杀了贵翼，独吞军用物资，烧毁现场，掩盖真相。”

“我们是军方——”

“你是，我不是。——我其实并不在乎这些清规戒律，我只要贵翼伏法。

特派员以为他是主宰，其实，他只是我们行动的‘工具’。他的一言一行，我都会记录下来，由你向潘司令汇报。”

“如果工具出了错，怎么办？——我们并没有‘修理’工具的权力。”

“你说得对，这件事发展到现在，的确少了点什么。”

“什么？”

“安全感。”

“需不需要——”

“不行。”资历群谨慎道，“我们要是向警备司令部提前告密，万一，潘司令身边有贵翼的眼线，我们前功尽弃不说，特派员也饶不了我们。一切行为都是有后果的。最重要的是，我们没有其他证据，能够证明贵翼是共产党，除了明天，人赃俱获。——有的时候，人，真的要赌运气，赌命啊。”

兄弟俩沉默着。

“有个问题，我俩从来没有讨论过。”资历安说。

“你说。”

“这件事完了，怎么处理小资？”

“我会让他受到教训的，但是，我不允许你借机报复。”

“大哥，他是共产党，他杀了我这么多兄弟！”

“你想干什么？”

“我要杀了他。”

“除非我死了。”

此时此刻的资历平就站在门口倾听，他的表情异常痛苦，兄弟三个就这样隔着一道门。

林景轩走进大厅，看到贵翼，上前说道：“小资把妞妞小姐送到苏州会馆了——”言下之意，不用再讲，“要不要把董小姐也送过去？”

“不要，今夜官邸保持安静，我要一根针落地都能听见响。”贵翼说，“明日行动，关系重大。如有激变——贵翼唯死而已！”

林景轩咬着牙，忍着冲动的情绪，他是军人，但是眼眶酸得不争气：“军门，明日若有不测，景轩力保军门平安。倘真落圈套，唯死而已，景轩义无反顾，死地反击！”

贵翼倏地转目盯着他。

苏梅对镜整装，她拿着手枪，子弹上膛。

永远不要低估女人的力量。

资历群走进临时指挥所，“贵翼开始行动了，‘猎谍游戏’开始了——”特派员说。

“我等这一天的到来，足足等了三年。这场游戏对我来讲至关重要！”

“你弟弟资历平在此次行动中扮演着重要角色，我需要对他进行暂时拘押。以确保行动计划万无一失。”特派员说，“我不知道你怎么想？但我在想，如果我是贵翼我会怎么做？”

“他一定是精心策划，带有战术性的返航。”

“譬如呢？”

“兵分两路。一路是真，另一路是假。真的跟着他，假的留给侦缉处。不过，我并不排除他反其道行之。”

“仅仅是两路人马吗？会不会有多路并进？”

“如果多路并进，太冒险了。我断定贵翼不敢这么做。因为，只要有一路落网，他都会陷入万劫不复之地。所以，他一定是孤注一掷，要么成功，要么成仁。”

“你想让我重新分配任务吗？”

“不用。——您请过来看。”资历群走到小沙盘前，“这是他们的必经之路，我们从这过去，不但可以袭击他们，而且就此截断他们去港口的道路。”

“从这动手。”

“对。”

“你有计划？”

“我想在这打伏击，贵翼必死无疑，除非他肯‘投降’——”

“贵翼绝不会束手就擒。”

资历平被特务们推搡着走出来：“放开我！——凭什么抓我！”突然发飙似的动手，打得特务们满地爬。

一支枪管顶住他的头，资历安厉声道：“想死还是想活！”

资历平不动了。

“带小资少爷去特派员的临时指挥所。”说完，又转对资历平，“别再闹了，我不是大哥，我会开枪的！——带走。”

资历平被带进指挥所，恰巧听到资历群和特派员的话，他对资历群说：“你答应过我的，放贵翼一马。你们，你们现在是在策划谋杀！”

“自古忠孝难两全。”资历群冷静地，“——人心是最不可测的。我知道你和贵翼有血缘关系，但是，你也要记住，你是资家养大的孩子。”

资历平一语双关地：“我只想救我大哥。我求你，大哥，放手吧。——你现在放手，一切都还来得及。”

资历群猛地推倒资历平。

资历平安静了。

资历群对特派员：“有关贵翼的问题，我们能谈谈吗？”

“你想跟我谈什么？”

“现在的形势对我们相当有利，贵翼已成瓮中之鳖，我们可以公开对他执行逮捕，送到南京军事法庭去！”

“如果我把贵翼和一众人犯押解到南京去，别人不敢说，贵翼身份复杂，他的交际网盘根错节，他一定会千方百计通过各种渠道脱罪！他一旦脱罪，资先生，你还想活吗？”

资历群笑笑：“特派员的意思是，我们必须帮军事法庭做点什么。”

特派员没有说话。

房间里静默下来。

大院里警车发动，军用摩托车声振响，资历安带着一群特务出发。

特派员走到窗前：“通知特别行动组，猎谍行动中，若遇抵抗，格杀勿论！”他最终还是下了决绝的命令。

与此同时，苏成刚和李磊也准备就绪，“不管明天发生什么事，都必须确保一百辆军用物资和‘203’号首长的绝对安全。”苏成刚下达着命令。

李磊等人重重地点了点头，每个人的脸上都表现出一副视死如归的模样。

地窖大门打开，一组行动队员发动货车，李磊带着几个人携带武器上车，

出发。货车和李磊的车分道而行，春和医院内，苏成刚和两名护士等人护着一名“病人”走出医院。

朝阳似火。

士兵集结完毕。

林景轩守着贵翼的背影。

贵翼一身苍凉，杀气隐隐，透着一种孤独的悲壮，叫了声：“景轩。”

林景轩上前：“军门。”

“你是我现在唯一可以信任的人。”

“军门，景轩自跟随军门以来，深感军门为国效力，为民勤勉。景轩别无长处，唯有一片赤胆忠心。军门是景轩唯一可以用生命来保护的人！”

贵翼情绪波动极大，他想说的话却都不能说，依旧背对着林景轩，只得一字：“好。”

林景轩深感他内心孤独、压抑，低低地问：“军门，——你孤独吗？”

此问一针见血。

贵翼心有所触，缓缓回身，正色答：“吾道不孤，大道不孤，正道不孤！”

林景轩眼中有泪，贵翼眼中有大无畏精神。

一轮红日高升！

上海跑马厅，最高的钟楼钟声敲响。

大战在即——

第三十七章　猎谍事件

呢喃的江南童谣里，少年资历群抱着幼小的资历平走上高高的楼梯，楼梯没有扶手，又高又陡又斜又陈旧，楼梯延伸着仿佛一条看不到头的走廊。

指挥所建在今川古城墙上，居高临下，一望无垠。特派员举着望远镜远眺。资历群站在他身后，他把望远镜递给资历群。

资历群从望远镜里观察动静。

参谋跑上来："报告特派员，他们在路上了。"

资历群看看手表。

特派员对参谋："资科长到位了没有？"

"资科长已经在港口部署好了抓捕行动。"

"好。——包围整个区域。准备火力攻击。"

"是。"

特派员对资历群："万事俱备，只欠东风——"

远处隐隐有汽车轰鸣声传来。

资历群志在必得的姿态："特派员，您听，这东风不是来了吗？"

二人哈哈大笑。

资历平蜷缩在城墙根下，被宪兵看守着，他双目无神，神态可怜。

吴淞口港口要道，侦缉处的吉普车飞驰而来。突然，一辆军用卡车迎面驶来，卡车上，手握方向盘的苏梅狠狠地开车撞向吉普车。吉普车被撞飞起来，卡车稳稳地刹住。

上海郊外，一辆卡车和一辆军用吉普车被迫刹车，一队士兵蜂拥而上。

特派员身边的一名参谋冲锋在前，士兵们穷凶极恶地吼着几乎相同的话！

“下车！”

“下来！”

“放下武器！”。

林景轩带一队亲兵冲过来，双方吼着对峙。

“放下武器！”

“哪部分的？吃了熊心豹子胆！”

“别开枪！”

“小心走火！”

林景轩从吉普车上下来：“军械司兵工署护送武器返航，谁敢半路打劫国家军用物资，杀无赦！”

“特派员接到可靠情报，有理由相信你们，借运送武器之际，窝藏共党要犯。”参谋说，“我们要开箱检查！”

林景轩问：“你想说，我们都是共谍吗？”

“请军工署配合警备司令部特别行动组的调查！”

“别跟我这虚张声势！你敢调查我吗？恭喜你第一个上调查报告的阵亡名单。”

“我警告你！别乱来！”

“砰”的一声，双方的军士都吓得差点开枪。

贵翼下车，他脸色铁青地走向枪丛：“究竟出了什么事？”

一片鸦雀无声。

贵翼对参谋：“你知道我是谁吗？”

参谋高声地：“知道，将军！”

“你敢拿枪对着我！你不想活了！”

“报告军座，我部奉命缉拿共党要犯，据可靠情报，这车军火里藏有共党要犯，必须开箱检查。”

贵翼瞬间反手将参谋的手枪夺下，枪指着参谋，场面一片混乱。

“谁敢动，我一枪毙了他！”

资历群在望远镜里将眼前景象尽收眼底：“特派员为何不亲自出面？好弹压贵翼的嚣张气焰。”

特派员颇为狡诈地：“君子不立危墙之下。”

资历群点头佩服。他明白特派员话中含意，跟一个要死的人较什么劲呢。

特派员一伸手从资历群手上接管了望远镜冷酷地：“机枪手准备！”

蜷缩在墙根下的资历平颤抖着。

吉普车上，资历安和另外两名特务都受了重伤，气息奄奄，无法动弹。

资历安拼命打开车门，试图逃命，一支乌黑的枪管对准他的头。他感应到了什么，眼睛从一双女式军靴看上去，从军裤到军装，终于看到了苏梅的脸。他不知不觉鼓起了一双死鱼眼，完全蒙了。

苏梅笑脸盈盈地跟他打个招呼：“资科长，我亲自来送你上路！也算你我一场相识，三年同袍。”

资历安猛地要挣扎。

苏梅一脚狠狠地踩到他脸上。

资历安惨叫着！

“一路走好！”

“砰、砰、砰”三枪连发，枪枪打爆资历安的头。

卡车慢慢发动，往后退，退到一个安全区域，停下。

苏梅撤回长枪。背起枪，朝前走去。她离开吉普车的同时，朝车上扔了一个手雷。“轰”的一声，吉普车炸开了花。

苏梅扛着枪，从一片硝烟中走出，她的嘴唇边衔了一支白玫瑰，上了卡车。

被枪指着的参谋声嘶力竭地：“最后一次警告！放下武器！！等候——”

话还没说完，枪声响了。

城楼上有人一枪撂倒了参谋。

双方开火，一片枪声如雷震。

城墙上，机枪喷出火舌。

包围圈里，一片殷红血染。

火海中一片冲杀声。

资历平惨叫着："不要开枪！"几名特务死死地摁住他。

特派员和资历群在观战。

贵翼鏖战，在一片枪火声中，中弹。

林景轩也中弹。

枪声让资历平更加痛苦。

持续的枪声禁止了，四周一片死寂，除了荒凉的草木声，空气里似乎也充斥着硝烟味。

城楼上有军官不停地来往奔跑，汇报。

"报告特派员，猎谍一战，歼敌 52 人，活捉 21 人。我部阵亡 13 人，受伤 2 人。"

"报告特派员，抓获共党要犯 3 人，击毙 2 人。"

"报告特派员，贵翼被当场击毙。"

"报告特派员，缴获大批共党军用物资和医疗设备。"

"报告特派员，现在开始打扫战场。"

资历群在望远镜中看到一副担架上躺着一名病人，他发现了李磊也在被捕行列。他彻底放心了，问道："为什么现在就要打扫战场？"

特派员说："这里不是南京，毕竟是潘司令的地盘。袭击军工署的物资车辆，是必须要上报潘司令的，我不想给自己找麻烦。"

"那个共党头号人物好像病得很重。"

特派员接过望远镜，嗤之以鼻地："他不是生病，是快死了！"

资历平不知什么时候突然冲过来："贵翼呢？——大哥，贵翼呢？"

特派员一脸厌恶地对资历群："尽快处理好你的家事。现在我们不需要这个废物了，你带他走吧。"

资历平继续追问："贵翼怎么样了？"

特派员对资历平："他死了！"

资历平对资历群："你骗我！"

“那不是你的错。”

“不是我的错，是我犯的罪！”

“小资——”

“你赶尽杀绝！！”资历平的眼泪止不住落下来，“你答应过我的，你答应过的。”

军官对特派员：“请问对共党要犯怎么处置？”

特派员说：“立即押往长官公署，由我亲自审讯。”

资历群一边安抚着神态失常的小资，一边竖起耳朵注意特派员的一言一行。

“尸体就地掩埋！”特派员下令。

“是。”

资历群突然生了疑虑：“特派员。”

特派员瞟了他一眼，说：“我不想看到令弟，你马上带他离开这里，我派车送你们回城。”

“特派员——”

“资先生，你弟弟的情况不太妙，你没看出来吗？他就快疯了。”

“特派员，恕我直言，这件事太顺利了，直觉告诉我，这里面有陷阱。”

“的确有陷阱！——这个陷阱是你资先生挖了三年的陷阱，贵翼死了——”

资历平吼一句：“贵翼没死！骗子！”

特派员显然不跟他计较，说：“我们活捉了共党要犯，成功剿灭了共党在上海的交通站，资先生，你是立了奇功啊。从你的角度而言，似乎觉得容易了些；在我的角度而言，是你辛苦三年，牺牲了所爱，牺牲了亲情，才换来的胜利。资先生，你的成功实属来之不易。”

一番话在情在理，资历群听进去了。

“我会向南京政治部汇报整个‘烟缸’案的来龙去脉，资先生就等着总裁的嘉奖令吧。——还有一句话，在长官公署和侦缉处，不是所有的工作你都能插手。就像你对资历安的颐指气使，我不认为那是一个妥当的做法。资先生，你先回去吧，我还有更重要的事情要做。”

资历群立正：“是，特派员。”

资历群开着车，穿过今川古城墙的包围圈。

资历平目光呆滞，有了“癫狂”的症状，喃喃地：“——我饿了，我要吃饭。”

“回去大哥做给你吃。”

“我要去医院！我受伤了，子弹打穿了我的骨头，我要找根针把伤口缝起来！”

“放心，你没受伤。”

资历平一下撑起来：“——你没看见吗？到处都是血。”

资历群一把将他按下去坐好：“听话。”

的确，仿佛车窗外的风都有股血腥味。

资历群一边开车一边遥望着，四周布满岗哨，制高点都有狙击手埋伏，汽车行驶到荒芜的沙地，戛然一声，停下。

资历平顿时眉宇间一震，仿佛恢复了正常，他一下子安静下来了。

资历群走下车，持枪的士兵们警觉地盯着车上下来的资历群。

“证件。”

资历群掏出证件给士兵。

资历平安静地也下车了。

“特派员有令，此处是军事重地，任何人不得以任何借口停留，违者立即执行逮捕。”

“是。”资历群眼角的余光向前望去。四面都是青色烟霭，泛着一股股枪火留下的残烟。一片荒烟蔓草，草丛里流窜着火苗，尸骸遍谷，一派凄风惨雨的迷离景象。

有人在就地挖坑，掩埋死尸。

资历群突然走下小山坡。

士兵端起枪：“你干什么？”

资历群故意喊了句：“有人活着！”

士兵紧张了：“谁？谁？”他端着枪往下跑。

不止一个士兵，很多士兵向资历群的方向围堵而来。

诡计多端的资历群仿佛嗅到了一股“不祥”的味道，“到处都是兵”，资历群突感危疑震撼，他的肌肉霎时绷紧了。

“人在哪儿？”士兵问。

资历群已经站在了林景轩“尸体”的前面，一片血污盖面，资历群站在那里想了想，正要拔枪出来补枪。突然，资历平犹如狂性大发般冲进草丛，他就像灵魂出窍，谁叫他，他也听不见，就算鸣枪示警，他也没感觉。他的身体飘浮着，迅速往前移动。

士兵端枪瞄准资历平。

资历群挡住士兵：“别开枪，我弟弟受了刺激，没事的，没事，别开枪。”他收了枪，朝资历平跑去。

原来，资历平远远看见了贵翼的“尸体”。他一瞬悲恸交集，仿佛慈悲心崩溃决堤，爆裂般痛哭失声。

四野安静，风动草飞，一幅惨景。

资历群奔跑着喊：“小资。”

“你骗我，你骗我，你说过不杀他的，你答应我的。你答应过我什么，他死了！他因为我的出卖，他死了！”资历平难以控制狂躁和悲情，一下从资历群的枪盒里拔出他的手枪！

资历群一声惊呼：“小资。别胡来。”

“你骗我，小资天良丧尽，害死亲兄，小资有何面目，忝活人世！”

“小资，小资你冷静一下，听大哥说——你把枪放下！”

资历平“扑通”一声跪在贵翼脚下，枪顶自己的脑门星，哭叫一声：“大哥！”他手指弯曲，就要扣动扳机！

资历群魂飞天外：“小资！”

“砰”的一声枪响了——

资历群目之所及，大惊失色，想也不想，以迅雷不及掩耳之势扑向资历平。

枪是真的响了，子弹飞了。

资历群是在资历平扣响扳机的刹那打斜了枪管，子弹朝半空中飞去，弹壳飞溅。

资历平号啕大哭起来。

贵翼的“尸体”躺在泥土上，荒草蒿蒿，遮了一半面目，他的手指张开，“瞑目”状。

资历群拼命地打掉资历平手上的枪，兄弟俩在草丛中搏命般挣扎，一番较量后，竭尽全力制止了资历平的狂躁，他大声吼着：“小资，大哥也不想的。这是特派员的指令，贵翼被正法，是党国的铁律！你醒醒好吗？小资！”

资历平哭着。

“放松，放松小资——没事了，没事了，小资。放松——”

资历平面如死灰般静了下来。

他呼吸减弱，一阵安静，安静得就像他已经死去。

草丛里，士兵们已对资家兄弟形成包围之势，两名军官用最快的速度向他们靠拢。

军官对资历群：“资先生，需要帮忙吗？”

“我弟弟病了，我得马上送他去医院。”

两名军官帮忙架着资历平走向来时的公路，资历群回首处，漫天杀气。

资历群开车载着小资离开今川古城墙，山谷里渐渐升腾起了火焰，所有诡诈的秘密随着山谷里的火焰慢慢燃烧起来，销毁殆尽。

苏梅大剌剌地走在前面，后面紧跟两名大汉。

一名特务发现苏梅，惊异地叫了一声。

苏梅举枪就射，特务“扑”地倒在走道里。

枪声惊动了楼内留守特务们。

枪火飞溅！

弹雨流星！

苏梅泄愤似的，枪枪毙命。

两名大汉犹如左右金刚护体，一路护着苏梅大开杀戒。

电讯室的门被撞开，钟雪萍和几个小特务慌里慌张地站起来。

苏梅持枪站在门口：“想活命就站着别动。”

一名特务刚想动，苏梅举枪就结果了他的性命。

钟雪萍尖声惊叫着。

苏梅对大汉："把剩下的人都集中到资科长的办公室去。"

病房里，资历平尖声惊叫着，一根针管扎在他身上，渐渐地安静下来。医生和护士照顾浑身颤抖的资历平，护士拉上了白色布帘。

"令弟受了极度惊吓，造成思维破裂，产生某种幻觉，譬如妄想症。——在这种病态心理作用下，令弟很可能有自杀或者攻击他人的行为。我建议先住院治疗，观察一段时间，如无好转，你可能要送他去精神病院。"医生走出病房，站在走廊上，对资历群说。

"不会那么严重吧。"

"——我只是给您打个预防针。"

"医生——"

"你先回去吧，这里有医护人员照顾，请放心。"

"我能送点吃的过来吗？"

"当然。——趁他现在还认识你。"

资历群心里有了一丝负疚感。

护士推着资历平从病房里出来。

资历群迎上："他怎么样？"

"我们送他去做检查。"

"小资——"

资历平看着他，不说话。

资历群眼角有点湿润。

资历平怕看他湿湿的眼帘，他想逃避资历群的目光。

"大哥回头来给你送饭。"

资历平仍然不说话。

资历群看着护士推着资历平走过长长的走廊，长叹一声。他不知道，此时此刻背对着他的资历平，眼泪落到玫瑰花瓣上。

阳光照在长长的走廊上，资历平的脑海里却浮现出另外一幅画面——

呢喃的江南童谣里，少年资历群抱着幼小的资历平走上高高的楼梯，楼梯没有扶手，又高又陡又斜又陈旧，楼梯延伸着仿佛一条看不到头的走廊。

光影闪烁着，人影飘浮着，童谣呢喃着：“笃笃笃，卖糖粥，三斤蒲桃四斤壳。吃侬合肉，还侬壳——”

资历群在一条沿街铺子前，打电话：“喂，——侦缉处吗？我是资历群。那边情况怎么样？”

“报告资先生，资科长已经从港口撤回了，特派员叫他去长官公署接收共党要犯。”

资历群放心了，他从口袋里摸出一支烟卷来抽，烟雾腾腾中，长长地出了一口气。

“做得好。”苏梅从特务的手中接过电话挂掉了，随后拿着枪对准特务的头，“砰”的一声枪响了，打电话的特务一头栽倒在地。

苏梅吹了一口枪管，说：“侦缉处二科，以资历安为首，勾结黑市军火商，暗杀军政要员。据可靠情报，他派人暗杀军械司副司长贵翼，事情败露后，恼羞成怒，又派人伏击前来调查‘军火走私’案的顾特派员。据悉，顾特派员在上海石桥镇遇袭，不幸遇难。我苏梅临危受命于警备司令部潘司令长官，清查败类，永除后患。”

特务们立正：“我等以苏科长马首是瞻！”

苏梅阴冷地一笑，说：“所有伤害过我的人必将付出惨痛代价。我苏梅一个都不会放过。”她拉响枪栓。

今川古城墙上，金色的打火机点燃香烟，“特派员”站在城头上，感叹着：“经典之作啊。”

贵翼一身泥浆地走上城楼，登高远眺，胸襟壮阔起来，说：“谁的经典之作？”

“我的。”

贵翼眉毛一挑：“谁的？”

“我的。”

“顾特派员已经死了。”

“他死了，我活着呀。”

“你谁啊？”

叶宗辅不想搭理他：“你离我远点，一身的泥。我这身衣服可是新做的。”

“我以为你是从死人身上扒下来的。”

“别恶心我。”

“谁恶心谁？”

“你现在是我的下级。”

“得了吧你，打火机还来。”

“别妄想了。”

“演习结束了。赶紧走。”

“你叫我来，我就得来，你叫我走，我就得走，我也太没面子了。”

两人你一句我一句，嘴仗打得不亦乐乎。

数日前。

林景轩走进办公室，汇报：“军门，刚刚截获了一份南京军统局密电。”

贵翼一跃而起：“念。”

“南京急电，军统局即将从天津调派一名特派员赶往上海，彻查共党‘烟缸’一案。”

“——怪不得资历群有恃无恐。”

会议室，贵翼对江绍成：“——我想实施一次军事演习。”

“你跟我说这个的意思是？”

“这个月中旬。——我要点人手，最好是那边拨点人。”

“我有数了。不过，你还得去趟警备司令部，找潘司令攀点交情。”

风声爽脆，雨声淅淅沥沥。

贵翼撑着伞，走在一片伞盖的洪流中，穿过密云似的街道，一叶孤伞若游丝，若浮云地飘进了一条幽深僻静的小巷。

伞面的弧线在风雨里显得清冷，沿着小巷深处的一排排低墙瓦檐上雨水如注，雨花打落在伞面上，成串的水珠溅成白银光色，肥肥的伞叶在风中抖擞。

伞下的贵翼，稳重沉静，军姿挺拔。

一双深邃的眼睛警惕地透视着四周景物。走着走着，从小巷的拐角处，

迎面走来一个男子，手里也撑着一把雨伞，伞面宽阔，几乎遮住了他的眼睛。贵翼低头看看手表，约定时间，约定地点，约定目标。

“先生，借个火。”叶宗辅手指上夹着一支烟。

贵翼从口袋里摸出一个金色火机，修长的手指轻扣打火机的火轮，“啪”的一声，声音清脆，火苗蹿起，他姿势潇洒地把打火机火口一斜，火口正好递到烟嘴。

叶宗辅对准火口点燃了香烟，低声说：“黑灯瞎火的，人又多，路不好走。”

一场遭遇战在小树林里展开。枪林弹雨，叶宗辅的人马与顾文清的人马在交火。恶战结束，顾特派员及其卫队被全部击毙。

叶宗辅带着自己的卫队打扫战场，掩埋尸体。

“干得漂亮。——你还别说，你冒充顾特派员还挺像的。”

“废话。我就是特派员！他是西南政务委员会的，我是西南党务处的。分工不同，职位相同。”

贵翼“嗯”了一声，说：“你一点没变。一直就想当我上司。”

“你也没变。——做我下级不乐意啦？这回可是你请我来的。”

贵翼递给叶宗辅一封厚厚的信函。

“打火机不错。”

“是我的动作不错。”

“还那么嚣张。”

“报复我啊。”

叶宗辅吸了一口烟：“六月债，还得快。”

“送你了。”贵翼手指一弹，打火机落入叶宗辅手中。

“这算是贿赂？”

“不要还回来。”贵翼作势来“抢”。

“得，得。”叶宗辅笑着伸手一挡，“风高浪险，多保重。”他将信函揣入怀中。

“壁立千仞只争一线。”

贵宾休息室，苏成刚陪着“203号”首长在休息。

一名行动队员走过来：“可以上船了。”

苏成刚说：“我们走。”

轮船的汽笛声。

“‘203号’怎么样？”贵翼问。

“乘风破浪，扬帆远航。”

“你去哪儿？”

“准备入川。——南方局命令，这件事过后，你立即回归‘休眠’状态，不得再介入任何秘密情报组的工作。”

“是。不知‘冰蚕’何时破冰？”

“不知道。”

“长夜漫漫啊。”

“嗯，耐得寂寞，始有大成。走了！”

“保重！”

叶宗辅和贵翼面对站着，互敬军礼。

公路上，李磊的车在前引道，一辆辆货车蜿蜒而去。

贵翼眺望着远方，林景轩一身是土地跑上来，立正：“报告军门，特派员公署和军械局的联合演习正式结束，警备司令部的潘司令为了答谢军械司特批的一批德式装备，今晚在‘万家灯火’设宴，招待军门。”

贵翼点点头，问：“小资呢？”

“我问过跟去的人了，小资少爷在陆军医院，资历群回家了。”

贵翼表情严肃，又问：“苏梅那里怎么样？”

“一切照计划进行。——我刚刚打过电话了，苏小姐去漕泾河监狱。”

贵翼理会了：“资历群死期到了。”

苏梅一身戎装，干练地站在监狱长面前：“长官好，我是警备司令部侦缉处二科的苏梅，奉军械司贵军门之命，前来拜会长官。”

“苏梅？”监狱长根本就没有认出来她曾经是个死囚犯，“苏小姐，有点面熟啊。”

苏梅笑笑，把军帽摘下来，露出小平头。

监狱长一惊：“你是？”

“我是原侦缉处资历安科长移交到漕河泾监狱的死囚犯。”

“我想起来了，想起来了。是贵军门亲自来提调的你！”

“我是被人陷害，遭到冤判的。好在贵军门将我提拔出冤狱，替我洗清了罪名，恢复了军籍。”

监狱长站起来：“恭喜，恭喜苏小姐。当日怠慢了苏小姐，苏小姐不会到此来兴师问罪吧？”

“苏梅不敢。苏梅冤狱皆因资历安为了包庇胞兄而一手炮制的，苏梅此行是为了另一桩悬而未决的越狱案。”

“越狱？”

“杀人犯资历群越狱潜逃一案。”

“竟有这回事？——我记得此人已经被执行死刑了。”

“应该是。不过，资历安用了一个叫佟阿大的抢劫犯代替了他的胞兄资历群。我不知道这对监狱长是否重要？——你们弄错了被处决的犯人。”

监狱长的脸上阴晴不定：“苏小姐暗示本监狱长有渎职罪之嫌？”

“不敢。长官，没人怀疑你的清廉。”

监狱长坐了回去，很严谨地：“——那就不知，苏小姐想从我这里得到点什么？”

“我要长官替我主持正义，让真正的杀人犯付出应有的代价。”

“苏小姐此来的目的，是贵军门的意思，还是苏小姐自己的主张？”

“长官，我要说是自己的主张，您信吗？——区区一个苏梅，差点死在监狱里的一个微不足道的小卒子。”

监狱长明白了：“贵军门想让我怎么做？”

“我负责去把犯人给您抓回来，您负责恢复资历群的死刑执行命令。”

“可是死刑犯的档案里，他应该已经被执行了。我没权力两次绞死同一个人。”

“上次执行的是佟阿大，是资历群的替死鬼。——至于死刑犯档案，长官去档案室看看就知道了。资历群的档案已经物归原处了。”这句话厉害。

监狱长有点蒙。

监狱长、苏梅和两名警察走进档案室，一大沓档案被拿了出来。他拿到了一份“资历群”的档案，他有点诧异，回眸苏梅，苏梅笑笑：“只是一个小错误而已，及时纠正就好了。长官！”

监狱长微笑：“苏小姐，人才啊。既然此案有凭有据，本监狱长自应秉公执法。等犯人归案，立即执行死刑。”

“好，一言为定。”

“有一句话——我想问问苏小姐。”

“长官请讲。”

“资科长现在何处？”

“资历安包庇胞兄，盗卖军工署军火，勾结黑市军火商暗杀军政要员，今天已经被秘密处决。”

监狱长顿时大悟：“资历安真是罪大恶极！他还真以为他资家兄弟能一手遮天啊！苏小姐，不，苏上尉，我刚刚下达的命令，即刻生效！”

苏梅立正：“是，长官！”

医院走廊上，贵翼迈着军人的步伐铿锵有力地走在前头，林景轩跟在他后面，几乎小跑的，他看贵翼面色不善，心里替资历平捏把汗，又不敢劝。

走进病房，白色布帘一拉开，资历平还没反应过来，就被贵翼从病床上给拎起来，迎面给了他一拳。资历平一个踉跄，摔在门口，林景轩正好接住他。

“军门，有话好说。有话好好说，吓着孩子了。”林景轩劝着。

贵翼一把推开林景轩，他指着资历平骂：“你个浑蛋！！你刚才疯了，真开枪啊，你真够胆量。吓死人不偿命啊！你知不知道，有多少人为此时此刻费劲心血，你差一点害大伙功亏一篑，你要害死人的啊！你明白吗？”

林景轩替他说着好话：“军门，军门，他也是为了牵制住资历群——他也不得已。”

“不得已？他那叫不得已吗？他是真心寻死！你对一个丧尽天良的人讲情义，啊？”

林景轩愣住，手里推了一把资历平："不会吧，小资少爷你不会犯糊涂犯到这份上吧？要真是这样，别说你大哥要揍你，我这回也不帮你了。"

资历平刚刚经历了人生中最艰难的时刻，他低头对贵翼说了声："对不起。……我不是故意的，我当时很混乱，我分不清什么是真实的，什么是幻觉，对不起，大哥，吓着您了。"

"你！"贵翼恨得牙痒痒，他也是刚刚经历了生命中最危险的时刻，他眼睁睁看小弟要自绝性命竟无能为力，想想就生气，他"打残"小资的心都有，"景轩，出去守着。"

"是。"出门前，林景轩暗中推了小资一下，暗示他别犟嘴。

病房里只剩下贵翼和资历平。

贵翼稍稍调整了一下情绪："我告诉你，小资。你不是为了'贵婉'而战，你是为了心中的理想和信仰而战！我们从来都不是穷军孤客，我们的背后是四万万同胞，你为了一己私念，罔顾大局，惊痛养兄末日，恍恍惚惚，戚戚怨怨，哪里像一个战士！资历群恶贯满盈，此恶不除，何以对九泉下的烈士英灵！"

资历平恍如醍醐灌顶，顿时惊觉还魂。

"——你就该受点教训！空有乌获孟贲之勇，全无敏捷决断之心。一片私恩故情就让你摇摆不定，倘若今日资历群出手迟缓，倘若那一枪真的夺走你的性命，倘若当时我失控而起，整盘棋因你而废！前功尽弃！"

资历平冷汗淋漓。

"你要知道，今日之事，是以特派员公署与军械局联合演习的名义而为之，现场的官兵，有自己人，也有不知内情的敌人。倘若资历群真的发现破绽，大声嘶喊，枪声再起，一定会惊动外围的士兵，到那个时候，就是真正的一场恶战！为尔一念之差，网破鱼飞，星月沉底，倘有重大牺牲，我问你，你将如何自处？！"

资历平低头站在房间里，面无血色。

"——你该庆幸，你不是我的兵。小资，你今日之举，倘若是我部下为之，我立即对你执行战场纪律，绝不会心慈手软！！"

资历平低头："……我错了，我控制不了自己，我错了。我原意并非如此，我只是想转移资历群的注意力，可是，我……我错了。我原来很多事都做不到。”

“小资，你还有很长的一段路要走，你需要长期的忍耐和努力。你表面玩世不恭，骨子里太重情义，将来，你要面对的比今日之局更加残酷，更加凶险。你要分清同情心和责任心，否则，不是我恐吓你，你会死无葬身之地！”资历平不敢辩解求情，低头受教。

看到资历平现在的样子，贵翼也不忍心再说下去，安抚道：“你就在这儿好好休息，一会我派人送你回贵公馆。”他说着往外走。

资历平感觉到了什么，走到他前面，问：“你去哪儿？”

贵翼表情复杂：“——你就别去了，待在这儿。”

资历平没有动，依旧站在他前面。

“我要去做最后一件事。”

“我也要去。”

“我不想让你去，你不懂吗？”

“——我懂。但我必须去，他是我大哥。”

贵翼实在是心疼这个小弟，他伸手把资历平揽在怀中。

资历平哭了。

商务会馆门口，江绍成带了几个手下走下车，每个人穿着便装。

“会馆上下、里里外外都给我保护起来。”江绍成吩咐着。

“是。”

“提高警惕，确保贵老先生的安全。”

“是。”

众人全部散开。

劳斯莱斯驶到门前，停下。江绍成驻步，他认出那是贵翼的车。

车门打开，一只高跟鞋先探了出来。

江绍成一愣，心里寻思着：“女眷？”

董细妹穿着时髦的洋装，手里捧着一个小金鱼缸，走下车。突然，她“哎呀”一声：“我的皮包。”

江绍成站在她眼前，她误以为是会馆侍应生，眼都没抬，直接把小金鱼缸递到江绍成手上，口里说着：“劳驾，帮忙。”

董细妹弯下腰，探头进车门去拿皮包。

司机也下了车，看到江绍成吓了一跳，敬了一个标准的敬礼。

江绍成一挥手，急忙制止了。

董细妹拿到了皮包，一回身，对江绍成：“谢谢啊。”

“您是——董小姐吧？”江绍成面带微笑地问。

董细妹疑惑：“啊，您认识我？”

“我不认识您，我认识贵军门的车。”

“那就是听说过我了。”她一点不矫情，江绍成笑着点点头，“咦，你这个人吧，我感觉有点面熟，好像，好像在哪里见过你的。”

“是吗？——那应该挺有缘的。”

“我知道你是谁了。”

“谁？”

“贵军门的兵。”

江绍成笑起来：“猜得不错，我是他的兵。”

站在一旁的司机，神情紧张，一动不敢动。

江绍成替董细妹捧着小鱼缸，两个人有说有笑地走着：“我原以为，贵军门家的家庭教师很严厉，很学究派，原来董小姐又活泼又年轻，连说话都还有学生气。”

董细妹笑起来：“贵军门尊重我是真的。为了谋生，我也进过一些高门大宅，教他们的小孩子，少有像贵家这样有规矩、有素质的。”她忽然叫了一声，“——哎呀。”

江绍成惊问：“又忘了拿什么？”

“——忘了拿鱼食。”

江绍成以为是什么大不了的事情，忙道：“没事，一会我叫人去街上买。”

“董小姐——”妞妞叫着，快乐地“扑腾”过来。

董细妹一把抱住她：“我的妞妞。”

贵闻珽站在妞妞身后，看到江绍成，说：“江参谋长，你来了？”

董细妹诧异地回眸。

“伯父，我来给您请安啊——您看，您到上海也有些日子了，我早就该来了，怪您儿子，不放我假，耽误到现在。”江绍成手上还捧着小鱼缸。

贵闻珽不明情况：“这是——”

董细妹赶紧站起来，从江绍成手上接过小鱼缸：“妞妞，你看——小金鱼。”

看到小金鱼，妞妞笑了。

董细妹顺势叫了声：“贵老爷。”

“董小姐。”贵闻珽应声。

董细妹看了看江绍成和贵闻珽，转身对妞妞：“妞妞，咱们去那边玩。”她捧着小鱼缸，带走妞妞去花廊了。

贵闻珽客气：“江参谋长，我们去花厅坐坐。”

“好的，伯父。”

两人同时进了屋。

汽车一路驶来，树影车声，多少风云故事像走马灯一样，在贵翼和资历平的脑海里穿梭往复。

车到了资历群的住所，三人下车。

贵翼对林景轩和资历平：“你们在下面等着。”

林景轩一愣：“啊？不好吧，军门，资历群是个卑鄙小人，手段阴毒，输不起，我们一块儿上去吧，人多势众。”

“群殴啊？人多势众？”贵翼冷言冷语，林景轩却步，资历平低着头。

“小资。”贵翼也说不出什么别的话来，只一句，“一会我叫你上去，跟你大哥告别。”

“军门，你让我跟着吧，你这单枪匹马的——”林景轩还是不放心，转对资历平，“我没别的意思，就是怕你大哥狗急跳墙。”他一下卡住了，贵翼回头瞪他一眼，“我没说你。那什么，注意安全。”

桌子上摆着热气腾腾的家常菜，资历群在厨房里忙碌，一股白烟冒起，火焰在锅边蹿起，一盘炒虾起锅了。

房门敲响，资历群打开门，看到贵翼气宇轩昂地走进来的一刹那，简直就像看见了“鬼”，他脸色顿时蜡黄。

他知道，自己“输”了，输得很惨。恐怕迎面而来的是人，而自己是一个“鬼”了。

“资先生，贵某人不请自来，冒昧造访了——”

资历群打了个寒战。

“资先生，贵某人不请自来，冒昧造访了。资先生不请我进去坐坐？”

资历群稍微清醒了些，“呵呵”一乐，说：“贵军门光临寒舍，资某人荣幸之至，蓬荜增辉。贵军门请——”

“谢谢资先生。”

贵翼走进屋。

资历群关门：“哎呀，都怪我，都怪我，我历来都不喜欢打扫战场，看起来，这一次，真是小河沟里翻了船。”

贵翼摘了军帽，伸手捋了捋整齐的头发，说：“资先生不屑于打扫战场这类小事，理解，贵某人非常理解。哎呀，贵某就没有资先生的福气了，凡事都得亲力亲为。”

“你做了这样一个泼天大案，不用回去向潘司令做报告吗？”

“演习嘛，早就给警备司令部备过案了。——怎么？资先生一点也不知道吗？令弟资科长没有提醒过你，抑或是资先生过于自负了？”他观察着资历群面部微妙的表情，“——那就难怪了。”

“这件事我的确跳过了警备司令部，因为他们太蠢了。”

“我没意见。”

“我每天都在考虑一件事，自己什么时候也会成为别人手中的猎物，落到敌人设计好的圈套里，我每天都过得小心翼翼，——我喜欢先发制人。”

“这一点我跟资先生很相似，我也不喜欢被动，我是一个主动出击的人。”

“是啊，我从今川古城回来——想了这件事发生后，很多种可能性，却怎么也没有想到你会活生生站在我面前，就现在。”

“我让你‘惊喜’了。”

“的确，意外的惊喜。——你知道，干我们这行遇到个好对手不容易。”

“是啊。我们会花很多时间和精力去做一些很平常的事，直到被人逼上梁山。”

“——军门措辞不当啊，是逼上梁山，还是落草在前啊？”

“你不是已经有答案了吗？”

“错在我——”

“轻敌了。”

二人相视而“笑”。

“真令人不可思议。我目睹的‘现场’……现在想起来‘杀人埋尸’，‘放火烧山’全是障眼法，伪造的‘杀人现场’几乎是公开的——”

贵翼纠正地：“半公开。”

“差不多。但是这种绝妙的计划和安排一定是策划已久的阴谋。”

“阳谋。”

“随意，结果是一样的，没有人死亡——”

“对。——全都是假的。”贵翼坦然一笑。

“除了那些真的。——我当时就觉得很奇怪，小资是在掩护你，他不是负疚自戕，更像是绝望下的挣扎。”

“不是像，就是。”

“——他是为了我而挣扎，并不是为了你。”

“资先生何必强迫自己回忆每个细节呢？”

“不应该吗？”

“这种事通常只用一次。”

资历群嘴角泛起一丝冷笑：“冷嘲热讽？”

贵翼铿锵有力：“秋后算账！”

一盘“炒虾”上桌。

资历群给贵翼斟酒：“我家小资挺任性的，也是从小给家父惯坏了。不过，你们好像相处得还不错。”

“是啊，这得益于你资家的良好家教。——来，敬家庭教育一杯。”

二人客气举杯，同饮。

“绍兴花雕，又称‘状元红’。”资历群咂了咂酒，“不知道贵军门喜不

喜欢？”

“嗯，这酒好啊，应景。——喝起来，甜酸苦辣鲜涩俱全，最适合今日之局。”

资历群笑起来：“贵军门厉害，军门的品位真是无可挑剔。状元红，埋于泥土，数十年的光阴，不见天日，一朝见天，光彩熠熠，那些凡夫俗子是绝品不出其中三昧的。贵军门就不一样了，正如军门所言，此酒应景，这景就应在你我二人的身上，不是吗？”

“哈哈哈……资先生其实是一个内心张狂的人，你日日夜夜都想成为万众瞩目的目标，不幸的是，你选择的这个职业，真的是太微妙了。不得不深埋于地。有的酒一朝见天，光彩熠熠，也有败兴的酒，永无见天之日，与泥土同腐。”

“我很清楚，贵军门此来的目的，不过是要跟资某人结账的同时，亲眼看着我堕入深渊的恐惧，对吧？你是希望看到我害怕，还是疯狂呢？”

“灭亡。”

“资某人倒是喜欢贵军门的直来直去。——不瞒贵军门，我原来也是一个虔诚的共产主义者，经过风霜雪雨，烈火灼烧，而幡然悔悟。我资历群的确是在为 CC 效力，可是，CC 并没有给我一个实际的官职。这是为什么？嫉贤妒能。——实不相瞒，今日之祸，并非资某人道行肤浅。实因决策者短视，握权妒功，急功近利，导致惨败。一个大家庭里的人离心离德，怎么能怪他人团结的家庭兴旺发达呢？”

贵翼点头，表示赞同。

“权责重叠，往往内部竞争会导致部分成员自相残杀。”

“譬如苏梅？”

“是啊。”资历群叹了口气，“唉，变化太过急骤了，资某人一时半会还真有点接受不了。三年潜伏，一朝败露，杀了一组共谍，今日路过黄泉，也不算掷地无声了。”

房间里很安静。

资历群把玩着手中的酒杯：“三年啊……我从来没有绝望过，直到今日。我一个人任务压身，孤独的流徙，隐忍不发，战战兢兢地生活在‘暴露’与‘隐藏’的边缘。……我费尽心思，用尽力气，首开‘掺沙子’换谍的先河。原以为胜利就在眼前了，错就错在，为了对付军门，千里迢迢去请了一个草包特派员，不，也许不是草包——”

“——资先生果然道行不浅，真的不是什么‘草包’，而是‘调包’。不好意思，贵某人忘了通知资先生，特派员是我安排的人，此特派员非彼特派员，‘掺沙子’的计划，我活学活用了。谢谢你啊资先生，你是一语点醒梦中人。”

资历群苦笑起来。

第三十八章　真相大白　水落石出

“猎谍游戏，古来就有，就像一种永无止境的棋局，胜者为王败者为寇。其实，我也没有什么好抱怨的。”

董细妹带着妞妞在会馆公园里玩耍。

贵闻斑和江绍成在花间树荫下散着步。

“我跟江参谋长也是好久不见了。”

“您叫我绍成就好了。”

贵闻斑回看远处，一队士兵跑过，点点头：“——今天翼儿的军营里是不是有特别重要的事发生？”

江绍成打着哈哈：“演习而已。”

“演习？如果仅仅是一场演习，值得江参谋长劳师动众地赶来，保护老朽吗？依我看，不是老朽和妞妞有性命之忧，就是小儿今日有生死之战吧？”

“伯父一语中的，绍成奉军门之命到底，不敢懈怠。”

贵闻斑毕竟想知道内情，追问：“到底是什么事呢？”

“这个——伯父，军门有严令，恕绍成不敢泄露军机。不过，请伯父放心，军门睿智，有军事才华，凡事自会一一安排妥当的。”

“睿智，有才华。做父亲遇到这样的儿子，你就不得不放下天伦辈分，来跟他平起平坐。——诸事与他商量，顾及他的尊严，体谅他的苦衷，维护他的权威。我并不想干预他所做的事、他的决定和政治主张。我只想安静、安宁地一家人在一起。”贵闻斑心生感慨，举目望去，董细妹正在和妞妞一起把金鱼放入小池塘。

妞妞欢笑着。

董细妹和妞妞给金鱼喂食。

“——小鱼快来，快来。这条小鱼跑得好慢，它能吃到饭吗？”

“所以啊，鱼食要抛远一点，要不然都被跑得最快的小鱼抢光了。”

妞妞试了试，抛不远。

“董小姐，妞妞力气不够，妞妞多喂点——”

“不能喂太多，小鱼会撑死的。”

“啊？小鱼不知道吃饱了就不吃吗？”

“小鱼不知道啊。”

妞妞很认真地点头：“妞妞知道了。妞妞会对小金鱼负责的。”

贵闻珽感叹：“——孩子的心灵永远都是纯净的。妇女和儿童最应该享受平静和安逸。但是，世事纷扰，战火纷飞。使我们不得不面对残酷的战争，尽管如是，我还是希望我的翼儿能在戎马倥偬中找到他能托付一生的女子，尽快地成家立业。”

“会的，伯父。军门若想成家立业，这么好的家事风度，有多少名门闺秀排队呢。只怕他眼界太高——工作又忙，责任又重。国事、军事、家事实在难以两全。”

“这也是你至今未婚的借口？”

“我啊？我哪有。——我是真没遇到合适的。”

贵闻珽含笑。

“嗳，这军营里面一举一动都受限制。不能随意出入，见长官要敬礼，穿着也不能太随便，晚上吹熄灯号，早上要出操——”

“军官不在此列吧。”贵闻珽打断他。

江绍成开玩笑：“您儿子不在此列。”

两人笑起来。

“爷爷。”妞妞喊着跑到贵闻珽身边，小手上来就牵住大手，“爷爷，快，快跟我去看小金鱼，很漂亮的。”

贵闻珽乐呵呵地被妞妞牵走了。

董小姐跟江绍成站在池塘边上，水面不仅有鱼，还有鸭子，有莲蓬，一幅极美的水墨丹青。

水鸭飞翔，荷叶连连。

“行鱼避杨柳，惊鸭触芙蓉。”

“江参谋长好雅兴。”

“——很久没有这样的情致了，想起了我的老本行。”

“江参谋长在农村养过鸭子？”

“我开过飞机。”

董细妹恍然大悟，笑起来：“原来水鸭也有飞翔意。”

“董小姐神来之句。其实风光自在百姓家。”

董细妹一怔，回头看他，却不防一脚踩到水洼处，“哎呀”一声，江绍成赶紧扶她一把。她看看裤脚，一皱眉：“糟了，裤脚溅了泥呢。——我这裤脚下面是手绣的芙蓉，不好洗，哎呀，真是，我怎么光顾着看你不看路。”

江绍成有点对不住的意思：“——这个，不好洗是吧，真是不好意思——”

“没关系，我不要你赔。别介意。”

江绍成倒没有要赔的意思，她这样坦然一说，弄得好像自己不出点力说不过去了，说：“要不，改天我请董小姐吃饭。”

董细妹一愣，回眸又看他，问：“吃什么？”

“吃——您想吃什么？”

董细妹笑笑：“你真是个老实人。不用啦，我哪有那么小气。”

江绍成微笑。

“哎呀，我想起来了，想起来了。我的的确确曾经见过你。”

“在哪里？”

“在梦里。”

江绍成顿时被她给“打败”了：“董小姐是说真的吗？”

“这种事能开玩笑吗？——你让我想想。我想起来了，梦中的你，是一个很帅很帅的中国空军。——我终于见到你了。”董细妹抑制不住兴奋的表情，“我以为，我只能一辈子在梦里与你相遇。”

“我现在知道，你为什么能在贵家呼风唤雨了，你干净得像个孩子。”

突然间，片刻静默。

“——我只是一个比较简单的人。”

“简单的人往往都有不简单的经历。”

“嗯，我不喜欢走寻常路。”

“什么样的路在董小姐看来是寻常路？”

“就像我，家境一般，没什么身世背景，很多像我一样的女子，在年纪轻轻的时候都选择了嫁人生子，可那不是我想要的。我喜欢自由自在，自给自足，经年累月地努力不为别的，就为了能改变自己的命运，自己的人生自己做主。”

“董小姐是一个懂生活的人。”

“你怎么说话这么少。”

“话都被你抢完了。”

“你的意思，我把你的心里话都说出来了？”

江绍成笑了，带有几分自得：“董小姐是这世上少有的明白人。”

资历平和林景轩站在街上。

林景轩拍拍他的肩膀，仿佛就是安慰了。

“——人在乱世，命贱如苇草。”资历群看了看贵翼，说，“你是智慧占了上风啊。”

贵翼纠正：“错，是正义！”

资历群微笑：“真是下了血本。”

贵翼浅笑：“与毒同谋罢了。”

“贵婉是个极聪明的女子——她的死，我也很痛惜。”他盯着贵翼的脸说，“我是真的爱过她，真心爱过她。警察局那帮浑蛋为了抢功，逼迫我提前结案，这些蝇营狗苟之辈，偶尔抓捕两个，诸如大街上交通员兼做卖花女的小角色，也要嚣嚣一番，抓住这样一个大线索，怎么肯轻易放弃？我没办法，我就是一个抓共谍的人！我没退路，要么把贵婉交给他们，要么——”他偏了偏头，咳嗽了一声，“至少，她走得从容，不受苦。”

“住口！恶贼！”贵翼暴喝一声，“在这个世界上，我从未见过像资先

生这样鲜廉寡耻之徒，杀了人还要惺惺作态，我最痛恨的莫过于你的懦弱和阴毒。

“你口口声声爱她，这种‘爱’真是太残忍了，因为从一开始就注定要杀戮的结局。你所谓的‘爱’，就是一个冷酷阴森的陷阱，你步步为营，处心积虑要置她于死地！所谓浓情蜜意，全是刀剑暗伏。你把一个纯真女子的爱情和信仰玩弄于股掌之上，怎不叫人彻骨寒心。

“你把她的坚忍和爱意当作了踏脚石，当作你扶摇直上的青云梯。

“刽子手杀了人，还要在一旁吆喝，看，这是我的杰作，我是多么多么的善良，多么多么地为‘遇难’的人着想，你恶心残忍的程度，实与禽兽无异。

“你所谓的利剑都是从阴暗处刺来的，你不敢让她看到你真实的嘴脸，你懦弱到让贵婉昂首挺胸走向刑场的勇气都没有！！”

资历群也咆哮起来：“我也是为了我的信仰和主义，我为了达到目的，我不惜亲手杀了自己的妻子，利用同党、折磨兄弟。你以为我心里好受吗？别人的家庭是多么的温暖，大家都能享受到阳光雨露，而我呢？我不过是一个影子罢了，哪怕阳光满地，阴影无处不在。我忍受了多少苦难，原以为大功告成，可以成就功业。可惜啊，半路杀出个程咬金，我所有的事业功名全都半途而废，真令人遗憾终生。”

“资历群你又做人又做鬼，爱自己如珍宝，视他人如瓦砾。把自己所谓的功业建立在别人的牺牲和痛苦中，还要忝称为了信仰而牺牲，你牺牲的不是自己的‘信仰’，而是他人的‘信仰’，你践踏了自己的‘主义’，因为你根本就没有一点革命的精神。”

“贵军门难道不知‘成事不说，既往不咎’吗？”

贵翼仰天一叹：“呵呵，似资先生这种为人为谋的手段，自私残忍，实在可恶至极。”

资历群“哧哧”讥笑着：“浑浑噩噩的大众懂什么是共产主义，晓得什么是三民主义？他们只要吃饱了饭，什么都不会在乎。谁还会在乎什么是革命的精神？”

“资先生口中的大众，其实就是千千万万的普通民众。资先生有没有听过这样一句话，胜利属于人民！”

“呵呵，”资历群冷笑一声，“贵军门终于原形毕露了，这话的口气分明就是共产党啊。大家不过是各为其主，做人做事，方法不同，各有所宜，各取所需。这副重担压在我身上已经有三年了，我已不堪重负，于今一旦放下，浑身轻松。”

“只怕资先生轻松不了了。”贵翼冷笑说，“资历群是上海漕河泾监狱越狱的死刑犯，警察局正在全城通缉你，我们军械局已经通知了侦缉处二科新任科长苏梅，他们正在缉拿你的路上，漕河泾监狱的绞索架已经盛装以待资先生。”

“你？！！赶尽杀绝啊。”

贵翼笑笑：“是啊，你现在演的是你这场戏的最后一幕。”他站起来，走近资历群，几乎是恶毒的神态，“其实我很想越俎代庖！手刃凶手！快意恩仇！——但是，我不想弄脏自己的手，因为你不配！”

“猎手输给了好猎手，不丢人。”

“资先生言不由衷啊。”

“这个城市里有很多美好的东西。”资历群无意中朝窗外看了一眼，“现在的中国，无论客观条件还是主观见识，都不可能摆脱帝国主义的阴影，资本主义的束缚。至于遥远的共产主义，鄙人认为那是遥不可及的理想主义而已。”

贵翼不说话。

“贵军门，其实——”他想了想话题，说，“别人抓共谍，都是千方百计地去抓去杀，毁掉交通站、联络点。而我就不同了，我是唯一一个想重建交通站的人，大换血，掺沙子，直至重新构建一个又一个在我控制范围内的联络点。这样做的好处是，资某人可以为双方长远建功。”

“哦。”贵翼的嘴角不经意地露出一丝鄙夷的浅笑。

“嘿。”资历群不露痕迹的“求生”。

两人对视一眼，各自笑起来。一个笑得风轻云淡，一个笑得忐忑不安。

贵翼轻描淡写地：“我不收‘破烂’。”

资历群的笑容凝固在脸上，僵住。一线生机，被掐断了，好在这“求生”的态度并不明显，被人拒绝后，也不至于太过狼狈，他索性就放声大笑起来。

“给自己壮胆啊。”贵翼不失风趣地一笑。

一语道破天机。

“临行之际，我想见见小资，贵军门是否有此雅量，让我兄弟告别？”

“我原意是不想让他来的，理由嘛，我想资先生比我清楚。但是，小资依然要来。——此时此刻，小资就在楼下。——不知资先生是否有雅量，做一个安静的告别。”

资历群对贵翼，很清晰地：“他是我弟弟。——我知道该怎么做。”

看到贵翼在窗前示意，资历平缓缓地走进了公寓。

他站在贵翼和资历群面前，叫了声：“大哥。”

资历群淡淡地：“送别家人一定不容易，是吧？小资？”

资历平低着头。

“小资，你的戏越来越好了。——可惜，你说真话的时候，大哥我当成了疯话；你说假话的时候，大哥又当成了真话。你是一句一句，一步一步把大哥送上了断头台——”

贵翼果断截住他：“小资，给你大哥斟杯离别酒，也不枉资家教养你成人成才。”

资历平低头上前，拿起酒瓶，给资历群斟酒。

“猎谍游戏，古来就有，就像一种永无止境的棋局，胜者为王败者为寇。其实，我也没有什么好抱怨的。”资历群笑盈盈地说，“失败者总是络绎不绝，不止我一个。衡量成功和失败的标准，也不是胜利或者死亡。而是，心死如灰，生不如死。”

“错！”贵翼说，“我替贵婉说一句吧。正义总会来临，哪怕来迟一步。”

“那这杯酒岂非是资某的断头酒？”

“你说呢？”

“这酒喝下去，也不知道对我有没有用？”

“不知道，好像对临刑者多少有点用处。”

“是吗？”他抬头看看贵翼，“不知何年何月，何时何地轮到军门？”

“时刻准备着。”

贵翼说得既含蓄又具体。他低头俯视资历群，说：“不瞒资先生说，贵翼为了家国信仰，白刃可蹈，火海可葬！”

资历平的双目炯炯有神地看着贵翼，这一瞬间，他意识到了什么。贵翼与贵婉必是同道之人。

资历群笑笑："你我确是同路之人。"

"又错了，我与你永远都不会同路。——我始终相信，正义战胜邪恶。至于将来的死路，对于我来说，也是洒尽英雄血的阳光大道。就像我胞妹贵婉，她的鲜血绝不会白流，她为了她的信仰，献出了最宝贵的生命，最美的青春年华，是贵婉的光荣，是贵翼的榜样。"

贵翼这是赤裸裸地承认了自己的身份，毫无顾忌、毫无悬念地预示着资历群必死无疑！

资历群一口干了杯中酒。

资历平有点站立不稳。

"小资，其实你不用太难过。你亲娘是死在我资家兄弟手上的。"

"说什么！"资历平猛地回眸，他倏地扑向资历群，抓住他的领口，吼叫："为什么？为什么啊？！"

资历群冷静而清晰地："因为她在错误的时间走进一个错误的地点！"

资历平完全震惊，绝望。

1934 年，秋，上海。

夜雾沉沉，花枝树荫下资家兄弟在资家花园秘密谈话。

"——推迟收网？什么意思啊？"资历安说，"这可不是你能决定的。"

"我现在很混乱。"

"你不会真的爱上一个女共党吧？"

资历群眼光锐利地盯着他。

"我跟你说，我俩的系统可不一样。你在 CC 连个正经的职位都没有，你无权指挥我——"

"我俩是亲兄弟。"

"这能证明什么？"

"你留下苏梅想证明什么？"

"苏梅很能干，她现在是我手下最得力的干将。"

"我担保她有一天会杀了你。——你折磨过她，极尽羞辱之能事，她是绝对不会放过你的。你信我，我比你更了解她。"

"——我每天都要面对很多问题，你提供给我的情报，我是无法向上面提供真实来源的，这才是我留下苏梅的真正原因。"资历安厉声，"她是你的'替罪羊'。"

"但愿你说了实话。"

"网撒得那么大，有必要吗？"

"——什么意思？"

资历安别有用意地："我看你乐在其中。"

"破获共党一个小交通站，值得我熬得这么辛苦吗？要干，就干一票最大的。交通站是运输线，小鱼小虾的我没兴趣，我要等一个机会，等一个大人物。我不能一事无成地回来，像你一样在侦缉处里浑浑噩噩地谋个'屠夫'一样的差事。我要换个环境——"他点燃了烟卷。

月光下，他听到了花枝颤动声，资历群色变，立刻掐灭烟头："有人。"

狗在狂吠。

女人的喘息声和男人杂乱的脚步声交融在一起。

"我什么都没听见——来人啊——救命，救——""咕咚"一声，很沉闷的声音，伴随着叶连生的救命声，一同消失了。

黑夜里。

资历群问："人呢？"

资历安说："她慌不择路，掉枯井里了。"

"做干净点。"资历群冷酷地，"我不信这世上有人会守口如瓶，除了死人。"

"终于有一次我和你不谋而合了。"

资家两兄弟合力搬动大石块，扔进枯井里。

花园的铁门，重重地关上。

"你娘无意中听到我和你二哥的谈话，知道了我的真实身份。是她自己惊慌失措，慌不择路，失足掉到花园的枯井里，你二哥为了替我保守住秘密，把井给填了。”资历群说得很轻松。

资历平的血都要喷出来了：“你！你，你们杀了我亲娘，还像没事人一样跟我称兄道弟！我要杀了你！”他一拳猛力地砸在资历群头上，“我要杀了你！我要杀了你！你还我娘来！！”

“小资。——小资。”贵翼一把拽住了狂躁的资历平，说，“把他交给警察局吧，让警察来执行死刑，名正言顺。”

资历群竭力克制自己对死亡的恐惧和绝望的心情，尽可能地在贵翼面前保持住以往的风度和镇定。“——我落到这步田地，也是自作自受！”他自嘲地一笑。

贵翼拍拍他的肩膀，说：“临刑不变色，资先生确有大将风度。告辞了。”

资历平头脑一片混沌，眼睛一片漆黑。

“鸟之将亡其鸣也哀，人之将死其言也善。——小资，去吧，不必愧疚，不必祭奠，还有，记得每年给爹爹上坟，给我们的母亲寄生活费。”

沉默。

片刻沉寂。

资历平没有动，贵翼也没有催促。

“爹爹坟前植土，母亲生活供养，小资尽心，只要小资活着……”资历平别过头去，“吧嗒”一滴眼泪恰恰落在贵翼的皮鞋尖上。

贵翼抬头看他，小资对着亲兄又不敢太过悲凉，仓皇一笑。这一笑，让贵翼觉得心疼小资，有情有义、张扬跋扈的孩子生生被逼迫到不敢露声色的地步。

资历群说：“黑水塘里的水，原来也是清澈见底的。慢慢地有了鱼和鸟，有了枯枝和败叶，有了黑色的雨水，黄色的泥浆——”

贵翼拉着资历平向前走。

资历群继续：“生机勃勃的池塘最终变成死气沉沉的泥沼。”

贵翼拉着资历平离开房间。

资历群安静地裹着烟丝，动作慢，且优雅。

贵翼带着小资刚走出来，枪响了，资历平浑身一颤，贵翼感觉到了。

资历平回眸，他双眼蓄泪，仿佛能看见血色满屋。

资历群坐在椅子上自戕，太阳穴鲜血淋漓。

桌子上，是他刚刚卷好的纸烟，纸烟显得苍白无力。

“小资，我们走吧。”

资历平上车，贵翼跟林景轩对视一眼，两人上车。

汽车驶离。

远处，侦缉处和警察局的车，呼啸而来。

华灯初上，街面上灯火错杂。

资历平想着亲娘无辜惨死，想着资历群伏法，霎时幽明两隔的世界，令他心中有一股难以名状的痛楚。

资历平忍着一腔的苦，忍着眼眶里的泪。

贵翼眼睛看着窗外，简单地说了一句：“结束了。”

高朋满座，繁花似锦。

潘司令和贵翼等军官欢聚一堂。

杯盏交错，花团锦簇，苏梅戎装在座。

潘司令对贵翼：“老弟，你的大礼老哥我收下了。资历安那个蠢货，愚不可及，光是他敢暗杀军政要员一条，就死不足惜！老弟，这件事你就不要往心里去了，一个不愉快的小插曲，翻篇了，翻篇了。”

“贵翼谢司令信任！眼下局势紧张，日寇蠢蠢欲动，司令在布防上还需要军械局帮什么忙，只管开口，只要贵翼能做主，凡事优先。”

潘司令大笑起来：“要的就是将帅一心。”

贵翼点头浅笑。

“——你这次抓住了军工署与侦缉处潜藏的蛀虫，替党国清除了祸害，我会向南京替你请功。”

贵翼立正：“谢司令栽培！”

“那个——你上次提的苏梅？”

苏梅立正：“司令。”

潘司令仔细看了看苏梅，又转头对贵翼，颇有意味地：“老弟——原来你也是英雄难过美人关啊——”

贵翼脸红了，并不否认。

这个举动，令苏梅侧目，怀疑。

贵翼看看苏梅。

潘司令以为查到了“故事”原委，来了兴致：“英雄爱美女，天经地义，来来来，咱们喝酒，不醉不归。”

贵翼走向苏梅，低声道：“高兴点。”

“贵军门真是好手段。——一言不发，就把一个泼天大案归结为‘情杀’。”

“苏小姐，需要我提醒你监狱里的日子有多难熬吗？”

苏梅紧张起来。

贵翼笑笑：“别紧张。”

苏梅自悔地：“我脑子进水了，才会说出刚才那种话。”

贵翼笑笑，举杯：“我喜欢和聪明人打交道。”

一群军官从旁起哄。

“潘司令，苏上尉又能干又漂亮，干脆认个干女儿吧。”

“对对对，今天是个好日子，苏上尉恢复名誉，洗清冤案，理该先敬司令一杯。”

“苏上尉——真是巾帼不让须眉啊。”

贵翼含笑：“苏小姐，你是真的应该谢司令的不杀之恩，再造之情。”

苏梅笑盈盈敬酒：“司令，我敬您。”

“改口叫干爹啊。”

“对啊，别不好意思啊，苏上尉。”

“干爹。”

“什么上尉，叫少校。”

“谢干爹。”

贵翼鼓掌：“好！”

众人喝彩，潘司令饮了杯中酒，众人大笑，一片喜气洋洋。

资家花园里，几名士兵在林景轩的带领下，搬开了枯井盖。

资历平素服站在花园里，陈萱玉陪着他。

一具遗骸用白布包裹运了上来。

资历平走到遗骸面前，他伸手掀开一角，泪如泉涌。

资家坟堂，新墓成三，分别是叶连生、资历群、资历安的墓。

资历平一身缟素，坟前祭酒。

陈萱玉坟前演唱《乌盆记》："未曾开言泪满腮，尊一声老丈细听开怀。家住在南阳城关外，离城十里有太平街。"

远处站着林景轩和几名士兵。

"奉命上京做买卖，贩卖绸缎倒生财。前三年也曾把货卖，算清账目转回家来。路过赵大窑门以外，借宿一宵惹祸灾。"

资历平眉宇间一片尘埃落定的悲凉。

资历平站在坟头，一身缟素，衣袂飘扬。

陈萱玉唱："赵大夫妻将我谋害，把我的尸骨未曾葬埋，可怜我冤仇有三载！"

远处放起"下葬，驱邪"的鞭炮。

一片烟火中，灵幡飘扬。贵闻斑一袭青衣，站在远方。

贵翼坐在椅子上看一沓报纸，认真地翻阅最近一段时间的政治新闻和突发事件。

士兵走进来，递上信："军门，您的信。"

贵翼先不在意，一点头，突然反应过来："我的信！"他看见了装着明信片的信封，一下激动起来，几乎是一把"抢"到手的。他动作迅猛，导致一杯茶水荡起微澜，点点茶褐色的汁液浸到一张报纸上。

士兵讶异："军门？"

贵翼自感失态，收敛了一下，为了掩饰自己的情绪，拿起报纸，很自然地盖住了信封："你去吧，没什么事了。"

"是。"

贵翼怀揣着一颗激动、充满希望的心，赶紧走进书房。终于释放出自己的喜悦，他纵情地一跃，然后走到窗前，阳光满屋。

贵翼的目光落在明信片上。

“亲爱的翼，当你收到这张明信片的时候，一凡已如风鸟随信仰和理想振翼高飞，离你而去——”

贵翼顿时愣住，心脏跳得厉害。以为自己看错了——

“未曾与君道别，一凡之过，盼君原宥。六年来，离开你的日子，一凡无时无刻不思恋于君，一凡庆幸的是，能在光明的道路上与你重逢。至此，你我心意相通，生死与共——

“一凡去后，盼君多多珍重，切不可为一凡太过伤心。此信犹如一凡之唇，代我临终一吻，我亲爱的翼。不怕你笑话，我现在有多么忌妒这张明信片，它可以常伴君左右，聊寄一凡永恒相思之情。一凡绝笔。”

被茶水浸湿的报纸忽然醒目，“据警察局发布最新消息，一星期前在彩虹公寓发生的煤气爆炸案告破，死者系两名女性，一名男子，男子为上海警察局刑侦科科长刘玉斌，两名女子是共谍嫌疑犯——”

贵翼悲恸难忍，泪雨倾盆，他把一凡的遗书紧紧贴在胸口，痛不欲生。

鞭炮齐鸣。

文四益、闵逸笎、莫校长喜气洋洋地为学校新建教学楼奠基仪式剪彩。

茜茜从医院门诊部拿到医疗报告。“脚踝疲劳性骨折，髓腔和周围软组织严重水肿、出血——如果继续从事舞蹈工作，会造成终身残疾。”

茜茜边走边哭。

贵宾室里，阿黎和文四益耳语。

文四益惊疑：“人呢？”

“辞职了。”

“她住哪儿？”

苏梅家的楼下，文四益走来，阿黎跟着。

文四益走进走廊，阿黎站在楼底下。

茜茜的房门大开着，门口堆积了好多盆衣服，走道上拉着晾晒衣服的绳子。文四益绕着走过，来到茜茜的房门口，茜茜背对着他，正在搓衣板上使劲搓衣服，然后站起身一瘸一拐地走过去晾衣服。

“茜茜——”

茜茜身体一颤，看到文四益：“四爷？”

“茜茜，我来看你了。”

茜茜眼泪落在洗衣盆里，带着哭音：“四爷别过来，别过来——我，我没化妆，——四爷要是心疼我，就别过来，也别来看我，茜茜残了。”她不争气地“嘤嘤”抽泣。

文四益突然感觉心酸：“茜茜。——这世上不能跳舞、不会跳舞的人多了去了，要说不能跳舞就是残了，那，四爷我马上就自残给你看，——我给你立个字据，终生不跳舞，好吗？茜茜？”

茜茜被他说得有了三分笑意：“四爷，您，您说什么呢？”

文四益就在她对面蹲下了：“腿受伤了，为什么不来找我？”

“——我。——我不想让四爷可怜我。我有手有脚的，不能跳舞了，还可以干别的。我是穷人家的孩子，不怕吃苦的。——家里还有弟弟妹妹要养呢。”

“大弟已经上大学了吧？”

茜茜点头。

“受伤的事，告诉家里人了吗？”

茜茜摇摇头。

“太委屈了。”

茜茜流泪：“我怕家里人担心——”

“茜茜，你愿意嫁给我吗？”

这句话来得太突然，茜茜蒙了。

“愿意吗？”

茜茜傻愣愣地点头，话都说不出来。

“那好。”文四益一把把茜茜抱起来，让她坐到椅子上，面对面看着。

“四爷是英雄，我是个舞女，我配不上您。”

“四爷不是什么英雄，就是个生意人。四爷不见得比茜茜高尚，重要的是，我年纪大了，你是否真心情愿嫁给我？我不会乘人之危，你若不愿意，四爷照样出钱给你治病，照料你的生活，你要愿意……四爷不曾娶过妻，原也是有放不下的人，但是如果你愿意，四爷会用余生去爱你。”

茜茜没说话，瞬间扑到文四益怀抱里，眼泪直飞，大声地：“我愿意！”

文四益抱着茜茜，眼角渗出泪，心绪复杂。

莫奈西餐厅，文四益和陈萱玉、资历平一同吃着饭。

文四益对资历平："——这就走了？"

"是的，我特意来向四爷辞行的。"

"世上的事情真是变幻莫测，贵老爷有福气啊，白捡一个好儿子。"

资历平不说话。

"阿玉，你怎么打算呢？"

"想征求一下你的意见。"陈萱玉说，"香港有家文艺公司想跟我签三部戏的合约。但是如果——"

文四益微笑："不错啊，我觉得挺好。"

陈萱玉笑笑，不再继续说了。

资历平看看二人："我觉得，有人想结束爱情长跑了——"他脚面被踩，疼得一咧嘴。

陈萱玉回头瞪了他一眼。

"我要结婚了。"

陈萱玉手上的筷子颤了颤。

资历平预感到什么了："谁啊？"

文四益说："茜茜。"

"四爷——"，话还没说出口，脚背再次被袭击。

陈萱玉微笑着："恭喜四爷。——什么时候的事？——准备什么时候办婚礼，我一定送一份大礼。"

"阿玉，如果你——"

"四爷是个负责任的人，尤其在感情上——我想，这件事你一定是深思熟虑过的，阿玉真心诚意地恭喜你。"

"谢谢你，阿玉。"文四益伸出手来握住陈萱玉的手，由衷地，"谢谢。"

"四爷。"茜茜叫了一声，闵逸茺陪着她走过来，她的腿略有不便，但是却调整得很好，"阿玉姐——贵先生——"

陈萱玉上前抱住茜茜："恭喜茜茜，实在是太好了，茜茜。"

"谢谢阿玉姐。"

资历平站起来："恭喜茜茜，恭喜四爷。"

闵逸梵对文四益："有前途。"

"听你的，前途光明。"

一片道喜声。

茜茜说："四爷，我爸爸妈妈和弟弟妹妹们都来了，等着跟四爷见面呢。"

闵逸梵说："我把他们都安排在上海大饭店了。"

"我马上过去。——马上。"文四益回眸陈萱玉，"阿玉，失陪了。小资，到了苏州记得给我写信报平安。"

陈萱玉和资历平应着声。

原本文四益跟茜茜和闵逸梵一起走了，可文四益突然又走回来，对陈萱玉说："香港那边，我还有几个用得上的朋友，需要就给我打电话。阿玉，多保重，适当的时候就放下吧。——放下从前，才有前途。"

陈萱玉只一个字："好。"

目送三人离开后，空气顿时安静了。

资历平和陈萱玉互相看看。

"婶——"

陈萱玉仰起头，不让眼泪落下来："这世上的事，就是这样，当你决定放下从前的时候，别人也放下了。小资，你说，你婶是不是天底下最蠢最笨的人？"

"我婶是天底下最有情有义、最替他人着想的好人。"

陈萱玉哭了。

资历平紧紧地抱住哭泣的陈萱玉。

站台上，资历平一身黑色西装随侍在贵闻斑身边，妞妞的手牵着贵闻斑的手。

贵翼和林景轩离开站台，边走边聊。

贵翼问："董小姐什么时候去苏州呢？"

林景轩答："她说教育局那边还有些公益活动要做。等那边活动结束了，就去苏州。”

“这么好的老师可别不做了。——咱们是不是要适当地给董小姐加点工资啊。”

“董小姐的工资已经很高了。”

“人才啊，得想办法留着。”

“也没见你给我加军饷。”

“——这能比吗？妞妞重要还是你重要啊？”

“一提钱就原形毕露。”林景轩气昂昂地走到贵翼前面去了。

“——我。”

两人走过去与贵闻珽告别。

“父亲一路保重。”

“翼儿，你也要多注意身体。记得，常给家里写信。”

贵翼对资历平：“——现在时局不稳，日本人很快就会有所动作，我随时随地都有可能开赴前线，家里的事就交给你了。”

资历平点头。

“妞妞过生日的时候，记得拍张照片寄给我。——哪怕我在战壕里，看到你们平安，也是快乐的。”

“一定。哥放心。”

贵翼低声：“去了苏州，打这个电话——”

兄弟俩紧紧地握手，告别。

“再见，资历平同志。”

“再见，大哥。”

二人拥抱。

火车鸣笛——

贵闻珽、资历平、妞妞向前走去。

贵翼和林景轩目送着他们。

忽然，妞妞挣脱了贵闻珽的手，转身向贵翼跑了过来：“大哥哥——”

贵翼赶紧迎上，蹲下来，抱住她。

“妞妞。”

“妞妞要离开大哥哥了，妞妞舍不得大哥哥。”

贵翼鼻子一酸：“大哥哥也舍不得妞妞。”

妞妞很认真地：“妞妞有个小秘密要告诉大哥哥。”

“妞妞，你说。”

妞妞站直了，说：“——我爸爸叫林志海，山东淄博人，妈妈叫祝咏梅，浙江海宁人，我叫林天立。不是美丽的丽，是顶天立地的立。妞妞背过很多遍，从来都没有告诉过别人，大哥哥，你能保守这个秘密吗？”

贵翼坚定地：“能。”

“将来妞妞也要跟大哥哥一样，做个顶天立地的人！”

贵翼有满腔的千言万语，此刻化作温暖的一抱：“妞妞。”

火车鸣笛——

林景轩上前提醒：“军门，让妞妞小姐上火车吧，别误了点儿。”

资历平走来，在贵翼手中牵走了妞妞，妞妞一步三回头，跟贵翼再见。

贵翼站直了，给妞妞立正，敬了一个军礼。

宁静的夜晚，贵翼独自坐在书房里。

一本厚厚的“烟缸”档案翻开第一页。

资历群的黑白照片赫然入目——

贵翼注目翻阅档案。

“我是1930年加入共产党的，刚开始只是负责工人运动，由于工作出色，党组织把我从工运调往更加秘密的战线。1931年我被CC特务秘密逮捕，我受到了拷问，在我深思熟虑之后，我决定‘脱党’。我跟CC的一名长官做了一笔‘生命’交易，我作为他的‘内线’为他提供单独的情报，他为我删除被捕档案，并且保证三年后，还我自由。我信以为真，接受了短期CC的特务培训，并由此开始为CC工作，刚开始的时候，我是被动的。我通过了地下党组织对我的审查和考核，被派往上海工作。

“——我的工作搭档叫苏梅，我想这应该是她的化名，真实姓名我无从考证。这个女人很聪明，很能干，我们在一起主要负责一些简单的收发报工作，没有大风大浪，也没有绝密情报传送，我一度怀疑，像这样的潜伏工作有什么大的意义。直到有一天，我发现了苏梅的秘密——

“其实我们彼此并不陌生。她也是CC派去苏区的特务。两个都是CC特务，这对于我来说，是十分冒险的一件事！我立刻做出决定，将她‘撤回’，说好听一点是‘撤回’，难听一点就是‘出卖’。

“我设计陷害了苏梅，再设法通知到小组其他同志撤离，苏梅成了叛徒，而我因为保全了组织，立了功，受到组织上的重视。

“1933 年冬天，我被派往哈尔滨执行护送任务，也是在那一年，我被任命为中共交通局地下交通站秘密行动组的组长。任务完成得很顺利，也是在这次任务中，我收获了我的‘爱情’，如果这算是‘爱情’的话。我爱上了我的新搭档‘烟缸’。——由于她的意外出现，促使我延长了潜伏期，我甚至说服了我的上司，保证我会越来越拥有情报资源，处在有利位置，让他放手让我去干。我把这个案子拟定为‘烟缸’案。因为一切都是源于我的堕落，我困惑于自己的真实身份，我不能爱一个敌人。

“1934 年到 1935 年，是我潜伏工作的黄金时段。我的行动小组成员全部到位，听从我的调遣。这是一个小型隐蔽的交通网，我们负责运送人员和物资。一次偶然的机会，我发现我们护送的苏区干部和下级机关的人员并不认识，这是天赐良机。我认为，破坏一个交通网不如重建一个交通网，换谍计划的雏形产生了——

“一个秘密行动小组，如果他的内部出现问题，人们第一个就会考虑谁是内鬼。苏梅是我的替罪羊，我必须再培养一个替罪羊，这样，我将来行动时出现任何差错，他都可以是我的替死鬼，是叛徒！——我私自发展了‘假瓶子’露西。说起来，这也是一个‘缘分’，我姑且把它叫作‘缘分’吧。露西是我小弟资历平的合作伙伴，他们曾经在一起联袂表演，露西是一个具有‘左’倾思想的人，我原来接近她，是想通过她更多地了解小弟的状况，后来才发现露西是一个极好的发展对象。于是，我开始给她灌输共产主义的思想，利用她的单纯和一腔热血，来为我工作。我承认，露西是一个有英雄情结的女孩子，在这一点上，她做得好极了。只可惜，她到死都不知道自己的身份是假的。

“行动小组成员每次接送任务都会向我汇报，也有的是通过‘烟缸’向我

汇报。——我开始在接送的苏区干部身上做文章，我用假干部去换掉真干部，好让CC特务能够快速掌握中共各地地下党干部名单，开始很顺利，后来出岔子了。

“我及时调整了方略，离开了上海。我之所以还舍不得收网，原因只有一个，我在等一个重量级的人物出现，或者等一条军事上最关键最绝密的情报，如果我等不到，就暴露了自己。我认为就是我的彻底失败！——我不容忍自己失败。

“我们政府机关有些工作人员，他们的官僚主义和愚蠢已经到达令人震惊的地步。我在CC的上司居然把我的情报出卖给了警察局的寇荣。事态迅速升级。我讨厌被人操纵，更别说胁迫了！于是，我把同样的情报出卖给了‘蓝衣社’，让他们去鹬蚌相争。为了更好地保护自己和隐藏自己的真实面目，我把自己‘送’进了漕河泾监狱，在监狱里，用纸玫瑰向资历安传达信息和命令。我占据了主动，提前收网了，我杀了‘烟缸’，出卖‘茶杯’，利用‘假瓶子’，取得真‘瓶子’的绝对信任，成功地联系上了一条大鱼，这是我要赢得的最终胜利。”

真相是什么？所有的真相都将随着秘密行动小组成员的逐一死亡而画上句号，或者是问号。真相，总会被无情地湮灭的。

贵翼合上了一整本卷宗。

火盆里火苗蹿起。贵翼把“烟缸”案的全部卷宗付之一炬。

最后一张照片，是贵婉。他久久凝视着妹妹的遗照，最终也把照片送入火丛中。

第三十九章　千秋家国梦

一艘乌篷船里。

“资历平同志，经过党组织的长期考察，正式批准你加入中国共产党。”

贵家花园，妞妞和贵母在花园里玩耍着。

资历平和贵闻珽在花影中练拳。父与子，你来我往，俱是神采奕奕。

一叶小舟，资历平跟苏州地下党接上了头。

一艘乌篷船里。

“资历平同志，经过党组织的长期考察，正式批准你加入中国共产党。”

资历平激动地握住接头同志的手：“谢谢，谢谢党组织的信任。”

1936 年秋，资历平正式加入中国共产党，成为中共交通局苏州交通站的行动员。

两个月后。

繁花似锦的花园，幽静的公馆。

董细妹一边哼着广东小曲《步步高》，一边在镜前打扮自己。

贵翼和林景轩坐在大厅里。

“——这董小姐忙什么呢？都两个月了，还没有去苏州的意思。你也不问问她。”贵翼问。

林景轩说：“董小姐说，她原本处理完教育局的事，就去苏州教妞妞小姐，可是最近，她说她谈恋爱了。打算把亲事定下来，再去苏州。”

“啊？谈恋爱了？谁啊？——知道是哪家吗？董小姐挺单纯一人——”

“问过了，她说是个帅气有钱无敌的大官。”

贵翼一下就站起来了：“她不要被人骗了吧？”

“她就这么一说，我们就这么一听，情人眼里出西施嘛，芝麻绿豆看对眼。”

贵翼想想：“不行，得劝劝她——”

“这有什么好劝的。”

“万一对方是个骗子呢？”

“你是担心董小姐的恋爱？还是担心她嫁了人就不管妞妞了？”

“都有。”

正说着，董细妹欢乐的《步步高》小调声传来。

贵翼又问：“——什么意思啊？”

林景轩悄声说：“我好像听她说，一会她男朋友来接她去看电影。”

“怪不得打扮到现在。等等，她男朋友要过来？”

林景轩点头。

“胆够大的。”

“你以为呢？”

“谁啊？”

“你管他是谁，来了就给他个下马威！好让他知道我们贵家的家庭教师不是那么好欺负的！”

贵翼点头：“说得好，就这么办。”

“林先生，林先生——你看见我的戒指了吗？”董细妹在房间里喊道。

林景轩和贵翼都走进来，看到董细妹正在找东西。

贵翼问：“找什么呢？”

“我的玉兰戒指，是蓝田玉的。”

“你搁哪儿了？”

“我用袜子包着的。”

“你拿袜子？——干吗拿袜子包戒指？”

“怕摔了。”

“找着了吗？”

“没有，林先生，你快帮着我找一找呀。”

“江参谋长到——”士兵喊道。

贵翼一愣：“景轩，你帮着董小姐找一下，我先下去。”

江绍成笑声朗朗地进来：“军门。”

贵翼好奇：“你怎么来了？”

“我为什么不能来？——你官邸我还没来过呢。”

贵翼直接往外“轰”：“走，走，赶紧走。”

“为什么赶我？”

“我这儿，家里有事。我得摆威风，你在这儿，我没法——”

“你要跟谁摆威风？”

“——我，”贵翼突然卡住了，猛地悟到了什么，“你来干吗？”

“我来，自然是有事。”

“有事军营里说！”

“我又不找你。”

“你不找我，你——”话语一顿，贵翼明白了，上下打量江绍成，全身上下簇簇新，“不会吧，是你啊？”

“绍成——”董细妹穿得簇簇新走下楼来了，林景轩在后面跟着。

贵翼简直蒙了：“什么时候的事啊？”

林景轩跑下楼，站到贵翼背后，凑上来：“都叫绍成了。”

“我不聋。”

江绍成迎上去：“细妹。”

贵翼快“吐了”。

林景轩跟他示意，低声说：“我说什么来着——情人眼里出西施。”

贵翼低声：“闭嘴啊，没见我鸡皮疙瘩掉了一地。”

江绍成礼貌地吻了董细妹的手。

“哎呀，绍成，等我一下，我忘了拿电影票。”

“不急，你慢点，别摔着了。”

董细妹笑靥如花地又返身上楼。

江绍成对贵翼："你注意到董小姐手上的戒指没？——叫'待字闺中'。我刚才吻了她的戒指。"

贵翼忍着，江绍成看着他，要他表态，半天只憋出一个字来："好，——好。"

江绍成满意了："好吧。"

贵翼坏笑："好，真好，真好。"

江绍成很自得。

"参谋长，那什么，我也知道我们都三十多了，是该成家立业了，可也别一时想不开——"

"我一时想不开就决定娶了。"

"真的？！"

"废话！——以后改口叫嫂子啊。"

"啊？这就改口啊？"

"不好吗？"

"好。——好，太好了。"贵翼有点小坏地鼓掌，连连称"好"。

林景轩在一旁也跟着笑。

敌机轰鸣声。

日本军机飞越上海领空。

1937 年 8 月 13 日，上海。淞沪大会战爆发。

敌机飞越城市天空，一片乌云压顶。

1937 年 7 月 7 日，抗日战争全面爆发。

1937 年 9 月 22 日，国民党中央通讯社发表了《中共中央为公布国共合作宣言》。整版的黑白报纸大标题配发的黑白照片，飞也似的叠放。

"全国各高校史无前例大迁徙。"

"江南望族贵闻珽举家迁往重庆。"

"衣冠西渡，政府机构大迁移。"

"上海江浙商会会长文四益与夫人前往香港。"

“全国上下同仇敌忾，誓死保卫河山。”

香港某救国募捐现场，陈萱玉在指挥合唱：“起来！不愿做奴隶的人们！把我们的血肉，筑成我们新的长城！中华民族到了最危险的时候，每个人被迫着发出最后的吼声！起来！起来！起来！我们万众一心，冒着敌人的炮火，前进，冒着敌人的炮火，前进！前进！进！”

阵地战壕，尸横遍野，硝烟散尽，贵翼站在一片血红的阵地上。

“潘司令钧鉴，我留守三千健儿均已牺牲殆尽，日军攻势迅猛，前途难料。阵地若在，翼可生还，如失阵地，翼当死疆场，马革裹尸，化一缕精魂，永保河山。他年抗战胜利，司令凯旋之日，见松涛滚滚，听猎猎长风，就是贵翼前来晋见军座了。”

一片凌乱中，江绍成指挥军需车辆装车，出发。

刘铁军全副武装跑过来：“江参谋长，时间到了。”

江绍成命令：“出发！”

“是。”

“——留下一个小队跟我去支援军门。”

“去前沿阵地的路断了，只能从山脊上翻过去。您让我去吧。”

“执行命令！”

“是。”

“动作快！快！”江绍成对刘铁军叮咛，“记着，这是一批最新武器，必须按时运送到位！军门替你们守着关防要塞的大门！你们无论付出什么样的代价，必须按时抵达 3 号防区的武器库！”

“是！”

一片汽车轰鸣声——

江绍成对留下的手下说：“马上换上日军的装备，突袭 2 号日军防区，支援军门——”

炮声隆隆，炮火连天。

一阵枪林弹雨之后，贵翼身边的人一个一个倒下。林景轩一下冲上前，抱着一挺机关枪，扫射！

弹火飞扬，林景轩中弹！

贵翼大叫："景轩！"他冲上去，一边打，一边把林景轩拖下战壕。

林景轩脸上漆黑一片，身上鲜血淋漓。

贵翼身上也挂了彩。

林景轩喘息着："军门，我们已经坚持到了撤退时间，你现在可以去跟江参谋长会合了。我还能掩护你。"

贵翼迅速替他包扎。

"兄弟们都留在阵地上了，我没打算活着回去！"

"军门，掩护任务已经完成了。"

"景轩，你给我坚持住！"

"军门！——子弹不多了，你快走！"

枪声再次响起，贵翼用重机枪还击，子弹飞溅。

江绍成带着支援小分队登上山脊，几乎无路可走。

"江参谋长，前面没路了。"

江绍成观望了一下，说："从这边山脊上翻过去。"

"翻？——过不去。"

"过不去也得过，哪怕死在悬崖下！利用军刀、绳子，准备攀缘。大家跟我来。"

所有的子弹都打光了，贵翼和林景轩浑身是血，互相看了一眼对方。

荒草黑土上，有脚步声"沙沙"传来。

贵翼有点诧异："敌人从侧面上来了。"他举目一看，看见日军的钢盔在流动。他撕开内衣口袋，特意拿出口袋里留下的两颗子弹，两把手枪在手，一枪推上一颗子弹，上枪膛。

林景轩看着他。

贵翼把枪递给他："景轩，来！撑住最后一口气，很快的！"

林景轩点头，忍着伤口的剧痛，接过贵翼手中枪！

草丛里的脚步声越来越近，越来越密。

贵翼坐稳了："准备！"

兄弟二人同时举枪对准对方的眉心。

草丛中，装扮成日军的支援小分队正在拼命奔跑，江绍成拿着望远镜，看到贵翼、林景轩准备殉国的一幕。

"我的天！枪！！"他大喊一声，从手下手中抢过一把机关枪。

贵翼、林景轩面带微笑，异口同声："中华民族万岁！"就在两人要扣动扳机的一刹那，天空中枪声震耳，有节奏地打出摩斯密码：自己人!

贵翼和林景轩的手同时松开。

江绍成声嘶力竭地喊："自己人！"

林景轩和贵翼面对面，"砰"的一声，二人仰天倒下。

一抹残阳似血。

江绍成声嘶力竭地跑着叫着，士兵们跑着。

战阵上，横七竖八的烈士遗体。

贵翼、林景轩因重伤，休克昏迷了。

炮声再起!

江绍成等人迅速接管阵地!

枪火中，战士们绝地反击。

1938 年 2 月 18 日，重庆大轰炸。

贵闻珽老泪纵横，写下家书。"贵翼吾儿：自汝与父分别，已有两年。吾与汝母因战事连连，携汝弟、妹迁往重庆。日寇猖獗，于上月 18 日，敌机突袭重庆，实施大轰炸，汝弟资历平与妞妞不幸失联，生死未卜，吾与汝母悲痛万分，唯祈苍天见怜，两小儿能死里逃生。于今烽火连天，狼烟遍地，无一处可安居，无一地可安眠，敌愈深入，儿愈艰难。前线战斗之壮烈，牺牲之惨烈，父母尽知，我儿切勿以汝父母为念，盼儿忠贞报国，英勇作战，吾与汝母当日夜为汝祈祷。盼汝珍重，盼儿平安。父字。"

贵翼在前线的战壕中，接到父亲的书信，信中附带一枚带血的发卡。他心如刀绞，那是他亲手别在妞妞发髻间的，他艰难地吞咽着自己喉咙里泛出的苦水，无穷无尽的悲恸也挽救不了他撕心裂肺的痛。"自 1937 年淞沪会战以来，上海、南京、北平、天津、华北、华东、山东半岛尽悉沦陷。焦土抗战，一片废墟；以水当兵，中原大地，一片泽国；我中华儿女决绝抵抗，坚壁清野，视死如归，我们的战线连亘五千里……千古未有之惨绝人寰。——我等身为

中国军人，抗敌救国，有死无退，盼以精忠赤血，点燃战斗火炬，消灭一切侵略、来犯之敌。”

1945 年 8 月 15 日，抗战胜利。

1945 年 8 月，解放战争拉开了序幕。

西南长官公署的走道上，贵翼和林景轩走来。

1946 年冬天，南方局秘密党员“蝴蝶”唤醒“冰蚕”，“冰蚕”正式破冰。

一个模糊的男人背影出现，他和贵翼擦肩而过。贵翼手上多了一份文件。

1948 年年末，中国人民解放军包围北平。

1949 年 10 月 1 日，中华人民共和国诞生。

1952 年春，上海。

林景轩开车载着贵翼。二人都是一身解放军的装束。

一些参加会议的干部们三三两两结伴而出，走出会议室。大楼里，到处都洋溢着人们的笑容。

走廊拐角处，贵翼与林景轩的背后，一个熟悉的声音传入耳中。

“安全保卫工作一定要落到实处——”

贵翼猛地一回头，身后已经没有人了。

林景轩很诧异，问：“军长，怎么啦？”

“资历平。”

“谁？”

贵翼推开他，往前跑。

林景轩追上：“看花眼了吧？”

贵翼吼起来：“他在这儿。”

林景轩明白过来，跟着去追。

会议大楼下，资历平走出来，迅速上了一辆汽车。

资历平对司机一个“走”字刚出口，贵翼已经站在了汽车面前。

林景轩气喘吁吁地跑来。

“下车。”贵翼“啪”地一打汽车前盖，只见一个身穿中山装的男子笑吟吟走下车来。

“解放军同志——”资历平话音未落，就被贵翼死死地摁在汽车车盖上。

司机探出头来喊：“干什么？干什么？”

林景轩把司机的头给摁回去，说：“解放军怀疑你们是美蒋特务。老实待着。”

“不是，你们？”

贵翼猛地将资历平身子扳正。

“大哥。”资历平喊着，司机一听这话，立马安静了。

“谁是你大哥？”贵翼板着一张脸，把资历平往后一扔。

林荫道上，正好有一排整齐的红墙，资历平正好被他给扔到红墙上，兄弟俩就这么面对面地站着。

“跑啊，怎么不跑了？”

资历平含笑：“我，我没跑啊。”

“你没跑？”

“没，没跑。”

“你没跑？我追的谁啊？啊？”

贵翼上前给他一脚：“怎么不接着跑啊？”

资历平老老实实地：“——这，这不，您把路给堵住了嘛。”

“哦，走投无路啊，你业务退步了。”

“是，是，是。”资历平一迭声地说“是”。

贵翼黑着脸：“站好了。”

“大哥——不，解放军同志，您这是？”

“先生贵姓啊？”

“免贵，姓贵。”

“姓贵是吧？”

“是，是。”

“证件拿出来看看。”

“在上衣口袋里。”

贵翼偏偏从他裤兜里拿出一个证件来。

贵翼“很认真”地审视着：“证件上的这个人，嗯，不错，是你。”

“是，是。如假包换。”

贵翼眼睛瞟了瞟证件上的名字叫“秦风”，他使了个“小坏”说：“怎么姓资啊？”

资历平去夺证件：“啊？——不对啊，这本应该姓秦啊？”

贵翼厉喝一声：“到底姓什么？！”

“说错了，说错了——”

“说错了是吧？”贵翼要动手的样子。

资历平见状，忙改口：“不，不——拿错了，您拿错了。”

贵翼“很谦虚”地：“那是我的错了？”顺手就拿证件抽他的头。

司机实在看不下去了，走过来问：“局长，没事吧？”

资历平狼狈不堪地：“没事，没事。”

“哟，局长？——当官啦？”

资历平一脸无可奈何的苦笑：“是，小官，小官。”

“什么局啊？”

“旅游局。”

“旅游局？”

“对，对。旅游局。”

“打算游哪儿去啊？”

资历平浅笑不答。

“游到香港，还是游到台湾啊？”

“游不了，体力有限。”

“哦，那这张证件怎么写的是文工团啊？”

“拿错了。”

“谁拿错了？”贵翼抬手又打。

资历平委屈地：“说错了，我说错了。”

贵翼吼了一声：“到底哪个局啊？”

“文化局，文化局。”

“文化局啊？”

“对，对。——那什么，文工团归文化局。”资历平还解释一下。

“哦，你在文工团干吗？”

“——我，唱歌，歌唱演员。”

“你不唱戏啦？”

“啊。”资历平不知怎么回答。

“改唱歌了。——唱的什么歌啊？”

“革命歌曲，革命歌曲。”

“唱来听听。”

“大哥，不要这么较真吧？”

贵翼冷喝一声：“谁跟你嬉皮笑脸的？站好了。”

林景轩站在一旁笑着，他看了看司机，说：“你那么喜欢看你们领导笑话啊？你不想进步啦？”

司机忍着笑，开始倒车，司机把车开到里面去了。

“唱啊，——资局长，才情横溢，机会难得，我跟林参谋一块儿，有歌同听，有目共赏。”

“贵军门，不，不是，贵军长，贵军长你爱民如子，有口皆碑，放过小资吧。”

“说什么？”

“哥哥。”

“住嘴啊。林参谋。”他一伸手，“武装带。”

“我的天，——大哥，现在新社会了，不能随便打人啊。”

“我没随便打，我打的就是你啊！”

资历平：“大哥。”

贵翼眼睛一瞪。

资历平一看不是路，贵翼是来真的，真的心虚了，对着林景轩叫：“林大哥，好大哥，帮帮忙啊。”

“帮帮忙，帮帮忙。——你跟我说没用，跟你大哥说。”林景轩顺手就把武装带递给贵翼。

贵翼接过武装带，对准资历平的膝盖就打。

“大哥，大哥我错了，大哥，别这样猫戏老鼠啊，好疼的。”资历平一味求饶。

“疼是吧？”贵翼的眼睛里闪烁着轻松的笑意，说，“疼就对了。”他举手又是一下，抽到资历平的鞋面上。

资历平疼得直跳脚，说：“嘿，嘿，”他索性就唱开了，“嘿啦啦啦啦嘿啦啦啦，天空出彩霞呀，地下开红花呀。中朝人民力量大，打败了美国兵呀。全世界人民拍手笑，帝国主义害了怕呀。嘿啦啦啦啦嘿啦啦啦……”

林景轩忍俊不禁，笑得直不起腰。

偏偏贵翼绷着不笑，资历平真是哭笑不得，继续唱：“……嘿啦啦啦啦嘿啦啦啦，全世界人民团结紧，把反动势力连根拔那个连根拔！”

林景轩彻底笑翻天。

“完了？”

资历平点头：“完了。”

“这就完了？”

“哥哥，你不会吧？这大马路上——”

“接着唱。”

“啊？”资历平一副“委屈”面孔，“大哥——”

贵翼开始挽袖子。

“好，好，我唱，我唱。”资历平又唱，“解放区的天是晴朗的天，解放区的人民好喜欢，民主政府爱人民呀——”

“共产党的恩情说不完，”一个清朗明亮的女声从大楼里飘然而至，“呀呼嗨嗨，一个呀嗨——”一个20岁出头的女子出现在贵翼面前，她甜美地微笑着，穿一身质朴简约的“列宁”装，西服领，双排扣，一股英姿潇洒的清爽气扑面而来。

贵翼眼眶瞬间湿润，恍如隔世。“妞妞？”霎时百念丛生，百感交集。

“大哥哥！”妞妞甜甜地叫着，依旧温馨如故。

“妞妞，妞妞。”

阳光下，妞妞向贵翼跑来，贵翼扔了武装带，向妞妞张开怀抱，妞妞直接扑进他怀里，贵翼抱起妞妞在绚丽的阳光下旋转。

林景轩也幸福得眼泪直飞。

资历平可怜兮兮地站在墙角说："不要这样厚此薄彼啊。"

林景轩对资历平："你闭嘴吧。"

贵翼把妞妞放下，说："丫头，太没良心了。为什么不早点跟我联系？啊？"

妞妞像小时候一样憨笑，转对林景轩："林大哥。"

林景轩笑说："妞妞，大姑娘了。"

妞妞看着资历平。

林景轩忍不住地笑。

"大哥哥，"妞妞拉住贵翼说，"我们是因为执行秘密任务，所以不能跟家里联系，大哥哥原谅我们吧。我已经买了去苏州的票，正打算一起回家看爷爷和奶奶呢。大哥哥，大哥哥。你就原谅小资哥哥吧。"

"好了，好了，"贵翼投降了，一指资历平，"过来。"

资历平笑吟吟从红墙下走来，林景轩满眼欣慰地看着他们一家人在红尘中的团聚。

"大哥。"资历平眼眶红红的，喊着贵翼。

"大哥哥。"妞妞亲切而温暖地看着贵翼。

资历平叫了一声林景轩："林大哥！"

贵翼也喊道："景轩，来。"

阳光毫不吝啬地将最美最亮的光线投射给了这一家人。

贵翼双臂展开，将资历平和妞妞揽入怀抱，历经艰难，一家团圆。四人围了一圈，相互拥抱，他们团圆在美丽灿烂的新中国。

贵翼脸上洋溢着无比的满足和自豪。

阳光灿烂，山河壮丽，一切都是新的，崭新的世界，崭新的新中国。

天安门广场上，整齐的军队，列方阵。

中华人民共和国政府为纪念中国近现代史上的革命烈士而修建的人民英雄纪念碑，于 1952 年 8 月 1 日正式开工。

贵翼、资历平、妞妞、林景轩、江绍成、苏成刚等人到场。

升旗。

奏国歌。

敬军礼。